卷10

General Collection of Eight Great Literators' Essays of the Tang and Song Dynasties

唐宋八大家散文总集

新版校评 修订本

郭预衡　郭英德◎主编

苏辙

张德健
高江涛
◎校评

河北出版传媒集团
河北人民出版社

苏辙散文集

张德健　高江涛　校评

前　言

一

苏辙，字子由，一字同叔，晚号颍滨遗老，宋眉州眉山（今四川眉山）人，生于宋仁宗宝元二年（1039）二月二十日，卒于宋徽宗政和二年（1112）十月三日，享年74岁。与父苏洵、兄苏轼并列于唐宋八大家，世称小苏。

幼年时，先从其母程氏读书，后由其父亲授，苏辙刻苦学习，在《张恕寺丞益斋》中追述说："我家亦多书，早岁尝窃叩。晨耕挂牛角，夜烛借邻牖。经年谢宾客，饥坐失昏昼。堆胸稍蟠屈，落笔逢左右。"他的这种勤奋，远不止于"经年谢宾客，饥坐失昏昼"，简直到了除读书以外的任何事务均无所接，并且茫无所知的程度。他后来说："予幼从事于诗书，凡世人之所能，茫然不知也。"

仁宗至和二年（1055），苏辙十七岁，遵父命与史夫人完婚。嘉祐元年（1056），苏洵携苏轼、苏辙赴京参加贡举，路过成都，求侍读学士知益州张方平推荐，张对苏洵说：苏辙、苏轼"皆天才。长者尤明敏可爱。然少者谨重，成就或过之（无名氏《瑞桂堂暇录》）。同年八月应开封府乡试，兄弟俩皆中选。第二年，欧阳修知贡举，梅圣俞与其事。他们对二苏非常欣赏，兄弟俩同举进士。欧阳修又特别称赞苏洵的文章，于是"一日父子隐然名动京师，而苏氏文章遂擅天下"。母程氏卒，苏辙随父兄返蜀居丧。丧满，苏洵携所有家口，南行赴京。嘉祐五年（1060），苏辙随父兄抵京后，即向吏部报到，以选人至流内铨，授河南渑池县主簿，因杨畋推荐，举制策，未赴任。嘉祐六年（1061），与苏轼一起应制举。据《师友谈记》记载，因二苏应试，应制举者十去八九。在此期间，苏辙分别向宰相富弼、参知政事曾公亮和两制大臣们上书自荐，表述了他治学、修身、为政等方面的见解，又按例请荐举人杨畋替他向朝廷呈送《进策》、《进论》五十篇。

苏辙在对策中极言朝政得失，“于禁庭之事，尤为切至”。其中有“近岁以来，宫中贵姬至以千数，歌舞饮酒，优笑无度。坐朝不闻咨谟，便殿无所顾问。……海内穷困，生民愁苦，而宫中好赐不为限极，所欲则给，不问有无。……国家内有养士、养兵之费，外有北狄、西戎之奉，陛下又自为一阱以耗其遗余”等语（《颍滨遗老传上》）。考官胡宿“以为不逊，力请黜之”，但司马光力言“其指正朝廷得失，无所顾忌，于四人中最为切直”，仁宗也考虑到“以直言召人，而以直言弃之，天下将谓我何”，故仍第以四等。制科及第后，除商州军事推官，因苏轼出任凤翔签判，于是奏乞在京侍父，辞官不赴。

英宗治平二年（1065）出任大名府（今河北大名）推官。后改差遣管勾大名府路安抚总管司机宜文字。第二年苏洵病逝于京师，苏辙兄弟扶丧返蜀。

熙宁二年（1069）还朝，王安石变法已开始，苏辙上书神宗，认为“夫今世之患，莫急于无财而已。财者为国之命，而万世之本”。“然臣所谓丰财者，非求财而益之也，去事之所以害财者而已矣”。他认为“害财者三：一曰冗吏，二曰冗兵，三曰冗费”。只有去此三者，才能真正“丰财”。神宗即日召对延和殿，任命他为制置三司条例司检详文字。苏辙议事每与王安石不合。两人首先在青苗法上发生争执，苏辙认为，“以钱贷民，使出息二分，本以救民之困，非为利也。然出纳之际，吏缘为奸，虽有法不能禁。钱入民手，虽良民不免理费用。及其纳钱，虽富民不免违限。如此，则鞭箠必用，州县事不胜烦矣”。王安石先是说：“君言有理，当徐议行之。后有异论，幸勿相外也。”（《颖滨遗老传上》）可是不久，王安石就在全国推行了青苗法。后又遣使察天下农田水利赋役，苏辙又反对。八月上《制置三司条例司论事状》，全面反对变法，甚至说：“方令聚敛之臣，才智方略未见桑弘羊之比，而朝廷破坏规矩，解纵绳墨，使得驰骋自由，唯利是嗜。以辙观之，其害必有不可胜言者矣。”并乞请外任。王安石大怒，改苏辙为河南府留守推官。时张方平罢尚书省出知陈州（今河南淮阳），辟苏辙为陈州学官。熙宁六年（1073），改齐州（今山东济南）掌书记。

熙宁九年（1076）王安石罢相。苏辙还京，上书请求废除新法，说新法之害是“水旱连年，死者将半；遗民饥困，盗贼满野；疆场未宁，军旅在外；府库空竭，边馈寡少”。但是未被采纳。改官著作佐郎，旋为张方平辟为南京（今河南商邱）签书判官。元丰二年（1079）苏轼以谤讪朝政的罪名被捕，苏辙上书为苏轼辩冤，请求“纳在身之官以赎兄轼”。结果，苏轼被贬黄州，苏辙亦坐贬监筠州（今江西高安）酒税，元丰七年（1084）九月，改绩溪令，苏辙曾叹道“行年五十治丘民，初学催科愧庙神”（《初到绩溪……呈诸同官》）。八年，神宗死，哲宗继位，高太后听政，以司马光为门下侍郎，苏辙被任命为秘书省校书郎。至京城，擢升为右司谏。苏辙早年一直沉沦下僚，郁郁不得志，至此，才开始展现他的政治才干。

当苏辙回朝时，司马光以门下侍郎、吕公著以尚书左丞秉政数月，奏请高太后诏令停止疏导洛水和修筑城池的工程，废除了市易法，削损了青苗钱，取消征夫助役，放宽保甲连坐，免除各州县征集马匹等以宽舒民力，休养生息。不到一年时间，把神宗惨淡经营近二十年的新法废除了一多半。对此，苏辙是拥护的，并且连章奏请放民间积欠，罢放榷茶法，停止青苗钱，以及救灾民，废盐池，还民田等等。弹劾元丰初仍在职的宰相蔡确、韩缜和章惇，使这些人相继罢去。

时司马光年事已高，求治心切，又不达吏事，欲一朝尽废新法。尤以罢雇役、复差役为众人所疑。苏辙此前奔走仕途，均为下层官吏，对宦情、民情，比司马光看得透彻，见司马光举措之乖谬，连上四章称：雇役之弊在聚敛民钱，差役之弊在民不得专力于农，其实相半。且罢差役已二十年，今不日恢复，吏民皆未习惯，恐别生诸弊。那些分布中外的元丰旧臣，看到朝廷某些举措不当，便造言执政专擅和诽谤先帝（神宗）等蛊惑人心，摇撼在位，吕大防和中书侍郎刘挚患之，持两端以为自全计，谓之“调停”。高太后不能决，召大臣议。苏辙面斥其非，复三上《乞分别邪正札子》，略谓元丰“奸邪失职居外，日夜窥伺便利，规求复进，不免百般游说，动摇贵近”。他说：“且君子小人，势同冰炭，同处必争。一争之后，小人必胜，君子必败。何者？小人贪利忍耻，击之难去；君子洁身重义，知道之不行，必先引退。故古语曰：‘一薰一莸，十年尚犹有臭。’盖谓此矣。”《苏文定公谥议》说哲宗亲政，权臣用事，徽宗时又以奸臣执柄，这些人“皆公昔所累疏数言不足倚以事者。使公不去，其言用，宁有后日之祸”！这些话是有道理的，苏辙在政治斗争中，不仅忠心耿耿，无所趋避，而且见识卓越。

元祐元年（1086）九月擢起居郎，十一月擢中书舍人，二年（1087）任户部侍郎，四年（1089）六月改翰林学士，知制诰。八月以苏辙、赵君锡为贺辽生辰使，出使辽国。元祐五年（1090），权吏部尚书，五月，为龙图阁学士、御史中丞。六年（1091）二月除尚书右丞，七年（1092）六月，为太中大夫，守门下侍郎。短短六七年间，他由县令而跃居副相。

自元祐初起，苏辙现存章奏一百五十余篇，给人的突出印象是：精于吏政，敢于直言，坚持己见，见解精辟。如在对西夏关系上，认为：兵事一开，胜负难定，不如议和，反对边将“生事要功”，就充分体现了一个政治家的远大见识。宋人朱弁《曲洧旧闻》卷七云：“当时台谏论列，多子由章疏。”《栾城遗言》载：“公在谏垣，论蜀茶行细曲折。时小吕申公当轴，叹：‘只谓苏子由儒学，不知吏事精详如此！’”张耒曾说：“某平生见人多矣，惟见苏循州不曾忙，范丞相不曾疑。苏公虽事变纷纭至前，而举止安徐若素有处置。”

元祐八年（1093）九月，高太后去世，哲宗亲政，起用新党，政局发生重大变化。李邦直撰策题，诋元祐之政，苏辙上疏反对，面奏时，哲宗大怒。从此，苏辙开始了他晚年的贬斥生涯。

绍圣元年（1094）三月贬汝州（今河南临汝），六月再贬袁州（今江西宜春），七月再谪，分司南京、筠州居住。“岁经三黜”，四年又远谪化州（今广东化县）别驾，雷州（今广东海康）安置，五年移居循州（今广东龙川）。哲宗死，徽宗立，向太后听政，苏辙遇赦北归，徙永州、岳州，提举凤翔上清宫，外州军任便居住。从此，苏辙寓居许昌颍水之滨，闭门谢客，过着闲适而孤独的生活。《九日独酌》自述云：“府县嫌吾旧党人，乡邻畏我昔黄门。终年闭户已三岁，九日无人共一樽。”“平昔交游今几人，后生谁复款吾门。”政和二年（1112）十月三日，苏辙病卒，终年74岁。

二

张方平曾说苏辙“谨重”（《瑞桂堂暇录》）。“谨重”一语，很能表现苏辙的性格。谨重使他小心谨慎，认真做事。贬监酒税时，并不自命清高，而是认真做事，“昼则坐市区鬻盐、沽酒、税豚鱼，与市人争寻尺以自效”（《东轩记》）。这对他干练的吏才不无帮助，正因为如此，他了解吏政的弊端，能看到王安石、司马光看不到的地方，如对青苗法、免役法的分析。很多章疏中，他都将所议之事，事先调查清楚，分析利害，不为空言。苏辙晚年，苏逊监淮西酒税，他作《送逊监淮西酒税并示诸侄二首》（三集卷一）勉之曰：“畴昔南迁海上雷，艰难唯与汝同来。……乘田委吏先师事，莫学陶翁到即回。”这正是他谨重认真精神的表现。

当然，谨重易趋于保守，所以他反对王安石变法，认为改革必须“使天下皆信以为如此而后从事”，“能使富民安其富而不横，贫民安其贫而不匮”（《诗病五事》）。这是他与王安石相比，保守的一面。但他对吏治的洞见则远非王安石可比，与司马光等人相比，他又有着积极的一面，认为一切政治措施不能随意变动，而应根据各种具体情况分别处置；即使有变动，也不能像复差役法一样，规定五日之内，尽废新法。因此，当司马光称赞蔡京说：“使人人奉法如君，何不可行之有”（《宋史·蔡京传》）时，他却看出蔡京的小人之心——“故意扰民，以坏成法。”“若不知旧法人数之冗，是不才；若知不请，是不忠。”

苏辙自绍圣元年始，一贬再贬，历经患难，《祭八新妇黄氏文》中说：“自筠徙雷，自雷徙循，风波恐惧，蹊逐颠绝。所至言语不通，饮食异和，瘴雾昏翳，医药无有。岁行方闰，气候殊恶，昼热如汤，夜寒如冰。行道僵仆，居室困瘁。”而他并不沉废，而是在极艰苦的环境中，复理旧学，从事著述，“凡居筠、雷、循七年，居许六年，杜门复理旧学，于是《诗》、《春秋传》、《老子解》、《古史》四书皆成”（《颍滨遗老传》）。

苏辙一生学问，深受父兄影响，“以古今成败得失为议论之要”，他虽自称“其学出于孟子”，而实则“遍观乎百家”，早年曾“观百家之书，纵横颠倒，可喜可谔，无所不读。”注意“三代以来兴亡治乱之际，而皎然有以折之”（《上两制诸公书》）。苏辙对于前辈学人，尊韩、欧政治思想，近于欧阳修，但韩、欧辟佛、道，而苏辙则不然。

苏辙笃信佛、老，认为“清、浊一观，而虚实同体，然后万物无匠，而至清至虚出焉”（《王氏清虚堂记》）。又云：“身心本空，万物亦空，诸差别相，皆是虚妄”（《筹轩说》）。又以“一为千万，千万为一”，认为一切“皆心法耳”（《山长老语录序》）。朱熹因此说苏辙“合吾儒于老子，犹以为未足，又并释氏而弥缝之”（《杂学辩》）。

苏辙的文章与父兄并称当代大家，广为流传。与苏轼相比，虽有所不及，但自有特点，自成一家。他的文学成就，主要在散文方面。在文学思想上，他提出“养气”说。苏辙的“养气”主张，主要表现在《上枢密韩太尉书》：

> 文者气之所形。然文不可以学而能，气可以养而致。孟子曰：“我善养吾浩然之气。”今观其文章，宽厚宏博，充乎天地之间，称其气之小大。太史公行天下，周览四海名山大川，与燕、赵间豪俊交游，故其文疏荡，颇有奇气。此二子者，岂尝执笔学为如此之文哉？其气充乎其中，而溢乎其貌，动乎其言，而见乎其文，而不自知也。

“气充乎中而溢乎外”，即韩愈所讲的“气盛言宜”。他认为“文不可以学而成”，与其父兄所谓“未尝有作文之意”相近。他主张创作要与社会生活实践密切结合，在读书和与社会广泛接触中“养气”的观点比起韩愈所说的“行之乎仁义之途，游之乎诗书之源”（《答李翊书》），要具体得多，更前进了一步。

苏辙文章现存不少，最见功力的是政论和史论。《宋史·本传》称他“论事精确，修辞简严”。如《新论》三篇，纵谈天下大事，论断精确，其上篇云：

> 当今天下之事，治而不至于安，乱而不至于危，纪纲粗

具而不举，无急变而有缓病，此天下所共知而不可欺者也。

这几句话说得非常简洁而切中时弊，是对北宋形势的准确描述，于此可见其“修辞简严”之处。其中篇云：

故尝以为当今天下有三不立，由三不立，故百患并起，而百善并废。何者？天下之吏偷堕苟且，不治其事，事日以败而上不知使，是一不立也。天下之兵骄脆无用，召募日广而临事不获其力，是二不立也。天下之财出之有限而用之无极，为国百年而不能以富，是三不立也。

“冗吏”、“冗兵”、“冗费”，是当时朝政的三大弊端，北宋一代，政治得失，集中表现于此。自王禹偁、欧阳修以来，多有这样的观感。苏辙所言，自然不算创见。但他将这样的时局形容得恰如其分，所谓“治而不至于安，乱而不至于危”，则确可说是“精确”而“简严”。所谓“三不立”，也写得言简意赅，“简严”之至。

苏辙史论的代表作品是《历代论》，有些篇章是写得很有特点的。《六国论》意在论述六国败亡之由，文章从不知分析和把握当时政治形势的角度立论，开篇就提出“当时之士，虑患之疏，而见利之浅，且不知天下之势也”，单刀直入，提出中心论点。接着用相当大的篇幅论述韩、魏两国在六国抗秦图存中举足轻重的地位，指出六国的自安之计，就在于认识天下大势，全力支持韩、魏抗秦，最后以深沉的慨叹作结。文章议论精确，有理有据，层层论辩，感慨深婉，颇具纵横家的气势。《贾诩》一文，时而引证，时而议论，前引春秋时期晋楚相争的掌故，后述三国时期魏、蜀、吴争斗的局势，并以李左车、刘晔、苻坚等各类人物作为陪衬，引据史实，信手拈来。明人钱赞叹道：“笔顺气雄，如大鹏鼓翼，天风顺发，一息万里，信文人之巨手也。”

对冯道的为人处事，欧阳修在《新五代史》中大加贬抑，认为像冯道这样的官场“长乐老”无廉耻，而苏辙敢于立异，尤其是从“弃之而去，食薇蕨，友麋鹿，易耳”的角度评价冯道，立论颇有可取之处，表现出苏辙的积极入世的精神和对逃避现实态度的鄙视。

苏辙不像韩愈、欧阳修那样辟佛排老，《历代论》中也谈到了佛老问题，而认为好之者与疾之者都是不对的，他说：“老佛之道，与吾道同而欲绝之，老佛之教与吾教异而欲行之，皆失之矣。”在《逍遥聪禅师塔碑》一文中说：“老佛之道，非一人之私说也，自有天地而有是道也。”这样的文章，可以说是勇于独立思考，敢于独抒己见。

苏辙的议论文章往往写得反复曲折、穷尽事理，善于比喻，情理兼到，结构缜密，一波三折，运笔新巧。又如，《民政策》第二，其主旨乃欲论述宋代科举之弊，但他却先从周、秦民风之异谈起，后半部分才自然入题，指责朝廷一面想“求天下忠信、孝悌之人”，一面却仅以科举取士，结果“士大夫为声病剽略之文，而治苟且记问之学”，至此，文章主旨才豁然而出。正如刘熙载所说：“大苏文一泻千里，小苏文一波三折”。清人刘海峰云：“子由之文其正意不肯一口道破，纡徐百折而后出”。

《栾城应诏集》卷一进论五首，《商论》，论及商、周有天下长与短之别，指出：

> 周公之治天下，务为文章繁缛之礼，以和柔驯扰天下刚强之民。故其道本于尊尊而亲亲，贵老而慈幼，使民之父子相爱而兄弟相悦，以无犯上难制之气。行其至柔之道，以揉天下之戾心，而去其刚毅勇果之政，故其享天下至久。而诸侯内侵，京师不振，卒于废为至弱之国，何者？优柔和易之道，可以为久而不可以为强也。

而商“刚强不屈”，“故其后世有以自振于衰微。然至于其败也，一散而不可复止。”最后得出结论，“圣人之虑天下亦有所就而已，盖不能使之无弊也。”这实际上是针对北宋贫弱不振，敌国步步逼进形势的分析。这种观点是他执政期间处理与西夏关系等军国大事的出发点。从这一点上说，历史上对苏辙以及旧党的一些人的评价之所以比王安石高，正是由于他们是从封建文化的本体出发，进行改革。

苏辙虽然致力于史论和政论之文，但成就最高的还是书信、记叙之文。如初到京师时所写《上枢密韩太尉书》、《上昭文富丞相书》、《上曾参政书》充满了少年豪气，既不像韩愈《上宰相书》那样卑躬屈节，也不像李白《上韩荆州书》那样纵横使气。

苏辙的记叙杂文成就最高，为人所称者有《庐山栖贤寺新修僧堂记》、《武昌九曲亭记》、《黄州快哉亭记》、《超然台记》等，如《武昌九曲亭记》：

> 江之南，武昌诸山陂陁蔓延，涧谷深密。中有浮图精舍。西曰西山，东曰寒谿。依山临壑，隐蔽松枥，萧然绝俗，车马之迹不至。每风止日出，江水伏息，子瞻策杖载酒，乘渔舟乱流而南。
>
> 然将适西山，行于松柏之间，羊肠九曲而获少平，游者至此必息。倚怪石，荫茂树，俯视大江，仰瞻陵阜，旁瞩溪谷，风云变化，林麓向背，皆效于左右。

这里不仅写出了幽邃深密的涧谷、奔腾的大江，而且写出了苏东坡的潇洒超然，“子瞻策杖载酒，乘渔舟乱流而南”，“山中有二三子，好客而喜游，闻子瞻幅巾迎笑”，“翩然独往……撷林卉，拾涧实，酌水而饮之”，真正做到了情景交融，传神写意。

《黄州快哉亭记》写于元丰六年，时苏轼被贬黄州，苏辙被贬筠州。此文围绕“快哉”二字，写出了“使其中坦然，不以物伤性，将何适而非快?”的旷达胸怀。

先是描写亭周围的壮观景色：

> 江出西陵，始得平地。其流奔放肆大，南合沅、湘，北

合汉、沔，其势益张。至于赤壁之下，波流浸灌，与海相若。

盖亭之所见，南北百里，东西一舍。涛澜汹涌，风云开阖。昼则舟楫出没于其前，夜则鱼龙悲啸于其下，变化倏忽，动心骇目，不可久视。今乃得玩之几席上，举目而足。西望武昌诸山，冈陵起伏，草木行列，烟消日出，渔夫樵父之舍皆可指数。此其所以为“快哉”者也。至于长州之滨，故城之墟，曹孟德、孙仲谋之所睥睨，周瑜、陆逊之所骋骛，其流风遗迹，亦足以称快世俗。

后面用大段议论，并引宋玉谏楚襄王的话，写出了自得与不自得二种境界。清人储欣说：“《上太尉书》高奇豪迈，《快哉亭记》汪汪若千顷波，皆次公（苏辙）集中第一乘文字。”（《唐宋八大家类选》）此文写景生动阔大，议论慷慨淋漓，全文汪洋恣肆，畅达委备，而音辞谐美，写到篇末，戛然而止，可谓行于所当行，止于所当止。可与苏轼《前赤壁赋》媲美。

苏辙之文本不以奇特见称，但也有“稍自振厉”之作，如《黄州楼赋》就曾被时人疑为苏轼所作。又如《庐山栖贤寺新修僧堂记》就以“造语奇特”著称：

元丰三年，余得罪迁高安。夏六月，过庐山，知其胜而不敢留。留二日，涉其山之阳，入栖贤谷。谷中多大石，岌嶪相倚。水行石间，其声如雷霆，如千乘车行者，震棹不能自持，虽三峡之险不过也。故其桥曰三峡。渡桥而东，依山循水，水平如白练，横触巨石，汇为大车轮，流转汹涌，穷水之变。院据其上流，右倚石壁，左俯流水。石壁之趾，僧堂在焉。狂峰怪石，翔舞于檐上。杉松竹箭，横生倒植，葱茜相纠。每大风雨至，堂中之人疑将压焉。

此文写栖贤谷之奇，其“造语奇特”不仅表现在描写景物的语言上，还突出表现在借人物的感觉，传达出境界之奇，可谓

"妙于语言"，难怪王士禛《香祖笔记》云："颍滨《栖贤寺记》造语奇特，虽唐作者如刘梦得、柳子厚妙于语言，亦不能过之。"

然而苏辙更多的文章是写得稳重、淡泊，如《东轩记》，写作"东轩"以为"宴休之所"，却不得一日"安于其中"，而日日忙于"坐市区鬻盐、沽酒、税豚鱼"，此情此景是历来文人雅士作轩亭以自适者大异其趣的。文章最后说：希望有那么一天，"世或哀而怜之，使得归伏田里"，"然后追求颜氏之乐，怀思东轩，优游以忘其老"。宦情淡泊，文章亦自澹泊。这样的笔墨，也是"如其为人"的。其他如《吴氏浩然堂记》、《王氏清虚堂记》及晚年所作《遗老斋记》、《藏书室记》、《待月轩记》、《坟院记》四记，叙事描写自然贴切，议论畅达，情思俱佳。

苏辙一生忧患为多，早年贬斥，晚又遭逐，虽然元祐中官职屡升，而实际上如他所说："事之不如意者，十常六七，虽号为得志，而实不然。"（《遗老斋记》三集卷十）所以晚年之文，愈加平稳、淡泊，如《子瞻和陶渊明诗集引》，其中有"子瞻出仕三十余年，为狱吏所折困，终不能悛，以陷于大难，乃欲以桑榆之末景，自托于渊明，其谁肯信之?"可谓一语道破天机，非饱经忧患之人，难出此语。

《书白乐天集后二首》，是苏辙晚年贬斥龙川时作，写斥逐生涯的无聊，苦闷，但仍不失"振厉"之语："然乐天每闲冷衰病，发于咏叹，辄以公卿投荒、僇死不获其终者自解。予亦鄙之。"第二首忽然转到佛经上去，论《圆觉经》中"动念息念，皆归迷闷"，最后到"乐天八渐偈，亦见此事"，行文无拘无束，随意东西，文无定止，文笔老到，境界超旷，胸中毫无衰病之气。

苏辙晚年信道，所到之处皆作青词、祝文，乞求平安。即便是这类文章，他也写出了自己的特色，不像韩愈《鳄鱼文》那样，虚骄浮燥，而是心虚气和，如《龙川二首》其二："一愿养心炼气，日见成功，……。三愿南北眷属，各保安宁，北归之时，一一相见。”《高安四首》其二写“近岁预闻国事，福禄盈满，功行蔑闻，致此颠跻，复将谁咎？重以兄轼，平生悻直，仇怨满前，流窜海滨，日虞瘴疠，以至坟墓隔绝，父子分离，相望万里，患不相救”。虽在患难之中，他仍然毫无怨望之气，只希望能少获安全，虚心养气，殊为难得。

苏辙写人之文，也写得非常传神，如《巢谷传》写巢谷早年学武、远游，接着又写巢谷与熙河名将韩存宝的关系，“及存保得罪，将就逮，自料必死，谓谷曰：‘我泾原武夫，死非所惜；顾妻子免寒饿，中有银数百两，非君莫使遗之者！’谷许诺，即变姓名，怀银步行，往授其子，人无知者。存宝死，谷逃避江淮间，会赦始出。”接着又写苏轼兄弟被贬岭南时，以七十老翁，自四川徙步万里，前往见苏轼兄弟。见苏辙后，还要渡海见苏轼，苏辙劝他别去，他说：“我自视未即死也，公无止我”最后，巢谷死在路上。

苏辙的《亡兄子瞻端明墓志铭》中记述苏轼守徐州筑堤防洪，塑造了一个“以身帅之，与城存亡”的太守形象：

> 是时河决曹村，泛于梁山泊，溢于南清河。城南两山环绕，吕梁百步扼之，汇于城下，涨不时泄。城将败，富民争出避水。公曰：“富民若出，民心动摇，吾谁与守？吾在是，水决不能败城。”驱使复入。公履屦杖策，亲入武卫营，呼其卒长，谓之曰：“河将害城，事急矣，虽禁军，宜为我尽力。”卒长呼曰：“太守犹不避涂潦，吾侪小人效命之秋也。”执梃入火伍中，率其徒短衣徒跣，持畚锸以出，筑东南长堤，首起戏马台，尾属于城。堤成，水至堤下，害不及城，民心乃安。

《欧阳文忠公夫人薛氏墓志铭》是应欧阳修之子欧阳叔弼之请而作，这类文章不是作得死板，就是有“谀墓”之嫌，而苏辙此文把重点放在以细节塑造人物上。先写“夫人生于富贵，方年二十，从公涉江湖，行万里，居小邑，安于穷陋，未尝有不足之色”。然后写她侍候太夫人，“未尝稍失其意，虽寒乡小家女，有不能也。”又写她在太后宫内，拒绝内臣请托。写她“平居造次必以礼，辞气容止，虽温而庄，未尝疾言厉色。”临终时，言语如平日，曰：“吾年至此，死其常也。此尔等忧，岂复预吾事耶?”塑造了一个贤达知礼的贤妇人形象。

苏轼曾在《答张文潜书》中评价苏辙的文章说：“子由之文实胜仆，而世俗不知，乃以为不如。其为人，深不愿人知之。其文如其为人。故汪洋澹泊，有一唱三叹之声。而其秀杰之气，终不可没。作《黄楼赋》，乃稍自振厉，若欲以警发愦愦者。而或者便谓仆代作，此尤可笑。”而苏辙自己说：“子瞻之文奇，余文但稳耳。”(《栾城遗言》）茅坤在《苏文定公文钞引》中也有评论，他说：“苏文定公之文，其镵削之思或不如父，雄杰之气不如兄；然而冲和澹泊，遒逸疏宕，大者万言，小者千余言，……西汉以来别调也。”可以说，这个评价是全面公证的。特别是指出苏辙的文章是“西汉以来别调”，突出了苏辙在散文史上的地位。历来对唐宋散文的研究，特别是对唐宋八大家的研究，往往忽视苏辙的贡献。实际上，苏辙的文风对后来古文中结构严谨、简洁畅达、辞气平和的风格有很大影响。忽视这一点，就会造成散文发展史上的空白。

三

苏辙的文集，都是他亲手编定的，而且早期主要刻本都是他的后人刊印的，所以，传本附益删损不多。现在通行的本子共九十六卷，《栾城集》五十卷，《栾城后集》二十四卷，《栾城三集》十卷，《栾城应诏集》十二卷，基本上保存了原貌。苏辙的曾孙苏诩提及到四种本子：建安本、麻沙本、蜀本、家藏本。国内现存宋本三种，均为残本，最早的是宋刻《苏文定公文集》前集五十卷，后集二十四卷，三集十卷，应诏集十二卷，共九十六卷，现存四十六卷。另外一种名同，实存十卷。第三种为《栾城集》五十卷，《栾城后集》二十四卷，实存二十一卷。元明清历代皆有刻本，从总的版本情况看，存在着两个系统，明清梦轩刻本《苏文定公栾城集》，王执礼、顾天叙同校，是承宋刻《苏文定公文集》而来。另一个系统是明嘉靖蜀王朱让栩刻本，《栾城集》后集、三集共八十四卷，没有应诏集。

经过比较，我们这次校评《苏辙散文集》，以明万历年间王执礼、顾天叙校勘清梦轩刻印的本子为底本，参校了宋刻《苏文定公文集》（简称宋刻大字本）、宋刻《苏文定公集》（简称宋刻文集本）、宋刻《栾城集》（简称宋刻小字本）、清道光壬辰眉州三苏祠本。

此次整理唐宋八大家文集，对全部文章重新进行分类，统一分为十二类：论说、书信、叙跋、记叙、赋颂、传记、祭吊、墓志、赠序、表状、诏诰、杂说。苏辙文中唯独没有赠序这一古文家常用的文体，这可能与他为人端谨有关，故只分为十一类。

此次整理还参阅了曾枣庄、马德赋校点的《栾城集》（上海古籍出版社，1987 年版），陈宏天、高秀芳校点的《苏辙集》（中华书局，1990 年版）。从中选取了他们辑轶的奏议等篇，在此表示感谢。

由于水平所限，错误在所难免，请专家、读者不吝指教。

张德建

1994 年 12 月

目　录

一、论　说

二、记　叙

三、书　　简

四、序　　跋

五、传　　记

六、赋　颂

七、奏　　议

八、诏　　册

九、碑　　志

十、祭　　吊

十一、杂　　体

一　论说

史官助赏罚论

域中有三权：曰天，曰君，曰史官。圣人以此三权者，制天下之是非，而使之更相助。夫惟天之权，而后能寿夭祸福天下之人，而使贤者无夭横穷困之灾，不贤者无以享其富贵寿考之福。然而季次、原宪，古所谓贤人者也，伏于穷阎之下，布衣饘粥之不给。盗跖、庄蹻横行于天下，食人之肝以为粮，而老死于牖下，不见兵革之祸。如此，则是天之权有时而有所不及也。故人君用其赏罚之权，于天道所不及之间，以助天为治。然而赏罚者，又岂能尽天下之是非？而赏罚之于一时，犹惧其不能明著暴见于万世之下，故君举而属之于其臣，而名之曰史官。盖史官之权，与天与君之权均，大抵三者更相助，以无遗天下之是非。故荀悦曰："每于岁尽，举之尚书，以助赏罚。"

夫史官之兴，其来尚矣！其最著者，在周曰佚，在鲁曰克，在齐曰南氏，在晋曰董狐，在楚曰倚相。观其为人，以度其当时之所书，必有以助赏罚者，然而不获见其笔墨之所存，以不能尽其助治之意。独仲尼因鲁之史官左丘明而得其载籍，以作为《春秋》，是非二百四十二年。虽其名为经，而其实史之尤大章明者也。故齐桓、晋文有功于王室，王赏之以侯伯之爵、征伐四国之权，而《春秋》又从而屡进之，此所以助乎赏之当于其功也。吴、楚、徐、越之僭，皆得罪于其君者也，而《春秋》又从而加之以斥绝摈弃不齿之辞，此所以助乎罚之当于其罪也。若夫当时赏罚之所不能及，则又为之明言其状，而使后世嗟叹痛惜之不已。呜呼，贤人君子之功烈，与夫乱臣贼子罪恶之状，于此皆可以无忧其无闻焉！是故古者圣人重史官。当汉之时，号曰太史令，而其权在丞相之上，郡国计吏，上计于太史，而后以其副上于丞相、御史。夫惟知其权之可以助赏罚也，故从而尊显之。然则后之史官，其可以忽哉？

【解题】

天道难测，“有时而有所不及”，人君以赏罚制天下，又不能穷尽天下之是非。作者认为，史官能助天、君为赏罚，使天下之是非无遗，三者“更相助”，才能制天下是非。强调应加强史官的作用。

刑赏忠厚之至论

古之君子立于天下，非有求胜于斯民也。为刑以待天下之罪戾，而唯恐民之入于其中以不能自出也；为赏以待天下之贤才，而唯恐天下之无贤而其赏之无以加之也。盖以君子先天下，而后有不得已焉。夫不得已者，非吾君子之所志也，民自为而召之也。故罪疑者从轻，功疑者从重，皆顺天下之所欲从。

且夫以君临民，其强弱之势，上下之分，非待夫与之争寻常之是非而后能胜之矣。故宁委之于利，使之取其优而吾无求胜焉。夫惟天下之罪恶暴著而不可掩，别白而不可解，不得已而用其刑；朝廷之无功，乡党之无义，不得已而爱其赏。如此，然后知吾之用刑，而非吾之好杀人也；知吾之不赏，而非吾之不欲富贵人也。使夫其罪可以推而纳之于刑，其迹可以引而置之于无罪；其功与之而至于可赏，排之而至于不可赏。若是二者而不以与民，则天下将有以议我矣。使天下而皆知其可刑与不可赏也，则吾犹可以自解；使天下而知其可以无刑、可以有赏之说，则将以我为忍人而爱夫爵禄也。圣人不然，以为天下之人，不幸而有罪，可以刑，可以无刑，刑之而伤于仁；幸而有功，可以赏，可以无赏，无赏而害于信。与其不屈吾法，孰若使民全其肌肤，保其首领而无憾于其上？与其名器之不僭，孰若使民乐得为善之利而无望望不足之意？呜呼，知其有可以与之之道而不与，是亦志于残民而已矣！

且彼君子之与之也，岂徒曰与之而已也，与之而遂因以劝之焉耳。故舍有罪而从无罪者，是以耻劝之也；去轻赏而就重赏者，是以义劝之也。盖欲其思而得之也。故夫尧舜三代之盛，舍此而忠厚之化亦无以见于民矣！

【解题】

作者认为刑赏是治理国家的手段，但不能以争胜于民的态度施行，而应慎刑、重赏，以耻劝民，以义劝民。这才是达到盛世的正途。

进论二十五首

夏　论

圣人之道，苟可以安于天下，不求夫为异也。尧、舜传之贤而禹传之子，天下以为禹无圣人而传之，而后授之其子孙也。夫圣人之于天下，不从其所安而为之，而求异夫天下之人，何其用心之浅邪！昔者汤有伊尹，武王有周公，而周公，文王之子、武王之弟也。汤之太甲，武之成王，皆可以为天下，而汤不以与其臣，武王不以与其弟，诚以为其子之才不至于乱天下者，则无事乎授之他人而以为异也，而天下之人何独疑夫禹哉？今夫人之爱其子，是天下之通义也；有得焉，而思以予其子孙，人情之所皆然也。圣人以是为不可易，故从而听之，使之父子相继而无相乱。

以至于尧，尧举其天下而授之舜，舜得尧之天下而又授之禹。举天下而授之人，此圣人之所以大过人，而天下后世之所不能也。天下后世之所不能，而圣人独为之，岂以为异哉？夫天下之人不能皆贤而有异人焉，为异而震之，则天下皆将喜其名而失其真，故夫尧、舜之传贤者，是不得已而然也。使尧之丹朱，舜之商均，仅可以守天下，而尧肯传之舜，舜肯传之禹，以为异而疑天下哉？然则禹之不以天下授益，非以益为不足受也，使天下复有禹，予知禹不以天下授之矣。何者？启足以为天下故也。启为天下而益为之佐，是益不失为伊尹、周公，而其功犹可以及天下也。盖圣人之不喜异也如此。

昔者尝闻之，鲁人之法，赎人者受金于府。子贡赎人而不受赏。夫子叹曰："嗟夫，使鲁之不复赎人者，赐也！"夫赎人而不以为功，此君子之所以异于众人者，而其弊乃至于不赎。是故圣人不喜为异，以其有时而穷也。闵子终三年之丧，见于夫子，援琴而歌，戚戚而不乐，作而曰："先王制礼，弗敢过也。"子夏终三年之丧，见于夫子，取琴而鼓之，其乐衎衎然。作而曰："先王制礼，不敢不及也。"而夫子皆以为贤。由此观之，圣人之行，岂求胜夫天下之人哉，亦有所守而已矣！

【解题】

苏辙《栾城应诏集》有《进论》二十五首，《进策》二十五首，各五卷。嘉祐五年（1060）应制举前，苏辙上书两制，"取其鄙野之文五十篇而荐之，俾与明诏之末。"所献五十篇即此。由此可知，这些文章应作于嘉祐五年前。

此文从禅让谈起，指出圣人之治天下，不在于故意"为异”，而应顺应实际。

商 论

商之有天下者三十世，而周之世三十有七。商之既衰而复兴者五王，而周之既衰而复兴者，宣王一人而已。盖商之多贤君，宜若其世之过于周，而反不如；周之贤君不如商之多，而其久于商者乃数百岁也。此二者所以使天下之人疑焉而不知其故也。

盖尝以为周公之治天下，务为文章繁缛之礼，以和柔驯扰天下刚强之民。故其道本于尊尊而亲亲，贵老而慈幼，使民之父子相爱而兄弟相悦，以无犯上难制之气。行其至柔之道，以揉天下之戾心，而去其刚毅勇果之政，故其享天下至久。而诸侯内侵，京师不振，卒于废为至弱之国，何者？优柔和易之道，可以为久而不可以为强也。若夫商人所以为天下者，不可复见矣。窃尝求之于诗书之间，见夫诗之宽缓而和柔，书之委曲而繁重者，举皆周也；而商人之诗骏发而严厉，其书简洁而明肃，以为商人之风俗盖在乎此矣！夫惟天下之有刚强不屈之俗也，故其后世有以自振于衰微，然至于其败也，一散而不可复止。故夫物之强者易以折，而柔忍者可以久存；柔者可以久存而常困于不胜，强者易以折，而其末也乃可以有所立。且此非圣人之罪也，物莫不有所短。方其盛也，长用而短伏；及其衰也，长伏而短见。夫圣人惟能就其所长而用之也，是故当其盛时，天下惟其长之知，而不知其短之所在。及其后世，用之不当，其长日已消亡，而短日出。故夫能久者常不能强，能以自奋者常不能久，此商之所以不长，而周之所以不振也。

呜乎，圣人之虑天下亦有所就而已，盖不能使之无弊也。使之能久而不能强，能以自奋而不能以及远，此二者存乎其后世之贤与不贤也。故太公封于齐，尊贤而尚功。周公曰：“后世必有篡夺之臣。”周公治鲁，亲亲而尊尊。太公曰：“后世浸衰矣！”

夫尊贤尚功；则近于强；亲亲尊尊，则近于弱。终于齐有田氏之祸，而鲁人困于盟主之令。盖商之政近于齐，而周公之所以治周者，其所以治鲁也。故齐强而鲁弱，鲁未亡而齐亡也。

【解题】

此论提出了商、周长短与强弱的问题，即商之强盛而只传三十世，周传三十七世而困于诸侯。苏辙认为周公制礼作乐以教天下，为治国根本，使国运长久，而强盛与否，则只能靠后世有无贤君。因为“物莫不有所短”。

周　　论

《传》云：“夏之政尚忠，商之政尚质，周之政尚文。”而仲尼亦云：“周监于二代，郁郁乎文哉！吾从周。”予读《诗》、《书》，历观唐、虞至于商、周，盖尝以为自生民以来，天下未尝一日而不趋于文也。

文之为言，犹曰万物各得其理云尔。父子君臣之间，兄弟夫妇之际，此文之所由起也。昔者生民之初，父子无义，君臣无礼，兄弟不相爱，夫妇不相保，天下纷然而淆乱，忿斗而相苦。文理不著，而人伦不明，生不相养，死不相葬，天下之人，举皆戚然有所不宁于其心。然后反而求其所安，属其父子，而列其君臣，联其兄弟，而正其夫妇。至于虞、夏之世，乃益去其鄙野之制，然犹以天子之尊而饭土熘、啜土铏，土阶三尺，茅茨而不剪。至于周而后大备。其粗始于父子之际，而其精布于天下，其用甚广而无穷。盖其当时，莫不自以为文于前世，而其后之人乃更以为质也。是故祭祀之礼，陈其笾豆，列其鼎俎，备其醪醴，俯伏以荐。思其饮食醉饱之乐，而不可见也，于是灌用郁鬯，藉用白茅，既沃而莫之见，以为神之缩之也。体魄降于地，魂气升于天，恍惚诞谩，而不知其所由处。声音气臭之类，恐不能得当也，于是终祭于屋漏，绎祭于祊，以为人子之心，无所不至也。

荐之以滋味，重之以脍炙，恐鬼神之不屑也；荐之以血毛，重之以体荐，恐父祖之不吾安也。于是先黍稷而后稻粱，先太羹而后庶羞，以为不敢忘礼亦不敢忘爱也。丁宁反复，优游而不忍去，以为可以尽人子之心，而人子之心亦可以少安矣。故凡世之所谓文者，皆所以安夫人之所不安，而人之所安者，事之所当然也。

仲尼区区于衰周之末，收先王之遗文，而与曾子推论礼之所难处，至于毫厘纤悉之际，盖以为王道之盛，其文理当极于此焉耳。及周之亡，天下大坏，强凌弱，众暴寡，而后世乃以为用文之弊。夫自唐、虞以至于商，渐而入于文，至周而文极于天下。

当夏、商之世，盖将求周之文，而其势有所未至，非有所谓质与忠也。自周而下，天下习于文，非文则无以安天下之所不足，此其势然也。今夫冠婚丧葬而不为之礼，墓祭而不庙，室祭而无所，仁人君子有所不安于其中。而曰不文，以从唐、虞、夏、商之质。夫唐、虞、夏、商之质，盖将以求周之文而未至者，非所以为法也。

【解题】

此论从“周之政尚文”入手，分析“文”对于周及天下后世的影响。

六　国　论

愚读六国世家，窃怪天下之诸侯，以五倍之地，十倍之众，发愤西向，以攻山西千里之秦，而不免于灭亡，常为之深思远虑，以为必有可以自安之计，盖未尝不咎其当时之士虑患之疏、而见利之浅、且不知天下之势也。

夫秦之所与诸侯争天下者，不在齐、楚、燕、赵也，而在韩、魏。秦之有韩、魏，譬如人之有腹心之疾也。韩、魏塞秦之冲，而蔽山东之诸侯，故夫天下之所重者，莫如韩、魏也。昔者范雎用于秦而收韩，商鞅用于秦而收魏；昭王未得韩、魏之心，而出兵以攻齐之刚寿，而范雎以为忧。然则秦之所忌者，可以见矣。秦之用兵于燕、赵，秦之危事也。越韩过魏而攻人之国都，燕、赵拒之于前，而韩、魏乘之于后，此危道也。而秦之攻燕、赵，未尝有韩、魏之忧，则韩、魏之附秦故也。夫韩、魏，诸侯之障，而使秦人得出入于其间，此岂知天下之势邪？委区区之韩、魏，以当强虎狼之秦，彼安得不折而入于秦哉？韩、魏折而入于秦，然后秦人得通其兵于东诸侯，而使天下遍受其祸。

夫韩、魏不能独当秦，而天下之诸侯藉之以蔽其西，故莫如厚韩亲魏以摈秦。秦人不敢逾韩、魏以窥齐、楚、燕、赵之国，而齐、楚、燕、赵之国因得以自安于其间矣。以四无事之国，佐当寇之韩、魏，使韩魏无东顾之忧，而为天下出身以当秦兵。以二国委秦，而四国休息于内，以阴助其急，若此，可以应夫无穷，彼秦者将何为哉？不知出此，而乃贪疆场尺寸之利，背盟败约，以自相屠灭，秦兵未出，而天下诸侯已自困矣。至使秦人得乘其隙，以取其国，可不悲哉！

【解题】

这篇文章讨论的是六国为什么会亡于秦。苏辙认为六国各不相顾，“背盟败约，以自相屠灭”，是失败的主要原因。苏辙长于史论，此文虽没有其父苏洵《六国论》有名，但与苏洵论六国之亡在“赂秦”不同。

秦　论

秦人居诸侯之地，而有万乘之志，侵辱六国，斩伐天下，不数十年之间，而得志于海内。至其后世，再传而遂亡。刘季起于匹夫，斩艾豪杰，蹶秦诛楚，以有天下，而其传子孙数十世而不绝。盖秦汉之事．其所以起者不同，而其所以取之者，无以相远也。

然刘、项奋臂于闾阎之中，率天下蜂起之兵，西向以攻秦，无一成之聚，一夫之众，驱罢弊适戍之人，以求所非望，得之则生，失之则死。以匹夫而图天下，其势不得不疾战以趋利，是以冒万死求一生而不顾。今秦拥千里之地，而乘累世之业，虽闭关而守之，畜威养兵，拊循士民，而诸侯谁敢谋秦？观天下之衅，而后出兵以乘其弊，天下夫谁敢抗？而惠、文、武、昭之君，乃以万乘之资，而用匹夫所以图天下之势，疾战而不顾其后，此宜其能以取天下，而亦能以亡之也。夫刘、项之势，天下皆非吾有，起于草莽之中，因乱而争之，故虽驱天下之人，以争一旦之命，而民犹有待于戡定，以息肩于此，故以疾战定天下。天下既安，而下无背叛之志。若夫六国之际，诸侯各有分地，而秦乃欲以力征，强服四海，不爱先王之遗黎，以为子孙之谋，而竭其力以争邻国之利。六国虽灭，而秦民之心已散矣。故秦之所以谋天下者，匹夫特起之势，而非所以承祖宗之业，以求其不失者也。

昔者尝闻之，周人之兴，数百年而后至于文武。文武之际，三分天下而有其二，然商之诸侯，犹有所未服，纣之众未可以不击而自解也，故以文武之贤，退而修德，以待其自溃。诚以为后稷、公刘、太王、王季勤劳不懈，而后能至于此。故其发之不可轻，而用之有时也。嗟夫，秦人举累世之资，一用而不复惜，其先王之泽已竭于取天下，而尚欲求以为国，亦已惑矣！

【解题】

秦与汉都以力战而取天下，秦二世而亡，汉则数十世。苏辙认为秦取天下是为子孙之利，六国亡而百姓之心离散，故不能久存；汉取天下，天下安定，所以能长久。

汉　论

古之圣人制为君臣之分：天子以其一身立乎天下之上，安受天下之奉己而不辞；天下之人，奇才壮士，争出其力，自尽于天子之下，而无所逃遁。此二者何为如此也？

天下之事，固其贤者为之也。仁人君子尽其心以制天下之事，而无所不成；武夫猛士竭其力以剪天下之暴乱，而无所不定。此其类非不智且勇也，然而不得其君，则其心常鳃鳃然，旷四海而不能以自安，功成事立，缺然反顾而莫之能受。是以天下之贤才，其才虽足以取之，而常喜天下之有贤君者，利其有以受之也。盖古之人君，收天下之英雄而不失其心，故天下皆争归之；而英雄之士，因其君之资以用力于天下，功成求得而不敢为背叛之操。故上下相守，而可以至于无穷。惟其君臣相戾，而不能以相用，君以为无事乎其臣，臣以为无事乎其君。君无所用，以至于天下之不亲，臣无以用之，以至于茕茕而无所底丽，而天下始大乱矣！且彼不知夫天下之意也。天下之人皆人臣也，而谁能以相从？惟其因天子之权而用之，是以虽其比肩之人，而莫敢抗。彼见天下之莫吾抗也，则以为天下之畏我，而不知己之戴君之威而行也，故或狃天下之畏己，而反以求去其君。其君既去，而天下之人孰畏而不为变哉！

昔者西汉之衰，王莽窃取其人君之权而执之，以求取其天下。方其执之而未取也，天下不知其将取之，是以俯首而奉其所为。何者？天下之心犹以为汉役之也。至于天下在莽，而其英雄之士遂起而共攻之，不数年而莽以大败。何者？天下不服亡汉之王莽也。其后东汉之乱，献帝奔走于草莽之中，曹操出之以为帝王。当是之时，天下已无汉矣，而唯曹氏之为听。然天下之英雄犹以为名，皆起而争之，终曹公之身而不能以自安。犹幸其当时之人，皆知汉之天下已去而操收之也，是以心服曹氏而安为之臣。

故孔子曰："天下有道，礼乐征伐自天子出；天下无道，礼乐征伐自诸侯出。自诸侯出，盖十世希不失矣；自大夫出，五世希不失矣；陪臣执国命，三世希不失矣。"盖天下之情，居下而干其上之政者，以为己之享其利也，而不知天下之争心皆将嚣然而不平。是以其素所服者愈狭，则其失之也愈速。何则？其不平者众也。故曰："禄之去公室五世矣，政在大夫四世矣，而三桓之子孙微矣！"呜呼，公室既微，则三桓之子孙，天下之所谓宜盛者也，而终以衰弱而不振，则夫君臣之分可知也已！

【解题】

此文论述君权的必然性，专从君臣相须的角度立论。英雄之士"因其君之资以用力于天下"，古之人君，"收天下之英雄而不失其心"。

三 国 论

天下皆怯而独勇，则勇者胜；皆闇而独智，则智者胜。勇而遇勇，则勇者不足恃也；智而遇智，则智者不足用也。夫惟智勇之不足以定天下，是以天下之难蜂起而难平。盖尝闻之，古者英雄之君，其遇智勇也，以不智不勇，而后真智大勇乃可得而见也。悲夫，世之英雄其处于世亦有幸不幸邪！

汉高祖、唐太宗，是以智勇独过天下而得之者也。曹公、孙、刘，是以智勇相遇而失之者也。以智攻智，以勇击勇，此譬如两虎相捽，齿牙气力无以相胜，其势足以相扰，而不足以相毙。当此之时，惜乎无有以汉高帝之事制之者也。

昔者项籍，乘百战百胜之威，而执诸侯之柄，咄嗟叱咤，奋其暴怒，西向以逆高祖，其势飘忽震荡，如风雨之至，天下之人以为遂无汉矣。然高帝以其不智不勇之身，横塞其冲，徘徊而不进，其顽钝椎鲁足以为笑于天下，而卒能摧折项氏而待其死。此其故何也？夫人之勇力，用而不已，则必有所耗竭，而其智虑久而无成，则亦必有所倦怠而不举。彼欲用其所长以制我于一时，而我闭而拒之，使之失其所求，逡巡求去而不能去，而项籍固已败矣。

今夫曹公、孙权、刘备，此三人者，皆知以其才相取，而未知以不才取人也。世之言者曰："孙不如曹，而刘不如孙。"刘备惟智短而勇不足，故有所不若于二人者，而不知因其所不足以求胜，则亦已惑矣。盖刘备之才近似于高祖，而不知所以用之之术。昔高祖之所以自用其才者，其道有三焉耳：先据势胜之地，以示天下之形；广收信、越出奇之将，以自辅其所不逮；有果锐刚猛之气而不用，以深折项籍猖狂之势。此三事者，三国之君其才皆无有能行之者。独有一刘备近之而未至，其中犹有翘然自喜之心，欲为椎鲁而不能纯，欲为果锐而不能达，二者交战于中，而未有所定，是故所为而不成，所欲而不遂。弃天下而入巴蜀，则非地也；用诸葛孔明治国之才，而当纷纭战伐之冲，则非将也；不忍忿忿之心，犯其所短，而自将以攻人，则是其气不足尚也。嗟夫，方其奔走于二袁之间，困于吕布，而狼狈于荆州，百败而其志不折，不可谓无高帝之风矣，而终不知所以自用之方。夫古之英雄，唯汉高帝为不可及也夫！

【解题】

作者认为三国鼎立是因为曹、孙、刘三人皆智勇相当，足以相挠，不足以相毙。都不能像刘邦那样用拙取胜。

晋　论

御天下有道，休之以安，动之以劳。使之安居而能勤，逸处而能优。其君子周旋揖让，不失其节，而能耕田射驭，以自致其力；平居习为勉强，而去其惰傲；厉精而日坚，勤劳而日强。冠冕佩玉之人，而不惮执天下之大劳。夫是以天下之事，举皆无足为者，而天下之匹夫，亦无以求胜其上。何者？天下之乱，盖常起于上之所惮而不敢为。天下之小人，知其上之有所惮而不敢为，则有以乘其间，而致其上之所难。夫其上之所难者，岂非死伤战斗之患，匹夫之所轻而士大夫之所不忍以其身试之者邪？彼以死伤战斗之事邀我，而我不能应，则无怪乎天下之至于乱也。

故夫君子之于天下，不见其所畏。求使其所畏之不见，是故事有所不辞，而劳苦有所不惮。

昔者晋室之败，非天下之无君子也。其君子皆有好善之心，高谈揖让，泊然冲虚，而无慷慨感激之操；大言无当，不适于用，而畏兵革之事。天下之英雄，知其所忌而窃乘之，是以颠沛陨越而不能以自存。且夫刘聪、石勒、王敦、祖约，此其奸诈雄武，亦一世之豪也。譬如山林之人，生于草木之间，大风烈日之所咻，而霜雪饥馑之所劳苦，其筋力骨节之所尝试者，亦已至矣！而使王衍、王导之伦，清谈而当其冲。此譬如千金之家，居于高堂之上，食肉饮酒，不习寒暑之劳，而欲以之捍御山林之勇夫，而求其成功，此固奸雄之所乐攻而无难者也。是以虽有贤人君子之才，而无益于世；虽有尽忠致命之意，而不救于患难。此其病起于自处太高，而不习天下之辱事，故富而不能劳，贵而不能治。

盖古之君子，其治天下，为其甚劳，而不失其高；食其甚美，而不弃其粝。使匹夫小人不知所以用其勇，而其上不失为君子。至于后世，为其甚劳，而不知以自复，而为秦之强；食其甚美，而无以自实，而为晋之败。夫甚劳者，固非所以为安；而甚美者，亦非所以自固。此其所以丧天下之故也哉！

【解题】

此文论晋之亡，不单纯地说清谈误国，而是说王衍、王导之伦如“千金之家，居于高堂之上，食肉饮酒，不习寒暑之劳”，自然无法抵御“山林勇夫”。立论可谓新颖。

七　代　论

英雄之士，能因天下之势而遂成之。天下之势未有可以必成者也，而英雄之士常因其隙而入于其间，坚忍而不变，是以天下之势遂成而不可解。

自晋以下，天下何其纷纷也！强者不能以相吞，而弱者不能以相服；其德不足以相君臣，而其兵不足以相吞灭。天下大乱，离而为南北，北又离而为东西。其君臣又自相篡取而为七代，至于隋而后合而为一。盖其间百有余年之中，其贤君名臣累累而出者不为少矣，然而南不能渡河以有北之民，而北不能过江以侵南之地。岂其百年之间，南无间之足乘，而北无隙之可入哉？盖亦其势之有所不可者也。七代之际，天下尝有变矣，宋取之晋，齐取之宋，梁取之齐，陈取之梁，而周、齐取之后魏。此五衅者，兵交而不解，内乱而无救，其间非小也，而其四邻拱手远望，而莫敢入。盖其取之者诚有以待之，而不可以乘其仓卒也。嗟夫，北方之人，其力不足以并南；而南方之势，又固不可以争衡于中国，则七代之际，天下将不可合邪？尝试论之。

姚泓、宋武之际，天下将合之际也。姚兴既死，而秦地大乱，武帝举江南之兵长驱以攻秦，兵不劳而关中定，此天下之一时也。及夫刘穆之死，关中未安，席不及暖，兵不及息，而奔走以防江南之乱，留孺子孱将以抗四方强悍之虏，则天下之势已遂去矣！且此唯不能因天下之势而遂成之也，则夫天下之势亦随去之而已矣。

且夫孙权、曹操之事足以见矣。曹操之不能过江以攻孙权，力有所未足也；而孙权终莫肯求逞于中国，盖其志将以侥幸乎北方之大乱，然后奋而乘其弊，而非以为其地之足以抗衡于中原也。嗟夫，使武帝既入关，因而居之，以镇抚其人民，南漕江、淮之资，西引巴、汉之粟，而内因关中之盛，厉兵秣马以问四方之罪戾，当此之时，天下可以指麾而遂定矣，而何江南之足以蒂芥夫吾心哉？然而其事则不可以不察也，其心将有所取乎晋，而恐夫人之反之于南，是以其心忧惧颠倒，而不见天下之势。孔子曰："无欲速，无见小利。欲速则不达，见小利则大事不成。"故夫有可以取天下之势而不顾，以求移其君而遂失之者，宋武之罪也。

【解题】

此文论南北朝形势，指出当时所以分裂百年的原因是南北势力相当，而宋武帝没能抓住机遇，致使长期分裂。

隋　　论

人之于物，听其自附，而信其自去，则人重而物轻。人重而物轻，则物之附人也坚。物之所以去人，分裂四出而不可禁者，物重而人轻也。古之圣人，其取天下，非其驱而来之也；其守天下，非其劫而留之也。使天下自附，不得已而为之长，吾不役天下之利，而天下自至。夫是以去就之权在君而不在民，是之谓人重而物轻。且夫吾之于人，己求而得之，则不若使之求我而后从之；己守而固之，则不若使之不忍去我而后与之。故夫智者或可与取天下矣，而不可与守天下，守天下则必有大度者也。何者？非有大度之人，则常恐天下之去我，而以术留天下。以术留天下，而天下始去之矣。

昔者三代之君，享国长远，后世莫能及。然而亡国之暴，未有如秦、隋之速，二世而亡者也。秦、隋之亡，其弊果安在哉？自周失其政，诸侯用事，而秦独得山西之地不过千里，韩、魏压其冲，楚协其肩，燕、赵伺其北，而齐掉其东。秦人被甲持兵，七世而不得解，寸攘尺取，至始皇然后合而为一。秦见其取天下若此其难也，而以为不急持之，则后世且复割裂以为敌国，是以销名城，杀豪杰，铸锋镝，以绝天下之望。其所以备虑而固守之者，甚密如此。然而海内愁苦无聊，莫有不忍去之意。是以陈胜、项籍因民之不服，长呼起兵，而山泽皆应。由此观之，岂非其重失天下，而防之太过之弊欤？

今夫隋文之世，其亦见天下之久不定，而重失其定也。盖自东晋以来，刘聪、石勒、慕容、苻坚、姚兴、赫连之徒，纷纷而起者，不可胜数。至于元氏，并吞灭取，略已尽矣，而南方未服。元氏自分而为周、齐，周并齐而授之隋，隋文取梁灭陈，而后天下为一。彼亦见天下之久不定也，是以既得天下之众而恐其失之，享天下之乐而惧其不久。立于万民之上，而常有猜防不安之心，以为举世之人皆有曩者英雄割据之怀。制为严法峻令以杜天下之变，谋臣旧将诛灭略尽，而独死于杨素之手，以及于大故。终于炀帝之际，天下大乱，涂地而莫之救。由此观之，则夫隋之所以亡者，无以异于秦也。

悲夫！古之圣人，修德以来天下，天下之所为去就者，莫不在我，故其视失天下甚轻。夫惟视失天下甚轻，是故其心舒缓，而其为政也宽。宽者生于无忧，而惨急者生于无聊耳。昔尝闻之。周之兴，太王避狄于岐，豳之人民，扶老携幼而归之岐山之下，累累而不绝，丧失其旧国而卒以大兴。及观秦、隋，唯不忍失之，而至于亡。然后知圣人之为是宽缓不速之行者，乃其所以深取天下者也。

【解题】

此论仍是《商论》的观点，只是换了一个角度，从为政的宽严缓急入手，苛急之政如秦、隋，终不久而亡。应该“修德以来天下”，才能“视天下甚轻”、“其心舒缓”，才能实行宽缓之政。

唐　　论

天下之变，常伏于其所偏重而不举之处，故内重则为内忧，外重则为外患。古者聚兵京师，外无强臣，天下之事皆制于内。当此之时，谓之内重。内重之弊，奸臣内擅而外无所忌，匹夫横行于四海而莫之能禁，其乱不起于左右之大臣，则生于山林小民之英雄。故夫天下之重，不可使专在内也。古者诸侯大国，或数百里，兵足以战，食足以守，而其权足以生杀，然后能使四夷盗贼之患不至于内，天子之大臣有所畏忌，而内患不作。当此之时，谓之外重。外重之弊，诸侯拥兵，而内无以制。由此观之，则天下之重，固不可使在内，而亦不可使在外也。

自周之衰，齐、晋、秦、楚绵地千里，内不胜于其外，以至于灭亡而不救。秦人患其外之已重而至于此也，于是收天下之兵而聚之关中，夷灭其城池，杀戮其豪杰，使天下之命皆制于天子。然至于二世之时，陈胜、吴广大呼起兵，而郡县之吏熟视而走，无敢谁何。赵高擅权于内，颐指如意，虽李斯为相，备五刑而死于道路。其子李由守三川，拥山河之固，而不敢校也。此二患者，皆始于外之不足，而无有以制之也。至于汉兴，惩秦孤立之弊，乃大封侯王，而高帝之世，反者九起，其遗孽馀烈，至于文景而为淮南、济北、吴、楚之乱。于是武帝分裂诸侯以惩大国之祸，而其后百年之间，王莽遂得以奋其志于天下，而刘氏子孙无复龃龉。魏晋之世，乃益侵削诸侯，四方微弱，不复为乱，而朝廷之权臣，山林之匹夫，常为天下之大患。此数君者，其所以制其内外轻重之际，皆有以自取其乱而莫之或知也。

夫天下之重，在内则为内忧，在外则为外患。而秦汉之间，不求其势之本末，而更相惩戒，以就一偏之利，故其祸循环无穷而不可解也。且夫天子之于天下，非如妇人孺子之爱其所有也。得天下而谨守之，不忍以分于人，此匹夫之所谓智也，而不知其无成者，未始不自不分始。故夫圣人将有所大定于天下，非外之有权臣则不足以镇之也。而后世之君乃欲去其爪牙，剪其股肱，而责其成功，亦已过矣。愚尝以为天下之势，内无重，则无以威外之强臣，外无重，则无以服内之大臣而绝奸民之心。此二者，其势相持而后成，而不可一轻者也。

昔唐太宗既平天下，分四方之地，尽以沿边为节度府，而范阳、朔方之军，皆带甲十万。上足以制夷狄之难，下足以备匹夫之乱，内足以禁大臣之变，而其将帅之臣，常不至于叛者，内有重兵之势以预制之也。正观之际，天下之兵八百余府，而在关中者五百，举天下之众而后能当关中之半，然朝廷之臣亦不至于乘隙间衅以邀大利者，外有节度之权以破其心也。故外之节度，有周之诸侯外重之势，而易置从命，得以择其贤不肖之才，是以人君无征伐之劳，而天下无世臣暴虐之患。内之府兵，有秦之关中内重之势，而左右谨饬，莫敢为不义之行，是以上无逼夺之危，而下无诛绝之祸。盖周之诸侯，内无府兵之威，故陷于逆乱而不能以自止；秦之关中，外无节度之援，故协于大臣而不能以自立。有周、秦之利，而无周秦之害，形格势禁，内之不敢为变，而外之不敢为乱，未有如唐制之得者也。

而天下之士，不究利害之本末，猥以成败之遗踪，而论计之得失，徒见开元之后，强兵之将皆为天下之大患，而遂以太宗之制为猖狂不审之计。夫论天下，论其胜败之形，以定其法制之得失，则不若穷其所由胜败之处。盖天宝之际，府兵四出，萃于范阳；而德宗之世，禁兵皆戍赵、魏，是以禄山、朱泚得至于京师，而莫之能禁，一乱涂地。终于昭宗，而天下卒无宁岁。内之强臣，虽有辅国、元振、守澄、士良之徒，而卒不能制唐之命。诛王涯，杀贾悚，自以为威振四方，然刘从谏为之一言，而震慑自敛，不敢复肆。其后崔昌遐倚朱温之兵以诛宦官，去天下之监军，而无一人敢与抗者。由此观之，唐之衰，其弊在于外重，而外重之弊，起于府兵之在外，非所谓制之失，而后世之不用也。

【解题】

一般认为唐亡于藩镇、宦官、党争，苏辙此文则专从国家大势出发，指出：唐亡于外重，但不是由于节度使制度，而是后世未能贯彻好唐太宗制订的内外并重的制度，导致兵制于外。

五　代　论

昔者商、周之兴，始于稷、卨，而至于汤、武，凡数百年之间而后得志于天下。其成功甚难，而享天下之利至缓也。然桀、纣既灭，收天下，朝诸侯，自处于天子之尊，而下无不服之志。诛一匹夫而天下遂定，盖其用力亦甚易而无劳也。至于秦、汉之际，其英雄豪杰之士，逐天下之利唯恐不及，而开天下之衅唯恐其后之也。奋臂于大泽，而天下之士云合响应，转战终日而辟地千里，其取天下若此其无难也。然天下已定，君臣之分既明，分裂海内以王诸将，将以传之无穷，百世而不变，而数岁之间，功臣大国反者如蝟毛而起，是何其取之之易而守之之难也！

若夫五代干戈之际，其事虽不足道，然观其帝王起于匹夫，鞭笞海内，战胜攻取，而自梁以来，不及百年，天下五禅，远者不过数十年，其智虑曾不足以及其后世，此亦甚可怪也。盖尝闻之，梁之亡，其父子兄弟自相屠灭，虐用其民而天下叛；周之亡，适遭圣人之兴，而不能以自立。此二者，君子之所不疑于其间也。而后唐之庄宗、明宗，与晋、汉之高祖，皆以英武特异之姿，据天下太半之地，及其子孙，材力智勇亦皆有以过人者，然终以败乱而不可解，此其势必有以自取之也。盖唐、汉之乱始于功臣，而晋之乱始于戎狄，皆其以易取天下之过也。庄宗之乱，晋高祖以兵趋夷门，而后天下定于明宗；后唐之亡，匈奴破张达之兵，而后天下定于晋；匈奴之祸，周高祖发南征之议，而后天下定于汉。故唐灭于晋，晋乱于匈奴，而汉亡于周。盖功臣负其创业之勋，而匈奴恃其驱除之劳，以要天子。听之则不可以久安，而诛之则足以召天下之乱，动一功臣，天下遂并起而轧之矣。故唐夺晋高祖之权而亡，晋绝匈奴之和亲而灭，汉诛杨邠、史肇而周人不服，以及于祸。彼其初无功臣、无匈奴则不兴，而功臣、匈奴卒起而灭之。

故古之圣人有可以取天下之资而不用，有可以乘天下之势而不顾，抚循其民以待天下之自至，此非以为苟仁而已矣，诚以为天下之不可以易取也。欲求天下而求之于易，故凡事之可以就天下者，无所不为也。无所不为而就天下，天下既安而不之改，则非长久之计也。改之而不顾，此必有以忤天下之心者矣。昔者晋献公既没，公子重耳在翟，里克杀奚齐、卓子而召重耳，重耳不敢入，秦伯使公子縶往吊，且告以晋国之乱，将有所立于公子。重耳再拜而辞，亦不敢当也。至于夷吾，闻召而起，以汾阳之田百万命里克，以负蔡之田七十万命丕郑，而奉秦以河外列城五。及其既入而背内外之赂，杀里克、丕郑而发兵以绝秦，兵败身虏，不复其国。而后文公徐起而收之，大臣援之于内，而秦楚推之于外，既反而霸于诸侯。唯其不求入而人入之，无赂于内外而其势可以自入，此所以反国而无后忧也。其后刘季起于丰沛之间，从天下武勇之士，入关以诛暴秦，降子婴。当此之时，功冠诸侯，其势遂可以至于帝王，此皆沛公之所自为而诸将不与也。然至追项籍于固陵，兵败而诸将不至，乃捐数千里之地以与韩信、彭越，而此两人卒负其功，背叛而不可制。故夫取天下不可以侥幸于一时之利；侥幸于一时之利，则必将有百岁不已之患，此所谓不及远也。

【解题】

此文从五代之际朝代频繁更替说起，仍归结为前几篇文章中论及的不能以“易”取天下，应该修德以待民自来，才能统治长久。否则变乱不断，内则功臣居功为乱，外则夷狄乘机而起。

周 公 论

伊尹既立太甲，不明而放诸桐，天下不以为不义。武王既没，成王幼，周公摄天子之位，朝诸侯于明堂，而召公不说，管叔、蔡叔咸叛，天下几至于不可救。二者此其故何也？

太甲既立矣，而不足以治天下，则夫伊尹犹有以辞于后世也。盖周公之事，其迹无以异于伊尹，然天下之人举皆疑而不信，此无足怪也。何者？天下未知夫成王之不明，而周公摄，则是周公未有以服天下之心而强摄焉，以为之上也。且夫伊尹之摄，其事则有所不得已而然尔。太甲虽废，而伊尹未敢有所复立，以召天下之乱，故宁以己摄焉而待夫太甲之悔，是以天下无疑乎其心。今夫周公之际，其势未至于不得已也。使成王拱手以居天下之上，而周公为之佐，以成王之名号于天下，而辅之以周公，此所谓其势之未至于不得已者矣。而周公不居，则夫天下之谤，周公之所自取也。

然愚以为不然，挟天子以令天下，此诸葛孔明之事耳，而周公岂不足以知之？盖夫人臣惟无执天子之权，人臣而执天子之权，则必有忠于其心而后可以自免于难。何者？人臣而用天子之事，此天子之所忌也。以一人之身，上为天子之所忌，而下为左右之大臣从而媒孽其短，此古之忠臣所以尽心而不免于祸，而世之奸雄之士所以动其无君之心而不顾者也。使成王用事于天下，而周公制其予夺之柄，则愚恐成王有所不平于其心，而管、蔡之徒乘其隙而间之以至于乱也。使成王有天子之虚名，而不得制天下之政，则愚恐周公有所不忍于其中，赧然其有不安之心也。是以宁取而摄之，使成王无与乎其间，以破天下谗慝之谋，而绝其争权之心，是以其后虽有管、蔡之忧，而天下不摇。使其当时立于群臣之间，方其危疑扰攘而未决也，则愚恐周公之祸，非居东之所能免，而管、蔡得志于天下，成王将遂不立也。呜呼，其思之远哉！

【解题】

武王死，成王幼，周公摄政，在苏辙看来不只是忠的问题，而是大智大勇。因为如果成王有天子之名而不能行天子之政，周公就危险了。此文由此立论，颇为新颖而言之成理，可以看出苏辙史论的独特之处。

老 聃 论 上

善与人言者，因其人之言而为之言，则天下之为辩者服矣。

与其里人言，而曰吾父以为不然，则谁肯信以为尔父之是是？故不若与之论其曲直，虽楚人可以与秦人言之而无害。故夫天下之所为多言，以排夫异端而终以不明者，唯不务其是非利害，而以父屈人也。

夫圣人之所为尊于天下，为其知夫理之所在也。而周公、仲尼之所为信于天下，以其弟子而知之也。故非其弟子，则天下有不知周公之为周公、而仲尼之为仲尼者矣。是故老聃、庄周其为说，不可以周孔辩也。何者？彼且以为周、孔之不足信也。夫圣人之于言，譬如规矩之于方圆尔。天下之人信规矩之于方圆，而以规矩辨天下之不方不圆，则不若求其至方极圆，以阴合于规矩。使规而有不圆，矩而有不方，则亦无害于吾说。若此，则其势易以折天下之异论。

昔者天下之士，其论老聃、庄周与夫佛之道者，皆未尝得其要也。老聃之说曰：去仁义，绝礼乐，而后天下安；而吾之说曰：仁义礼乐，天下之所待以治安者,。佛之说曰：弃父绝子，不为夫妇，放鸡豚，食菜茹，而后万物遂；而吾之说曰：父子、夫妇、食鸡豚，以遂万物之性。夫彼且以其说，而吾亦以吾说；彼之不吾信，如吾之不彼信也。盖天下之不从，莫急于未信而强劫之。故夫仁以安人，而行之以义，节之以礼，而播之以乐，守之以君臣，而维之以父子兄弟，食肉而饮酒，此明于孔子者之所知也。而欲以谕其所不知之人，而曰孔子则然。嗟夫，难哉！愚则不然，曰：天下之道，唯其辩之而无穷，攻之而无间；辩之而有穷，攻之而有间，则是不足以为道。果孔子而有穷也，亦将舍而他之；惟其无穷，是以知其为道而无疑。盖天下有能平其心而观焉，而不牵夫仲尼、老聃之名，而后可与语此也。

【解题】

此文论老、庄、佛之道，颇为宽容，不像韩愈那样要置佛老于死地，主张彼此之间辩之、攻之。因为真正的道是“辩之而无穷，攻之而无间”，甚至说如果“孔子而有穷也，亦将舍而他之。”这样的见解是很难得的。

老聃论下

天下之道，惟其辩之而无穷，攻之而无间；辩之而有穷，攻之而有间，则是不足以为道。昔者六国之际，处士横议，以荧惑天下。杨氏为我，而墨氏兼爱。凡天下之有以君臣父子之亲而不相顾者，举皆归于杨氏；而道路之人皆可以为父子兄弟者，举皆归于墨氏也。夫天下之人，不可以绝其相属之亲，而合其无故之欢，此其势然矣。故老聃、庄周知夫天下之不从也，而起而承之，以为“兼爱”、“为我”之不足以收天下，是以不为“为我”，不为“兼爱”，而处乎“兼爱”、“为我”之际。此其意以为不兼爱，则天下议其无亲；不为我，则天下讥其为人。故尔无所适处，而泛泛焉浮游其间，而曰我皆无所与，以为是足以自免而逃天下之是非矣。

夫天下之人，惟是其所是，而非其所非，是以其说可得而考其终。今夫老、庄无所是非，而其终归于无有，此其思之亦已详矣。杨氏之为我，墨氏之兼爱，此其为道莫不有所执也。故为我者，为兼爱之所诋；而兼爱者，为为我之所毁，是二者其地皆不可居也。然而得其间而固守之，则可以杜天下之异端而绝其口。盖古之圣人惟其得而居之，是以天下大服，而其道遂传于后世。今老聃、庄周不得由其大道，而见其隙，窃入于其间而执其机，是以其论纵横坚固而不可破也。

且夫天下之事，安可以一说治也？彼二子者，欲一之以兼爱，继之以为我，故其说有时焉而遂穷。夫惟圣人能处于其间而制其当，然兼爱、为我亦莫弃也，而能用之以无失乎道，处天下之纷纭而不失其当。故曰：伯夷、叔齐“不降其志，不辱其身”；而“柳下惠、少连降志而辱身，言中伦，行中虑”；“虞仲、夷逸、隐居放言，身中清，废中权。我则异于是，无可无不可”。夫“无可无不可”，此老聃、庄周之所以为辩也，而仲尼亦云，则夫老聃、庄周其思之不可以为不深矣。盖尝闻之，圣人之道处于可不可之际，而遂从而实之，是以其说万变而不可穷。老聃、庄周从而虚之，是以其说汗漫而不可诘。今将以求夫仲尼、老聃之是非者，惟能知虚实之可用与否而已矣。盖天下固有物也，有物而物相遭，则固亦有事矣。是故圣人从其有而制其御有之道，以治其有实之事，则天下夫亦何事之不可为，而区区焉求其有以纳之于无，则其用力不已甚劳矣哉！

夫老聃、庄周则亦尝自知其穷矣。夫其穷者何也？不若从其有而有之之为易也。故曰“常无欲以观其妙”，而又曰“常有欲以观其徼”；既曰“无之以为用”，而又曰“有之以为利”。而至于佛者，则亦曰“断灭”，而又曰“无断无灭”。夫既曰“无”矣，而又恐“无”之反以为穷；既曰“断灭”矣，而又恐“断灭”之适以为累。则夫其情可以见矣。仲尼有言曰：“君子之中庸也，君子而时中；小人之中庸也，小人而无忌惮也。”夫老聃、庄周其亦近于中庸而无忌惮者哉！

【解题】

此篇先从老、庄对杨、墨的批判说起，老、庄的批判可谓“坚固而不可破”，而天下之事“汗漫而不可诘”，最后归结到老、庄之说是小人之中庸。

《礼》论

昔者商、周之际，何其为礼之易也！其在宗庙朝廷之中，笾豆、簠簋、牛羊、酒醴之荐交于堂上，而天子、诸侯、大夫、卿士周旋揖让，献酬百拜，乐作于下而礼行于上，雍容和穆终日而不乱。夫古之人何其知礼而行之不劳也！当此之时，天下之人惟其习惯而无疑，衣服、器皿、冠冕、佩玉皆其所常用也。是以其人入于其间，耳目聪明而手足无所忤；其身安于礼之曲折，而其心不乱，以能深思礼乐之意。故其廉耻退让之心盎然见于其面，而坌然发于其躬，夫是以能使天下观其行事，而忘其暴戾鄙野之气。

至于后世，风俗变易，更数千年以至于今，天下之事已大异矣。然天下之人，尚皆记录三代礼乐之名，详其节目，而习其俯仰；冠古之冠，服古之服，而御古之器皿；伛偻拳曲，劳苦于宗庙朝廷之中，区区而莫得其纪，交错纷乱而不中节。此无足怪也，其所用者非其素所习也，而强使焉。甚矣夫，后世之好古也！

昔者上古之世，盖常有巢居穴处、汙樽坏饮、燔黍捭豚、蒉桴土鼓，而以为是足以养生送死而无以加之者矣。及其后世，圣人以为不足大利于天下，是故易之以宫室，新之以笾豆鼎俎之器，以济天下之所不足，而尽去太古之法。惟其祭祀以交于鬼神，乃始荐其血毛，豚解而腥之，体解而焰之，以为是不忘本，而非以为后世之礼不足用也。是以退而体其犬豕牛羊，实其簠簋、笾豆、铏羹，以极今世之美，未闻其牵于上古之说，选懦而不决也。且方今之人，佩玉服韨，冕而垂旒，拱手而不知所为，而天下之人亦且见而笑之，是何所复望于其有以感发天下之心哉！

且又有所大不安者，宗庙之祭，圣人所以追求先祖之神灵，庶几得而享之，以安恤孝子之志者也。是以思其平生起居饮食之际，而设其器用，荐其酒食，皆从其生，以冀其来而安之。而后世宗庙之祭，皆用三代之器，则是先祖终莫得而安也。盖三代之时，席地而食，是以其器用各因其所便而为之高下大小之制。今世之礼，坐于床而食于床上，是以其器不得不有所变。虽正使三代之圣人生于今而用之，亦将以为便安。故夫三代之视上古，犹今之视三代也，三代之器不可复用矣，而其制礼之意尚可依仿以为法也。宗庙之祭，荐之以血毛，重之以体荐，有以存古之遗风矣。而其馀者，可以易三代之器，而用今世之所便，以从鬼神之所安。惟其春秋、社稷、释奠、释菜，凡所以享古之鬼神者，则皆从其器。盖周人之祭蜡与田祖也，吹苇籥，击土鼓，此亦各从其所安焉耳。

嗟夫，天下之礼，宏阔而难言，自非圣人而何以处此？惟其推之而不明，讲之而不详，则遂以为不可。盖其近于正而易行，庶几天下之安而从之，是固不可易也。

【解题】

此论主张礼随时世变迁而应有所变化，不可拘于古法不变。

《易》论

《易》者，卜筮之书也。挟策布卦，以分阴阳而明吉凶，此日者之事，而非圣人之道。圣人之道，存乎其爻之辞，而不在其数，数非圣人之所尽心也。然《易》始于八卦，而至于六十四，此其为书，未离乎用数也。而世之人皆耻言《易》之数，或者言而不得其要，纷纭迂阔而不可解，此高论之士所以耻而不言欤？夫《易》本于卜筮，而圣人阔言于其间，以尽天下之人情。使其为数纷乱而不可考，则圣人岂肯以其有用之言而托之无用之数哉？

今夫《易》之所谓九六者，老阴、老阳之数也。九为老阳，而七为少阳；六为老阴，而八为少阴；此四数者，天下莫知其所为如此者也。或者以为阳之数极于九，而其次极于七，故七为少，而九为老。至于老阴，苟以为以极者而言也，则老阴当十，而少阴当八。今少阴八，而老阴反当其下之六，则又为之说曰："阴不可以有加于阳，故抑而处之于下。"使阴果不可以有加于阳也，而曷不曰老阴八、而少阴六？且夫阴阳之数，此天地之所为也，而圣人岂得与于其间而制其予夺哉？此其尤不可者也。

夫阴阳之有老少，此未尝见于他书也，而见于《易》。《易》之所以或为老或为少者，为夫揲蓍之故也。故夫说者宜于其揲蓍焉而求之。揲蓍之法曰：挂一归奇，三揲之余，而以四数之。得九而以为老阳，得八而以为少阴，得七而以为少阳，得六而以为老阴。然而阴阳之所以为老少者，不在乎七、八、九、六也，七、八、九、六徒以为识焉耳。老者阴阳之纯也，少者阴阳之杂而不纯者也。阳数皆奇而阴数皆偶，故乾以一为之爻，而坤以二。天下之物以少为主，故乾之子皆二阴，而坤之女皆二阳。老阴、老阳者乾坤是也，少阴、少阳者乾坤之子是也。揲蓍者其一揲也，少者五而多者九，其二、其三，少者四而多者八。多少者奇偶之象也，一爻而三揲，譬如一卦而三爻也。阴阳之老少，于卦见之于爻，而于爻见之于揲。使其果有取于七、八、九、六，则夫此三揲者，区区焉分其少多而各为之处，果何以为也？今夫三揲而皆少，此无以异于《乾》之三爻而皆奇也；三揲而皆多，此无以异于《坤》之三爻而皆偶也。三揲而少者一，此无以异于《震》、《坎》、《艮》之一奇而二偶也；三揲而多者一，此无以异于《巽》、《离》、《兑》之一偶而二奇也。若夫七、八、九、六，此乃取以为识，而非其义之所在，不可强以为说也。

【解题】

此文开篇界定《易》为卜筮之书，圣人只是用其爻辞。既是这样，《易》中之“数”仍是不能不被世人所重，只是世人“不得其要，纷纭迂阔而不可解”。作者将“易”的“数”归于卜筮的一种方法，而老阴老阳之说只是“纯”阴、“纯”阳，无“杂质”而已。

《书》论

愚读《史记·商君列传》，观其改法定令，变更秦国之风俗，诛秦民之议令者以数千人，黥太子之师，劓太子之傅，而后法令大行，盖未尝不壮其勇而有决也。曰：嗟夫，世俗之不可与虑始，而可与乐终。使天下之人各陈其所知，而守其所学，以议天子之事，则事将有格而不得成者。

然及观三代之书，至其将有以矫拂世俗之际，则其所以告谕天下者，常丁宁激切亹亹而不倦，务使天下尽知其君之心，而又从而折其不服之意，使天下皆信以为如此，而后从事。其言回曲宛转，譬如平人自相议论而诘其是非者。愚始读而疑之，以为近于濡滞迂远而无决。然其使天下乐从，而无黾勉不得已之意；其事既发，而无纷纭异同之论。此则王者之意也。故常以为当尧、舜之时，其君臣相得之心，欢乐而无间，相与吁俞、嗟叹，唯诺于朝廷之中，不啻若朋友之亲，虽其有所相是非论辩，以求曲直之当，亦无足怪者。及至汤武征伐之际，周旋反覆，自述其用兵之意，以明晓天下，此又其势然也。惟其天下既安，君民之势阔远而不同，天子有所欲为，而其匹夫匹妇私有异论于天下，以龃龉其上之画策，令之而莫肯听。当此之时，刑驱而势协之，天下夫谁敢不听从？而其上之人，优游而徐譬之，使之信之而后从。此非王者之心，谁能处而待之而不倦欤？盖盘庚之迁，天下皆咨嗟而不悦。盘庚为之称其先王盛德明圣，而犹五迁，以至于今，今不承于古，恐天之断弃汝命，不救汝死。既又恐其不从也，则又曰："汝罔暨余同心，我先后将降汝罪疾，乃祖先父亦将告我高后曰：'作大戮于朕孙。'"盖其所以开其不悟之心，而谕之以其所以当然者，如此其详也。

若夫商君则不然，以为要使汝获其利，而何恤乎吾之所为，故无所求于众人之论，而亦无以告谕于天下，然其事亦终于有成。是以后世之论，以为三代之治柔懦而不决，然此乃王霸之所以为异者也。夫三代之君，惟不忍鄙其民而欺之，故天下有故，而其议及于百姓，以观其意之所向。及其不可听，则又反覆而谕之，以穷极其说而服其不然之心，是以其民亲而爱之。呜呼，此王霸之所为不同也哉！

【解题】

此论从制订、颁布法令角度论述王、霸之道不同，反对法家的独断专行，认为应听听百姓的议论。

《诗》论

自仲尼之亡，六经之道遂散而不可解，盖其患在于责其义之太深，而求其法之太切。夫六经之道，惟其近于人情，是以久传而不废。而世之迂学，乃皆曲为之说，虽其义之不至于此者，必强牵合以为如此，故其论委曲而莫通也。

夫圣人之为经，惟其于《礼》、《春秋》，然后无一言之虚而莫不可考，然犹未尝不近于人情。至于《书》，出于一时言语之间，而《易》之文，为卜筮而作，故时亦有所不可前定之说。此其于法度已不如《礼》、《春秋》之严矣。而况乎《诗》者，天下之人，匹夫匹妇，羁臣贱隶，悲忧愉佚之所为作也。夫天下之人，自伤其贫贱困苦之忧，而自述其丰美盛大之乐，其言上及于君臣父子、天下兴亡治乱之迹，而下及于饮食床笫、昆虫草木之类，盖其中无所不具，而尚何以绳墨法度，区区而求诸其间哉？此亦足以见其志之不通矣！夫圣人之于《诗》，以为其终要入于仁义，而不责其一言之无当，是以其意可观，而其言可通也。

今《诗》之《传》曰："殷其雷，在南山之阳"，"出自北门，忧心殷殷"，"扬之水，白石凿凿"，"终朝采绿，不盈一掬"，"瞻彼洛矣，维水泱泱"，若此者皆兴也。而至于"关关雎鸠，在河之洲"，"南有樛木，葛藟累之"，"南有乔木，不可休息"，"维鹊有巢，惟鸠居之"，"喓喓草虫，趯趯阜螽"，若此者又皆兴也。其意以为兴者，有所取象乎天下之物，以自见其事。故凡诗之为此事而作，而其言有及于是物者，则必强为是物之说，以求合其事，盖其为学亦以劳矣！且彼不知夫《诗》之体固有比也，而皆合之以为兴。夫兴之为体，犹曰其意云尔，意有所触乎当时，时已去而不可知，故其类可以意推，而不可以言解也。《殷其雷》曰“殷其雷，在南山之阳”，此非有所取乎雷也，盖必其当时之所见而有动乎其意，故后之人不可以求得其说，此其所以为兴也。若夫“关关雎鸠，在河之洲”，是诚有取于其挚而有别，是以谓之比，而非兴也。

嗟夫，天下之人欲观于《诗》，其必先知夫兴之不可以与比同，而无强为之说，以求合其作时之事，则夫《诗》之义庶几乎可以意晓而无劳矣。

【解题】

此论认为读《诗经》，先要弄清比、兴之别，不可强为之说。苏辙对“兴”的解释十分科学：“夫兴之为体，犹曰其意云尔，意有所触乎当时，时已去而不可知，故其类可以意推，而不可以言解也。”与今人对“兴”的看法极近。

《春秋》论

事有以拂乎吾心，则吾言忿然而不平；有以顺适乎吾意，则吾言优柔而不怒。天下之人，其喜怒哀乐之情，可以一言而知也。喜之言岂可以为怒之言邪？此天下之人皆能辨之，而至于圣人，其言丁宁反覆布于方册者甚多，而其喜怒好恶之所在者，又甚明而易知也。然天下之人，常患求而莫得其意之所主，此其故何也？天下之人，以为圣人之文章，非复天下之言也，而求之太过。求之太过，是以圣人之言，更为深远而不可晓。且夫天下何不以己推之也，将以喜夫其人，而加之以怒之之言，则天下且以为病狂，而圣人岂有以异乎人哉？不知其好恶之情，而不求其言之喜怒，是所谓大惑也。

昔者仲尼删《诗》于衰周之末，上自商、周之盛王，至于幽、厉失道之际，而下讫于陈灵。自诗人以来，至于仲尼之世，盖已数百余年矣。愚尝怪《大雅》、《小雅》之诗，当幽、厉之时，而称道文、武、成、康之盛德，及其终篇，又不见幽、厉之暴虐，此谁知其为幽、厉之诗、而非文、武、成、康之诗者？盖察于辞气，有幽忧不乐之意，是以系之幽、厉而无疑也。

若夫春秋二百四十二年之间，天下之是非杂然而触乎其心，见恶而怒，见善而喜，则夫是非之际，又可以求诸其言之喜怒之间矣。今夫人之于事，有喜而言之者，有怒而言之者，有怨而言之者。喜而言之，则其言和而无伤；怒而言之，则其言厉而不温；怨而言之，则其言深而不泄。此其大凡也。《春秋》之于仲孙湫之来曰："齐仲孙来"。于季友之归曰："季子来归"。此所谓喜之之言也。于鲁郑之易田曰："郑伯以璧假许田。"于晋文之召王曰："天王狩于河阳"。此所谓怒之之言也。于叔牙之杀曰："公子牙卒。"于庆父之奔曰："公子庆父如齐"。此所谓怨之之言也。夫喜之而和，怒之而厉，怨之而深，此三者无以加矣。至于《公羊》、《谷梁》之传则不然，日月土地皆所以为训也。夫日月之不知，土地之不详，何足以为喜而何足以为怒？此喜怒之所不在也。《春秋》书曰："戎伐凡伯于楚丘。"而以为卫伐凡伯。《春秋》书曰："齐仲孙来。"而以为吾仲孙怒而至于变人之国。此又喜怒之所不及。愚故曰：《春秋》者，亦人之言而已，而人之言亦观其辞气之所向而已矣。

【解题】

此论是说圣人与常人一样，有喜怒哀乐，要通过圣人言辞的喜怒察其本意，反对求之太过。

燕 赵 论

昔者三代之法，使天下立学校，而教民行乡射饮酒之礼。于岁之终，田事既毕，而会其乡党之耆老，设其笾豆酒食之荐，而天子之大夫亲为之行礼。盖以为田野之民，裸裎其股肱，而劳苦其筋力，长幼杂作，以趋一时之利；习于鄙野之俗，而不知孝悌之节，顽嚣无耻，不可告语，而易与为乱。是以因其休息而教之以礼，使之有所不忘于其心。故三代之民，虽耕田荷任之贱，其所有为者甚鄙，而其中必有所守；其心甚朴，而亦不至于无知以犯非义。何者？其上之人不以为鄙而不足教，而其民亦喜于为善也。

至于后世之衰，天下之民，愚者不知君臣父子之义，而天下之风俗日已败乱。今夫轻扬而剽悍，好利而多变者，吴楚之俗也；劲勇而沉靖，椎钝而少文者，燕、赵之俗也。以轻扬剽悍之人，而有好利多变之心，无三代王者之化，宜其起而为乱矣！若夫北方燕、赵之国，其劲勇沈靖者，可以义动，而其椎鲁少文者，可以信结也。然而燕、赵之间，其民常至于自负其勇以为盗贼，无以异于吴、楚者，何也？其劲勇近于好乱，而其椎鲁近于无知。上失其道，而燕、赵之良民不复见于当世，而其暴戾之夫每每乱天子之治。仲尼曰："君子好勇而无义，则为乱；小人好勇而无义，则为盗。"故古之圣人止乱以义，止盗以义，使天下之人皆知父子君臣之义，而谁与为乱哉？

昔者唐室之衰，燕、赵之人八十年之间百战以奉贼臣，竭力致死不顾败亡以抗天子之兵，而以为忠臣义士之所当然。当此之时，燕、赵之士惟无义也，故举其忠诚专一之心，而用之天下之至逆，以拒天下之至顺，而不知其非也。孟子曰："无常产而有常心者，惟士为能；若夫民无常产，因无常心。苟无常心。放僻邪侈，无不为已。"故夫燕、赵之地，常苦夫士大夫之寡也。

【解题】

自古燕、赵多悲歌慷慨之士，而无义则为乱、为盗，所以应教之以义。苏辙认为燕、赵之所以常为乱，还有一个原因是"士大夫之寡也"。

蜀论

匹夫匹妇，天下之所易也；武夫任侠，天下之所畏也。天下之人，知夫至刚之不可屈，而不知夫至柔之不可犯也。是以天下之乱，常至于渐深而莫之能止。盖其所畏者，愈骄而不可制，而其所易者，不得志而思以为乱也。

秦晋之勇，蜀汉之怯，怯者重犯禁，而勇者轻为奸，天下之所知也。当战国之时，秦晋之兵弯弓而带剑，驰骋上下，咄嗟叱咤，蜀汉之士所不能当也。然而天下既安，秦晋之间，豪民杀人以报仇，椎埋发冢以快其意，而终不敢为大变也。蜀人畏吏奉法，俯首听命，而其匹夫小人，意有所不适，辄起而为乱。此其故何也？观其平居无事，盗入其室，惧伤而不敢校，此非有好乱难制之气也。然其弊常至于大乱而不可救，则亦优柔不决之俗有以启之耳。今夫秦晋之民，倜傥而无所顾，负力而傲其吏。吏有不善而不能以有容也，叫号纷呶，奔走告诉，以争豪厘曲直之际；而其甚者，至有怀刃以贼其长吏，以极其忿怒之节，如是而已矣。故夫秦晋之俗，有一朝不测之怒，而无终身戚戚不报之怨也。若夫蜀人，辱之而不能竞，犯之而不能报，循循而无言，忍诟而不骤发也。至于其心有所不可复忍，然后聚而为群盗，散而为大乱，以发其愤憾不泄之气。虽有秦晋之勇，而其为乱也，志近而祸浅；蜀人之怯，而其为变也，怨深而祸大。此其勇怯之势必至于此，而无足怪也。

是以天下之民，惟无怨于其心，怨而得偿以快其怒，则其为毒也犹可以少解；惟其郁郁而无所泄，则其为志也远，而其毒深，故必有大乱以发其怒而后息。古者君子之治天下，强者有所不惮，而弱者有所不侮，盖为是也。《书》曰："无虐茕独，而畏高明。"《诗》曰："不侮鳏寡，不畏强御。"此言天下之匹夫匹妇，其力不足以与敌，而其智不足以与辩，胜之不足以为武，而徒使之怨以为乱故也。嗟夫，安得斯人者而与之论天下哉！

【解题】

此论颇怪，从历史上看，倒是秦晋之人造反的多。而苏辙的本意则是不侮弱者，要使百姓能“怨而得偿”，不要激变成大乱。

北 狄 论

北狄之人，其性譬如禽兽，便于射猎，而习于驰骋。生于斥卤之地，长于霜雪之野，饮水食肉，风雨饥渴之所不能困，上下山坂，筋力百倍，轻死而乐战，故常以勇胜中国。然至于其所以拥护亲戚、休养生息、畜牛马、长子孙、安居佚乐，而欲保其首领者，盖无以异于华人也。而中国之士，常惮其勇，畏避而不敢犯；毡裘之民，亦以此恐愒中国而夺之利。此当今之所谓大患也。

昔者汉武之世，匈奴绝和亲，攻当路塞，天下震恐。其后二十年之间，汉兵深入，不惮死亡，捐命绝幕之北，以决胜负；而匈奴孕重堕坏，人畜疲弊，不敢言战。何者？勇士壮马，非中国之所无有，而穷追远逐，虽匈奴之众亦终有所不安也。故夫敌国之盛，非邻国之所深忧也，要在养兵休士而集其勇气，使之不慑而已。

方今天下之势，中国之民，优游缓带，不识兵革之劳，骄奢怠堕，勇气消耗；而戎狄之赂，又以百万为计，转输天下，甘言厚礼，以满其不足之意。使天下之士，耳熟所闻，目习所见，以为生民之命，寄于其手，故俯首柔服，莫敢抗拒。凡中国勇健豪壮之气，索然无复存者矣！夫战胜之民，勇气百倍；败兵之卒，没世不复。盖所以战者，气也；所以不战者，气之畜也；战而后守者，气之馀也。古之不战者，养其气而不伤，今之士不战而气已尽矣，此天下之所大忧者也。

昔者六国之际，秦人出兵于山东，小战则杀将，大战则割地，兵之所至，天下震栗。然诸侯犹帅其罢散之兵，合从以击秦，砥砺战士，激发其气。长平之败，赵卒死者四十万人。廉颇收合馀烬，北摧栗腹，西抗秦兵，振刷磨淬，不自屈服。故其民观其上之所为，日进而不挫，皆自奋怒以争死敌。其后秦人围赵邯郸，梁王使将军新垣衍如赵，欲遂帝秦，而鲁仲连慷慨发愤，深以为不可。盖夫天下之士，所为奋不顾身以抗强虎狼之秦者，为非其君也，而使诸侯从而帝之，天下尚谁能出身以拒其君哉？故鲁仲连非徒惜夫帝秦之虚名，而惜夫天下之势有所不可也。

今尊奉夷狄无知之人，交欢纳币以为兄弟之国，奉之如骄子，不敢一触其意，此适足以坏天下义士之气，而长夷狄豪横之势耳。今诚养威而自重，卓然特立，不听夷狄之妄求，以为民望，而全吾中国之气，如此数十年之间，天下摧折之志复壮，而北敌之勇，非吾之所当畏也。

【解题】

北宋自始至终困于北狄，最终亡于金，如何解决这个问题是当时士人思考的大事。苏辙提出首先要养“勇健豪壮之气”，不能一味退避忍让。

西戎论

戎狄之俗，畏服大种，而轻中国。戎强则臣狄，狄强则臣戎；戎狄皆弱，而后中国可得而臣；戎狄皆强，而后侵略之患不至于中国；盖一强而一弱，中国之患也。彼其弱者不敢独战，是以争附强国之余威，以趋利于中国，而后无所惧。强者并将弱国之兵，荡然南下而无复反顾之忧，然后乃敢专力于中国而不去。此二者，以势相从而不可间，是以中国之士常不得解甲而息也。

昔者冒顿、老上之盛，惟西戎之无强国也，故匈奴之人得以尽力而苦吾中国。使西戎有武力战胜之君，则中国之祸将有所分而不专。何者？彼畏西戎之乘其后也。故北狄强，则中国不得不厚西戎之君；而西戎之君，亦将自托于中国。然而西戎非有强力自负之国，则其势亦将折而入于匈奴；惟其国大而好勇，其君之意欲区区自立于一隅，而不畏北狄之众，而后中国可得而用也。

然天下之人皆以为北方有强悍不屈之匈奴，而又重之以西戎之大国，则中国将不胜其困。此何其不思之甚也！夫戎狄之人，惟其愚陋而多怨，是故可与共忧也；惟其强狠而好胜，是故可以激而壮也。使之自相攻击而不能相下，则其势必走于中国。中国因而收之，而其不服者乃可图也。然天下之议又将以为戎狄之俗，不喜自相攻斗而喜击中国之众，此其势固不可得而合也。盖亦以为不然。夫四夷之所以喜攻中国者，为夫吾兵之不能苦战，而金玉锦绣之所交会也。今使吾兵精而食足，据险阻，明烽燧，吏士练习而不敢懈，彼虽有壮骑无所施设，则其利不在于攻。中国坚坐而相守，不出十年，彼外无所掠虏，将不忍而热中，将反而求以相诟，以为起兵之名。彼兵交于匈奴，而怨结于中国，则何以自固？故中国举而收之，必将得其欢心。然天下之心，常畏其强而莫或收之，而使为北狄之用，此何其不识戎狄之情也！

【解题】

此文主张以实力为基础，使西戎为中国所用，可谓卓有远见。

西南夷论

古者九夷八蛮，无大君长，纷纷籍籍，不相统制。惟北狄之种，常为大国，以抗中夏。然蛮夷之俗，种姓分别，千人为部，百家为党，见利则聚，轻合易散，族类不一，其心终莫相爱，故其兵利于疾战，而不利于持久。北狄之人，绵地千里，控弦百万，侯王君长，通为一家，人畜富庶，蔓延山谷之间，其心常有所爱重而不忍去，故其兵利于持久，而不利于疾战。此二者，其大小之势，各有所便，宜乎中国之所以待之者，各有道也。

今夫北狄之人，伏于阴山之下，养兵休士，久居而不战，此其志岂尝须臾忘中国也？然其心以为，战而胜人，犹不若不战而屈人之兵；战而不胜，民之死者未可知也。故常大言虚喝而不进，以谋弊中国。盖其所爱者愈大，故其谋之愈深，而发之愈缓，以求其不失也。若夫西戎、南蛮、西南夷之民，悉其众庶，尚不能当狄人之半，而其酋豪，每每为乱，不能自禁，此诚无爱于其心，而侥幸于一战，以用其乌合之众而已。故夫蛮夷之人，扰边求利，其中非有大志者，其类皆可以谋来也。

愚尝观于西南徼外，以临蛮夷之众，求其所以为变之始，而遂至于攻城郭、杀人民、纵横放肆而不可救者，其积之莫不有渐也。夫蛮夷之民，宁绝而不与通，今边鄙之上，利其货财而纳之于市，使边民凌侮欺谩而夺其利，长吏又以为扰民而不之禁。穷恚无聊，莫可告诉，故其势必至于解仇结盟，攻剽蹂践，残之于锋镝之间，而后其志得伸也。嗟夫，为吏如此，亦见其不知本矣！通关市，戢吏民，待之如中国之人，彼尚谁所激怒而为此哉？

然事不患乎不知，而患乎人之不能用。昔班超处西域数十年，西破龟兹，北伏匈奴，及将东归，或以为必有奇谋，乃就问其计。然其言止曰："察见渊中鱼，不祥。屯戍之士，皆非忠臣孝子，不可尽绳以法。"当是时，莫不皆笑，以为不足用。然及西域之乱，终亦以此。故夫谋非必奇而后可用，而在乎当否而已。古者四夷皆置校尉，而益州有蛮夷骑都尉以治其事。使其强者不能内侵，而弱者不为中国之所侮，盖为是也。

【解题】

此论认为西南夷与北狄情势不同，对中原不构成威胁，只要不激之使乱即可。

进策二十五道

君　术

第　一　道

臣闻天下之事，非宰相不可尽行，非谏官不可尽言。天下之人，谁能必至于谏官、宰相者？惟其少而学之，长而欲行之，终其身而不当其位，不可以侵官而求尽其意。是故士大夫之间，犹有不能自尽其才于天子者也。今臣幸而生于天下无事之时，每一间岁，天子常诏两制之大臣，使举天下之士。上自登朝之吏，而下至于山林之匹夫，咸得竭其所怀，以尽天下之利害。非天子出纳耳目之官，而得以言万民之情伪；非天子黜陟赏罚之臣，而得以论百官之长短；非天子武力将帅之士，而得以议兵革之强弱；非天子钱谷大农之吏，而得以権财用之多少。盖天下之人必其为宰相、谏官而后可以尽行而尽言者，使之一旦得以详数而悉说之，此有以见天子之意，所以待之者甚重而不轻也。而臣何敢以无说而处于此？

臣常以为天下之事，虽其甚大而难办者，天下必有能办之人。盖当今之所为大患者，不过曰四夷强盛而兵革不振，百姓凋弊而官吏不饬，重赋厚敛而用度不足，严法峻令而奸轨不止。此数四者，所以使天子坐不安席，中夜太息而不寐者也。然臣皆以为不足忧。何者？天下必有能为天子出力而为之者。而臣之所忧，在乎天下之所不能如之何者也。

臣闻善治天下者，必明于天下之情，而后得御天下之术。术者，所谓道也。得其道而以智加焉，是故谓之术。古之圣人惟其知天下之情，而以术制之也，万物皆可得而役其生，皆可得而制其死。牛服于箱，马服于辕，鹰隼服于鞲。牛不可以有所触，马不可以有所踶，鹰隼不可以背而高翔。此三者，惟其喜怒好恶之情发于外而见于人也，是以因其所忌而授之以其术，至于终身制于人而不去。且治天下何异于治马也？马之性刚狠而难制，急之则弊而不胜，缓之则惰而不趋。王良、造父为之先后而制其迟速，驱之有方而掣之有时，则终日蹀蹀而不知止，此术之至也。古之圣人，驱天下之人而尽用之，仁者使效其仁，勇者使效其勇，智者使效其智，力者使效其力。天下之人，虽杂然皆列于前，安得仁人君子而后任之？且虽有天下之善人，与之处而不知其情，御之而不中其病，则虽有好善之心，而不获好善之利。何者？彼不徒为吾用也。而况乎天下之英雄，欲收其功而不制其心哉？

昔者秦、汉之际，奸宄猛悍之人，所在而为寇。高祖发于丰沛之间，行而收之。黥布、彭越之伦，皆抚而纳诸其中。所以制之者甚备也：玉帛子女、牛羊犬马，以极其豪侈之心；轻财好施、敦厚长者，以服其趦趄之怀；倨肆傲岸、轻侮凌辱，以折其强狠之气。其视天下之英雄，不啻若匹夫孺子，然皆得其欢心，而用其死力。至于元、成之世，天下久于太平，士大夫生于其间，无复英雄难制之风。天下之士皆书生，好儒，其才气勇力无足畏者，俯首下气，求为之用而不暇。元、成、哀、平亦欲得天下之贤才而用之，然而不知其情，不获其术。贤人君子避谗畏讥，远引而去；而小人宦竖纵横放肆，而制其事。此甚可悯也！

夫人之平居，朋友之间，仆妾之际，莫不有术以制其变。盖非有深远难见之事也。欲其用命，而见其所害；欲其乐从，而见其所利；欲其喜，而致其所悦；欲其惧，而致其所忌；欲其开心见诚，而示之以无所恐；欲其守死不去，而示之以无所往。此天下之人皆能知之，而至于治天下则不能用。且此过矣。天下以为天子之尊，无所事术也，而不知天下之事，惟其英雄而后能有大功，而世之英雄，常苦豪横太过而难制。由此观之，治天下愈不可以无术也！

【解题】

这是进策五道中君术的第一道。天子治天下要有“术”即“君术”，并举秦、汉之际君术的善与不善为例，说明天下事“莫不有术以制其变”，何况天子！

第二道

臣闻将求御天下之术，必先明于天下之情，不先明于天下之情，则与无术何异？夫天下之术，臣固已略言之矣，而又将窃言其情。

今使天子皆得贤人而任之，虽可以无忧乎其为奸，然犹有情焉而不可以不知。盖臣闻之，人有好为名高者，临财推之以让其亲，见位去之以让其下；进而天子礼焉则以为欢，进而不礼焉，则虽逼之而不食其禄；力为廉耻之节，以高天下。若是而天子不知焉，而豢之以厚利，则其心赧然有所不平。人有好为厚利者，见禄而就之以优其身，见利而取之以丰其家。良田、大屋，惟其与之，则可以致其才。如是而天子不知焉，而强之以名高，则其心缺然有所不悦于其中。人惟无好自胜也，好自胜而不少柔之，则忿斗而不和；人惟无所相恶也，有所相恶而不为少避之，则事其私怒而不求成功。素刚则无折之也，素畏则无强之也。强之则将不胜，而折之则将不振。凡此数者，皆所以求用其才而不伤其心也。然犹非所以制天下之奸雄。

盖臣闻之，天下之奸雄，其为心也甚深，而其为迹也甚微。将营其东，而形之于西；将取其右，而击之于左。古之人有欲得其君之权者，不求之其君也，优游翱翔而听其君之所欲为，使之得其所欲而油然自放，以释天下之权。天下之权既去，其君而无所归，然后徐起而收之，故能取其权，而其君不之知。古之人有为之者，李林甫是也。夫人之既获此权也，则思专而有之，故常恐其下之人从而倾焉。夫人惟能自固其身，而后可以谋人；自固之不暇，而欲谋人也实难。故古之权臣，常合天下之争。天下且相与争而不解，则其势无暇及我，是故可以久居而不去。古之人有为之者，亦李林甫是也。世之人君苟无好善之心，幸而有好善之心，则天下之小人皆将卖之以为奸。何者？有好善之名，而不察其善之实，天下之善固有可以谓之恶，而天下之恶固有可以谓之善者。彼知吾之欲为善也，则或先之以善，而终之以恶；或有指天下之恶，而饰之以善。古之人有为之者，石显是也。人之将欲为此衅也，将欲建此事也，必先得于其君。欲成事而君有所不悦，则事不可以成。故古之奸雄，劫之以其所必不能，其所必不能者，不可为也，则将反而从吾之所欲为。古之人有为之者，骊姬之说献公，使之说而避祸是也。此数者，天下之至情。故圣人见其初而求其终，闻其声而推其形，盖惟能察人于无故之中，故天下莫能欺。何者？无故者，必有其故也。

古者，明王在上，天下之小人伏而不见。夫小人者，岂其能无意于天下也？举而见其情，发而中其病，是以愧耻退缩而不敢进。臣欲天子明知君子之情，以养当世之贤公名卿，而深察小人之病，以绝其自进之渐。此亦天下之至明也。

【解题】

此文承君术而来，言若用好君术须明天下之情，若明天下之情，就必须“察小人之病，以绝其自进之渐”。这才是“天下之至明”。

第　三　道

臣闻天子之道，可以理得，而不可以名推；其于天下，不取其形，而独取其意。其道可以为善，而亦可以为不善。何者？其道无常。其道无常者，不善之所从生也。

夫天下之人，惟知不忍杀人之为仁也，是故不忍杀人以自取不仁之名；惟知果于杀人之为义也，是故不敢不杀以自取不义之名。是二者，其所以为仁者有形，而其所以为义者有状；其进也有所执其规，而其退也有所蹈其矩。故其为人也，不失为天下之善人，而终不至于君子。有所甚而不堪，有所蔽而不见，此其为人，是自全之人也。今夫君子，有所杀人以为仁，而有所不杀以为义。义不在于杀人，而仁不在于不杀。其进也无所据依，而其退也无所底厉。故其成也，天下将皆安之；而其不成也，将使天下至于大乱。是以天下恶其难明，而畏其难就。人臣以是戒其君，而人君者亦以自戒。曰：姑为无杀人以为仁，而姑为果于杀人以为义。是其仁可以全身，而其义可以无谤于天下，斯足以为无过也已矣！孟子有言曰："责难于君，谓之恭；陈善闭邪，谓之有礼；而谓吾君不能者，谓之贼。"且夫为人臣而诏其君，不曰必为大人之仁义，而曰姑为其易者以苟避天下之谤。此非恐其君不能之故欤？

盖臣闻之，圣人之道惟其不可以名称而迹求者，其为道也甚深而难成，而其成也亦不若小道之浅而无功。所御甚广，而所处甚约；握之甚微，而播之无极。故孔子曰："吾非多学而识之，吾一以贯之。"夫一者何也？知天下万物之理，而制其所当处，是谓一矣。而能得吾一者甚难，故夫天下之畏之者，亦不足怪也。古之圣人，已能知之，则行之而无疑；已不能知之，则不敢以己之私意而破天下之公义。使己而不好杀人，则安可尽无杀以成仁之形？使己而好杀人，则安可尽杀以成义之状？盖必有大臣，救其已甚，而补其不足，使义不在于杀人，而仁不在于不杀。

方今天下之治，所不足者，非仁也。吏闻有以入人之罪抵重罚，而未闻有以失人之罪抵深罚者；民闻有以赦除其罪，而未闻有以不义得罪于法之外者。此亦足以见天子之用心矣。古者君臣之间和而不同，上有宽厚之君，则下有守法之臣；上有急切之君，则下有推恩之臣。凡以交济其所不足，而弥缝其阙。今也君臣之风，上下如一，而无以相济，是以天下苦于宽缓怠惰，而不能自振。此岂左右之大臣务以顺从上意为悦，而岂亦天子自信，以为好仁之美而不喜臣下之有所矫拂哉？方今之制，易于行赏，而重于用罚。天下之以狱上者，凡与死比，则皆蹙频而不悦。此其为意夫岂不善？然天下之奸人，无以深惩而切戒之者，此无乃为仁而至于不仁欤！臣愚以为辅君之善而补其不足，此诚大臣之事。苟天子自信以为善，欲以一人之私好而破天下之公义，则夫大臣者犹不可为也。惟知天子之仁义，而无务其迹以成匹夫之节，使大臣得参于其间而救其所短，此不亦近于天子之道欤？

【解题】

此文主要是讲若行天子之道，必须“一以贯之”，不要只注意形状，而是要取其实质，即“天子之道，可以理得，而不可以名推”。

第　四　道

臣闻古者君臣之间，相信如父子，相爱如兄弟。朝廷之中，优游悦怿，欢然相得而无间。知无所不言，言无所不尽；开心平意，表里洞达，终身而不见其隙。当此之时，天下之人出身以事君，委命于上而无所忧惧，安神定气以观天下之政，荡然肆志有所欲为而上不见忌。其所据者甚坚而无疑，是以士大夫皆敢进而搏天下之大功。至于后世，君臣相虞，皆有猜防之忧。君不敢以其诚心致诸其臣，而臣亦不敢直己以行事。二者相与龃龉而不相信，上下相顾，鳃鳃然而不能以自安，而尚何暇及于天下之利害！故天下之事，每每扰败而无所成就。臣窃伤之，而以为其蔽在于防禁之太深，而督责之太急。

夫古之圣人，至严而有所至宽，至易而有所至险。使天下有所易信，而有所不可测。用之各当其处，而不失节，是以天下畏其严而乐其宽。至于后世之君，徒知天下之不可以甚宽也，而用之其君臣之际，使其公卿大臣终日忧惧，不得安意肆志以自尽于其上，而以为畏威；徒知天下之不可甚严也，而用之其法律之事，使其天下之官吏欺其长上，得以苟免取容不畏天子之法，而以为行惠。盖其所以用之之术，甚悖而不顺者，至于如此。

夫天下之人，上自百官，而下至于庶民，其为数安可穷尽？而天子者，以其一身寄乎其中。论其众寡之势，则天下至众，而天子至寡；论其智诈巧伪之术，则天下之众固必有过于天子者。吾欲临之以天子之威，则彼有畏惮而不敢言；多为之提防以御其变诈，则彼之智将有以出于提防之所不能及。是以古之圣人，推之以至诚，而御之以至威；容之以至宽，而待之以至易。以君子长者之心待天下之士，而不防其为诈。谈笑议论，无所不及，以开其欢心。故天下士大夫皆欣然而入于其中，有所愧耻而不忍为欺诈之行，力行果断而无忧惧不敢之意。其所任用，虽其兄弟朋友之亲，而不顾徇私之名；其所诛戮，虽其仇怨睚眦之人，而不恤报怨之嫌。何者？君臣相信之笃，此所谓至严而有所至宽者也。然至大吏纵横放肆，犯法而无所忌，天下之所指目，律令之所当取，则虽天子有所不可辄释，使之一入而不可解，而后天下知有所畏，此所谓至易而有所至险。二者其事不同，而相与为用。夫是以至宽而天下无颓惰靡迤之风，至险而君臣无猜防逼迫之虑，夫惟能通其君臣之欢，而尽行其刑法之所禁，而后可以及此也。

【解题】

此文讲君臣关系。由君臣关系推而至天下之人与天子的关系，说明君臣关系和谐无隙于国于民的重要性。

第 五 道

臣闻事有若缓而其变甚急者，天下之势是也。天下之人幼而习之，长而成之，相咻而成风，相比而成俗，纵横颠倒，纷纷而不知以自定。当此之时，其上之人刑之则惧，驱之则听，其势若无能为者。然及其为变，常至于破坏而不可御。

故夫天子者，观天下之势而制其所向，以定其所归者也。夫天下之人，弛而纵之，拱手而视其所为，则其势无所不至。其状如长江、大河，日夜浑浑，趋于下而不能止。抵曲则激，激而无所泄则咆勃溃乱，荡然而四出，坏堤防，包陵谷，汗漫而无所制。故善治水者，因其所入而导之，则其势不至于激怒坌涌而不可收。既激矣，又能徐徐而泄之，则其势不至于破决荡溢而不可止。然天下之人常狎其安流无事之不足畏也，而不为去其所激；观其激作相蹙，溃乱未发之际，而以为不至于大惧，不能徐泄其怒，是以遂至横流于中原而不可卒治。

昔者天下既安，其人皆欲安坐而守之，循循以为敦厚，默默以为忠信。忠臣义士之气，愤闷而不得发。豪俊之士不忍其郁郁之心，起而振之，而世之士大夫好勇而轻进、喜气而不慑者，皆乐从而群和之。直言忤世而不顾，直行犯上而不忌。今之君子累累而从事于此矣，然天下犹有所不从。其余风故俗犹众而未去，相与抗拒而胜负之数未有所定。邪正相搏，曲直相犯，二者溃溃而不知其所终极。盖天下之势已少激矣。而上之人不从而遂决其壅，臣恐天下之贤人不胜其忿而自决之也。夫惟天子之尊，有所欲为而天下从之。今不为决之于上，而听其自决，则天下之不同者，将悖然而不服，而天下之豪俊亦将奋踊不顾而决之。发而不中，故大者伤，小者死，横溃而不可救。譬如东汉之士李膺、杜密、范滂、张俭之党，慷慨议论，本以矫拂世俗之弊，而当时之君，不为分别天下之邪正以快其气，而使天下之士发愤以自决之，而天下遂以大乱。

由此观之，则夫英雄之士，不可以不少遂其意也。是以治水者，惟能使之日夜流注而不息，则虽有蛟龙鼋鲸之患，亦将顺流奔走，奋迅悦豫，而不暇及于为变。苟其潴畜浑乱，壅闭而不决，则水之百怪皆将勃然放肆，求以自快其意而不可御。故夫天下亦不可不为少决以顺适其意也。

【解题】

此文讲天子应该“导势”。“势”即是天下之民的倾向，有如江河之水，导其顺流无阻则利，否则“坏堤防，包陵谷，汗漫而无所制”。所以天子要“观天下之势而制其所向，以定其所归”。

臣事上

第一道

臣闻天下有权臣，有重臣，二者其迹相近而难明。天下之人知恶夫权臣之专，而世之重臣亦遂不容于其间。夫权臣者，天下不可一日而有；而重臣者，天下不可一日而无也。天下徒见其外而不察其中，见其皆侵天子之权，而不察其所为之不类，是以举皆嫉之而无所喜，此亦已太过也。

今夫权臣之所为者，重臣之所切齿；而重臣之所取者，权臣之所不顾也。将为权臣邪，必将内悦其君之心，委曲听顺而无所违戾；外窃其生杀予夺之柄，黜陟天下，以见己之权，而没其君之威惠。内能使其君欢爱悦怿，无所不顺，而安为之上；外能使其公卿大夫百官庶吏无所归命，而争为之腹心。上爱下顺，合而为一，然后权臣之势遂成而不可拔。至于重臣则不然。君有所为，不可而必争；争之不能，而其事有所必不可听，则专行而不顾。待其成败之迹著，则其上之心将释然而自解。其在朝廷之中，天子为之踧然而有所畏，士大夫不敢安肆怠惰于其侧。爵禄庆赏，已得以议其可否，而不求以为己之私惠；刀锯斧钺，已得以参其轻重，而不求以为己之私势。要以使天子有所不可必为，而群下有所畏惧，而己不与其利。何者？为重臣者，不待天下之归己，而为权臣者，亦无所事天子之畏己也。故各因其行事而观其意之所在，则天下谁可欺者？臣故曰，为天下，安可一日而无重臣也！

且今使天下而无重臣，则朝廷之事，惟天子之所为，而无所可否。虽使天子有纳谏之明，而百官畏惧战栗，无平昔尊重之势，谁肯触忌讳冒罪戾而为天下言者？惟其小小得失之际，乃敢上章，讙哗而无所惮。至于国之大事，安危存亡之所系，皆将卷舌而去，谁敢发而受其祸？此人主之所大患也。

悲夫，后世之君，徒见天下之权臣，出入唯唯，以其有礼，而不知此乃所以潜溃其国；徒见天下之重臣，刚毅果敢，喜逆其意，则以为不逊，而不知其有社稷之虑。二者淆乱于心，而不能辨其邪正，是以丧乱相仍而不悟，可足伤也！昔者卫太子聚兵以诛江充，武帝震怒，发兵而攻之京师，至使丞相、太子，相与交战。不胜而走，又使天下极其所往，而剪灭其迹。当此之时，苟有重臣出身而当之，拥护太子，以待上意之少解，徐发其所蔽，而开其所怒，则其父子之际，尚可得而全也。惟无重臣，故天下皆能知之而不敢言。臣愚以为，凡为天下，宜有以养其重臣之威，使天下百官有所畏忌，而缓急之间，能有所坚忍持重而不可夺者。窃观方今四海无变，非常之事宜其息而不作。然及今日而虑之，则可以无异日之患。不然者，谁能知其果无有也，而不为之计哉！

抑臣闻之，今世之弊，弊在于法禁太密。一举足不如律令，法吏且以为言，而不问其意之所属。是以虽天子之大臣，亦安敢有所为于法令之外，以安天下之大事？故为天子之计，莫若少宽其法，使大臣得有所守，而不为法之所夺。昔申屠嘉为丞相，至召天子之倖臣邓通，立之堂下而诘责其过。是时通几至于死而不救，天子知之亦不为怪，而申屠嘉亦卒非汉之权臣。由此观之，重臣何损于天下哉？

【解题】

该篇首先提出臣分“权臣”和“重臣”。天下不可有权臣，而不可无重臣，重臣益天下，权臣误君误国，但二者之迹难明，所以希望天子“少宽其法”，立重臣之威，以有利天下。

第　二　道

臣闻仲尼之称管仲曰：“夺伯氏骈邑三百，饭蔬食，没齿无怨言。”及读《蜀志》，其言诸葛孔明迁李平，殛廖立，及孔明既死，而此二人皆哭泣有至死者。臣每读其书至此，未尝不嗟叹古人之不可及，而窃愍今世之不能也。

夫为天下国家，惟刚者能守其法，而公者能以刚服天下。曾子曰：“士不可以不弘毅，任重而道远。”天下者，天子之天下也。赏罚之柄，予夺之事，其出于天子，本无敢言者。惟其不公，故有一人焉受戮而去，虽其当罪，而亦勃然有不服之心；而上之人虽其甚公，于此而亦畏其不服，而不敢显然明斥其罪。故夫天下之不公，足以败天下之至刚，而天下之不刚，亦足以破天下之至公。二者相与并行，然后可以深服天下之众。

臣尝窃悲唐季五代之乱，外有执兵强忿之臣，威盖天下，而以其力内胁天子。天子不敢辄忤其意，意有所不悦，则其上下不能自保。故当此之时，人主务为安身之政，不敢以其刚心而守其公事，此其势不得不然耳。方今海内治安，外无诸侯之虞，而内无执政之患，然臣窃观之于政令刑赏之际，常若有所畏而不能自必者，此其故何也？夫朝廷之臣，无罪而留，有罪而黜，此为臣之常也。故其有罪以为当黜，则官必削；以为不当黜，则无故而置之外地，犹为不可也。今有罪而推之于外，反从而增其爵秩，是将以为赏耶，为刑耶？是不可得而知也。盖曰：姑以镇抚其耿耿之意。彼其失为近臣而去也，虽赐之千金，而犹有所慊然于其心。且天下之罪人，而皆欲满其所怀，则为天子安可以有所刑戮哉？然而事之所不平者，又非特如此也。黜之者一人，则必有折而辩之者一人，以为黜者之有所不悦乎其辩之者，而使与之皆黜。夫此二人，其罪果谁在？以其言而黜人，亦以其言而黜之，是为黜者报仇耳。是以天下虽无强臣之灾，而臣下窃揣天子之心，皆有所持而邀之，此其弊始于执之不刚，而成于守之不公矣！

夫朝廷之事，臣安得知其有所不公者？然窃怪每有所除，吏民间莫不切切口语，以为此谁人之亲戚故旧而得之者；每有所措置，亦莫不以为此谁人之所欲而行之者。使上之人凡果如此，则宜乎人之受罪而不服，而吾亦不敢加于人也。《诗》云："人亦有言，柔则茹之，刚则吐之。唯仲山甫，柔亦不茹，刚亦不吐，不侮鳏寡，不畏强御。"夫人惟不侮鳏寡也，而后能不畏强御。臣故曰：惟无私者能以刚服天下，此其势然也。

且夫古之为君者，有所大乐，而今世不知也。人君之乐，非乐夫有天下，而乐得与天下去恶而奖善以快吾志。今使天下有不义之臣，诛之不获，而又从而尊之；尊之不足以为悦，而又从而黜其所怨，以慰其盛怒。此二事者，夫岂为君之乐哉？盖事有所不可并从，而欲不可以皆得。今夫人之有所私爱而不公者，是亦人之所乐焉耳。然其为乐有所害于为君之乐，是以不若弃彼而全此也。且事之利害，有知之而患不可为者；有患不之知，而知之则可行者。今欲洁然无私，而行吾法之所至，有罪而黜，黜而无所姑息，使天下皆知赏之为赏，罚之为罚。此非有所勤苦而难成者，而顾患不肯为，夫管仲、孔明惟其为之而已哉！

【解题】

该篇认为臣刚能守法，而君公则能使臣刚，虽是说臣之刚柔利弊，实旨在言君之公的重要。

第三道

臣闻天下有无穷之才，不叩则不鸣，不触则不发。是以古之圣人，迎其好善之端，而作其勉强之气，洗濯磨淬，日夜不息，凡此将以求尽天下之无穷也。夫天下譬如大器焉，有器不用，而置诸牖下，久则虫生其中。故善用器者，提携不去，时濯而溉之，使之日亲于人，而获尽其力，以无速败。有小丈夫知爱其器，而不知所以为爱也；知措诸地之安，而不知不释吾手之为不坏也。是以事不得成，而其器速朽。

且夫天下之物，人则皆用其形，而不求其神也。神者何也？物之精华果锐之气也。精华果锐之气，其在物也，晔然而有光，确然而能坚。是气也亡，则物皆枵然无所用之。夫是气也，时叩而存之，则日长而不衰；置而不知求，则脱去而不居。是气也，物莫不有也，而人为甚。孟子有言曰：人之日夜之所息，与平旦之气，昼日之所为，有以梏亡之矣。“梏之反覆，则其夜气不足以存”。夫夜气者，所谓精华果锐之气也。天下乱，则君子有以自养而全之；而天下治，则天子养之以求其用。今夫朝廷之精明，战阵之勇力，狱讼之所以能尽其情，而钱谷之所以能治其要，处天下之纷纭而物莫能乱者，皆是气之所为也。盖古者英雄之君，惟能叩天下之才而存之，是以有求而必从，有欲而必得。汉武帝、唐太宗国富而兵强，所欲如意，而天下之才用之不见其尽。当其季年，元臣宿将死者大半，而新进之士亦自足以办天下。由此观之，则天下固有无穷之才，而独患乎上之不叩不触，而使其神弛放而不张也。

臣窃观当今之人，治文章，习议论，明会计，听狱讼，所以为治者，其类莫不备有，而天下之所甚少者，独将帅武力之臣。往者天下既安，先世老将已死，而西寇作难。当此之时，天子茫然反顾，思得奇才良将以属之兵，而终莫可得。其后数年，边鄙日蹙，兵势日急，士大夫始渐习兵，而西夏臣服。以至于今，又将十有余年，而曩之所谓西边之良将，亦已略尽矣，而天下之人未知谁可任以为将，此甚可虑也。

夫天下之事莫难于用兵，而今世之所畏莫甚于为将。责之以难事，强之以其所畏，而不作其气，是以将帅之士若此不可得也。盖尝闻之，善用兵者，虽匹夫之贱，莫不养其气然后求其用。方其未战也，使之投石超距以致其勇，故其后遇敌而不惧，见难而效死。何者？气盛故也。

今天下有大弊二：以天下之治安，而薄天下之武臣；以天下之冗官，而废天下之武举。彼其见天下之方然，则摧沮退缩而无自意之意。今之武臣，其子孙之家往往转而从进士矣。故臣欲复武举，重武臣，而天子时亦亲试之以骑射，以观其能否，而为之赏罚，如唐正观之故事。虽未足以尽天下之奇才，要以使之知上意之所悦，有以自重而争尽其力，则夫将帅之士可以渐见矣。

【解题】

该篇以物器作喻，劝君重武将，不要因天下安而薄武臣。要知器之不叩则不鸣，久置不启则易朽，若一旦边事急，则无可用之良将，所以，君要重视武臣，“要以使之知上意所悦，有以自重而争尽其力，则夫将帅之士可以渐见矣”。

第　四　道

臣闻天下之患无常处也，惟见天下之患而去之，就其所安而从之，则可久而无忧。有浅丈夫见其生于东也，而尽力于东，以忘其西；见其起于外也，而锐意于外，以忘其中。是以祸生于无常，而变起于不测，莫能救也。

昔者西汉之祸，当文、景之世，天下莫不以为必起于诸侯之太强也；然至武帝之时，七国之余，日以渐衰，天下坦然，四顾以为无虞；而陵夷至于元、成之间，朝廷之强臣实制其命，而汉以不祀。世祖、显宗既平天下，以为世之所患，莫不在乎朝廷之强臣矣，而东汉之亡，其祸乃起于宦官。由此观之，则天下之患，安在其防之哉？人之将死也，或病于太劳，或病于饮酒。天下之人见其死于此也，而曰必无劳力与饮酒，则是不亦拘而害事哉！彼其死也，必有以启之，是以劳力而能为灾，饮酒而能为病。而天下之人岂必皆死于此？

昔唐季、五代之乱，其乱果何在也？海内之兵各隶其将，大者数十万人，而小者不下数万。抚循鞠养，美衣丰食，同其甘苦，而顺其好恶，甚者养以为子，而授之以其姓。故当其时，军旅之士，各知其将，而不识天子之惠。君有所令，不从而听其将；而将之所为，虽有大奸不义而无所违拒。故其乱也，奸臣擅命，拥兵而不可制。而方其不为乱也，所攻而必降，所守而必固，良将劲兵遍于天下，其所摧败破灭，足以上快天子郁郁之心，而外抗敌国窃发之难。何者？兵安其将，而乐为用命也。

然今世之人，遂以其乱为戒，而不收其功，举天下之兵数百万人而不立素将。将兵者无腹心亲爱之兵，而士卒亦无所附著而欲为之效命者。故命将之日，士卒不知其何人，皆莫敢仰视其面。夫莫敢仰视，是祸之本也。此其为祸，非有协从骈起之殃，缓则畏而怨之，而有急则无不忍之意。此二者，用兵之深忌，而当今之人盖亦已知之矣。然而不敢改者，畏唐季、五代之祸也。而臣窃以为不然。天下之事，有此利也，则必有此害。天下之无全利，是圣人之所不能如之何也。而圣人所能，要在不究其利。利未究而变其方，使其害未至而事已迁，故能享天下之利而不受其害。昔唐季、五代之法，岂不大利于世？惟其利已尽而不知变，是以其害随之而生。故我太祖、太宗以为不可以长久，而改易其政，以便一时之安。为将者去其兵权，而为兵者使不知将。凡此皆所以杜天下之私恩而破其私计。其意以为足以变五代豪将之风，而非以为后世之可长用也。

故臣以为当今之势，不变其法，无以求成功。且夫邀天下之大利，则必有所犯天下之危。欲享大利，而顾其全安，则事不可成。而方今之弊，在乎不欲有所摇撼而徒得天下之利，不欲有所劳苦而遂致天下之安。今夫欲人之成功，必先捐兵以与人；欲先捐兵以与人，则先事于择将。择将而得将，苟诚知其忠，虽举天下以与之而无忧，而况数万之兵哉！昔唐之乱，其为变者非其所命之将也，皆其盗贼之人所不得已而以为将者。故夫将帅岂必尽疑其为奸？要以无畏其择之之劳，而遂以破天下之大利。盖天下之患，夫岂必在此也！

【解题】

天下之事无全利、全害，作者基于此见，申论当前“将不知兵，兵不识将”的害处，强调择将捐兵，改变现状，以趋大利。

第　五　道

臣闻天下之勇士，可使用兵，而不可使主兵。天下之智士，可使主兵，而不可使养兵。养兵者，君子之事也。故用兵之难，而养兵尤难。何者？士气之难服也。

举兵而征行，三军之士，其心在号令而其气在战；息兵而为营；三军之士，其心在垒壁而其气在御；陈兵而遇敌，三军之士，其心在白刃而其气在胜。气之所在者，毒之所向也。故兵在外，士气在敌，而不在其上。是故抚之而易悦，予之而易足，诛之而易定，动之而易使。其上之人御之以勇，而驱之以智，则百万之众可以无足忧者。及夫天下既安，三军之士各反其家，美衣甘食，优游无为。投石超距，不足以泄其怒，而各求其上之所短。当此之时，军中之士，环视四顾，而始不可忍矣。是故久于不用，则其意不欲复战；久于不使，则其意不欲复役。夫惟不欲而强使之，与之出战则不乐，而与之从役则为乱。此必然之势也。

夫古者兵出于农，其欲动之尤难。然当周之季，诸侯之强，天下之民日起而操兵。齐、晋、秦、楚以其兵车徜徉天下，万里而后反，而天下之民不敢言病。至于后世，平居无事，竭天下以养士卒，一旦有急，当得其力，乃反傲睨邀赏，不肯即去。夫其平时衣食其上，有难而起，起而斗死；有事而役，役而尽力。此其势宜若愈于三代之农夫矣。而当今之病，方病其不然。此岂非其养之之过欤。

臣观天下之兵，其数莫如京师之多，而士卒趑趄难制，亦莫如京师之甚。何者？天子在位，以仁御兵。士不知战而狃于赏，令之稍急，则瞋目攘臂而言不逊，此甚可恶也。且京师，宗庙禁闱之所在，而使不义之徒周环布列于其左右，而尚何以为安？臣闻养兵而兵骄戾，其责在将。方今京邑之将，所任者谁乎？匹夫小人以次当迁而为之什百之长，此其为名尚未离乎卒伍也。而其上之所统独有三太尉，推而上之，则至于枢密使。如此四大臣者，非在什伍部曲之间，以日夕训练之者也。且夫卒未亲附，而罚之则不服，不服则难用也。今使大臣独制其上，恩意不交而德泽不洽，上下不相信，特其势相从而无以义附者，则是未可以法治也。使朝廷大臣而曲躬伛偻，亲问疾苦，如异时出兵行阵之间，此则其势有所不给矣。古者南北军有监军御史，有护军诸校，各有军正、正丞。是以任安、胡建之徒，忠信守节之士，得以出入军中，获其欢心，而后训之以礼，绳之以法，有所诛灭而士卒皆服。如此而后兵可用也。今奈何独使狠戾之人自相临御，而天子独以贪暴无知之匹夫为左右之卫哉？

臣愚以为宜略如汉制，设为诸校，使常处军中，既以抚之，且渐诛戮其豪横，而训之知理。《传》曰："晋悼公知栾纠之能御以和于政也，以为戎御，使训诸御知义；知荀宾之有力而不暴也，以为戎右，使训勇力之士时使。"故军中之吏非其近之，则不能得其欢心；不得其心，则虽有法而不能用；有法不能用，则士不可以劳苦，而兵不可以应卒。有兵不能以应卒，而有将不能以使众，此最天下之大患也！

【解题】

此篇讲养兵之难。战事起，则兵士气足在敌，一旦和平，将骄士怠，京师之兵尤甚。为解决这个问题，作者认为应沿用“设为诸校”的汉制，以解决军中“有法不能用”的“天下之大患”。

臣事下

第一道

臣闻圣人之治天下，常使人有孜孜不已之意。下自一介之民，与凡百执事之人，咸愿竭其筋力以自附于上；而上至公卿大夫，虽其甚尊，志得意满无所求望，而亦莫不劳苦其思虑，日夜求进而不息。至有一沐而三握，一饭而三吐，食不暇饱，卧不暇暖，汲汲于事常若有所未足者。是以天下之事，小大毕举，无所废败，而上之人可以不劳力而万事皆理。

昔者世之隆替，臣常已略观之矣。尧、舜之时，洚水横流，民不粒食，事变繁多，灾害并兴，而尧、舜之身至于垂拱而无为。何者？天下之人各为之用力而不辞也。至于末世，海内乂安，四方无虞，人生于其间，其势皆有荒怠之心。各安其所而不愿有所兴作，故天下渐以衰惫而不振。《诗》曰：“周虽旧邦，其命维新。”夫国之所以至于亡者，惟其旧而无以新之欤！天下旧而不复新，则其事业有所断而不复续。当此之时，而不知与之相期于长久不已之道，而时作其怠惰之气，则天下之事几乎息矣！

嗟夫！道路之人，使之趋十里而与之百钱，则十里而止；使之趋百里而与之千钱，则百里而止。何者？所与期者止于十里与百里，而其利亦止于此而已。今世之士何以异此？出于布衣者，其志不过一命之禄，既命则忘其布衣之学；仕于州县者，其志不过于改官之宠，官既改，则丧其州县之节。自是以上，因循递迁，十有余年之间，则其势自至于郡守。此不待有所修饰而至者，其志极矣。幸而其间有欲持自奋厉之心，然后其意稍广，而不肯自弃于贪汙之党。外自漕刑，内自台谏馆阁，而至于两制，亦又极矣。又幸而有求为宰相者，则其志又益广，至于宰相而极矣。盖天子之所以使天下慕悦而乐为吾用者，下自一命之臣，而上至于宰相，其节级相次者有四而已。彼其一命者，或无望于改官；郡守者，或无望于两制；两制者，或无望于宰相；而为宰相者，无所复望。则各安于其所，而谁肯为天子尽力者？且夫世之士大夫如此其众也，仁人君子如此其不少也，而臣何敢妄有以诋之哉？盖臣闻之，方今之人，其已改官者，有廉隅节干之效，常不若其在州县之时；而为两制者，其慷慨劲挺之操，常不若其为漕刑、台谏之日。虽其奇才伟人、卓然特异不为利变者，固不在此，而世之为此者亦已众矣！

夫以爵禄而劝天下，爵禄已极则人之怠心生。以术使天下，则天下之人终身奔走而不知止。昔者汉之官吏，自县令而为刺史，自刺史而为郡守，自郡守而为九卿，自九卿而为三公，自下而上，至于人臣之极者，亦有四而已。然当此之时，吏久于官而不知厌。方今朝廷郡县之职，列级分等，不可胜数。从其下而为之，三岁而一迁，至于终身可以无倦矣，而人亦各自知其分之所止，而清高显荣者，虽至老死而不可辄入。是以在位者，懈而不可自奋。何者？彼能通其君臣之欢，坦然其无高下峻绝不可扳援之势，而吾则不然。今天下之小臣，因其朝见而劳其勤苦，丁宁访问以开导其心志，且时择其尤勤劳者，有以赐予之，使知朝廷之不甚远，而容有冀于其间。上之大吏，时召而赐之闲燕，与之讲论政事，而勉之于功名，相邀于后世不朽之际，与夫子孙皆享其福之利；时亦有以督责其荒怠弛废之愆，使之有所愧耻于天子之恩意，而不倦于事。此岂非臣所谓奔走天下之术欤？

【解题】

该篇分析了圣人治天下之臣的“术”，就是要使“人有孜孜不已之意”。怎样才能使上下之人“日夜求进而不息”？这就必须要事有所定，律“无所废败，而上之人可以不劳力而万事皆理”。

第二道

臣闻圣人之于人，不恃其必然，而恃吾有以使之；不恃其皆贤，而恃吾有以驱之。夫使天下之人皆有忠信正直之心，则为天下安俟乎？圣人惟其不然，是以使之有方，驱之有术，不可一日而去也。

今夫天下之官，莫不以为可任而后任之矣。上自两府之大臣，而下至于九品之贱吏，近自朝廷之中，而远至于千里之外，上下相伺，而左右相觉，不为不密也。然又内为之御史，而外为之漕刑，使督察天下之奸人，而纠其不法。如此，则天下何恃其皆贤，而期之以必然哉？然尚有所未尽者。盖天下之事，任人不若任势，而变吏不如变法。法行而势立，则天下之吏虽其非贤而皆欲勉强以求成功，故天子可以不劳而得忠良之人。

今世之弊，任弊法而用不便之势，劳苦于求贤而不知为法之弊。是以天下幸而得贤，则可以侥幸于治安；不幸而无贤焉，则遂靡靡而不振。且御史、漕刑，天子之所恃以知百官之能否者也，今不为之立法，而望其皆贤，故臣所谓有所未尽者，谓此事也。

夫此二官，虽其内外之不同，而其于击搏群下，权势轻重，本无以相远也。而自近岁已来，为御史者，莫不洗濯磨淬以自见其圭角，慷慨论列，不顾天下之怨。是以朝廷之中，上无容奸，而下无宿诈。正直之士，莫不相庆，以为庶几可以大治。然臣愚以为，方今内肃而外不振，千里之外，贪吏昼日取人之金而莫之或禁。远人咨嗟，无所告诉，莫不饮泣太息仰而呼天者。深惟国家所以设漕刑之意，正以天下有此等不平之故耳。今海内幸无变，而远方之民戚然皆苦贪吏之祸，则所谓漕刑者，尚何以为？然人之性不甚相远，岂其为御史则皆有嫉恶之心，而至于漕刑则皆得卤莽苟容之人？盖上之所以使之者未至也。

臣观御史之职，虽其属吏之中，苟有能出身尽命排击天下之奸邪，则数年之间可以至于两制而无难；而其不能者，退斥罢免，不免为碌碌之吏。是以御史皆务为讦直之行。而漕刑之官，虽端坐默默无所发擿，其终亦不失为两制；而其抗直不挠者，亦不过如此，而徒取天下之怨。是以皆好为宽仁以收敦厚之名。岂国家知用之御史而不知用之漕刑哉？

臣欲使两府大臣详察天下漕刑之官，唯其有所举按不畏强御者，而后使得至于两制，而其不然者，不免为常吏。变法而任势，与之更新，使天下之官吏，各从其势之所便而为之，而其上之人得贤而任之，则固已大善。如其不幸而无贤，则亦不至于纷乱而不可治，虽庸人亦可使之自力而为政。如此则天下将内严而外明，奸吏求以自伏而不得其处，天下庶乎可以为治矣！

【解题】

该篇作者提出“任人不若任势，而变吏不若变法”，变法而任势，使天下官吏各得其势，这样，天下才可以为治。

第　三　道

臣闻天下惟有权者可以使人，有利者可以得众。权者，天下之所为去就也；利者，天下之所为奔走也。能是非可否之谓权，能贫富贵贱之谓利。天子者，收天下之权而自执之，敛天下之利而亲用之者也。故天下之人，上自公卿大夫之尊，而下至于闾阎匹夫之贱，府史、胥徒、僮仆、奴妾，以次相属而相役，至于疲弊劳苦老死而不去。缓急可以使之相救，危难可以使之相死。蹈白刃，赴深谷，可使用命而不敢辞。何者？彼利于人者，固役于人也。千金之家，持其赢余以丐贷邻里之贫民，薄息缓取而可以豪横于乡党，刺客武士为之效死而莫之能制。此权利之所致也。

臣闻天子者，执天下之权，而擅四海九州之利。爵禄、庆赏、金玉、钱币，此其富非特千金之利也；予夺、可否、刑戮、诛灭，此其势非特千金之权也。古之人君，得天下之权利而专之，是故所为而成，所欲而就。谋臣猛将为之尽力，有死而无二。社稷之臣可使死宗庙，郡县之臣可使死封疆，文吏可使死其职，武吏可使死其兵。天下之人，其存心积虑，皆以为当然。是以寇至而不惧，难生而无变。方其平居无事之际，天子衣食而养之，以待天下之事，故有事而死，亦其势然也。

当今天下之人，食天子之禄，被天子之爵，衣青紫，佩印绶，从吏卒，纵横赫奕者，常遍天下。一旦有急，皆莫肯死者，甚可怪也。往年广南之乱，大吏据城拥兵，贼至而莫敢击，逃遁奔走，伏于草莽之间，以避兵革之祸。至使蛮夷之人得以横行于中原，人民流离，方数千里，几为丘墟，而无一死战之吏。国家每岁收天下之士，士之发于饥寒，取官而去者，动以数百为辈。六年之间，考足而无过，则又为之改爵而增其禄秩。幸而又有超群拔类之才，则公卿大臣又得荐之于天子，而特宠贵之，翱翔朝廷之间，不出十年，可以安坐谈笑而为两制。此其为法，尚何所负于天下？而士大夫终莫肯奋而为之用，何也？

夫明哲之君，以其法邀天下之人；而其不能者，天下之人反以其法邀之。故邀在我，则奔走者人也；邀在人，则奔走者我也。今世之法，夫岂不欲以邀人哉？莅官六七考，求举者五六人，凡皆备具而无所过失，然后为之改爵而增其禄秩。夫此岂诚足以邀人哉？为法而不足以邀人，则人将反以吾法而相邀。今之官吏，考足而无过，且有举者，则天子宁有以却之邪？是不得不从而予之矣。如此，则是天子之爵禄，非天子之惠，而天下之势也。士大夫以势取爵禄，是以举皆不德其上。凡今天子之权，反而入于下，而天子之利，变而为轻取易得之物矣。

盖臣闻之，天下有二弊，有法乱之弊，有法蔽之弊。法乱则使人纷纭而无所执，法蔽则使人牵制而不自得。古之圣人，法乱则以立法救之，而法蔽则受之以无法。夫无法者，非纵横放肆之谓也，上之人投弃规矩，而使天下无所执以邀其君，是之谓无法。今夫官吏之法其亦无，曰举者与考而已。使一二大臣，得详其才与不才，举者具而考足。才也与之，而不才也置之。虽有考不足而举者不具，其可与者，则或亦与之也。凡皆务与天下为所不可测，使吏无所执吾法以邀我，收天子之权利而归之于上。如此，则议者将以为荡然无法，则大吏易以为奸。臣闻人惟不为奸也，而后任以为大吏。苟天下之广，而无一二大臣可信者，则国非其国矣！且自唐季以来，世之设法者，始皆务以防其大臣。盖唐之盛时，其所以试天下之士与调天下之选人者，皆无一定之法，而惟有司之为听。夫是以下不得邀其上，而上有以役其下。臣故曰：惟有权者可以使人，有利者可以得众。此不可不深察也。

【解题】

此文从权、利出发，论述天子应该以权、利使人、“得众”，治理天下，而宋代所养之士却不为所用，尽管有官吏选择、考核办法，但已形成二弊：法乱之弊、法弊之弊。苏辙主张天子应“无法”，不被臣下所弊。

第　四　道

臣闻圣人之为天下，不务逆人之心。人心之所向，因而顺之；人心之所去，因而废之，故天下乐从其所为。惟其一人之所欲，不可以施于天下，不得已而后有所矫拂而不用，盖非以为天下之人皆不可以顺适其意也。

昔生民之初，生而有饥寒牝牡之患。饮食男女之际，天下之所同欲也。而圣人不求绝其情，又从而为之节文，教之炮燔、烹饪、嫁娶、生养之道，使皆得其志，是以天下安其法而不怨。后世有小丈夫，不达其意之本末，而以为礼义之教，皆圣人之所作为以制天下之非僻。徒见天下邪放之民，皆不便于礼义之法，乃欲务矫天下之情，置其所好，而施其所恶。此何其不思之甚也！且虽圣人不能有所特设以驱天下，盖因天下之所安，而遂成其法，如此而已。如使圣人而不与天下同心，违众矫世以自立其说，则天下几何不叛而去也？今之说者则不然，以为天下之私欲必有害于国之公事，而国之公事亦必有所拂于天下之私欲。分而异之，使天下公私之际，譬如吴、越之不可以相通。不恤人情之所不安，而独求见其所为至公而无私者。盖事之不通，莫不由此之故。

今夫人之情，非其所乐而强使为之，则皆有怏怏不快之心，是故所为而无成，所在而不称其职。臣闻方今之制，吏之生于南者，必置之北；生于东者，必投之西；岭南、吴、越之人，而必使冒苦寒、践霜雪，以治燕、赵之事；秦、陇、蜀汉之士，而必使涉江湖、冲雾露，以守扬、越之地。虽其上之人逼而行之，无所不从，而行者望其所之，怨叹咨嗟，不能以自安。吏卒送迎于道路，远者涉数千里，财用殚竭，困弊于外。既至而好恶不相通，风俗不相习，耳目之所见，饮食之所便，皆不得其当。譬如侨居于他乡，其心常屑屑而不舒，数日求去，而不肯虑长久之计。民不喜其吏，而吏不善其俗，二者相与龃龉而不合，以不暇有所施设。而吏之生于其地者，莫不自以为天下之所不若。而今之法，为吏者不得还处其乡里，虽百里之外，亦辄不可。而又以京师之所在而定天下远近之次，凡京师之人所谓近者，皆四方之所谓至远；而京师之所谓远者，或四方之所谓近也。今欲以近优累劳之吏，而不知其有不乐者，为此之故也。且夫人生于乡闾之中，其亲戚坟墓不过百里之间。至于千里之内，则譬如道路之人，亦何所施其私？而又风俗相安，上下相信，知其利害，而详其好恶。近者安处其近，而远者乐得其远，二者各获其所求，而无汲汲之心。耳目开明，而心不乱，可以容有所立。凡此数者，盖亦无损于国矣。而特守此区区无益之公，此岂王者之意哉？且三代之时，九州之中，建国千有八百。大者不过百里，而小者数十里。数十里之间，其民之为士者有之，为大夫者有之，凡所以治其国人者，亦其国人也。安得异国之人而后用哉？

臣愚以为如此之类，可一切革去，以顺天下之欲。今使天下之吏皆同为奸，则虽非其乡里，而亦不可有所优容。苟以为可任，则虽其父母之国，岂必多置节目以防其弊？而况处之数百千里之间哉！

【解题】

此文论君御臣治民，应顺适人情，只有人情安，国家才能安。反对将公私对立起来。

第　五　道

臣闻大人之道，行之而可名，名之而可言；布之天下而无疑，施之后世而无愧；堂堂乎立于四海，虽一介之士，而无所不安。此其所以为大人之道欤！

今夫天下之人，天子谁不役其力者？而天下皆不敢以为非。此诚得其可役之名而役之。是以天子安坐于上，而士大夫为之奔走于下。大者为之运筹画策，治百官以济其大事；而小者为之按米盐，视鞭箠，以奉其小职；文吏为之簿书会计，详其出内取予之数，而使天下不敢欺；武吏为之擐金被革，习其战阵攻斗之事，而使天下不敢犯。劳苦其筋力，而罄竭其思虑，甚者捐首领，暴骨于原野，而不知避。何者？食其禄也。至于田野之民，耕田而食，或生而不至市井，然及其有税而可役，趋走于县吏之前，恭谨有礼，不教而自习。而其尤难者，至使之斩捕盗贼，挽弓巡徼，疲弊而不敢求免，此岂非食其地之故欤？故夫天下之人，凡天子之所得而使令者，皆可得而名也。

而臣窃怪府史胥徒，古者皆有禄以食其家，而其不足者，皆得计口而受田，以补其不给，夫是以能使之尽力于公事，而不恤其私计。盖周之所谓官田者，府史胥徒之田也。而今世之法，收市人而补以为吏，无禄以养其身，而无田以畜其妻子，又有鞭朴戮辱之患，而天下之人皆喜为之。其所以责之者甚烦且难，而其所以使之者无名而可言。而其甚者，又使之入钱而后补，虽得复役，而其所免，不足以偿其终身之劳。此独何也？天子以无名使之，而天下之人亦肯以无名而为之，此岂可不求其情哉？

且夫天子举四海而寄之其臣，郡县之官又举而寄之其郡县之小吏，刑法之轻重，财用之多少，无所不在。是以掌仓库者，得以为盗；而治狱讼者，得以为奸。为奸之利，上足以养父母，而下足以畜妻子。其所以无故而安为之者，为此之故也。是以虽无爵禄之劝，而可得而使；虽有刑戮耻辱之患，而不肯舍而去。而其上之人驱其无禄之身，而遇之以有禄之法，恬不为怪，此乃公使之为奸，以当其所得之禄，而遂以为可得而使之也。如此则尚何以示天下？

臣愚以为，凡人之在官，不可以无故而用其力，或使以其税，而或使以其禄。故夫府史胥吏，不可以无禄使也。然臣观方今天下，方苦财用之不给，而用度有所不足，其势必无以及此。而古者《周官》之法，民之为讼者入束矢，为狱者入钧金，视其不直者，而纳其所入。盖自秦、汉以来，其法始废而不用。故臣亦欲使天下之至于狱者，皆有所入于官，以自见其直；而其不直者，亦皆没其所入，以为胥吏之俸禄。辨其等差而别其多少，以时给之，以足其衣食之用。其所以取之于民者不苛，而其所以为利者甚博。盖上之于民，常患其好讼而不直，以身试法而无所畏忌，刑之而又使之有入于官，此所以深惩其心而又其所得止以厚吏，此有以见乎非贪民之财也。而为吏者，可以无俟为奸，而有以自养。名正而言顺，虽其为奸，从而戮之，则无愧乎吾心。呜呼，古之所谓正名者，犹此类也夫！

【解题】

吏是封建制度的具体操作者，吏的好坏直接关系到政治的善恶。此文认为吏治的关键是利禄，要使吏能以“所得之禄”养身畜家，这样才能使他们尽力于王事，不为奸贪。

民　政　上

第　一　道

臣闻王道之至于民也，其亦深矣。贤人君子，自洁于上，而民不免为小人；朝廷之间，揖让如礼，而民不免为盗贼；礼行于上，而淫僻邪放之风起于下，而不能止。此犹未免，为王道之未成也。

王道之本，始于民之自喜，而成于民之相爱。而王者之所以求之其民者，其粗始于力田，而其精极于孝悌廉耻之际。力田者，民之最劳；而孝悌廉耻者，匹夫匹妇之所不悦。强所最劳，而使之有自喜之心；劝所不悦，而使之有相爱之意。故夫王道之成，而及其至于民，其亦深矣！古者天下之灾，水旱相仍，而上下不相保，此其祸起于民之不自喜于力田。天下之乱，盗贼放恣，兵革不息，而民不乐业，此其祸起于民之不相爱，而弃其孝悌廉耻之节。夫自喜，则虽有太劳而其事不迁；相爱，则虽有强很之心，而顾其亲戚之乐，以不忍自弃于不义。此二者，王道之大权也。方今天下之人，狃于工商之利，而不喜于农，惟其最愚下之人，自知其无能，然后安于田亩而不去。山林饥饿之民，皆有盗跖趑趄之心；而闺门之内，父子交忿而不知反。朝廷之上，虽有贤人，而其教不逮于下。是故士大夫之间，莫不以为王道之远而难成也。

然臣窃观三代之遗文，至于《诗》，而以为王道之成有所易而不难者。夫人之不喜乎此，是未得为此之味也。故圣人之为诗，道其耕耨播种之劳，而述其岁终仓廪丰实、妇子喜乐之际，以感动其意。故曰："畟畟良耜，俶载南亩。播厥百谷，实函斯活。或来瞻女，载筐及筥。其饷伊黍，其笠伊纠。其镈斯赵，以薅荼蓼。"当此时也，民既劳矣，故为之言其室家来饁而慰劳之者，以勉卒其业。而其终章曰："荼蓼朽止，黍稷茂止。获之挃挃，积之栗栗。其崇如墉，其比如栉，以开百室。百室盈止，妇子宁止。杀时犉牡，有捄其角。以似以续。续古之人。"当此之时，岁功既毕，民之劳者，得以与其妇子皆乐于此，休息闲暇，饮酒食肉，以自快于一岁。则夫勤者有以自忘其勤，尽力者有以轻用其力，而狼戾无亲之人，有所慕悦而自改其操。此非独于《诗》云尔，导之使获其利，而教之使知其乐，亦如是也。且民之性固安于所乐而悦于所利，此臣所以为王道之无难者也。

盖臣闻之，诱民之势，远莫如近，而近莫如其所与竞。今行之于朝廷之中，而田野之民无迁善之心，此岂非其远而难至者哉？明择郡县之吏，而谨法律之禁，刑者布市，而顽民不悛。夫乡党之民，其视郡县之吏，自以为非其比肩之人，徒能畏其用法，而袒背受笞于前不为之愧。此其势可以及民之明罪，而不可以及其隐匿。此岂非其近而无所与竞者邪？惟其里巷亲戚之间，幼之所与同戏，而壮之所与共事，此则其所与竞者也。臣愚以为，古者郡县有三老啬夫，今可使推择民之孝悌无过、力田不惰、为民之素所服者为之，无使治事，而使讥诮教诲其民之怠惰而无良者。而岁时伏腊，郡县颇置礼焉，以风天下，使慕悦其事，使民皆有愧耻、勉强不服之心。今不从民之所竞而教之，而从其所素畏。夫其所素畏者，彼不自以为伍，而何敢求望其万一？故教天下自所与竞者始，而王道可以渐至于下矣。

【解题】

此文论治民之道，首先在教民，使其自喜、自爱，不能只使百姓恐惧，而应“及其隐匿”，即感动内心。

第二道

臣闻三代之盛时，天下之人自匹夫以上莫不务自修洁，以求为君子。父子相爱，兄弟相悦，孝悌忠信之美，发于士大夫之间，而下至于田亩，朝夕从事，终身而不厌。至于战国，王道衰息，秦人驱其民而纳之于耕耘战斗之中，天下翕然而从之。南亩之民，而皆争为干戈旗鼓之事，以首争首，以力搏力，进则有死于战，退则有死于将，其患无所不至。夫周、秦之间，其相去不数十百年，周之小民，皆有好善之心，而秦人独喜于战攻，虽其死亡而不肯以自存。此二者，臣窃知其故也。

夫天下之人，不能尽知礼义之美，而亦不能奋不自顾以陷于死伤之地，其所以能至于此者，其上之人实使之然也。然而闾巷之民，劫而从之，则可以与之侥幸于一时之功，而不可以望其久远。而周、秦之风俗皆累世而不变，此不可不察其术也。盖周之制，使天下之士，孝悌忠信闻于乡党而达于国人者，皆得以登于有司。而秦之法，使其武健壮勇、能斩捕甲首者，得以自复其役，上者优之以爵禄，而下者皆得役属其邻里。天下之人知其利之所在，则皆争为之，而尚安知其他？然周以之兴，而秦以之亡，天下遂皆尤秦之不能，而不知秦之所以使天下者，亦无以异于周之所以使天下。何者？至便之势，所以奔走天下，万世之所不易也，而特论其所以使之者何如焉耳。

今者天下之患，实在于民昏而不知教，然臣以为其罪不在于民，而上之所以使之者或未至也。且天子所求于天下者，何也？天下之人，在家欲得其孝，而在国欲得其忠；弟兄欲其相与为爱，而朋友欲其相与为信；临财欲其思廉，而患难欲其思义。此诚天子之所欲于天下者。古之圣人所欲而遂求之，求之以势，而使之自至。是以天下争为其所求，以求称其意。今有人使人为之牧其牛羊，将责之以其牛羊之肥，则因其肥瘠而制其利害。使夫牧者趋其所利而从之，则可以不劳而坐得其所欲。今求之以牛羊之肥瘠，而乃使之尽力于樵苏之事，以其薪之多少而制其赏罚之轻重，则夫牧人将为牧邪？将为樵邪？为樵，则失牛羊之肥；而为牧，则无以得赏。故其人举皆为樵，而无事于牧。吾之所欲者牧也，而反樵之为得，此无足怪也。今夫天下之人，所以求利于上者果安在哉？士大夫为声病剽略之文，而治苟且记问之学，曳裾束带，俯仰周旋，而皆有意于天子之爵禄。夫天子之所求于天下者岂在是也？然天子之所以求之者惟此，而人之所由以有得者亦惟此。是以若此不可却也。

嗟夫！欲求天下忠信孝悌之人，而求之于一日之试，天下尚谁知忠信孝悌之可喜，而一日之试之可耻而不为者？《诗》云：“无言不酬，无德不报。”臣以为欲得其所求，宜遂以其所欲而求之。开之以利而作其怠，则天下必有应者。今间岁而一收天下之才，奇人善士固宜有起而入于其中。然天下之人不能深明天子之意，而以为所为求之者，止于其目之所见，是以尽力于科举，而不知自反于仁义。臣欲复古者孝悌之科，使州县得以与今之进士同举而皆进，使天下之人，时获孝悌忠信之利，而明知天子之所欲。如此则天下宜可渐化，以副上之所求。然臣非谓孝悌之科必多得天下之贤才，而要以使天下知上意之所在，而各趋于其利，则庶乎其不待教而忠信之俗可以渐复。此亦周、秦乏所以使人之术欤！

【解题】

此文认为天下不可能“尽知礼义之美”，所以御民要讲究“术”，要像秦能驱使秦人喜攻战一样，“使之自致”。归结到用人取试上，苏辙认为科举制度使“士大夫为声病剽略之文，而治苟且记问之学，曳裾束带，俯仰周旋，而皆有意于天子之爵禄”。但他提出的改革方法却并不切合实际。

第　三　道

臣闻圣人将有以夺之，必有以予之；将有以正之，必有以柔之。纳之于正，而无伤其心；去其邪僻，而无绝其不忍之意。有所矫拂天下，大变其俗，而天下不知其为。其变也，释然而顺，油然而化，无所龃龉，而天下遂至于大正矣。

盖天下之民，邪淫不法，纷乱而至于不可告语者，非今世而然也。夫古者三代之民，耕田而后食其粟，蚕缫而后衣其帛。欲享其利，而勤其力；欲获其报，而厚其施；欲求其父子之亲，则尽心于慈孝之道；欲求兄弟之和，则致力于长悌之节；欲求夫妇之相安，朋友之相信，亦莫不务其所以致之之术。故民各治其生，无望于侥幸之福，而力行于可信之事。凡其所以养生求福之道，如此其精也。至其不幸而死，其亲戚子弟又为之死丧祭祀、岁时伏腊之制，所以报其先祖之恩，而安恤孝子之意者，甚具而有法。笾豆簠簋、饮食酒醴之荐，大者于庙，而小者于寝，荐新时祭，春秋不阙。故民终三年之忧，而又有终身不绝之恩爱，惨然若其父祖之居于其前而享其报也。

至于后世则不然。民怠于自修，而其所以养生求福之道，皆归于鬼神冥寞之间，不知先王丧纪祭礼之礼，而其所以追养其先祖之意，皆入于佛老虚诞之说。是以四夷之教，交于中国，纵横放肆。其尊贵富盛拟于王者，而其徒党遍于天下，其宫室、栋宇、衣服、饮食常侈于天下之民。而中国之人，明哲礼义之士，亦未尝以为怪，幸而其间有疑怪不信之心，则又安视而不能去。此其故何也？彼能执天下养生报死之权，而吾无以当之，是以若此不可制也。

盖天下之君子尝欲去之，而亦既去矣，去之不久而还复其故。其根之入于民者甚深，而其道之悦于民者甚佞。世之君子未有以解其所以入而易其所以悦，是以终不能服天下之意。天下之民以为养生报死皆出于此，吾未有以易之而遂绝其教，欲纳之于正而伤其心，欲去其邪僻而绝其不忍之意，故民之从之也甚难。闻之曰："川竭而谷虚，丘夷而渊实。"作乎此者，必有以动乎彼也。夫天下之民，非有所悦乎佛老之道，而悦乎养生报死之术。今能使之得其所以悦之实，而去其所悦之名，则天下何病而不从？

盖先王之教民，养生有方，而报死有礼。凡国之赏罚黜陟，各当其处。贫富贵贱，皆出于其人之所当然。力田而多收，畏法而无罪。行立而名声发，德成而爵禄至。天下之人，皆知其所以获福之因，故无惑于鬼神。而其祭祀之礼，所以仁其祖宗而慰其子孙之意者，非有卤莽不详之意也。故孝子慈孙有所归心，而无事于佛老。臣愚以为严赏罚，敕官吏，明好恶，慎取予，不赦有罪，使佛老之福不得苟且而惑其生；因天下之爵秩，建宗庙，严祭祀，立尸祝，有以塞人子之意，使佛老之报不得乘隙而制其死。盖汉、唐之际，尝有行此者矣，而佛老之说未去。尝有去者矣，而赏罚不详，祭祀不谨，是以其道牢固而不可去，既去而复反其旧。

今者国家幸而欲减损其徒，日朘月削，将至于亡。然臣愚恐天下尚犹有不忍之心，天下有不忍之心，则其势不可以久去。故臣欲夺之而有以予之，正之而有以柔之，使天下无憾于见夺，而日安其新。此圣人所以变天下之术欤！

【解题】

此文论佛、老之道与儒道的区别，认为佛、老之道之所以为天下信奉，是因为佛老能“执天下养生送死之权”，而儒则不能。这里，苏辙并不像排斥佛老的那些人，要禁绝佛老，而是主张复圣人教民之道，讲求赏罚、祭祀，以渐复民心。

第四道

臣闻管子治齐，始变周法。使兵民异处，制国为二十一乡，工商之乡六，而士乡十五。制鄙以为五属，立五大夫，使各治一属之政。国中之士为兵，鄙野之民为农。农不知战，而士不知稼，各治其事而食其力。兵以卫农，农以资兵。发兵征行，暴露战斗，而农夫不知其勤；深耕疾耨，霑体涂足，而士卒不知其劳。当是之时，桓公南征，伐楚济汝，逾方城，望汶山，北伐山戎，制零支，斩孤竹，西攘白狄，逾太行，渡辟耳之溪，九合诸侯，筑夷仪，城楚丘，徜徉四方，国无罢弊之民，而天下诸侯往来应接之不暇。及秦孝公欲并海内，商君为之倡谋，使秦人莫不执兵以事战伐，而不得反顾而为农；阴诱六国之民，使专力以耕关中之田，而无战攻守御之役。二者更相为用，而天下卒以不抗。何者？我能累累出兵不息，而彼不能应；我能外战而内不乏食，而彼必不战而后食可足。此二者，管仲、商鞅之深谋也。

自管仲死，其遗谋旧策，后世无复能用，而独其分兵与民之法，遂至于今不废。何者？其事诚有以便天下也。今夫使农夫竭力以辟天下之地，醵其所得以衣食天下之武士，而免其死亡战斗之患，此人之情谁不可者？然当今天下之事，与管仲、商鞅之时则已大异矣。古者霸王在上，仓廪丰实，百姓富足，地利已尽，而民未乏困。当此之时，谓之人有余。今天下之田，疾耕不能遍，而蓬蒿藜莠，实尽其利。人不得以为食，禽兽之所蕃息。当此之时，谓之地有余。古之圣人，人有余，则务在于使人，是以天下之人虽其甚宽，而举无废功；地有余，则务在于辟地，是以天下之地虽其甚宽，而举无遗力。今也海内之田病于有余，而上之人务在于使人，不已过哉！

臣观京师之兵，不下数十百万；沿边大郡，不下数万人；天下郡县千人为辈，而江、淮漕运之卒不可胜计。此亦已侈于使人矣！且夫人不足，而使人之制不为少减，是谓逆天而违人。昔齐桓之世，人力可谓有余矣。而十五乡之士，不过三万，车不过八百乘。何者？惧不能久也。方今天下之地，所当厚兵之处，不过京师与西边北边之郡耳。昔太祖、太宗既平天下，四方远国，或数千里，以为远人险诐，未可以尽知其情也，故使关中之士往而屯焉，以镇服其乱心。及天下既安，四海一家，而因循久远，遂莫之变。夫天下之兵，莫如各居其乡，安其水土而习其险易，而特病其不知战。故今世之患在不教乡兵，而专任屯戍之士为抗贼之备。且天下治平，非沿边之郡，则山林匹夫之盗，及其未集而诛之，可以无事于大兵。苟其有大盗，则其为变，故亦非戍兵数百千人之所能制。若其要塞之地，不可无备之处，乃当厚其土兵以代之耳。

闻之古者良将之用兵，不求其多，而求其乐战。今之为兵之人，夫岂皆乐乎为兵哉？或者饥馑困踬不能以自存，而或者年少无赖既入而不能以自脱，盖其间常有思归者矣。故臣欲罢其思归之士，以减屯戍之兵，虽使去者太半，臣以为处者犹可以足于事也。盖古者有余则使之以宽，而不足则使之以约。苟必待其有余而后能办天下之事，则无为贵智矣！

【解题】

“兵冗”是北宋政治一大弊端，苏辙此文上溯管仲、商鞅，指出兵、民分而为二是天下大势所趋。但强兵之道不在于扩兵，而在兵精，使其“乐战”。

第　五　道

臣闻近代以来，天下之变备矣。世之君子随其破败而为之立法，补苴缺漏，疏剔芬秽，其为法亦已尽矣，而后世之弊，常不为之少息。其法既立而旋亡，其民暂享其利而不能久。因循维持，至于今世，承百王之弊，而独受其责，其病最为繁多，而古人已行之遗策又莫不尽废而不举。是以为国百有余年而不至于治平者，由此之故也。

盖天下之多虞，其始自井田之亡。田制一败，而民事大坏，纷纷而不可止。其始也，兼并之民众而贫民失职，贫者无立锥之地，而富者连阡陌，以势相役，收太半之税，耕者穷饿而不耕者得食。以为不便，故从而为之法曰：限民名田，贵者无过若干，而贫者足以自养。此董生之法也。天下之人，兼并而有余，则思以为骄奢。骄奢之风行于天下，则富者至于破其资畜，而贫者耻于不若，以争为盗而不知厌。民皆有为盗之心，则为之上者甚危而难安。故为之法曰：立制而明等，使多者不得过，而少者无所慕也，以平风俗。此贾生之法也。民之为性，丰年食之而无余，饥年则转死沟壑而莫之救。富商大贾乘其不足而贵卖之，以重其灾；因其有余而贱取之，以待其弊。予夺之柄归于豪民，而上不知收，粒米狼戾而不为敛，藜藿不继而不为发。故为之法曰：贱而官为籴之，以无伤农；贵而官为发之，以无伤末。小饥则发小熟之敛，中饥则发中熟之敛，大饥则发大熟之敛。此李悝之法也。古者三代之兵，出而为兵，入而为农。出兵临敌，则国有资粮之储；而兵罢役休，则无复养兵之费。及至后世，海内多故，而征伐不息，以为害农，故特为设兵以办天下之武事。其始若不伤农者，而要其终，衣食之奉，农亦必受其困。故为之法曰：不战则耕以自养，而耕之闲暇则习为击刺以待寇至。此赵充国之法也。

盖古之遗制，其可施于今者甚多，而臣不敢复以为说。而此四者，皆天下之所共知而不行者也。夫知之而不行，此其故何欤？臣闻事固有可以无术而行者，有时异事变无术而不可行者。

均民以名田，齐众以立制，是无术而可以直行者也。平籴以救灾，屯田以宽农，是无术而不可行者也。古者贤君在上，用度足而财不竭，捐其有余以备民之所不足，而不害于岁计。今者，岁入不足以为出，国之经费犹有所不给，而何暇及于未然之备？古者将严而兵易使，其兵安于劬劳，故虽使为农而不敢乱。今者天下之兵，使之执劳者，皆不知战，而可与战者，皆骄而不可使。衣食丰溢，而筋力疲惫，且其平居自处甚倨，而安肯为农夫之事？故屯田平籴之利，举世以为不可复者，由此之故也。曷亦思其术矣。

臣尝闻之，贾人之治产也，将欲有为而无以为资者，不以其所以谋朝夕之利者为之也，盖取诸其不急之处而蓄之，徐徐而为之，故其业不伤而事成。夫天子之道，食税衣税，其余之取于民者，亦非其正矣。茶盐酒铁之类，此近世之所设耳，夫古之时，未尝有此四物者之用也，而其为国亦无所乏绝。臣愚以为可于其中择取一焉，而置之用度之外，岁以为平籴之资。且其既已置之用度之余，则不复有所顾惜，而发之也轻。发之也轻，而后民获其利。其与今之所谓常平者，亦已大异矣！抑尝闻之，尝已牧马者，不可使之畜豚彘。马彘之相去未能几也，而犹且不可使。今世之兵，以兵募之而欲强之以为农，此其不从固无足怪者。今欲以兵屯田，盖亦告之以将屯田而募焉。人固有无田以为农而愿耕者，从其愿而使之，则虽劳而无怨。苟屯田之兵既多而可用，则夫不耕而食者，可因其死亡而勿复补，以待其自衰矣。

嗟夫！古之人其制天下之患，其亦已略尽矣，而其守法者，常至于怠惰而不举，是以世之弊常若近起于今者，而不求古之遗法而依之以为治，可不大悲矣哉！

【解题】

此文认为变法应吸取古人正确可行之法，文中列举了董仲舒、贾谊、李悝、赵充国四人之法，其“遗制可施于今者甚多”，而如何实行却需要“术”。

民 政 下

第 一 道

臣闻三代之时无兵役之忧，降及近世，有养兵之困，而无兴役之患，至于今而养兵兴役之事，皆不得其当，而可为之深忧。盖古者兵出于农而役出于民。有农则不忧无兵，而有民则不忧无役。五口之家常有一人之兵，而二十之男子，岁有三日之役。故其兵强而费不增，役起而人素具。虽有大兵大役而不忧事之不集，至于兵罢役休而无日夜不息之费。其后周衰，井田破坏，陵夷至于末世，天下无复天子之田，皆民之所自有。天下之民不食天子之田，是故独责其税，而不任之以死伤战斗之患。天子有养兵之忧，而天下无攻守劬劳之民，以为大忧。故调其财以为养兵之用，而天下之役，凡其所以转输、漕运、营建、兴筑之事，又皆出于民。当此之时，民之所以供上之令者三：曰租、曰调、曰庸。租者，地之所当出。调者，兵之所当费。庸者，岁之所当役也。故使之纳粟于官，以为田之租。人入布帛，以为兵之调。岁役其力，不役则出其力之所直，以为役之庸。此三者，农夫皆兼为之，而游惰末作之民亦不免于庸调。运重漕远，天子不知，其费而一出于民。民岁役二旬，而不役者，当帛六十尺，民亦不至于大苦。故隋、唐之间，有养兵之困，而无兴役之患。此其为法，虽不若三代之兵不待天子之养，然天下之役犹有可赖者，皆民为也。

及其后世，又不能守，乃始变法而为两税。以至于今，天下非有田者不可得而使，而有田者之役，亦不过奔走之用，而不与天子之大事。天下有大兴筑、有大漕运，则常患无以为使，故广募冗兵以供力役之急，不知击刺战陈之法，而坐食天子之奉。由是国有武备之兵，而又有力役之兵。此二者，其所以奉养之具，皆出于农也，而四海之游民，无尺寸之庸调。为农者，常使阴出古者游民之所入，而天子亦常兼任养兵、兴役之大患。故夫兵役之弊，当今之世可谓极矣！

臣愚以为，天子平日无事而养兵不息，此其事出于不得已，惟其干戈旗鼓之攻，而后可使任其责。至于力役之际，挽车船、筑宫室、造城郭，此非有死亡陷败之危，天下之民诚所当任而不辞，不至以累兵革之人，以重费天子之廪食。然当今之所谓可役者，不过曰农也，而农已甚困，盖尝使尽出天下之费矣。而工商技巧之民与夫游闲无职之徒常遍天下，优游终日而无所役属。盖《周官》之法，民之无职事者，出夫家之征。今可使尽为近世之法，皆出庸调之赋。庸以养力役之兵，而调以助农夫养武备之士。而力役之兵可因其老疾死亡遂勿复补，而使游民之丁代任其役，如期而止，以除其庸之所当入。而其不役者，则亦收其庸，不使一日而阙。盖圣人之于天下，不惟重乎苟廉而无求，惟其能缓天下之所不给，而节其太幸，则虽有取而不害于为义。今者，虽能使游民无劳苦嗟叹之声，而常使农夫独任其困。天下之人，皆知为农之不便，则将相率而事于末，末众而农衰，则天子之所独任者，愈少而不足于用。故臣欲收游民之庸调，使天下无侥幸苟免之人，而且以舒农夫之困。苟天下之游民自知不免于庸调之劳，其势不耕则无以供亿其上，此又可驱而归之于南亩。要知十岁之后，必将使农夫众多，而工商之类渐以衰息。如此而后，使天下举皆使从租庸调之制，而去夫所谓两税者，而兵役之忧可以稍缓矣。

【解题】

此文论兵、役，宋代不能调合二者关系，以冗兵充役，结果，兵不能战，徒耗钱粮，最终将负担压在人民身上。苏辙主张行租庸调法，去两税法。

第　二　道

臣闻古者天下皆天子之人，田亩之利、衣食之用，凡所以养生之具，皆赖于天子。权出于一，而利不分于强族。民有奉上之忧，而无役属附丽之困。是以民德其上，而举天下皆可使奉天子之役使。至于末世，天子之地，转而归于豪民，而天下之游民，饥寒朝夕之柄，天子不恤，而以遗天下之富贾。夫天子者，岂与小民争此尺寸之利也哉！而其势则有所不可。何者？民之有田者。非皆躬耕之也，而无田者为之耕。无田者非有以属于天子也，而有田者拘之。天子无田以予之，而欲役其力也实难。而有田者授之以田，视之以奴仆，而可使无憾。故夫今之农者，举非天子之农，而富人之农也。至于天下之游民、贩夫、贩妇、工商、技巧之族，此虽无事乎田，然日食其力，而无以为朝夕之用，则此亦将待人而生者也。而天子不恤其阙，乃使富民持其赢余，贷其所急，以为之父母。故虽游民，天子亦不可得而使，而富者独擅其利，日役其力而不偿其力之所直。由是观之，则夫天下之民，举皆非天子之人，而天子徒以位使之，非皆得其欢心也。夫天下之人，独其有田者，乃使有以附属于天子，此其为众，岂足以当其下之仰给之民哉？此亦足以见天子之所属者已甚寡矣！

臣愚以为当今之势，宜收天下之田而归之于上，以业无田之农夫；恤小民之所急，而夺豪民假贷之利，以收游手之用。故因其所便而为之计，以为莫如收公田而贷民急。

夫陈、蔡、荆、楚之地，地广而人少，土皆公田，而患无以耕之。而吴、越、巴、蜀之间，拳肩侧足，以争寻常尺寸之地，安土重迁，恋恋而不能去。此非官为之画策，因其凶荒饥馑之岁，乘其有愿徙之心，而遂徙之于不耕之公田，则终不能以自去。今欲待其已去而收其田亩，藉其室庐，田为公田，室为公室，以授无田之民，使天下虽富庶之邦，亦常有天子之田。而又因其籍没，积而勿复鬻，募天下之丁男，使分耕其中，而无使富民端坐而欲收公田之遗利，使天下之农夫稍可以免仆隶之辱，而得上丽于天子。而其新徙之民，耕牛、室屋、饮食、器皿之类有所不备，又皆得以贷于国，可以无失其所。

夫所谓贷者，虽其为名近于商贾市井之事，然其为意不可以不察也。天下之民，无田以为农，而又无财以为工商，禁而勿贷，则其势不免转死于沟壑。而使富民为贷，则有相君臣之心，用不仁之法，而收太半之息。其不然者，亦不免于脱衣避屋以为质。民受其困而上不享其利，徒使富民执予夺之权，以豪役乡里，故其势莫如官贷以赒民之急。《周官》之法：使民之贷者与其有司辨其贵贱，而以国服为息。今可使郡县尽贷而任之以其土著之民，以防其逋逃窜伏之奸。而一夫之贷无过若干，春贷以敛缯帛，夏贷以收秋实。薄收其息而优之，使之偿之无难。而又时免其息之所当入，以收其心，使民得脱于奴隶之中，而获自属于天子。如此，则天下之游民可得而使，富民之贷可以不禁而自息。

然臣以为收公田者，其利远非可以岁月之间而待其成也，要之数十百年，则天下之农夫可使太半皆天子之农。若夫所谓贷民急者，则可以朝行而夕获其利，此最当今之所急务也。

【解题】

封建社会土地兼并问题，是历代想解决而都无法解决的问题，每一朝代经战乱建立之后，田多无主，故能使民有田，时间一长，兼并又起，始终无法解决，只有改朝换代才能稍加平衡。苏辙此文即论此问题，即所谓民是天子之民，还是富人之民的问题。

第　三　道

臣闻古者建都立邑，相其丘陵原隰而利其水泉之道，通其所无而导其所有，使民日取而不尽，安居于中而无慕于外利，各安其土，乐其业，无来去迁徙之心。膏腴之乡民不加多，而贫瘠之处民不加少，天下之户平均若一，皆足以供其郡国之役使而无所乏困。盖今天下所谓通都大邑，十里之城，万户之郭，其阴阳向背与其山林原隰之势、陂池泉水之利，皆秦、汉以来所为创置摩画，使足以衣食其民而无乏绝者也。臣尝读《周诗·公刘》之一篇，其言自戎迁豳之际，登高望远，以求其可居之地，与其可用之物，莫不详悉而曲尽。其诗曰："笃公刘，逝彼百泉，瞻彼溥原，乃陟南岡，乃覯于京。""笃公刘，既溥既长，既景乃岡，相其阴阳，观其流泉。""笃公刘，于豳斯馆。涉渭为乱，取厉取锻。"夫古之君子，居于其邦，其欲知民之所利、与器用之所出，盖如此其详也。及观《史记·货殖列传》，郡国之所有：东方之桑麻鱼盐，南方之竹木鱼稻，与西方之五谷畜牧，北方之枣栗裘马，则凡一方之所有，皆可以备养生送死之具。导之有方，而取之有法，则其民丰乐饶足，老死而无憾。

及行天下，览其山林薮泽之所生，与其民之所有，往往与古不类。夫自大江以北，汉水之侧，三代之时，列国数十。楚人都于荆州，其在战国最为强大，外抗群蛮，内御秦、晋，常以其兵横于天下。计其所都，安肯用瘠卤墝埆之地？而当今自楚之北，至于唐、邓、汝、颍、陈、蔡、许、洛之间，平田万里，农夫逃散，不生五谷，荆棘布野，而地至肥壤，泉源陂泽之迹迤逦犹在。其民不知水耕之利，而长吏又不以为意，一遇水旱，民乏菜茹。往者因其死丧流亡，废县罢镇者，盖往往是矣。臣闻善为政者，不用甲兵，不斥疆界，兴利除害，教民稼穑，收敛倍称，而获兼地之福。今者举千里之地，废之为场，以养禽兽，而不甚顾惜，此与私割地以予人何异？尝闻之于野人，自五代以来，天下丧乱，驱民为兵，而唐、邓、蔡、汝之间，故陂旧堤，遂以堙废而不治。至今百有余年，其间犹未甚远也，盖修败补阙，亦旬月之故耳，而独患为吏者莫以为事。若夫许州，非有洪河、大江之冲，而每岁盛夏，众水决溢，无以救御，是以民常苦饥而不乐其俗。夫许，诸侯之故邦，魏武之所都，而唐节度之所治，使岁辄被水而五谷不熟，则其当时军旅之费，宗庙朝廷之用，将何以供？此岂非近世之弊因循不治以至此哉？然此乃特臣之所见，而天下之广，又安能备知？

尝以为方今之患，生于太怯，而成于牵俗。太怯则见利而不敢为，牵俗则自顾而爱其身。夫是以天下之事举皆不成，而何独在此？臣欲破其牵俗之风，壮其太怯之气，意凡天下贫窭破散之郡县，使皆择善事能干之人而往为之长，因其去也而天子亲谕以此，使得稍久于其任。而察其人民多田野辟者，书以为课。何者？此非难办之事，是以不待非常之才而后能济，唯其弛放怠惰是以至此。今诚少严其事，使为吏者知上之属意于此，十岁之后，臣以为此必为富壤之区，而方今天下重征之处，亦为渐减而取诸此矣！

【解题】

此文论开辟土地问题，认为只要有不怯、不牵于俗的官吏就可以解决。

第　四　道

臣闻天下有二病：好战则财竭而民病，畏战则多辱而无威。欲民之无贫，则无疾夫无威；欲君之无辱，则无望乎财之不竭。此二患者，天下未尝兼有也。古之人君，各从其所安而处其偏，是以不获全享其利，而亦未尝有兼受其病者。昔者，匈奴之于汉可以见矣。文景之世，天下治安，民至老死不知征役之劳。府库盈溢，其赋于民者，三十而取一，可谓盛矣。然而匈奴傲慢侵侮，至甚不逊。输金缯纳锦绣，天子之至辱也，而文、景不以为意，以求全其民。至于武帝，不忍数世之忿，尽天下之锐而攻之。辟地千里，斩馘百万，匈奴之民死者太半，洗除先帝之宿耻，而夸大中国之气。得志满意，无以加矣。而内自疲弊，中民之家大抵皆破，无复十金之户。此二者，皆有所就其成功，是以有所忍而不顾。而智者之论，已谓非中国之长算矣！

今者，中国之弊在于畏战。畏战固多辱矣，而民又不免于贫，无所就其利，而遍被其害。重赋厚敛，以为二边之賂，国辱而民困。盖今世之病，病已极矣！贤人君子竭其智虑，以求安其民，而民常为夷狄之所扰。天子欲使其泽下布，而海内常为夷狄之所困。此其弊盖有原矣。二边之赂不绝，是以天下之赋敛虽知其甚重而不可轻。天下之赋敛甚重而不可轻，是以天下之民虽知其甚困，而不可得而安也。故臣于民政之终，而特备论其要云。

盖方今天下之议，莫不以为二边之赂决不可去也。独其勇者则曰："宁战而无赂。战不必败，而赂必至于乏困。"臣窃以为，此古之汉武帝、唐太宗坚忍而不顾者足以行之。然亦有所犯天下之至危。何者？吾民之不战久矣，用不战之民而待必战之敌，窃恐世俗之难之也。夫古者霸王之臣，因败而成功，转祸而为福，若反覆手之间耳。桓公见协于曹沫，欲背其盟，管仲因而信之，以自结于诸侯。桓公袭蔡，本以诛少姬之罪，管仲因而伐楚，责包茅之不入，而诸侯大服。臣窃韪之。方今二虏之赂，虽有所不得已而然者，然其势偶有似夫战国之际以谋相倾而阴相溃者，是故臣欲因而成之，以潜破二虏之国。

古语有之曰："将欲取之，必固予之。"昔者晋之取虞，越之取胡，冒顿之取东胡，石勒之取王浚，此四者，皆其予之之力也。夫邻国之患，惟其相忌而相伺，以不敢相易，是以其虑详密而难图。今夫中国之不竞亦已久矣，彼其相视以为无能为者，非一日也，然犹未肯释然而无疑。夫惟释然而无疑，而后其国可取。今吾犹有所龃龉于其间，彼以吾为犹有不服之心，是以君臣相亲而未敢懈。盖古之英雄，能忍一朝之耻，而全百世之利。臣以为当今之计，礼之当加恭，待之当加厚。使者之往，无求以言胜之，而其使之来者，亦无求以言犯之。凡皆务以无逆其心，而阴堕其志，使之深乐于吾之贿赂，而意不在我。而吾亦自治于内，汇士拣马，择其精锐而损其数，以外见至弱之形，而内收至强之实。作内政以寓军令，凡皆务以自损吾强大之势，而见吾衰弱之状，使之安然无所顾忌，而益以怠傲。不过数年，彼日以无备，而吾日以充实。彼犹将以吾为不足与也，而有无厌之求。彼怠而吾奋，彼骄而吾怒，及此而与之战，此所谓败中之胜而弱中之强者也。

嗟夫！方今之事，其势亦有二而已矣：能奋一朝之劳，而尽力以攻之，则其后可以大安，而其始也不免有岁月之勤；能忍一朝之辱，而自损以骄之，则其后可以骤胜，而其始也不免有岁月之耻。此二策者，皆足以谋人之国，败人之兵，而有胜矣。而臣窃谓今世之所安者，必其予之而骄之者也。嗟夫，智能攻之，以洗天下之大惭；不能攻之，则骄之而图其后。未有不能攻之，又不能骄之，拱手以望其成功者。方今每岁委百万之资以予人，而不能使人无疑其有不服之心；罄竭四海而其终不能以成事，特幸其一时之安。而欲得其间隙之际以治天下，天下可得而治哉？

【解题】

此文从儒家爱民角度出发，反对穷兵黩武，困乏百姓。北宋一代积弊积弱，终于败亡，用兵与赂敌一直困挠着宋人。苏辙认为应外与敌修好，内加强治理，渐至强盛，求长久之安，不能求一时痛快，以致国库空虚，百姓困弊。

第　五　道

臣闻御戎有二道，屯兵以待其来，出兵以乘其虚。方今二边固常已屯重兵矣，而天下之议以为中国之兵无由而出，而臣以为不然。何者？敛天下之财以奉夷狄，彼求之无厌，则吾之应之将有所不称其意。大抵不过数十年之间，用兵之衅，不发于彼之不悦，则发于吾之不忍。此亦其势之不可逃者也。方其无事之时，中国既不得不畜兵于边，而及其有间，又必将出兵而乘其弊。此二者不可不素为之所也。

今每岁发郡县之兵以戍边，此其未战之谋也，而臣未知其所以为战之术。臣闻古者三代之制，未有戍边之役。六国之际，燕、赵最被边患，而当其时，西备秦，东备齐，南备楚，内备韩、魏，千里之国而其四境莫不皆有所备，则其所以备胡者，安得戍卒而用之？计亦不过沿边之民自为卒伍，以制其侵略而已。戍边之谋始于秦、汉，内无敌国之虞，而郡县之兵、材官蹶张，皆出于民之为役。其法月为更卒，已复为正，一岁屯戍，一岁以次相承而迭相更代。边鄙之民不可使常为兵，是以不得不驱中原之民而纳之塞下，以捍寇虏。故其边戍之兵，岁初而来，终岁而去。寒暑不相安，险易不相习，勇怯不相程，志气不相企。上无顾于坟墓，而下无爱于妻子。平居忧愁无聊，无乐上之心，而缓急苟免，无死战之意，不可求得其用。古之谋臣晁错、陆贾之徒，盖常以为言矣。今世之兵，皆天子之所廪食以终其身，在秦则廪于秦，在赵则廪于赵，不可一日而阙，非如汉之戍卒有休罢更代之期也。然犹守此区区既往之陈迹，岂不惑哉！且举中原之士而屯之于边，虽无死伤战斗之患，而其心常自以为出征行役，苦寒冒露，为国劳苦，凡国家之所以美衣丰食以养我者，止为此等事也。故士卒百万，端坐而食，实不知行阵之劳，不见锋刃之危，而皆已自负，以为有劳于国，其势不可有所复使。此其弊在于使之不得其道耳。

今夫阴伺二虏之怠，而出兵以逐利于塞外，此诚今世之至计也，而臣窃恐缓急之际，士卒皆已自负而不可用。且夫人之情，尝已用其力，则其心自满而不复求报其上。士无求报之心，则不可以与之犯大难而涉大劳。惟其饱食而无所试，优游无为，以观夫人之成功而不得自效者，则其气刚锐，而其心不倦。古之善用兵者，惟能及其心之未倦而用其锐气，是以其兵无敌于天下。臣愚以为方今之计，内郡之兵当常在内，而不以戍边；戍边之兵，当常戍边，而不待内郡之戍卒。募内郡之兵，其乐徙边者而稍厚之，不足则募民之乐为边兵者以足之。使二边有一定不迁之兵，而颇损内郡之众，计其内外之数，相通如旧而止。平居无事，以此备边，而一旦欲有所攻夺掩袭，则独发内郡之卒，使二者各思致其勇力以报其上。锐而用之，堕而置之，屯兵历年而士无所怨其劳，出兵千里而士无所憾其远。兵入，则出者得以休息，而无乘塞之苦；兵出，则守者闲暇，而无行役之困。交相为用，如循环之无端而不可竭，此其与今世之法，竭天下以养兵，守亦使此，战亦使此，未战而士卒皆怠者，其亦少异矣！

【解题】

苏辙认为屯重兵于塞上，而兵骄堕不可用，原因在使之不当，应该使内外之兵相互呼应，屯兵无怨，内兵不骄。

秘阁试论六首

王者不治夷狄论

儒者必慎其所习，习之不正，终身病之。《公羊》之书，好为异说而无统，多作新意以变惑天下之耳目，是以汉之诸儒治《公羊》者，比于他经，最为迂阔。至于何休，而其用意又甚于《公羊》，盖其势然也。《经》书："公及戎盟于潜。"《公羊》犹未有说也，而休以为王者不治夷狄，录戎来者不拒，去者不追也。夫公之及戎盟于潜也，时有是事也。时有是事，而孔子不书可乎？故《春秋》之书其体有二：有书以见褒贬者，有书以记当时之事，备史记之体，而其中非必有所褒贬予夺者。公之及戎盟于潜，是无褒贬予夺者也，而休欲必为之说，是以其说不得不妄也。

且王者岂有不治夷狄者乎？王者不治夷狄，是欲苟安于无事者之说也。古之所以治夷狄之道，世之君子尝论之矣，有用武而征伐之者，高宗、文王之事是也；有修文而和亲之者，汉之文、景之事是也，有闭拒而不纳之者，光武之谢西域、绝匈奴之事是也。此三者皆所以与夷狄为治之大要也。今曰来者必不可拒，则是光武之谢西域，以息中国之民者非乎？去者必不可追，则是高宗、文王凡所以征其不服而讨其不庭者皆非也。凡休之说，施之于中国强盛夷狄暴横之时，则将养寇以遗子孙之忧；施之于中国新定休息自养之际，则为夷狄之所役使以自劳弊而不得止。凡此二者，休之说无施而可也。盖愚闻之，圣人之于夷狄也，吾欲来之则来之，虽有欲去者，不可得而去也；吾欲去之则去之，虽有欲来者，亦不可得而来也。要以使吾中国不失于便，而置夷狄于不便之地，故其屈伸进退，莫不在我。而休欲其自来而自去也耶，此其尤不可者也。

治休之学者曰："《春秋》托始以治天下，当隐、桓之际，未暇远略，故先书晋灭夏阳，不书楚灭谷、邓。"夫谷、邓之不书，是楚之未通而不告也，如使圣人未欲与夷狄交通，则虽有欲至，尚可得而至哉？愚故曰：《春秋》之书"公及戎盟于潜"，是记事之体，而无休之说也。

【解题】

嘉祐六年（1061）八月，经杨畋推荐，苏辙参加才识兼茂明于体用科制举试，此处所收《秘阁试论六首》即当时所试六论。东汉何休撰《春秋公羊解诂》、《春秋》有"公及戎盟于潜。"何休解为"王者不治夷狄"。苏辙此论认为何休的说法无根据，《春秋》记载不过是"记事之体"。

刘恺丁鸿孰贤论

天下之让三：有不若之让，有相援之让，有无故之让。让者，天下之大功大善也。然而至于无故之让，则圣人深疾而排之，以为此奸人之所以盗名于暗世者也。昔者公族穆子之让韩起，范宣子之让智伯，宣子、穆子中心诚有以愧于彼二人也，是不若之让也。舜之命禹也，让于皋陶；其命益也，让于朱虎、熊罴。夫皋陶之不能当禹之任，朱虎、熊罴之不能办益之事，亦已明矣，然犹让焉者，此所谓相援之让也。夫使天下之人皆能让其所不及，则贤材在位而贤不肖不争；皆能让以相援，则君子以类升，而小人不能间。此二者，天下之大善也。然而至于无故之让，则天下之大不善也。

东汉之衰，丁鸿、邓彪、刘恺此三人者，皆当袭父爵而以让其弟，非是先君之命，非有嫡庶之别，而徒让焉，以自高于世俗，世之君子从而讥之。然此三人者之中，犹有优劣焉。刘、邓让而不反，以遂其非；丁鸿让而不终，听其友人鲍骏之言而卒就国。此鸿之所以贤于刘、邓也。且夫闻天下之有让，而欲窃取其名以自高其身，以邀望天下之大利者，刘恺之心也；闻天下之让而窃慕之，而不知其不同，以陷于不义者，丁鸿之心也。推其心而定其罪，则恺在可戮，而鸿为可恕。此真伪之辨也，贤愚可以见矣！故范晔曰："太伯、伯夷未始有其让也，故太伯称至德，伯夷称贤人。末世徇其名而昧其致，则诡激之行兴矣！"若夫邓彪、刘恺让其弟以取义，使弟受非服，而已受其名，不已过乎！夫君子之立言，非以苟显其理，将以启天下之未悟者；立行非以苟显其身，将以教天下之未动者。言行之所开塞，可无慎乎？丁鸿之心存乎忠爱，何其终悟而从义也，异乎二子之徇名者也。

嗟夫，世之邪僻之人，盗天下之大利，自以为人莫吾察，而不知君子之论有以见之，故为国者不可以不贵君子之论也！

【解题】

据《后汉书》，刘恺当袭父爵，让与弟宪，遁逃避封。丁鸿当袭封陵阳侯，让给弟盛，逃亡在外，经鲍骏劝说，回还就国。邓彪让国于异母弟荆凤。苏辙此论反对这种欺世盗名的谦让，丁鸿能听从劝说而醒悟，故贤于刘恺、邓彪。

礼义信足以成德论

周衰，凡所以教民之具既废，而战攻侵伐之役交横于天下，民弃其本而争事于末。当时之君子思救其弊，而求之太迫，导之无术，故樊迟请学为稼，又欲为圃，而孔子从而讥之曰："小人哉，樊须也！上好礼，则民莫敢不敬；上好义，则民莫敢不服；上好信，则民莫敢不用情。夫如是，四方之民，襁负其子而至矣。焉用稼？"释之者曰："礼义与信，足以成德，又安用稼哉？"

嗟夫！仁人之言，其始常若迂阔而不可行，然要其终，其取利多而卒以无弊者，终莫能易其说。盖孔子之于卫，常欲正名，而子路笑之矣。冉子之于鲁，常欲彻，而鲁君非之矣。何则？卫之乱，若非正名之所能安，而鲁之饥，若非彻之所能救。然而欲天下无饥与乱，则非此二者莫之能济。故夫欲取其利而取之于远，则取利多而民不知；欲图其事而图之于深，则事有渐而后无弊。今夫樊迟欲为农圃以富民，而孔子答之以礼义信也。世或疑之，而愚以为不然。若观于《孟子》，而求其所以辨许行之说，则夫农圃之事，乃有可以礼义致而可以信取之道。何者？许子欲使君臣并耕饔飧而治，此岂非樊子所愿学者哉？而孟子答之以尧、舜无所用心于耕稼。尧以不得舜为忧，舜以不得禹为忧。尧得舜，舜得禹，而礼义流行，忠信洋溢，则天下之民将不劝之耕而自为耕，不督之圃而自为圃，而何致于身服农圃之劳而忧农圃之忧哉？

且夫欲劝天下之农而至于亲为之者，亦足以见其无术矣！古之圣人其御天下也，礼行而民敬，则役使如意；义行而民服，则劳苦而不怨；信行而民用情，则上下相知而教化易行。三德既成，则民可使蹈白刃而无怨，而况农圃之事哉！故夫欲致其功而形之于远，则功可成；欲力其事而为之于近，则百弊起。今欲君子、小人而皆从事于农，则夫天下之民，尚谁使治之哉？

【解题】

此论由《论语》中樊迟问稼和《孟子》中辩许行之说论证礼、义、信足以成德治国。因为这样才能百姓“劳苦而不怨”，上下相知，“役使如意”。

形势不如德论

三代之时，法令宽简，所以堤防禁固其民而尊严其君者，举皆无有。而其所都之地，又非有深山大河之固，然而历岁数百，长久而安存无患者何耶？秦之法令可谓峻矣，而其所都又关中天府之固，古之所谓百二者也，然而二世而亡者何耶？太史公曰：“权势、法制，所以为治也；地形险阻，所以为固也。然而二者犹未足恃也。故曰形势虽强，犹不如德也。”

天下之形势，愚尝论之矣。读《易》至于《坎》，喟然而叹曰：嗟夫，圣人之所以教人者盖详之矣！夫《坎》之为言，犹曰险也。天之所以为险者，以其不可升；而地之所以为险者，以其有山川丘陵。天地之险，愚闻之矣，而人之险，愚未之闻也。或曰：王公设险以守其国，此人之险，而高城深池之谓也。曰：非也。高城深池，此无以异于地之险，而人之险，法制之谓也。天下之人，其初盖均是人也，而君至于为君之尊，而民至于为民之卑，君上日享其乐而臣下日安其劳而不敢怨者，是法制之力也。然犹未也，可以御小害，而未可以御大害也。大盗起，则城池险阻不可以固而留；众叛亲离，则法制不可以执而守。是必有非形之形、非势之势而后可也。故至《坎》之六四而曰：“樽酒簋贰，用缶，纳约自牖。终无咎。”夫六四处刚柔相接之时，而乃用一樽、二簋、土盎、瓦缶，相与拳曲俯仰于户牖之下，而终获无咎。此岂非圣人知天下之不可以强服，而为是优柔从容之德，以和其刚强难屈之心，而作其愧耻不忍之意故耶？

嗟夫！秦人自负其强，欲以斩刖齐天下之民，而以山河为社稷之保障，不知英雄之士开而辟之，刑罚不能绳，险阻不能拒。故圣人必有以深结天下之心，使英雄之士有所不可解者，则《坎》之六四是也。

【解题】

此论认为权势、法制、地形险阻、高城深池这些“形势”不可依恃，只有以德教人，天下才能保持长久。

礼以养人为本论

君子之为政，权其轻重而审其小大。不以轻害重，不以小妨大，为天下之大善。而小有不合焉者，君子不顾也。立天下之大善，而以小有不合而止，则是天下无圣人，大善终不可得而建也。自周之亡，其父子、君臣、冠昏、丧祭之礼，皆以沦废。至于汉兴，贤君名臣，比比而出，皆知礼之足以为治也，然皆拱手相视而莫敢措。非以礼为不善也，以为不可复也。是亦自轻而已。故元、成之间，刘向上书，以为礼以养人为本，如有过差，是过而养人也。刑罚之过，或至于死伤，然有司请定法令，笔则笔，削则削，是敢于杀人而不敢于养人也，然而为是者，则亦有故。律令起于后世，而礼出于圣人。敢变后世之刑，而不敢变先王之礼，是亦畏圣人太过之弊也。《记》曰：“礼之所生，生于义也。”故礼虽先王未之有，可以义起也。故因人之情而为之节文，则亦何至于惮之而不敢邪？

今夫冠礼所以养人之始，而归之正也；昏礼所以养人之亲，而尊其祖也；丧礼所以养人之孝，而为之节也；葬礼所以养人之终，而塞其悲也；祭礼所以养人之情，而接之于无穷也；宾客之礼所以养人之交，而慎其渎也；乡礼所以养人之本，而教之以孝悌也。凡此数者，皆待礼而后成者也。今皆废而不立，是以天下之人皇皇然无所折衷。求其所从而不得，则不能不出其私意以自断其礼，私意既行，故天下之弊起。奢者极其奢以伤其生，俭者极其俭以不得其所欲。财用匮而饥寒作，饥寒作而盗贼起，盗贼起而民之所恃以为养者皆失而不可得，虽日开仓廪发府库以赡百姓，民犹未可得而养也。故古之圣人不用财，不施惠，立礼于天下，而匹夫匹妇莫不自得于闾阎之中而无所匮乏，此所谓知本者也。

【解题】

此论论证了礼的根本在于养人，并从婚礼、丧礼、葬礼、祭礼、宾礼、乡礼六个方面论述了礼的作用。

《既醉》备五福论

善夫，诗人之为诗也！成王之时，天下既平，其君子优柔和易而无所怨怒，天下之民各乐其所。年谷时熟，父子兄弟相爱，而无暴戾不和之节。莫不相与作为酒醴，剥烹牛羊，以享以祀，以相与宴乐而不厌。诗人欲歌其事，而以为未足以见其盛也，故又推而上之，至于朝廷之间，见其君臣相安而亲戚相爱，至于祭祀宗庙，既事而又与其诸父昆弟皆宴于寝，旅酬下至于无算爵，君臣释然而皆醉。故为作《既醉》之诗以歌之，而后之传诗者又深思而极观之，以为一篇之中而五福备焉。

然愚观于《诗》、《书》，至《抑》与《酒诰》之篇，观其所以悲伤前世之失，及其所以深惩切戒于后者，莫不以饮酒无度、沈湎荒乱、号呶倨肆以败乱其德为首。故曰百祸之所由生，百福之所由消耗而不享者，莫急于酒。周公之戒康叔曰："酒之失，妇人是用。二者合并，故五福不降，而六极尽至。"愚请以小民之家而明之。今夫养生之人，深自覆护拥闭，无战斗危亡之患，然而常至于不寿者何耶？是酒夺之也，力田之人，仓廪富矣，俄而至于饥寒者何耶？是酒困之也。服食之人，乳药饵石，无风雨暴露之苦，而常至于不宁者何耶？是酒病之也。修身之人，带钩蹈矩，不敢妄行，而常至于失德者何耶？是酒乱之也。四者既备，则虽欲考终天命而其道无由也。

然而曰五福备于《既醉》者何也？愚固言之矣。百姓相与饮酒欢乐于下，而后君臣乃相与偕醉于上。醉而愈恭，和而有礼，心和气平，无悖逆暴戾之气干于其间，而寿不可胜计也。用财有节，御已有度，而富不可胜用也。寿命长永，而又加之以富，则非安宁而何？既富而寿，且身安矣，而无所用其心，则非好德而何？富寿而安，且有德以不朽于后也，则非考终命而何？故世之君子苟能观《既醉》之诗，以和平其心，而又观夫《抑》与《酒诰》之篇，以自戒也，则五福可以坐致，而六极可以远却。而孔子之说，所以分而别之者，又何足为君子陈于前哉！

【解题】

《既醉》是《诗经·大雅》中的一首诗。孔颖达《正义》说是成王时祭宗庙社稷之诗，祭毕，群臣皆“醉足于酒，厌饱于德”。《书·洪范》：“五福，一曰寿，二曰富，三曰康宁，四曰攸好德，五曰考终命。”

御试制策

臣谨对曰：臣不佞，陛下过听，策臣于庭，使得竭愚衷以奉大对。臣性狂愚，不识忌讳，伏读陛下制策，凡所以问臣之事数十条者，臣已详闻之矣。然臣内省愚诚，欲先以闻，而后答陛下之所问。

伏惟陛下承先帝之业，即位以来三十余年，四方乂安。陛下守此太平之成基，平日无事，端居静虑，亦尝有忧于此乎？无忧于此乎？陛下策臣曰：“朕承祖宗之大统，先帝之休烈，深惟寡昧，未烛于理。”又曰：“志勤道远，治不加进，夙兴夜寐，于兹三纪。”此陛下忧惧之言也，然臣以谓陛下未有忧惧之诚耳！往者宝元、庆历之间，西羌作难，陛下昼不安坐，夜不安席。当此之时，天下皆谓陛下忧惧小心如周文王。然而自西方解兵，陛下弃置忧惧之心而不复思者二十年矣。古之圣人无事则深忧，有事则不惧。夫无事而深忧者，所以为有事之不惧也。今陛下无事则不忧，有事则大惧。臣以为陛下失所忧矣。故愿陛下虽天下无事，而不忘忧惧之心。陛下诚能用臣此言，则凡所以问臣者，臣虽不言可得而举也。苟未能用臣此言，则凡所以问臣者，臣虽言之无益也。

制策曰：“德有所未至，教有所未孚，阙政尚多，和气或盭。”陛下思虑至此，此则圣人之用心也。臣请为陛下推其本原，而极言其故。臣闻之《书》曰：“与治同道，罔不兴；与乱同事，罔不亡。”昔者夏之衰也有太康，商之微也有祖甲，周之败也有穆王，汉之卑也有成帝，唐之乱也有穆宗、恭宗，此六帝王者，皆以天下之治安，朝夕不戒，沈湎于酒，荒躭于色，晚朝早罢，早寝晏起。大臣不得尽言，小臣不得极谏。左右前后惟妇人是侍，法度正直之言不留于心，而惟妇言是听。谒行于内，势横于外，心气荒乱，邪僻而无所主。赏罚失次，万事无纪，以至于天下大乱，而其心不知也。是以三代之季，诗人疾而悲伤之曰：“匪教匪戒，时惟妇寺。”“听言则对，诵言如醉。”又曰：“乱匪降自天，生自妇人。”“赫赫宗周，褒姒灭之。”盖伤其不可告教而至于败也。

臣疏贱之臣，窃闻之道路：陛下自近岁以来，宫中贵姬至以千数，歌舞饮酒，欢乐失节；坐朝不闻咨谟，便殿无所顾问。夫三代之衰，汉、唐之季，其所以召乱之由，陛下已知之矣。久而不正，百蠹将由之而出。内则将为蛊惑之所汙，以伤和伐性；外则将为请谒之所乱，以败政害事。妇人之情，无有厌足，迭相夸尚，争为侈靡。赐予不足以自给，则不惮于受赂贿。赂贿既至，则不惮于私谒。私谒既行，则内外将乱。陛下无谓好色于内而不害外事也。且臣闻之，欲极必厌，乐极必反。方其极甚之时，一陷于其中而不能以自出，然及其觉悟之后，未始不以自悔也。陛下何不试于清闲之时，上思宗庙社稷之可忧，内思疾疢病恙之可恶，下思庶人百姓之可畏，则夫嫔御满前，适足以为陛下忧，而未足以为陛下乐也。伏惟圣心未之思焉，是以迟迟而不去。《诗》云："颠沛之揭，枝叶未有害，本实先拨。"方今承祖宗之基，四方无虞，法令修明，百官缮完。而陛下奈何先自拨其本哉？臣恐如此，德教日以陵迟，阙政将至于败，戾气将至于灾而不可救也。

制策曰："田野虽辟，民多无聊。边境虽安，兵不可撤。利入已浚，浮费弥广。"臣以为地有所未辟，是以民不得安其生。边境虽安，而非诚安，是以兵不得彻其备。浮费日广，是以利入浚而不能休。

何者？自京以西，近自许、郑，而远至唐、邓，凡数千里，列郡数十，土皆膏腴，古之赋输太半多出于此。自两汉以来，名臣贤守，所以为民兴利除害，沟洫畎浍之迹往往犹在。而荆棘成林，无尺寸之耕，狐狸豺狼之所嗥，而逃兵罢士之所窜伏。陛下所使守此地者，终无一人为陛下深思极虑，招来流亡以垦化其地。贤才良士，以为此僻远之处，而不肯往。陛下何不使大臣举人而守之，亲召而勉励其志，属以此事，而亦以此为殿最之课。不及十年，此将皆为天下之沃壤。臣故曰：地有所未辟，是以民不得安其生也。

臣又闻古之制边备者，外有亭障，内有屯兵。亭障欲繁，屯兵欲简。繁则耳目明，简则气势合。今者边境之患，患在亭障之地而皆屯兵，以待寇至。屯兵之处，兵分力弱，而不足以备御。夫屯兵于亭障之地者，兵必不能甚多也。兵不能甚多，则寇至必不能抗，而徒弃甲兵于无用。此拙守者之计也。然今之人又患夫屯之不密，而岁益增焉。小屯不满百人，大屯不过数百。城垒之广狭，弱弓乏矢可以越而过者，往往是也。然而前守之所成，后守不敢彻。非不知彻也，恐后之有败事，而以是为过也。兵法曰："善攻者，敌不知所守；善守者，敌不知所攻。"夫敌不知所攻，非连臂而守之也。虽连臂而守之，敌尚可得攻而绝也。古之善守者，置兵于要害之地，则敌人不敢过而为盗。何者？畏吾之乘其背也。过人之城而又遇城焉，则腹背而受敌，此用兵之深忌也。今国家不料敌之不敢过吾城以深入吾地，而惧敌之敢入深也。夫敌之过吾城以深入吾地，是吾利也，而又何患乎？臣故欲收诸小屯无益之兵，而聚之大屯。诸故小屯皆废以为亭障，严斥候，谨烽燧，以为大屯之耳目。置大屯于要害之地，以形制戎狄。高城深池，精为守备，使可以对敌逾月而不陷。制为诸屯，使其相去之远近，可以轻兵十日而相救。臣读古兵书、《战国策》，未尝见有敌人敢越大城深入而为寇者。臣故曰：边境虽安，而非诚安，是以兵不得彻其备也。

臣又闻人君之于天下，本非有情爱相属如父子兄弟之亲也。上以其势临下，则下以其势奉上。二者相持而行，不相悦则解，不相合则叛。譬如草木之于地也，托之而生，判然二物也。有根而绸缪之，交横相入，而至于不可拔。及其不相入也，木槁于上而根不下属，地确于下而气不上接。一夫之力可拔而取也，飘风暴雨可披而离也。是以古之圣人于其无事之时，必深结百姓之心，使之欢忻交通，分义积厚，而不忍相弃于缓急之际。昔汉之文、景，优裕天下，时使薄赋敛，宽田租，宥罪戾。当此之时，虽天下和平，犹未见其利，及至末世，贼臣窃命，国统已绝，而天下之心犹依依不忍离汉者，徒以文、景之所以爱之者深而不可忘也。国家自祖宗以来，至于陛下，四世矣。陛下之所以深结于民者何也？民之所好者生也，所惜者财也。陛下择吏不精，百姓受害于下无所告诉，则是陛下未得以生结民也。陛下赋敛烦重，百姓日以贫困，衣不盖体，则是陛下未得以财结民也。吏之不仁，尚可以为吏之过；赋敛之不仁，谁当任其咎？且陛下凡所以用财者，果何事乎？上有官吏之俸，下有士卒之廪，外有夷狄之赂，此三者，陛下未得省之之术，臣亦未敢以为言也。臣独怪陛下内有宫中赐予玩好无极之费，此何为者也？凡今百姓所为，一物已上，莫不有税。茶、盐、酒、铁，关市之征，古之所无者，莫不并行。疲民咨嗟，不安其生，而宫中无益之用，不为限极，所欲则给，不问无有。司会不敢争，大臣不敢谏，执契持敕，迅若兵火。陛下外有北狄西戎，岁邀金缯，而又内自为一阱，以耗其所遗余，臣恐陛下以此获谤，而民心之不归也。故臣愿陛下日夜自损，以砺左右，痛为节俭，以宽百姓。捐锦绣，弃金玉，以质素为贵。赋税之入，独以供不得已之费。使天下知戴陛下之德，一旦有缓急，则民尚可以使之无叛。臣故曰：浮费日广，是以利入浚而不能止者，此之谓也。

制策曰："军冗而未练，官冗而未澄。"夫军冗未练，则为无兵；官冗未澄，则为无吏。古者民多则兵众，兵众则国强。今兵众而至于以为冗者，则是不耕而食之过也。然而屯田之利，是当今之至计也。然而屯田之不用，则亦有说。有兵而不可使耕，一也。天下须兵之地无官田，而闲田之乡不须兵，二也。此二患者，臣尝虑之，盖亦以为无难也。有兵而不可使耕，臣亦不敢强使也。计今天下之兵，一岁死亡几何，而以其数募民为兵且屯田，民自将有应此选者。则今不耕之兵，十数岁之后，其存者将有几？此非屯田之所当畏者，一也。天下郡县未尝无官田，郡县之无官田者尝有之，而官鬻之也。籍没之田，岁岁不绝，举而积之，而田皆在官矣。闲田之乡，不过京师之西，虽差远于京畿，然而车驰卒奔，可以不过旬日而至，有欲用之，可以缓急而召。虽禁卫之兵，亦可以循汉之故，发郡县之兵充之，期年而一易。京师可独置天子腹心之军数万人，以制四方之客军，使之独得不耕而食，如周之环人、汉之羽林、佽飞之类。此又非屯田之所当畏者，二也。如此而兵冗之弊可以去矣。

臣又闻方今用人之弊有二：吏多也，吏杂也。吏多之弊轻，吏杂之弊重。吏多而不杂，则贤不肖犹有辨也。多而不免于杂，既费廪禄，又不得贤也。费廪禄则国贫，不得贤则事不举。均之二弊，事不举者，所当先治也。如臣之意，且可使审官、铨曹、密院、三班分别天下之官，其事之为天下之要，而其地之为一方之急者，别之以为一等。而使诸道之职司，各第其吏之廉明善事最异者，而上之于审官、铨曹、密院、三班，而审官、铨曹、密院、三班即任之以此。至于其余不急之官，则又为一等。使碌碌之吏，以今先后之法占之。此法既行，要以世之庸吏必将群议而聚怨。然臣以为圣人之为天下，不惮人之有怨心，而问其怨之当否。今世之患，上之人畏下太甚，而下之人持上太过。上以其法御下，而下反以法攻上之失。是以在上者不敢有所兴利除害，而惟法之听。法者，上之所当用耳，而岂亦使天下之人以绳上哉？此太甚也！臣读《后魏书》，观其始时，天下用兵，武夫悍卒皆得为吏。而当此之时，吏道不杂。何者？其所用者皆贤，而不贤者未尝用也。及其后世，患夫不用者之多怨也，是以崔亮从而更之，不问士之贤愚，而专以停解日月为断。沈滞者皆称其能，而魏之失人自是而始。故臣欲分而别之，以为贤不肖之辨。如此而官冗之弊可除矣。

陛下兴庠序于久亡，悼礼乐之未备，思继可封之俗，欲隆偕让之节，而讼未息，刑未措。深求其故，归咎在位，以为教化不足，而法律有余。是以民不知避，吏不知惧，咨嗟怨讟并兴而不止，思所以治之不得其道。臣闻善治天下者，不必有美名，而有亹亹之实功。不善治天下者，其名不必不美，而其实空虚，无益于事。陛下自即位以来，登庸俊良，力兴美政，以教化天下者，于今凡几矣。庆历之中，劝农桑，兴学校。当此之时，天下以为三代之风可以渐复。然而学校既兴，农桑既劝，而天下之风俗卒何以异于庆历之始？今者，陛下又发德音，分遣使者，巡行天下。或以宽恤，或以减省，或以均税，名号纷纭而出。天下又皆翕然知陛下之欲速于为治也。然臣以为陛下惑于虚名，而未知为政之纲也。且陛下以为此数事者，足以致治耶？不足以致治耶？陛下设官置吏，其职亦有治此等事者耶？其未有耶？臣以为，凡陛下之所以分裂海内以为郡县，其中上有守令，下有丞尉；大有会府，次有职司者，凡所以治此数事耳。今陛下欲宽恤百姓，以至于特命使者，则是此等常为暴也；陛下欲减省、均税，以至于特命使者，则是此等皆不可使也。臣观陛下之意，不过欲使史官书之以邀美名于后世耳。故臣以为此陛下惑于虚名也。今夫诸道之职司，是天下之纲，虽然，尚非陛下之所当择。陛下当择宰相，而宰相当择职司耳。天下诸道，凡十有七。一道之职司，少者三人，而多者不过四人。均之十七道者，其替换迭代，不过四五十人也。以士大夫之多，择四五十人而用之，宜其甚足。今乃不择贤否而任之，至于有事则更命使者。故臣以为陛下未知为政之纲也。夫纲虽大不知举，而何教化之能兴？故臣愿陛下兴教化自择职司始，而天下可以渐治矣。

陛下戒慎天灾，震惧日食、淫雨、暖气、江河之失度，而思闻告戒消伏之理，推刘向之传，考吕氏之纪。夫刘向之说五行，事各以类感，滞于一方，而不得相通。吕氏之书，随其时月，而指其必然之灾异，其言皆迂怪而难信，安足为陛下道哉？臣闻灾异之说有二：有可得而推知其所从来者，有不可得而推知其所从来者。可得而推者，人之所为也；不可得而推者，天之所为也。

人之所为者，不过盗贼窃发于山林，战败兵破而不得复。盗贼窃发，是衣食不足，政暴吏苛之罪也；战败兵破，是任人不明，将不为用之过也。至于天之所为，凶旱、水溢、虫蝗、霜雹、日食、地震、星辰陨坠，是安知其所由来哉？譬如人之将病也，五脏失据于中，而变动见于四肢，发于百体。医者切其脉而观其色，曰是心病也，肺病也，是皆可也。至于鬼啸于梁，捐瓦于堂，而动之曰，是心也，是肺也，则可乎？要以人之神明精爽消散而不充，是以邪物得而干之，而尚何择乎心肺之间哉？古之儒者，其论灾异，则皆有此弊也。今使国家治强，人民乂安，和气充实于天地之间，则天为之明，地为之静，三辰为之光。及其少衰，则天地三辰皆将亏缺而不宁。顷者水冒京城，日食季夏，江、河、淮、汴破溢为害，地震生毛，水变赤色，此数事者，使董仲舒、刘向之徒出而论之，必将指国政之一二以为其验，而臣以为不然。盖臣非以为不为灾也，以为天地之远，而至于为之变动，此非一事之所能致。盖天下之政皆失其中，是以其气衰弱挫沮而不振，以至于是。以为陛下历数天下之弊，而使陛下尽修之云耳。非正阳之月，而伐鼓救变，说者以为非经，然而要以协阴助阳，则虽非正阳而不为失当。盛夏之月而论囚报重，说者以为非古，然而要以使犯法者无久系之殃，而民睹为恶之速及，则虽当盛夏而亦不为非也。

陛下愍四方之未治，而推其源于京师，知淫巧僭差之失度，而欲各为之节，然而未获所以禁之之术。是以欲先治内，则惑于何以为京师之言；欲先擿奸，则惑于不挠狱市之说。今陛下任人使为京兆，如得赵广汉耶，则安可以不挠狱市而拘其才？如得黄霸耶，则安可以擿奸而责其效？各随其才而用之，则可以至于治矣。然臣以为，莫若先之以猛，而终之以宽。顷者，陛下之所任，皆能猛矣，而不能宽；皆得其始矣，而不知其所以为继之术。是以京兆之政，大则斩戮，小则笞箠，历岁百余，而终无有一人能以仁恕为治者。故其民狃于刑戮而不知惧。然而不先之以猛，臣又恐仁恕之不能折夫强暴也。

陛下深探儒、老之是非，而至于汉文、汉武治乱之际。臣闻老子之所以为得者，清净寡欲；而其失也，弃仁义、绝礼乐。儒者之得也，尊君卑臣；而其失也，崇虚文而无实用。然而道之可以长行而无弊者，莫过于儒术。其所以有弊者，治之过也。汉文取老子之所长而行之，是以行之而天下丰。汉武取儒者之失而用之，是以用之而天下弊。此儒、老得失之辨也。

昔者周公遭变而作《豳诗》，虽言王业之本，而要以自明其身之无罪，是以谓之《国风》。宣王北伐，其事虽大，而其诗非《大雅》之体，是以谓之《小雅》。故夫宽柔敦厚者，《大雅》之风也。慷慨劲正者，《小雅》之文也。以此推之，则可以辨矣。三代之时，财赋之用，有司掌之，而冢宰特因其岁之凶丰上下，而制其用度多少之节，盖亦如此而已。至于有唐正观、开元之际，犹委之郎官。其后四方用兵，而财用之间，亦遂有权时应变之事。郎官有所不能办。故立使以主之。及其末世，使又不能办，则又举而归之宰相，是以李德裕之徒皆治其事。以一有司之职而累天下之宰，由此言之，则夫陈平、韦贤之论有不妄矣。若夫泉货之轻重，始于周景王，而后有二品之差；命秩之实，始于魏武帝，而后有六等之号。水旱蓄积之备，莫如李悝之平籴；边陲守御之方，莫如张仁愿之筑城。圜法九府之名，自天府、太府、玉府、内府、外府、职内、职金、职岁、职币，皆列职于《周官》。《乐语》五均之义，天子取诸侯之士，以为国均，则市不二价，其说见于河间献王之《礼》。此数事者，皆非有益于当世之务，是以不足深论也。

伏惟陛下谘谟国事，丁宁反覆，终而复始，不忍舍去，故于制策之终，则又曰："富人强国，尊君重朝，弭灾致祥，改薄从厚，此皆前世之急政，而当今之要务。子大夫其悉意以陈，毋悼后害。”夫陛下丁宁激切至于如此，而臣何敢不为陛下申重其说？今陛下忧思天下若此其至，而其功不就者，岂非无其人之故耶？臣闻求贤不如变俗，俗所不悦，虽有贤者，将不能自立；俗苟好之，虽天下之人，将从风而靡。昔太祖好武略，则天下之猛士出而为之兵。太宗好奇谋，则天下计画之士出而为之虑。真宗好贤，则天下豪贤之士出而为之佐。陛下好文而爱儒，则海内无有不学以待上之所使。今陛下公卿满朝，进趋揖让，文学言语，上可以不愧、于古人，而下可以远过于近世者，以陛下诚好之也。然陛下中夜不寐，起坐而思之，天下之事所未能举者凡有几何？府库空虚，入不支出，而不能均；兵革怠惰，骄而不为用，而不能制；闲田满野，民食不足，而不能辟；河水岁决，北人受害，而不能救；戎狄放肆，邀取金币，而不能服。陛下治天下，而至使不察，察有如此者，得非陛下所好非所当用耶？狄仁杰有言："文士中不足快意，要得奇才之士与共天下。”乃进张柬之以代李峤、苏味道。而臣亦以为，治天下当得浑质刚直、不忌不克、不择剧易之人而任之，如汉之绛侯、条侯，魏之贾逵、邓艾，晋之温峤、周访，唐之娄师德、郝处俊，得此数人，唯陛下所欲用之。致之朝廷之上，则贤人益亲；置之边境之上，则恶言不至。如此人者，陛下岂不欲用之？故臣愿陛下改易所好，以变天下之俗，则当今之文人，皆可使为朴直之士。陛下何惮而久不为也？

臣本布衣书生，陛下授之以爵禄，而又亲策之于廷。陛下罄竭所疑以问之于臣，而臣何敢不尽其中之所怀以输之？陛下凡制策之所以问臣者，臣谨已直率愚意，窃揣而妄论之矣！才智短浅，不足以上塞明诏，无补于聪明之万一，谨俯伏待罪。然臣之微意，所欲丁宁而致之陛下者，终欲为陛下毕尽其说。臣闻圣人欲有其富，则保之以俭；欲久其尊，则守之以谦；欲安其佚，则行之以劳；欲得其欲，则济之以无欲。此四者，圣人之所以尽天下之利，而人不以为贪；极天下之乐，而不为人所厌者也。老子曰："圣人以其无私，故能成其私。"由是观之，则夫欲乐其富而用之以奢者，其富必亡；欲大其尊而用之以倨者，其尊必替；欲享其逸而用之以惰者，其佚必穷；欲获其欲而用之以肆者，其欲必废。是以圣人处众人之所恶，而使天下无异辞，然后全享天下之利而无所失。故夫斥弃金玉，不贵锦绣，非以为爱财也；畏大臣，礼小臣，非以为尚贤也；鸡鸣而起，日昃不食，非以为集事也；去声色，放犬马，非以为美名也。凡所以深服天下，而消其争心焉耳。伏惟陛下览策之始，以无忘忧惧之心；则又览其终，以去其太甚，消天下不平之意，二者既行，则大臣之所言者，举可以渐用而无弊矣。惟陛下慎思之，力行之，无以臣言为妄。盖臣之所见，当今天下之事，未有急于此者。陛下幸而留意，天下不胜幸甚！谨对。

【解题】

嘉祐六年（1061）八月二十五日仁宗御崇政殿，试贤良方正、能直言极谏科，苏辙对策极言得失，敢于直言，引起争议。经司马光等力争，入第四等。文中指责仁宗好色，又说仁宗是"邀美名于后世"，的确直言敢谏。

新论三首

新论上

古之君子，因天下之治以安其成功，因天下之乱以济其所不足。不诬治以为乱，不援乱以为治。援乱以为治，是愚其君也；诬治以为乱，是胁其君也。愚君胁君，是君子之所不忍，而世俗之所徼幸也。故莫若言天下之诚势。

请言当今之势。当今天下之事，治而不至于安，乱而不至于危，纪纲粗立而不举，无急变而有缓病，此天下之所共知而不可欺者也。然而世之言事者，为大则曰无乱，为异则曰有变。以为无乱，则可以无所复为；以为有变，则其势常至于更制。是二者皆非今世之忠言至计也。

今世之弊，患在欲治天下而不立为治之地。夫有意于为治而无其地，譬犹欲耕而无其田，欲贾而无其财，虽有钼耰车马，精心强力，而无所施之。故古之圣人将治天下，常先为其所无有，而补其所不足。使天下凡可以无患而后徜徉翱翔，惟其所欲为而无所不可，此所谓为治之地也。为治之地既立，然后从其所有而施之。植之以禾而生禾，播之以菽而生菽，艺之以松柏梧槚，丛莽朴樕，无不盛茂而如意。是故施之以仁义，动之以礼乐，安而受之而为王；齐之以刑法，作之以信义，安而受之而为霸；督之以勤俭，厉之以勇力，安而受之而为强国。其下有其地而无以施之，而犹得以安存。最下者抱其所有，依依然无地而施之，抚左而右动，镇前而后起，不得以安全，而救患之不给。故夫王霸之略，富强之利，是为治之具而非为治之地也。有其地而无其具，其弊不过于无功；有其具而无其地，吾不知其所以用之。

昔之君子，惟其才之不同，故其成功不齐；然其能有立于世，未始不先为其地也。古者伏羲、神农、黄帝既有天下，则建其父子，立其君臣，正其夫妇，联其兄弟，殖之五种，服牛乘马，作为宫室、衣服、器械，以利天下。天下之人，生有以养，死有以葬，欢乐有以相爱，哀感有以相吊，而后伏羲、神农、黄帝之道得行于其间。凡今世之所谓长幼之节，生养之道者，是上古为治之地也。至于尧、舜三代之君，皆因其所阙而时补之，故尧命羲和历日月，以授民时；舜命禹平水土，以定民居；命益驱鸟兽，以安民生；命弃播百谷，以济民饥。三代之间，治其井田沟洫步亩之法，比闾族党州乡之制。夫家卒乘车马之数，冠昏丧祭之节，岁时交会之礼，养生除害之术，所以利安其人者凡皆已定，而后施其圣人之德。是故施之而无所龃龉。举今周官三百六十人之所治者，皆其所以为治之地，而圣人之德不与也。故周之衰也，其诗曰："虽无老成人，尚有典刑。"由此言之，幽、厉之际，天下乱矣，而文、武之法犹在也。文、武之法犹在，而天下不免于乱，则幽、厉之所以施之者不仁也。施之者不仁，而遗法尚在，故天下虽乱而不至于遂亡。及其甚也，法度大坏，欲为治者无容足之地。泛泛乎如乘舟无楫而浮乎江湖，幸而无振风之忧，则悠然唯水之所漂，东西南北非吾心也。不幸而遇风，则覆没而不能止。故三季之极，乘之以暴君，加之以虐政，则天下涂地而莫之救。

然世之贤人，起于乱亡之中，将以治其国家，亦必于此焉先之。齐桓用管仲辨四民之业，连五家之兵，卒伍整于里，军旅整于郊，相地而衰征。山林川泽各致其时，陵阜陆墐，各均其宜；邑乡县属，各立其正。举齐国之地如画一之可数。于是北伐山戎，南伐楚，九合诸侯，存邢、卫，定鲁之社稷，西尊周室，施义于天下，天下称伯。晋文反国，属其百官，赋职任功，轻关易道，通商宽农，懋穑劝分，省财足用，利器明德，举善援能，政平民阜，财用不匮。然后入定襄王，救宋卫，大败荆人于城濮，追齐桓之烈，天下称之曰二伯。其后子产用之于郑，大夫种用之于越，商鞅用之于秦，诸葛孔明用之于蜀，王猛用之于苻坚，而其国皆以富强。是数人者，虽其所施之不同，而其所以为地者一也。夫惟其所以为地者一也，故其国皆以安存；惟其所施之不同，故王霸之不齐，长短之不一。是二者不可不察也。

当今之世，无惑乎天下之不跻于大治，而亦不陷于大乱也。祖宗之法具存而不举，百姓之患略备而未极。贤人君子不知尤其地之不立，而罪其所施之不当；种之不生，而不知其无容种之地也，是亦大惑而已矣。且夫其不跻于大治与不陷于大乱，是在治乱之间也。徘徊徬徨于治乱之间，而不能自立，虽授之以贤才无所为用。不幸而加之以不肖，天下遂败而不可治。故曰：莫若先立其地，其地立，而天下定矣。

新　论　中

治国而为其地，非圣人而后然也，古之君子莫不皆然。而其不然者，则仅存之国也。人之治其家也，其最上者为虞舜。其次为曾、闵，而其次犹得为天下之良人，其下者乃有不慈不孝。置其不慈不孝，盖自其得为良人以上至于为舜，其所以治其身，上以事其父母，下以化服其妻子者不同，而其所以为生者，子耕于田，妇织于室，养其鸡豚，殖其菜茹，无失其时，以养生送死，虽舜与天下之良人均也。舜而不然，不得以为舜；天下之人不然，不得以为良人。何者？是亦治家之地焉耳。而至于为国，而岂独无之？

昔者文王之治岐也，耕者九一，故周公因之，建为步亩沟洫之制。何者？其所因者治世之成法也。孔子之治鲁也，鲁人猎较，孔子亦猎较。何者？其所因者衰世之余制也。当战国之强，诸侯无道，然孟子亦以为有王者起，今之诸侯不可尽诛，惟教之不改而后诛之。故汉之兴也，因秦之故而不害其为汉；唐之兴也，因隋之故而不害其为唐。由是观之，则夫享国之长短，致化之薄厚，其地能容之而不能使之也。地不能使之长短薄厚，然长不得地则无所效其长，厚不得地则无所致其厚。故夫有地而可以容有所为者，举而就之可也。

当今之世，祖宗之法或具存而不举，或简略而不备。具存而不举，是有地而不耕也；简略而不备，是地有所废缺而不完也。欲筑室者先治其基，基完以平而后加石木焉，故其为室也坚。今之治天下则不然，盖尝论之。自五代以来，强臣专国，则天下震动而易乱；自吾祖宗削而渐磨之，则今世可以粗安。

凡今世之所恃以为安者，惟无强臣而已。然恃其一之粗安也，而尽忘其余。故尝以为当今天下有三不立，由三不立，故百患并起，而百善并废。何者？天下之吏偷堕苟且，不治其事，事日已败而上不知使，是一不立也。天下之兵骄脆无用，召募日广而临事不获其力，是二不立也。天下之财出之有限而用之无极，为国百年而不能以富，是三不立也。基未平也，加之以其所欲为，是故兴一事而百弊作，动一役而天下困，投足而遇陷阱，侧身而入河海，平居犹惧有患，而况求以驰骋于其上哉？固不可矣。

今夫夷狄之患，是中国之一病也。吾欲拒之，则有以为拒之之具；和之，则有以为和之之费。以天下而待一国，其为有余力也，固亦宜矣，而何至使天下皆被其患？今也天下幸而无它患难，而唯西北之为畏。然天下之力亦已困而不能支矣。一岁之入不能供一岁之出，是非特纳赂之罪也，三事不立之过也。故三事立，为治之地既成，赂之则为汉文帝，不赂则为唐太宗。赂与不赂，非吾为国治乱之所在也；治乱之所在，在乎其地之立与不立而已矣。

天下之事因循而维持之，以至于渐不可举，犹曰是养之未至也。乘舟中流，释其楫而听水之所之，旋于洄洑，格于洲浦，以为是固然也，其为无具亦已甚矣！以今之时，天子仁恕，士大夫好善，天下之风俗不至于朋党乱正、诬罔君子也，世之清议凛然在矣。公卿之欲有为以济斯世，谁有言者？而曰吾有所待。是徒空言，非事实也。故为之说曰：居之以强力，发之以果敢，而成之以无私。夫惟有私者，不可以果敢。果于一，不果于二，天下将以为言。不果者不可以强力，力虽强而辄为多疑之所败。天下之人惟能为是三者，则足以排天下之坚强，而纳之于柔懦；扰天下之怨怒，而投之于不敢。惟不能为是三者，则足以败天下之贤才，而卒之以不能有所建。是故无私而果敢，果敢而强力，以是三者治天下之三不立，以立为治之地。为治之地既立，然后择其所以施之，天下将无所不可治。

新论下

天下之未治也，患三事之不立。苟其既立，则患其无以施之。盖君子为国，正其纲纪，治其法度，皆可得而知也。惟其所以施之，则不可得而知。

周公之治周也，修其井田，封建百辟，可得而知也，其所以使天下归周者，不可得而知也；孔子之治鲁也，堕其三都，诛其乱政，可得而知也，其所以使羔豚不饰贾，男女别于道者，不可得而知也；孟子之所以治邾者，正其疆界，五口之家，桑麻鸡豚必具，可得而知也，其所以使之至于王者，不可得而知也。孔子、孟子之所汲汲以教人者，在其不可得而知，而其可得而知者，不详论也。

曰：是有意于治者能之，然而亦不可去也，故其得为是国也，必举之以为先。由是观之，治国之地，圣人无之，不得以施其圣。然而圣人之道，有所高远而不可及者矣。其于孔子之门，所谓政事，而冉有、子路之所能者，治国之地也。子路曰：“千乘之国，摄乎大国之间，加之以师旅，因之以饥馑，由也为之，可使有勇且知方也。”冉有曰：“方六七十，如五六十，求也为之，可使足民。如其礼乐，以俟君子。”是亦自以为能为其地，而未有以施之云尔。然夫子许其能之，而不以为大贤，则夫子之道，深矣远矣。

夫子平居朝夕孜孜以教人者，惟所以自修其身，而其所以修其政事者，未尝言也。盖亦尝言之矣，曰：“谨权量，审法度，修废官。”“兴灭国，继绝世，举逸民，所重民食、丧、祭。”是九者，凡所以为政而未足也。故继之曰：“宽则得众，信则人任焉，敏则有功，公则说。”是四者，所以成之焉耳。其意以为既成而后以其平居自修之身施之。故《记》曰：“君子笃恭而天下平。”为有此具也。君子修其身，无所施之则不立。治其政事，无以施之则不化。当三代之治也，天下之事，无不毕举。虽后世之君，犹得守其法度，以为无过。惟无暴君，则天下可安。故伊尹之训太甲曰：“从谏弗咈，先民时若。”以为如是而可以为治已矣。

古之人言治天下，若甚易然。今之人以为大言而不信，不知其有此地也，悲夫！世之君子，孜孜以修其身，恭俭忠信，欲以施之天下，终身而不见其成，则以为古之人欺我也。夫苟以为古之人欺我，虽有为之者，盖勉强而为之也。夫苟不欲而强为之，则其心益不自信，而道日疏。夫以不信之心，行日疏之道，以治无以为地之国，是以功不可成，而患日至。故莫若退而立其为治之地，为治之地既立，则身修而天下可化也。

【解题】

此论作于嘉祐七年（1062），发挥《御制试策》的改革主张。文中总结宋代积弊，尤为切要：“当今天下之事，治而不致于安，乱而不致于危，纪纲粗立而不举，无急变而有缓病。”

河南府进士策问三首

一

问：法立于上，则俗成于下。故两汉之间，经各有师，师各有说。异师殊说，相攻如仇雠。异己者虽善不从，同己者虽恶不弃。下逮魏、晋，争者少止，然后学者相与推究众说，从其所长。至唐而传疏之学具，由是学者始会于一。数百年之间，凡所以经世之用，君臣父子之义，礼乐刑政之本，何所不取于此？然而穷理不深，而讲道不切，学者因其成文而师之，以为足矣。是以间者立取士之法，使人通一经而说不必旧。法既立矣，俗必自此而变。盖将人自为说而守之耶？则两汉之俗是矣；将举天下而宗一说耶？则自唐以来传疏之学是矣。夫上能立法以救弊而已，成其俗者必在于士。将使二弊不作，其将何处而可哉？

二

问：三代之治，以礼乐为本，刑政为末，后世反之，儒者言礼乐之效与刑政之弊，其相去甚远，然较其治乱盛衰，其比后世若无以大相过者。盖夏后氏自禹再传而失国，乱者三世，商人再衰而复兴，周人一迁而不振，其贤于汉、唐其实无几。至于汉文帝、唐太宗，克己裕人，海内安乐，虽三代之盛王，何以加之？夫礼乐刑政，其功之异，岂特如此而已？今自祖宗创业百有余年，法令修明，上下相维，四方无虞，求之前世未有治安若今之久者。然而儒者论其礼乐，常以为不若三代，此为诚不若耶？为习其名而未稽其实也。不然，世之治安则不在礼乐欤？宜一有以断之。

三

问：孟子言："五亩之宅，植之以桑，则五十者可以衣帛；鸡豚狗彘，无失其时，则七十者可以食肉；数罟不入洿池，则鱼鳖不可胜食；斧斤以时入山林，则材木不可胜用。"诚哉是言也！虽然，孟子将何以行之？岂将立法设禁以驱之欤？夫立法设禁而无刑以待之，则令而不行；有刑以待之，则彼亦何罪？请言孟子将何以行此。

【解题】

熙宁五年（1072）苏辙任陈州学官，九月于洛阳试举人，苏辙为考官，这三首策问是当时出的试题。熙宁四年（1071）二月王安石更定科举法，专以经义论策试士，第一首即针对新法提的。

殿试武举策问一首

问：王者之兵不贵诈谋奇计，至于临敌制胜，良将岂可少哉？朕以天下为度，怀柔四夷，而西戎背诞，腰领未得。凡吾接之以恩信，怀之以礼义者，固有道矣。若夫示之以形，禁之以势，使之望而不敢犯，犯而无所得者，其术何由？伐其谋，散其党，使之退而不得安，安而不能久者，其道何以？夫隐兵于民，井田之旧法也；材官府兵，犹行于后世；而保甲之复，民以为劳。以车即战，丘甸之遗制也；武刚鹿角，犹见于近事；而车牛之役，世以为非。古者兵有奇正，旋相为用，如环之无端，其出入之法，今几绝矣。敌有阴阳，客主异宜，易之则败。其先后之节，将何施焉？淮阴之伐赵，胜亦幸耳，使左车之说行，则计将安出？仲达之却蜀，非其功也，使孔明而不死，则胜将孰在？子大夫讲于兵家之利，而明于当世之务审矣，其以所闻著之于篇，朕将览焉。

【解题】

元祐三年（1088）三月殿试武举，苏辙为考官，此为苏辙所出之策问。

南省进士策问一首

问：三代、汉、唐之法行于前世，而施之于今，辄以不效，何也？昔者盖尝取经界之旧法以为方田，采府卫之遗意以为乡兵。举黜陟之坠典以为考课矣。然而为方田则民扰而不安，为乡兵则民劳而无益，为考课则吏欺而难信。三者适所以为患，不若其已也。孟子有言："为高必因丘陵，为下必因川泽，为政必因先王之道。"凡今世之法骎骎近古矣，政之近古，天下之所以治也，然而如彼三者独何哉？岂古之法遂不可施之于今欤，抑亦救之不自其本，为之不得其道，以至于此也？

【解题】

南省即尚书省。元祐六年（1091）苏辙任尚书右丞，这首策问当是此间所出。

私试进士策问二十八首

一

问：昔者承五代之乱，天下学者凋丧而仕者益寡。虽有美才良士，犹溺于耕田养生之乐，不肯弃其乡闾而效力于官事。当此之时，至调富民而为官，夫岂不甚病之矣哉！及天下大定，学者渐已尊显，勤劳劝诱，数十年之间而后士人彷徉继起，则天下之官为之尽满而无所置之。是以顷者立任子之限，减进士之额，绳以苛法，抑以细过，使之久而不调，然后官吏岁以渐减。凡今一岁之调，盖不足以偿其休老物故者。然则数十岁之后，无乃将复有向者乏人之患欤？夫古之圣人，惟能于其未然而预防之，故无后忧。昔者惟不能于其至少之时而为其过多之虑，是以惟务进之，而有今日之弊。夫民惟其诱而进之，则进而不知休；抑而排之，则无聊而引去。天下要亦有不洁不屑之士，不可恃爵禄之利以为可以必致也。故愿于其未然，而求其所以。进之，而可以使今无冗员之弊；退之，而可以使后无乏人之患者。此亦天下之深虑也。

二

问：学者之论《周礼》，或以为周公之书，或以为战国阴谋之书，二者孰为得之？今观其书，亦有所不知者二焉。夫公邑为井田，而乡遂为沟洫，此二者，一夫而受田百亩，五口而一夫为役，百亩而税之十一，举无以异也。然而井田自一井而上，至于一同而方百里，其所以通水之利者，沟、洫、浍三。沟洫之制至于万夫，为地三十三里有半，其所以通水之利者，遂、沟、洫、浍、川五。夫利害同而法制异，为地少而用力博，此其所未知者一也。五家为比，比有比长；五比为闾，闾有闾胥；四闾为族，族有族帅；五族为党，党有党正；五党为州，州有州长；五州为乡，乡有一正卿。及有军旅之事，则以比长为伍长，闾胥为两司马，族帅为卒长，党正为旅师，州长为师帅，卿为军将。故凡官之在乡者，军一起而皆在军矣。起军之法，自五口以上，家以一人为兵，一人为役。而家之处者甚众，而官吏举皆在外，将谁使治之？此其不可知者二也。故愿与学者究之。

三

问：学者莫不求学孔子，今考于传记而观其行事，盖有所不通者焉。《语》曰：“佛肸召，子欲往。”又曰：“子见南子，子路不说。”学者以为孔子急于行道而为此。夫孔子之于卫灵公，语及兵事，不说而去；于阳货，时其亡而见之，盖亦不欲见也。而孟子亦云：“恶夫枉尺而直寻者。”然则彼二事者独何欤？至于仕鲁为司寇，从而祭，膰肉不至，不税冕而行。且夫仕而至于司寇，君臣之义不为浅矣。膰肉不至而行，何其轻君臣之义，而重区区之微礼哉？此明于轻重者之所不为也。或曰：“膰肉不至，仲尼以为礼将从此而大坏，此所谓知几者。”夫为大臣知礼之将亡，不救而去，则又安用夫大臣者？故此将有微眇难见之意，而世或未之思焉。学者所宜辨之。

四

问：古之为国者必有所尚，夏忠、商质而周文。儒者以为此三者如循环，百世而无穷。然则今世之所尚者何耶？夫不必圣人而后有所尚。然则今世之所尚者，其以为忠耶？则小民多诈而争讼并起，非所以为忠也。以为质耶？则金玉锦绣不为之节，而文词炽于天下，非所以为质也；以为文耶？则礼乐不备，冠昏丧祭之义至为浅薄，非所以为文也。然则今世其无所尚耶？盖亦有之而未之见耶？其果有之也，则亦可用耶？不可用耶？其明著其说。

五

问：古之学者其为学必迟，而信道必笃。盖非其迟，则不能至于笃也。故子夏之门人始于洒扫、应对、进退。而孟子亦云："君子之于道，欲其自得。自得之则资之深，资之深则取之左右逢其原。"夫待其自得也，非久而何？昔者孔子五十而后学《易》，方今薄才下士之所谓甚迟而可怪者也。故夫当今之世，无惑乎其无信道之士也。古之养士者莫善于太学，而今太学之教，一日之所为必若干，取方册之难知者而悉论之，不待其问而先告之，无先后，无少长，无贤愚，其问同而其功等。其上者无以优游翱翔以宽绰其心，而其下者勉强困蹶不暇于为善。故其学也必速，而守道必不笃。何者？非其自得之也。夫人之才，譬如草木焉，雨以濡之，风以动之，则其长也可立而待。有宋人焉，揠之而自以为喜，此孟子所以太息其不知学也。然而宽以待之，则太学之法将必有所大变而后可，变法者不可不预立其说也。

六

问：古者礼备而费少，今者费愈多而礼愈阙。古者七世之庙分而为七，今者七世之庙合而为一。古者一岁大祭天者四，五岁大祭宗庙者再；今者三岁迭用其一，而略其余。古者命士以上皆有庙，今至于公卿大夫无之。古者天子五载一巡守，远者十二年一巡守；今者非郊祀校猎不出于郊。以今之至简省也，而财至于不给；则古之甚繁者，宜其无以共之。然以古之甚繁而不至于大费，则今之简省而至于不给者何也？凡今之人皆以费故弃先王之礼，是以礼日益坏，以为今之世有周公、仲尼，其将亦畏费而止欤，其将亦略备其礼而不至于大费欤？然而今之所以至于大费而不可省者，或亦有故也。其思所以省之而无害之说而著于篇。

七

问：茶之有榷与税非古也，特就其便于今者言之。有以为榷便，曰：凡所以备边养兵者皆出于榷。然江、淮之间以私茶死者不可胜计，此则仁人之所不忍为也，而何便于榷？以税为便，则夫边鄙兵革之用将何以共之？且夫税之入，其不足以当榷之利，亦易见矣，而特以不忍驱民而纳之陷阱，是以去榷而为税。今欲复反其旧，冒行杀人之害，而就夫区区养兵之利，则何以为仁？求以生民，而国用至于困乏，则何以为智？盖将以生民而富国，兼收仁智之实而并享之者，必将有说也。

八

问：君子能尽人之情而不能尽物之变，尽物之变，惟精者能之。古之君子专一而无侈心，是以益治鸟兽，弃治稼穑，夔治钟磬，羲和治历，皆以聪明睿智之才而尽力于一物，终其身而不去。至于后世，官者至以为氏。故当此之时，天下之事无不毕举。今者，四方既平，非有勤劳难治之政，而当世之务，每每废坠而不理。盖钟律之不和，河之不循道，此一二事者，百有余年而莫有能办之者。是岂非务于速进，而耻以一物自尽之过欤？夫古之君子往往老于小官，终身而不厌，则上之所以使之者，诚有道也。安得斯道而由之，以使斯人之复如古也？

九

问：今世法唐以为治，上自百官刑法礼仪，下至州郡兵民赋役，要之以唐为准。譬如商之于夏，周之于商，事无不考焉者。然天下之广，方制万里，夷狄不作，兵革不用，四方之贡不绝于道路，而国用常苦于不足。唐自天宝以来府卫之兵废，租庸之法坏，收茶盐，榷酒酤，其法与今略等。然而天下分裂，天子之地至少，征伐相继而起。而宪、文、武、宣之世，方镇稍定，财用未尝有所匮乏，与今世无异。至于齐、蔡、三晋，各以数州之地养数万之兵，内以抗衡京师，外以备御邻敌，绰然有余，亦不如今之将帅仰给于大农也。夫法与唐类，地多于唐，费用不若唐之多，而府库之蓄无以大相过者何也？其必有能辨之。

十

问：方今天下患于兵多，故销兵之说，人人知之，然独未睹夫兵少之为患也。方今天下患于财少，故求财之术，人人讲之，然独未睹夫多财之为累也。夫销兵之患有甚于兵多，而多财之累有甚于财少。众人知目前之利而不为岁月之计，故儒者非之。儒者操根本之论而不救急切之害，故众人迟之。今将救目前之病，使兵多财少之患去；全岁月之计，使兵少财多之弊不见。其将何道而可？

十一

问：舜受天下于尧，故郊喾宗尧，不敢废尧之祀。禹受天下于舜，而其郊宗，皆其祖考。夫推舜之心以及于禹，则禹必将兼祀尧、舜而后可。今也不然，不独废尧而且忘舜，何也？夫受其成业而黜其祀，虽少恩者不为，而谓禹行之乎？其故安在？

十　二

问：古之言治者，必曰礼乐。礼乐之于人，譬如饮食，未有一日而不相从者。故士之闲居无故，不去琴瑟，行则有佩玉之音，登车则有和鸾之节。身蹈于礼而耳属于乐，如此而后邪辟不至。盖自秦、汉以来，士大夫不师古，始然其朝廷乡党之间，起居饮食之际，亦未尝无礼，而乐独尽废。士有终年未尝闻乐，而不知其非者。于是有以疑乐之可去，而以古人为非矣。不然，请言乐之不立，而士之所以不如古者安在？

十　三

问：西汉自孝武之后崇尚儒术，至于哀、平，百余年间，士之以儒生进用，功业志气可纪于世者不过三四。而武夫文吏皆著节当世，其业与儒者远甚。及至东汉，虽光武兵革之后，而儒者遂显。其后世道凌迟，其所以扶危持颠，皆出于学者，而他人不与。夫两汉之用儒，其实无以相过，而士之优劣相远如此，何也？

十　四

问：古者建国，设官分职，以为政本。近代因循杂乱，无复统纪。朝廷深惟其弊，推本宗周，旁摭宇文氏，以易其制。惟周官分建六职，各帅其属以治百事，仰以奉天地鬼神，外以御诸侯四夷，下以治士农工商，至于草木鸟兽，无不咸在，可谓备矣。宇文氏虽参考其旧以命庶工，而典籍亡逸，不可究知，其兵戎之官多设于六卿之外。今将远法宗周，则宇文之遗法固将在所去取。然则凡官之以武事设者，当领于六官耶，其亦将特设而后可也？

十　五

问：周官三百六十，所以治王之畿内也。其畿外诸侯国自有官，大国三卿，次国二卿，小国一卿，亦皆有属，以治其事。是以六官之属足以治畿内而止矣。今四方郡县，自一介之吏，皆命于朝廷，则六官之外当得羡吏以典其职。以阶易官，盖出于此。然而设阶之法，始于散官，而散官之兴，近自魏、晋。因魏、晋之遗俗，以间三代之旧典，窃以为未尽也。其将何修而后可以复三代之故也哉？

十　六

问：古者取士于乡而养之于学，观其德行道艺而进之以官，故其得人也全。今也虽乡取而学养之，然其试之也独取其艺，而德行之举不复并立。凡今之士，虽有内怀德义而无艺以自将，则不免废于有司，故其得人也偏。今将略其艺文而取其行义，凡科举之法所以杜请谒而绝情故者一切尽废，则奔兢朋党之风必扇于下。岂古之学校遂不可复耶？其具论之于篇。

十　七

问：古者兵出于民，而兵战以车。车马介胄皆民力也，民之于兵可谓劳矣。三时务农，一时讲武。锄櫌钱镈之人，而驱之以干戈之事，民之于兵可谓疏矣。然而古者以甚劳之民，用至疏之兵，而民以为安，四夷宾服，其故何也？近世兵民既分，凡兵之器用皆给于官，旦暮教战，不择四时，民可谓逸，而兵可谓习矣。然其所以安万民而威四夷者，亦何以远过于古？若夫正兵既练而又兼连伍保之兵民，兵既设而不试以征伐之事，此又今世之新意，其所以勤兵裕民者可谓至矣。至于异同得失之辨，其详著于篇。

十 八

问：古者为货泉以权物之轻重，今所在铸钱，数日益多，制日益小，可谓钱轻矣。然而金帛米粟贾日益贱，而钱之行于市者日益少，有钱重之弊。夫当重者反轻，而当轻者反重，其说安在？将救其失，其术何以？

十 九

问：孔子与老子同时，孔子以礼乐教人，而老子以清净无为为宗。孔子盖尝问礼于老子，未有一言非之者。夫孔、老岂同道者哉？后世孟轲、韩愈皆学于孔子，然孟子之于杨朱、墨翟，韩子之于浮屠氏，皆讼言攻之，嫉之如仇雠。夫韩、孟之贤不过于孔子，而杨朱、浮屠之害无异于老子，或释而不问，或排而不置，其说安在？

二 十

问：汉武帝攘却四夷，拓地千里，后世赖以为强。唐太宗诛灭胡虏，兵不折北，民不告病，用兵之利前世无与为比。然而武帝之治安不若文、景之多，而太宗之功无补中国之治乱，是以儒者终莫之善也。夫儒者之说胜，则帝王之武功没世而无闻；不世之功成，则中国先受其害，二者不可合并。然高宗之伐鬼方，文王之征猃狁，圣人有所不免。则武帝、太宗之功业其终不善于儒者，何也？

二 十 一

问：河之为害远矣，自汉以来，东决则尽太山之麓，西决则尽西山之趾。凡二山之间，数千里之地，丘陵险阻，河皆堙而平之，存者无几矣。盖禹之治水也，以为河所从来者高，水湍悍难以行，平地数为败。乃断二渠以引其河。自二渠之废，而河乃恣行不可备御。夫河决不东则西，豫以二渠待之，则虽决而有以受之，乃不为害，此圣人之遗迹也。今将访而复之，以待河之暴。其可否，何说？

二十二

问：韩非明《老子》，而以刑名游说诸侯；李斯师孙卿，而以诈力事秦。至于焚《诗》、《书》，杀儒士；其终皆陷于大戮。原其所学，皆本于圣人，而其所施设则乡党之士所不忍为。夫岂其学有以致之欤？盖老子、孙卿其教之善，虽弊不至于败乱天下。然则二子之学，其所以失之而至此者，何也？学之不详，毫厘之差，或致千里。学士大夫可不辨之乎？

二十三

问：尧、舜之德盛矣，然孔子称“周监于二代，郁郁乎文哉”，何者？世相近，事相若，而人情未远也。儒者常称二帝三代，虽其道德之隆，世世师之，至于礼乐刑政，将以施之今世，亦已难矣。今自五代以上，其文物政事之备，未有若隋、唐之善者。自祖宗以来，采前世之旧而施之于时，亦未有若隋、唐之多者也。然其或因或革，而当否存焉。盖亦有时异事异，久远而不可复者欤？其亦有因习俗而重改作，可复而未暇者欤？其相与讲习而著其宜焉。

二十四

问：古者有罪，不免于刑，失误有赎，亲贤有议，眚灾有赦，未闻有赦天下者也。自汉以来，赦始及天下，而言政者病之。盖成周之隆，成、康之际，刑措不用；而汉孝文、唐太宗之盛，天下断狱，岁不过数十。当此之时，虽有赦何所施之？后世法令滋章，而奸宄不禁。刑之不能止，而赦之不能救。数赦则民玩于法，而不赦则上所不忍。其将何施而可？

二　十　五

问：三代以田养民，而取之以什一。其民尽力于耕，则足以自养。上之人以时平其政令，而民受其赐既已厚矣。自战国之祸，田制既坏，赋法随弊，天下之民仰困于租税，而俯困于兼并，其害不可言矣。是以汉自文、景以来，赐民田租，孝弟力田，鳏寡孤独金帛布絮之奉，岁时不绝。考之于古，则所谓惠而不知为政者也。然自汉氏绝而复兴，其民思之不忘，其恩泽之结于民岂不至哉？惟三代仁政，其纪纲法度，既不可遽复，而汉室赐予之惠，府库之积，力有所不逮。然则将以厚民，其术安在？

二　十　六

问：三代圣人以礼乐治天下，动容貌，出词气，逡巡庙堂之上。而诸侯承德，四夷向风，何其盛哉！至其后世稍衰，桓、文迭兴而维持之，要之以盟会，齐之以征伐，既已卑矣。然春秋之后，吴、越放恣，继之以田常、三晋之乱，天下遂为战国。君臣之间非诈不言，非力不用，相与为盗跖之行，犹恐不胜，虽桓、文之事且不行矣，而况于文、武、成、康之旧欤？及秦并天下，风俗日恶，不可复改。虽汉、唐之隆，格之以商、周之盛，盖已愧矣。夫三代之间，其民更桀、纣之祸，与战国何异？然圣人一出，礼义复兴，天下和洽，不若后世寂寥无闻，独何故欤？岂帝王之道，古今一变，遂不可复反乎？不然，何汉、唐之陋如此？

二　十　七

问：秦灭经籍，汉兴，《易》、《诗》、《书》、《礼》、《春秋》复存，而《乐》遂丧。然自孔子弟子散亡，天下学者争立异说，各尊所闻以相攻，而圣人之道日以湮没。顷者，朝廷患之，扫除传疏而著以新说，天下庶几由此以识圣人之遗意。然《易》、《诗》、《书》、《礼》皆立学官，《春秋》虽不用，而其书亦不废。惟大《乐》沦弃，漫灭无文，无所考信。呜呼，士生于今，去圣久远，师法不传。幸明天子慨然深愍遗坠而兴之，而六经不备，岂不阙甚矣哉？意者求之他书，推其端而究其末，引而伸之，犹可得而观也。请诵其所取焉。

二十八

问：汉收河南地，兵不再驾，唐复河、陇，未尝用兵。今朝廷兵甲之精，卒伍之练，盖近世所未有也。是以收洮泯，略兰、会，大功既遂，四夷震叠，有志之士盖已心驰于燕、蓟之北矣。夫能稼而能穑，所以为良农也；能获而能烹，所以为善猎也。故夫拓国而安边，唐、汉之间必有良策焉，其试言之。

【解题】

以上二十八首策问不知作于何时，都是针对北宋政权所面临的现实问题提出的，涉及面非常广，充分反映了北宋士大夫对现实的关心和积极态度。

私试武学策问二首

一

问：古之善战者，必以两击一，既为之正，又为之奇。故我之受敌者一，而敌之受敌者二。我一而敌二，则我佚而敌劳。以佚击劳，故日三军之众，可以使之必受敌而无败。自唐季以来，古之阵法遗散而不讲。今世用兵之将，置阵而不知奇正。夫置阵而不知奇正，犹作乐而不用五声，任食而不用五味，宫竭而商不继，甘穷而酸不辅，一变而尽矣，不可复用也。今将推古法，求奇正之意而施之行阵，其亦可得欤？兵法曰："先出合战为正，后出为奇。"又曰："奇亦为正之正，而正亦为奇之奇。"所谓奇正者，将合为一阵欤，将离为二阵欤？学者所宜辨之。

二

问：古称淮阴侯善用兵，然观其所以胜者亦若有天幸焉。淮阴之攻赵也，广武君请以轻兵绝其馕道，而坚壁以老其师。其攻齐也，人或说龙且以相持不战，而阴招齐之亡城。此二计者，淮阴实难之，幸其计之不用，是以能克。然而使此计诚行，淮阴岂坐受缚者耶？其必有以待之，请言其说。

【解题】

这两首策问写作年代不详。

拟殿试策题

一

皇帝若曰：朕奉承祖宗丕绪，上观三王，下览汉、唐，考其为治之实。商、周之际，其政成于礼乐，而以法令辅之。至于汉、唐，其术一出于政刑，礼乐虽设，而非其所以为治矣。是以三代之盛，教化明于上，习俗成于下，后世有不能继者。然其治乱盛衰，朕盖有疑焉。自三代圣贤之君没，而子孙陵替，亦与汉、唐无异，岂礼乐刑政之效，遂无以大相过耶？今自祖宗创业，积之百余年间，律令明具，公卿奉法，郡县循理，兵民安业，大盗不作，四夷驯服，求之前世，未有治安若此其久也。其所以度越三代而超绝汉、唐者，祖宗何术而臻此哉？虽然，朕夙夜东朝，祇服明训，居安虑危，若蹈泉谷。永惟近岁之治，虽散利施惠以赒穷困，而民日益贫；虽勤身节用以阜财赋，而官日益匮。役民之力，将以厚其财也，而民或告病；驭吏以宽，将以责其耻也，而吏滋不肃。河决而西，导之使东，费不赀矣，而功不就；羌弱不振，招之使来，谋既久矣，而约不定。此六者，皆今日之所当虑也。子大夫明于古今，其讲之详矣。恃祖宗磐石之固，而忽今日之患，则朕所不敢。因今日之安，而推求祖宗致治之术，则士之所当知也。其悉心以陈，勿畏勿疑，朕将亲览，庶几有补焉。

二

朕惟天下之治，须才以济。凡吾左右前后之臣，皆儒者矣。每三岁一举，所取必累数百，犹惧草野之中，耆旧好学之士，有或遗焉而不用者，是以亲策于廷。子大夫幼而习之，长而欲行之，阅天下之义理多矣。凡平昔之所怀而欲效之于上者，皆何事乎？朕既不敏不明，惟取士之道未得其要。今太学之士，动以千计，四选之士，员累数万，而临事须才，或患不足。引而进之，则官冗于上；抑而排之，则士壅于下。将制厥中，其道何由？子大夫身处其间，而有不知其说者乎？盖唐、虞稽古，建官惟百。夏、商官倍，亦克用乂。今设官之众，数倍于古，盖尚有可并省者矣。古语有之："省事不如省官。"信如斯言，则士又何以处之？子大夫其推言本统，以开释朕意。

【解题】

这二首策题作于元祐年间，是苏辙代皇帝所拟。前题就六个现实问题要考生回答，后题针对使用人才与裁减冗官的问题提出。

策问十六首

一

问：大钱直十，行于世仅十年矣，物重而钱轻，私铸如云，百物踊贵，民病之久矣。朝廷知之，凡官府之积以数千万计，而民间之畜不可胜数。以民之不易也，弃而不惜，十损其七。圣人仁民之意，可谓深矣。然窃意旧钱耗于盗铸，新钱在者十三，而公私百用大率如故。求所以善其后者，不可不预讲也。愿著之于篇，有司将有采焉。

二

问：尧、舜、周、孔之道行于天下，无一物而不由，无一日而不用，而佛、老之教常与之抗衡于世。世主之欲举而废之者屡矣，而终莫能，此岂无故而能然哉？诸生皆学道者也，请推言其所以然，辩其不可去之理，与虽不去而无害于世者，详著之于篇。

三

问：河朔有桥非古也，河流于澶而桥始成，南北通行，契丹来和，百有余年，夫岂偶然也哉？今河出于滑，古所谓白马之津也。白马之津是谓官渡，渡则可，桥则否。桥屡成矣，而河涨辄败，以虏使之岁至也，而不能已。朝廷睦邻之意厚矣，而河朔之人或以为病。方今之计，其便安在？

四

问：士大夫居闾阎间，习知民病，其多不可尽言也。姑问其六，曰：何以使民习于孝弟而无邪僻？何以使士安于实行而无矫伪？何以使吏食其禄而无妄取？何以使文符稀少而赋敛时办？何以使兵安其戍而无逃叛？何以使囹圄空虚而无数赦？

五

问：尧忧洚水之害，朝多贤者不用而用鲧。鲧九年无成功，民被其患者多矣。武王克商，微子，帝乙之元子，其贤闻于天下，不立而立武庚，武庚卒与三监叛，几为周室大患。此二圣人者，知其不可用而用之耶，抑亦未之知耶？宜有以辨之。

六

问：孔子称颜子"箪食瓢饮，不改其乐"，一时门弟子莫及之者。而韩子以此为哲人之细事。子路称千乘之国，师旅饥馑之余，可使有勇而知方，孔子目之以政事，不以仁许之，而孟子以为贤于管仲。孟子、韩子之言果得孔子之意矣乎？

七

问：三代圣人，其所以治天下，大者诸侯，其次井田，其次肉刑。自三代之衰，强弱相吞，而诸侯自灭；贫富相并，而井田自坏；劓刖伤人，而肉刑自废。汉、唐之间，儒者咨嗟太息，欲复三代之故而不能者多矣。请详论之，此三者诚非耶？三代圣人以此治天下，凡千有余年而未尝变，当时亦莫以为非者。诚是耶？自汉至今亦数千载，时用时舍，迨今扫荡无余，而天下未尝不治。学者宜知其故，不可不论也。

八

问：学者皆宗孔、孟，今考之于书，犹有异同之说，姑论其一二。孔子之于管仲，虽以为小器，而许其九合之仁；其于子路，虽称其有折狱之明，无缊袍之耻，而知其不得其死。至于孟子，则高子路，下管仲。孔子之于伯夷、叔齐，以为古之贤人。称柳下惠言中伦，行中虑，而讥其降志辱身。至于孟子，则皆以为圣人。然则学者今将从孔子欤，从孟子欤？其明言之。

九

问：舜命九官，凡为国之政无一不举。历夏、商至周，而六官之典备，至于今循之。然以今之官考舜之旧，而虞、稷二官独废而不修。盖耕耨稼穑，草木鸟兽，皆民之所赖以生，而国用之所由以足者，而独无以专治其事，岂后稷、伯益之官昔为虚设，而舜之所命亦有不切于事者欤？可详论之。

十

问：鲁自宣公失政，三桓窃抚其民，至昭公，五世不竞，将逐季氏，遂以失国。然孔子相定公，将堕三都，费人不顺，兵及公侧，仅而胜之；成人拒命，伐之不克，几至于乱。孔子之为是何也？及其自卫反鲁，虽为大夫，不任其事矣。季氏将用田赋，使冉有访焉，默而不答。然齐有田氏之祸，则沐浴而朝，请举兵讨之。夫哀公君臣非能正邻国之乱者，孔子之为是，亦何也？

十一

问：郊祀天地，见于《诗》、《书》，固有国之常礼也。三代既衰，礼失其旧。秦、汉之间，祀五畤，封太山，礼汾阴，杂出于郊祀之外，儒者以为此礼之大者。然五畤废于汉元，封禅止于晋武，当时自以为贤于秦、汉。今将考论其实。此三者于唐、虞、三代抑尝行之乎？所谓封禅七十二君亦可信乎？秦不足言，汉之诸儒初不言封禅，封禅之端发于相如，相如之言抑可信乎？

十　　二

问：祖宗承五代之余，礼乐未完，学校未立，其所以为天下者，皆汉、唐之遗事也。然自今观之，其削平僭乱，攘却夷狄，战必胜，攻必取。及天下已平，祥符、景德之间，百姓家给人足，相贤将勇，中外无事，朝廷有诤臣，州郡有循吏，至于文章之盛，至与汉、唐相若。敢问其所以致此者何也？今自十有余年，礼乐学校之政几一新矣，其将追继祖宗而止耶？汉、唐不足言，其于三代其亦庶几矣乎？

十　　三

问：桓、文，五伯之盛也。方是时，楚以诸侯而僭称王。召陵之会，桓公责包茅之不入而不及其僭。柯之盟，曹沫兵劫桓公以求侵地，而桓公不以为罪。城濮之战，文公以君避臣，而不以为耻。围郑之役，秦伯私与郑盟，引兵先归，而文公不讨其贰。敢问伯者之盛，固若是而可乎？

十　　四

问：人之所同好者，生也；所同贵者，位也；所同欲者，财也。天下之大，情尽于是矣。然此三者，常相为用。生者人之本也，无财则无以生，无位则无以养生而理财。作《易》者盖知此矣。既言三者而参之以仁义，其旨安在？

十　　五

问：贤不肖之不能相及，虽父子兄弟之间有不免焉。尧、舜之朱、均，周公之管、蔡，盖无足疑者。至于孔子门弟子三千余人，其所谓贤者十人而已。此十人者，与孔子周旋于天下，久者数十年，其历试而详观之者审矣。然子路事卫出公，庄公自晋反卫，劫孔悝而盟之，子路为孔悝攻庄公于台上，不知父子争国之不可也。田常乱齐，宰我助田氏，以陷于大戮。此二人者，亦何为立于孔氏之门乎？

十　　六

问：善为国者，惟其称耳。其取士也，因官而取人，故士无溢员；其用财也，量入以为出，故财无不足；其治边也，量力而辟土，故边无不守。今也取士日广，则官不能容；用财无艺，则常赋不足；开边日远，则见兵愈劳。将以救此，盖有举意而办者，亦有改途易向，虽久而不能办者。试详论之。

【解题】

以上十六首策问不知作于何时，载于《栾城第三集》，所问非常广，虽然问的大多是古事，其根本还是要针对现实问题。

观会通以行典礼论

论曰：事物之变，纷纭杂出，若不可知，然而有至理存焉。祸福治乱之际，倾侧多故，若不可处，然而有夷路存焉。世之人不知至理之所在也，迷而妄行，于是有风波作于平地，亲戚化为仇怨者矣。圣人不然，虚心以待物，物至而情伪毕陈于前。夫知所以御之，是以遇繁而若一，履险而若夷，未尝有所难者。

《易》曰："圣人有以见天下之动，而观其会通，以行其典礼。系辞焉以断其吉凶，是故谓之爻。"会通者，理之所出也；典礼者，其所以接物也。《易》有八卦，重而为六十四卦，有六爻，爻之多至于数百，皆圣人指会通以示人，陈典礼以教人者也。今将言之，其多不可胜举，姑以《乾》、《坤》明之。《乾》之初不潜则危其身，四不跃则丧其功，二不田则无以广其德，五不天则无利于人。至于《坤》之初警之以履霜，其上戒之以龙战，其三教之以无成，其四慎之以括囊。凡《易》之谈会通而陈典礼者，可以类求矣。

舜之为庶人也，父顽，母嚚，象傲。艰哉，舜之处于其家也！周公之为冢宰也，外则管、蔡谗之，以为将不利于孺子；内则成王疑之。殆哉，周公之立于其朝也！然四岳之称舜曰："烝烝乂，不格奸。"诗人之美周公曰："狼跋其胡，载疐其尾。公孙硕肤，赤舄几几。"盖舜与周公临天下之至变，履天下之大艰，而泰然如拱揖于庙堂之上，跪起于尊俎之间，可不谓善观会通以行典礼也哉？

昔庖丁之论解牛曰："良庖岁更刀，割也；族庖月更刀，折也；今臣之刀十九年矣，而刀刃若新发于硎。彼节者有间，而刀刃无厚，以无厚入有间，恢恢乎其于游刃必有余地矣。"盖圣人之于事，如庖丁之于牛，知之明，故处之暇；处之暇，故事无不济者。此其所以为圣人也。谨论。

【解题】

此论作于元祐年间，不知具体年代。

历代论一 并引

予少而力学。先君，予师也。亡兄子瞻，予师友也。父兄之学，皆以古今成败得失为议论之要。以为士生于世，治气养心，无恶于身，推是以施之人，不为苟生也。不幸不用，犹当以其所知，著之翰墨，使人有闻焉。予既壮而仕，仕宦之余，未尝废书，为《诗》、《春秋集传》，因古之遗文，而得圣贤处身临事之微意。喟然太息，知先儒昔有所未悟也。其后复作《古史》，所论益广，以为略备矣。元符庚辰，蒙恩归自岭南，卜居颍川。身世相忘，俯仰六年，洗然无所用心，复自放图史之间，偶有所感，时复论著。然已老矣，目眩于观书，手战于执笔，心烦于虑事，其于平昔之文，益以疏矣。然心之所嗜，不能自已，辄存之于纸，凡四十有五篇，分五卷。

【解题】

据文中“元符庚辰（1100）……卜居颍川。身世相忘，俯仰六年”，可推知《历代论》作于崇宁五年（1106），时苏辙闲居颍昌。嘉祐五年（1060），苏辙应制举前有《上曾参政书》，文中说到附有《历代论》十二篇。晚年所作四十五篇当是另作。明代茅坤评价说：“《历代论》四十三首（实为四十五首），盖子由罢官颍上，时其年已老，其气已衰，无复向所为飘摇驰骤，若云之出岫，马之下坂者之态。然阅世既久，于古今得失处，参验已熟，虽无心于为文，而其折衷于道外，往往中肯綮、切情事，语所谓老人之言是也。”

尧　舜

尧之世，洚水为害。以意言之，尧之为国，当日夜不忘水耳。今考之于《书》，观其为政先后，命羲和正四时，务农事，盖其所先也。末乃命鲧以治水。鲧九年无成功，乃命四岳举贤以逊位。四岳称舜之德，曰：“父顽、母嚚、象傲，克谐以孝，烝烝乂，不格奸”。尧以为然而用之。君臣皆无一言及于水者。舜既摄事，黜鲧而用禹，洚水以平，天下以安。尧舜之治，其缓急先后，于此可见矣。使五教不明，父子不亲，兄弟相贼，虽无水患，求一日之安，不可得也。使五教既修，父子相安，兄弟相友，水虽未除，要必有能治之者。昔孔子论政曰：“足食，足兵，民信之矣。”子贡曰:“必不得已而去，于斯三者何先?”曰：“去兵。”曰：“必不得已而去，于斯二者何先?”曰：“去食。自古皆有死，民无信不立。”古之圣人，其忧深虑远如此。世之君子，凡有志于治，皆曰："富国而强兵。"患国之不富而侵夺细民，患兵之不强而陵虐怜国，富强之利终不可得，而谓尧、舜、孔子为不切事情。於乎殆哉！

【解题】

这篇文章主要谈治国之本在为民设教，反对急功近利的"富国强兵"的做法。体现了北宋改革与反改革之争中，反改革派的观点，是典型的儒家正统观点。

三　宗

黄帝、尧、舜寿皆百年，享国皆数十年。周公作《无逸》，言商中宗享国七十五年，高宗五十九年，祖甲三十三年；文王受命中身，享国五十年。自汉以来，贤君在位之久，皆不及此。西汉文帝二十三年，景帝十六年，昭帝十三年；东汉明帝十八年，章帝十三年，和帝十二年；唐太宗二十三年。此皆近世之明主，然与《无逸》所谓"不知稼穑之艰难，不闻小人之劳，惟耽乐之从"，"或十年，或七八年，或五六年，或四三年"者，无以大相过也。至其享国长久，如秦始皇帝、汉武帝、梁武帝、隋文帝、唐玄宗，皆以临御久远，循致大乱。或以失国，或仅能免其身。其故何也？人君之富，其倍于人者千万也。膳服之厚，声色之靡，所以贼其躬者多矣。朝夕于其间而无以御之，至于夭死者，势也。幸而寿考，用物多而害民久，矜己自圣，轻蔑臣下，至于失国，宜矣！

古之贤君，必志于学，达性命之本而知道德之贵。其视子女玉帛，与粪土无异，其所以自养，乃于山林学道者比，是以久于其位而无害也。傅说之诏高宗曰："王，人求多闻，时惟建事，学于古训，乃有获。事不师古，以克永世，匪说攸闻。惟学逊志，务时敏，厥修乃来。允怀于兹，道积于厥躬。惟斅学半，念终始典于学，厥德修罔觉。监于先王成宪，其永无愆。"呜呼，傅说其知此矣！

【解题】

此文从黄帝、尧、舜享国之久谈起，说皇帝短命是由于“声色之靡”，而一旦长寺，却导致天下大乱。主张贤君要“志于学，达性命之本而知道德之贵”。

周　　公

言周公之所以治周者，莫详于《周礼》，然以吾观之，秦、汉诸儒以意损益之者众矣，非周公之完书也。

何以言之？周之西都，今之关中也；其东都，今之洛阳也。二都居北山之阳，南山之阴。其地东西长，南北短。短长相补，不过千里，古今一也。而《周礼》：王畿之大，四方相距千里，如画棋局，近郊、远郊，甸地、稍地，大都、小都，相距皆百里。千里之方地，实无所容之，故其畿内远近诸法，类皆空言耳。此《周礼》之不可信者一也。

《书》称：武王克商而反商政，列爵惟五，分土惟三。故孟子曰：“天子之制，地方千里，公侯百里，伯七十里，子男五十里。不能五十里，不达于天子，附于诸侯，曰附庸。”郑子产亦云，古之言封建者，盖若是。而《周礼》：诸公之地方五百里，诸侯四百里，诸伯三百里，诸子二百里，诸男百里。与古说异。郑氏知其不可，而为之说曰：“商爵三等，武王增以子、男，其地犹因商之故。周公斥大九州，始皆益之，如《周官》之法。于是千乘之赋，自一成十里而出车一乘，千乘而千成，非公侯之国无以受之。”吾窃笑之。武王封之，周公大之，其势必有所并，有所并必有所徙。一公之封，而子男之国为之徙者十有六。封数大国而天下尽扰，此书生之论，而有国者不为也。《传》有之曰：“方里而井，十井为乘。”故十里之邑而百乘，百里之国而千乘，千里之国而万乘。古之道也。不然百乘之家为方百里，万乘之国为方数圻矣，古无是也。语曰："千乘之国，摄乎大国之间。"千乘虽古之大国，而于衰周为小，然孔子犹曰："安见方六七十，如五六十，而非邦也者?"然则虽衰周，列国之强家，犹有不及五十里者矣。韩氏、羊舌氏，晋大夫也。其家赋九县，长毂九百。其余四十县，遗守四千。谓一县而百乘则可，谓一县而百里则不可。此《周礼》之不可信者二也。

王畿之内，公邑为井田，乡遂为沟洫。此二者，一夫而受田百亩，五口而一夫为役，百亩而税之十一，举无异也。然而井田自一井而上，至于一同而方百里。其所以通水之利者，沟、洫、浍三。沟、洫之制，至于万夫方三十二里有半，其所以通水之利者，遂、沟、洫、浍、川五。利害同而法制异，为地少而用力博，此亦有国者之所不为也。楚蒍掩为司马，町原防，井衍沃。盖平川广泽，可以为井者井之；原阜堤防之间，狭不可井则町之。杜预以町为小顷町。皆因地以制广狭多少之异，井田、沟洫盖亦然耳。非公邑必为井田，而乡遂必为沟洫。此《周礼》之不可信者三也。

三者既不可信，则凡《周礼》之诡异远于人情者，皆不足信也。古之圣人，因事立法以便人者有矣，未有立法以强人者也。立法以强人，此迂儒之所以乱天下也。

【解题】

此文题为周公，而全文主要是论《周礼》非周公所作。

五　伯

五伯，桓、文为盛。然观其用兵，皆出于不得已。桓公帅诸侯以伐楚，次于陉而不进，以待楚人之变。楚使屈完如师，桓公陈诸侯之师，与之乘而观之。屈完见齐之盛，惧而求盟。诸侯之师成列而未试也，桓公退舍召陵，与之盟而去之。夫岂不能一战哉？知战之不必胜，而战胜之利不过服楚。全师之功，大于克敌。故以不战服楚而不吝也。晋文公以诸侯遇楚于城濮，楚人请战。文公思楚人之惠，退而避之三舍。军吏皆谏，咎犯曰：“我退而楚还，我将何求？若其不还，君退臣犯，曲在彼矣。”师退而楚不止，遂以破楚，而杀子玉。使文公退而子玉止，则文公之服楚亦与齐桓等，无战胜之功矣。故桓、文之兵，非不得已不战。此其所以全师保国无敌于诸侯者也。

至宋襄公，国小德薄，而求诸侯，凌虐邾、郐之君，争郑以怒楚，兵败身死之不暇，虽窃伯者之名，而实非也。其后秦穆公东平晋乱，西伐诸戎；楚庄王克陈入郑，得而不取。皆有伯者之风矣。然穆公听杞子之计，违蹇叔而用孟明，千里袭郑，覆师于殽，虽悔过自誓，列于《周书》，而不能东征诸夏以终成伯业。庄王使申舟聘齐，命无假道于宋。舟知必死，而王不听，宋人杀之。王闻其死，投袂而起，以兵伐宋。围之九月，与之盟而去之。虽号能服宋，然君子以为此不假道之师也。齐灵公、楚灵王之所为，王亦为之，而尚何以为伯乎？於乎！此二君者皆贤君也，兵一不义而几至于狼狈，不能与桓、文齿，而况其下者哉！

【解题】

五伯指春秋五霸：齐桓公、晋文公、宋襄公、秦穆公、楚庄王。

管　　仲

先君尝言：管仲九合诸侯，一匡天下，以桓公伯，孔子称其仁，而不能止五公子之乱，使桓公死不得葬。曰：“管仲盖有以致此也哉！”

管仲身有三归。桓公内嬖如夫人者六人，而不以为非，此固嫡庶争夺之祸所从起也。然桓公之老也，管仲与桓公为身后之计，知诸子之必争，乃属世子于宋襄公。夫父子之间，至使他人与焉，智者盖至此乎？於乎。三归六嬖之害，溺于淫欲而不能自克，无已，则人乎！《诗》曰："无竞维人，四方其训之。"四方且犹顺之，而况于家人乎？《传》曰："管仲病且死，桓公问谁可使相者，管仲曰：'知臣莫若君。'公曰：'易牙何如？'对曰：'杀子以适君，非人情，不可。'公曰：'开方何如？'曰：'倍亲以适君，非人情，难近。'公曰：'竖刁何如？'曰：'自宫以适君，非人情，难亲。'管仲死，桓公不用其言，卒近三子。二年而祸作。"夫世未尝无小人也，有君子以间之，则小人不能奋其智。《语》曰："舜有天下，选于众，举皋陶，不仁者远矣。汤有天下，选于众，举伊尹，不仁者远矣。"岂必人人而诛之？管仲知小人之不可用，而无以御之，何益于事？

内既不能治身，外复不能用人，举易世之忧而属之宋襄公，使祸既已成，而后宋人以干戈正之。於乎殆哉！昔先君之论云尔。

【解题】

管仲历来受人称赞，此文却别出心裁，大作翻案文章。认为管仲"内既不能治身，外复不能用人"，"知小人之不可用，而无以御之"，结果霸业一世而绝。

知罃、赵武

齐桓公存三亡国以属诸侯，其义多于晋文，然桓公没而齐乱，其后不能复伯。文公子孙世为盟主，二百余年，与《春秋》相终始。其故何也？虽襄公、悼公之贤，齐所无有，然其所以保伯业而不失者，则有在也。伯者之盛，非能用兵以服诸侯之难，而能不用兵以服诸侯之为难耳。文公之后，前有知罃，后有赵武，皆能不用兵以服诸侯。此晋之所以不失伯也。

悼公与楚争郑，三合诸侯之师，其势足以举郑而却楚。晋之群臣中行偃，栾黡之徒欲一战以服楚者众矣，惟知罃为中军将，知用兵之难，胜负之不可必，三与楚遇，皆迁延稽故，不与之战。卒以敝楚而服郑。此则知罃不用兵之功也。

悼公死，平公立。平公非悼公比也，然能属任赵武。武尝与楚屈建合诸侯之大夫于宋，以求弭兵。赵武于此有仁人之心二焉：方其未盟也，屈建衷甲将以袭武。武与叔向谋之，叔向曰："以信召人而以僭济之，人谁与之？安能害我？"武从其言。卒事而楚不敢动。将盟，晋、楚争先，叔向又曰："诸侯归晋之德只，非归其尸盟也。子务德，无争先。"武亦从而先之。此二者，非仁人不能。何也？人将衷甲以袭我，我亦衷甲以待之，此势之所必至也。不幸不胜，无可言者。虽幸而胜，晋、楚之祸必自是始。晋为盟主，常先诸侯矣。晋未失诸侯，而楚求先之。苦与之争，楚必不听，晋、楚之祸亦必自是始。然此二者，皆人情之所不能忍也。忍之近于弱，不忍近于强，而武能忍之。晋楚不争，而诸侯赖之。故吾以为武有仁人之心二焉。凡晋之所以不失诸侯而赵氏之所以卒兴于晋者，由此故也。《春秋》书宋之盟，实先晋而后楚，孔子亦许之欤！

【解题】

此文仍承上文论点，指出晋国能长期强盛，是因为晋有知罃、赵武，都能"不用兵以服诸侯"。

汉　高　帝

高帝之入秦，一战于武关，兵不血刃而至咸阳。此天也，非人也。

秦之亡也，诸侯并起，争先入关。秦遣章邯出兵击之。秦虽无道，而其兵方强。诸侯虽锐，而皆乌合之众，其不敌秦明矣。然诸侯皆起于群盗，不习兵势，陵藉郡县，狃于亟胜，不知秦之未可攻也。于是章邯一出而杀周章，破陈涉，降魏咎，毙田儋，兵锋所至，如猎狐兔，皆不劳而定。后乃与项梁遇，苦战再三，然后破之。梁虽死，而秦之锐锋亦略尽矣。然邯以为楚地诸将不足复虑，乃渡河北击赵。邯既北，而秦国内空。至是秦始可击，而高帝乘之。此正兵法所谓避实而击虚者。盖天命，非人谋也。

项梁之死也，楚怀王遣宋义、项羽救赵。羽愿与沛公西入关。怀王诸老将皆曰："项羽为人慓悍祸贼，尝攻襄城，襄城无噍类。所过无不残灭。且楚数进取，前陈王、项梁皆败，不如更遣长者，扶义而西，告谕秦父兄。秦父兄苦其主久矣，诚得长者往，无侵暴，宜可下。"卒不许项羽，而遣沛公。沛公方入关，而项羽已至河北，与章邯相持。邯虽欲还兵救秦，势不得矣。怀王之遣沛公，固当；然非邯、羽相持于河北，沛公亦不能成功。故曰：此天命，非人谋也。

【解题】

此论从秦末战争形势出发，认为刘邦之所以能得天下，靠的是天命。

汉文帝

老子曰："柔胜刚，弱胜强。"汉文帝以柔御天下，刚强者皆乘风而靡。尉佗称号南越，帝复其坟墓，召贵其兄弟。佗去帝号，俯伏称臣。匈奴桀敖，陵驾中国。帝屈体遣书，厚以缯絮，虽未能调伏，然兵革之祸，比武帝世十一二耳。吴王濞包藏祸心，称病不朝，帝赐之几杖。濞无所发怒，乱以不作。使文帝尚在，不出十年，濞亦已老死，则东南之乱无由起矣。至景帝不能忍，用晁错之计，削诸侯地，濞因之号召七国，西向入关。汉遣三十六将军，竭天下之力，仅乃破之。错言："诸侯强大，削之亦反，不削亦反；削之反疾而祸小，不削反迟而祸大。"世皆以其言为信。吾以为不然。诚如文帝，忍而不削，濞未必反。迁延数岁之后，变故不一，徐因其变而为之备，所以制之者固多术矣。猛虎在山，日食牛羊，人不能堪，荷戈而往刺之。幸则虎毙，不幸则人死，其为害亟矣。晁错之计，何以异此？若能高其垣墙，深其陷阱，时伺而谨防之，虎安能必为害？此则文帝之所以备吴也。於乎，为天下虑患，而使好名贪利小丈夫制之，其不为晁错者鲜矣！

【解题】

此文论汉文帝以柔治御天下，反对轻动兵戈，因为一旦发动战争，胜败难定，败则无以复振，胜亦国力衰疲。这也是苏辙执政期间的一贯主张。

汉景帝

汉之贤君皆曰文、景。文帝宽仁大度，有高帝之风。景帝忌克少恩，无人君之量，其实非文帝比也。帝之为太子也，吴王濞世子来朝，与帝博而争道，帝怒，以博局提杀之。濞之叛逆，势激于此。张释之，文帝之名臣也，以劾奏之恨，斥死淮南。邓通，文帝之倖臣也，以吮痈之怨，困迫至死。晁错始与帝谋削诸侯，违众用之。及七国反，袁盎一说，谲而斩之东市，曾不之恤。周亚夫为大将，折吴、楚之锐锋，不数月而平大难。及其为相，守正不阿。恶其悻悻不屈，遂以无罪杀之。梁王武，母弟也，骄而从之，几致其死。临江王荣，太子也，以母失爱，至使酷吏杀之。其于君臣、父子、兄弟之际，背理而伤道者，一至于此。原其所以能全身保国与文帝俱称贤君者，惟不改其恭俭故耳。《春秋》之法：弑君称君，君无道也，称臣，臣之罪也。然陈侯平国、蔡侯般皆以无道弑，而弑皆称臣，以为罪不及民故也。如景帝之失道非一也，而犹称贤君，岂非躬行恭俭、罪不及民故耶？此可以为不恭俭者戒也。

【解题】

此论认为不能将景帝与文帝并论，并举例证明这一论点。景帝背理伤道而国亡，原因在于恭俭与罪不及民。

历代论二

汉武帝

天下利害，不难知也。士大夫心平而气定，高不为名所眩，下不为利所怵者，类能知之。人主生于深宫，其闻天下事至鲜矣。知其一，不达其二；见其利，不睹其害。而好名贪利之臣，探其情而逢其恶，则利害之实乱矣。

汉武帝即位三年，年未二十，闽越举兵围东瓯，东瓯告急。帝问太尉田蚡，蚡曰："越人相攻，其常事耳。又数反覆，不足烦中国往救。"帝使严助难蚡曰："特患力不能救，德不能覆。诚能，何故弃之？小国以穷困来告急，天子不救，尚何所愬？"帝诎蚡议，而使助持节发会稽兵救之。自是征南越、伐朝鲜、讨西南夷，兵革之祸加于四夷矣。后二年，匈奴请和亲，大行王恢请击之，御史大夫韩安国请许其和。帝从安国议矣。明年，马邑豪聂壹因恢言："匈奴初和亲，亲信边，可诱以利致之，伏兵袭击，必破之道也。"帝使公卿议之，安国、恢往反议甚苦。帝从恢议，使聂壹卖马邑城以诱单于。单于觉之而去，兵出无功。自是匈奴犯边，终武帝无宁岁，天下几至大乱。

此二者，田蚡、韩安国皆知其非，而迫于利口，不能自伸。武帝志求功名，不究利害之实，而遽从之。及其晚岁，祸灾并起，外则黔首耗散，内则骨肉相贼杀，虽悔过自咎，而事已不救矣。然严助以交通淮南，张汤论杀之；王恢以不击匈奴，亦坐弃市。二人皆罪不至死，而不免大戮，岂非首祸致罪，天之所不赦故耶？

【解题】

此论汉武帝穷兵黩武是由于大臣不能劝谏，反而"探其情而逢其恶”。主张士大夫应“心平而气定，高不为名所眩，下不为利所怵”，可谓深见远识。

汉昭帝

周成王以管、蔡之言疑周公，及遭风雷之变，发金縢之书，而后释然，知其非也。汉昭帝闻燕王之谮，霍光惧不敢入。帝召见光，谓之曰：“燕王言将军都郎，道上称跸，又擅调益幕府校尉。二事属尔，燕王何自知之？且将军欲为非，不待校尉。”左右闻者皆伏其明。光由是获安，而燕王与上官皆败。故议者以为昭帝之贤过于成王。然成王享国四十余年，治致刑措，及其将崩，命召公、毕公相康王，临死生之变，其言琅然不乱。昭帝享国十三年，年甫及冠，功未见于天下，其不及成王者亦远矣。

夭寿虽出于天，然人事常参焉。故吾以为成王之寿考，周公之功也；昭帝之短折，霍光之过也。昔晋平公有蛊疾，医和视之曰：“是谓近女室，疾如蛊，非鬼非食，惑以丧志。良臣将死，天命不祐。”“国之大臣，荣其宠禄，任其大节，有菑祸兴而无改焉，必受其咎。”以此讥赵孟，赵孟受之不辞。而霍光何逃焉？成王之幼也，周公为师，召公为保，左右前后皆贤臣也。虽以中人之资，而起居饮食，日与之接，逮其壮且老也，志气定矣，其能安富贵、易生死，盖无足怪者。今昭帝所亲信惟一霍光，光虽忠信笃实，而不学无术，其所与共国事者惟一张安世，所与断几事者惟一田延年。士之通经术、识义理者，光不识也。其后虽闻久阴不雨之言而贵夏侯胜，感蒯聩之事而贤隽不疑，然终亦不任也。使昭帝居深宫，近嬖幸，虽天资明断，而无以养之，朝夕害之者众矣，而安能及远乎？

人主不幸，未尝更事而履大位，当得笃学深识之士日与之居，示之以邪正，晓之以是非，观之以治乱，使之久而安之，知类通达，强立而不反，然后听其自用而无害。此大臣之职也。不然，小人先之，悦之以声色犬马，纵之以驰骋田猎，侈之以宫室器服，志气已乱，然后入之以谗说，变乱是非，移易白黑，纷然无所不至。小足以害其身，而大足以乱天下。大臣虽欲有言，不可及矣。《语》曰："君子学道则爱人，小人学道则易使。"故人必知道而后知爱身，知爱身而后知爱人，知爱人而后知保天下。故吾论三宗享国长久，皆学道之力。至汉昭帝，惜其有过人之明，而莫能导之以学，故重论之，以为此霍光之过也。

【解题】

此文从汉昭帝"居深宫，近嬖倖"，又任用霍光论起，指出皇帝应得"笃识深学之士"与之居，并晓以是非，观以治乱。否则，"小足以害其身，而大足以乱天下"。

汉　哀　帝

汉哀帝自诸侯为天子，方其在国，好礼节俭，知成帝优容舅家，权夺于王氏。及即位，收揽威柄，朝廷竦然，庶几于治。既而傅太后侵侮王后，僭窃名号，始失天下心。帝复宠任倖臣董贤，位至三公，富拟帝室。虽欲贬损王氏，而身既失德，朝无名臣，所以资之者多矣。《诗》曰："无竞维人，四方其训之。有觉德行，四国顺之。"二者帝皆失之，其若王氏何？方帝之崩也，王太后召大司马贤，引见东厢，问以丧事调度。贤内忧不能对，免冠谢。太后曰："新都侯莽，前以大司马奉送先帝大行，晓习故事，吾令莽助君。"贤顿首幸甚。莽既至，使尚书劾免贤，贤即日自杀。王氏代汉之祸实成于此。

昔高帝寝疾，有吕氏之忧。吕后问以后事，帝曰："陈平智有余，然难独任。王陵少戆，可以助之。周勃厚重少文，然安刘氏必勃也，可令为太尉。"及产、禄之变，王陵争之于前，平、勃定之于后，皆如高帝所虑。文帝末年，有七国之忧，戒太子曰："即有缓急，周亚夫可任将兵。"及吴、楚之变，亚夫为大将，破之数月之间，亦如文帝所虑。今王氏之乱，与吕氏、七国等耳，而哀帝无其人，汉遂以亡。非特天命，盖人谋也。

【解题】

汉哀帝宠任幸臣，致使“朝无名臣”，一旦死去，大权即落于王莽之手，是“人谋”之失而不是什么天命。

汉光武上

人主之德，在于知人，其病在于多才。知人而善用之，若己有焉，虽至于尧、舜，可也。多才而自用，虽有贤者，无所复施，则亦仅自立耳。汉高帝谋事不如张良，用兵不如韩信，治国不如萧何。知此三人而用之不疑，西破强秦，东伏项羽，曾莫与抗者。及天下既平，政事一出于何，法令讲若画一，民安其生，天下遂以无事。又继之以曹参，终之以平、勃，至文、景之际，中外晏然。凡此，皆高帝知人之余功也。东汉光武才备文武，破寻、邑，取赵、魏，鞭笞群盗，算无遗策，计其武功，若优于高帝。然使当高帝之世，与项羽为敌，必有不能办者。及既履大位，惩王莽篡夺之祸，虽置三公而不付以事。专任尚书，以督文书，绳奸诈为贤。政事察察，下不能欺，一时称治。然而异己者斥，非谶者弃，专以一身任天下。其智之所不见，力之所不举者多矣！至于明帝，任察愈甚，故东汉之治，宽厚乐易之风远不及西汉。贤士大夫立于其朝，志不获伸。虽号称治安，皆其父子才志之所止，君子不尚者也。

汉光武下

高帝举天下后世之重属之大臣，大臣亦尽其心力以报之。故吕氏之乱，平勃得置力焉。诛产禄，立文帝，若反覆手之易。当是时，大臣权任之盛，风流相接，至申屠嘉犹召辱邓通，议斩晁错，而文、景不以为牾。则高帝之用人，其重如此。

景、武之后，此风衰矣。大臣用舍，仅如仆隶。武帝之老也，将立少主，知非大臣不可，乃委任霍光。霍光之权在诸臣右，故能翊昭建宣，天下莫敢异议。至于宣帝，虽明察有余，而性本忌刻，非张安世之谨畏，陈万年之顺从，鲜有能容者。恶杨恽、盖宽饶，害赵广汉、韩延寿，悍然无恻怛之意，高才之士侧足而履其朝。陵迟至于元、成，朝无重臣，养成王氏之祸。故莽以斗筲之才，济之以欺罔，而士无一人敢指其非者。

光武之兴，虽文武之略足以鼓舞一世，而不知用人之长，以济其所不足，幸而子孙皆贤，权在人主，故其害不见。及和帝幼少，窦后擅朝，窦宪兄弟恣横，杀都乡侯畅于朝。事发，请击匈奴以自赎。及其成功，又欲立北单于以树恩固位。袁安、任隗皆以三公守义力争，而不能胜，幸而宪以逆谋败。盖光武不任大臣之积，其弊乃见于此。其后汉日以衰，及其诛阎显，立顺帝，功出于宦官；黜清河王，杀李固，事成于外戚。大臣皆无所与。及其末流，梁冀之害重，天下不能容，复假宦官以去之。宦官之害极，天下不能堪，至召外兵以除之。外兵既入，而东汉之祚尽矣！盖光武不任大臣之祸，势极于此。

夫人君不能皆贤，君有不能而属之大臣，朝廷之正也。事出于正，则其成多，其败少。历观古今，大臣任事而祸至于不测者，必有故也。今畏忌大臣，而使他人得乘其隙，不在外戚，必在宦官。外戚、宦官更相屠灭，至以外兵继之。呜呼，殆哉！

【解题】

以上二论论光武帝，指出光武不任大臣之祸，终使汉亡。朝廷之政应是任政于大臣，而实际上聪明之主往往侵夺臣权以加强专制集权，庸弱之主则束手无策。

隗　　嚣

智者为国，知所去就，大义既定，虽有得失，不为害也。隗嚣初据陇坻，谦恭下士，豪杰归之，刑政修举，兵甲富盛。一时窃据之中，有贤将之风矣。然圣公乘王莽之败，拥众入关，君臣贪暴，不改盗贼之旧，败亡之势，匹夫匹妇皆知之矣。而嚣举大兵，束手称臣，违方望之言，陷诸父于死地，仅以身免。及光武自河北入洛，政修民附，贤士满朝，群盗十去六七，而嚣惩既往之祸，方拥兵自固，为六国之计。谋臣去之，义士笑之，而嚣与王元、王捷一二人以死守之。始从圣公而不吝，终背光武而不悔，去就之计，无一得者。至于杀身亡国，盖不足怪也。

刘表专制荆州，土广民众，势重于天下。曹公与袁绍相拒于官渡，二人皆求助于表。表方晏然自守，一无所与。韩嵩说表曰："两雄相持，天下之重在于将军。果欲有为，起乘其弊可也。如其不然，则将择所宜从，岂可拥甲十万，坐观成败。求援而不能救，见贤而不肯归，此两怨必集于将军，恐不得中立矣。"表犹豫不能用，卒为曹公所并。

隗嚣、刘表，雍容风议，皆得长者之誉。然其败也，皆以去就不明失之。不如张鲁之庸，败亡之余，知所归往，犹能保其后嗣。《兵法》有之："知彼知己，百战不殆。知彼而不知己，一胜一负。不知彼，不知己，每战辄殆。"夫惟知彼知己，而后知所去就哉！

【解题】

此文论隗嚣、刘表因无决断能力，拥重兵而不明天下大势，终于失败。

邓　禹

邓禹初以兵入关，乘胜独克，关辅响震。是时赤眉方入长安，诸将豪杰皆劝禹径乘其乱。禹曰："吾众虽多，能战者少。前无可仰之积，后无转馈之资。赤眉新拔长安，财富兵锐，未易当也。盗贼群居，无终日之计，财谷虽多，变故万端，非能坚守者也。上郡、北地、安定三郡，土广人稀，饶谷多畜。吾且休兵北道，就粮养士，以观其变，乃可图也。”于是引兵北屯栒邑。光武闻之，敕禹以时进讨。禹固执前意，盘桓不进。明年，赤眉西走扶风，禹乃入长安，谒祠高庙，收十一帝神主。然卒不能定关中，无功而归。

盖赤眉之乱，光武欲急攻之，禹欲缓取之。议者见禹之败，因以禹为失计。吾以为不然。赤眉方强，急之实难，缓之为得。逮其自败，西走扶风，而禹乘之，犹能还兵败禹，而况其未走也哉！如光武之计，盖不知赤眉方强，而禹兵力不足。若审知如此，听禹坚守北道，时出挠之。而使别将挟持其东，东西蹙之，磨以岁月，而赤眉成擒矣。

禹之败而西归也，与冯异相遇，要异共攻赤眉。异曰：“异与贼相遇且数十日，虽屡获雄将，余众尚多，可稍以恩信倾诱，难卒用兵破也。上今使诸将屯渑池要其东，而异击其西，一举取之，此万全计也。”禹又不从而败。由此观之，禹本计不失，而帝不能用，禹亦迫于君命，不能自固耳。

【解题】

邓禹“本计不失”，迫于帝命，不能依己见而行，终于失败。历史上此类例子颇多，如唐玄宗迫令哥舒翰出潼关，崇祯帝逼孙传庭出击，都以大败结束。

李　固

孔子谓颜子：“用之则行，舍之则藏，惟我与尔有是夫。”用而不行，则何以利人？舍而不藏，则何以保身？圣人之于天下，理极于是而已。陈灵公与其大夫孔宁、仪行父宣淫于朝，泄冶强谏以死。《春秋》书之曰：“陈杀其大夫泄冶。”君虽无道，而泄冶亦名，以为无益于事而害其身，君子不为也。

李固立于顺、桓之间，内无愧于其心，外无负于其人。东汉名臣，如固一二人耳！然事有可恨者。冲帝之亡也，固欲立清河王蒜，梁冀不从而立质帝。质帝之亡也，固复以清河为请，与胡广、赵戒同谋。广、戒惧而中变，固独与杜乔争之。冀积怒愤发，策免固而立桓帝。其后岁余，刘文、刘鲔谋立清河，冀遂诬固与文、鲔通谋，杀之。吾窃怪固为三公，再欲立蒜而不克。冀如豺狼，疾之如仇雠。独一梁太后知其贤，欲宥之而不能。固虽贪立贤君、存汉社稷，势必无成矣。一举不中，奉身而去，得免于祸，斯已幸矣。再更大变，固守前议，迟迟不去，以陷于大戮，则固之死，仅自取也。不然，如固之贤，吾何间然哉？

【解题】

李固为一代名臣，忠于汉室，不畏强权。其固然可敬，但从现实看，的确是“无益于事而害其身”，千载之后，仍令人感叹不已。

陈　蕃

《易》曰：“君不密，则失臣。臣不密，则失身。几事不密，则害成。”是故鸷鸟将击，必匿其形，非以智御物，而事不得不尔。谋未发而使人知之，未有不殆者也。陈蕃将与窦武共诛宦官，蕃自谓外从人望，内有德于窦后，事无不克，乃先事露章，曰：“臣闻言不直而行不正，则为欺乎天而负乎人。危言极意，则群凶侧目，祸不旋踵。均此二者，臣宁得祸，不忍欺天。今道路讻讻，皆言侯览、曹节、公乘昕、王甫、郑飒等，与赵夫人诸女尚书并乱天下，若不急诛，必生变乱，倾覆社稷。愿出臣章，宣示左右，令诸奸知臣疾之。”太后不从，闻者莫不震恐。谋未及发，曹节等矫诏杀之。时蕃七十余矣。闻难，将官属、门生八十余人，拔刃入承明门，攘臂大呼，适遇王甫，甫收杀之。呜呼，天之将亡汉邪！蕃一朝老臣，名重天下，而猖狂寡虑，乃与未尝更事者比，几乎“暴虎冯河，死而无悔”者。斯岂孔子所谓贤哉？

【解题】

苏辙这里所惋惜的“名重天下，而猖狂寡虑”的名臣，历史上常有，只足以谋事害成。

历代论三

荀　彧

荀文若之于曹公，则高帝之子房也。董昭建九锡之议，文若不欲，曹公心不能平，以致其死。君子惜之。或以为文若先识之未究，或以为文若欲终致节于汉氏。二者皆非文若之心也。文若始从曹公于东郡，致其算略以摧灭群雄，固以帝王之业许之矣。岂其晚节复疑而不予哉？方是时，中原略定，中外之望属于曹公矣，虽不加九锡，天下不归曹氏而将安往？文若之意，以为劫而取之，则我有力争之嫌，人怀不忍之志；徐而俟之，我则无嫌而人亦无憾。要之必得，而免争夺之累。此文若之本心也。惜乎曹公志于速得，不忍数年之顷，以致文若之死。九锡虽至，而禅代之事至子乃遂。此则曹公之陋，而非文若之过也。

【解题】

人们历来认为荀彧心系汉室，反对曹操代汉，结果被曹操杀害。苏辙以为荀彧只是认为汉祚尚存，不能违众心而代汉。

贾　诩　上

曹公入荆州，降刘琮，欲顺江东下，以取孙氏。贾诩言于公曰：“公昔破袁氏，今收汉南，威名远闻，兵势盛矣。若因旧楚之饶，以飨吏士，抚安百姓，江东可以不劳众而定也。”公不用其计，以兵入吴境，遂败于赤壁。夫诩之所以说曹公，则李左车之所以说淮阴侯，使乘破赵之势，传檄以下燕者也。方是时，孙氏之据江东已三世矣，国险而民附，贤才为用，诸葛孔明以为可与为援而不可图。而曹公以刘琮待之，欲一举而下之，难哉！使公诚用诩言，端坐荆州，使辩士持尺书结好于吴。吴知公无并吞之心，虽未即降，而其不以干戈相向者可必也。方是时，刘玄德方以穷客借兵于吴，吴既修好于公，其势必不助刘，而玄德因可蹙矣。惜乎谋之不善，荆州既不能守，而孙、刘皆奋。孰谓曹公之智而不如淮阴侯哉！

其后，公既降张鲁，下汉中，刘晔劝公乘胜取蜀，曰："刘备人杰也，有度而迟，得蜀日浅，蜀人未附也。今举汉中，蜀人震骇，因其震而压之，无不克也。若少缓之，诸葛亮善治国而为相。关羽、张飞勇冠三军而为将。蜀人既定，冯险守要，不可犯也。"公不从而反，天下皆惜晔计之不用。夫玄德之贤过于仲谋，贾诩欲以文告怀仲谋，而晔欲以虚声下玄德，其愚智盖已远矣。彼曹公不用晔计，岂非以诩言为戒也哉？

春秋之际，楚子重伐郑，晋栾武子救之，遇于绕角。楚师还，晋师遂侵蔡。楚人以申、息之师救蔡。晋群帅皆欲战，智庄子、范文子、韩献子谓武子曰："吾来救郑，楚师不战，吾遂至于此。既迁戮矣，戮而不已，又怒楚师，战必不克，虽克不令。若不能克，为辱已甚。不如还也。"遂全师而归。夫兵久于外，狃于一胜而轻与敌遇，我怠彼奋，败常十九。古之习于兵者盖知之矣。

贾 诩 下

用兵之难，盖有怵于外而动者矣。力之所及，而义不可，君子不为也。义之所可，而力不及，君子不强也。魏文帝始受汉禅，欲用兵吴、蜀，以问贾诩。诩曰："吴、蜀虽蕞尔小国，依阻山水。刘备有雄才，诸葛亮善治国。孙权识虚实，陆逊见兵势。据嶮守要，泛舟江湖，皆难卒谋也。用兵之道，先胜后战，量敌论将，故举无遗策。臣窃料群臣无备、权对。虽以天威临之，未见万全之势也。”帝不能用，遂兴江陵之役，士卒多死。是时帝始受禅，欲以武功夸示四方，贪得幸胜，未暇虑兵败势屈之辱也。魏多谋臣，盖必有知之者矣，然皆莫敢言。诩能言之，可谓不怵于外矣。晋末，苻坚拥百万之众，耻吴、会之未服，欲一举下之，而不知晋之无忧。谢安乘苻坚之败，知中原之荡析，而不知江南之微弱，势必不能成大功。故苻坚至于失国，而谢安至于丧师。二人者，皆耻不若人，怵于外之患也。

【解题】

此文论贾诩的谋略前后不同，一主和，一主战，结果皆证明他谋略的正确。这里实际上谈的是战争中知势与知时的问题。

刘玄德

事固有当作而不可作者，智者论其公私，权其轻重，而可否可决也。蜀先主之于关羽，名虽君臣，而义则父子也。先主入蜀，而羽攻曹仁于荆州。吴乘其敝，羽以败死。先主欲为羽报仇，义不可已也。然吴、蜀之于魏，国小而兵弱，本以季汉君臣之分，缔交相亲，与魏为敌，则报仇之义，其公且重者在魏也。释魏而事羽之怨，则为失所先后矣。先主之在白帝也，吴之君臣惧而乞和，若以仇魏之重俯而从之，义无不可也。先主念羽之厚，拒而不许，君臣之义则至矣；至于奋不虑害，兵败而继之以死，忘两国之大计，而徇一夫之遗忿，则未为得矣。诸葛孔明有言：“法孝直若在，必能止君此行。虽行，亦必不至于败。”然则孔明亦自以伐吴为失计矣哉！

【解题】

此论刘备忘却蜀、吴大敌魏，“徇一夫之遗忿”终至兵败身亡，是不分公私。

孙 仲 谋

任人莫难于托国。汉武帝因文、景富庶之后，虐用其民，厚自奉养，征伐四夷，几丧天下。逮其晚岁，托国于霍光。光知用兵之害，罢均输、榷酤，与民休息，而天下复安。凡武帝之所以得称贤君者，惟用霍光故也。蜀先主知嗣子之暗弱，举国而付之诸葛孔明。孔明又废李严、杨仪，援蒋琬、费祎而授之政。虽后主之不明，而守国三十余年。君臣相安，蜀人免于涂炭之患，过于魏、吴远甚。吴大帝方其属任贤将，抗衡中原，曹公惮之。及其老也，贤臣死亡略尽，喜诸葛恪之劲悍越众，而付以后事。恪乘其用兵劳民之后，继起大役，兵折于外，既归而不能自克，将复肆志于僚友。恪既以丧其躯，而孙氏因之三世绝统。吴、越之民陷于炮烙之地，国随以亡。夫以进取之资，用进取之臣，以徼一时之功可耳；至于托六尺之孤，寄千里之命，而亦属之斯人，其势必至是哉！

【解题】

这篇文章论吴之亡在于用人不当。时势不同，用人自然不同。前人曾说有进取之臣，有守成之臣，有社稷之臣，有托孤之臣，各有不同之用。而孙权任用诸葛恪，付以后事，使吴最终败亡。

晋 宣 帝

世之说者曰："司马仲达之于魏，则曹孟德之于汉也。"是不然。二人智勇权略则同，而所处则异。汉自董卓之后，内溃外畔，献帝奔走困踣之不暇，帝王之势尽矣，独其名在耳。曹公假其名号以服天下，拥而植之许昌。建都邑，征畔逆，皆曹公也。虽使终身奉献帝，率天下而朝之，天下不归汉而归魏者，十室而九矣。曹公诚能安而俟之，使天命自至，虽文王三分天下有其二以事纣，何以加之？惜其为义不终，使献帝不安于上，义士愤怨于下，虽荀文若犹不得其死。此则曹公之过矣。如司马仲达则不然。明帝之末，曹氏之业固矣，虽明帝以淫虐失众，曹爽以骄纵得罪，而颠覆之形未见，天下未畔魏也。仲达因其隙而乘之，拊其背而夺其成业，事与曹公异矣。

汉武帝之老也，托昭帝于霍光。昭帝尚幼，燕王、盖主有篡取之心，上官桀、桑弘羊助之。此其祸急于曹爽。霍光内毙燕、盖，外诛桀、羊，拥护昭帝，讫无骄君之色。及昭帝早丧，国空无主，迎立昌邑。昌邑不令，又援立宣帝。柄在其手者屡矣，然退就臣位，不以自疑。中外悉其本心，亦无一人有异议者。以仲达拟光，孰为得之邪？然光犹不足道。蜀先主将亡，召诸葛孔明而告之曰："嗣子可辅，辅之；如其不才，君可自取。"复语后主："汝与丞相从事，事之如父。"后主之暗弱，孔明之贤智，蜀人知之矣。使孔明有异志，一摇手而定矣。然外平徼蛮夷，内废李平、廖立，旁御魏、吴，功成业定，又付之蒋琬、费祎。奉一昏主三十余年，而无纤芥之隙，此又霍光之所不能望也。

故人患不诚，苟诚忠孝，舜之于父母，伊尹之于太甲，终无间然者。自仲达之后，人臣受六尺之寄，因而取之者多矣。皆以地势迫切，置而不取，则身必危，国必乱，至自比骑虎不可复下，此亦自欺而已哉！

【解题】

晋宣帝幼年即位，而愚暗昏痴，贾后专权，造成八王之乱，西晋终亡。此论分析汉霍光辅昭帝，迎立昌邑王，曹操终身事汉未称帝，司马仲达则以顾命之臣废魏自立，诸葛亮一心扶持幼主，种种承命抚孤与乘机夺权之事后，说当主幼时，受命大臣骑虎难下，不得不夺位，是势不得已。晋宣帝之亡也是形势造成的。

晋武帝

立嫡以长不以贤，立子以贵不以长，古今之正义也。然尧废丹朱用舜而天下安，帝乙废微子立纣而商以亡。古之人盖有不得已而行之者矣。得已而不已，不得已而已之，二者皆乱也。子非朱、纣，而废天下之正义，君子不忍也。子如朱、纣，而守天下之正义，君子不为也。

汉高帝始谓惠帝仁弱，欲废之而立如意，既而知人心之在太子也，则寝废立之议，而用平、勃。平、勃皆贤而权任均，故惠帝虽没，产、禄虽横，而援立文帝，汉室不病也。武帝既老，知燕王旦、广陵王胥之不可用也，废之而立少子，任霍光、金日磾、上官桀、桑弘羊以后事。当是时，昭帝之贤否未可知，而四人枉直相半也。幸而昭帝明哲，霍光忠良，桀、羊虽欲为乱而不遂，其后复废昌邑立宣帝，而朝廷晏然无事。盖人君不幸而立幼主，当如二帝属任贤臣，乃免于乱。此必然之势也。

魏明帝疾笃而无子，弃远宗子而立齐王，始欲辅以曹宇、曹肇，而幸臣刘放、孙资不便宇、肇之正，劝帝易以司马仲达、曹爽。齐王既非天下之望，而爽又以庸才与仲达奸雄为对，数年之间，遂成篡弑之祸。

晋武帝亲见此败矣，惠帝之不肖，群臣举知之，而牵制不忍，忌齐王攸之贤，而恃愍怀之小慧，以为可以消未然之忧。独有一汝南王亮而不早用，举社稷之重而付之杨骏，至于一败涂地，无足怪也。帝之出齐王也，王浑言于帝曰："攸之于晋，有姬旦之亲，若预闻朝政，则腹心不贰之臣也。国家之事，若用后妃外亲，则有吕氏、王氏之虞；付之同姓至亲，又有吴、楚七国之虑。事任轻重所在，未有不为害者也。惟当任正道，求忠良，不可事事曲设疑防、虑方来之患也。若以智猜物，虽亲见疑，至于疏远，亦安能自保乎？人怀危惧，非为安之理，此最国家之深患也。”浑之言，天下之至言也。帝不能用，而用王佑之计，使太子母弟秦王柬都督关中，楚王玮、淮南王允并镇守要害，以强帝室。然晋室之乱，实成于八王。吾尝筹之：如攸之亲贤，夺嫡之祸，非其志也。不幸至此，天下所宗，宗社之计犹有赖也。如佑之计，使子弟据兵以捍外患，如梁孝王之御吴、楚尚可。若变从中起，而使人人握兵以救内难，此与何进、袁绍召丁原、董卓以除宦官何异？古人有言：“择福莫若重，择祸莫若轻。”如武帝之择祸福，可谓不审矣！

【解题】

晋武帝鉴于前代败亡，不用王佑之计，顾此失彼，见事不远，终致八王之乱。

羊　祜

善为国者，必度其君，可与共患难，可与同安乐，而后有为，故功成而无后忧。晋厉公与楚共王争郑，晋人知楚有可乘之隙，栾武子为政，欲出兵击之，曰：“不可以当吾世而失诸侯。”范文子不欲，请释楚以为外，惧武子不能用。夫文子非苟自安者也，厉公侈而多嬖宠，诸大夫富而陵上国。有大功则君臣不相安，乱之所自生也。既谋之不从，出而遇楚，犹欲避楚而归。既胜反国，曰：“乱将作矣，吾不可以俟。”使其祝宗祈死。逾年，而厉公杀三郤，立胥童。栾书杀胥童，弑厉公。文子虽死，而免于大难，子孙与晋国相终始。范蠡事越王句践，反自会稽，抚人民，厉甲兵，七年而杀吴王夫差。归未及国，知越王之难与同安乐也，扁舟去之，卒免文种之戮。若二子者，可谓有先见之明矣。范文子至于自杀，范蠡至于逃亡而不顾，何则？所全者大也。

晋武帝既受魏禅，中原富强，群臣用命。吴孙皓以淫虐失众，有亡国之衅。晋人习于长江之险，以为未可取也。羊祜为襄阳守，知其不能久，陈可取之计。武帝纳之。祜又进王濬、杜预，以成灭吴之功，后世皆称其贤。

吾尝论祜巧于策吴，而拙于谋晋。何以言之？武帝之为人，好善而不择人，苟安而无远虑，虽贤人满朝，而贾充、荀勖之流以为腹心，使吴尚在，相持而不敢肆，虽为贤君可也。吴亡之后，荒于女色，蔽于庸子，疏贤臣，近小人，去武备，崇藩国，所以兆亡国之祸者，不可胜数。此则灭吴之所从致也。孟子曰："入则无法家拂士，出则无敌国外患者，国常亡。故人常生于忧患，而死于安乐。"祜不虑此，而锐于灭吴，其不若范文子远矣。

或曰："吴灭而晋乱，此天命，非人事也。而羊祜何罪焉？"吾应之曰："为国当论人事，使祜不为灭吴之计，孙皓穷凶而死，吴更立君，则长江未可越也。吴既不亡，则晋之君臣厉精不懈，是吴不灭而晋不乱也。不犹愈于吴灭而晋乱乎？"祜之将死也，武帝欲使卧护诸将，祜曰："灭吴不须臣自行，但吴平之后，当劳圣虑耳。"推祜此言，盖亦忧在平吴矣。忧在平吴而勇于灭吴，其不若范文子远矣！

【解题】

苏辙史论中充满着一种精神，即此文所说"为国当论人事"，以此回顾历史，总结经验。此文说羊祜不如范蠡，就是说他见事不远，未能预见到灭吴之后，晋国将乱。

王　　衍

圣人之所以御物者三：道一也，礼二也，刑三也。《易》曰："形而上者谓之道，形而下者谓之器。"礼与刑皆器也。孔子生于周末，内与门弟子言，外与诸侯大夫言，言及于道者盖寡也。非不能言，谓道之不可以轻授人也。盖尝言之矣，曰："参乎，吾道一以贯之。"夫道以无为体，而入于群有，在仁而非仁，在义而非义，在礼而非礼，在智而非智。惟其非形器也，故目不可以视而见，耳不可以听而知。惟君子得之于心，以之御物，应变无方，而不失其正，则所谓时中也。小人不知而窃其名，与物相遇，辄捐理而狥欲，则所谓无忌惮也。故孔子不以道语人，其所以语人者，必以礼。礼者，器也，而孔子必以教人，非吝之也，盖曰："君子上达，小人下达。"君子由礼以达其道，而小人由礼以达其器。由礼以达道，则自得而不跂；由礼以达器，则有守而不狂。此孔子之所以寡言道而言礼也。若其下者，视之以礼而不格，然后待之以刑辟，三者具而圣人之所以御物者尽矣。

三代已远，汉之儒者虽不闻道，而犹能守礼，故在朝廷则危言，在乡党则危行，皆不失其正。至魏武始好法术，而天下贵刑名；魏文始慕通达，而天下贱守节。相乘不已，而虚无放荡之论盈于朝野。何晏、邓飏导其源，阮籍父子涨其流，而王衍兄弟卒以乱天下。要其终，皆以济邪佞、成淫欲，恶理法之绳其奸也。故蔑弃礼法，而以道自命，天下小人便之。君臣奢纵于上，男女淫泆于下，风俗大坏，至于中原为墟而不悟。王导、谢安，江东之贤臣也，王导无礼于成帝而不知惧，谢安作乐于期丧而不受教，则废礼慕道之俗然矣。

东晋以来，天下学者分而为南北。南方简约，得其精华；北方深芜，穷其枝叶。至唐始以义疏通南北之异，虽未闻圣人之大道，而形器之说备矣。上自郊庙朝廷之仪，下至冠昏丧祭之法，何所不取于此？然以其不言道也，故学者小之。于是舍之而求道，冥冥而不可得也，则至于礼乐度数之间，字书形声之际，无不指以为道之极。然反而察其所以施于世者，内则谗谀以求进，外则聚敛以求售。废端良，聚苟合，杜忠言之门，辟邪说之路，而皆以诗书文饰其伪。要之，与王衍无异。呜呼，世无孔、孟，使杨、墨塞路而莫之辟，吾则罪人尔矣！

【解题】

此文论王衍，斥其“济邪佞，成淫欲”，使风俗大坏，中原沦丧。而宋取法圣人之道，却产生一批只会谗谀，只知聚敛的人。

历代论四

王　导

西晋之士，借通达以济淫欲，风俗既败，夷狄乘之，遂丧中国。相随渡江，而此风不改。贤者知厌之矣，而不胜其众。俗乱于下，政弊于上，而莫能正也。东晋之不竞，由此故耳。

是时王导为相，达于为国之体，性本宽厚容众，众人安之。然生于衍、澄之间，不能免习俗之累，喜通而疾介，能弥缝一时之阙，而无百年长久之计也。更二大变，几至亡国。元帝之世，王敦拥兵上流，有无君之心。刘隗、刁协刚介狷浅，见信于帝，专以法绳公卿，而深疾王氏恣横。敦遂起兵，以诛君侧为词，兵再犯阙。幸而敦死。元、明既没，成帝幼弱，庾亮辅政，任法以裁物，复失人心。苏峻擅兵历阳，多纳亡命，专用威刑。亮知峻必为乱，以大司农召之。众人皆知不可，而亮不听。遂与祖约连兵内向，涂炭京邑。此二衅者，皆导之所不欲，而隗、亮不忍，以速其变。以隗、亮为是耶？敦、峻之祸，发不旋踵；以导为是耶？使人主终身含垢，何以为国？鲁自宣公，政在季氏。更三世至昭公，不能忍，将攻之。子家羁曰："舍民数世，求以克事，不可必也。"公不从而出。隗、亮之败，则昭公之举也。

齐景公以贪暴失民，田氏以宽惠得众。公问于晏婴，求所以救之。婴曰："惟礼可以已之。在礼，家施不及国，民不迁，农不移，工贾不变，士不滥，官不谄，大夫不收公利。"公叹曰："善哉，吾今而后知礼之可以为国！"婴曰："礼之可以为国也久矣，与天地并。”晏子知之，而景公不能用。田氏遂代吕氏。盖大家世族为患于其国，常若心腹之疾，必与人命相持为一。攻之以毒药，劫之以鍼石，病若不去，命辄随尽。非良医贤臣，未易处也。子产为郑，国小而逼，族大多宠，子产患之。有事伯石，赂以其邑。子大叔曰：“国，皆其国也，何独赂焉？”子产曰：“无欲实难。皆得其欲，以从其事，而要其成。非我有成，其在人乎？何爱于邑，邑将焉往？”子大叔曰：“若四国何？”子产曰：“非相违也，而相从也，四国何尤焉？《郑书》有之曰：‘安定国家，必大焉先。’姑先安大，以待其所归。”既，伯石惧而归邑，卒以予之。又使为卿，以次己位。郑乃少安。及其久而政成。大人之忠俭者，从而予之；泰侈者，因而毙之。逐丰卷，戮子晰，郑乃大治。

如导所为，知赂伯石以全其始矣，未知予忠俭、毙泰侈以成其终也。以为贤于隗、亮则可，以论晏子、子产则远矣。

【解题】

这篇史论借王导及诸人之败，意在说明治国、为政要有长久之计，不贪小利。

祖　　逖

敌国相图，必审于彼己。将强敌弱，则利于进取。将弱敌强，则利于自守。违此二者而求成功，难矣。

东晋渡江，以江、淮为境，中原虽屡有变，而南兵不出，出亦无功，皆夷狄自相屠灭而已。石勒之死也，庾亮为北伐之计；石虎之老也，庾翼为徙镇之役，皆无成而死。及苻坚之败，谢安父子乘战胜之威，有席卷之意，终以兵将奔溃，无尺寸之得。其后宋文自谓富强，以兵挑元魏；梁武志于并吞，失信于高氏；陈宣乘高氏之衰，攘取淮南，皆继之以败亡。何者？东南地薄兵脆，将非命世之雄，其势固如此也。方石虎之毙，中原大乱，晋人皆谓北方不足复平，而蔡谟独以为忧，或问其故，谟曰：“夫能顺天奉时，济六合于草昧，若非上哲，必由英豪。度今诸人，皆不办此。必将经营分表，疲人以逞。才不副意，徒使财殚力竭，终将何所至哉！吾见韩卢、东郭，俱毙而已矣。”至哉！此言实当时好事者之病也。自江南建国，惟桓温东讨慕容，西征苻坚，兵锋所及，敌人震动。及宋武破广固，陷长安，所至荡定，有吊伐之风。此二人者，诚非常将也。然桓温终以败衄，不能成大功，宋武志在禅代，未能定秦，狼狈而返，而况其下者乎？

惟晋元帝初定江南，未遑北伐，祖逖言于帝曰：“晋室之乱，非上无道而下怨叛也。由藩王争权，自相诛灭，遂使戎狄乘衅，毒流中原耳。今遗黎既被残酷，人有奋击之志，诚能奋威命将，使若逖等为之统主，郡国豪杰必有应者，沉溺之士喜于来苏，庶几国耻可雪也。”帝以逖为豫州刺史，使进屯淮阴。逖兵力甚弱，乃铸造兵器，招合离散，稍诛鉏叛涣，复进据谯，然未尝为深入计也。石勒遣兵攻逖，逖辄就破其众。每于兵间，勤身节用，礼下贤俊，怀抚初附，专以恩信接人，不尚诈力，故人争为之用。自黄河以南尽为晋土，虽石勒之强，不敢以兵窥其境。逖母葬成皋，勒使人修其墓，复遣使通好，且求互市。逖不答其使，而许互市。通南北之货，多获其利。方将经略河北，而帝使戴若思拥节直据其上，逖怏怏不得志死。盖敌强将弱，能知自守之为利者，惟逖一人。夫惟知自守之为进取，而后可以言进取也哉！

【解题】

此文中心论点是，敌国相争，如果“将强敌弱，则利于进取”；如果“将弱敌强，则利于自守”。东晋初，祖逖能“知自守之为利”，却不为所用。此文实际上是论北宋当时局势，敌国步步相逼，北宋又积弊积弱，只能自守以自存自强。

苻　坚

苻坚、王猛，君臣相得，以成伯功，虽齐桓、管仲不能过也。猛之将死也，坚问以后事。猛曰："晋虽僻处吴越，然正朔相承。亲仁善邻，国之宝也。臣没之后，愿勿以晋为图。鲜卑、羌虏，我之仇雠，终为人患，宜渐除之，以宁社稷。"言终而死。坚不能用，卒大举伐晋，败于淝上。归未及国，而慕容垂叛之。既反国，而姚苌叛之。地分身死，终毙于二人之手。故后世皆多猛之贤，而咎坚之不明。

吾尝论之，坚虽有伯者之略，而怀无厌之心，以天下不一为深耻。虽灭燕，定蜀，并秦、凉，下西域，而其贪未已，兵革岁克而不知惧也。晋虽微弱，谢安、桓冲为之将相，君臣相安，民未患晋。而欲以力取之，稽之天道，论之人情，虽内无垂、苌之衅，而坚之败必不免矣。然坚以夷狄之余，而有帝王之度，其灭慕容、姚苌也，收二姓之子弟，录其才能而官，使之布满中外，凡其旧臣无不疑者。若以世俗言之，则以渐除之，如猛之计得矣；若以帝王之事言之，则坚之意未必过也。《大雅》之称文王曰："殷之孙子，其丽不亿。上帝既命，侯于周服。侯服于周，天命靡常。殷士肤敏，裸将于京。厥作裸将，常服黼冔。"文王用人，其广如此。而坚何尤焉？德虽不若文王，而窃慕焉，顾其所以处之何如耳。

文、武既没，周公、成王之际，殷之遗孽犹与管、蔡间周之隙，曰："予复反鄙我周邦。"故周公既克殷，改封微子于宋，而迁其顽民于洛邑。保厘东郊，作《多士》而抚宁之，所以虑其变者至矣。至君陈、毕公，皆迭居成周，而董帅之。故康王之命毕公曰："周公毖殷顽民，迁于洛邑，密迩王室，式化厥训。既历三纪，世变风移，四方无虞，予一人以宁。"然犹曰："邦之安危，惟兹殷士。"由此观之，文王之用殷人，岂苟然而已哉？今坚畜养豺虎于其腹心，而贪功务胜，不顾其后，宜其毙于垂、苌也哉！使坚信猛之策，南结邻好，戢兵保境，与民休息，虽有垂苌百人，安能动之？文王虽未可觊，然亦非王猛之所及矣！

【解题】

此文论苻坚之败为不能听王猛之言，悍然攻晋，而内部不协，淝水败后，相继叛离，地分而身死。

宋　武　帝

东汉之衰，曹公始践五伯之迹，挟天子以令诸侯，其志本欲尽扫群雄而后取汉耳。既灭二袁、吕布、刘表，欲遂取江东而不克；既破马超、韩遂，欲并举巴、蜀而不果；再屈于吴、蜀，而公亦老矣。于是董昭进九锡之议，幡然听之，而桓、文之业，至此尽矣。然方是时，公在河朔，而汉都许昌，虽使主盟诸夏，而不废旧君，上可以为周文王，下亦不失为桓、文。公不能忍，而甘心王莽九锡之事，此荀文若之所以为恨也。至司马仲达父子，其势盖与公异矣。拥兵天子之侧，固已不顺；既杀王凌，害诸葛诞，非人臣矣。又降刘禅，服曹氏之所不能服，非贪其土地而利其民人也，志亦在九锡耳。虽欲复为桓、文，尚可得乎？

宋武既诛桓氏，收遗晋而封植之，又克谯纵，执慕容超，逐卢循，擒姚泓，立四大功，天下莫能抗。然其志不在桓、文，而在九锡，亦已卑矣。方帝之克长安也，中原震恐，元魏虽姚氏之昏姻，而不敢救，羌氐虽关中之唇齿，而不敢争。此其智力有余，足以有为之时也。若能因其兵势，据秦、陇之形胜，引吴、越之饶富，以经略中夏，成曹公河朔之势，则王伯之功可冀，顾所以用之何如耳。然其兵未入秦，而使傅亮南走建业，发九锡之议。刘穆之死，南方无复可托，虽已入秦，而无留秦之意，举千里之地，付一孺子而去。赫连勃勃乘之，兵将死者过半，狼狈而反，仅乃得脱。以帝之明，非不知诸将之不足以保秦，而志有所在，不暇他虑矣。

悲夫！以目前之利，而弃百世之功，有曹公削平之业，而俯从司马父子攘窃之陋，此君子之所追恨也。孔子曰："知及之，仁不能守之，虽得之，必失之。知及之，仁能守之，不庄以莅之，则民不敬。知及之，仁能守之，庄以莅之，动之不以礼，未善也。”古之为国，必具此四者，而后能成大功，如武帝之用兵，无敌于天下，可以言智矣。至其弃秦而归，以求九锡之淫名，尚可以为仁乎？惟其仁智不具，故其功业止于是也。

【解题】

此文论宋武帝，并及曹操、司马懿。认为三人功业不小，但有限，尤其是宋武帝求九锡之名，终不能统一全国。

宋 文 帝

晋献公杀其世子申生，而立奚齐，国人不顺。其大夫里克杀奚齐、卓子而纳惠公，《春秋》皆以弑君书之矣。惠公既立，而杀里克，以弑君之罪罪之。《春秋》书曰：“晋杀其大夫里克。”称人以杀，杀有罪也；称国以杀，杀无罪也。里克弑君而以无罪书，此《春秋》之微意也。奚齐、卓子之立，以淫破义，虽已为君，而晋人不君也。既已为君，则君臣之名正，故里克为弑君。而国人之所不君，则势必不免。里克因国人之所欲废而废之，因国人之所欲立而立之，则里克之罪与宋华督、齐崔杼异矣。虽使上有明天子，下有贤方伯，里克之罪犹可议也。惠公以弑得立，而归罪于克，以自悦于诸侯，其义有不可矣。然惠公杀克而背内外之赂，国人恶之，敌人怨之，兵败于秦，身死而子灭，至其谋臣吕甥、郤称、冀芮皆以兵死。盖背理而伤义，非独人之所不予，而天亦不予也。

宋武帝之亡也，托国于徐羡之、傅亮、谢晦。少帝失德，三人议将废之，而其弟义真亦以轻动不任社稷，乃先废义真，而后废帝，兄弟皆不得其死。乃迎立文帝。文帝既立，三人疑惧。羡之、亮内秉朝政，晦出镇上流，为自安之计。自谓废狂乱以安社稷，不以贼遗君父，无负于国矣。然文帝藩国旧人王华、孔甯子、王昙首，皆陵上好进之人也，恶羡之、亮据其迳路，每以弑逆之祸激怒文帝，帝遂决意诛之。三人既死，君臣自谓不世之功也。是时甯子已死，华与昙首皆受不次封赏。文帝在位三十年，其治江左称首。然元嘉三年始诛三人，是岁皇子劭生。劭既壮而为商臣之乱。华、甯子之子孙无闻于世，而昙首之子僧绰，以才能任事，亦并死于劭。於乎，天之报人，不远如此！不然晋惠公、宋文帝祸发若合符契，何哉？

谢晦将之荆州，自疑不免，以问蔡廓。廓曰："卿受先帝顾命，任以社稷，废昏立明，义无不可。但杀人二昆，而以北面，挟震主之威，据上流之重，以古推今，自免为难耳。"善夫！蔡廓之言，不学《春秋》而意与之合。太史公有言："为国者不可以不知《春秋》。前有谗而不见，后有贼而不知，守经事而不知其宜，遭变事而不知其权，为人君父而不通《春秋》之义者，必蒙首恶之名。为人臣子而不通《春秋》之义者，必蹈篡弑之诛。其意皆以善为之而不知其义，是以被之空言而不敢辞。"宋之君臣诚略通《春秋》，则文帝必无惠公之祸，徐、傅、谢三人必不受里克之诛。悲夫！

【解题】

此文论宋文帝，从《春秋》大义出发，引证历史事实，认为凡背于《春秋》大义者，都早自取灭亡。

梁　武　帝

《易》曰："形而上者谓之道，形而下者谓之器。"自五帝三王以形器治天下，导之以礼乐，齐之以政刑，道行于其间，而民莫知也。文、武之后，虽召公、毕公之贤，君子不以为知道者。至春秋之际，管仲、晏子、子产、叔向之徒，以仁义忠信成功于天下，然其于道则已远矣。孔子出于周末，收文、武之遗，而得尧、舜之极，其称曰："君子上达，小人下达。"尝自谓我"下学而上达”者。于其门人，惟颜子、曾子庶几以道许之。一时贤者，若老子之明道，其所以尊之者至矣。史称孔子既见老子，退谓弟子曰：“鸟，吾知其能飞；鱼，吾知其能游；兽，吾知其能走。走者可以为网，游者可以为纶，飞者可以为缯。至于龙，吾不能知，其乘云气而上天。吾今日见老子，其犹龙邪?”老子体道而不婴于物，孔子至以龙比之，然卒不与共斯世也。舍礼乐政刑而欲行道于世，孔子固知其难哉！

东汉以来，佛法始入中国，其道与《老子》相出入，皆《易》所谓形而上者。而汉世士大夫不能明也，魏、晋以后，略知之矣。好之笃者，则欲施之于世；疾之深者，则欲绝之于世。二者皆非也。老佛之道与吾道同而欲绝之，老佛之教与吾教异而欲行之，皆失之矣。秦姚兴区区一隅，招延缁素，译经谈妙，至者凡数千人，而姚氏之亡，曾不旋踵。梁武继之，江南佛事，前世所未尝见，至舍身为奴隶，郊庙之祭，不荐毛血，父子皆陷于侯景，而国随以亡。议者观秦、梁之败，则以佛法为不足赖矣。后魏太武深信崔浩；浩不信佛法，劝帝斥去僧徒，毁经坏寺。既灭佛法，而浩亦以非罪赤族。唐武宗欲求长生，徇道士之私，夷佛灭僧，不期年而以弑崩。议者观魏、唐之祸，则以佛法为不可牾矣。二者皆见其一偏耳。

老、佛之道，非一人之私说也，自有天地而有是道矣。古之君子，以之治气养心，其高不可婴，其洁不可溷，天地神人皆将望而敬之。圣人之所以不疾而速，不行而至者，一用此道也。《老子》曰：“天得一以清，地得一以宁，神得一以灵，谷得一以盈，万物得一以生，侯王得一以为天下贞。天无以清，将恐裂；地无以宁，将恐发；神无以灵，将恐歇；谷无以盈，将恐竭；万物无以生，将恐绝；侯王无以贵高，将恐蹶。”道之于物，无所不在，而尚可非乎？虽然，蔑君臣，废父子，而以行道于世，其弊必有不可胜言者。诚以形器治天下，导之以礼乐，齐之以政刑，道行于其间，而民不知，万物并育而不相害，道并行而不相悖，泯然不见其际而天下化，不亦周、孔之遗意也哉！

【解题】

韩愈排斥佛老，上《谏迎佛骨表》，说尊佛适足以亡国短命；苏辙却认为好之者与疾之者都是错误的，应该将佛教看成是“非一人之私说，自有天地而有是道矣”，这是十分宽容的主张。

唐高祖

唐高祖起太原，其谋发于太宗，诸子不与也。及克长安，诛锄群盗，天下为一，其功亦出于太宗。盖天心之所付予，人心之所归向，其在太宗者，审矣。至立太子，高祖以长立建成，建成当之不辞，于是兄弟疑间，卒至大乱。夫建成不足言也，其咎在高祖。其后武氏之乱，废中宗，立睿宗，以睿宗长子宪为太子矣。及中宗之复，睿宗父子皆以王就第。韦氏之乱，临淄以兵入讨，睿宗践祚而唐室复安。又将以长立宪，宪辞曰：“时平先长嫡，国乱先有功。不如此，必且有难。敢以死请。”睿宗从之，而后临淄之位定。以太宗之贤，而不免于争夺，玄宗之贤不逮太宗，而晏然受命，则宪之让，贤于人远矣！

吾尝论之：高祖、睿宗皆中主也，其欲立长，非专其私也，以为立嫡以长，古今之正义也。谓之正义而不敢违，胡不考之前世乎？太王舍太伯、仲雍而立季历，文王舍伯邑考而立武王，而周以之兴。诚天命之所在，而吾无心焉，乱何自生？虽然，太伯奔吴，以避王季，亦畏乱故尔。废长而立少，虽圣贤犹难之。宪与玄宗，兄弟相安，终身无间言焉，盖古今一人而已乎！

【解题】

唐高祖李渊立李建成为太子，违背人心，结果太子、齐王等在玄武门政变中被杀，还是传位给李世民。由此说来，高祖是知义而不知变。

唐太宗

唐太宗之贤，自西汉以来，一人而已。任贤使能，将相莫非其人；恭俭节用，天下几至刑措。自三代以下，未见其比也。然传子至孙，遭武氏之乱，子孙为戮，不绝如线。后世推原其故而不得，以吾观之，惜乎其未闻大道也哉！昔楚昭王有疾，卜之曰："河为祟。"大夫请祭诸郊，王曰："三代命祀，祭不越望。江、汉、睢、漳，楚之望也。祸福之至，不是过也。不谷虽不德，河非所获罪也。"遂弗祭。及将死，有云如众赤乌，夹日以飞三日。王使问周史。史曰："其当王身乎。若禜之，可移于令尹、司马。"王曰："除腹心之疾，而置诸股肱，何益？不谷不有大过，天其夭诸？有罪受罚，又焉移之？"亦弗禜。孔子闻之曰："楚昭王知大道矣！其不失国也，宜哉！"吾观太宗所为，其不知道者众矣，其能免乎？

贞观之间，天下既平，征伐四夷，灭突厥，夷高昌，残吐谷浑，兵出四克，务胜而不知止。最后亲征高丽，大臣力争不从，仅而克之，其贤于隋氏者，幸一胜耳！而帝安为之。原其意，亦欲夸当时，高后世耳。太子承乾既立十余年，复宠魏王泰，使兄弟相倾。承乾既废晋王，嫡子也，欲立泰，而使异日传位晋王。疑不能决，至引佩刀自刺，大臣救之而止。父子之间，以爱故轻予夺至于如此。

帝尝得秘谶，言唐后必中微，有女武代王。以问李淳风，欲求而杀之。淳风曰："其兆既已成，在宫中矣。天之所命，不可去也。徒使疑似之戮，淫及无辜。且自今已往四十年，其人已老，老则仁，虽受终易姓，必不能绝李氏。若杀之，复生壮者，多杀而逞，则子孙无遗类矣。"帝用其言而止，然犹以疑似杀李君羡。夫天命之不可易，惟修德或能已之，而帝欲以杀人弭之，难哉！

帝之老也，将择大臣以辅少主。李勣起于布衣，忠力劲果，有节侠之气。尝事李密，友单雄信。密败，不忍以其地求利；密死，不废旧君之礼。雄信将戮，以股肉啗之，使与俱死。帝以是为可用，疾革，谓高宗："尔于勣无恩，今以事出之，我死，即授以仆射。"高宗从之。及废王后，立武昭仪，召勣与长孙无忌、褚遂良计之。勣称疾不至，帝曰："皇后无子，罪莫大于绝嗣，将废之。"遂良等不可。它日勣见，帝曰："将立昭仪，而顾命大臣皆以为不可，今止矣。"勣曰："此陛下家事，不须问外人。"由此废立之议遂定。勋匹夫之侠也，以死徇人，不以为难。至于礼义之重，社稷所由安危，勣不知也。而帝以为可以属幼孤，寄天下，过矣！且使勣信贤，托国于父，竭忠力以报其子可矣，何至父逐之、子复之而后可哉？挟数以待臣下，于义既已薄矣！

凡此，皆不知道之过也。苟不知道，则凡所施于世，必有逆天理、失人心而不自知者。故楚昭王惟知大道，虽失国而必复。太宗惟不知道，虽天下既安且治，而几至于绝灭。孔子之所以观国者如此。

【解题】

唐太宗为雄才大略之君，苏辙此论从反面入手，论太宗好大喜功，攻伐不止；死前不能择社稷之臣，终至武则天成事，宗室被杀几尽。

狄　仁　杰

母后临朝，据人君之地，而私其亲，有志之士将欲正之，常患不克。汉吕后欲王诸吕，王陵以高帝旧约争之，曰："非刘氏而王，天下共击之。背之不可。"言虽直，不见省。陵幸而不死，亦废不用。唐武后废庐陵王，立豫王。豫王虽在位，未尝省天下事。徐敬业为之起兵于外，裴炎争之于内，皆不旋踵为戮。何著？位尊权重，臣下所无奈何，势必至此也。

惠帝之亡也，陈平听张辟疆计，封王诸吕，吕后安之。故平与周勃得执将相之柄，以伺其间。后复听陆贾，交欢周勃，将相之权不分，故周勃得入北军，左袒一呼，而吕氏以亡。豫王既立，武后革命称帝，追尊祖考，封王子弟，戕杀天下豪俊，志得气满，以为武氏有泰山之安矣。狄仁杰虽为宰相，而未尝一言。及后欲以三思为太子，访之大臣，仁杰乃曰："臣观天人未厌唐德，顷匈奴犯边，陛下使三思募士，逾月不及千人，及使庐陵王，不旬浃得五万人。今欲立嗣，非庐陵不可。"后怒罢议。久之，复召问曰："朕数梦双陆不胜，何也？"对曰："双陆不胜，无子也。意者天以此儆陛下耶？文皇帝身蹈锋刃，百战以有天下，传之子孙。先帝寝疾，诏陛下监国，陛下掩神器而取之，十余年矣，又欲以三思为后。且母子与姑侄孰亲？陛下立庐陵王，则千秋万岁，血食于太庙。三思立庙，无祔姑之礼。"后感悟，即日遣徐彦伯迎庐陵于房州而立之。盖王陵、裴炎迎祸乱之锋，欲以一言折之，故不废则死。陈平、狄仁杰待其已衰而徐正之，故身与国俱全。惟吕后无子，亲止于侄，故没身而后变。武后有子，母子之爱，人情之所同，故老而自复。由此观之，陈、狄之所以成功者，皆以缓得之也。然庐陵既立，而张易之、昌宗未去，仁杰犹置之不问，复授之张柬之，俟其恶稔而后取。岂以祸乱之根生于母子之间，不如是必至于毁伤故耶？

老氏有言："将欲歙之，必固张之；将欲弱之，必固强之；将欲废之，必固兴之；将欲夺之，必固与之。是谓微明。"柔胜刚，弱胜强，鱼不可以脱于渊，国之利器不可以示人。二公得之矣！

【解题】

此文认为狄仁杰在武则天称帝时不发一言，乃是时机不到，隐忍以存，最后以一言而立庐陵王，唐祚不断，功劳极大。

历代论五

唐玄宗、宪宗

唐玄宗、宪宗，皆中兴之主也。玄宗继中、睿之乱，政紊于内，而外无藩镇分裂之患，约己任贤，而贞观之治可复也。宪宗承代、德之弊，政偾于朝，而畿甸之外皆为畔国，将以求治，则其势尤难。虽然，二君皆善其始而不善其终，所以失之者一道也。齐桓公用管仲、隰朋，九合诸侯，一匡天下，为五伯首。及管仲死，用竖刁、易牙，身死不得葬，五公子争立，伯业随毁。盖中人可以上下，此三君者，皆中主耳。方其起于尤患厄困之中，知贤人之可任以排难，则勉强而从之，然非其所安也。及其祸难既平，国家无事，则其心之所安者佚乐，所悦者谀佞也，故祸发皆不旋踵，若合符节。

昔太宗既平天下，始任房玄龄、杜如晦、魏征，终用长孙无忌、岑文本、褚遂良。帝亦恭俭节用，去冗官，节浮费，内无宫掖侈靡之奉，旁无近幸赐予之失，贞观之治斯已过半矣！治书御史权万纪尝言："宣、饶部中凿山治银，岁可取数百万缗，以佐国用。"帝怒骂曰："吾所乏忠言嘉谟，有益于民者耳。汝为御史，不能进贤退不肖，而讹吾以利，岂谓我汉桓、灵耶?"斥去不用。于是士莫敢以利言者。故房、杜诸人得效其忠力，以致贞观之盛。

及玄宗，初用姚崇、宋璟，卢怀慎、苏颋，后用张说、源干曜、张九龄；宪宗，初用杜黄裳、李吉甫、裴垍、裴度、李绛，后用韦贯之、崔群。虽未足以方驾房、杜，然皆一时名臣也，故开元、元和之初，其治庶几于贞观。然玄宗方用宋璟，而字文融以括田幸，遽至宰相，后虽以公议罢去，而思之不已。谓宰相曰："公等暴融恶，朕已罪之矣。然国用不足，将奈何?"裴光庭等不能答。融既死，而言利者争进。韦坚、杨慎矜、王鉷日以益甚，至杨国忠而聚敛极矣！故天宝之乱，海内分裂，不可复合。宪宗方平淮、蔡，裴度未及还朝，而程异、皇甫镈皆以利进。度三上书，极论不可。帝以天下略平，欲崇台池宫观以自娱乐，镈、异揣知其意，数贡羡财以顺所欲。故度卒逐去，而镈、异皆相。不三年而祸发于宦官。盖玄宗在位岁久，聚敛之害遍于天下，故天下遂分。宪宗之世、其害未究，故祸止于其身。然方镇之强，宦官之横，遂与唐相终始。可不哀哉！

呜呼！太宗之恭俭，所忍无几耳，而福至于不可胜尽；玄宪之淫佚，所获无几耳，而祸至于不可胜言。而世主终莫之悟，覆车相寻，不绝于世，盖未之思欤?

【解题】

此文认为唐玄宗成贞观之治，宪宗号中兴之主，而都归失败，原因即在于淫佚之欲，终至害国害身。

姚　崇

唐史官称姚崇善应变，以成天下之务；宋璟善守文，以持天下之正。斯言固二人之所长也，然应变者要不失正而后可。孟子有言："所恶于智者，为其凿也。如智者若禹之行水，则无恶于智矣。禹之行水也，行其所无事也。如智者亦行其所无事，则智亦大矣！"唐玄宗，豪俊之君也，而崇复以豪俊事之。方其君臣遇合，天下事迎刃而解，若无足为者。虽然，以水济水，后将有不可食者。

开元四年，天下大蝗，民祭且拜之，坐视食苗，而不敢捕。崇奏遣御史为捕蝗使，分道杀蝗。群臣多不以为然，帝亦疑之，而崇行之愈力，蝗亦为息。捕蝗，虽古之遗法，然遇灾而惧，修德以答天变，古之正道也。崇置之不言，而专以捕为事，已可疑矣。

既而崇所亲吏赵诲以赇死，崇惧还政。时帝将幸东都，而太庙屋坏。宰相宋璟、苏颋皆言三年丧未终，不可巡幸，坏压之变，天戒也，请罢东巡，修德以答至谴。帝以问崇，崇曰："此苻坚故殿也。山有朽壤而崩，木蠹而折，理无足怪，但坏与行会，非缘行而坏也。今关中无年，馈饷劳弊，出幸东都，所以为人，非为己也。百司已戒，供拟已具，请车驾即东。而迁神主太极殿，更作新庙，此大孝也"。帝用其言，崇由此复相。开元末，帝在东都，欲还长安，裴耀卿等皆言："农人场圃未毕，须冬可还。"李林甫独曰："二都本东西宫耳，车驾往来，何用待时？假令妨农，独赦所过租赋可也。"帝大悦，即驾而西。崇建东幸之计，林甫献西还之议，其意同耳。孰谓崇独贤乎？

从崇之议，使人君上不畏天戒，中不敬宗庙，下不恤人言。三者皆忠臣之所讳，而崇居之不疑。何哉？其后崇、璟既没，玄宗愈老愈轻蔑群臣。方任张九龄而废太子瑛，用牛仙客则听李林甫，方嬖杨国忠而纵安禄山，则用辅璆琳，专以适己为悦，类崇有以启之也。故吾谓开元之治，虽出于崇，而天宝之乱，亦崇之所自致。此人臣之至戒也。

【解题】

苏辙此文说"天宝之乱，亦崇所自致"，是说姚崇贪恋职位而不惜迎合玄宗东幸洛阳，启帝逸乐之心。

宇　文　融

开元之初，天下始脱中、睿之乱，玄宗厉精政事，姚崇、宋璟弥缝其阙而损其过，庶几贞观之治矣！在《易》："天下雷行，物与无妄。"开元之初，无妄之世也。无妄之为言，无一不正之谓也。君子之处此也，亦全其大正，而略其小不正而已。盖详其小，必废其大。古语有之："铢铢而称之，至石必差；寸寸而量之，至丈必过。石称丈量，径而寡失。"故《无妄》之二曰："不耕获，不菑畲，则利有攸往。"其三曰："无妄之灾，或系之牛。行人之得，邑人之灾。"其五曰："无妄之疾，勿药有喜。"夫必耕而后获，必菑而后畲，小人之所谓无妄也，而君子不然。于义可获，不必其所耕也；于道可畲，不必其所菑也，然后无所不行。今有失牛于此，得之者行人也，而责得于邑人，其意亦以求无妄也，而邑人罹其横。故无妄之疾，虽勿药可也。药之，其损或有甚于病者。

开元之初，虽号富庶，而户口未尝升降。监察御史宇文融得其隙而论之，请治籍外羡田逃户，命摄御史分行括实。玄宗喜之，朝臣莫敢言其非者。惟阳翟尉皇甫憬、户部侍郎杨瑒以为籍外取税，百姓困弊，得不偿失，而二人皆坐左迁。诸道所括，凡得客户八十余万，田亦称是。然州县希旨，多张虚数，以正田为羡，编户为客，岁终籍钱数百万缗。其名似是，而实失民心。浅言之，则失在求详；深言之，则失在贪利。时帝方以耳目之奉，责得于人，行之不疑。于是群臣争为聚敛，以迎侈心。天宝之乱，实始于此。

吾观近世士大夫多有此病。贤者不忍天下有小不平，而欲平之；小人侥幸其利，以为进取之计，故天下每每多弊。宰相李沆，近世之贤相也，尝言："吾在朝廷十有余年，无功可纪，惟四方之言利者，未尝有一施行，持此聊以报国。"古之善言医者，患医之难，以为有病不服药，常得中医。盖良医不可必得，而愚医举目皆是。愚医类能杀人，而不服药者未必死。李公之言，盖类此也。

【解题】

此文论宇文融，实是借史以论现实，至于得出结论："愚医类能杀人，而不服药者未必死。"是十分保守的观点。不过指斥士大夫之病倒是切中儒家理想主义的弊病。

陆　贽

昔吾先君博观古今议论，而以陆贽为贤。吾幼而读其书，其贤比汉贾谊，而详练过之。贽始以从官事唐德宗，老而为宰相，从之出奔，而与之反国，弥缝其阙，而济其危亡。比其老也，功业定矣，而卒踬于裴延龄之手，其故何也？孔子曰："南人有言曰：'人而无常，不可以作巫医。'善夫！不常其德，或承之羞。"贽以有常之德，而事德宗之无常；以巫医之明，而治无常之疾，是以承其羞耳。

帝即位之初，好名而贪功。河朔三叛，父子相袭三十年矣，帝将以天下之力胜之。田悦惊疑而起，朱滔、王武俊和之。帝使马燧、李抱真、李芃三将往迎其锋，胜负之势未决也。帝急于成功，复使李晟出禁卫之兵，李怀光举朔方之众，五将萃于魏郊，而淮西李希烈乘间而起。兵连祸结，常赋所不能赡，于是为之抽贯、算间架、贷商贾，空内以事外，关中已乱，而帝不知也。贽曰："今两河、淮西为祸乱之首者，犹四五凶人而已。臣料其间必有旁遭诖误、内畜危疑而计不能止者，未必皆处心积虑果于僭逆也，而况胁从之党乎？陛下若能招怀以礼，悔祸以诚，使来者必安，安者必久，人知获免，则谁愿复为恶者？纵有野心难驯，臣知从化者必过半矣。"帝犹意西师可以必克，忽其言不用。未几而泾原叛卒之变起，仓皇避寇，半年而归，帝亦老而厌兵矣。于是行一切之政，专以姑息涵养藩镇。凡节度使死，将佐之得士心者，皆就命留后。虽以篡夺请命者亦如之。宣武刘士宁，以暴慢失众。其将李万荣因其出畋，闭门逐之。帝将命以其位，贽曰："如士宁之恶，万荣弃而违之可也，讨而逐之可也，惟伺隙而篡取其位则不可。何者？方镇之臣，事多专制，欲加之罪，谁无辞者？若使倾夺之徒辄得其处，则四方诸将无复安者矣。且万荣构乱之日，诸郡守将固非其同谋也，一城士众亦未必皆其党也。方成败逆顺之势，交战于中，其肯捐躯与之同恶乎？今若选命贤将，降诏军中，奖万荣抚定之功，别加宠任，褒将士辑睦之义，例赐恩赏，使众知保安，则谁肯复助其乱？万荣纵欲跋扈，势亦无所至矣。”帝方苟安无事，竟亦不许。由此观之，帝常持无常之心，故前勇而后怯；贽常持有常之心，故勇怯各得其当。然其君臣之间，异同至此，虽欲上下相保，不可得矣。

会昌中，卢龙诸将连害帅臣，最后张绛杀陈行泰。宰相李德裕以为河朔请帅，皆报下太速，故军得以安。若稍缓之，必且有变。既而回鹘乌介可汗扰天德塞，军使张仲武请以本军击之。德裕问知仲武可用，言之武宗，举以为帅。张绛既为其下所杀，而仲武遂以功名终。德裕之谋，则贽之故智也。

然帝之出也，以陈京、赵赞，而贽之逐也，以程异、裴延龄。其祸皆出于聚敛之臣，贽之贤非不知也。帝归自兴元，贽因事言曰：“齐桓公自莒入齐，伯业既成，而管仲以不忘在莒为戒。卫献公自齐还卫，诸大夫逆诸境者，执其手而与之言；逆于门者，颔之而已。戒心之易忘，而骄心之易生，齐、卫之君，陛下之蓍龟也。”贽言虽切，而帝终不改。吾以为使贽反国，而为鸱夷子皮浮舟而去，则其君臣之间，超然无后患，然后可以言智矣哉！

【解题】

苏辙少年就敬服陆贽，此文论陆贽之忠智，而皇帝不听，终致国运衰弱。从苏辙执政的期间表现看，确有陆贽老成持重之风。

牛　　李

唐自宪宗以来，士大夫党附牛、李，好恶不本于义，而从人以喜愠，虽一时公卿将相，未有杰然自立者也。牛党出于僧孺，李党出于德裕，二人虽党人之首，然其实则当世之伟人也。盖僧孺以德量高，而德裕以才气胜。德与才不同，虽古人鲜能兼之者。使二人各任其所长，而不为党，则唐末之贤相也。

僧孺相文宗，幽州杨志诚逐其将李载义，帝召问计策，僧孺曰："是不足为朝廷忧也。范阳自安史后，不复系国家休戚，前日刘总纳土，朝廷糜费且百万，终不能得升粟尺布以实天府，俄复失之。今志诚犹向载义也。第付以节，使捍奚、契丹，彼且自力，不足以逆顺治也。"帝曰："吾初不计此，公言是也。"因遣使慰抚之。及武宗世，陈行泰杀史元忠，张绛复杀行泰以求帅。德裕以为河朔命帅，失在太速，使奸臣得计。迁延久之，擢用张仲武，而绛自毙。

僧孺以无事为安，而德裕以制胜为得。此固二人之所以异，较之，德裕则优矣。德裕节度剑南西川，吐蕃将悉怛谋以维州降。维州，西南要地也。是时方与吐蕃和亲。僧孺不可，曰："吐蕃绵地万里，失一维州，不害其强。今方议和好，而自违之。中国御戎，守信为上，应变次之。彼若来责失信，赞普牧马蔚茹川，东袭汧、陇，不三日至咸阳，虽得百维州，何益？"帝从之，使德裕反降者，吐蕃族诛之。德裕深以为恨，虽议者亦不直僧孺。然吐蕃自是不为边患，几终唐世，则僧孺之言非为私也。

帝方用李训、郑注，欲求奇功。一日，延英谓宰相："公等亦有意于太平乎？何道致之？"僧孺曰："臣待罪宰相，不能康济天下，然太平亦无象。今四夷不内侵，百姓安生业，私室无强家，上不壅蔽，下不怨讟，虽未及全盛，亦足为治矣。而更求太平，非臣所及也。"退谓诸宰相："上责成如此，吾可久处此耶？"既罢未久，李训为甘露之事，几至亡国。帝初欲以训为谏官，德裕固争，言："训小人，咎恶已著，决不可用。"德裕亦以此罢去。二人所趣不同，及其临训、注事，所守若出于一人。吾以是知其皆伟人也。

然德裕代僧孺于淮南，诉其乾没府钱四十万缗，质之非实。及在朱崖作《穷愁志》，论《周秦行纪》，言僧孺有僭逆意。悻然小丈夫之心，老而不衰也。始僧孺南迁于循，老而获归，二子蔚、丛，后皆为名卿。德裕没于朱崖，子孙无闻，后世深悲其穷。岂德不足而才有余，固天之所不予耶？

【解题】

牛李党争“好恶不本于义，而从人以喜愠”，虽牛、李二人各有所长，而唐不能振。宋代新党、旧党之争最后也陷入不义之争，不关乎变不变法，而北宋积弊以亡。

郭崇韬

国无衅，而后可以伐人。冒衅以伐人，敌无衅则己受其灾，敌有衅则我与敌皆毙。楚灵王残民以逞，举思乱之民以伐吴，吴不可动，而弃疾功之，若升虚邑，灵王遂死于外。齐湣王贪而好胜，知桀宋之可攻，而忘齐国之既病。燕师乘之，遂以失国。自古冒衅以攻人，其祸如此矣。

唐庄宗勇而善战，与梁人夹河相攻，十战九胜，涉河取郓，不十日而克梁，威震诸国。五代用兵，未有神速若此者也。然其克敌之后，幸一日之安，沉湎声色之娱。宦官伶人，交乱其政。府库之积，罄于耳目之奉。民怨兵怒，国有土崩之势而不知也。一时功臣，皆武夫倔起，未有识安危之几者。惟枢密使郭崇韬，智勇兼人，知其不可，力言而不见听，求去而不见许。中外佞幸视之仄目。崇韬深病之矣。时方欲伐蜀，崇韬欲立大功，为自安之计，议以魏王继岌为元帅，而己为之副，将兵六万以出。兵不逾时而克成都，降王衍，料敌制胜之功，可谓盛矣。然崇韬知蜀之易与，而不知唐之已乱，挈其良将劲兵，西行数千里，虽立大功，而不免谗死于蜀。征蜀之兵未还，而赵在礼为乱河朔。明宗北征，遂与在礼皆反，帅兵南向，克汴入洛，遂无一人能御之者。向使西师不出，蜀虽未下，而京师有重兵；崇韬不死，河朔叛臣心有所畏，不敢妄动，则庄宗不亡。崇韬不死，祸福未可知也。嗟乎，崇韬冒衅以伐人，蹈齐滑之祸而以为安，惜其有智而未始学也。

【解题】

此文论后唐庄宗之败亡，虽有郭崇韬之“识安危之几”，却昧于自保，终至于亡。

冯　　道

冯道以宰相事四姓九君，议者讥其反君事雠，无士君子之操。大义既亏，虽有善不录也。吾览其行事而窃悲之，求之古人，犹有可得言者。齐桓公杀公子纠，召忽死之，管仲不死，又从而相之。子贡以为不仁，问之。孔子曰：“管仲相桓公，霸诸侯，一匡天下，民到于今受其赐。微管仲，吾其被发左衽矣。岂若匹夫匹妇之为谅也，自经于沟渎而莫之知也。”管仲之相桓公，孔子既许之矣。道之所以不得附于管子者，无其功耳。

晏婴与崔杼俱事齐庄公，杼弑公而立景公，晏子立于崔氏之门外，其人曰：“死乎？”曰：“独吾君也乎！吾死也？”曰：“行乎？”曰：“吾罪也乎！吾亡也？”曰：“归乎？”曰：“君死安归？君民者，岂以陵民？社稷是主。臣君者，岂为其口实？社稷是养。故君为社稷死，则死之；为社稷亡，则亡之。若为己死而为己亡，非其私暱，谁敢任之！且人有君而弑之，吾焉得死之，而焉得亡之？将庸何归？”门启而入，枕尸股而哭。兴，三踊而也。卒事景公。虽无管子之功，而从容风议，有补于齐，君子以名臣许之。使道自附于晏子，庶几无甚愧也。

盖道事唐明宗，始为宰相，其后历事八君。方其废兴之际，或在内，或在外，虽为宰相，而权不在已，祸变之发，皆非其过也。明宗虽出于夷狄，而性本宽厚，道每以恭俭劝之。在位十年，民以少安。契丹灭晋，耶律德光见道，问曰："天下百姓如何救得?"道顾夷狄不可晓以庄语，乃曰："今时虽使佛出亦救不得，惟皇帝救得。"德光喜，乃罢杀戮，中国之人赖焉。周太祖以兵犯京师，隐帝已没，太祖谓汉大臣必相推戴，及见道，道待之如平日。太祖常拜道，是日亦拜，道受之不辞。太祖意沮，知汉未可代，乃立湘阴公为汉嗣，而使道逆之于徐。道曰："是事信否？吾平生不妄语。公毋使我为妄语人。"太祖为誓甚苦。道行未返，而周代汉。篡夺之际，虽贲育无所致其勇，而道以拜跪谈笑却之，非盛德何以致此？而议者黜之，曾不少借。甚矣！士生于五代，立于暴君骄将之间，日与虎兕为伍，弃之而去，食薇蕨、友麋鹿易耳，而与自经于沟渎何异？不幸而仕于朝，如冯道犹无以自免，议者诚少恕哉！

【解题】

这是一篇翻案文章，欧阳修《新五代史》曾说冯道"其可谓无廉耻者也"，苏辙说这是"少恕"之论。文中列举冯道劝罢杀戮、不推戴周太祖为例，以为非"盛德何以致此"。冯道这样的官场"长乐老"放在一定的历史条件下，还是可取的。

兵　　民

事固有出于不得已而为后世之利者，分兵、民一也，割燕、蓟二也。

何谓分兵民之利？人生而天畀之才，畀之才则付之禄，随其精粗，适其高下，使食其技而资其身，是未有知其所由然者也。故士大夫读《诗》、《书》，执射御，习书计，高可以治人，下可以为役，而禄从之矣。农工商贾，服田畴，通货贿，运机巧，上可以雄里闾，下可以养亲戚，而利从之矣。有人于此，才力过人，操行凡鄙，上不能为吏，下不能为民，天畀之才，而无以资之，婴之以劳苦，迫之以饥馑，不群起为盗，则无以求济其欲，此势之所必至。自秦、汉以来，天下未尝无是患也。

唐衰，而府卫之兵废，朝廷有禁兵，藩镇有衙兵，兵民之分盖渐于此。及五代之际，而黥涅之兵分布内外，于是兵民判矣。使民出其赋以养兵，兵尽其力以卫民；民有耕耨之勤，而兵有征戍之劳，更相为用，而不以相德。此固分兵民之本意也。至于山林之材武，田里之凶悍，放荡无著之人，一隶于伍符尺籍，食其粟，衣其帛，俯首受笞而不敢肆。居则学弓剑，出则效首级，积岁月以取禄位，有其才必得其养，气类相从，凡凶人勇夫皆萃于军中，然后人人各得其归。故虽凶旱水溢，天下小小不宁，而盗贼不起。较之汉、唐之间，十不三四。天下阴享其利，而不知其故也。

然儒者方且攘臂而言民兵之便。民力既尽于养兵，而又较版图，数丁口，使之执干戈，习战阵；夺其农时，而齐之以鞭扑，民有怨心，而责其效死以报国。求信其私说，而不恤后害。呜呼，其亦未之思欤！

【解题】

此篇论分别兵民，“民出其赋以养兵，兵尽其力以卫民”，反对儒者不合时宜地提倡兵民为一。然而宋兵一败再败，宋人却不用各地义军，同样是不识时变。

燕　蓟

何谓割燕、蓟之利？石晋始以燕、蓟之地赂契丹。高祖思援兵之惠，屈体以奉之，虽号为创业，而日不遑给。出帝不胜其诟，未有以待之，而轻犯其怒，遂以亡国。是时割地之害深矣。至于本朝，乃见其利。真宗皇帝亲御六师，胜虏于澶渊，知其有厌兵之心，稍以金帛啗之。虏欣然听命，岁遣使介，修邻国之好。逮今百数十年，而北边之民不识干戈，此汉、唐之盛所未有也。

古者，戎狄迭盛迭衰，常有一族为中国之敌。汉文帝待之以和亲，而匈奴日骄；武帝御之以征伐，而中原日病。谓之天之骄子，非一日也。今朝廷之所以厚之者不过于汉文帝，而虏弭耳驯服，则石氏之割燕、蓟，利见于此。夫熊、虎之搏人，得牛而止。契丹据有全燕，擅桑麻枣栗之饶，兼玉帛子女之富，重敛其人，利尽北海，而又益之以朝廷给予之厚，贾生所谓三表五饵，兼用之矣。被毡饮乳之俗，而身服锦绣之华，口甘麴糵之美，至于茗药橘柚，无一不享。犬羊之心，醺然而足，俯首奉约，习为礼义。吾无割地之耻，而独享其利。此则天意，非人事也。

昔唐天宝之乱，朔方、河陇之兵起而东征，吐蕃乘虚袭据郡县，唐内苦藩镇背叛，置而不问。百年之间，兽心猖狂，无复顾忌。理极而变，部族内溃，而唐土遗黎，解辫内向，中原未尝血刃，而壤土自复，今吾不忍涂炭生民，而以皮币犬马结异类之欢，推之天理，傥亦有唐季吐蕃之变乎？

【解题】

宋对辽、金无力抵抗，赔款议和，软弱无能，终至败亡。苏辙则希望有朝一日乘敌人内乱，恢复燕、蓟。

《易》说三首

一

“一阴一阳之谓道，继之者善也，成之者性也。”何谓道？何谓性？请以子思之言明之。子思曰：“喜怒哀乐之未发谓之中，发而皆中节谓之和。中也者，天下之大本也；和也者，天下之达道也。致中和，天地位焉，万物育焉。”中者性之异名也，性者道之所寓也。道无所不在，其在人为性。性之未接物也，寂然不得其朕，可以喜，可以怒，可以哀，可以乐，特未有以发耳。及其与物接，而后喜怒哀乐更出而迭用，出而不失节者皆善也。所谓一阴一阳者，犹曰一喜一怒云尔，言阴阳喜怒皆自是出也。散而为天地，敛而为人。言其散而为天地，则曰“天地位焉，万物育焉。”言其敛而为人，则曰“成之者性”，其实一也。得之于心，近自四支百骸，远至天地万物，皆吾有也。一阴一阳，自其远者言之耳。

二

“大衍之数五十，其用四十有九。”此何数也？曰，一气判而为天地，分而为五行。《易》曰：“天一，地二，天三，地四，天五，地六，天七，地八，天九，地十。”此十者天地五行自然之数，虽圣人不能加损也。及文王重《易》，将以揲蓍，则取其数以为蓍数，曰：“大衍之数五十。”大衍云者，大衍五行之数而取其五十云尔，用于揲蓍则可，而非天地五行之全数也。故继之曰：“天数五，地数五，五位相得而各有合。天数二十有五，地数三十。凡天地之数五十有五，此所以成变化而行鬼神也。”明此天地五行之全数，古之圣人知之，所以配天地，参阴阳，其用有不可得而知者，非蓍数之所及也。及子瞻论《易》乃以蓍数之故，而损天地五行之全数以合之，为之说曰：“大衍之数五十者，五不特数，以为在六七八九之中也。”“言十则一二三四在其中，言六七八九则五在其中矣。”“一二三四在十中，然而特见者何也？水火木金特见于四时，而土不特见”，“故土无定位，无成名，无专气”。夫五行迭用于四时，其不特见者均也。谓土不特见，此野人之说也。今谓五行之数止于五十，是天五为虚语。天数不得二十有五，天地之数不得五十有五而可乎？且土之生数，既不得特见，而其成数又以水火木金当之，是土卒无生成数也。使土无生成数，则天地之数四十而已，尚何五十之有？

且天地五行之数，人之所不与也。今也欲取则取，欲去则去，是以意命五行也。盖天以一生水，地以二生火，天以三生木，地以四生金，天以五生土。五行既生矣，而未及成。地安于下，天运于上，则五位相得而各有合。地以五合一而水成，天以五合二而火成，地以五合三而木成，天以五合四而金成，地以五合五而土成。天之所生，不得地五则不成；地之所生，不得天五亦不成。此阴阳之至情，而古今之定论，非臆说也。且土之在天地，四行之所赖以成，而土之赖于四行者少，其实可视而知，不可诬也。今将求合蓍数而黜土，其为说疏矣。

三

“夫乾，天下之至健也，德行常易以知险。夫坤，天下之至顺也，德行常简以知阻。”乾之健，坤之顺，皆其材之自然也。譬如鸟之能飞，鱼之能游，非有使之者也。乾以其健济天下之险，坤以其顺济天下之阻，皆有余矣。然而或亦不济，如鸟之能飞而困于弋，鱼之能游而毙于网。健顺之不可恃者亦若是矣。且天下之险阻果安在乎？物固有强弱，有远近，有高下，有好恶，有向背，有取舍。此争之端，而险阻之所出也。方其不争，乘之以至健，和之以至顺，无不济也。遇其方争，健能胜之，顺能说之，尚可也。不能胜，不能说，而险阻作矣。然则何为而可？《易》曰：“夫乾确然，示人易矣。夫坤隤然，示人简矣。”健而无心者，其德易，其形确然。顺而无心者，其德简，其形隤然。易简积于中，而确然隤然者著于外。吾信之，物安之，虽险阻在前而无不知，知之至则涣然冰释，无能为矣。此则易简之功，而非健顺之所及也。《易》曰：“易简而天下之理得矣，天下之理得而成位乎其中矣。”物得其理，则吾何为哉？亦位于其中而已矣。

【解题】

此文载《栾城第三集》卷八，为晚年闲居颍昌时所作。

《洪范》五事说一首

昔禹观《洛书》而得九畴之次："初一曰五行，次二曰敬用五事。"二者天人之道，而九畴之源本也。汉刘向父子始采诸儒之说而作《五行传》。其论五事，失其实者过半，后世因之。予以为不然，乃为之说曰：

五行，天事也；五事，人事也。五行之先后，以天事言之；五事之先后，以人事言之。天以一生水，地以二生火，天以三生木，地以四生金，天以五生土，此五行之所以为先后也。人之生也，形色具，而声气继之；形气具，而视听继之；形气、视听具，而喜怒哀乐之变至；喜怒哀乐既至，而思生焉。喜怒哀乐之未至，则无思也，无为也。无思无为则性也。性非五事，而五事之所依也。故形色为貌，声气为言，目为视，耳为听，心为思，此五事之所以为先后也。畜为五藏，发为五事，以应五行。故脾之发为貌，而主土，肺之发为言，而主金，肝之发为视，而主木，肾之发为听，而主水，心之发为思，而主火。自黄帝以来，知医者言之详矣。舍此则无以治病，无以生杀人也。汉儒之说，以言为金，以听为水，则亦既得之矣。至于以貌为木，以视为火，以思为土，则不可。

何以言之？土之为物，形色先具，而水火木金附焉。故形色之著者，莫如土，土实为脾。皮肉、筋骨、髓脑垢色，皆土之属而脾之余也。此佛之所谓地大者也。其于人为貌，貌之德恭，恭之至肃，肃则土得其性。土得其性，则能胜水，故其休徵时雨。肃之反为狂，狂则土失其性。土失其性，则不能胜水，故其咎徵常雨。肺之于人，气之所从出入也。方其有气而未声，则无以接物，而物亦莫之喻也。气至于有声，声成言，言出而物从之矣。

故言之德从，从之至乂。《语》曰："出辞气斯远鄙悖矣。"《诗》曰："辞之辑矣，民之洽矣；辞之怿矣，民之莫矣。"言之能乂，如旸之能晞，出而物莫之违也。物之有声者，莫如金，故言主金，乂则金得其性。金得其性，故其休徵时旸。乂之反为僭，僭则金失其性。金失其性，故其咎徵常旸。物之能视者，有待于日，日入则视无以致其用。及其升于东方，然后视者皆明。木位于东，而日之所从见也。故视主于木，而木为肝，视之德明，明之至哲。哲则木得其性。木得其性，故其休徵时燠。哲之反为豫，豫则木失其性。木失其性，故其咎徵常燠。目施明于外者也，耳纳聪于内者也。明施于外则为燠，聪纳于内则为寒。寒，水之性也，受天下之言而无所不容，故其德聪。聪之至则谋，谋则水得其性。水得其性，故其休徵时寒。谋之反为急，急则水失其性。水失其性，故其咎徵常寒。心虚而应物者也，火无形而离于物者也，二者其德同。同，故无所不照。心之用思，思则得之，不思则不得也。及其至也，无思无为，寂然不动，感而遂通天下之故，由思而至于无思。则复于性矣。复于性，则出于五事之表，此圣人所以参天地，通鬼神，而不可知者也。故思之德睿，睿之至圣。其功行于万物，无所不入，而不知其所以入，惟风亦然。《易》曰："风自火出家人。"圣则火得其性。火得其性，故其休徵时风。圣之反为蒙，蒙则火失其性。火失其性，故其咎徵常风。

此五者《洛书》之本说，与黄帝之遗书合，医者由之，至于今不变。而汉之诸儒反之，此智者之所太息也。

【解题】

此文为晚年闲居颍昌时所作。

诗病五事

李白诗类其为人，骏发豪放，华而不实，好事喜名，不知义理之所在也。语用兵，则先登陷阵，不以为难；语游侠，则白昼杀人，不以为非。此岂其诚能也哉？白始以诗酒奉事明皇，遇谗而去，所至不改其旧。永王将窃据江、淮，白起而从之不疑，遂以放死。今观其诗固然。唐诗人李、杜称首，今其诗皆在，杜甫有好义之心，白所不及也。汉高帝归丰、沛，作歌曰："大风起兮云飞扬，威加海内兮归故乡，安得猛士兮守四方？"高帝岂以文字高世者哉？帝王之度固然，发于其中而不自知也。白诗反之曰："但歌大风云飞扬，安用猛士守四方？"其不识理如此！老杜赠白诗，有"细论文"之句，谓此类也哉？

《大雅·绵》九章，初诵太王迁豳，建都邑，营宫室而已，至其八章乃曰："肆不殄厥愠，亦不陨厥问。"始及昆夷之怨，尚可也。至其九章乃曰："虞、芮质厥成，文王蹶厥生。予曰有疏附，予曰有先后，予曰有奔奏，予曰有御侮。"事不接，文不属，如连山断岭，虽相去绝远，而气象联络，观者知其脉理之为一也。盖附离不以凿枘，此最为文之高致耳。老杜陷贼时，有诗曰："少陵野老吞声哭，春日潜行曲江曲。江头宫殿锁千门，细柳新蒲为谁绿？忆昔霓旌下南苑，苑中万物生颜色。昭阳殿里第一人，同辇随君侍君侧。辇前才人带弓箭，白马嚼齿黄金勒。翻身向天仰射云，一箭正坠双飞翼。明眸皓齿今何在？血污游魂归不得。清渭东流剑阁深，去住彼此无消息。人生有情泪沾臆，江水江花岂终极？黄昏胡骑尘满城，欲往城南忘南北。"予爱其词气如百金战马，注坡蓦涧，如履平地，得诗人之遗法。如白乐天诗，词甚工，然拙于纪事，寸步不遗，犹恐失之，此所以望老杜之藩垣而不及也。

诗人咏歌文、武征伐之事，其于克密曰：“无矢我陵，我陵我阿。无饮我泉，我泉我池。”其于克崇曰：“崇墉言言，临冲闲闲。执讯连连，攸馘安安。是类是祃，是致是附，四方以无侮。”其于克商曰：“维师尚父，时惟鹰扬。谅彼武王，肆伐大商，会朝清明。”其形容征伐之盛极于此矣。韩退之作《元和圣德诗》，言刘辟之死曰：“宛宛弱子，赤立伛偻。牵头曳足，先断腰膂。次及其徒，体骸撑拄。末乃取辟，骇汗如泻。挥刀纷纭，争切脍脯。”此李斯颂秦所不忍言，而退之自谓无愧于《雅》、《颂》，何其陋也！

唐人工于为诗，而陋于闻道。孟郊尝有诗曰：“食荠肠亦苦，强歌声无欢。出门如有碍，谁谓天地宽？”郊耿介之士，虽天地之大，无以安其身，起居饮食，有戚戚之忧，是以卒穷以死。而李翱称之，以为郊诗“高处在古无上，平处犹下顾沈、谢。”至韩退之亦谈不容口。甚矣，唐人之不闻道也！孔子称颜子“在陋巷，人不堪其忧，回也不改其乐”，回虽穷困早卒，而非其处身之非，可以言命，与孟郊异矣。

圣人之御天下，非无大邦也，使大邦畏其力，小邦怀其德而已。非无巨室也，不得罪于巨室，巨室之所慕，一国慕之矣。鲁昭公未能得民，而欲逐季氏，则至于失国。汉景帝患诸侯之强，制之不以道，削夺吴、楚，以致七国之变，竭天下之力，仅能胜之。由此观之，大邦、巨室，非为国之患，患无以安之耳。祖宗承五代之乱，法制明具，州郡无藩镇之强，公卿无世官之弊。古者大邦、巨室之害，不见于今矣。惟州县之间，随其大小皆有富民，此理势之所必至，所谓“物之不齐，物之情也”。然州县赖之以为强，国家恃之以为固。非所当忧，亦非所当去也。能使富民安其富而不横，贫民安其贫而不匮，贫富相恃，以为长久，而天下定矣。王介甫，小丈夫也。不忍贫民而深疾富民，志欲破富民以惠贫民，不知其不可也。方其未得志也，为《兼并》之诗，其诗曰：“三代子百姓，公私无异财。人主擅操柄，如天持斗魁。赋予皆自我，兼并乃奸回。奸回法有诛，势亦无自来。后世始倒持，黔首遂难裁。秦王不知此，更筑怀清台。礼义日以媮，圣经久堙埃。法尚有存者，欲言时所咍。俗吏不知方，掊克乃为才。俗儒不知变，兼并可无摧。利孔至百出，小人私阖开。有司与之争，民愈可怜哉。”及其得志，专以此为事，设青苗法以夺富民之利。民无贫富，两税之外，皆重出息十二。吏缘为奸，至倍息。公私皆病矣。吕惠卿继之，作手实之法，私家一毫以上，皆籍于官。民知其有夺取之心，至于卖田杀牛以避其祸。朝廷觉其不可，中止不行，仅乃免于乱。然其徒世守其学，刻下媚上，谓之享上。有一不享上，皆废不用。至于今日，民遂大病，源其祸出于此诗。盖昔之诗病，未有若此酷者也。

【解题】

这篇论诗之作作于苏辙晚年闲居颍昌时，论及李白、杜甫、韩愈、孟郊、王安石五人之诗，不是单纯的论诗作品，如指斥韩愈作《元和圣德诗》，见解非常深刻。最后一则批评王安石以诗害政，变法后“民遂大病”。

六孙名字说

予三子，伯曰迟，仲曰适，叔曰逊。始各一子耳，予年六十有五，而三人各复二子，于是予始六孙。昔予兄子瞻命其诸孙，皆以竹名，故名迟之子，长曰简，幼曰策。《易》曰：“《乾》以易知，《坤》以简能。易则易知，简则易从。易知则有亲，易从则有功。有亲则可久，有功则可大。可久则贤人之德，可大则贤人之业。”故简之字曰业。《乾》之策二百一十有六，《坤》之策一百四十有四。《易》之始，未有策也。文王演而重之，然后策可见。故策之字曰演。适之子，长曰籀，幼曰范。书起于篆，而究于隶，史籀始篆，篆隶皆成于滋也。故籀之字曰滋。范，法也。王良与嬖奚乘，不获一禽。曰：“我为之范，驰驱终日不获一。为之诡遇，一朝而获十。我不贯与小人乘，请辞。”故范之字曰御。逊之子，长曰筠，幼曰筑。始予得罪于朝而放于筠。逊从而筠生，《传》曰：“礼之于人，如松柏之有心也，如竹箭之有筠也，皆其坚者也。”故筠之字曰坚。孔子曰：“譬如为山，未成一篑，止，吾止也；譬如平地，虽覆一篑，进，吾往也。”为山者必筑，前无所见，则未成一篑而止。苟有见矣，则虽覆一篑而进，进而不止，虽山可成也。故筑之字曰进。予盖老矣，而三子方壮，将复有子，而予不及见乎则已矣，如犹及见焉，则又将名之，俟其长而示之，使知名之之意焉可也。

【解题】

该文为苏辙晚年闲居颍昌时所作，解释他为六个孙子所起名字的含义。

二 记叙

京西北路转运使题名记

惟京西于诸路，地大且近，西举巩、洛，北兼郑、滑，南收陈、许、蔡、汝、唐、邓、申、息、胡、沈，浸淫秦、楚之交，翕引河、汴，萦阻淮、汉，出入数千里，土广而民淳，斗讼简少，盗贼希阔，外无蛮夷疆场之虞，内无兵屯馈饷之劳，为吏者常闲暇无事。然其壤地瘠薄，多旷而不耕；户口寡少，多惰而不力。故租赋之入于他路为最贫。每岁均南馈北、短长相补，以给军吏之奉。故转运使之职于他路为最急。虽然，事止于自治而无外忧，财止于自足而无外奉，则虽贫而可以为富，虽急而可以为佚也。

熙宁之初，朝廷始新政令，其细布在州县，而其要领，转运使无所不总。政新则吏有不知，事遽则人有不办。当是时也，转运使奔走于外，咨度于内，日不遑食。由是京西始判，而郑、滑并于畿内。自某某若干州为南，自某某若干州为北。南治襄阳，北治洛阳。殿中丞陈君知俭，自始更制而提举常平，既而为转运判官，复为副使，以领北道。始终劳瘁，置功最力。将刻名于石，以贻厥后，而顾瞻前人，泯焉未纪，乃按典籍以求遗放。自开宝以来得若干人，而君之祖、考、伯父三人在焉。呜呼，盛哉！夫若干人者远矣，其详不可得而知，然其遗风余泽，故老犹有能道之者。孟子有言：“诵其诗，读其书，不知其人，可乎？

是以论其世也。”若夫政之去取，地之合离，与其人之在是者，后世将有考焉。是以具载于此。

熙宁六年十月日记。

【解题】

熙宁六年（1073）苏辙改官齐州掌书记，十月作此文。

洛阳李氏园池诗记

洛阳古帝都，其人习于汉、唐衣冠之遗俗，居家治园池，筑台榭，植草木，以为岁时游观之好。其山川风气，清明盛丽，居之可乐。平川广衍，东西数百里。嵩高、少室、天坛、王屋，冈峦靡迤，四顾可挹。伊、洛、瀍、涧，流出平地。故其山林之胜，泉流之洁，虽其闾阎之人与其公侯共之。一亩之宫，上瞩青山，下听流水，奇花修竹，布列左右。而其贵家巨室园圃亭观之盛，实甲天下。若夫李侯之园，洛阳之所以一二数者也。

李氏家世名将，大父济州，于太祖皇帝为布衣之旧，方用兵河东，百战百胜。烈考宁州，事章圣皇帝，守雄州十有四年，缮守备，抚士卒，精于用间，其功烈尤奇。李侯以将家子，结发从仕，历践父祖旧职，勤劳慎密，老而不懈，实能世其家。既得谢，居洛阳，引水植竹，求山谷之乐，士大夫之在洛阳者，皆喜从之游，盖非独为其园也。凡将以讲闻济、宁之余烈，而究观祖宗用兵任将之遗意，其方略远矣。故自朝之公卿，皆因其园而赠之以诗，凡若干篇。仰以嘉其先人，而俯以善其子孙，则虽洛阳之多大家世族，盖未易以园囿相高也。

熙宁甲寅，李侯之年既八十有三矣，而视听不衰，筋力益强，日增治其园而往游焉，将刻诗于石。其子遵度官于济南，实从予游。以侯命求文以记。予不得辞，遂为之书。

熙宁七年十一月十七日记。

【解题】

此文作于熙宁七年（1074），时苏辙官齐州掌书记，与李遵度为同僚，故为其父李侯作此记。

齐州闵子祠堂记

历城之东五里，有丘焉，曰闵子之墓。坟而不庙，秩祀不至，邦人不宁，守土之吏有将举焉而不克者。熙宁七年，天章阁待制、右谏议大夫濮阳李公来守济南。越明年，政修事治，邦之耋老相与来告曰："此邦之旧，有如闵子而不庙食，岂不大阙？公唯不知，苟知之，其有不饬？"公曰："噫！信其可以缓。"于是庀工为祠堂，且使春秋修其常事。堂成，具三献焉，笾豆有列，傧相有位，百年之废，一日而举。

学士大夫观礼祠下，咨嗟涕洟。有言者曰："惟夫子生于乱世，周流齐、鲁、宋、卫之间，无所不仕。其弟子之高第，亦咸仕于诸国。宰我仕齐，子贡、冉有、子游仕鲁，季路仕卫，子夏仕魏，弟子之仕者亦众矣。然其称德行者四人，独仲弓尝为季氏宰，其上三人皆未尝仕。季氏尝欲以闵子为费宰，闵子辞曰：'如有复我者，则吾必在汶上矣。'且以夫子之贤，犹不以仕为污也，而三子之不仕，独何欤？"

言未卒，有应者曰："子独不见夫适东海者乎？望之茫洋不知其边，即之汗漫不测其深，其舟如蔽天之山，其帆如浮空之云。然后履风涛而不偾，触蛟蜃而不詟。若夫以江河之舟楫而跨东海之难，则亦十里而返，百里而溺，不足以经万里之害矣。方周之衰，礼乐崩弛，天下大坏，而有欲救之，譬如涉海，有甚焉者。今夫子之不顾而仕，则其舟楫足恃也。诸子之汲汲而忘返，盖亦有陋舟而将试焉，则亦随其力之所及而已矣。若夫三子，愿为夫子而未能，下顾诸子而以为不足为也，是以止而有待。夫子尝曰：‘世之学柳下惠者，未有若鲁独居之男子。’吾于三子亦云。”

众曰：“然。”退而书之，遂刻于石。

【解题】

熙宁八年（1075）李肃之修闵子祠，苏辙因作此文以为记。文中主要谈孔子及弟子的仕与不仕的问题，指出仕与不仕要据“舟楫”之足恃与否，即个人修养与才干。

齐州泺源石桥记

泺水之源，发于城之西南山下，北流为埕，其浅可揭。城之西门跨而为桥，自京师走海上者皆道于其上。每岁霖雨，南山水潦暴作，汇于城下，桥不能支，辄败。熙宁六年，七月不雨，明年夏六月乃雨，淫潦继作，桥遂大坏。知历城施君辩言于府曰：“水岁为桥害，请为石桥，以纾其役。距城之东十五里有废河败堰焉，其弃石铁可取以为用。”府用其言，以告转运使，得钱二十七万，以具工廪之费。取石于山，取铁于府，取力于兵，自九月至十一月而桥成，民不知焉。三跌二门安如丘陵，惊流循道不复为虐。

方其未成也，太守李公日至于城上，视其工之良窳与其役之劳佚，而劝相之。知历城施君实具其材，兵马都监张君用晦实董其事。桥之南五里有大沟焉，属于四涧，以杀暴水之怒。久废不治，于是疏其堙塞，筑其缺而完之。桥之西二十步有沟焉，居民裴氏以石壅之，而屋于其上，水不得泄，则桥受其害，亦使去之，皆如其旧而止。又明年，水复至，桥遂无患。

从事苏辙言曰：桥之役虽小也，然异时郡县之役，其利与民共者，其费得量取于民，法令宽简，故其功易成。今法严于恤民，一切仰给于官，官不能尽办。郡县欲有所建，其功比旧实难，非李公之老于为政，与二君之敏于临事，桥将不就。夫桥之役虽小，然其劳且难成于旧则倍，不可不记也。遂为之记。

【解题】

本文记叙了历城知县施辩修复石桥，为民造福的经过。发表以为修桥事虽小，但处于“严于恤民”的风气之下，则殊为不易。此文作于熙宁八年（1075）。

王氏清虚堂记

王君定国为堂于其居室之西，前有山石环奇琬琰之观，后有竹林阴森冰雪之植，中置图史百物，而名之曰清虚。日与其游，贤士大夫相从于其间，啸歌吟咏，举酒相属，油然不知日之既夕。凡游于其堂者，萧然如入于山林高僧逸人之居，而忘其京都尘土之乡也。

或曰：“此其所以为清虚者耶?”客曰：“不然，凡物自其浊者视之，则清者为清；自其实者视之，则虚者为虚。故清者以浊为污，而虚者以实为碍，然而皆非物之正也。盖物无不清，亦无不虚者，虽泥涂之浑而至清存焉，虽山石之坚而至虚存焉。夫惟清浊一观，而虚实同体，然后与物无匹，而至清且虚者出矣。今夫王君生于世族，弃其绮纨膏粱之习，而跌荡于图书翰墨之囿，沉酣纵恣，洒然与众殊好。至于钟、王、虞、褚、颜、张之逸迹，顾、陆、吴、卢、王韩之遗墨，杂然前陈，赎之倾囊而不厌，慨乎思见其人而不得，则既与世俗远矣。然及其年日益壮，学日益笃，经涉世故，出入患祸，顾畴昔之好，知其未离乎累也。乃始发其箱箧，出其玩好，投以与人而不惜。将旷焉黜去外累而独求诸内，意其有真清虚者在焉，而未之见也。王君浮沉京师，多世外之交，而又娶于梁张公氏。张公超达远骛，体乎至道，而顺乎流俗。君尝试以吾言问之，其必有得于是矣。”

熙宁十年正月八日记。

【解题】

此文作于熙宁十年（1077）正月。王定国即王巩。

东 轩 记

余既以罪谪监筠州盐酒税。未至，大雨，筠水泛溢，蔑南市，登北岸，败刺史府门。盐酒税治，舍俯江之湄，水患尤甚。既至，弊不可处，乃告于郡，假部使者府以居。郡怜其无归也，许之。岁十二月，乃克支其欹斜，补其圮缺，辟听事堂之东为轩，种杉二本，竹百个，以为宴休之所。然盐酒税旧以三吏共事，余至，其二人者适皆罢去，事委于一。昼则坐市区鬻盐、沽酒、税豚鱼，与市人争寻尺以自效。莫归，筋力疲废，辄昏然就睡，不知夜之既旦。旦则复出营职，终不能安于所谓东轩者。每旦莫出入其旁，顾之未尝不哑然自笑也。

余昔少年读书，窃尝怪颜子以箪食瓢饮，居于陋巷，人不堪其忧，颜子不改其乐。私以为虽不欲仕，然抱关击柝，尚可自养，而不害于学，何至困辱贫窭自苦如此！及来筠州，勤劳盐米之间，无一日之休，虽欲弃尘垢，解羁絷，自放于道德之场，而事每劫而留之。然后知颜子之所以甘心贫贱，不肯求斗升之禄以自给者，良以其害于学故也。嗟夫！士方其未闻大道，沉酣势利，以玉帛子女自厚，自以为乐矣。及其循理以求道，落其华而收其实，从容自得，不知夫天地之为大与生死之为变，而况其下者乎！故其乐也，足以易穷饿而不怨，虽南面之王不能加之，盖非有德不能任也。余方区区欲磨洗浊污，晞圣贤之万一，自视缺然，而欲庶几颜氏之乐，宜其不可得哉！若夫孔子周行天下，高为鲁司寇，下为乘田委吏，惟其所遇，无所不可。彼盖达者之事，而非学者之所望也。

余既以谴来此，虽知桎梏之害而势不得去。独幸岁月之久，世或哀而怜之，使得归伏田里，治先人之敝庐，为环堵之室而居之，然后追求颜氏之乐，怀思东轩，优游以忘其老。然而非所敢望也。

元丰三年十二月初八日，眉阳苏辙记。

【解题】

元丰二年（1079），苏轼因“乌台诗案”被逮，苏辙上书为兄辨冤，请求以己官自赎。结果苏轼责授黄州团练副使，苏辙贬监筠州酒税。元丰三年至筠州，建“东轩”以居，作此文。

庐山栖贤寺新修僧堂记

元丰三年，余得罪迁高安。夏六月，过庐山，知其胜而不敢留。留二日，涉其山之阳，入栖贤谷。谷中多大石，岌嶪相倚。水行石间，其声如雷霆，如千乘车行者，震棹不能自持，虽三峡之险不过也。故其桥曰三峡。渡桥而东，依山循水，水平如白练，横触巨石，汇为大车轮，流转汹涌，穷水之变。院据其上流，右倚石壁，左俯流水。石壁之趾，僧堂在焉。狂峰怪石，翔舞于檐上。杉松竹箭，横生倒植，葱茜相纠。每大风雨至，堂中之人疑将压焉。问之习庐山者，曰：“虽兹山之胜，栖贤盖以一二数矣。”

明年，长老智迁使其徒惠迁谒余于高安，曰：“吾僧堂自始建至今六十年矣，瓦败木朽，无以待四方之客。惠迁能以其勤力新之，完壮邃密，非复其旧，愿为文以志之。”余闻之，求道者非有饮食、衣服、居处之求，然使其饮食得充，衣服得完，居处得安，于以求道而无外扰，则其为道也轻。此古之达者所以必因山林筑室庐，蓄蔬米，以待四方之游者，而二迁之所以寘力而不懈也。夫士居于尘垢之中，纷纭之变日遘于前，而中心未始一日忘道。况乎深山之崖，野水之垠，有堂以居，有食以饱，是非荣辱不接于心耳，而忽焉不省也哉！孔子曰：“朝闻道，夕死可矣。”今夫骋骛乎俗学而不闻大道，虽勤劳没齿，余知其无以死也。苟一日闻道，虽即死无余事矣。故余因二迁之意，而以告其来者，夫岂无人乎哉？

四年五月初九日，眉阳苏辙记。

【解题】

此文作于元丰四年（1081），时苏辙贬监筠州酒税。王士禛《香祖笔记》卷十二云“颖滨《栖贤寺记》造语奇特，虽唐作者如刘梦得、柳子厚妙于语言，亦不能之。”

筠州圣寿院法堂记

高安郡本豫章之属邑，居溪山之间，四方舟车之所不由，水有蛟蜃，野有虎豹，其人稼穑渔猎，其利粳、稻、竹、箭、楩、柟、茶、楮，民富而无事。然以其险且远也，士之行乎当时者不至于其间。元丰三年，余以罪迁焉。既至，幸其风气之和，饮食之良，饱食而安居，忽焉不知险远之为患。然以有罪故，法不得释官而游。间独取郡之图书，考其风俗人物之旧，然后信其宜为余之居也。

昔东晋太宁之间，道士许逊与其徒十有二人，散居山中，能以术救民疾苦，民尊而化之，至今道士比他州为多，至于妇人孺子亦喜为道士服。唐仪凤中，六祖以佛法化岭南，再传而马祖兴于江西。于是洞山有价，黄蘗有运，真如有愚，九峰有虔，五峰有观，高安虽小邦，而五道场在焉，则诸方游谈之僧接迹于其地，至于以禅名精舍者二十有四。此二者，皆他方之所无，予乃以罪故，得兼而有之。余既少而多病，壮而多难，行年四十有二而视听衰耗，志气消竭。夫多病则与学道者宜，多难则与学禅者宜。既与其徒出入相从，于是吐故纳新，引挽屈伸，而病以少安。照了诸妄，还复本性，而忧以自去。洒然不知网罟之在前与桎梏之在身，孰知夫崄远之不为予安，而流徙之不为予幸也哉！

然郡之诸山，近者数十里，远者数百里，皆非余所得往。独圣寿者近在城东南隅，每事之闲，辄往游焉。其僧省聪，本绵竹人，少治讲说，晚得法于浙西本禅师。听其言，亹亹不倦。郡人有吴智讷者，治生有余，辄尽之于佛，既为僧堂之后室，又为聪治其法堂，皆极壮丽，凡材甓金漆皆具于智讷。堂成，聪以余游之亟也，求余为记。余亦喜聪之能以其法助余也，遂为记其略。四年六月十七日。

【解题】

此文写于元丰四年（1081）苏辙贬监筠州酒税时。时既不遇，且多灾病，于是学道参禅，以“照了诸妄，还复本性”。

吴氏浩然堂记

新喻吴君，志学而工诗，家有山林之乐，隐居不仕，名其堂曰“浩然”。曰：“孟子，吾师也。其称曰：‘我善养吾浩然之气。’吾窃喜焉，而不知其说，请为我言其故。”余应之曰：“子居于江，亦尝以观于江乎？秋雨时至，沟浍盈满，众水既发，合而为一，汪涉淫溢，充塞坑谷。然后滂洋东流，蔑洲渚，乘丘陵，肆行而前，遇木而木折，触石而石陨，浩然物莫能支。子尝试考之，彼何以若此浩然也哉？今夫水无求于深，无意于行，得高而渟，得下而流，忘己而因物，不为易勇，不为险怯，故其发也，浩然放乎四海。古之君子，平居以养其心，足乎内，无待乎外，其中潢漾，与天地相终始。止则物莫之测，行则物莫之御。富贵不能淫，贫贱不能忧。行乎夷狄患难而不屈，临乎死生得失而不惧，盖亦未有不浩然者也。故曰：'其为气也，至大至刚，以直养而无害，则塞乎天地。'今余将登子之堂，举酒相属，击槁木而歌，徜徉乎万物之外。子信以为能浩然矣乎？"

元丰四年七月九日，眉山苏辙记。

【解题】

此文由孟子"我善养吾浩然之气"生发出去，以江水为喻，所谓"无求于深，无意于行，得高而渟，得下而流，忘己而因物，不为易勇，不为险怯，故其发也，浩然放乎四海。"君子也应如水，"富贵不能淫，贫贱不能忧"，不屈不惧，才是得浩然之气。吴氏即吴厚。

筠州圣祖殿记

维周制，天下邑立后稷祠，而唐礼，州祀老子。盖二祖之德，光配天地，充塞海宇，凡有社有民，不可以弗飨。既以为民祈福，俾雨露之施，无有远迩；亦以一民之望，使知饮食作息，皆上之赐。

粤维我圣祖，功绪永远，肇自皇世，超绝周、唐，逾千万年。威神在天，灵德在下。祥符癸丑，实始诏四方万国咸建祠宫，立位设像，岁时朝谒，因周、唐之故以教民顺。筠故附庸豫章，列为成国，维近匪远；吏民朴陋，野不达礼；承命不蠲，因仍故宫，即其东厢以建神位。凡进见之礼，稽首东向。更六十有九年，弗革弗新。

元丰三年二月，臣维瞻受命作守，始至伏谒，惕然不宁。既视事，遂以言于朝，度其宫之东，得隙土，南北十有二筵，东西九筵，伐木于九峰逍遥之山。四年八月始庀工，九月而告成。耽耽其堂，殖殖其庭，神来顾享，民以祗肃。臣辙适以谴来，睹其终始，乃拜手稽首。为诗六章，章八句，刻之祠廷之石。诗曰：

高安在南，分自豫章。重山复江，鱼鸟之乡。俗野不文，吏亦怠荒。礼失不知，习为旧常。于穆圣祖，宅神皇极。降鉴在下，子孙千亿。羽衣玉佩，旗纛旄节。巍巍煌煌，秩祀万国。如日在天，靡国不临。筠虽小邦，其有不歆。东庑西向，谁昔营之。民昏不知，神以不怀。深山之间，野水之滨，礼乐声明，孰见孰闻。祖庙之严，君臣则存。失而不图，民以罔观。毛侯始来，其则有意。匪民之愚，礼教实坠。章闻于朝，帝曰俞哉。弗改弗营，何以示民？九峰之杉，逍遥之柟。易直且修，弗斫而堪。新堂有严，四星在南。朝廷之仪，万民所祗。

【解题】

此文为筠州太守毛维瞻修复圣祖殿而作。作于元丰四年（1081）。

黄州师中庵记

师中，姓任氏，讳伋，世家眉山，吾先君子之友人也，故余知其为人。尝通守齐安，去而其人思之不忘，故齐安之人知其为吏。师中平生好读书，通达大义而不治章句，性任侠喜事。故其为吏通而不流，猛而不暴。所至，吏民畏而安之，不能欺也。

始为新息令，知其民之爱之，买田而居。新息之人亦曰："此吾故君也。"相与事之不替。及来齐安，常游于安惠院。既去，郡人名其亭曰任公。其后余兄子瞻以谴迁齐安，人知其与师中善也，复于任公亭之西为师中庵。曰："师中必来访子，将馆于是。"明年三月，师中没于遂州。郡人闻之，相与哭于定惠者凡百余人，饭僧于亭而祭师中于庵。盖师中之去，于是十余年矣。夫吏之于民，有取而无予，有罚而无恩，去而民忘之，不知所怨，盖已为善吏矣。而师中独能使民思之于十年之后，哭之皆失声，此岂徒然者哉！朱仲卿为桐乡啬夫，有德于其民，死而告其子："必葬我桐乡，后世子孙奉尝我不如桐乡民。"既而桐乡祠之不绝。今师中生而家于新息，没而齐安之人为亭与庵以待之。使死而有知，师中其将往来于新息、齐安之间乎？余不得而知也。

元丰四年十二月日，眉山苏辙记。

【解题】

此文作于元丰四年（1081），时苏辙贬监筠州酒税。

上高县学记

古者以学为政，择其乡闾之俊而纳之胶庠，示之以《诗》、《书》、《礼》、《乐》，揉而熟之，既成使归，更相告语，以及其父子兄弟。故三代之间，养老、飨宾、听讼、受成、献馘，无不由学。习其耳目，而和其志气，是以其政不烦，其刑不渎，而民之化之也速。然考其行事，非独于学然也，郊社、祖庙、山川、五祀，凡礼乐之事皆所以为政，而教民不犯者也。故其称曰："政者，君之所以藏身。"盖古之君子，正颜色，动容貌，出词气，从容礼乐之间，未尝以力加其民。民观而化之，以不逆其上。其所以藏身之固如此。至于后世不然，废礼而任法，以鞭朴、刀锯力胜其下，有一不顺，常以身较之。民于是始悍然不服，而上之人亲受其病，而古之所以藏身之术亡矣。子游为武城宰，以弦歌为政，曰："吾闻之夫子，君子学道则爱人，小人学道则易使也。"夫使武城之人，其君子爱人而不害，其小人易使而不违，则子游之政岂不绰然有余裕哉！

上高，筠之小邑，介于山林之间，民不知学，而县亦无学以诏民。县令李君怀道始至，思所以导民，乃谋建学宫。县人知其令之将教之也，亦相帅出力以缮其事，不逾年而学以具。奠享有堂，讲劝有位，退习有斋，膳浴有舍，邑人执经而至者数十百人。于是李君之政不苛而民肃，赋役狱讼不诿其府。李君喜学之成而乐民之不犯，知其为学之力也，求记其事，告后以不废。予亦嘉李君之为邑有古之道，其所以得于民者，非复世俗之吏也，故为书其实，且以志上高有学之始。

元丰五年三月二十日，眉山苏辙记。

【解题】

本文是为上高县新建学宫所作，"书其实，且以志上高有学之始"。作于元丰五年（1082），当时苏辙贬在筠州。

武昌九曲亭记

子瞻迁于齐安，庐于江上。齐安无名山，而江之南，武昌诸山，坡陁蔓延，涧谷深密，中有浮图精舍。西曰西山，东曰寒谿，依山临壑，隐蔽松枥，萧然绝俗，车马之迹不至。每风止日出，江水伏息，子瞻杖策载酒，乘渔舟乱流而南。山中有二三子，好客而喜游，闻子瞻至，幅巾迎笑，相携徜徉而上，穷山之深，力极而息，扫叶席草，酌酒相劳，意适忘反，往往留宿于山上。以此居齐安三年，不知其久也。

然将适西山，行于松柏之间，羊肠九曲而获少平，游者至此必息。倚怪石，荫茂木，俯视大江，仰瞻陵阜，旁瞩溪谷，风云变化，林麓向背，皆效于左右。有废亭焉，其遗址甚狭，不足以席众客。其旁古木数十，其大皆百围千尺，不可加以斤斧。子瞻每至其下，辄睥睨终日。一旦，大风雷雨拔去其一，斥其所据，亭得以广。子瞻与客入山视之，笑曰："兹欲以成吾亭耶？"遂相与营之。亭成而西山之胜始具，子瞻于是最乐。

昔余少年，从子瞻游，有山可登，有水可浮，子瞻未始不褰裳先之。有不得至，为之怅然移日。至其翩然独往，逍遥泉石之上，撷林卉，拾涧实，酌水而饮之，见者以为仙也。盖天下之乐无穷，而以适意为悦。方其得意，万物无以易之。及其既厌，未有不洒然自笑者也。譬之饮食杂陈于前，要之一饱而同委于臭腐。夫孰知得失之所在？惟其无愧于中，无责于外，而姑寓焉。此子瞻之所以有乐于是也。

【解题】

苏轼建武昌九曲亭，苏辙为之作记。记中以洒然出神之笔，为我们刻画出了一个"坡仙"形象，景物布置井井有条而又错落有致，平稳之中显出秀气，是历来传诵的名篇。作于元丰五年（1082）。

太子少保赵公诗石记

高安太守、朝请大夫毛公，与资政殿大学士、太子少保赵公，里人也。公始以老归故乡，大夫适方家居，与公出入相从，为山林之游，朝夕无间。公好为诗，而大夫以诗自名，遇其得意，辄以诗相属。元丰三年，大夫来守高安，簿书期会，非其意也。间与客语，有归欤之叹，曰：“要当从公于松石之间，逍遥以忘吾老。”时又出公之诗，以夸其坐人。公诗清新律切，笔迹劲丽，萧然如其为人。盖老而益精，不见衰惫之气。卒然观之，不知其既老之为也。

辙昔少年，始见公于成都，中见公于京师，其容睟然以温，其气肃然以清。十年之间，富贵炜烨，谈笑于廊庙，而其所以为公者，湛然无毫发之异。自不见公，今又十余年。间而闻之公之乡人，见之公之诗书，其风力骨骼有加而无损，亦与始见无异。然后知公之所以过人者远甚。盖人必有不可变者，然皆汩没于尘垢，与物流转而不返。于是索然茫然，与发皆白，与齿皆落，忽然失之而不自知也。若夫公之不可变者，辙亦安足识之？盖亦见其见于外者而已。大夫将刻公诗于石，而属辙为记。

【解题】

据文中“辙昔少年，始见公于成都，中见公于京师”，“自不见公，今又十余年”，可推知此文当作于元丰三年（1080）至五年间。时毛维瞻守筠州，元丰三年苏辙被贬监筠州酒税，五年毛维瞻致仕。

光州开元寺重修大殿记

古之循吏，因民而施政，有余者损之，不足者与之。兴其所欲，而废其所患苦。顺其风俗之宜，而吾无作焉。故文翁治蜀，立之学官；龚遂治渤海，督之耕牛；卫飒治桂阳，教之嫁娶；茨充代飒，诲之织屦。此四人者，非其强民也，民之所欲，而莫为之劝，盻盻相视，不能以自致，非得贤长吏以时挈持而振理之，使之得其所愿以相生养，则民至老死不见风俗之备。然而蜀之学官施于齐、鲁之邦则玩，渤海之耕牛，试于邠、郃之野则厌；卫之嫁娶，茨之织屦，行之华夏之国，亦未免于非且笑也。故为治者亦观其俗，乘其时，使民宜之。盖无所必为，亦无所必置也。

弋阳郡居长淮之西，地僻而事少，田良而民富。朝散大夫彭城曹公受命作守，因俗为政，安而不扰，诛其豪强而佑其善良，民化服之。始至，访其士民，问其所欲为，咸曰："吾郡既庶且富，所不足者非财也，而浮屠、老子之宫室，貌象庳陋废圮，民不信向。父兄窃议，以不若四邻为愧，而莫或先也。"公曰："是无难也，民所不欲，吾不敢为，苟诚欲之，不成，非患也。"乃召其徒而语之，故民劝其令，相帅从事，不三年而有成。天庆道士治三清、北极、圣祖诸殴，清净严肃，朝谒有所。而开元僧明偕新其大殿，趋功勤力，先告工具。栋楹峻峙，瓦甓致密，为佛菩萨众像，尊严盛丽，俨若在世。士女和会，耋孺咸喜，稽首祈福，如慰如慕。盖殿始作于至道丙申，而复新于元丰癸亥，中间寂寥八十八年，然后民获就其志。

呜呼！循吏之疏阔而政之难成，其久如此！明偕知民之悦，故以告于公，请记其事而刻诸石。公以书来属余，余考之《循吏传》，以为当书，故记之不辞，五月初五日记。

【解题】

此文作于元丰六年（1083），时苏辙贬监筠州酒税。

黄州快哉亭记

江出西陵，始得平地。其流奔放肆大，南合湘、沅，北合汉、沔，其势益张。至于赤壁之下，波流浸灌，与海相若。清河张君梦得谪居齐安，即其庐之西南为亭，以览观江流之胜，而余兄子瞻名之曰"快哉"。

盖亭之所见，南北百里，东西一舍。涛澜汹涌，风云开阖。

昼则舟楫出没于其前，夜则鱼龙悲啸于其下，变化倏忽，动心骇目，不可久视。今乃得玩之几席之上，举目而足。西望武昌诸山，冈陵起伏，草木行列，烟消日出，渔夫樵父之舍皆可指数。此其所以为“快哉”者也。至于长州之滨，故城之墟，曹孟德、孙仲谋之所睥睨，周瑜、陆逊之所骋骛，其流风遗迹，亦足以称快世俗。

昔楚襄王从宋玉、景差于兰台之宫，有风飒然至者，王披襟当之，曰：“快哉此风！寡人所与庶人共者耶?”宋玉曰：“此独大王之雄风耳，庶人安得共之！”玉之言盖有讽焉。夫风无雌雄之异，而人有遇不遇之变。楚王之所以为乐，与庶人之所以为忧，此则人之变也，而风何与焉？士生于世，使其中不自得，将何往而非病？使其中坦然，不以物伤性，将何适而非快？今张君不以谪为患，窃会计之馀功，而自放山水之间，此其中宜有以过人者。将蓬户瓮牖无所不快，而况乎濯长江之清流，揖西山之白云，穷耳目之胜以自适也哉！不然，连山绝壑，长林古木，振之以清风，照之以明月，此皆骚人思士之所以悲伤憔悴而不能胜者，乌睹其为快也哉？

元丰六年十一月朔日，赵郡苏辙记。

【解题】

张梦得建亭，苏轼名之曰“快哉”，苏辙作《黄州快哉亭记》，三人同为被贬谪之人，故苏辙由“快哉”入手，极写“使其中坦然，不以物伤性，将何适而非快”的旷达胸襟，反复曲折，穷尽事理。此文作于元丰六年（1083）。

南康直节堂记

南康太守听事之东有堂曰“直节”，朝请大夫徐君望圣之所作也。庭有八杉，长短钜细若一，直如引绳，高三寻而后枝叶附之。岌然如揭太常之旗，如建承露之茎。凛然如公卿大夫高冠长剑立于王庭，有不可犯之色。堂始为军六曹吏所居。杉之阴，府史之所蹲伏，而簿书之所填委，莫知贵也。君见而怜之，作堂而以“直节”命焉。夫物之生，未有不直者也，不幸而风雨挠之，岩石轧之，然后委曲随物，不能自保。虽竹箭之良，松柏之坚，皆不免于此。惟杉能遂其性，不扶而直。其生能傲冰雪、而死能利栋宇者，与竹柏同，而以直过之。求之于人，盖所谓不待文王而兴者耶？

徐君温良泛爱，所居以循吏称，不为皦察之政，而行不失于直。观其所说，而其为人可得也。《诗》曰：“惟其有之，是以似之。”堂成，君以客饮于堂上。客醉而歌曰：“吾欲为曲，为曲必屈，曲可为乎？吾欲为直，为直必折，直可为乎？有如此杉，特立不倚，散柯布叶，安而不危乎？清风吹衣，飞雪满庭，颜色不变，君来燕嬉乎？封植灌溉，剪伐不至，杉不自知，而人是依乎？庐山之民，升堂见杉，怀思其人，其无已乎？”歌阕而罢。

元丰八年正月十四日，眉山苏辙记。

【解题】

元丰七年（1084）苏辙由监筠州酒税改绩溪令，上任途中经南康（今江西星子），于元丰八年作此文。

汝州杨文公诗石记

祥符六年，杨公大年以翰林学士请急还阳翟省亲疾，继称病求解官。章圣皇帝以其才高名重，排群议，贷不加罪。逾年，以秘书监知汝州。公至汝，常称病，以事付僚吏，以文墨自娱，得诗百余篇。既还朝，汝人刻之于石。皇祐中，郡守王君为建思贤亭于北园之东偏。绍圣元年四月，予自门下侍郎得罪出守兹土，时亭弊已甚，诗石散落，亡者过半。取公汝阳编诗而刻之，乃增广思贤，龛石于左右壁。

鸣呼！公以文学鉴裁，独步咸平、祥符间，事业比唐燕、许无愧，所与交皆贤公相，一时名士多出其门。然方其时，则已有流落之叹。既没十有五年，声名犹籍籍于士大夫，而思贤废于隶舍马厩之后，诗石散于高台华屋之下矣。凡假外物以为荣观，盖不足恃，而公之清风雅量，固自不随世磨灭耶！然予独拳拳未忍其委于荒榛野草而复完之，抑非陋欤？抑非陋欤？

【解题】

此文作于绍圣元年（1094），这一年苏辙由门下侍郎出知汝州。至汝州，重修思贤亭并重刻杨大年诗，故作此文。

汝州龙兴寺修吴画殿记

予先君宫师平生好画，家居甚贫，而购画常若不及。予兄子瞻少而知画，不学而得用笔之理。辙少闻其余，虽不能深造之，亦庶几焉。

凡今世自隋、晋以上，画之存者无一二矣。自唐以来，乃时有见者。世之志于画者，不以此为师，则非画也。予昔游成都，唐人遗迹遍于老佛之居。先蜀之老有能评之者曰“画格有四，曰能、妙、神、逸。盖能不及妙，妙不及神，神不及逸。”称神者二人，曰范琼、赵公祐，而称逸者一人，孙遇而已。范、赵之工，方圆不以规矩，雄杰伟丽，见者皆知爱之。而孙氏纵横放肆，出于法度之外，循法者不逮其精，有从心不逾矩之妙。于眉之福海精舍为行道天王，其记曰：“集润州高座寺张僧繇。”予每观之，辄叹曰："古之画者必至于此，然后为极欤！"其后东游至岐下，始见吴道子画，乃惊曰："信矣，画必以此为极也！"盖道子之迹，比范、赵为奇，而比孙遇为正，其称画圣，抑以此耶？

绍圣元年四月，予以罪谪守汝阳，间与通守李君纯绎游龙兴寺，观华严小殿，其东西夹皆道子所画。东为维摩、文殊，西为佛成道，比岐下所见，笔迹尤放。然屋瓦弊漏，涂栈缺弛，几侵于风雨。盖事之精不可传者，常存乎其人，人亡而迹存，达者犹有以知之。故道子得之隋、晋之余，而范赵得之道子之后。使其迹亡，虽有达者，尚谁发之？时有僧惠真方葺寺大殿，乃喻使先治此，予与李君亦少助焉。不逾月，坚完如新。于殿垝之中得记曰："治平丙午苏氏惟政所葺。"众异之，曰："前后葺此皆苏氏，岂偶然也哉？"惠真治石请记。五月二十五日。

【解题】

绍圣元年（1094）苏辙贬知汝州，此文作于是年五月。

遗老斋记

庚辰之冬，予蒙恩归自南荒，客于颍川，思归而不能。诸子忧之曰："父母老矣，而居室未完，吾侪之责也。"则相与卜筑，五年而有成。其南修竹古柏，萧然如野人之家。乃辟其四楹，加明窗曲槛，为燕居之斋。斋成，求所以名之，予曰："予颍滨遗老也，盍以'遗老'名之！汝曹志之。予幼从事于诗书，凡世人之所能，茫然不知也。年二十有三，朝廷方求直言，有以予应诏者。予采道路之言，论宫掖之秘，自谓必以此获罪，而有司果以为不逊。上独不许曰：'吾以直言求士，士以直言告我，今而黜之，天下其谓我何！'宰相不得已，置之下第。自是流落凡二十余年。及宣后临朝，擢为右司谏，凡有所言，多听纳者。不五年而与闻国政。盖予之遭遇者再，皆古人所希有，然其间与世俗相从，事之不如意者十常六七，虽号为得志，而实不然。予闻之乐莫善于如意，忧莫惨于不如意。今予退居一室之间，杜门却扫，不与物接。心之所可，未尝不行；心所不可，未尝不止。行止未尝少不如意，则予平生之乐，未有善于今日者也。汝曹志之，学道而求寡过，如予今日之处遗老斋可也。”

【解题】

此文与《藏书室记》、《待月轩》均为同时之作，时苏辙已六十九岁，闲居颍昌，这三篇文章可以说是苏辙对自己一生的总结。苏辙以一文士而“与闻国政”，世所稀有，但“事之不如意者十常六七，虽号为得志，而实不然”。真正如意还是在“退居一室之间”，确为饱经忧患之言。

藏书室记

予幼师事先君，听其言，观其行事。今老矣，犹志其一二。先君平居不治生业，有田一廛，无衣食之忧；有书数千卷，手缉而校之，以遗子孙。曰：“读是，内以治身，外以治人，足矣。此孔氏之遗法也。”先君之遗言今犹在耳，其遗书在椟，将复以遗诸子，有能受而行之，吾世其庶矣乎！

盖孔氏之所以教人者，始于洒扫应对进退，及其安之，然后申之以弦歌，广之以读书。曰：“道在是矣，仁者见之斯以为仁，智者见之斯以为智矣。”颜、闵由是以得其德，予、赐由是以得其言，求、由由是以得其政，游、夏由是以得其文，皆因其才而成之。譬如农夫垦田，以植草木，小大长短，甘辛咸苦，皆其性也。吾无加损焉，能养而不伤耳。

孔子曰："十室之邑，必有忠信如丘者焉，不如丘之好学也。"如孔子犹养之以学而后成，故古之知道者必由学，学者必由读书。传说之诏其君亦曰："学于古训，乃有获。""念终始典于学，厥德修罔觉。"而况余人乎？子路之于孔氏，有兼人之才而不安于学，尝谓孔子有民人社稷，何必读书然后为学。孔子非之，曰："汝闻六言六蔽矣乎？好仁不好学，其蔽也愚；好智不好学，其蔽也荡；好信不好学，其蔽也贼；好直不好学，其蔽也绞；好勇不好学，其蔽也乱；好刚不好学，其蔽也狂。"凡学而不读书者，皆子路也。信其所好，而不知古人之成败与所遇之可否，未有不为病者。

虽然，孔子尝语子贡矣，曰："赐也，汝以予为多学而识之者欤？"曰："然。非欤？"曰："非也，予一以贯之。"一以贯之，非多学之所能致，则子路之不读书未可非耶？曰：非此之谓也。老子曰："为学日益，为道日损。"以日益之学，求日损之道，而后一以贯之者，可得而见也。孟子论学道之要曰："必有事焉而勿正，心勿忘，勿助长也。"心勿忘则莫如学，必有事则莫如读书。朝夕从事于诗书，待其久而自得，则勿忘勿助之谓也。譬之稼穑，以为无益而舍之，则不耘苗者也；助之长，则揠苗者也。以孔孟之说考之，乃得先君之遗意。

【解题】

此文论述读书与学道的关系，主张多学而能一以贯之，朝夕从事，久而自得。

待月轩记

昔予游庐山，见隐者焉，为予言性命之理，曰："性犹日也，身犹月也。"予疑而诘之。则曰："人始有性而已，性之所寓为身。天始有日而已，日之所寓为月。日出于东，方其出也，万物咸赖焉。有目者以视，有手者以执，有足者以履。至于山石草木，亦非日不遂。及其入也，天下黯然，无物不废，然日则未始有变也。惟其所寓，则有盈阙，一盈一阙者月也。惟性亦然，出生入死，出而生者未尝增也，入而死者未尝耗也，性一而已。惟其所寓则有死生，一生一死者身也。虽有生死，然而死此生彼，未尝息也。身与月皆然，古之治术者知之，故日出于卯谓之命，月之所在谓之身。日入地中，虽未尝变，而不为世用，复出于东，然后物无不睹，非命而何？月不自明，由日以为明，以日之远近为月之盈阙，非身而何？此术也，而合于道。世之治术者知其说，不知其所以说也。"

予异其言，而志之久矣。筑室于斯，辟其东南为小轩，轩之前廓然无障，几与天际。每月之望，开户以须月之至。月入吾轩，则吾坐于轩上，与之徘徊而不去。一夕举酒延客，道隐者之语。客漫不喻曰："吾尝治术矣，初不闻是说也。"予为之反复其理，客徐悟曰："唯唯。"因志其言于壁。

【解题】

苏辙十八岁随父兄游京师，过成都时即识宝月大师，至此时归老林下，才真正悟出了生死盈虚之理。生命流转不息，不增不减，人生在世，应如日之不变，虽然如月有盈缺增减，而本性不移。

坟 院 记

旌善广福禅院者，先公文安府君赠司徒坟侧精舍也。先公既壮而力学，晚而以德行文学名于世。夫人程氏追封蜀国太夫人，生而志节不群，好读书，通古今，知其治乱得失之故。有二子，长曰轼，季则辙也。方其少时，先公、先夫人皆曰："吾尝有志兹世，今老矣，二子其尚成吾志乎!”

辙兄弟虽少而仕，亦流落不偶，年几五十，乃始得还朝。兄气刚寡合，已入复出。辙碌碌无能轻重，五年而至尚书右丞，与闻国政，以故事得于坟侧建刹度僧，以荐先福。坟之东南四里许，有故伽蓝。陵阜相拱揖，松竹深茂，相传唐中和中任氏兄弟所舍也。辙以请于朝，改赐今榜，时元祐六年也。既三年，兄弟皆以罪废，南迁海上。又六年，蒙恩北归。兄至毗陵以病没。辙中止颍川，不能归。又五年，前执政以黜去者，皆夺坟上刹。又二年，上哀矜旧臣，手诏复远畀之。

坟之西南十余步有泉焉，广深不及寻，昼夜瀵涌，清冽而甘，冬不涸，夏不溢。自辙南迁，而水日耗，至夺刹遂竭。父老来告，辙惕焉，疑获谴于幽明，徬徨不知所为。而手诏适至，泉亦滃然而复。山中人皆曰：“诏书乃与天通耶?”辙闻之，溯阙而拜，以膺上赐。久之，乃为之记，使世世子孙，知兹刹废兴所自，以无忘朝廷之德。政和二年壬辰九月乙卯朔六日庚申，中奉大夫、护军、栾城县开国伯、赐紫金鱼袋苏辙记。

【解题】

此文作于政和二年九月（1112），苏辙去世前一月，写坟院始建、削夺、复还的过程，实是感叹自己一生的遭遇，感慨良深。

杭州龙井院讷斋记

钱塘有大法师曰辩才，初住上天竺山，以天台法化吴、越。吴、越人归之如佛出世，事之如养父母，金帛之施不求而至。居天竺十四年，有利其富者迫而逐之，师忻然舍去，不以为恨。吴、越之人涕泣而从之者如归市，天竺之众分散四去。事闻于朝，明年，俾复其旧。师黾俛而还，如不得已。吴、越之人争出其力，以成就废缺，众复大集。

无几何，师告其众曰："吾虽未尝争也，不幸而立于争地。久居而不去，使人以已是非彼，非沙门也。天竺之南山，山深而木茂，泉甘而石峻，汝舍我，我将老于是。"言已，策杖而往，以茅竹自覆。声动吴、越，人复致其所有，镵险堙圮，筑室而奉之。不期年而荒榛岩石之间，台观飞涌，丹垩炳焕，如天帝释宫。师自是谢事，不复出入。高邮秦观太虚，名其所居曰讷斋，道潜师参寥告予为记。

予闻之，师始以法教人，叩之必鸣，如千石钟，来不失时，如沧海潮，故人以"辩"名之。及其退居此山，闭门燕坐，寂默终日，叶落根荣如冬枯木，风止浪静如古涧水，故人以"讷"名之。虽然，此非师之大全也。彼其全者，不大不小，不长不短，不垢不净，不辩不讷，而又何以名之？虽然，乐其出而高其退，喜其辩而贵其讷，此众人意也，则其以名斋也亦宜。系之以词曰：

以辩见我，既非见我。以讷见我，亦几于妄。有叩而应，时止而止。非辩非讷，如如不动。诸佛既然，我亦如是。

【解题】

此记不知作于何时，约在元祐以前。

大悲圆通阁记

大悲者，观世音之变也。观世音由闻而觉，始于闻而能无所闻，始于无所闻而能无所不闻。能无所闻，虽无身可也；能无所不闻，虽千万亿身可也，而况于手与目乎！虽然，非无身无以举千万亿身之众，非千万亿身无以示无身之至。故散而为千万亿身，聚而为八万四千母陀罗臂、八万四千清净宝目，其道一尔。昔吾尝观于此，吾头发不可胜数，而身毛孔亦不可胜数。牵一发而头为之动，拔一毛而身为之变，然则发皆吾头，而毛孔皆吾身也。彼皆吾头而不能为头之用，彼皆吾身而不能具身之智，则物有以乱之矣。吾将使世人左手运斤而右手执削，目数飞雁而耳节鸣鼓，首肯傍人而足识梯级，虽有智者，有所不暇矣。而况千手异执而千目各视乎？及吾燕坐寂然，心念凝默，湛然如大明镜。人鬼鸟兽，杂陈乎吾前，色声香味，交遘乎吾体。心虽不起，而物无不接，接必有道。即千手之出，千目之运，虽未可得见，而理则具矣。彼佛菩萨亦然。虽一身不成二佛，而一佛能遍河沙诸国。非有他也，触而不乱，至而能应，理有必至，而何独疑于大悲乎？

成都，西南大都会也。佛事最胜，而大悲之像，未睹其杰。有法师敏行者，能读内外教，博通其义，欲以如幻三昧为一方首。乃以大旃檀作菩萨像，庄严妙丽，具慈愍性。手臂错出，开合捧执，指弹摩拊，千态具备。手各有目，无妄举者。复作大阁以覆菩萨，雄伟壮峙，工与像称。都人作礼，因敬生悟。

余游于四方二十余年矣，虽未得归，而想见其处。敏行使其徒法震乞文，为道其所以然者。且颂之曰：

吾观世间人，两目两手臂。物至不能应，狂惑失所措。其有欲应者，颠倒作思虑。思虑非真实，无异无手目。菩萨千手目，与一手目同。物至心亦至，曾不作思虑。随其所当应，无不得其当。引弓挟白羽，剑盾诸械器。经卷及香花，盂水青杨枝。珊瑚大宝炬，白拂朱藤杖。所遇无不执，所执无有疑。缘何得无疑，以我无心故。若犹有心者，千手当千心。一人而千心，内自相攫攘，何暇能应物。千手无一心，手手得其处，稽首大悲尊，愿度一切众。皆证无心法，皆具千手目。

【解题】

此文旧题苏轼撰，苏籀《栾城遗言》：“《大悲圆通阁记》，公偶为东坡作。坡云：好个意思。欲别作而卒用之。”据此，该文为苏辙所作。

三 书简

上枢密韩太尉书

太尉执事：辙生好为文，思之至深。以为文者，气之所形，然文不可以学而能，气可以养而致。孟子曰："我善养吾浩然之气。"今观其文章，宽厚宏博，充乎天地之间，称其气之小大。太史公行天下，周览四海名山大川，与燕、赵间豪俊交游，故其文疏荡，颇有奇气。此二子者，岂尝执笔学为如此之文哉？其气充乎其中而溢乎其貌，动乎其言而见乎其文，而不自知也。

辙生十有九年矣。其居家所与游者，不过其邻里乡党之人，所见不过数百里之间，无高山大野可登览以自广；百氏之书虽无所不读，然皆古人之陈迹，不足以激发其志气。恐遂汩没，故决然舍去，求天下奇闻壮观，以知天地之广大。过秦、汉之故都，恣观终南、嵩、华之高，北顾黄河之奔流，慨然想见古之豪杰。至京师，仰观天子宫阙之壮，与仓廪府库、城池苑囿之富且大也，而后知天下之巨丽。见翰林欧阳公，听其议论之宏辩，观其容貌之秀伟，与其门人贤士大夫游，而后知天下之文章聚乎此也。

太尉以才略冠天下，天下之所恃以无忧，四夷之所惮以不敢发，入则周公、召公，出则方叔、召虎，而辙也未之见焉。且夫人之学也，不志其大，虽多而何为？辙之来也，于山见终南、嵩、华之高，于水见黄河之大且深，于人见欧阳公，而犹以为未见太尉也。故愿得观贤人之光耀，闻一言以自壮，然后可以尽天下之大观而无憾者矣。

辙年少，未能通习吏事。向之来，非有取于斗升之禄，偶然得之，非其所乐。然幸得赐归待选，使得优游数年之间，将归益治其文。且学为政。太尉苟以为可教而辱教之，又幸矣！

【解题】

此文作于嘉祐二年（1057），这一年三月苏辙与兄苏轼同中进士，苏辙仅十九岁。文中提出“文气说”，认为“文者气之所形”，“文气”的来源有两个：一是“养气”，一是阅历。韩太尉即韩琦。

上昭文富丞相书

辙西蜀之人，行年二十有二，幸得天子一命之爵，饥寒穷困之忧不至于心，其身又无力役劳苦之患，其所任职不过簿书米盐之间，而且未获从事以得自尽。方其闲居，不胜思虑之多，不忍自弃，以为天子宽惠与天下无所忌讳，而辙不于其强壮闲暇之时，早有所发明以自致其志，而复何事？恭惟天子设制策之科，将以待天下豪俊魁垒之人，是以辙不自量，而自与于此。

盖天下之事，上自三王以来以至于今世，其所论述亦已略备矣，而犹有所不释于心。夫古之帝王，岂必多才而自为之？为之有要，而居之有道。是故以汉高皇帝之恢廓慢易，而足以吞项氏之强；汉文皇帝之宽厚长者，而足以服天下之奸诈。何者？任人而人为之用也，是以不劳而功成。至于武帝，材力有余，聪明睿智过于高、文，然而施之天下，时有所折而不遂。何者？不委之人而自为用也。由此观之，则夫天子之责亦在任人而已。

窃惟当今天下之人，其所谓有才而可大用者，非明公而谁？

推之公卿之间而最为有功，列之士民之上而最为有德，播之夷狄之域而最为有勇，是三者亦非明公而谁？而明公实为宰相，则夫吾君之所以为君之事，盖已毕矣。

古之圣人，高拱无为，而望夫百世之后，以为明主贤君者，盖亦如是而可也。然而天下之未治，则果谁耶？下而求之郡县之吏，则曰“非我能。”上而求之朝廷百官，则曰：“非我责。”明公之立于此也，其又将何辞？嗟夫！盖亦尝有以秦越人之事说明公者欤？昔者秦越人以医闻天下，天下之人皆以越人为命。越人不在，则有病而死者，莫不自以为吾病之非真病，而死之非真死也。他日，有病者焉，遇越人而属之曰：“吾捐身以予子，子自为子之才治之，而无为我治之也。”越人曰：“嗟夫，难哉！夫子之病，虽不至于死，而难以愈。急治之则伤子之四支，而缓治之则劳苦而不肯去。吾非不能去也，而畏是二者。夫伤子之四支而后可以除子之病，则天下以我为不工；而病之不去，则天下以我为非医。此二者所以交战于吾心而不释也。”既而见其人，其人曰：“夫子则知医之医，而未知非医之医欤？今夫非医之医者，有所冒行而不顾，是以能应变于无穷。今子守法密微而用意于万全者，则是子犹知医之医而已。”天下之事，急之则丧，缓之则得，而过缓则无及。孔子曰：“道之难行也，我知之矣。知者过之，不肖者不及也。”夫天下患于不知，而又有知而过之者，则是道之果难行也。

昔者，世之贤人，患夫世之爱其爵禄，而不忍以其身尝试于艰难也，故其上之人，奋不顾身以搏天下之公利而忘其私；在下者亦不敢自爱，叫号纷讻，以攻讦其上之短。是二者可谓贤于天下之士矣，而犹未免为不知。何者？不知自安其身之为安天下之人，自重其发之为重君子之势，而轻用之于寻常之事，则是犹匹夫之亮耳。

伏自明公执政，于今五年，天下不闻慷慨激烈之名，而日闻敦厚之声，意者明公其知之矣，而犹有越人之病也。辙读《三国志》，尝见曹公与袁绍相持，久而不决，以问贾诩，诩曰："公明胜绍，勇胜绍，用人胜绍，决机胜绍。绍兵百倍于公，公画地而与之相守，半年而绍不得战，则公之胜形已可见矣，而久不决，意者顾万全之过耳。"夫事有不同，而其意相似，今天下之所以仰首而望明公者，岂亦此之故欤？明公其略思其说，当有以解天下之望者。不宣。辙再拜。

【解题】

嘉祐五年（1060），苏辙授河南渑池县主薄，未及行，即为杨畋荐举参加"才识兼茂明于体用科"策试。此书是苏辙试前写给富弼的信，充满了少年豪气。

上曾参政书

辙闻之，士不更变，不可与图远。新胜之家，知得而不知丧，知存而不知亡，始若可喜，而终不可久。

昔者辙读《书》至《秦誓》而得之，曰："番番良士，旅力既愆，我尚有之。仡仡勇夫，射御不违，我尚不欲。"夫昔之为此言者，盖亦已知之矣。孟明视、西乞术、白乙丙，此三人者，秦之豪俊有决之士。而百里奚、蹇叔子，此秦之所谓老耄而不武者也。穆公欲袭郑，孟明以为可，而蹇叔以为不可。则蹇叔之说无乃远于事情而近于怯哉。然而要其成败得失之终，而责其思虑之长短，则蹇叔不可谓迂，而孟明不可谓是也。故曰："如有一个臣，断断兮，无他技，其心休休焉，其如有容焉。人之有技，若已有之，人之彦圣，其心好之，不啻如自其口出，实能容之。以保我子孙黎民，尚亦有利哉！"嗟夫，穆公至此而后知蹇叔之非庸人欤！今夫立于百官之上而宰天下之事者，亦何以其他技为哉！温良博爱而能容天下之士，斯可矣。

往者辙之东游，而明公适为京兆。当此之时，明公之声上震于朝廷，而下慑于闾里，行道之人为之不敢安视，盗贼屏息而不作，可谓才有余矣。然至于参决大政而日韬其光，务为敦厚，不欲以才盖天下。上承二公，下拊百官，周旋揖让，而士大夫莫不雍容和穆以相与也。嗟夫！明公何以及此哉！

辙，西蜀之匹夫，往年偶以进士得与一命之爵。今将为吏嵴、黾之间，闲居无事，闻天子举直言之士。而世之君子以其山林朴野之人不知朝廷之忌讳，其中无所隐蔽，故以应诏。而辙也复不自度量而言当世之事，亦不敢为莽卤不详之说。其言语文章虽无以过人，而其所论说，乃有矫拂切直之过。窃独悲古者深言之人，遭时之不祥，一有所触，而其言不复见录于世。方今群公在朝，以君子长者自处，而优容天下彦圣有技之士，士之有言者可以安意肆志而无患，然后知士之生于今者之为幸，而辙亦幸者之一人也。素所为文，家贫不能尽致，有《历代论》十二篇，上自三王而下至于五代，治乱兴衰之际可以概见，于此观其略可也。

【解题】

此文是苏辙应制举前写给曾公亮的信，同时附有《历代论》十二篇。作于嘉祐五年（1060）应制举前。

上两制诸公书

辙读书至于诸子百家纷纭同异之辩，后世工巧组绣钻研离析之学，盖尝喟然太息，以为圣人之道，譬如山海薮泽之奥，人之入于其中者，莫不皆得其所欲，充足饱满，各自以为有余，而无慕乎其外。

今夫班输、共工，旦而操斧斤以游其丛林，取其大者以为楹，小者以为桷，圆者以为轮，挺者以为轴，长者扰云霓，短者蔽牛马，大者拥丘陵，小者伏蓁莽，芟夷蹶取，皆自以为尽山林之奇怪矣。而猎夫鱼师结网聚饵，左强弓，右毒矢，陆攻则毙象犀，水伐则执鲛蛇，熊罴虎豹之皮毛，鼋龟犀兕之骨革，上尽飞鸟，下及走兽昆虫之类，纷纷籍籍，折翅捩足，鳞鬣委顿，纵横满前，肉登鼎俎，膏润砧几，皮革齿骨，披裂四出，被于器用。求珠之工，随侯夜光，间以类玭，磊落的皪，充满其家。求金之工，辉赫晃荡，铿锵交戛，遍为天下冠冕佩带饮食之饰。此数者皆自以为能尽山海之珍，然山海之藏终满而莫见其尽。

昔者，夫子及其生而从之游者，盖三千余人。是三千人者莫不皆有得于其师，是以从之周旋奔走，逐于宋、鲁，饥饿于陈、蔡，困厄而莫有去之者，是诚有得乎尔也。盖颜渊见于夫子，出而告人曰："吾能知之。"子路、子贡、冉有出而告人亦曰："吾知之。"下而至于邽巽、孔忠、公西舆、公西箴，此数子者，门人之下第者也，窃窥于道德之光华，而有闻于议论之末，皆以自得于一世。其后田子方、段干木之徒，讲之不详，乃窃以为虚无淡泊之说。而吴起、禽滑氂之类，又以猖狂于战国。盖夫子之道，分散四布，后之人得其遗波余泽者至于如此。而杨朱、墨翟、庄周、邹衍、田骈、慎到、韩非、申不害之徒，又不见夫子之大道，皇皇惑乱，譬如陷于大泽之陂，荆榛棘茨，蹊隧灭绝，求以自致于通衢而不可得，乃妄冒蒺藜，蹈崖谷，崎岖缭绕而不能自止。何者？彼亦自以为己之得之也。

辙尝怪古之圣人，既已知之矣，而不遂以明告天下而著之六经。六经之说皆微见其端，而非所以破天下之疑惑，使之一见而寤者，是以世之君子纷纷至此而不可执也。今夫《易》者，圣人之所以尽天下刚柔喜怒之情、勇敢畏惧之性，而寓之八物。因八物之相遇，吉凶得失之际，以教天下之趋利避害，盖亦如是而已。而世之说者，王氏、韩氏至以老子之虚无，京房、焦贡至以阴阳灾异之数。言《诗》者不言咏歌勤苦、酒食燕乐之际，极欢极戚而不违于道，而言五际子午卯酉之事。言《书》者不言其君臣之欢，吁俞嗟叹，有以深感天下，而论其《费誓》、《秦誓》之不当作也。夫孔子岂不知后世之至此极欤？其意以为后之学者，无所据依感发以自尽其才，是以设为六经而使之求之，盖又欲其深思而得之也，是以不为明著其说，使天下各以其所长而求之。故曰："仁者见之谓之仁，智者见之谓之智。"而子贡亦曰："在人，贤者识其大者，不贤者识其小者。"夫使仁者效其仁，智者效其智。大者推明其大，而不遗其小，小者乐致其小，以自附于大，各因其才而尽其力，以求其至微至密之地，则天下将有终身于其说而无倦者矣。至于后世不明其意，患乎异说之多而学者之难明也，于是举圣人之微言而折之以一人之私意，而传疏之学横放于天下。由是学者愈怠，而圣人之说益以不明。

今夫使天下之人因说者之异同，得以纵观博览，而辨其是非，论其可否，推其精粗，而后至于微密之际，则讲之当益深，守之当益固。《孟子》曰："君子深造之以道，欲其自得之也。自得之，则居之安。居之安，则资之深。资之深，则取之左右逢其原。故君子欲其自得之也。"

昔者辙之始学也，得一书，伏而读之，不求其传，而惟其书之知。求之而莫得，则反覆而思之。至于终日而莫见，而后退而求其传。何者？惧其入于心之易，而守之不坚也。及既长，乃观百家之书，纵横颠倒，可喜可愕，无所不读，泛然无所适从。盖晚而读《孟子》，而后遍观乎百家而不乱也。而世之言者曰：学者不可以读天下之杂说，不幸而见之，则小道异术将乘间而入于其中。虽扬雄尚然，曰："吾不观非圣之书。"以为世之贤人所以自养其心者，如人之弱子幼弟不当出而置之于纷华杂扰之地，此何其不思之甚也！古之所谓知道者，邪词入之而不能荡，诐词犯之而不能诈，爵禄不能使之骄，贫贱不能使之辱，如使深居自闭于闺闼之中，兀然颓然，而曰“知道知道”云者，此乃所谓腐儒者也。

古者伯夷隘，柳下惠不恭，隘与不恭，是君子之所不为也。而孔子曰：“伯夷、叔齐不降其志，不辱其身。柳下惠、少连降志而辱身，言中伦，行中虑。虞仲、夷逸隐居放言，身中清，废中权。而我则异于是，无可无不可”。夫伯夷、柳下惠是君子之所不为，而不弃于孔子，此孟子所谓孔子集大成者也。至于孟子恶乡原之败俗，而知于陵仲子之不可常也；美禹、稷之汲汲于天下，而知颜氏子自乐之非固也，知天下之诸侯其所取之为盗，而知王者之不必尽诛也；知贤者之不可召，而知召之役之为义也。故士之言学者皆曰孔、孟。何者？以其知道而已。

今辙山林之匹夫，其才术技艺无以大过于中人，而何敢自附于孟子？然其所以泛观天下之异说，三代以来，兴亡治乱之际，而皎然其有以折之者，盖其学出于孟子而不可诬也。今年春，天子将求直言之士，而辙适来调官京师，舍人杨公不知其不肖，取其鄙野之文五十篇而荐之，俾与明诏之末。伏惟执事方今之伟人，而朝之名卿也，其德业之所服，声华之所耀，孰不欲一见以效薄技于左右？夫其五十篇之文从中而下，则执事亦既见之矣，是以不敢复以为献，姑述其所以为学之道，而执事试观焉。

【解题】

此文与前文《上昭文富丞相书》、《上曾参政书》均是苏辙应制举试前写给当政的信。此文纵论治学之道，尤其突出的是反对“腐儒”的“自闭于闺闼”，主张“遍观乎百家”。

上刘长安书

辙闻之，物之所受于天者异，则其自处必高；自处既高，则必趯然有所不合于世俗。盖猛虎处于深山，向风长鸣，则百兽震恐而不敢出；松柏生于高冈，散柯布叶，而草木为之不殖。非吾则尔拒，而尔则不吾抗也。故夫才不同则无朋，而势远绝则失众，才高者身之累也，势异者众之弃也。

昔者伯夷、叔齐已尝试之矣，与其乡人立，以其冠之不正也，舍而去之。夫以其冠之不正也，舍之而去，则天下无乃无可与共处者耶？举天下而无可与共处，则是其势岂可以久也？苟其势不可以久，则吾无乃亦将病之？与其病而后反也，不若其素与之之为善也。伯夷、叔齐惟其往而不反，是以为天下之弃人也。以伯夷之不吾屑而弃伯夷者，是固天下之罪矣。而以吾之洁清而不屑天下，是伯夷亦有过耳。

古语有之曰："大辩若讷，大巧若拙。"何者？惧天下之以吾辩而以辩乘我，以吾巧而以巧困我，故以拙养巧，以讷养辩。此又非独善保身也，亦将以使天下之不吾忌，而其道可长久也。今夫天下之士，辙已略观之矣。于此有所不足，则于彼有所长；于此有所蔽，则于彼有所见，其势然矣。仄闻执事之风明俊雄辩，天下无有敌者，而高亮刚果，士之进于前者莫不振栗而自失，退而仰望才业之辉光，莫不逡巡而自愧。盖天下之士已大服矣，而辙愿执事有以少下之，使天下乐进于前而无恐，而辙亦得进见左右，以听议论之末。幸甚幸甚。

【解题】

这封信也是嘉祐五年（1060）应制举前所作。刘长安即刘敞，当时任翰林侍读学士。

贺欧阳副枢启

右某启：伏审近膺休命，遂总兵权。凡在下风，孰不自庆？

以天下之辩士而议论兵革之要，以朝廷之元老而临御猛悍之臣。士民所以欢欣，夷狄所以震惧。昔者汉之贾谊，谈论俊美，止于诸侯相，而陈平之属，实为三公。唐之韩愈，词气磊落，终于京兆尹，而裴度之伦，实在相府。夫陈平、裴度未免谓之不文，而韩愈、贾生亦常悲于不遇。盖人之于世，美恶必有所偏；而天之于人，赋予亦莫能备。伏惟枢密侍郎天才奇特，高出古人，余论温纯，和乐海内。士人之所望以开慰学者，世俗之所待以师保斯民。果承宠荣，入践钧轴。手执予夺，身为安危。施之事实，则可以惨舒四方之人；见之笔墨，则可以照曜万世之下。夫富贵之士所少者文字，而终莫能得；贫贱之士所急者爵禄，而亦不可求。有能力取其一端，皆以自足于当世，而况位在枢府，才为文师，兼古人之所未全，尽天力之所难致。文人之美，夫复何加。谨奉启陈贺。不宣，谨启。

【解题】

嘉祐五年（1060）年，欧阳修被任命为枢密副使，此文是苏辙写给欧阳修的贺信。文中对欧阳修“位在枢府，才为文师”大加称美，认为“文人之美，夫复何加?”

北京谢韩丞相启二首

一

右某启：顷违轩闼，寻至北门。自领簿书，复将期月。魏都雄盛，号称河朔之上游；职官卑微，最为府中之末吏。事既甚夥，议皆得参。顾惟浅庸，何以堪处？而况旱气方退，流民未还，盗贼纵横，犴狱填委。是健吏厉精竭力而不足之日，非庸人偷安自便而能办之时。伏惟相公，伟量绝人，盛业盖世，乐育贤俊，误知鄙凡。窃观佐幕之司，似若无责之地。勉强以处，则事皆可与；因循而去，则身实甚闲。敢无自强，少答知遇？

二

右某近准中书札子，就差管句大名府路安抚总管司机宜文字者。顷尘制科，已授商幕；寻辄乞告，以便养亲。贫窭无资，还复求仕。既来魏府，幸迩家庭。曾未逾时，就改此职。边鄙无事，最为闲官。俸给稍优，尤便私计。自非昭文相公陶冶庶类，顺养众情，曲矜鄙庸，常见存念。则岂有进退之际，皆从私心，功效未闻，旋移新局？顾恩造之甚厚，思力报以未由。区区之诚，书不能既。

【解题】

治平二年（1065），苏辙出为大名府（今河北大名）推官，第一封信是四月写给韩琦。不久，苏辙改管勾大名府路安抚总管司机宜文字，第二封信是改任后写给韩琦的。北京即大名。

代子瞻答周郎中启

伏承不察空疏，辱示书教。称道过实，惭惧交至。某自少读书，喜作文字。志气方锐，以多为贤。流传世俗，误见推许。近岁以来，遭罹患难，旧学衰落。加以当世文士述作至多，每一开编，终日惊叹。故自近日，深自敛退，未尝有所为文。方欲收拾旧书，而已传布四方，不可复掩。岂谓贤达尚复以此见称！每读来书，祗增愧汗。所示古今诗二卷，词藻既赡，格律又高，诵咏再三，浩不可测。辱赐之厚，未知所报。

【解题】

此文是代苏轼所作书启，《栾城集》列于代人启事之首，在

《代张公安道答吕陶屯田启》之前，似应作于熙宁三年（1070）之前。

代张公安道答吕陶屯田启

伏审决策大廷，程文优等，声华籍甚，庆慰良深。某官学问该通，业履淳固，耻浮言之希世，依直道以干时。进不失荣，退无所负。惟是六科之建，始于两汉之隆。众所共趋，久而成俗。盛极则反，固唯物理之常然；忠告未衰，犹有设科之本意。苟遗风之可挹，曾外物之何加？勿用猥并，本无求于执事；不忘藨蓑，终有获于丰年。比者过示长笺，曲形厚意。其为感悦，难尽敷陈。

【解题】

熙宁三年（1070）吕陶中制举，此文是苏辙代张方平写给他的答信。吕陶是元祐间蜀党成员。

贺欧阳少师致仕启

伏审累章得谢，故邑荣归。位冠东宫，宠兼旧职，高风所振，清议愈隆。伏惟致政观文少师，道德在人，学术盖世。早游侍从，蔚为议论之宗；晚入庙堂，隐然众庶之望。属三朝之终始，更万变之勤劳。临事而安，莫测弛张之用；释位既久，始知静镇之功。仰成绩之不刊，信后来之难继。荐历三镇，始终一心。知无不言，曾中外而易意；老而弥壮，信贤达之过人。众皆以力事君，公独以道自任。仕以其力者，力衰而后去；进以其道者，道高则难留。故七十致仕，在礼则然；而六一自名，此志久矣。筑室清颍，琴书足以忘忧；遗名四方，珪组盖已外物。谁欤治国，能就问以质疑；惟是门人，尚不拒其来学。辙以官守，不获躬诣门屏，谨奉启陈贺。

【解题】

据《续资治通鉴》卷六十八熙宁四年（1071）六月甲子条："知青州欧阳修以太子少师、观文殿学士致仕。"苏辙此文即作于欧阳致仕之后，文中极力赞美了欧阳修的功绩。

迎陈述古舍人启

右某启：伏审厌直玉堂，分忧辅郡。父老相庆，吏属竦观。伏惟知府舍人，道德精醇，政术高妙。东南旧治，久振于士林；台阁遗风，特高于朝右。鲁侯为国，始自泮水；何武按部，首访诸生。不谓古人，复见今日。辙承乏黉舍，久闻德音。乐与斯人，共被余泽。

【解题】

熙宁三年（1070）苏辙任陈州学官，四年（1071）张方平除南都留台，九月陈述古知陈州，此文当作于熙宁四年（1071）九月。陈述古即陈襄。

贺张宣徽知青州启

伏审入觐帝廷，荣加使秩，遂解南龠，作镇东藩。新命既传，众情胥悦。伏惟某官，宇量冠古，德业在人。直道而行，神听靖共之德；不改其度，人知贤达之风。师保斯民，望之已久。进登异数，礼亦为宜。虽分职于遐方，实均荣于二府。老成犹用，人有望于安宁；旌旆来东，迹稍安于孤拙。辙官守有限，庆谒未遑，瞻望倾依，衷诚踊跃。

【解题】

此启是为祝贺张方平知青州而作。熙宁四年（1071）张方平为宣徽北院使，后为王安石排挤，出知青州。据此，则此文当作于熙宁四年（1071）。

贺致政曾太傅启

伏审得谢明廷，进兼异数。首被衮衣之锡，仍因旄节之崇。终始恩荣，中外庆慰。伏惟致政太傅侍中，旧德隆重，元勋著明，辅相三朝，纯固一节。良士在位，不求旅力之功；尚父虽衰，犹荷鹰扬之托。西鄙无事，中扆思贤。继陈止足之诫，自求清静之乐。付青简以遗事，追赤松而并游。大节凛然，四方仰止。矧十载庙堂之旧，多一时几杖之贤。年德最先，命秩尤峻。出同忧患，措国步于安宁；归共优游，播清风于长久。辙夙荷知奖，实倍欢欣。谨奉启陈贺。

【解题】

熙宁五年（1072）曾公亮致仕，苏辙写此信以贺。

贺河阳文侍中启

伏审力辞枢务，得请名邦。恩礼便蕃，中外庆慰。伏惟判府司徒侍中，辅相三世，始终一心。器业崇深，不言而四方自服；道德高妙，无为而庶务以成。此朝廷所以迟迟于均佚之书，而士民所以睠睠于保厘之命。顾惟出处之义，实繄功名之终。留侯志于赤松，晋公安于绿野。油然自得，夫岂不怀！矧惟三城，密迩全洛。政独止于民社，乐有助于林泉。道大难名，信后来之莫继；民犹思治，恐久安之未遑。

【解题】

熙宁六年（1073）四月文彦博判河阳，这是苏辙所作贺启。

谢文公启

伏念辙迂疏已甚，废弃为宜。偶来宛丘，遂复三岁。留连寸禄，久已愧于古人；顾视当涂，义无求于今日。方将图宦游于南土，即暇豫于鸰原。自屏远方，少安愚分。比者伏遇某官，厌倦枢政，偃息藩州。忘陋质之无堪，恃旧知而增气。尺书自达，方怀冒进之忧；奏牍上闻，遽辱见收之请。庠斋闲暇，既深便于冗材；德宇崇深，固足安于一介。仰惭伯乐之顾，自知驽马之姿。虽取信之无疑，犹恐难于必售。其为感激，难既敷陈。

【解题】

文彦博判河阳，辟苏辙为学官，此文是写给文彦博的谢启，申述感激之情。作于熙宁六年（1073）。

代齐州李谏议问候文侍中启

伏审卧镇别京，临制北鄙。政务休简，兵民乂安。恭惟某官，德迈古人，望隆当世，陶冶多士，尽布公卿之间；辅翼累朝，陟配皇王之化。卷怀事业，偃息方州。风俗未澄，非老成而莫定；边鄙尚竦，须重德以谋安。众口所期，天心将应。即日冬候凝冽，钧履康宁。某迫此莫年，尚玷乡郡。道路不远，德化所覃。瞻仰徒深，伏谒无路。敢祈保卫，以慰倾依。

【解题】

熙宁七年（1074）三月李肃之知齐州，时苏辙已改掌书记，此信是代李肃之写给文彦博的信。李谏议即李肃之。

代李谏议贺郭宣徽知并州启

伏审谋帅庙堂，授钺方面。风声所被，边鄙自安。伏惟某官，学本诗书，思含韬略；入参枢近，出总戎行。谋虑宏深，隐若长城之固；动用安静，不求一日之功。勋名既隆，衅故随至。进退有裕，望实兼隆。令尹三登，曾喜色之莫见；颍阳复起，信前计之可从。方今卒乘久安，盟好犹在。用人既得，知庙胜之有成；俾国咸休，顾公策之安出！某老拙无用，退守乡邦。侧聆休嘉，以慰瞻望。

【解题】

此启应作于熙宁七年。李谏议即李肃之，郭宣徽即张方平。

代李谏议谢二府启

某为性甚愚，笃于自信。与人无忌，拙于周旋。顷者得过监司，造为浮谤。浼尘上听，纷然罪戾之多；传播四方，重为衰老之愧。飞章自理，为计已疏。虽循省之无瑕，顾吹求之已密。恃照临于皎日，信俯仰于于衡。不俟辩明，坐获昭洗。枯根再生于时雨，败舟获济于惊澜。名节既全，死生为幸。此盖伏遇某官，持大钧而播物，奋至鉴以临人。定妍丑于须臾，无施巧伪；怜衰疲之易毁，曲为保全。德厚恩隆，感深涕陨。某老病既久，思求归而未能；荷戴虽多，恐图报之无日。激切之至，敷述奚殚。

【解题】

此信是苏辙代李肃之所作，应为熙宁七年作。李肃之由湖北转运使降知齐州，此信应是至齐州时作。宋代中书省和枢密院称二府。

谢改著作佐郎启

右某启：今月某日，蒙恩改前件官者。迂拙之人，废弃已久。偶岁成之及格，蒙叙法之推恩。忝冒既深，荣幸兼至。伏以方今圣人在上，多士盈廷。挟策读书，皆道德宏深之士；莅官从政，并才术纵横之人。珪璧炜煌，顾瓦砾而安用；松筠挺拔，嗟萧艾之徒生。固天地付予之特殊，宜朝廷进退之亦异。朝游山林之下，群鸟兽之喧卑；暮登霄汉之涂，接鸾皇之翔厉。是以群材并骛，百度咸熙。顾视驽骀，伏盐车而已幸；旁睨朴樕，俟樵爨以何词！曾谓庸虚，亦蒙迁补。伏念辙才性鄙拙，学问空疏。早岁猖狂，误尘科举。蹉跎二纪，见者兴嗟；奔走四方，泰然自得。老马无求于再驾，死灰岂意于复然？无负郭之桑麻，愿归耕而未果；效乘田之畜牧，苟窃禄以偷安。实无望于荣华，顾常忧于罪戾。宠至逾分，诚不自知。此盖伏遇某官二府，左右明时，陶钧庶物。春阳既至，草木皆生。有不次之举以待贤才，有铨综之常以御群吏。使贤者无久留之叹，不肖者有寸进之缘。虽三代用人之明，何以过此？故一介受恩之贱，罔不知归。感戴徒深，敷陈罔既。

【解题】

熙宁十年（1077）苏辙改官著作佐郎，此文作于接到任命之时，但并没有上任。

谢张公安道启

右某启：伏以少年游学，方成都乐职之秋；壮岁效官，复淮阳卧治之日。矧留都之清净，眷幕府之优闲。再辱辟书，重收孤迹。哀怜废弃之久，谁复肯然？绸缪樽俎之欢，亦非偶尔。伏惟留守宣徽太尉，才高一世，望重累朝。体河岳之兼容，纳涓埃而不间。衣食有奉，已宽尽室之忧；道德照人，况复终身之幸。其为慰喜，难尽敷陈。

【解题】

熙宁十年（1077）苏辙改官著作佐郎，未赴任，即被张广平辟为应天府签书判官。此文是写给张广平的谢启。应天府即南京，在今河南商邱。

答徐州陈师仲书二首

一

辙白陈君足下：去年辙从家兄游徐州，君兄弟始以客来见，一揖而退，漠然不知君之胸中也。既而闻之君之乡人，君力学行义，不妄交游，既已中心异之。及来南京，又辱以所为文为赠，读之翛然以清，追慕古人而无意于世俗。心虽爱之，然亦忧君之以是困于今世也。今年春，君西游，谋所以葬先子于朋友。既而东归，贫不克举。书来告曰：将改卜七月，且问所以为葬。嗟夫！辙固知君之至于此也，以若所为行求今之人，则其困也固宜。虽然，子而固子之守，尽子之有，敛手足形还葬。此则曾子之所以葬其亲也，而何病？《诗》云：“凡民有丧，匍匐救之。”有欲救之心而力不赡，愧实在我，而子何病？今既七月矣，惟自勉以礼。不宣，辙白。

二

蒙惠书论诗，许以五百篇为惠。既知所从学诗之人，又知所以作诗之意。五百篇虽未至，然见此书，已与见诗无异矣。应掾言迫于解舟，有书不能尽取，即此诗是耶？辙少好为诗，与家兄子瞻所为，多少略相若也。子瞻既已得罪，辙亦不复作诗。然今世士大夫亦自不喜为诗，以诗名世者，盖无几人。间有作者，尤足贵也。故仆每得其所为，辄讽咏终日，譬如新病喑人，口不复歌，闻有歌者，犹能手足舞蹈以自慰释。足下尚能以五百篇见惠耶？苟有以慰我，不必矜自口出也。

【解题】

熙宁十年（1077）苏辙随兄苏轼至徐州，结识陈师仲兄弟。元丰元年（1078）苏辙任南京签书判官，陈师仲来信，七月苏辙复信。

代陈述古舍人谢两府启

久尘近侍，愧于无能，出补外官，适其素愿。始布条诏，亲见吏民。秋夏丰登，人怀富足之乐；风俗淳厚，庭无争讼之喧。曾何施为，遂底清净。某老大无取，介特自将。平昔之学，尝志于治民，仕宦之劳，每深于陟屺。愿之久矣，乃今得之。此盖伏遇某官，道德崇深，器业宏远。铨综群吏，不知中外之殊；镇抚多方，常先陪辅之重。举此善地，寄之鄙人。私欲不违，知陶钧之有自；官守无事，况迂拙之所宜。感激之诚，敷陈罔既。

又代谢两制启

蹇拙之资，久尘于侍从；恩宠之误，犹寄于藩维。祗服休光，已临所部。某历职无补，每以为惭。揣己甚明，固尝自乞。荷圣恩之未弃，付近郡以偷安。太昊之墟，风俗犹厚；长淮以北，鱼稻稍丰。亲养无违，私计自得。曾何鄙薄，获此便安？此盖伏遇某官，学术精深，才猷骏懋。眷奖方厚，议论持平。顷与同朝，固服膺之有素；获守善地，滋荷德之不忘。视事云初，驰诚罔既。

代张圣民修撰谢二府启

待罪海壖，方虞于旷败；分忧畿外，尤荷于陶钧。祗见吏民，布宣条诏。累岁丰稔，略无疲人；积雨开明，粗有秋稼。方郡邑之无事，顾庸懦以何为。某早从宦游，旧悦图史。旋承乏于剧职，勉从事者历年。心迷簿领之烦，力殚钱谷之计。逮兹出守之地，复修旧学之余。政事稍闲，初心自得。曾何幸会，获此便安？此盖伏遇某官，道德济时，宇量包世。燮和中外，耻一物之未宁；容养贤愚，思群材之各遂。顾鄙儒之无状，窃近辅以偷安。虽荷德之深，无忘于瞻仰；而营职之外，何补于涓埃。惭惧之诚，敷述难既。

【解题】

以上首书启具体写作时间已不可考，大致应写于熙宁年间。陈述古即陈襄。

贺赵少保启

右某启：伏审得谢明廷，荣归故里。参东宫之羽翼，增南国之光华。搢绅竦观，贪懦知愧。伏惟致政少保，德侔金玉，节贯冰霜。早入谏垣，凛乎蹇谔之足畏；晚陪国论，温然忠厚之可依。逮此分忧，所至称治。因俗为政，无宽猛之常；与民息肩，有清静之化。士夫倚以为重，邦家仰以为安。而止足之心，早已自许；再三之请，久而后从。退居水石之乡，自放簪裳之外。优游空寂，有以知万物之轻；呼吸清华，有以期百年之寿。激扬颓俗，师表后生。卓然先觉之风，坐致不言之益。某因缘末契，误辱见知。旧德不留，虽同海内之公怨；高节愈劭，私喜哲人之克终。欣慰之多，敷染难尽。

【解题】

元丰二年（1079）二月太子太保赵抃致仕，这是苏辙所作贺启。

与参寥大师书

别后三承惠书，仍以佳篇为赠，而未尝奉答。虽见爱，亦当见讶矣。然实以家私多故，衮衮至此，非敢慢也。太虚书中具之，幸见亮尔。承寓高邮精舍，彼有与往还，当甚为乐。即日道体胜常。所示诗卷，愈加精绝，但吟讽无已。拙诗犹未暇录，奉和一篇，殊无意思，取笑而已。因风尚无惜音问，千万顺时保爱。

【解题】

据此书内容，似应作于元丰三年（1080）苏辙贬监筠州酒税赴任途中作。《栾城集》卷九有《次韵秦观见寄》及《次韵参寥见寄》，书中有“奉和一篇”之句，则此书当为同时之作。各本皆不载，据《播芳大全》辑补。

贺文太师致仕启

右某启：伏审得谢中朝，归老西洛。位极师保，望隆古今。止足之风，中外所叹。伏惟致政太师，躬夔、皋之伟业，兼方、召之壮猷。翼亮三朝，始终一节。百辟共传于遗事，四夷想闻于风声。民恃以安，士思为用。尚父虽老，而鹰扬未衰；猛虎在山，而藜藿不采。况复坐而论道，本无黄发之嫌；出以济时，何负赤松之约？而能去如脱屣，名重太山。近世以来，一人而已。方将翱翔嵩、少之下，泝回伊、洛之间。身寄白云，堂开绿野。释鼎钟之重负，收竹帛之余光。虽使图之丹青，奉以尸祝。众之所愿，谁复间然。某早以空疏，误辱知奖。尝欲借润于河海，庶几自效于锱铢。而蹇拙多艰，漂流历岁。誓将归扫坟墓，绝意功名。罪籍得除，或成过洛之幸；旧恩未弃，尚许登门之游。一听话言，永毕微愿。犹能作为歌颂，传示无穷。俯慰平生，仰答恩遇。瞻望台屏，不胜区区。谨奉启陈贺。

【解题】

元丰六年（1083）十一月文彦博致仕，苏辙写信祝贺。信中极力赞扬文彦博“坐而论道”、“出以济时”的功绩，而又能“去如脱屣”的精神。

答黄庭坚书

辙之不肖，何足以求交于鲁直？然家兄子瞻与鲁直往还甚久，辙与鲁直舅氏公择相知不疏，读君之文，诵其诗，愿一见者久矣。性拙且懒，终不能奉咫尺之书，致殷勤于左右。乃使鲁直以书先之，其为愧恨可量也。自废弃以来，颓然自放，顽鄙愈甚。见者往往嗤笑，而鲁直犹有以取之。观鲁直之书，所以见爱者，与辙之爱鲁直无异也。然则书之先后，不君则我，未足以为恨也。比闻鲁直吏事之余，独居而蔬食，陶然自得。盖古之君子不用于世，必寄于物以自遣。阮籍以酒，嵇康以琴。阮无酒，嵇无琴，则其食草木而友麋鹿，有不安者矣。独颜氏子饮水啜菽，居于陋巷，无假于外而不改其乐，此孔子所以叹其不可及也。今鲁直目不求色，口不求味，此其中所有过人远矣，而犹以问人，何也？闻鲁直喜与禅僧语，盖聊以是探其有无耶？渐寒，比日起居甚安，惟以时自重。

【解题】

此信是元丰三年（1080）至元丰七年间贬筠州时作。时黄庭坚任吉州太和县令。苏、黄思慕二十余年，一直未见面，此次黄庭坚来书求交，苏辙慨然相许，结为神交。

答徐州教授李昭玘书

辙启：女夫王君适自徐还筠，承赐以长书。伏读愧叹，无以为喻。自惟愚拙，加以罪废，平时学问，捐弃不讲，譬如荒畦败圃，草棘狼藉。虽追惟畴昔耘锄之勤，欲从容游步其间，而亦愀然自嫌，不欲置足。况夫通都大邑之人，遍观天下之巨丽，心目广大，物难称惬，乃欲游目纵览，究其有无，岂有不嘻笑者哉！

伏惟君侯，壮年笃学，才节茂美，文章俊发，何意过听如此？然闻王君言，出入学中逾年，稍知旨趣所诣，盖耽悦至道，忽忘世味，每有超然绝俗之意。闻辙被罪以来，自知鄙陋，归耕之计，虑之已熟。不察其故，遽以知道许之。夫古之所谓知道者，富贵不能淫，贫贱不能忧，夫岂如辙困踬而谋安者耶？若夫收其精以治身，而斥其土苴以惠天下，此君侯之所当学也，而亦何取于辙哉！辱赐之厚，不知所报，谨奉启陈谢，伏惟照察。不宣。

【解题】

此书以“富贵不能淫，贫贱不能忧”为知“道”，而以因仕途坎坷而生的归耕思想为自安计，这种区别态度表现了苏辙的入世精神。从内容上看，此信当是元丰年间贬监筠州酒税时所作。

上洪州孔大夫论徐常侍坟书

辙窃见故散骑常侍徐公铉坟，在公所治郡新建县西山鸾冈原。徐公没于淳化辛卯，迨今九十四年。公无子，故人奉新胡克顺葬之。胡氏昔为大家，克顺慕公高义，春秋时祀，顷未尝废。自克顺死，胡氏衰，公之坟域荒茀不治，盖有年矣。闻自近岁民间利其林木，至讼而争之。公所葬地，本其先茔，公家既无子孙，契券亡失，官遂籍没其地，伐其松柏以治屋宇。行道知之，往往为之掩泣。窃惟南唐旧臣，如公之比，盖无一二。方陈觉、冯延鲁愚弄其主，擅兴甲兵，丧师蹙国，时无一人敢非之者。公独与韩熙载力陈其奸，卒致其罪。及王师南讨，李氏危在朝夕，公受命兵间，不为身计。义动中国，至今称之。盖公之大节，落落如此，虽使千载之后，犹当推求遗迹，以劝后来。今没未百年，弃而不录，仁人君子，岂其然哉！

伏惟明公家本先圣，先中丞忠义慷慨，气节凛然。公之行己大方，直继前烈。如徐公辈人，譬之草木，臭味不远。傥蒙矜念，使孤坟遗魄不至侵暴，祭祀稍存，樵采不犯，不惟南方士人拭目倾心，将天下义士知有所劝。辙言非所职，干冒高明，不胜战越。

【解题】

此书是苏辙改任绩溪令上任途中，经南昌时所作，应为元丰七年（1084）九月以后。

与辨才大师书

绩溪蒙恩召还，将自宣城沿大江以归，家兄子瞻以书告曰：不如至吴中。迫于水涸，不能久留。十月八日游天竺。子瞻昔与辨才师相好，今隔南山，不得见。乃作三诗以寄之。

【解题】

据文中“绩溪蒙恩召还”，可知此信作元丰八年（1085），这年苏辙由绩溪县令除秘书省校书郎，辞别绩溪赴京。《栾城集》卷十四有《寄龙井辨才法师三绝并叙》，与此文为同时作。此书各本不载，据《播芳大全》辑补。

除中书舍人谢执政启

某启：近蒙圣恩除前件官，仍改赐章服者。谪宦江湖，岁月已久；置身台省，志气未安。继登翰墨之场，勉出丝纶之语。辞而不获，处之益惊。凡物之生，小大异称；惟人所处，闲剧有宜。狙猿无事于冠裳，爰居不乐于钟鼓。操之则栗，舍之则安。是以造物者听其自然，而用人者贵于因任，然后才得其适，性无所伤。辙少而读书，中颇喜事。既挟策以干世，诚妄意于济时。奏牍之多，既比狂于方朔；流涕之切，亦效直于贾生。比困幽忧，始闻大道。泛若虚舟之独往，寂如死灰之不然。久于索居，遂以无用。以谓良冶之砥石，不能发无刃之金；大匠之斧斤，不能器不才之木。自放而已，盖将终焉。岂意大明之继升，广收诸贤以自助。骥騄之乘，而疲驽与焉；楩楠之林，而樗栎在是。横蒙见录，漫不自知。此盖伏遇某官，道大难名，才高不器。深念格天之业，本由得士之功。致二老于幽遐，罄九官之汲引。下逮微陋，或蒙甄收。曾是放弃之余，辄参侍从之列。朝衣肉食，虽怀归而未由；濡足缨冠，顾所居之当尔。冀斯民之大定，幸四国之无虞。碌碌何功，犹或一书于竹帛；堂堂伟绩，尚能悉载于声诗。过此以还，未知所措。

【解题】

元祐元年（1086）十一月，苏辙除中书舍人，这是写给执政的谢启。

与秦秘校二帖

一

昨晚辱迂步，迫晚，不果从容，良以愧感。新书益清丽可爱，不肖何足以当之？钦佩钦佩。天寒欲雪，为况佳否？

二

前日不果从容，承诲示，重感怍也。新诗飘然，益见高典，但不肖者颇愧虚辱耳。何时能再枉教，庶更卜清论也。倾企倾企。

【解题】

秦秘校即秦观，元祐三年至六年，秦观为秘书省校书郎。苏辙元祐四年冬出使契丹，秦观元祐六年冬由太学博士升正字，文中有“天寒欲雪”之句，可见作于冬季。则此文当作于元祐三年或五年冬。各本皆不载，据《播芳大全》辑补。

除尚书右丞诸公免书

某启：伏蒙圣恩，除辙中大夫，守尚书右丞者。恩出非常，心知逾分。虽恳辞之未获，要得请以为安。窃以政事之臣，国势所系。得其人则四方斯训，非所用则百辟何观。顾可私于一人，致坐失于大体？某家世寒陋，资禀冥顽。早岁读书，徒以文翰自喜；莫年临事，动由迂阔见讥。既自知之不疑，矧众言之何赖？方虞汰斥，遽尔超升。况今二圣天临，群公汇进。五臣翊舜，自格无为之功；一德承汤，已膺克享之报。岂容不肖，或与其间。伏望某官，因进见之余言，达外廷之公论。进贤退否，既钧轴之当为；置散投闲，抑空疏之常分。苟无满溢之惧，尽出陶镕之私。

【解题】

元祐六年（1091）二月以苏辙为尚书右丞，这是写给执政诸公的请辞免信。

谢　　启

某启：误蒙诏恩，选备台辖。小才知愧，空伛偻以循墙；成命莫回，嗟负乘而致寇。窃以先皇昔开于官制，两丞特异于唐余。上参万务之几，下总六联之剧。既用人之不次，宜得士之非常。如辙家世甚寒，资望尤薄。虽学存于古，而言辄谓迂；志切于时，而举不知务。禁林清要，文誉缺然；宪府密严，忠言无几。方乞闲而自便，遽躐等以叨荣。此盖伏遇某官，至德在人，清议服世。推毂多士，雅闻成就之功；一意本朝，乐有俊良之助。积薪不嫌其居上，蟠木亟为之先容。坐致空疏，误蒙甄拔。其为感幸，难尽言宣。

【解题】

据文中“选备台辖”之语，此启应是元祐七年（1092）六月擢太中大夫、守门下侍郎时作。

与某提刑书

辙启，顷承车马按部，获少奉谈笑，殊慰倾瞻。奉违未几，即日不审起居何如？辙幸此解罢，免于败阙，皆出余庇，感戴实深，未遑走谢左右，惶悚可量也。酷暑，千万为时珍重。谨奉手启，不宣。辙再拜提刑国博执事。六月九日。

【解题】

据此书内容，此书当作于绍圣元年（1094）苏辙得罪贬汝州时。辑自《秦邮续帖》。

与刘原之大夫二帖

一

北归至许已半年余，但未尝作都下相知书，故音问缺然，想不讶也。近承惠教，具审起居如宜。奉别之久，企仰何胜。千万顺时珍重，区区不宣。

二

先公深有谦德，不欲请谥，自是高节；朝廷不忘旧德，举行典礼，亦是美事。君臣各伸其意，两不相妨。至于原之内承先训，不敢陈请；固有君命，不敢隐藏行状。进退合礼，更无可疑。若考功再有命，当即录与也。况太常博士宋景年、考功高士英皆佳士，锐意撰述，幸勿疑耳。宋、高二君当皆执笔者，恐悉。

【解题】

据文中“北归至许已半年余”，可知此二信作于建中靖国元年（1101）苏辙北归居颍昌时。刘原之即刘跂，刘贽之子。各本皆不载这二封书帖，据《播芳大全》辑补。

答欧阳叔弼学士书

辙启：令子承务见访，蒙示手书，以先公神道碑未立，猥以见属。辙与亡兄子瞻，俱出先公门下。亡兄平昔已许撰述，不幸奄至大故，此志不申，则辙今日不当复以鄙陋不足以发明先公事业为辞矣。但有一事，自患难以来，八九年间，驽怯畏避，未尝秉笔为文，众所共悉。又自北归，衰病日侵，须发变白，志意消缩，非复曩日之比。斯文一时大手笔也，虽复勉强为之，深恐失前忘后，不能成文，重以获罪，奈何奈何！若叔弼不以朝夕见迫，许迁延三数年间，如其病疾少差，幸未至死，则不复辞矣。然恐孝爱恳切，急于表见当世，难以岁月俟耳。不能如教，悚息悚息。

【解题】

崇宁元年（1101）苏辙闲居颍昌，欧阳修之子欧阳叔弼请苏辙作欧阳修墓碑，这是苏辙复信。

谢两发运启

某启：窃以废弃余生，黾俛禄仕。偶依按治之末，苟全疏拙之资。敢谓并容，过形论荐。辙少年喜事，诚有意于功名；中岁早衰，愿投迹于林莽。徒以窜逐未久，不敢言归。耕稼无资，未能舍禄。马病伏枥，实畏驰走之劳；木落归根，久忘发生之念。伏承某官，德业深厚，名冠士夫。委寄优隆，地连湖海。思与明主，广育材能，遍求属官，不弃憔悴。百里之政，曾比毫发之轻；一言之容，遂致鼎钟之重。然方今圣治初启，群贤汇征，敢以衰朽之余，辄尘英乂之列。感激虽至，惭惧实深。

谢韩许州启

伏念辙为性迂疏，居官简惰。日虞弹劾，归事耕桑。敢谓兼容，尚形论荐？恭惟安抚相公，德度宏远，谟猷老成。不居公相之隆，退就方州之寄。惟世俗之多务，岂栋梁之久闲！复用之期，曾无几日；愿知之士，岂惟一人！曾何已弃之身，未改见知之旧。嗟驽马之独后，期枯栟于再荣。为力已艰，论恩则厚。黾勉寸禄，心已切于归欤；愧负鸿私，终何为而报此！

贺韩相州启

伏审恳辞留务，归守乡邦。敛藏为国之方，勉就还家之乐。

进退有裕，卷舒适宜。伏惟某官才大难名，功成不处。方三朝之终始，更万变之勤劳。抗大节于群疑，擅元勋于不朽。楚国已定，叶公返其旧封；唐室多虞，裴度久而在外。遗功名于简策，乐民社于方州。施无不宜，信处心之有道；众犹愿治，怀旧德以徒劳。辙夙荷奖知，实倍欢慰。限以官守，阻诣门庭。

谢黄察院启

右某启：伏审不弃空疏，过形论荐，废退已久，惭惧靡遑。诚以进无干世之才，出为苟禄之仕，强颜未去，幞被以须。方河堤溃决之余，当流民纷委之地。皇华在隰，务咨度以求贤；鸿雁于飞，待劬劳而安宅。是宜举励精之能吏，效奔走于当时。老钝之资，朴樕何取？岂谓采听之误，曲加奖饰之荣。此盖伏遇某官，德在兼容，仁存久弃。有霜台严肃之威而不用，有绣衣击断之势而不施。既示含容，复蒙甄录。然以东州之广，才士如林。辄先众人，岂胜厚愧！感佩之切，敷染奚殚！

贺范端明启

某启：伏以仁厚之深，老有余福，退闲虽久，坐致优恩。中外相传，欢欣一意。伏惟致政端明丈丈，乡邦旧德，翰苑老成。早擅价于文章，晚收功于忠义。谋安社稷之重，言发卿士之先。事成耻于自陈，功大难于久掩。既及身而显曜，亦延世以褒嘉。信天道之不诬，而阴德之必报。某早承眷与，喜倍等伦。不获躬诣门屏修庆，谨奉启陈贺。

贺孙枢密启

右某启：伏审王畿报政，兵府登贤。中外同欢，士夫相庆。伏惟枢密谏议，才业兼劭，忠厚有余。早试烦难，识民间之情伪；晚依潜跃，相龙德之光亨。出当干城，入赞心膂。温然不伐，德望逾隆；卓尔自将，风节弥壮。固上心之久简，且人望之攸归。方今武备载张，边防未弛。导迎善意，犹有望于仁人；保养遗氓，终愈光于令问。辙早游门下，实倍欢情？趋谒未由，瞻依徒切。

【解题】

以上六封贺启不知作于何时，今并附于此。

与王定国书九首

一

辙顿首，昨日承访，别计起居清安，来日果东否？张公书，烦为达之。春寒，千万跋涉自重。不宣。辙顿首　知郡承议定国阁下。初五日。

二

辙启，昨蒙见访，复辱枉教，并以为荷。阴寒，起居安胜。别幅所喻，极知相念之深。愧刻，愧刻。赵君文字已收，幸悉之。不宣。辙顿首　定国承议足下。

昨本有少闲，事欲面议，偶忘之。因出见过，甚幸也。

三

辙启，前日承访，及辱惠教，多荷，多荷。新晴，意思稍纾，体中计佳安。匆匆奉谢，不一一。辙顿首　定国使君弟。十九日。

四

别纸示喻具悉。自辨固无害，上下欲固守此道，天下之幸也。

五

辙启，晚来起居安胜。辱惠教，多荷，多荷！许见访，甚幸。不宣。辙顿首　定国使君足下。廿七日。

六

辙顿首，累日不奉面，辱惠教，至荷，至荷。晴暖，起居佳安。匆匆，不一一。辙顿首　定国承议使君。五日。

七

辙启，雪甚，可喜。宴居应有独酌之乐。区区，书不能尽。辙顿首　定国承议使君。廿三日。

八

承惠教，儿子相次上谒。辙上　定国阁下。

九

辙启，晴寒，履况清安。今晚有暇一访，甚幸。不一一。辙顿首　定国使君仁弟。廿七日。

【解题】

以上九首各本皆不载，据《眉山苏氏三世遗翰》及《大观录》辑补。王定国即王巩，与苏轼、苏辙为好友。

与王文玉书四首

一

伏蒙赐教，恩勤曲折，有骨肉之爱。蒙世不比数，何以奉承此欢，怀藏愧感，大不可言。累日聒聒溷烦，仰荷眷与，不见瑕疵，又饮食之；及其行，饷酒分醯，蒙被无已之惠，益多愧耳。谨奉状称谢。春寒，伏冀调护眠食，以须宠光。

二

道出贵郡，乃获淹观风度，实慰从来。伏蒙大雅开接甚厚，小人何以得此！薄晚奉被赐教承问，幸甚。拙于谋生，至烦地主饷米，感愧。匆匆称谢，不宣。

三

经宿，伏惟尊侯万福。比来奉承，勤款教谕，属以风静江平，伯氏坚约来日解舟，不审能曲听否？得指挥，今日得券给米，来旦得护兵听行，以慰伯氏之意，何幸如之。谨咨禀左右，惶恐，惶恐！

四

昨夜风静，遂解舟泊清溪口，道远不能入城，观随车歌舞之盛，徒对月举酒，想见风度耳。经宿，不审尊侯何如？伏惟万福，未申间泊铜官，古县萧索，尤思仰绪论。谨奉状承动静，率易，惶恐。

【解题】

以上四简原署苏轼撰，是寄与池州守王文玉的。然据孔凡礼考证：“苏轼一生江行过池州者凡三，一为元丰七年自黄州移汝州，一为绍圣元年赴惠州途中自金陵路过此，一为建中靖国元年北归时过此。三者，皆非春季，此简云及“春寒”，疑非轼作。查《永乐大典》卷二千三百九十九所引《苏颍滨年表》：元丰七年九月，苏辙除绩溪（按：原文作“续淡”，笔误）令，是年“除夜宿彭蠡湖”，八年春，经庐山赴绩溪就任。赴任途中即经池州，《乐城集》卷十三有《至池州赠陈鼎秀才诗》，与简所云之季节相合，窃疑此简为辙此时所作。”（见《苏轼佚文汇编》卷三）四简均据《播芳大全》卷五十四辑补。

四　序跋

《类篇》叙

虽有天下甚多之物，苟有以待之，无不各获其处也。多而至于失其处者，非多罪也。无以待之，则十百而乱；有以待之，则千万若一。今夫字书之于天下，可以为多矣。然而从其有声也而待之以《集韵》，天下之字以声相从者无不得也；从其有形也而待之以《类篇》，天下之字以形相从者无不得也。既已尽之以其声矣，而又究之以其形，而字书之变曲尽。盖天圣中，诸儒始受诏为《集韵》，书成，以为有形存而声亡者，未可以责得于《集韵》也。于是又诏为《类篇》，凡受诏若干年而后成。夫天下之物，其多而至比于字书者，未始有也，然而多不获其处，岂其无以待之。昔周公之为政，登龟取鼋、攻枭去蛙之说无不备具。而孔子之论礼，至于千万而一有者，皆预为之说。夫此将以应天下之无穷，故待天下之物使皆有处，如待字书，则物无足治者。

凡为《类篇》，以《说文》为本，而其例有八：一曰槼、槻同部，而呐、㕯异部，凡同意而异形者皆两见也。二曰天，一在年，一在真，凡同意而异声者，皆一见也。三曰叟之在艸，仓之在于，凡古意之不可知者，皆从其故也。四曰氛，古气类也，而今附雨；𩐨，古口类也，而今附音。凡变古而有异义者，皆从今也。五曰壼之在口，无之在林，凡变古而失其真者，皆从古也。六曰兂之附天，兂之附人，凡字之后出而无据者，皆不得特见也。七曰王之为玉，𠔏之为朋，凡字之失故而遂然者，皆明其由也。八曰邑之加邑，白之加𤾊，凡《集韵》之所遗者，皆载于今书也。推此八者，以求其详，可得而见也。凡十四篇，目录一篇，文若干。

【解题】

范景仁即范镇，神宗继位后，为翰林学士兼侍读，此文系代范而作。后范镇因反对王安石变法致仕。此叙当作于嘉祐初。

《古今家诫》叙

老子曰："慈故能勇，俭故能广。"或曰："慈则安能勇?"曰："父母之于子也，爱之深，故其为之虑事也精。以深爱而行精虑，故其为之避害也速而就利也果。此慈之所以能勇也。非父母之贤于人，势有所必至矣"。辙少而读书，见父母之戒其子者，谆谆乎惟恐其不尽也，恻恻乎惟恐其不入也。曰："呜呼，此父母之心也哉!"师之于弟子也，为之规矩以授之，贤者引之，不贤者不强也。君之于臣也，为之号令以戒之，能者予之，不能者不取也。臣之于君也，可则谏，否则去。子之于父也，以几谏，不敢显，皆有礼存焉。父母则不然。子虽不肖，岂有弃子者哉?是以尽其有以告之，无憾而后止。《诗》曰："泂酌彼行潦，挹彼注兹，可以馈饎。岂弟君子，民之父母。"夫虽行潦之陋而无所弃，犹父母之无弃子也。故父母之于子，人伦之极也。虽其不贤，及其为子言也必忠且尽，而况其贤者乎?

太常少卿长沙孙公景修，少孤而教于母。母贤，能就其业。既老而念母之心不忘，为《贤母录》，以致其意。既又集《古今家戒》，得四十九人，以示辙，曰："古有为是书者，而其文不完。吾病焉，是以为此。合众父母之心，以遗天下之人，庶几有益乎?”辙读之而叹曰:“虽有悍子,忿斗于市莫之能止也,闻父之声则敛手而退,市人之过之者亦莫不泣也。慈孝之心人皆有之,特患无以发之耳。今是书也,要将以发之欤?虽广之天下可也。自周公以来至于今,父戒四十五,母戒四。公又将益广之,未止也。”元丰二年四月三日,眉阳苏辙叙。

【解题】

此文是为孙景修所集《古今家诫》所作,写于元丰二年(1079),时苏辙任南京签书判官。

《洞山文长老语录》叙

水流于地,发为草木,咸酸甘苦皆水也。火传于薪,化为饮食,饭饼羹胾,皆火也。心藏于人,见于百骸,视听言动皆心也。古之达人,推而通之,大而天地山河,细而秋毫微尘,此心无所不在,无所不见。是以小中见大,大中见小,一为千万,千万为一,皆心法尔。然而非有所造也,故其指心法以示人也,有以光明相好化人,有以饮食卧具衣服,有以园林台观虚空,有以寂默无说无示,盖事无非法者。然有闻思修法门,众生由之以入,如大衢路,既径且易。自达磨西来,诸祖相承,皆因言以晓人,心地既明,出语皆法。譬如古木,生气条达,花叶无数,颠倒向背,秾纤长短,无一不可。譬如大海,湿性融溢,随风舒卷,波涛流转,充遍洲浦,无一不到。观者眩曜,莫测其故。然至于循流返源,识其终始,可以拊手而笑。

有克文禅师,幼治儒业,弱冠出家求道,得法于黄龙南公,说法于高安诸山,晚居洞山,实继悟本,辩博无碍,徒众自远而至。元丰三年,予以罪来南,一见如旧相识。既而其徒以语录相示,读之纵横放肆,为之茫然自失。盖余虽不能诘,然知其为证正法眼藏，得游戏三昧者也。故题其篇首。

【解题】

据文中“元丰三年（1080），予以罪来南”，此文应作于元丰三年至六年贬监筠州酒税时，在此期间苏辙多与寺僧交游。

题陈亚之诗帖

辙顷在南都，传道陈君以盐铁公诗草相示。辙甚爱公诗之精，且嘉君之孝恭，不坠世德。后六年，自歙州还京师，见君于鄮阳，复出此诗为示。不可以再见而不之志也。丙寅正月七日，赵郡苏辙题。

【解题】

此文作于元祐元年（1086），苏辙由绩溪令除秘书省校书郎，辞别绩溪，赴京途中题此。陈亚之名亚。辑自《式古堂书画汇考》。

《王子立秀才文集》引

昔予既壮，有二婿，曰文务光、王适。务光俊而刚，适秀而和。予方从事南都，二子从予学为文，皆长于《诗》、《骚》。然务光之文，悲哀摧咽，有江文通、孟东野感物伤己之思。予每非之，曰：“子有父母昆弟之乐，何苦为此?”务光终不能改也。既而丧其亲，终丧五年而终。予哭之恸曰：“悲夫，彼其文固有以兆之乎！”

始予自南都谪居江南，凡六年而归，适未尝一日不从也。既与予同忧患，至于涵泳图史，驰骛浮图、老子之说，亦未尝不同之。故其闻道益深，为文益高，而予观之亦益久。盖其于兄弟妻子，严而有恩，和而有礼，未尝有过。故予尝曰："子非独予亲戚，亦朋友也。"元祐四年秋，予奉诏使契丹。九月，君以女弟将适人，将鬻济南之田以遣之，告予为一月之行。明年春，还自契丹，及境而君书不至，予固疑之。及家问之，曰："噫嘻！君未至济南，病没于奉高。"予哭之失声。

君大父讳罬，庆历中枢密使，以厚重气节称。考讳正路，尚书比部郎中，乐易好施，得名于士大夫。而君以孝友文章居其后，谓当久远，而中道夭，理有不当然者。况予老矣，而并失此二人，能无悲乎？君之没，女初未能言，而子裔未生。君弟遹，昔与君客徐，始识予兄子瞻，子瞻皆贤之。意王氏之遗懿，其卒在遹乎？遹裒君之文，得诗若干，赋若干，杂文若干，分为若干卷以示予。予读之流涕，为此文冠之，庶几俟裔能立以畀之。

【解题】

元丰年间，苏辙贬监筠州酒税，婿王适陪苏辙来筠州，五年不离左右，夜则伴读，游则同行，唱和诗达十首之多。元祐五年（1090）苏辙出使契丹回来时，王适病逝。此文即此时所作。

《李简夫少卿诗集》引

熙宁初，予从张公安道以弦诵教陈之士大夫。方是时，朝廷以繇役、沟洫事责成郡邑，陈虽号少事，而官吏奔走，以不及为忧。予独以诗书讽议窃禄其间，虽幸得脱于简书，而出无所与游，盖亦无以为乐也。

时太常少卿李君简夫归老于家，出入于乡党者十有五年矣，间而往从之。其居处被服，约而不陋，丰而不余。听其言，未尝及世俗。徐诵其所为诗，旷然闲放，往往脱略绳墨，有遗我忘物之思。问其所与游，多庆历名卿，而元献晏公深知之。求其平生之志，则曰："乐天，吾师也。吾慕其为人，而学其诗，患莫能及耳。"予退而质其里人，曰："君少好学，详于吏道，盖尝使诸部矣。未老而得疾，不至于废而弃其官。其家萧然，饘粥之不给，而君居之泰然。其子君武始弃官以谋养，浮沈里闾，不避劳辱，未几而家以足闻。"陈人喜种花，比于洛阳。每岁春夏，游者相属弥月。君携壶命侣，无一日不在其间，口未尝问家事，晚岁，其诗尤高。信乎其似乐天也。予时方以游宦为累，以谓士虽不遇，如乐天，入为从官，以谏争显，出为牧守，以循良称，归老泉石，忧患不及其身，而文词足以名后世，可以老死无憾矣。君仕虽不逮乐天，而始终类焉，夫又将何求？

盖予未去陈而君亡。其后十有七年，元祐辛未，予以幸遇，与闻国政。禄浮于昔人，而令名不闻，老将至矣，而国恩未报，未敢言去，盖尝恐兹心之不从也。君之孙宣德郎公辅以君诗集来告，愿得予文以冠其首。予素高君之行，嘉其止足而惧不能蹈也，故具道畴昔之意以授之。凡君诗古律若干篇，分为二十卷。

十二月二十三日。

【解题】

此文写于元祐六年（1091），苏辙当时任尚书右丞，李简夫即李宗易。

《元祐会计录》叙

臣闻汉祖入关，萧何收秦图籍，周知四方盈虚强弱之实，汉祖赖之以并天下。丙吉为相，匈奴尝入云中、代郡，吉使东曹考案边琐，条其兵食之有无与将吏之才否，逡巡进对，指挥遂定。

由此观之，古之人所以运筹帷幄之中，制胜千里之外者，图籍之功也。盖事之在官，必见于书，其始无不具者，独患多而易忘，久而易灭，数十岁之后，人亡而书散，其不可考者多矣。唐李吉甫始簿录元和国计，并包巨细，无所不具。国朝三司使丁谓等因之，为景德、皇祐、治平、熙宁四书，纲罗一时出内之计，首尾八十余年，本末相授，有司得以居今而知昔，参酌同异，因时施宜，此前人作书之本意也。

臣以不佞，待罪地官，上承元丰之余业，亲睹二圣之新政，时事之变易，财赋之登耗，可得而言也。谨按艺祖皇帝创业之始，海内分裂，租赋之入不能半今世。然而宗室尚鲜，诸王不过数人。仕者寡少，自朝廷郡县皆不能备官。士卒精练，常以少克众。用此三者，故能奋于不足之中，而绰然常若有余。及其列国款附，赕贡相属于道，府库充塞，创景福内库以畜金币，为殄虏之策。太宗因之，克平太原。真宗继之，怀服契丹。二患既弭，天下安乐，日登富庶，故咸平、景德之间，号称太平。群臣称颂功德，不知所以裁之者。于是请封泰山，祀汾阴，礼亳社，属车所至，费以钜万。而上清、昭应、崇禧、景灵之宫，相继而起，累世之积，縻耗多矣。其后昭应之灾，臣下复以营缮为言，大臣出争，章献感悟，沛然遂与天下休息。仁宗仁圣，清心省事，以幸天下。然而民物蕃庶，未复其旧，而夏贼窃发，边久无备，遂命益兵以应敌，急征以养兵。虽间出内藏之积以求纾民，而四方骚然，民不安其居矣。其后四戎既平，而已益之兵遂不复汰，加以宗子蕃衍，充牣宫邸，官吏冗积，员溢于位。财之不赡，为日久矣！英宗嗣位，慨然有救弊之意，群臣竦观，几见日新之政，而大业未遂。神考嗣世，忿流弊之委积，闵财力之伤耗，览政之初，为强兵富国之计。有司奉承，违失本旨，始为青苗、助役，以病农民，继为市易、盐铁，以困商贾。利孔百出，不专于三司。于是经入竭于上，民力屈于下。继以南征交趾，西讨拓跋，用兵之费，一日千金。虽内帑别藏，时有以助之，而国亦惫矣。今二圣临御，方恭默无为，求民之疾苦而疗之，令之不便，无不释去，民亦少休矣。而西夏不宾，水旱继作，凡国之用度，大率多于前世。当此之时，而不思所以济之，岂不殆哉！

臣历观前世，持盈守成，艰于创业之君。盖盈之必溢，而成之必毁，物理之至，有不可逃者。盈成之间，非有德者不安，非有法者不久。昔秦、隋之盛，非无法也，内建百官，外列郡县。至于汉、唐，因而行之，卒不能改，然皆二世而亡，何者？无德以为安也。汉文帝恭俭寡欲，专务以德化民，民富而国治，后世莫及。然身没之后，七国作难，几于乱亡。晋武帝削平吴、蜀，任贤使能，容受直言，有明主之风。然而亡不旋踵，子弟内叛，羌胡外乱，遂以失国。此二帝者，皆无法以为久也。今二圣之治，安而静，仁而恕，德积于世。秦、隋之忧，臣无所措心矣。然而空匮之极，法度不立，虽无汉、晋强臣敌国之患，而数年之后，国用旷竭，臣恐未可安枕而卧也。故臣愿得终言之。

凡计会之实，取元丰之八年，而其为别有五：一曰收支，二曰民赋，三曰课入，四曰储运，五曰经费。五者既具，然后著之以见在，列之以通表，而天下之大计可以画地而谈也。若夫内藏右曹之积，与天下封桩之实，非昔三司所领，则不入会计，将著之他书，以备览观焉。臣谨叙。

【解题】

此叙作于元祐年间，为《元祐会计录》而作，后未用。此叙对于北宋积贫积弱的现实看得很透，冗兵、冗官、宗藩导致财政匮乏，百姓骚然，而对如何改革却主张以德安民，以法治国，与王安石的“与民争利”不同。

收 支 叙

古者三年耕必有一年之蓄，以三十年之通制国用，则九年之蓄，可跂而待也。今者一岁之入，金以两计者四千三百，而其出之不尽者二千七百。银以两计者五万七千，而其出之多者六万。钱以千计者四千八百四十八万，除米盐钱后得此数。而其出之多者一百八十二万。并言未破应在及泛支给赐得此数。绸绢以匹计者一百五十一万，而其出之多者十七万。谷以石计者二千四百四十五万，而其出之不尽者七十四万。草以束计者七百九十九万，而其出之多者八百一十一万。然则一岁之入，不足以供一岁之出矣。故凡国之经费，折长补短，常患不足。小有非常之用，有司辄求之朝廷，待内藏米盐而后足。臣身典大计，以为是媮岁月可也，数岁之后，将有不胜其忧者矣。是以辄尝推原其故。

方今禁中奉养有度，金玉锦绣不逾其旧，宫室不修，犬马不玩，有司循守法制，谨视出入之节，未尝有失也。而其弊安在？天下久安，物盛而用广，亦理之常也。顾所以处之如何耳。臣请历举其数。宗室之众：皇祐节度使三人，今为九人矣；两使留后一人，今为八人矣；观察使一人，今为十五人矣；防御使四人，今为四十二人矣。百官之富：景德大夫三十九人，景德为诸曹郎中。今为二百三十人矣；朝奉郎以上一百六十五人，景德为员外郎。今为六百九十五人矣；承议郎一百二十七人，景德为博士。今为三百六十九人矣；奉议郎一百四十八人，景德为三丞。今为四百三十一人矣；诸司使二十七人，今为二百六十八人矣；副使六十三人，今为一千一百一十一人矣；供奉官一百九十三人，今为一千三百二十二人矣；侍禁三百一十六人，今为二千一百一十七人矣；三省之吏六十人，今为一百七十二人矣。其余可以类推，臣不敢遍举也。昔者郎止前行，卿有定员，今之大夫、朝议皆无限法。尚书、侍郎历改三曹，而今之正议、银青合而为一。官秩并增，不知其义。

夫国之财赋，非天不生，非地不养，非民不长。取之有法，收之有时，止于是矣。而宗室、官吏之众，可以礼法节也。祖宗之世，士之始有常秩者，俟阙则补，否则循资而已，不妄授也。仁宗末年，任子之法，自宰相以下，无不减损。英宗之初，三载考绩，增以四岁。神宗之始，宗室袒免之外，不复推恩。袒免之内，以试出仕。此四事者，使今世欲为之，将以为逆人心，违旧法，不可言也，而况于行之乎？虽然，祖宗行之不疑，当世亦莫之非。何者？事势既极，不变则败，众人之所共知也。

今朝廷履至极之势，独持之而不敢议，臣实疑之。诚自今日而议之，因其势，循其理，微为之节文，使见任者无损，而来者有限，今虽未见其利，要之十年之后，事有间矣。贾谊言诸侯之变，以谓“失今不治，必为痼疾”，今臣亦云。苟能裁之，天下之幸也。

【解题】

此叙以大量的具体数字说明了北宋宗室、官吏的庞大，苏辙主张减损任子法、考绩法、不推恩宗室的方法加以限制，否则“十年之后，事有间矣”。此叙作于元祐年间。

民　赋　叙

古之民政，有不可复者三焉。自祖宗以来，论事者尝以为言，而为政者尝试其事矣。然为之愈详，而民愈扰；事之愈力，而功愈难。其故何哉？

古者隐兵于农，无事则耕，有事则战。安平之世，无廪给之费；征伐之际，得勤力之士。此儒者之所叹息而言也。然而熙宁之初，为保甲之令，民始嫁母、赘子、断坏支体以求免丁。及其既成，子弟挟县官之势以邀其父兄，擅弓剑之技以暴其乡党。至今河朔、京东之盗，皆保甲之余也。其后元丰之中，为保马之法，使民计产养马。蓄马者众，马不可得。民至持金帛买马于江、淮，小不中度，辄斥不用。郡县岁时阅视可否，权在医驵，民不堪命。民兵之害，乃至于此。此所谓不可复者一也。

《周官》泉府之制："凡民之贷者，以国服为之息。"贷而求息，三代之政，有不然者矣。《诗》曰："倬彼甫田，岁取十千。我取其陈，食我农人，自古有年。"而孟子亦云："春省耕而补不足，秋省敛而助不给。"古盖有是道矣，而未必有常数，亦未必有常息也。至于熙宁青苗之法，凡主客户得相保任，而贷其息，岁取十二。出入之际，吏缘为奸；请纳之劳，民费自倍。凡自官而及私者，率取二而得一；自私而入公者，率输十而得五。钱积于上，布帛米粟贱不可售。岁暮寒苦，吏卒在门，民号无告。二十年之间，民无贫富，家产尽耗。此所谓不可复者二也。

古者治民，必周知其夫家、田亩、六畜、器械之数，未有不知其数而能制其贫富者也，未有不能制其贫富而能得其心者也。故三代之君，开井田，画沟洫，谨步亩，严版图，因口之众寡以授田，因田之厚薄以制赋。经界既定，仁政自成。下至隋、唐，风流已远。然其授民田，有口分、永业，皆取之于官。其敛民财，有租、庸、调，皆计之于口。其后世乱法坏，变为两税。户无主客，以见居为簿；人无丁中，以贫富为差。田之在民，其渐由此。贸易之际，不可复知。贫者急于售田，则田多而税少。富者利于避役，则税少而田多。侥幸一兴，税役皆弊。故丁谓之记景德，田况之记皇祐，皆以均税为言矣。然嘉祐中，薛向、孙琳始议方田，量步亩，审肥瘠，以定赋税之入。熙宁中，吕惠卿复建手实，抉私隐，崇告讦，以实贫富之等。元丰中，李琮追究逃绝，均虚数，虐编户，以补失陷之税。此三者，皆为国敛怨，所得不补所失，事不旋踵而罢。此所谓不可复者三也。

故臣愚以谓为国者，当务实而已，不求其名。诚使民尽力耕田，赋输以养兵，终身无复征戍之劳。而朝廷招募勇力强狡之民，教之战阵，以卫良民。二者各得其利，亦何所不可哉？富民之家，取有余以贷不足，虽有倍称之息，而子本之债，官不为理。偿还之日，布缕菽粟、鸡豚狗彘，百物皆售。州县晏然处曲直之断，而民自相养，盖亦足矣。至于田赋厚薄多寡之异，虽小不齐，而安静不挠。民乐其业，赋以时入，所失无几。因其交易，而质其欺隐，绳之以法，亦足以禁其太甚。昔宇文融括诸道客户，州县观望，虚张其数，以实户为客。虽得户八十余万，岁得钱数百万，而百姓困敝，实召天宝之乱。均税之害，何以异此？凡此三者，皆儒者平昔之所称颂，以为先王之遗法，用之足以致太平者也。然数十年以来，屡试而屡败，足以为后世好名者之戒矣！

惟嘉祐以前，百役在民，衙前大者主仓库、躬馈运，小者治燕飨、职迎送，破家之祸，易如反掌。至于州县役人，皆贪官暴吏之所诛求、仰以为生者。先帝深究其病，鬻坊场以募衙前，均役钱以顾诸役，使民得阖门治生，而吏不敢苛问。有司奉行，不得其当，坊场求数倍之价，役钱取宽剩之积，而民始困踬，不堪其生矣。今二圣鉴观前事，知其得失之实，既尽去保甲、青苗、均税，至于役法，举差、雇之中，惟便民者取之。郡县奉承，虽未即能尽，而天下之民，知天子之爱我矣。故臣于《民赋》之篇，备论其得失，俾后有考焉。

【解题】

北宋改革与反改革的主要焦点是财政改革，苏辙对新法中保甲、青苗、均税主张坚决废除，对免役法则主张根据与民为便的原则实施。苏辙在此文中还指出，要反对“儒者平昔之所称颂”

的所谓“先王之遗法”，特别提出，“为国者，当务实而已，不求其名。”此文作于元祐年间。

书孙朴学士手写《华严经》后

开府孙公，历仕四朝，与闻国政者再，经涉夷险而不改其度，世皆知贵之矣。至其中心纯白，表里如一，平生无负于物，则世之人未必尽知之。公之守真定也，闻其觉山僧惠实说法，恻然有契于心，遂以为善知识。复受诏祈雨，此山能出其灵蛇，以救枯槁。此僧此蛇，岂其用意专精，独有以识公诚心欤？公亦尝为请于朝，得间岁度僧，又为实立碑于塔，终身眷眷，若有遇于此。公子元忠，复手书此经，藏之山中，以成公遗意。如佛所说因缘，不为妄语，则予兄子瞻所记，可信不疑矣。元祐八年十二月八日。

【解题】

元祐八年（1093）写此文时，高太后已死，哲宗亲政，苏辙政治生命即将结束，在这种时候写了这篇书后。

题唐怀素自叙帖

世传怀素书，未有若此完者。绍圣三年三月，予谪居高安，前新昌宰邵君，出以相示。予虽知其奇，然不能尽识其妙。予兄和仲，特喜行草，时亦谪惠州，恨不令一见也。眉山苏辙同叔记。

【解题】

此文辑自《式古堂书画汇考》。此文作于绍圣三年（1096），时苏辙贬官筠州。

子瞻《和陶渊明诗集》引

东坡先生谪居儋耳，寘家罗浮之下，独与幼子过负担渡海，葺茅竹而居之。日啗藷芋，而华屋玉食之念不存于胸中。平生无所嗜好，以图史为园囿，文章为鼓吹，至此亦皆罢去。独喜为诗，精深华妙，不见老人衰惫之气。是时，辙亦迁海康，书来告曰："古之诗人有拟古之作矣，未有追和古人者也。追和古人，则始于东坡。吾于诗人，无所甚好，独好渊明之诗。渊明作诗不多，然其诗质而实绮，癯而实腴，自曹、刘、鲍、谢、李、杜诸人皆莫及也。吾前后和其诗凡百数十篇，至其得意，自谓不甚愧渊明。今将集而并录之，以遗后之君子，子为我志之。然吾于渊明，岂独好其诗也哉？如其为人，实有感焉。渊明临终疏告俨等：'吾少而穷苦，每以家贫，东西游走，性刚才拙，与物多忤，自量为己，必贻俗患，黾勉辞世，使汝等幼而饥寒。'渊明此语，盖实录也。吾今真有此病，而不早自知。半生出仕，以犯世患，此所以深服渊明，欲以晚节师范其万一也。"嗟夫！渊明不肯为五斗米一束带见乡里小人，而子瞻出仕三十余年，为狱吏所折困，终不能悛，以陷于大难，乃欲以桑榆之末景，自托于渊明，其谁肯信之？虽然，子瞻之仕，其出入进退犹可考也。后之君子其必有以处之矣。孔子曰："述而不作，信而好古，窃比于我老彭。"孟子曰："曾子、子思同道。"区区之迹，盖未足以论士也。

辙少而无师，子瞻既冠而学成，先君命辙师焉。子瞻常称辙诗有古人之风，自以为不若也。然自其斥居东坡，其学日进，沛然如川之方至，其诗比杜子美、李太白为有余，遂与渊明比。辙虽驰骤从之，常出其后，其和渊明，辙继之者亦一二焉。绍圣四年十二月十九日，海康城南东斋引。

【解题】

绍圣四年（1097）苏辙贬雷州，苏轼贬海南，兄弟二人隔海以和陶诗相劝慰。苏轼集前后和诗百余首为集，苏辙作序，即为此文。

书《白乐天集》后二首

一

元符二年夏六月，予自海康再谪龙川，冒大暑，水陆行数千里，至罗浮。水益小，舟益庳，惕然有瘴暍之虑，乃留家于山下，独与幼子远葛衫布被，乘叶舟，秋八月而至。既至，庐于城东圣寿僧舍，闭门索然，无以终日。欲借书于居人，而民家无畜书者，独西邻黄氏世为儒，粗有简册，乃得《乐天文集》阅之。乐天少年知读佛书，习禅定，既涉世履忧患，胸中了然，照诸幻之空也。故其还朝为从官，小不合，即舍去，分司东洛，优游终老。盖唐世士大夫，达者如乐天寡矣。予方流转风浪，未知所止息，观其遗文，中甚愧之。然乐天处世，不幸在牛、李党中，观其平生，端而不倚，非有所附丽者也，盖势有所至，而不能已耳。会昌之初，李文饶用事，乐天适已七十，遂求致仕，不一二年而没。嗟夫！文饶尚不能置一乐天于分司中耶？然乐天每闲冷衰病，发于咏叹，辄以公卿投荒、僇死不获其终者自解。予亦鄙之。至其闻文饶谪朱崖三绝句，刻核尤甚。乐天虽陋，盖不至此也。且乐天死于会昌末年，而文饶之窜在会昌末年此决非乐天之诗。岂乐天之徒浅陋不学者附益之耶？乐天之贤，当为辨之。

二

《圆觉经》云："动念息念，皆归迷闷。"世间诸修行人，不堕动念中，即堕息念中矣。欲两不堕，必先辨真妄。使真不灭，则妄不起。妄不起，而六根之源湛如止水，则未尝息念而念自静矣。如此乃为真定。真定既立，则真惠自生。定惠圆满，而众善自至，此诸佛心要也。《金刚经》云："应无所住，而生其心。"既不住六尘，亦不住静六尘，日夜游于六根，而两不相染。此乐天所谓"六根之源，湛如止水"也。六祖尝告大弟子：假使坐而不动，除得妄起心。此法同无情，即能障道。道须流通，何以却住心？心不住即流通，住即被缚。故五祖告牛头亦云："妄念既不起，真心任遍知。"皆所谓应无所住而生其心者也。佛祖旧说符合如此，而乐天《八渐偈》亦似见此事。故书其后，寄子瞻兄。

【解题】

元符二年（1099），苏辙再贬龙川。索然无事，读《乐天文集》，书后以见己意。既佩服白居易的"优游终老"，又鄙其嗟叹穷老投荒之未能真解脱。又论及佛经中动息真妄之说，寄给苏轼。

书鲜于子骏父母赠告后

中山鲜于子骏，世居阆中。昔伯父文甫郎中通守是邦，子骏方弱冠，以进士见。伯父称之曰："君异日学为名儒，仕为循吏。"遂以乡举送之。其后子骏宦学日以有声。予侍亲京师，始从之游。已而予在应天幕府，子骏以部使者摄府事，朝夕相从也。元祐初，予为中书舍人，子骏为谏议大夫，出入东西省，无日不见。是时司马君实、吕晦叔、范尧夫皆在朝廷，与子骏有平生之旧，方将大用之，而子骏已病矣。是岁，明堂赦书，赠其先人金紫光禄大夫、先妣安德郡太夫人。予适当制，实为之词。未几，子骏以疾不起，归葬阳翟。后十年，士大夫遭南迁之祸凡七年。予自龙川归颍川，子骏之子绰来见，涕泗言曰："伯兄颉、季弟焯不幸亡矣，惟群、绰在。公与先君有文字之好，愿录旧词，将刻之石，以慰诸孤思慕不已之意。"予亦流落南荒，不自意全，得至于此。抚念存没，流涕而从其请。建中靖国元年三月十七日记。

【解题】

建中靖国元年（1101）苏辙闲居颍昌，因鲜于子骏之子方骏之请作此文，鲜于子骏即鲜于侁，与苏氏兄弟为好友。

跋马知节《诗草》

马公子元，临事敢为，立朝敢言。以将家子，得读书之助，作诗盖其余事耳。早知成都，以抑强扶弱，为蜀人所喜。然酷嗜图画，能第其高下。成都多古画壁，每至其下，或终日不转足。蜀中有高士孙知微，以画得名，然实非画师也。公欲见之而不可得。知微与寿宁院僧相善，尝于其阁上画惠远送陆道士、药山见李习之一壁。僧密以告公，公径往从之。知微不得已，掷笔而下，不复终画。公不一为忤，礼之益厚。知微亦愧其意，作《蜀江出山图》，俟其罢去，追至剑门赠之。盖公之喜士如此。阳翟李君方叔，公之外玄孙也，以此诗相示。因记所闻于后。辛巳季春丙寅，眉山苏辙子由题。

【解题】

据文中"辛巳季春丙寅"，此文作于建中靖国元年（1101），时苏辙闲居颍昌。据苏辙孙苏籀《栾城遗言》辑补。

书《楞严经》后

予自十年来，于佛法中渐有所悟，经历忧患，皆世所希有，而真心不乱，每得安乐。崇宁癸未，自许迁蔡，杜门幽坐，取《楞严经》翻覆熟读，乃知诸佛涅槃正路，从六根入。每趺坐燕安，觉外尘引起六根。根若堕去，即堕生死道中。根若不堕，返流全一，中中流入，即是涅槃真际。观照既久，如净琉璃，内含宝月。稽首十方三世一切佛菩萨、罗汉、僧慈悲哀愍，惠我无生法忍，无漏胜果，誓愿心心护持，勿令退失。三月二十五日志。

【解题】

苏辙《索居三首》："索居非谪地，垂老更穷途。去住看人意，幽忧赖我无。"《春尽》："《楞严》十卷几回读。"都表达了与此文同样的思想。此文作于崇宁二年（1103）三月。

《栾城后集》引

予少以文字为乐，涵泳其间，至以忘老。元祐六年，年五十有三，始以空疏备位政府，自是无述作之暇。顾前后所作至多，不忍弃去，乃裒而集之，得五十卷，题曰《栾城集》。九年，得罪，出守临汝，自汝徙筠，自筠徙雷，自雷徙循，凡七年。元符三年，蒙恩北归，寓居颍川。至崇宁五年，前后十五年，忧患侵寻，所作寡矣，然亦班班可见，复类而编之，以为《后集》，凡二十四卷。眉山苏氏子由书。

【解题】

崇宁五年（1106）九月苏辙闲居颍昌，将元祐六年至崇宁四年的作品编成《栾城后集》，此篇为集序。

书《传灯录》后

予久习佛乘，知是出世第一妙理，然终未了所从入路。顷居淮西，观《楞严经》，见如来诸大弟子多从六根入，至返流全一，六用不行，混入性海，虽凡夫可以直造佛地。心知此事，数年于兹矣，而道久不进。去年冬，读《传灯录》，究观祖师悟入之理，心有所契，必手录之，寘之坐隅。盖自达磨以来，付法必有偈，偈中每有下种生花之语。至六祖得衣法南迈，有明上坐者，追至岭上，知衣不可取，悔过求法。祖诲之曰："汝谛观察，不思善，不思恶，正恁么时，阿那个是明上坐本来面目。"明即时大悟，遍体流汗，曰："顷在黄梅随众，实不省自己本来面目。今蒙指示入处，如人饮水，冷暖自知。"祖知明已悟，教之善自护持而已。及内侍薛简问祖心要，祖亦曰："一切善恶都莫思量，自然得入，清净心体，湛然常寂，妙用恒沙。"简亦豁然大悟。予释卷叹曰：祖师入处倘在是耶？既见本来面目，心能不忘，护持不舍，则谓下种也耶？譬诸草木种子，若置之虚空不投地中，虽经百千岁，何缘得生？若种之地中，润之以雨露，暵之以风日，则开花结子，数日可待。六祖常谓大众："汝等诸人，自心是佛，外无一物。而能建立，皆是本心，生万种法。"因教之以一相一行三昧曰："若人于一切处不住相，于彼相中不生憎爱，亦无取舍，不念利益成坏等事，安闲恬静，虚融澹泊，此名一相三昧。若于一切处行住坐卧，纯一直心不动，道场真成净土，此名一行三昧。若人具二三昧，如地有种，含藏长养，成就其实。我今说法，犹如时雨，普润大地。汝等佛性，譬诸种子，遇兹沾洽，悉得发生。承吾旨者，决获菩提，依吾行者，决证妙果。一相一行三昧，则治地法也。”予至此复叹曰：“祖师之言备矣！而人自不知，虽知未必能行。如予盖知而未能行者也。”昔李习之尝问戒、定、慧于药山，药山曰：“公欲保任此事，须于高高山顶坐，深深海底行。如闺阁中物，舍不得便为渗洒。”予欲书此言于绅，庶几不忘也。凡诸方妙语，昔人有未喻者，予辄为释之，录之于左，凡十二章。大观二年二月十三日书。

佛说法，有一女人忽来问讯，便于佛前入定。文殊师利近前弹指，出此女人定不得，又托升梵天，亦出不得。佛曰：“假使百千文殊，亦出此女人定不得。下方有网明菩萨，能出此定。”须臾，网明便至，问讯佛了，去女人前，弹指一声，女人便从定而起。颍滨老曰：“有心要出此女人定，虽是文殊亲托往梵天，也出不得。无心要出此女人定，一弹指便了。”

僧问老宿：“师子捉兔亦全其力，捉象亦全其力，未审全个甚么力?”老宿曰：“不欺之力。”颍滨老曰：“师子捉兔时，亦全用一个师子力，捉象时，亦全用一个师子力，不为兔小象大而有差别。若有差别，则物有大于象者，师子捉不得矣。菩萨断取三千大千世界置右掌中，如持针锋，举一枣叶，即此理也。”

僧举教云：“文殊忽起佛见法见，被佛摄向二铁围山。”五云曰：“如今若有人起佛见法见，我与点两碗茶，且道赏伊罚伊，同教意不同教意?”颍滨老曰：“摄向铁围山，令知起见之非；与他茶吃，令他识本来处，与教意异而不异。”

保福僧到地藏，地藏和尚问：“彼中佛法云何?”保福曰：“有时示众道，塞却你眼，教你觑不见；塞却你耳，教尔听不闻；坐却你意，教你分别不得。”地藏曰：“吾问你，不塞你眼，见个什么？不塞你耳，闻个什么？不坐你意，作么生分别?”或人问：“此二尊宿意为同为不同。”颍滨老曰：“六根为物所塞，为物所坐，则不见自性，不闻自性，不能分别自性。若不为物所塞，不为物所坐，则可以闻见自性，分别自性矣。老子曰：‘视之不见，名曰夷；听之不闻，名曰希；搏之不得，名曰微。是三者不可致诘，故复混而为一。’一则性也，凡老子之言与佛同者，类如此。”

邓隐峰在马师会下，一日推土车，马师展脚路上坐。峰曰：“请师收足。”马曰：“已展不收。”峰曰：“已进不退。”推车直进，碾损马师脚。马归法堂，执斧子曰：“碾损老僧脚底，出来！”峰出，引颈于前，马师乃置斧子。颍滨老曰：“马师展脚不收，执斧而问，二者皆以试验隐峰，临机见解耳。土车进退，于事初无损益，而直推不顾，此隐峰狂直之病也。若执斧问之，而缩颈畏避，则十分凡夫，无足取矣。犹能引颈而俟，则犹可取也。故其终也，不坐不立，倒立而逝，虽去来自在，而狂病犹未痊也。”

南泉欲游庄舍，土地神先报庄主，庄主乃预为备。泉至，问曰：“安知老僧来？排办如此！”庄主曰：“昨夜土地神相报。”泉曰：“王老师修行无力，被鬼神觑见。”有僧便问：“既是善知识，因何被鬼神觑见？”泉曰：“土地前更下一分饭。”颍滨老曰：“昔大耳三藏，自谓得他心通，忠国师见而问之曰：“老僧心在何处？”大耳曰：‘在西川看竞渡。’忠再问：‘心在何处？’大耳曰：“在天津桥看弄胡孙。”及三问，大耳良久莫知去处。忠叱之曰：‘这野狐精，它心通在什么处？’仰山闻而释之曰：‘前两度是涉境心，故为大耳所见；后是自受用三昧，故大耳不能见。’今南泉欲游庄舍，而土地知之，亦见其涉境心耳，本无足怪者。南泉自谓修行无力，亦姑云尔。僧因其言而诘之，非识理者也。答之以土地前更下一分饭，盖言前后皆涉境心耳。”

仰山尝谓第一坐曰：“不思善，不思恶，正恁么时作么生？”对曰：“正恁么时，是某甲放身命处。”仰山曰：“何不问老僧？”曰：“恁么时不见有和尚。”仰山曰：“扶吾教不起。”或曰：“不思善，不思恶，此六祖所谓本来面目，而仰山少之何也？”颍滨老曰："在《周易》有之：'无思也，无为也，寂然不动，感而遂通天下之故。'非天下之至神，其孰能与于此？无思无为者，其体也；感而遂通天下之故者，其用也。得其体，未得其用，故仰山以为未足耳。"长沙岑和尚尝遣僧问同参会老曰："和尚见南泉后如何？"会默然。僧曰："未见南泉时如何？"会曰："不可更别有也。"僧回以告，岑有偈曰："百尺竿头坐底一云试险。虽然得入未为真。百尺竿头须进步，十方世界是全身。"盖亦贵其用耳。

香严闲师尝谓众曰："如人在千尺悬崖，口衔树枝，脚无所踏，手无所攀，忽有人问西来意。若开口答，即丧身失命；若不答，又违问者。如何即是？"众无对。颍滨老曰："我若当此时，便大开口答他西来意，不管丧身失命，管别有道理也。"

玄沙备头陀谓众曰："诸方老宿，尽道接物利生，只如盲聋哑三种病人，汝作么生接？拈槌竖拂，他且不见；共他说话，他且不开口，复哑若接不得。佛法安在？"时虽有答者，备皆不肯。颍滨老曰："三种病人，若只用诸方拈槌竖拂说话等伎俩接他，真是奈何他不得。如诸佛、菩萨修行功到，虎狼蛇蝎，崖石草木，无物透不得，而况三种病人乎？玄沙之意，倘在是耳。非一时老宿境界，故未有能道者耳。"

德谦禅师尝到双岩，双岩长老问《金刚经》云："一切诸佛皆从此经出，且道此经是何人说？"师曰："说与不说且置，和尚唤什么作此经？"双岩无对。师曰："一切贤圣皆以无为法而有差别，既以无为法为极，则又安有差别？且如差别是过不是过？若是过，一切贤圣尽有过；若不是过，决定唤什么做差别？"双岩亦无语。颍滨老曰："佛本无经。此经者，此心也。佛惟无心，故万法由之而出；若犹有心，一法且不能出，而况万法乎？四果十地，皆贤圣也，其所得法，各有浅深。然皆非无心，则不能得。故曰一切贤圣皆以无为法而有差别，如扁之斫轮，伛偻之承蜩，皆非无心，无以致其功。其以无致功，则与贤圣同；而其功之大小，则与贤圣异。贤圣之有差别，盖无可疑者也。”经所谓以无为法者，谓以无而为法耳，非谓有无为之法也。然自六祖以来，皆读作无为之法，盖僧家拙于文义耳。

杭州报恩院惠明禅师庵居大梅山。有二禅客至，师曰：“上坐离什么处来？”曰：“都城。”师曰：“上坐离都城至此山，则都城少上坐，此山剩上坐。剩则心外有法，少则心法不周。说得道理即住，不会即去。”二客不能对。又有朋彦上坐访师，师问：“一人发真归源，十方虚空，一时消陨。今天台嶷然，如何得消陨去？”朋彦亦无措。颍滨老曰：“佛身充满于法界，普现一切群生前，此理也。一人发真归源，十方虚空，一时消陨，亦理也。二理无可疑者。人能达此理，则去来之想尽，山河之碍灭，真性朗然，物莫能隔。此所以为充满法界，消陨虚空矣。达者闻而信之，昧者疑之，则天台嶷然在前，未尝灭矣。”

杭州永明寺道潜禅师尝访净慧禅师，会四众士女入院。净慧曰：“律中隔壁闻钗钏声，即为破戒；见睹金银合沓，朱紫骈阗，是破戒不是破戒？”师曰：“好个入路。”净慧称善。颍滨老曰：“隔壁闻钗钏声，而欲心动，安得不谓破戒？金银合沓，朱紫骈阗而心不起，安得谓之破戒？”

【解题】

苏辙早年即结交僧徒，晚年更是笃信佛法，盖中年以后历经患难，所以才于佛法深有所悟。此文表现出了以佛合儒、以道入佛的倾向，提及《老子》及《周易》，难怪朱子说：“合吾儒于老子，犹以为未足，又并释氏而弥缝之。”此文作于大观二年（1108）二月。

书《金刚经》后二首

一

予读《楞严》，知六根源出于一，外缘六尘，流而为六，随物沦逝，不能自返。如来怜愍众生，为设方便，使知出门即是归路，故于此经指涅槃门，初无隐蔽。若众生能洗心行法，使尘不相缘，根无所偶，返流全一，六用不行，昼夜中中流入，与如来法流水接，则自其肉身便可成佛。如来犹恐众生于六根中未知所从，乃使二十五弟子各说所证。而观世音以闻、思、修为圆通第一，其言曰："初于闻中，入流无所。所入既寂，动静二相。了然不生，如是渐增。闻所闻尽，尽闻不住。觉所觉空，空觉极圆。空所空灭，生灭既灭。"寂灭见前，若能如是。圆拔一根，则诸根皆脱。于一弹指顷，遍历三空，即与诸佛无异矣。

既又读《金刚经》说四果，人须陀洹名为入流；而无所入，不入色声香味触法，是名须陀洹。乃废经而叹曰："须陀洹所证，则观世音所谓'初于闻中入流无所'者耶?"入流非有法也，唯不入六尘。安然常住，斯入流矣。至于斯陀含名一往来，而实无往来；阿那含名为不来，而实无不来。盖往则入尘，来则返本。斯陀含虽能来矣，而未能无往；阿那含非徒不往，而亦无来。至阿罗汉，则往来意尽，无法可得。然则所谓四果者，其实一法也，但历三空，有浅深之异耳。予观二经之言，本若符契，而世或不喻，故明言之。

二

经言："如来有五眼：近瞩墙宇，远览山河，肉眼也；随其福德，见有远近，天眼也。知物皆妄，坐而转物，慧眼也。入万法，遍法界，法眼也。以慧眼转物，以法眼遍物，佛眼也。”谓如来有慧眼、法眼、佛眼可也，何肉眼、天眼之有？曰：如来为众生，故入诸趣。在人则同其肉眼，在天则同其天眼，如声闻人住无为法而畏生死，则亦有慧眼而已耳！

【解题】

此文不知作于何时，从内容上看，应是晚年闲居颍昌时所作。今附于此。

《栾城第三集》引

崇宁四年，余年六十有八，编近所为文，得二十四卷，目之《栾城后集》。又五年，当政和元年，复收拾遗槁，以类相从，谓之《栾城第三集》。方昔少年，沉酣文字之间，习气所薰，老而不能已。既以自喜，亦以自笑。今益以老矣，余日无几。方其未死，将复有所为。故随类辄空其后，以俟异日附益之云尔。颍滨遗老书。

【解题】

政和元年（1111），苏辙编成《栾城第三集》，此文为集引。

与表侄程君观子瞻遗墨题后

政和改元辛卯岁正月，表侄都水程君自乡里赴京师，道出颍川，为予少留。出其先君懿叔龙图所收亡兄子瞻及予昔日往还诗书四卷相示。子瞻与懿叔兄弟相继沦没，今十余年，遗墨如新，览之潸然出涕。予今七十三矣，不知异日尚获相从见此否耳。初四日，辙题。

【解题】

据文中：“予今七十三矣”，可知此题后作于政和元年(1111)，时苏辙闲居颍昌。此文各本皆不载，据《宋拓成都西楼帖》辑补，题目为辑者所加。

书五代王齐翰《勘书图》后

羽衣丈夫据床剔耳，胸中萧然，殊可喜也。定国方无事，可以为比。但行将驰驱，不复尔耳。元祐六年正月初十日子由记。

【解题】

此文见南京大学图书馆藏件，转引自《文物》一九六〇年第十期。

书潘阆《石井绝句》后

东坡先生称；“眉山矮道士好为诗，诗格亦不能高，往往有奇语。如‘夜过修竹寺，醉打老僧门’之句，皆可喜者也。”予旧读《湘山野录》，喜阆所作《西湖曲》。及游江南，见《题石井》绝句，颇有前辈气味，不在石曼卿、苏子美下。若“老参军”“矮道士”，自是一对。将恐漫灭失传，不知法真师能刻之否？

【解题】

此文据《能改斋漫录》辑补。

五 传记

孟 德 传 附子瞻题语

孟德者，神勇之退卒也。少而好山林，既为兵，不获如志。嘉祐中，戍秦州，秦中多名山。德出其妻，以其子与人，而逃至华山下，以其衣易一刀十饼，携以入山。自念：吾禁军也，今至此，擒亦死，无食亦死，遇虎狼毒蛇亦死。此三死者，吾不复恤矣，惟山之深者往焉。食其饼既尽，取草根木实食之，一日十病十愈，吐利胀懑无所不至，既数月，安之如食五谷。以此入山二年而不饥，然遇猛兽者数矣，亦辄不死。德之言曰："凡猛兽类能识人气，未至百步，辄伏而号，其声震山谷。德以不顾死，未尝为动。须臾，奋跃如将搏焉，不至十数步，则止而坐，逡巡弭耳而去。试之前后如一。"后至商州，不知其商州也，为候者所执，德自分死矣。知商州宋孝孙谓之曰："吾视汝非恶人也，类有道者。"德具道本末，乃使为自告者，置之秦州。张公安道适知秦州，德称病，得除兵籍为民。至今往来诸山中，亦无他异能。

夫孟德可谓有道者也。世之君子皆有所顾，故有所慕，有所畏。慕与畏交于胸中，未必用也，而其色见于面颜，人望而知之。故弱者见侮，强者见笑，未有特立于世者也。今孟德其中无所顾，其浩然之气，发越于外，不自见而物见之矣。推此道也，虽列于天地可也，曾何猛兽之足道哉！

子由书孟德事见寄，余既闻而异之，以为虎畏不惧己者，其理似可信。然世未有见虎而不惧者，则斯言之有无，终无所试之。然曩余闻忠、万、云安多虎，有妇人置二小儿沙上而浣衣于水上者，有虎自山上驰下。妇人仓惶沉水避之，二小儿戏沙上自若。虎熟视久之，至以首抵触，庶几其一惧，而儿痴，竟不知怪。意虎之食人必先被之以威，而不惧之人威无所施欤？世言虎不食醉人，必坐守之，以俟其醒。非俟其醒，俟其惧也。有人夜自外归，见有物蹲其门，以为猪狗类也，以杖击之，即逸去。至山下月明处，则虎也。是人非有以胜虎，其气已盖之矣。使人之不惧皆如婴儿、醉人，与其未及知之时，则虎不敢食，无足怪者。故书其末，以信子由之说。子瞻题。

【解题】

此传写作年代不详，原收《栾城集》，排在《丐者赵生传》前，今依原排在传记之首。又：据文“张公道安适知秦州”，张方平嘉祐间曾知秦州，可推断此传约作于嘉祐年间（1056—1063）。最后一段是苏轼的题语。

丐者赵生传

高安丐者赵生，敝衣蓬发，未尝沐洗，好饮酒，醉辄殴詈其市人。虽有好事时召与语，生亦慢骂，斥其过恶。故高安之人皆谓之狂人，不敢近也。然其与人遇，虽未尝识，皆能道其宿疾与其平生善恶。以此，或曰：“此非有道者耶?”

元丰三年，予谪居高安，时见之于途，亦畏其狂，不敢问。是岁岁莫，生来见予，予诘之曰：“生未尝求人，今谒我，何也?”生曰：“吾意欲见君耳。”既而曰：“吾知君好道而不得要，阳不降，阴不升，故肉多而浮，面赤而疮。吾将教君挽水以溉百骸，经旬诸疾可去，经岁不怠，虽度世可也”。予用其说，信然。惟怠不能久，故不能究其妙。生尝告予：“吾将与君夜宿于此。”予许之。既而不至，问其故，曰：“吾将与君游于他所，度君不能无惊，惊或伤神，故不敢。”予曰：“生游何至?”曰：“吾常至太山下，所见与世说地狱同。君若见此，归当不愿仕矣。”予曰：“何故?”生曰：“彼多僧与官吏。僧逾分，吏暴物故耳。”予曰：“生能至彼，彼人亦知相敬耶?”生曰：“不然，吾则见彼，彼不吾见也。”因叹曰：“此亦邪术，非正道也。君能自养，使气与性俱全，则出入之际，将不学而能，然后为正也。”予曰：“养气请从生说为之，至于养性，奈何?”生不答。一日遽问曰：“君亦尝梦乎?”予曰：“然。”“亦尝梦先公乎?”予曰：“然。”“方其梦也，亦有存没忧乐之知乎?”予曰：“是不可常也。”生笑曰：“尝问我养性，今有梦觉之异，则性不全矣。”予矍然异其言，自此知生非特挟术，亦知道者也。

生两目皆翳，视物不明。然时能脱翳见瞳子，碧色。自脐以上，骨如龟壳，自心以下，骨如锋刃。两骨相值，其间不合如指。尝自言生于甲寅，今一百二十七年矣。家本代州，名吉。事五台僧，不能终，弃之，游四方。少年无行，所为多不法。与扬州蒋君俱学。蒋恶之，以药毒其目，遂翳。然生亦非蒋不循理，槁死无能为也。

是时予兄子瞻谪居黄州，求书而往，一见，喜子瞻之乐易，留半岁不去。及子瞻北归，从之兴国，知军杨绘见而留之。生喜禽鸟六畜，常以一物自随，寝食与之同。居兴国，畜骏骡，为骡所伤而死，绘具棺葬之。元祐元年，予与子瞻皆召还京师，蜀僧有法震者来见，曰：“震泝江将谒公黄州，至云安逆旅，见一丐者曰：‘吾姓赵，顷于黄州识苏公，为我谢之。’”予惊问其状，良是。时知兴国军朱彦博之子在坐，归告其父，发其葬，空无所有，惟一杖及两胫在。

予闻有道者恶人知之，多以恶言秽行自晦，然亦不能尽掩，故德顺时见于外。今余观赵生，鄙拙忿隘，非专自晦者也，而其言时有合于道。盖于道无见，则术不能神，术虽已至，而道未全尽。虽能久生变化，亦未可以语古之真人也。道书："尸假之下者留脚一骨。"生岂假者耶？

【解题】

苏辙于元丰三年贬筠州时识赵生，与赵生相交，称赵生为挟术知道者。据此，可推断此文应作于元祐初（1086）。

巢　谷　传

巢谷，字元修，父中世，眉山农家也。少从士大夫读书，老为里校师。谷幼传父学，虽朴而博。举进士京师，见举武艺者，心好之。谷素多力，遂弃其旧学，畜弓箭，习骑射。久之业成，而不中第。

闻西边多骁勇，骑射击刺为四方冠，去游秦凤、泾原间，所至友其秀杰。有韩存宝者，尤与之善。谷教之兵书，二人相与为金石交。熙宁中，存宝为河州将，有功，号熙河名将，朝廷稍奇之。会泸州蛮乞弟扰边，诸郡不能制，乃命存宝出兵讨之。存宝不习蛮事，邀谷至军中问焉。及存宝得罪，将就逮，自料必死，谓谷曰："我泾原武夫，死非所惜，顾妻子不免寒饿，橐中有银数百两，非君莫使遗之者。"谷许诺，即变姓名，怀银步行往授其子，人无知者。存宝死，谷逃避江、淮间，会赦乃出。

予以乡闾故，幼而识之，知其志节，缓急可托者也。予之在朝，谷浮沉里中，未尝一见。绍圣初，予以罪谪居筠州，自筠徙雷，自雷徙循。予兄子瞻，亦自惠再徙昌化。士大夫皆讳与予兄弟游，平生亲友无复相闻者。谷独慨然自眉山诵言，欲徒步访吾兄弟。闻者皆笑其狂。元符二年春正月，自梅州遗予书曰："我万里步行见公，不自意全，今至梅矣。不旬日必见，死无恨矣。”予惊喜曰：“此非今世人，古之人也。”既见，握手相泣，已而道平生，逾月不厌。时谷年七十有三矣，瘦瘠多病，非复昔日元修也。将复见子瞻于海南，予愍其老且病，止之曰：“君意则善，然自此至儋数千里，复当渡海，非老人事也。”谷曰：“我自视未即死也，公无止我。”留之不可。阅其橐中无数千钱，予方乏困，亦强资遣之。船行至新会，有蛮隶窃其橐装以逃，获于新州，谷从之至新，遂病死。予闻，哭之失声，恨其不用吾言，然亦奇其不用吾言而行其志也。

昔赵襄子厄于晋阳，知伯率韩、魏决水围之。城不沉者三版。县釜而爨，易子而食，群臣皆懈，惟高恭不失人臣之礼。及襄子用张孟谈计，三家之围解，行赏群臣，以恭为先。谈曰“晋阳之难，惟恭无功，曷为先之?”襄子曰：“晋阳之难，群臣皆懈，惟恭不失人臣之礼，吾是以先之。”谷于朋友之义，实无愧高恭者，惜其不遇襄子，而前遇存宝，后遇予兄弟。予方杂居南夷，与之起居出入，盖将终焉，虽知其贤，尚何以发之？闻谷有子蒙，在泾原军中，故为作传，异日以授之。谷始名穀，及见之循州，改名谷云。

【解题】

此传收在《栾城第三集》中，《栾城第三集》编订于政和元年（1111），收录崇宁五年至政和元年的作品，据此可推断《巢谷传》应作于这期间。

颍滨遗老传上

颍滨遗老姓苏氏，名辙，字子由。父曰眉山先生，隐居不出，老而以文名天下，天下所谓老苏者也。欧阳文忠公以文章独步当世，见先生而叹曰："予阅文士多矣，独喜尹师鲁、石守道，然意常有所未足。今见君之文，予意足矣！"先生既不用于世，有子轼、辙，以所学授之，曰："是庶几能明吾学者。"母成国太夫人程氏，亦好读书，明识过人，志节凛然，每语其家人："二子必不负吾志。"

辙年十九举进士，释褐。二十三举直言，仁宗亲策之于廷。时上春秋高，始倦于勤。辙因所问，极言得失，曰：

陛下即位三十余年矣，平居静虑，亦尝有忧于此乎？无忧于此乎？臣伏读制策，陛下既有忧惧之言矣。然臣愚不敏，窃意陛下有其言矣，未有其实也。往者宝元、庆历之间，西羌作难，陛下昼不安坐，夜不安席，天下皆谓陛下忧惧小心如周文王。然自西方解兵，陛下弃置忧惧之心二十年矣。古之圣人，无事则深忧，有事则不惧。夫无事而深忧者，所以为有事之不惧也。今陛下无事则不忧，有事则大惧，臣以为忧乐之节易矣。臣疏远小臣，闻之道路，不知信否。

近岁以来，宫中贵姬至以千数，歌舞饮酒，优笑无度，坐朝不闻咨谟，便殿无所顾问。三代之衰，汉、唐之季，女宠之害，陛下亦知之矣。久而不止，百蠹将由之而出。内则蛊惑之所污，以伤和伐性；外则私谒之所乱，以败政害事。陛下无谓好色于内不害外事也。今海内穷困，生民愁苦，而宫中好赐不为限极，所欲则给，不问有无。司会不敢争，大臣不敢谏，执契持敕，迅若兵火。国家内有养士、养兵之费，外有北狄、西戎之奉，陛下又自为一阱以耗其遗余。臣恐陛下以此得谤，而民心不归也。

策入，辙自谓必见黜。然考官司马君实第以三等，范景仁难之。蔡君谟曰："吾三司使也。司会之言，吾愧之而不敢怨。"惟胡武平以为不逊，力谓黜之。上不许，曰"以直言召人，而以直弃之，天下谓我何?”宰相不得已，寘（置）之下第，除商州军事推官。知制诰王介甫意其右宰相专攻人主，比之谷永，不肯撰词。宰相韩魏公晒曰：“此人策语，谓宰相不足用，欲得娄师德、郝处俊而用之。尚以谷永疑之乎?”知制诰沈文通亦考官也，知其不然，故文通当制有爱君之言。谏官杨乐道见上曰：“苏辙，臣所荐也。陛下赦其狂直而收之，盛德之事也，乞宣付史馆。”上悦，从之。是时先君被命修《礼书》，而兄子瞻出签书凤翔判官，傍无侍子。辙乃奏乞养亲。三年，子瞻解还，辙始求为大名推官。

逾年，先君捐馆舍。及除丧，神宗嗣位既三年矣，求治甚急。辙以书言事，即日召对延和殿。时王介甫新得幸，以执政领三司条例。上以辙为之属，不敢辞。介甫急于财利，而不知本，吕惠卿为之谋主。辙议事多牾。一日，介甫出一卷书曰：“此青苗法也，诸君熟议之。有不便，以告勿疑，”他日，辙告之曰：“以钱贷民，使出息二分，本以救民之困，非为利也。然出纳之际，吏缘为奸，虽有法不能禁。钱入民手，虽良民不免理费用；及其纳钱，虽富民不免违限。如此，则鞭箠必用，州县事不胜烦矣。唐刘晏掌国计，未尝有所假贷。有尤之者，晏曰：‘使民侥幸得钱，非国之福；使吏倚法督责，非民之便。吾虽未尝假贷，而四方丰凶贵贱，知之未尝逾时。有贱必籴，有贵必粜，以此四方无甚贵、甚贱之病，安用贷为?’晏之所言，则汉常平法耳。今此法见在而患不修，公诚有意于民，举而行之，刘晏之功可立竣也。”介甫曰：“君言有理，当徐议行之。后有异论，幸勿相外也。”自此逾月不言青苗。

会河北转运判官王广廉召议事。广廉尝奏乞度僧牒数千道为本钱，行陕西漕司私行青苗法，春散秋敛，与介甫意合，即谓而施之河北。自此青苗法遂行于四方。初，陈阳叔以枢密副使与介甫共事，二人操术不同。介甫所唱，阳叔不深和也。既召谢卿材、侯叔献、陈知俭、王广廉、王子韶、程颢、卢秉、王汝翼等八人，欲遣之四方，搜访遗利。中外传笑，知所遣必生事迎合，然莫敢言者。辙求见阳叔。阳叔逆问："君独来见，何也?"对曰："有疑欲问公耳。近日召八人者，欲遣往诸路，不审公既知利害所在，事有名件而使往案实之耶。其亦未知其实、漫遣出外、网捕诸事也?"阳叔曰："君意谓如何"? 对曰："昔嘉祐末，遣使宽卹诸路，事无所指，行者各务生事。既还奏，例多难行，为天下笑。今何以异此?"阳叔曰："吾昔奉敕看详宽恤等事，如范尧夫辈所请，多中理。"对曰："今所遣如尧夫者有几?"阳叔曰："所遣果贤，将不肯行，君无过忧。"对曰："公诚知遣使之不便，而恃遣者之不行，何如?"阳叔曰："君姑退，得徐思之。"后数日，阳叔召属官于密院言曰："上即位之初，命天下监司具本路利害以闻，至今未上。今当遣使，宜得此以议，可草一札子，乞催之。"惠卿觉非党中意，不乐，漫具草，无益也。辙知力不能救，以书抵介甫、阳叔，指陈其决不可者，且请补外。介甫大怒，将见加以罪。阳叔止之，奏除河南推官。会张文定知淮阳，以学官见辟，从之三年，授齐州掌书记。复三年，改著作佐郎。复从文定签书南京判官。居二年，子瞻以诗得罪，辙从坐，谪监筠州盐酒税，五年不得调。

平生好读《诗》、《春秋》，病先儒多失其旨，欲更为之传。老子书与佛法大类，而世不知，亦欲为之注。司马迁作《史记》，记五帝三代，不务推本《诗》、《书》、《春秋》，而以世俗杂说乱之，记战国事，多断缺不完，欲更为《古史》。功未及究，移知歙绩溪。

始至，而奉神宗遗制，居半年，除秘书省校书郎。明年，至京师，除右司谏。宣仁后临朝，用司马君实、吕晦叔等，欲革弊事，旧相蔡确、韩缜，枢密使章惇皆在位，窥伺得失，中外忧之。辙言曰：

先帝临御仅二十年，厉精政事，变更法度，将以力致太平，追复三代，是以擢任臣庶，多自小臣致位公相。用人之速，近世无与比者。究观圣意，本欲求贤自助，以利安生民，为社稷长久之计，岂欲使左右大臣偷合苟容，出入唯唯、危而不持、颠而不扶、窃取利禄以养妻子而已哉！然自法行以来，民力凋弊，海内愁怨。先帝晚年，寝疾弥留，照知前事之失，亲发德音，将洗心自新，以合天意，而此志不遂，奄弃万国。天下闻之，知前日弊事，皆先帝之所欲改，思慕圣德，继之以泣。是以皇帝践祚，圣母临政，奉承遗旨，罢导洛，废市易，损青苗，止助役，宽保甲，免买马，放修城池之役，复茶盐铁之旧，黜吴居厚、吕孝廉、宋用臣、贾青、王子京、张诚一、吕嘉问、蹇周辅等。命令所至，细民鼓舞相贺。臣愚不知朝廷以为凡此谁之罪也？上则大臣蔽塞聪明，逢君之恶；下则小臣贪冒荣利，奔竞无耻。二者均皆有罪，则大臣以任重责重，小臣以任轻责轻，虽三尺童子所共知也。今朝廷既已罢黜小臣，至于大臣，则因而任之，将复使燮和阴阳，陶冶民物，臣窃惑矣。窃惟朝廷之意，将以体貌大臣，待其愧耻自去，以全国体。今确等自山陵以后，犹偃然在职，不肯引咎辞位以谢天下。

谨案确等受恩最深，任事最久，据位最尊，获罪最重，而有靦面目，曾不知愧。确等诚以昔之所行为是耶，则今日安得不争？以昔之所行为非耶，则昔日安得不言？穷究其心，所以安而不去者，盖以为是皆先帝所为，而非吾过也。夫为大臣，忘君徇己，不以身任罪戾，而归咎先帝。不忠不孝，宁有过此？臣窃不忍千载之后书之简策。大臣既自处无过之地，则先帝独被恶名。此臣所以痛心疾首，当食不饱，至于涕泗之横流也。陛下何不正其罪名，上以为先帝分谤，下以慰臣子之意。今独以法绳治小臣，而置确等，大则无以显扬圣考之遗意，小则无以安反侧之心。故臣窃谓大臣诚退，则小臣非建议造事之人，可一切不治，使得革面从君，竭力自效，以洗前恶。伏乞出臣此章，宣示确等，使自处进退之分。臣虽万死不恨也。

三人竟皆逐去，然卒不以其前后反覆归咎先帝罪之，世以为恨。吕惠卿始谄事介甫，倡行虐政，以害天下，其后势钧力抗，则倾陷介甫，甚于仇雠，世尤恶之。时惠卿自知罪大，乞宫观自便，不预贬窜。辙具疏其奸，请加深谴，乃以散官安置建州，天下韪之。

司马君实既以清德雅望专任朝政，然其为人不达吏事，知雇役之害，欲复行差役，不知差雇之弊，其实相半，讲之未详，而欲一旦复之。民始闻而喜，徐而疑惧，君实不信也。王介甫以其私说为诗、书《新义》，以考试天下士。学者病之。君实改为新格，而势亦难行。方议未定，辙言："自罢差役，至今仅二十年，吏民皆未习惯。况役法关涉众事，根牙磐错，行之徐缓，乃得审详。若不穷究首尾，忽遽便行，恐既行之后，别生诸弊。今州县役钱，例有积年宽剩，大约足支数年，若且依旧雇役，尽今年而止。催督有司审议差役，趁今冬成法，来年役使乡户。但使既行之后，无复人言，则进退皆便。"又言：进士来年秋试，日月无几，而议不时决，传闻四方，不免惶惑。诗赋虽号小技，而比次声律，用功不浅。至于治经，诵读讲解，尤不可轻易。要之，来年皆未可施行。欲乞先降指挥，来年科场，一切如旧，惟经义兼取注疏及诸家议论，或出己见，不专用王氏学。仍罢律义，令天下举人知有定论，一意为学，以待选试。然后徐议元祐五年以后科举格式，未为晚也。"众皆以为便，而君实始不悦矣。

是岁上将亲飨明堂，辙言曰："三代常祀，一岁九祭天，再祭地，皆天子亲之。故于其祭也，或祭昊天，或祭五天，或独祭一天，或祭皇地祇，或祭神州地祇。要于一岁，而亲祀必遍。降及近世，岁之常祀，皆有司摄事。三岁而后一亲祀，亲祀之疏数，古今之变，相远如此。然则其礼之不同，盖亦其势然也。谨按国朝旧典，冬至圜丘，必兼飨天地，从祀百神。若其有故，不祀圜丘，别行他礼，或大雩于南郊，或大飨于明堂，或恭谢于大庆，皆用圜丘礼乐神位。其意以为皇帝不可以三年而不亲祀天地百神故也。臣窃见皇祐明堂，遵用此法，最为得礼。自皇祐以后，凡祀明堂，或用郑氏说独祀五天帝，或用王氏说独祀昊天上帝。虽于古学，各有援据，而考之国朝之旧，则为失当。盖儒者泥古而不知今，以天子每岁遍祀之仪，而议皇帝三年亲祀之礼，是以若此其疏也。今者皇帝陛下对越天命，逾年即位，将以九月有事于明堂，义当并见天地，遍礼百神，躬荐诚心，以格灵贶。臣恐有司不达礼意，以古非今，执王、郑偏说以乱本朝大典。夫礼沿人情。人情所安，天意必顺。今皇帝陛下始亲祠事，而天地百神无不咸秩，岂不俯合人情，仰符天意！臣愚欲乞明诏礼官，今秋明堂用皇祐明堂典礼，庶几精诚陟降，溥及上下。”时大臣多牵于旧学，不达时变，奏入不报。然辙以为《周礼》一岁遍祭天地，皆人主亲行，故郊丘有南北，礼乐有同异。自汉、唐以来，礼文日盛，费用日广，事与古异，故一岁遍祀，不可复行。唐明皇天宝初，始定三岁一亲郊，于致斋之日，先享太清宫，次享太庙，然后合祭天地，从祀百神。所以然者，盖谓三年一次大礼，若又不遍，则于人情有所不安。至于遍祭之礼，已自差官摄事，未尝少废。此近世变礼，非复三代之旧。而议者欲以三代遗文，参乱其间，失之远矣。至七年，上将亲郊。辙备位政府，乃与诸公共伸前议，合祭天地，职者以为当。

初，神宗以夏国内乱，用兵攻讨，于熙河路增置兰州，于延安路增置安疆、米脂等五寨。至此，夏国虽屡遣使，而未修职贡。二年，夏始来贺登极，使还，未出境，又遣使入界。朝廷知其有请地之意，然大臣议弃守未决。辙言曰：

顷者西人虽至，而疆场之事，初不自言。度其狡心，盖知朝廷厌兵，确然不请，欲使此议发自朝廷，得以为重。朝廷深觉其意，忍而不予，情得势穷，始来请命。今若又不许，使其来使徒手而归，一失此机，必为后悔。彼若点集兵马，屯聚境上，许之则畏兵而予，不复为恩；不予则边衅一开，祸难无已。间不容发，正在此时，不可失也。今议者不深究利害，妄立坚守之议，苟避弃地之名，不度民力，不为国计，其意止欲私己自便，非社稷之计也。臣又闻议者或谓弃守皆不免用兵，弃则用兵必迟，守则用兵必速。迟速之间，利害不远，若遂以地予之，恐非得计。臣闻圣人应变之机，正在迟速之际，但使事变稍缓，则吾得算已多。昔汉文、景之世，吴王濞内怀不轨，称病不朝，积财养兵，谋乱天下。文帝专务含养，置而不问，加赐几杖，恩礼日隆。濞虽包藏祸心，而仁泽浸渍，终不能发。及景帝用晁错之谋，欲因其有罪，削其郡县。以为削之亦反，不削亦反，削之则反疾而祸小，不削则反迟而祸大。削书一下，七国尽反。至使景帝发天下兵，遣三十六将，仅而破之。议者若不计利害之浅深，较祸福之轻重，则文帝隐忍不决，近于柔仁，景帝刚断必行，近于强毅。然而如文帝之计，祸发既迟，可以徐为备御，稍经岁月，变故自生，以渐制之，势无不可。如景帝之计，祸发既速，未及旋踵，已至交兵。锋刃既接，胜负难保，社稷之命，决于一日。虽食晁错之肉，何益于事？今者欲弃之策，与文帝同，而欲守之计，与景帝类。臣乞宣喻执政；欲弃者，理直而祸缓；欲守者，理曲而祸速。曲直迟速，孰为利害？况今日之事，主上妙年，母后听断，将帅吏士，恩情未接，兵交之日，谁使效命？若其羽书沓至，胜负纷然，临机决断，谁任其责？惟乞圣心以此反覆思虑，早赐裁断，无使西戎别致猖狂、弃守之议皆不得其便。

于是朝廷许还五寨，夏人遂服。辙寻迁起居郎，为中书舍人。时朝廷起文潞公于既老，以太师平章军国重事。

初，元丰中，河决大吴，先帝知故道不可复还，因导之北流。水性已顺，惟河道未深，堤防未立，岁有决溢之患，本非深害也。至此，诸公皆未究悉河事，而潞公欲以河为重事，中书侍郎吕微仲、枢密副使安厚卿从而和之。始谓河西北流入泊淀，久必淤浅，异日或从北界入海。则河朔无以御狄，故三人力主回河之计，诸公莫能夺。吕晦叔时为中书相，辙间见问曰："公自视智勇孰与先帝？势力隆重能鼓舞天下孰与先帝？"晦叔惊曰："君何言欤？"对曰："河决而北，自先帝不能回，而诸公欲回之，是自谓智勇势力过先帝也。且河决自元丰，导之北流，亦自元丰。是非得失，今日无所预。诸公不因其旧而修其未完，乃欲取而回之，其为力也难，而其为责也重矣！"晦叔唯唯曰："当与诸公筹之。"既而回河之议纷纷而起，晦叔亦以病没。

辙迁户部侍郎，尝因转对言曰：

> 财赋之原，出于四方，而委于中都。故善为国者，藏之于民，其次藏之州郡。州郡有余，则转运司常足；转运司既足，则户部不困。唐制，天下赋税，其一上供，其一送使，其一留州。比之于今，上供之数可谓少矣。然每有缓急，王命一出，舟车相衔，大事以济。祖宗以来，法制虽殊，而诸道畜藏之计，犹极丰厚。是以敛散及时，纵舍由己，利柄所在，所为必成。自熙宁以来，言利之臣不知本末之术，欲求富国，而先困转运司；转运司既困，则上供不继；上供不继，而户部亦惫矣。两司既困，故内帑别藏，虽积如丘山，而委为朽壤，无益于算。
>
> 故臣愿举近岁朝廷无名封桩之物，归之转运司。盖禁军阙额与差出衣粮、清汴水脚与外江纲船之类，一经擘画，例皆封桩。夫阙额禁军，寻当以例物招置，而出军衣粮，罢此

给彼，初无封桩之理。至于清汴水脚，虽减于旧，而洛口费用，实倍于前。外江纲船，虽不打造，而雇船运粮，其费特甚。重复刻剥，何以能堪？故臣谓诸如此比，当一切罢去，况祖宗故事，未尝有此，但有司固执近事，不肯除去。惟陛下断而与之，则转运司利柄稍复，而户部亦有赖矣。

朝廷重违近制，卒不能改，寻又言：

臣谨以祖宗故事，考今日本部所行，体例不同，利害相远，恐合随事措置，以塞弊原。谨昧死具三弊以闻：其一曰分河渠案以为都水监，其二曰分胄案以为军器监，其三曰分修造案以为将作监。三监皆隶工部，则本部所专，其余无几，出纳损益，制在他司。顷者，司马光秉政，知其为害：尝使本部收揽诸司利权。当时所收，不得其要，至今三案犹为他司所擅，深可惜也。祖宗参酌古今之宜，建立三司，所领天下事，几至大半，权任之重，非他司比，推原其意，非以私三司也。事权分，则财利散，虽欲求富，其道无由。

盖国之有财，犹人之有饮食。饮食之道，当使口司出纳，而腹制多寡，然后分布气血，以养百骸。耳目赖之以为明，手足赖之以为力。若不专任口腹，而使手足、耳目得分治之，则虽欲求一饱，不可得矣，而况于安且寿乎！今户部之在朝廷，犹口腹也，而使他司分治其事，何以异此？自数十年以来，群臣不明祖宗之意，每因一事不举，辄以三司旧职分建他司。利权一分，用财无艺。他司以办事为效，则不恤财之有无；户部以给财为功，则不问事之当否。彼此各营一职，其势不复相知，虽使户部得才智之臣，终亦无益，能否同病，府库卒空。今不早救，后患必甚。

昔嘉祐中，京师频岁大水，大臣始取河渠案置都水监。置监以来，比之旧案，所补何事？而大不便者，河北有外监丞，侵夺转运司职事。转运司之领河事也，郡之诸埽，埽之吏兵、储蓄，无事则分，有事则合，水之所向，诸埽趋之，吏兵得以并功，储蓄得以并用。故事作之日，无暴敛伤财之患；事定之后，徐补其阙，两无所妨。自有监丞，据法责成，缓急之际，诸埽不相为用，而转运司不胜其弊矣。此工部都水监为户部之害，一也。

先帝一新官制，并建六曹，随曹付事。故三司故事多隶工曹，名虽近正而实非利。昔胄案所掌，今内为军器监而上隶工部，外为都作院而上隶提刑司，欲有兴作，户部不得与议。访闻河北道近岁为羊浑脱，动以千计。浑脱之用，必军行之水，过渡无船，然后须之。而其为物，稍经岁月，必至蠹败。朝廷无出兵之计，而有司营职不顾利害，至使公私应副，亏财害物。若专在转运司，必不至此。此工部都作院为户部之害，二也。

昔修造案掌百工之事，事有缓急，物有利害，皆得专之。今工部以办职为事，则缓急利害，谁当议之？朝廷近以箔场竹箔积久损烂，创令出卖，上下皆以为当。指挥未几，复以诸处营造，岁有科料遂令般运堆积，以破出卖之计。臣不知将作见工几何，一岁所用几何？取此积彼，未用之间，有无损败，而遂为此计。本部虽知不便，而以工部之事，不敢复言。此工部将作监为户部之害，三也。

凡事之类此者多矣，臣不能遍举也。故愿明诏有司，罢外水监丞，举河北河事及诸路都作院皆归转运司。至于都水、军器、将作三监，皆兼隶户部，使定其事之可否，裁其费之多少，而工部任其功之良苦，程其作之迟速。苟可否、多少在户部，则伤财害民，户部无所逃其责矣；苟良苦、迟速在工部，则败事乏用，工部无所辞其谴矣。利出于一，而后天下贫富，可责之户部矣。

朝廷以为然，从之，惟都水监仍旧。

辙自为中书舍人，与范子功、刘贡父同详定六曹条例。子功领吏部。元丰所定吏额，主者苟悦群吏，比旧额几数倍。朝廷患之，命量事裁减，已再上再却矣。子功奉使，辙兼领其事。吏有白中孚者，进曰："吏额不难定也。昔之流内铨，今侍郎左选也，事之烦剧，莫过此矣。昔铨吏止十数，而今左选吏至数十。事不加旧，而用吏至数倍，何也？昔无重法、重禄，吏通赇赂，则不欲人多以分所得。今行重法，给重禄，赇赂比旧为少，则不忌人多而幸于少事。此吏额多少之大情也。旧法，日生事以难易分七等，重者至一分，轻者至一厘以下，积若干分而为一人。今若取逐司两月事定其分数，则吏额多少之限，无所逃矣。"辙以其言遍问属官，皆莫应。独李之仪对曰："是诚可为也。"即与之仪议之曰："此群吏身计所系也。若以分数为人数，必大有所损，将大致纷诉，虽朝廷亦将不能守。"乃具以白宰执，请据实立额，俟吏之年满转出，或事故死亡者勿补，及额而止。不过十年，羡额当尽。功虽稍缓，而见吏知非身患，不复怨矣。诸公以为然，遂申尚书省，取诸司两月生事。诸司吏皆疑惧，莫肯供，再申，乞榜诸司，使知所立额，俟他日见阙不补，非法行之日，即有减损也。榜出，文字即具，至是成书，以申三省。左仆射吕微仲大喜，欲攘以为己功，以问三省吏，皆莫晓。有诸司吏任永寿者，颇知其意。微仲悦之，于尚书省创吏额房，使永寿与三省吏数人典之。小人无远虑，而急于功利，即背前约，以立额日裁损吏员，复以好恶改易诸吏局次。凡近下吏人，恶为上名所压者，即为拨出上名于他司，闲慢司分欲人要地者，即自寺监拨入省曹之类是也。凡奏上行下，皆微仲专之，不复经三省。法出，中外汹汹，微仲既为御史所攻，永寿亦以恣横赃污，以徒罪刺配。久之，微仲知众不伏，乃使左右司再加详定，略依本议行下。

时子瞻自翰林学士出知余杭，朝廷虽命辙代为学士，寻又兼权吏部尚书。未几，奉使契丹，虏以其侍读学士王师儒馆伴。师儒稍读书，能道先君及子瞻所为文，曰“恨未见公全集”，然亦能诵《服伏苓赋》等，虏中类相爱敬者。

颍滨遗老传下

还朝，为御史中丞。命由中出，宰相以下多不悦。所荐御史，率以近格不用。自元祐初，革新庶政，至是五年矣。一时人心已定，惟元丰旧党分布中外，多起邪说以摇撼在位。吕微仲与中书侍郎刘莘老二人尤畏之，皆持两端，为自全计，遂建言欲引用其党，以平旧怨，谓之“调停”。宣仁后疑不决。辙于延和面论其非。退，复再以札子论之。

其一曰：臣近面论君子小人不可并处朝廷，窃观圣意，似不以臣言为非者。然天威咫尺，言词追遽，有所不尽，退伏思念，若使邪正并进，皆得预闻国事，此治乱之几而朝廷所以安危者也。臣误蒙圣恩，典司邦宪。臣而不言，谁当救其失者！谨复稽之古今，考之圣贤之格言，莫不谓：亲近君子，斥远小人，则人主尊荣，国家安乐。疏外君子，进任小人，则人主忧辱，国家危殆。此理之必然，非一人之私言也。其于《周易》，所论尤详，皆以君子在内，小人在外，为天地之常理，小人在内，君子在外，为阴阳之逆节。故一阳在下，其卦为“复”；二阳在下，其卦为“临”。阳虽未盛，而居中得地，圣人知其有可进之道。一阴在下，其卦为“姤”；二阴在下，其卦为“遁”。阴虽未壮，而圣人知其有可畏之渐。若夫居天地之正，得阴阳之和者，惟“泰”而已。“泰”之为象，三阳在内，三阴在外。君子既得其位，可以有为。小人奠居于外，安而无怨，故圣人名之曰“泰”。“泰”之言安也，言惟此可以久安也。方泰之时，若君子能保其位，外安小人，使无失其所，则天下之安，未有艾也。惟恐君子得位因势陵暴小人，使之在外而不安，则势将必至于反覆。故《泰》之九三曰：“无平不陂，无往不复。”窃惟圣人之戒，深切详尽，所以诲人者至矣。独未闻以小人在外，忧其不悦而引之于内，以自遗患者也。故臣前所上札子，亦以谓小人虽决不可任以腹心，至于牧守四方，奔走庶务，各随所长，无所偏废。宠禄恩赐，彼此如一，无一可指，如此而已。若遂引而置之于内，是犹畏盗贼之欲得财，而导之于寝室，知虎豹之欲食肉，而开之以坰牧。天下无此理也。且君子小人，势同冰炭，同处必争。一争之后，小人必胜，君予必败。何者？小人贪利忍耻，击之难去。君子洁身重义，知道之不行，必先引退。故古语曰：“一薰一莸，十年尚犹有臭。”盖谓此矣。

先帝以聪明圣智之资，疾颓靡之俗，将以纲纪四方，追迹三代。今观其设意，本非汉、唐之君所能彷佛也。而一时臣佐，不能将顺圣德，造作诸法，率皆民所不悦。及二圣临御，因民所愿，取而更之，上下欣慰。当此之际，先朝用事之臣，皆布列于朝。自知上逆天意，下失民心，彷徨踧踖，若无所措。朝廷虽不加斥逐，其势亦自不能复留矣。尚赖二圣慈仁，不加谴责，而宥之于外，盖已厚矣。今者政令已孚，事势大定，而议者惑于浮说，乃欲招而纳之，与之共事，欲以此，“调停”其党。臣谓此人若返，岂肯徒然而已哉！必将戕害正人，渐复旧事，以快私忿。人臣被祸，盖不足言，臣所惜者，祖宗朝廷也。

盖自熙宁以来，小人执柄二十年矣，建立党与，布满中外，一旦失势，晞觊者多。是以创造语言，动摇贵近，胁之以祸，诱之以利，何所不至！臣虽未闻其言，而概可料矣。闻者若又不加审察，遽以为然，岂不过甚矣哉！臣闻管仲治齐，夺伯氏骈邑三百，饭蔬食，没齿无怨言。诸葛亮治蜀，废廖立、李严为民，徙之边远，久而不召。及亮死，二人皆垂泣思亮。夫骈、立、严三人者，皆齐、蜀之贵臣也。管、葛之所以能戮其贵臣，而使之无怨者，非有他也，赏罚必公，举措必当，国人皆知所与之非私，而所夺之非怨，故虽仇雠莫不归心耳。今臣窃观朝廷用舍施设之间，其不合人心者，尚不为少，彼既中怀不悦，则其不服固宜。今乃直欲招而纳之，以平其隙，臣未见其可也。《诗》曰："无竞维人，四方其训之。"

陛下诚以异同反覆为忧，惟当久任才性忠良、识虑明审之士，但得四五人常在要地，虽未及皋陶、伊尹，而不仁之人知自远矣。惟陛下断自圣心，不为流言所惑，毋使小人一进，后有噬脐之悔，则天下幸甚。臣既待罪执法，若见用人之失，理无不言，言之不从，理不徒止。如此则异同之迹，益复著明，不若陛下早发英断，使彼此泯然无迹，可见之为善也。

奏入，宣仁后命宰执于廉前读之，仍谕之曰："苏辙疑吾君臣遂兼用邪正，其言极中理。"诸公相从和之。自此参用邪正之说衰矣。

辙复奏曰：

圣人之德，莫如至诚。至诚之功，存于不息，有能推至诚之心而加之以不息之久，则天地可动，金石可移，况于斯人，谁则不服？臣伏见太皇太后陛下、皇帝陛下，随时弛张，改革弊事，因民所恶，屏去小人，天下本无异心。群党自作浮议。近者德音一发，众心涣然，正直有依，人知所向。惟二圣不移此意，则天下谁敢不然？卫多君子，而乱不生；汉用汲黯，而叛者寝。苟存至诚不息之意，自是太平可久之功。此实社稷之福，天下之幸也。然臣以谓昔所柄任，其徒实繁，布列中外，岂免窥伺？若朝廷施设必当，则此辈觊望自消。昔田蚡为相，所为贪鄙，则窦婴、灌夫睥睨宫禁，诸葛亮治蜀，行法廉平，则廖立、李严虽流徙边郡，终身无怨。此则保国宁人之要术，自古圣贤之所共由者也。

臣窃见方今天下虽未大治，而祖宗纲纪具在，州郡民物粗安。若大臣正己平心，无生事要功之意，因弊修法，为安民靖国之术，则人心自定，虽有异党，谁不归心？向者异同反覆之心，盖亦不足虑矣。但患朝廷举事，类不审详。曩者，黄河北流，正得水性，而水官穿凿，欲导之使东，移下就高，汩五行之理。及陛下遣官按视，知不可为，犹或固执不从。经今累岁，回河虽罢，减水尚存，遂使河朔生灵财力俱困。今者西夏、青唐，外皆臣顺，朝廷招来之厚，惟恐失之。而熙河将吏创筑二堡，其侵其膏腴；议纳醇忠，以夺其节钺。功未可觊，争已先形。朝廷虽知其非，终不明白处置，若遂养成边衅，关陕岂复安居？如此二事，则臣所谓宜正己平心，无生事要功之意者也。

昔嘉祐以前，乡差衙前，民间常有破产之患。熙宁以后，出卖坊场以雇衙前，民间不复知有衙前之苦。及元祐之初，务于复旧，一例复差。官收坊场之钱，民出衙前之费，四方惊顾，众议沸腾。寻知不可，旋又复雇。雇法有所未尽，但当随事修完。而去年之秋，复行差法。虽存雇法，先许得差。州县官吏利在起动人户，以差为便。差法一行，即时差足，雇法虽在，谁复肯行？臣顷奉使契丹，河北官吏皆为臣言："岂朝廷欲将卖坊场钱别作支费耶？不然，何故惜此钱而不用，竭民力以供官？"此声四驰，为损非细。又熙宁雇役之法，三等人户并出役钱，上户以家产高强，出钱无艺，下户昔不充役，亦遣出钱。故此二等人户不免咨怨。至于中等，昔既已自差役，今又出钱不多，雇法之行，最为其便。及元祐罢行雇法，上下二等，欣跃可知，唯是中等则反为害。臣请且借畿内为比，则其余可知矣。畿县中等之家，例出役钱三贯，若经十年，为钱三十贯而已。今差法既行，诸县手力，最为轻役；农民在官，日使百钱，最为轻费，然一岁之用，已为三十六贯。二年役满，为费七十余贯。罢役而归，宽乡得闲三年，狭乡不及一岁。以此较之，则差役五年之费，倍于雇役十年。赋役所出，多在中等，如此安得民间不以今法为害而熙宁为利乎？然朝廷之法，官户等六色役钱，只得支雇役人。不及三年，处州役而不及县役，宽剩役钱，只得通融邻路邻州，而不及邻县。人户愿出钱雇人充役者。只得自雇，而官不为雇。如此之类，条目不便者非一，故天下皆思雇役，而厌差役，今五年矣。如此二事，则臣所谓宜因弊修法，为安民靖国之术者也。

臣以闻见浅狭，不能尽知当今得失。然四事不去，如臣等辈犹知其非，而况于心怀异同、志在反覆、幸国之失有以藉口者乎？臣恐如此四事，彼已默识于心，多造谤议，待时而发，以摇撼众听矣。伏乞宣谕宰执，事有失当，改之勿疑，法或未完，修之无倦。苟民心既得，则异议自消。陛下端拱以享承平，大臣逡巡以安富贵，海内蒙福，上下所同，岂不休哉！

然大臣怙权耻过，终莫肯改。

比辙为执政，三省又奏除李清臣为吏部尚书，给事中范祖禹封还诏书进呈，不允。祖禹执奏如初，左正言姚勔亦言不当，三省复除蒲宗孟兵部尚书。辙谓诸公：“且候邦直命下，然后议此，如何？”皆不应。及帘前，微仲奏：“诸部久阙尚书，见在人皆资浅未可用，又不可阙官，须至用前执政。”上有黾俛从之之意，辙奏：“前日除李清臣，给练纷然争之未定。今又用宗孟，恐不便。”宣仁后曰：“奈阙官何？”辙曰：“尚书阙官已数年，何尝阙事？今日用此二人，正与去年用邓温伯无异。此三人者，非有大恶，但昔与王珪、蔡确辈并进，意思与今日圣政不合。见今尚书共阙四人，若并用似此四人，使互进党类，气势一合，非独臣等耐何不得，亦恐朝廷难耐何矣！且朝廷只贵安静，如此用人，台谏安得不言？臣恐自此闹矣。”宣仁后曰：“信然，不如且静。”诸公遂卷除目持下。辙又奏：“臣去年初作中丞，首论此事，圣意似以臣言为然。今未及一年，备位于此，若遂不言，实恐陛下怪臣前后异同。”上曰：“然。”乃退。

六年春，诏除尚书右丞，辙上言：“臣幼与兄轼同受业先臣，薄祐早孤。凡臣之宦学，皆兄所成就。今臣蒙恩与闻国政，而兄适亦召还，本除吏部尚书，复以臣故，改翰林承旨。臣之私意，尤不遑安，况兄轼文学政事，皆出臣上。臣不敢远慕古人举不避亲，只乞寝臣新命，得与兄同备从官，竭力图报，亦未必无补也。”不听。

迁门下侍郎。时吕微仲与刘莘老为左右相。微仲直而暗，莘老曲意事之，事皆决于微仲。惟进退士大夫，莘老阴窃其柄，微仲不悟也。辙居其间，迹危甚。莘老昔为中司，台中旧僚，多为之用，前后非意见攻。宣仁后觉之，莘老既以罪去，微仲知辙无他，有相安之意，然其为人则如故，天下事卒不能大有所正，至今愧之。盖是时所争议，大者有二：其一，西边事。其二，黄河事。

初，夏人来贺登极，相继求和，且议地界。朝廷许之，本约地界已定，然后付以岁赐。久之，议不决。明年，夏人多保忠以兵袭泾原，杀掠弓箭手数千人而去。朝廷隐忍不问，即遣使往赐策命。夏人受礼倨慢，以地界为词，不复入谢，且再犯泾原。四年，乃复来贺坤成，且议地界。朝廷急于招纳，疆议未定，先以岁赐予之。寻觉不便，乃于疆事多方侵求，不守定约。而熙河将佐范育、种谊等，又背约侵筑质孤、胜如二堡，夏人随即平荡。育等又欲以兵纳赵醇忠，又擅招蕃部千余人。朝廷却而不受，西边骚然。辙力言其非，乞罢育、谊，更择老将以守熙河，宣仁后深以为是，而大臣主之。辙面奏：“此辈皆大臣亲旧，不忍坏其资任，虽其同列，亦不敢异议。陛下独不见黄河事乎？当时德音宣谕，至深至切，然非大臣意，至今不了。人君与人臣事体不同。人臣虽明见是非，而力所不加，须至且止；人主于事，不知则已，知而不得行，则事权去矣。臣今言此，盖欲陛下收揽威柄，以正君臣之分而已。若专听其所为，不以渐制之，及其太甚，必加之罪，只如韩维专恣太甚，范纯仁阿私太甚，皆不免逐去。事至如此，岂朝廷美事？故臣之意，盖欲保全大臣，非欲害之也。”宣仁后极以为然，而不能用。

六年六月，熙河奏：“夏人十万骑压通远军境上，挑掘所争崖巉，杀人三日而退。乞因其退军未能复出，急移近里堡寨，于界上修筑，乘利而往，不须复守诚信。”诸公会议都堂，辙谓微仲：“今欲议此事，当先定议：欲用兵耶，不用兵耶？”微仲曰：“如合用兵，亦不得不用。”辙曰：“凡欲用兵，先论理之曲直。我若不直，则兵决不当用。朝廷顷与夏人商量地界，欲用庆历旧例，以汉蕃见今住坐处当中为界，此理最为简直。夏人不从，朝廷遂不固执。盖朝廷临事，常患先易后难，此所谓先易者也。既而许于非所赐城寨，依绥州例，以二十里为界，十里为堡铺，十里为草地。州所赐城寨，指谓延州、塞门、义合、石州、吴堡兰州诸城寨，通远军定西城。要约才定，朝廷又要于两寨界首相望侵系蕃地，一抹取直，夏人黾俛见从。要约未定，朝廷又要蕃界更留草地十里，通前三十里，夏人亦又见许。凡此所谓后难者也。今者又欲于定西城与陇诺堡相望，一抹取直，所侵蕃地凡百数十里。陇诺，祖宗旧疆，岂所谓非所赐城寨耶？此则不直，致寇之大者也。今虽欲不顾曲直，一面用兵，不知二圣谓何？”莘老曰：“持不用兵之说虽美，然事有须用兵者，亦不可固执。”辙曰：“相公必欲用兵，须道理十全。敌人横来相加，势不得已，然后可耳。今吾不直如此，兵起之后，兵连祸结，三五年不得休，将奈何？”诸公乃许不从熙河之计。明日，面奏之，辙曰：“夏人引兵十万，直压熙河境上，不于他处作过，专于所争处杀人、掘崖巉，此意可见。此非西人之非，皆朝廷不直之故。”微仲曰：

“朝廷指挥，亦不至大段不直。”辙曰：“熙河帅臣，辄敢生事奏乞，不守诚信。乘夏人抽兵之际，移筑堡寨。臣以为方今堡寨虽或可筑，至秋深马肥，夏人能复引大兵来争此否?”诸人皆言：“今已不许之矣。”辙曰：“臣欲诘责帅臣耳，若不加诘责，或再有陈乞。”诸人皆曰：“俟其再乞，诘责未晚。”宣仁后曰：“边防忌生事，早与约束。”诸人乃听。

已而兰州又以远探为名，深入西界，杀十余人。辙曰：“边臣贪功生事，不足以示威，徒足以败坏疆议，理须戒敕。”不听。既又以防护打草为名，杀六七人，生擒九人。微仲知不便，欲送还生口，因奏其事。辙曰：“边臣贪冒小胜，不顾大计，极害事。今送还九人，甚善。可遂戒敕边臣。”微仲不欲，曰：“近日延安将副李仪等深入陷没，已责降一行人，足以为戒。”辙曰：“李仪深入，以败事被责。兰州深入得功，若不戒敕，将谓朝廷责其败事，而喜其得功也。”宣仁后曰：“然。”乃加戒敕。

然七年夏人竟大入河东，朝廷乃议绝岁赐，禁和市，使沿边诸路为浅攻计，命熙河进筑定远城。夏人不能争。未几，复大入环庆，复议使熙河进筑汝遮。中书侍郎范子功独不可。辙度其意，昔延安帅臣赵卨，范氏姻家也。方议地界，以绥州二十里为例，议出于卨。熙河斥其不可。议久不决，而卨死，故子功持之。辙谓之曰：“绥州旧例施于延安可耳，熙河远者或至七八十里，其不从宜矣。方论国事，亲旧得失，不宜置胸中也。”众皆称善，而子功悻然不服。会西人乞和，议遂不成。未几，右相苏子容以事去位。子功以同省得罪，因遂其请，实以汝遮故也。

辙自为谏官，论黄河东流之害。及为执法，最后论三事：其一，存东岸清丰口；其二，存西岸披滩水口；其三，除去西岸激水锯牙。朝廷以付河北监司，惟以锯牙为不可去。辙于殿庐中，与微仲论之。微仲曰：“无锯牙，则水不东。水不东，则北流必有患。”辙曰：“然北京百万生灵，岁有决溺之忧，何以救之?

且分水东入故道，见今淤合者多矣，分水之利亦自不复能久。若俟涨水已过，尽力修完北流堤防，使足胜涨水之暴，然后彻去锯牙，免北京危急，此实利也。”莘老曰：“河北监司不如此言，奈何？”辙曰：“公岂不知外官多所观望耶？”微仲曰：“河事至大，难以臆断。”辙曰：“彼此皆非目见，当以公议参之耳。”及至上前，二相皆以分水为便。辙具奏前语，且曰：“必欲重慎，候涨水过，故道增淤，即并力修完北堤，然后彻去锯牙，庶几可也。”近至都堂，二相遽批圣语曰：“依都水监所定。”辙语堂吏，适所奏不然。莘老失措，徽仲知不可，乃曰：“明日别议。”卒改批“不得添展”乃已。

八年正月，都水吴安持乞于北流作软堰，定河流以免淤填，时微仲在告。辙奏曰：“先帝因河决大吴，导之北流，已得水性，惟堤防未完，每岁不免决溢，此本黄河常事耳。是时北京之南，黄河西岸，有阚村、樊村等三斗门，遇河水泛溢，即开此三门，分水北行于无人之地，至北京北，合入大河，故北京生聚无大危急。自数年来，大臣创议回河，水官王孝先、吴安持等，即塞此三门，贴筑西堤，又作锯牙马头，约水向东，直过北京之上，故北京连年告急。然约水既久，东流遂多于往岁。盖分流有利有害。秋水泛涨，分入两流，暂时且免决溢，此分水之利也；河水重浊，缓则生淤，既分为二，不得不缓，故今日北流淤塞，此分水之害也。然将来涨水之后河流东、北盖未可知，臣等昨于都堂问吴安持，安持亦言：‘去年河水自东，今年安知河水不自北？”’宣仁后笑曰：“水官尚作此言，况他人乎！”辙又奏曰：“臣今但欲徐观夏秋河势所向。水若东流，则北流不塞，自当淤断；水若北流，则北河如旧，自可容纳。似此处置，安多危少，行之无疑。若行险徼幸，万一成功，如水官之意，臣不敢从也。乞先令安持等结罪保明河流所向及软堰既成，有无填塞河道致将来之患，然后遣使按行，具可否利害。”后复笑曰：“若令结罪，必谓执政胁持之，且水官犹不保河之东、北，况使者暂往乎？姑别议之可也。”

二月，微仲乃朝，辙具以前语谕之。微仲口虽不伏，而意甚屈。曰：“软堰且令具功料申上朝廷，更行相度。”辙曰：“如此终非究竟，必欲且尔亦可。”八日，辙方在式假，三省得旨批曰：“依水监所奏，下手日具功料取旨。”辙以非商量本意，以札子论之。微仲即日在告。十二日，辙入对奏曰：“自去年十一月后来，至今百日间耳。水官凡四次妄造事端，摇撼朝廷。第一次安持十一月出行河，先乞一面措置河事。旧法，马头不得增损。臣知安持意在添进马头，即指挥除两河门外，许一面措置。安持奸意既露，第二次乞于东流北添进五七埽绊。臣知安持意欲因此多进埽绊，约令北流入东。即令转运司同监视，不得过所乞绊数。安持奸意复露。第三次即乞留河门百五十步。臣知安持意在回河，改进马头之名为留河门即不许。安持计穷。第四次即乞作软堰。凡安持四次擘画，皆回河意耳。臣昨已令中书工房问水监两事：其一，勘会北流元祐二年河门元阔几里？逐年开排，直至去年，只阔三百二十步，有何缘故？其二，勘会东流河门见阔几步？每年涨水东出，水面南北阔几里？南面有无堤岸？北京顺水堤不没者几尺？将来北流若果淤断，涨水东行，系合并北流多少分数？有无包畜不定？今两问犹未答，便即施行，实太草草。后嗟叹久之，深以所言为然。

二十四日，与微仲同进呈，微仲曰：“苏辙所议河事，今软堰已不可作，无可施行。”辙曰：“软堰本自不可作，然臣本论吴安持百日之间四次妄造事端，动摇朝听。若令依旧供职，病根不去，河朔被害无已。”微仲曰：“水官弄泥弄水，别用好人不得，所以且用安持。”辙曰：“水官职事不轻，奈何以小人主之？《易》曰：‘开国承家，小人勿用。’未闻小人有可用之地也。”此后是非终不能决，会宣仁晏驾。

九年正月，安持奏乞塞梁村口，缕张包口，开清丰口以东鸡爪河。八日，辙以祈谷宿斋三省，即令安持与北京留守司相度施行。时微仲为山陵使，行有日矣。辙见之待漏，语及河事。微仲直视曰：“此大事，不可不慎。”辙曰：“诚然，公亦宜慎之。”时范尧夫为右相，旧不直东流。辙告之曰：“当与微仲议定，乃令西去。”尧夫曰：“命已下，奈何?”辙曰：“事有理，谁敢不从?”议于皇仪门外，再降指挥，使都水与本路安抚提转同议，可即施行，有异议，亟以闻。尧夫自外来，始意辙与微仲比。及此，大相信服。既而安抚许冲元，乞候过涨水，因河所向，闭所不行口。尧夫奏，乞令许将与吴安持同议，一面施行。辙曰：“河势难定，恐须令诸司共议，乃得其实。”上以为然。既行，上特宣喻曰：“河事不小，可遣两制以上二人，按行相度。”尧夫曰：“河役已起，方议遣官，恐稽留役事。”上曰：“但使议论得实，虽迟一年何损?”乃遣中书舍人吕希纯、殿中侍御史井亮采往视之，二人归，极以北流为便，方施行，枢密签书刘仲冯援旧例，乞与河议。仲冯本文潞公、吴冲卿门下士也，其言纷然，吕、井之议遂格，而辙亦以罪见逐，于是河流遂东。凡七年，而后北流复通。

微仲之在陵下也，尧夫奏乞除执政，上即用李邦直为中书侍郎，邓圣求为尚书右丞。三人久在外，不得志，遂以元丰事激怒上意，邦直尤力。旧法，母后之家，十年一奏门客。时皇太妃之兄朱伯材，以门客奏徐州富人窦氏，尧夫无以裁之。一日日中，请辙于都堂与邦直议之，辙曰：“上始亲政，皇太妃阁中事，当遍议之，车服仪制，已付礼部矣。皇太后月费，尚书省已奏，乞依太皇太后矣。皇太妃宜付户部议定，至于奏荐，亦当议，有所予，付吏部可也。凡事付有司，必以法裁处。朝廷又酌其可否而后行，于体为便。”明日，奏之，上曰：“月费俟内中批出，奏荐，皇太后家减二年，皇太妃十年。”议已定，邦直独曰：“此可为后法，今姑予之可也。”上从之。邦直之附会类如此。

会廷策进士，邦直撰策题，即为邪说，以扇惑群听。辙论之曰：

伏见御试策题历诋近岁行事，有欲复熙宁、元丰故事之意。臣备位执政，不敢不言。然臣窃料陛下，本无此心，其必有人妄意陛下牵于父子之恩，不复深究是非，远虑安危，故劝陛下复行此事。此所谓小人之爱君，取快于一时，非忠臣之爱君，以安社稷为悦者也。臣窃观神宗皇帝，以天纵之才，行大有为之志，其所施设，度越前古，盖有百世而不可改者也。臣请为陛下指陈其略：

先帝在位近二十年，而终身不受尊号。裁损宗室，恩止祖免，减朝廷无穷之费。出卖坊场，雇募衙前，免民间破家之患，罢黜诸科诵数之学，训练诸将慵惰之兵，置寄禄之官，复六曹之旧，严重禄之法，禁交谒之私。行浅攻之策以制西戎，收六色之钱以宽杂役。凡如此类，皆先帝之睿算，有利无害，而元祐以来，上下奉行，未尝失坠者也。至于其他，事有失当，何世无之？父作之于前，子救之于后，前后相济，此则圣人之孝也。

汉武帝外事四夷，内兴宫室，财用匮竭，于是修盐铁、榷酤、均输之政，民不堪命，几至大乱。昭帝委任霍光，罢去烦苛，汉室乃定。光武、显宗以察为明，以谶决事，天下恐惧，人怀不安。章帝即位，深鉴其失，代之以宽厚、恺弟之政，后世称焉。及我本朝，真宗皇帝右文偃革，号称太平，群臣因其极盛，为天书之说。及章献明肃太后临御，揽大臣之议，藏书梓宫，以泯其迹；仁宗听政，亦绝口不言。天下至今韪之。英宗皇帝自藩邸入继，大臣过计，创濮庙之议，朝廷为之汹汹者数年。及先帝嗣位，或请复举其事，寝而不答，遂以安静。夫以汉昭、章之贤，与吾仁宗、神宗之圣，岂其薄于孝敬而轻事变易也哉！盖有不可不以庙社为重故也。是以子孙既获孝敬之实，而父祖不失圣明之称，此真明君之所务，不可与流俗议也。臣不胜区区，愿陛下反覆臣言。慎勿轻事改易。若轻变九年已行之事，擢任累岁不用之人，人怀私忿，而以先帝为词，则大事去矣。

奏入不报，再以札子面论之，上不悦。李、邓从而媒蘖之，乃以本官出知汝州。居数月，元丰诸人皆会于朝，再谪知袁州。未至，降授朝议大夫。分司南京。筠州居住。居三年，责授化州别驾，雷州安置。未期年，或言方南行，兄弟相遇中涂，至雷，赁富民屋以居，复移循州。今上即位，大臣犹不悦，徙居永州。皇子生，复徙岳州。已乃复旧官，提举凤翔上清太平宫。有田在颍川，乃即居焉。居二年，朝廷易相，复降授朝请大夫，罢祠宫。

凡居筠、雷、循七年，居许六年，杜门复理旧学，于是《诗》、《春秋传》、《老子解》、《古史》四书皆成。尝抚卷而叹，自谓得圣贤之遗意。缮书而藏之，顾谓诸子："今世已矣，后有达者，必有取焉耳。"家本眉山，贫不能归，遂筑室于许。先君之葬在眉山之东，昔尝约祔于其庚，虽远不忍负也，以是累诸子矣。

予居颍川六年，岁在丙戌，秋九月，阅箧中旧书，得平生所为，惜其久而忘之也，乃作《颍滨遗老传》，凡万余言。已而自笑曰："此世间得失耳，何足以语达人哉！"昔予年四十有二，始居高安，与一二衲僧游，听其言，知万法皆空，惟有此心不生不灭。以此居富贵、处贫贱二十余年，而心未尝动，然犹未睹夫实相也。及读《楞严》，以六求一，以一除六，至于一六兼忘。虽践诸相，皆无所碍，乃油然而笑曰："此岂实相也哉！夫一犹可忘，而况《遗老传》乎？虽取而焚之可也。"

【解题】

苏撤晚年闲居颍昌，自号颍滨遗老，杜门深居，以著书为乐，谢却宾客，绝口不谈时事。此传写于崇宁五年（1106）九月，传中记录了自举进士，试制举。从政为官，到晚年贬居的宦海风波。其中对崇宁改革及元祐大政记载颇详，观此，可得北宋改革之争的大概。

六　赋颂

缸　砚　赋　并序

先蜀之老有姓滕者，能以药煮瓦石，使软可割如土，尝以破酿酒缸为砚，极美。蜀人往往得之，以为异物。余兄子瞻尝游益州，有以其一遗之。子瞻以授余，因为之赋。

有物于此，首枕而足履，大胸而大膺，杯首而箕制。其寿百年，骨肉破碎而独化为是。其始也，生乎黄泥之中；其成也，出乎烈火之下。尾锐而腹皤，长颈而巨口。餔糟啜酒，终日醉饱。外坚中虚，肤密理解。偶与物斗，胁漏内槁。弃于路隅，瓦砾所笑。忽然逢人，药石包裹。不我谓瑕，治以鼎鼐，烹煎不辞，斧凿见剖。一为我形，沃我以水，污我以煤，处我以几，子既博物，能识已否？

客曰：嗟夫！物之成也，则必固有毁也邪；物之毁也，则又不可谓弃也邪。既成而毁者，悲其弃也；既弃而复用者，又悲其用也。是亦大惑而已矣。且以予观之，昔子则非开口而受湿，茹辛含酸，而不得守子之性者邪。今子则非坦腹而受污，模糊弥漫，而不得保子之正者邪。且其饮子以水也，不若饮子以酒；以物污子也，不若使子自保。子果以此自悲也，则亦不见夫诸毛之捽拔，诸楮之烂靡，杀身自鬻。求效于此，吐词如云，传示万里。子不自喜而欲其故，则吾亦谓子恶名而喜利。弃淡而嗜美，终身陷溺而不知止者，可足悲矣。

【解题】

据叙，此赋作于至和二年（1055），时苏辙十七岁。苏籀《栾城遗言》："公作《缸砚赋》，曾祖（苏洵）称之，命佳纸修写，钉于所居壁上。"

屈原庙赋

凄凉兮秭归，寂寞兮屈氏。楚之孙兮原之子，伉直远兮复谁似。宛有庙兮江之浦，予来斯兮酌以醑。吁嗟神兮生何喜？九疑阴兮湘之涘。鼓桂楫兮兰为舟，横中流兮风鸣厉。忽自溺兮旷何求？野莽莽兮舜之丘。舜之墙兮缭九周，中有长遂兮可驾以游。揉玉以为轮兮，斫冰以为之辀。伯翳俯以御马兮，皋陶为予参乘。惨然愍予之强死兮，泫然涕下而不禁。道予以登夫重丘兮，纷古人其若林。悟伯夷以太息兮，焦衍为予而歔欷。古固有是兮，予又何怪乎当今。独有谓予之不然兮，夫岂柳下之展禽。彼其所处之不同兮，又安可以谤予？抱关而击柝兮，余岂责以必死。宗国陨而不救兮，夫予舍是安去？予将质以重华兮，蹇将语而出涕。予岂如彼妇兮，夫不仁而出诉。惨默默子何言兮？使重华之自为处。予惟乐夫揖让兮，坦平夷而无忧。朝而从之游兮，顾予使予昌言。言出而无忌兮，暮还寝而燕安。嗟平生之所好兮，既死而后能然。彼乡之人兮，孰知予此欢。忽反顾以千载兮，喟故宫之颓垣。

【解题】

此赋作于嘉祐四年（1059）南行赴京，过秭归时。

巫 山 赋

过瞿唐之长江兮，蔚巫山之嵯峨。云孤兴其勃勃兮，北风慨其扬波。山嵚崟而直上兮，越至神女之所家。峰连属以十二兮，其九可见而三不知。蹊遂芜灭而不可陟兮，玄猿黄鹄四顾而鸣悲。览松柏之青青兮，纷其若江上之菰蒲。维其大之不不知兮，有桡云之修柯。蔓草蒙茸以下翳兮，飞泉洁清而无沙。亭亭孤峰，其下丛木交错而不明兮，若有美人惨然而长嗟。敛手危立以右顾兮，舒目远望恍然而有所怀。俨峨峨其有礼兮，盛服寂寞而无哗。临万仞之绝险兮，独立千载而不下。颠追怀楚襄之放意肆志兮，泝江千里而远来。离国去俗兮，徘徊而不能归。悲神女之不可以朝求而夕见兮，想游步之逶迟。筑阳台于江干兮。相氛气之参差。惟神女之不可以求得兮，此其所以为神。湛洋洋其无心兮，岂其犹有怀乎世之人。朝云尉其晨兴兮，暮雨纷以下注。变化倏忽不可测兮，俄为鸟而腾去。忽然而为人兮，佩玉锵以琅琅。爱江流之清波兮，安燕处乎高唐。彼蛟龙之多智兮，尚不可执以罝罘。高丘深其苍苍兮，恍谁识其有无？

【解题】

此赋是嘉祐四年（1059）南行赴京路上所作。

登真兴寺楼赋　并序

季夏六月，子瞻与张户曹琥同游真兴寺，晚登寺后重阁，南望连山如画，山前有白鹭十数，杳杳飞去。东南望五丈原，原上有白云如覆釜。慨然思孔明之遗迹，作书与辙曰：“可以赋此。”

赋曰：

涉六月之徂暑兮，溯秦川而远望。楼冯高而蘧蘧兮，日将薄乎西方。牛羊相从而下来兮，孤烟特起于苍茫。南望连山之参差兮，奔走相属而腾骧。桀嵲峨其雄高兮，惟太白与终南。林阜蔚以扶拱兮，浩合沓而穰穰。若群马之相追逐兮，忽郁怒而狂章。骈交首以磨颈兮，纷绝驰于四方。日将入而山阴兮，天黝黝而茫茫。淡平云之凝碧兮，白鹭归以翱翔。羽袅袅其弥远兮，声断绝而复扬。眇将没而犹见兮，飘若仙人之不可望。旷群归于何所兮。徂南涧之泱泱。回东望夫修隆兮，隐高原曰五丈。思古人而不可见兮，涕横流以浪浪。云坱圠其不起兮，若覆釜而在上。嗟一日之所见兮，盖千变以异状。忽已去而莫执兮，夫岂胜乎追想。强驰词于千里兮，增异日之惆怅。维古事之亦然兮，偶一世之所向。非有意于求慕兮，徒今世之追赏。虽孔明其何益于五丈兮，使无原其忘亮。览川原而思古兮，恍亡弓之遗讴。

【解题】

此赋写于嘉祐七年（1062），时苏辙在京侍父。六月与苏轼、张琥同游真兴寺，作此赋。

上　清　辞

（宫布太白山。同于瞻作。）

帝荡荡其无尊兮，居深高乎九阍。顾后土之茫昧兮，若世人之观天。云冥冥其无见兮，曰其下维神奸。山重深而海广兮，忧百鬼之伤人。属神媪以九土兮，畀海若以九川。时节降以督视兮，下斗魁之神君。吁嗟君兮，吾不可得而讯也。庸使我待之人兮，其使我以为神也？朝求兮山颠，夕采兮涧涘。取荷华兮菱实，拾芳兰兮白芷。鹿伎伎兮来罝，鱼揖揖兮趋饵。秋风高而稻熟兮，寒泉洌其清泚。为酒醴以跪酌兮，断白茅而为委。嗟天上其何食兮？畏神君之不吾以进，屏息以荐恪兮，退俯伛而仰俟。为善得福兮，畀恶以死。恐惧受赐兮，怠傲获罪。玉食有不享兮，曾潢污蕨薇之不弃。谓神君之不可知兮，何好恶之吾似？跨修龙之百寻兮，腾怒发而上指。从千骑之飘忽兮，拂长剑其天倚。殒星殃于太极兮，霍云散而风靡。还秘殿之清深兮，目流电其不可仰视。望威神而股栗兮，知其中之人耳。致吾有以荐诚兮，庶其可得而祀也。

【解题】

嘉祐八年（1063），苏轼佐凤翔幕，作《上清辞》，邀苏辙同赋，即此篇。上清，宫名，在太白山。

服茯苓赋 并序

余少而多病，夏则脾不胜食，秋则肺不胜寒。治肺则病脾，治脾则病肺。平居服药，殆不复能愈。年三十有二，官于宛丘，或怜而受之以道士服气法，行之期年，二疾良愈。盖自是始有意养生之说。晚读《抱朴子》书，言服气与草木之药，皆不能致长生，古神仙真人皆服金丹。以为草木之性，埋之则腐，煮之则烂，烧之则焦，不能自生，而况能生人乎？余既汩没世俗，意金丹不可得也，则试求之草木之类。寒暑不能移，岁月不能败者，惟松柏为然。古书言：松脂流入地下为茯苓，茯苓又千岁则为琥珀。虽非金石，而其能自完也亦久矣。于是求之名山，屑而沦之，去其脉络而取其精华，庶几可以固形养气，延年而却老者。因为之赋以道之。词曰：

春而荣，夏而茂。憔悴乎风霜之前，摧折乎冰雪之后。阅寒暑以同化，委粪壤而兼朽。兹固百草之微细，与众木之凡陋。虽复效骨革于刀几，尽性命于杵臼。解急难于俄顷，破奇邪于邂逅。然皆受命浅薄，与时变迁。朝菌无日，蟪蛄无年。苟自救之不暇，矧它人之足延。乃欲撷根茎之么末，假臭味以登仙。是犹托疲牛于千里，驾鸣鸠而升天。则亦辛勤于涧谷之底，槁死于峰崖之颠。顾桑榆以窃叹，意神仙之不然者矣。若夫南涧之松，拔地千尺，皮厚犀兕，心坚铁石，须发不改，苍然独立。流膏液于黄泉，乘阴阳而固结。象鸟兽之蹲伏，类黾鼋之闭蛰。外黝黑以鳞皴，中洁白而纯密。上灌莽之不犯，下蝼蚁之莫贼。经历千岁，化为琥珀。受雨露以弥坚，与日月而终毕。故能安魂魄而定心志，却五味与谷粒。追赤松于上古，以百岁为一息。颜如处子，绿发方目，神止气定，浮游自得。然后乘天地之正。御六气之辨，以游夫无穷，夫又何求而得食？

【解题】

三苏之文在当时已广为流传，苏辙元祐四年出使契丹，发现《服茯苓赋》已在北方流传。此赋当作于熙宁三年（1070）至五年任陈州学官期间。

超然台赋　并序

子瞻既通守余杭，三年不得代。以辙之在济南也，求为东州守。既得请高密，其地介于淮海之间，风俗朴陋，四方宾客不至。受命之岁，承大旱之余孽，驱除螟蝗。逐捕盗贼，廪恤饥馑，日不遑给。几年而后少安，顾居处隐陋，无以自放，乃因其城上之废台而增葺之。日与其僚览其山川而乐之，以告辙曰：“此将何以名之？”辙曰：“今夫山居者知山，林居者知林，耕者知原，渔者知泽，安于其所而已。其乐不相及也，而台则尽之。天下之士，奔走于是非之场，浮沉于荣辱之海，嚣然尽力而忘反，亦莫自知也。而达者哀之，二者非以其超然不累于物故邪？《老子》曰：‘虽有荣观，燕处超然。’尝试以‘超然’命之，可乎？”因为之赋以告曰：

东海之滨，日气所先。岿高台之陵空兮，溢晨景之洁鲜。幸氛翳之收霁兮，逮朋友之燕闲。舒堙郁以延望兮，放远目于山川。设金罍与玉斝兮，清醪洁其如泉。奏丝竹之愤怨兮，声激越而眇绵。下仰望而不闻兮，微风过而激天。曾陟降之几何兮，弃溷浊乎人间。倚轩楹以长啸兮，袂轻举而飞翻。极千里于一瞬兮，寄无尽于云烟。前陵阜之汹涌兮，后平野之漭漫。乔木蔚其毵毵兮，兴亡忽乎满前。怀故国于天末兮，限东西之险艰。飞鸿往而莫及兮，落日耿其夕躔。嗟人生之漂摇兮，寄流枿于海壖。苟所遇而皆得兮，遑既择而后安。彼世俗之私已兮，每自予于曲全。中变溃而失故兮，有惊悼而汍澜。诚达观之无不可兮，又何有于忧患。顾游宦之迫隘兮，常勤苦以终年。盍求乐于一醉兮，灭膏火之焚煎。虽昼日其犹未足兮，俟明月乎林端。纷既醉而相命兮，霜凝磴而跰蹮。马踯躅而号鸣兮，左右翼而不能鞍。各云散于城邑兮，徂清夜之既阑。惟所往而乐易兮，此其所以为超然者邪。

【解题】

熙宁八年（1075）苏辙官齐州掌书记，苏轼知密州，造台。苏辙名为超然台，并作此赋。苏轼有《超然台记》。

彭城汉祖庙试剑石铭　并序

汉高皇帝庙有石，高三尺六寸，中裂如破竹，不尽者寸。父老曰：“此帝之试剑石也。”熙宁十年，蜀人苏轼为彭城守，弟辙实从。入庙观石。而为之铭曰：

维汉之兴，三代无有。提剑一呼，豪杰奔走。厥初自试，山石为剖。夜断长蛇，旦泣神母。指麾东西，秦、项授首。敛然三尺，一夫之偶。大人将之，山岳颓仆。用巨物灵，不复凡手。武库焚荡，帝命下取。岿然斯石，不尚有旧。

【解题】

此铭作于熙宁十年（1077），苏轼知徐州，苏辙为南京签书判官，苏辙上任途中随兄至徐州，共游名胜，作此铭。

黄　楼　赋　并序

熙宁十年秋七月乙丑，河决于澶渊，东流入钜野，北溢于济南，溢于泗。八月戊戌，水及彭城下，余兄子瞻适为彭城守。水未至，使民具畚锸，畜土石，积刍茭，完室隙穴，以为水备。故水至而民不恐。自戊戌至九月戊申，水及城下者二丈八尺，塞东西北门，水皆自城际山。雨昼夜不止，子瞻衣制履屦，庐于城上。调急夫发禁卒以从事，令民无得窃出避水，以身帅之，与城存亡。故水大至而民不溃。方水之淫也，汗漫千余里，漂庐舍，败冢墓，老弱蔽川而下，壮者狂走无所得食，槁死于丘陵林木之上。子瞻使习水者浮舟楫载糗饵以济之，得脱者无数。水既涸，朝廷方塞澶渊，未暇及徐。子瞻曰："澶渊诚塞，徐则无害　塞不塞天也，不可使徐人重被其患。"乃请增筑徐城，相水之冲，以木堤捍之，水虽复至，不能以病徐也。故水既去，而民益亲。于是即城之东门为大楼焉，垩以黄土，曰"土实胜水"。徐人相劝成之。辙方从事于宋，将登黄楼，览观山川，吊水之遗迹，乃作黄楼之赋。其辞曰：

子瞻与客游于黄楼之上，客仰而望，俯而叹曰："噫嘻！殆哉！在汉元光，河决瓠子，腾蹙钜野，衍溢淮、泗，梁、楚受害二十余岁。下者为污泽，上者为沮洳。民为鱼鳖，郡县无所。天子封祀太山，徜徉东方，哀民之无辜，流死不藏，使公卿负薪，以塞宣房。瓠子之歌，至今伤之。嗟惟此邦，俯仰千载，河东倾而南泄，蹈汉世之遗害。包原隰而为一，窥吾墉之摧败。吕梁龃龉，横绝乎其前，四山连属，合围乎其外。水洄洑而不进，环孤城以为海。舞鱼龙于隍壑，阅帆樯于睥睨。方飘风之迅发，震鞞鼓之惊骇。诚蚁穴之不救，分闾阎之横溃。幸冬日之既迫，水泉缩以自退。栖流柿于乔木，遗枯蚌于水裔。听澶渊之奏功，非天意吾谁赖？今我与公，冠冕裳衣，设几布筵，斗酒相属，饮酣乐作，开口而笑，夫岂偶然也哉？”子瞻曰：“今夫安于乐者，不知乐之为乐也，必涉于害者而后知之。吾尝与子凭兹楼而四顾，览天宇之宏大，缭青山以为城，引长河而为带。平皋衍其如席，桑麻蔚乎旆旆。画阡陌之从横，分园庐之向背。放田渔于江浦，散牛羊于烟际。清风时起，微云霮䨴。山川开阖，苍莽千里。东望则连山参差，与水背驰。群石倾奔，绝流而西。百步涌波，舟楫纷披。鱼鳖颠沛，没人所嬉。声崩震雷，城堞为危。南望则戏马之台，巨佛之峰，岿乎特起。下窥城中，楼观翱翔，巍峨相重。激水既平，渺莽浮空。骈洲接浦，下与淮通。西望则山断为玦，伤心极目，麦熟禾秀，离离满隰，飞鸿群往，白鸟孤没，横烟澹澹，俯见落日。北望则泗水湠漫，古汴入焉，汇为涛渊，蛟龙所蟠，古木蔽空，乌鸟号呼，贾客连樯，联络城隅。送夕阳之西尽，导明月之东出。金钲涌于青嶂，阴氛为之辟易。窥人寰而直上，委余彩于沙碛。激飞楹而入户，使人体寒而战栗。息汹汹于群动，听川流之荡潏。可以起舞相命，一饮千石，遗弃忧患，超然自得。且子独不见夫昔之居此者乎？前则项籍、刘戊，后则光弼、建封。战马成群，猛士成林。振臂长啸。风动云兴。朱阁青楼，舞女歌童。势穷力竭，化为虚空。山高水深，草生故墟。盖将问其遗老，既已灰灭，而无余矣。故吾将与子吊古人之既逝，闵河决于畴昔。知变化之无在，付杯酒以终日。”于是众客释然而笑，颓然就醉，河倾月堕，携扶而出。

【解题】

此文作于元丰元年（1078）。是苏辙代表作。当时有人认为是苏轼代作。苏轼《答张文潜书》中说：“（子由）作《黄楼赋》，乃稍自振厉，若欲以警发愦愦者。而或者便谓仆代作，此尤可笑。”

墨竹赋

与可以墨为竹，视之良竹也。客见而惊焉，曰：“今夫受命于天，赋形于地。涵濡雨露，振荡风气。春而萌芽，夏而解弛。散柯布叶，逮冬而遂。性刚洁而疏直，姿婵娟以闲媚。涉寒暑之徂变，傲冰雪之凌厉。均一气于草木，嗟壤同而性异。信物生之自然，虽造化其能使。今子研青松之煤，运脱兔之毫。睥睨墙堵，振洒缯绡。须臾而成，郁乎萧骚。曲直横斜，秾纤庳高。窃造物之潜思，赋生意于崇朝。子岂诚有道者耶?”与可听然而笑曰：“夫予之所好者道也，放乎竹矣。始予隐乎崇山之阳，庐乎修竹之林。视听漠然，无概乎予心。朝与竹乎为游，莫与竹乎为朋。饮食乎竹间，偃息乎竹阴。观竹之变也多矣。若夫风止雨霁，山空日出。猗猗其长，森乎满谷。叶如翠羽，筠如苍玉。澹乎自持，凄兮欲滴。蝉鸣鸟噪，人响寂历。忽依风而长啸，眇掩冉以终日。笋含箨而将坠，根得土而横逸。绝涧谷而蔓延，散子孙乎千忆。至若业薄之余，斤斧所施。山石荦埆荆棘生之。蹇将抽而莫达，纷既折而犹持。气虽伤而益壮，身已病而增奇。凄风号怒乎隙穴，飞雪凝沍乎陂池。悲众木之无赖，虽百围而莫支。犹复苍然于既寒之后，凛乎无可怜之姿。追松柏以自偶，窃仁人之所为，此则竹之所以为竹也。始也余见而悦之，今也悦之而不自知也。忽乎忘笔之在手与纸之在前，勃然而兴，而修竹森然。虽天造之无朕，亦何以异于兹焉？”客曰：“盖予闻之，庖丁解牛者也，而养生者取之。轮扁斫轮者也，而读书者与之。万物一理也，其所从为之者异尔。况夫夫子之托于斯竹也，而予以为有道者则非耶？”与可曰：“唯，唯。”

【解题】

此赋认为文与可之所以能传竹之神，是因为他能朝暮与竹相处，细心观察，然后才能“忘乎笔之在手与纸之在前”，创造出“墨竹”来。北赋当作于元丰二年（1079）文与可去世前。

筠州聪禅师得法颂 并序

禅师聪公，昔以讲诵为业，晚游净慈本师之室，诵南岳思大和尚口吞三世诸佛语，迷闷不能入。一日为本烧香，本曰：“吾畴昔为汝作梦，甚异。汝不悟即死，不可不勉。”师茫然不知所谓，既而礼僧伽像，醒然有觉，知三世可吞无疑也。趋往告本，本曰：“向吾梦汝吞一世界一剃刀，汝今日始从迷悟，是始出家，真吾子也。”乃击鼓升座，为众说此事。聪作礼涕泣而罢。聪住高安圣寿禅院，予尝从之问道。聪曰：“吾师本公，未尝以道告人，皆听其自悟；今吾亦无以告子。”予从不告门，久而入道。乃为颂曰：

道不可告，告即不得。以不告告，是真告敕。香严辞去，得之瓦砾。临济不喻，至愚而悉。非愚非瓦，皆汝之力。有不至此，是非出家。梦吞剃刀，发落如花。游行四方，物莫能遮。终亦不告，独障其邪。弟子度者，如恒河沙。

【解题】

此颂当作于元丰四年（1081）苏辙作监筠州酒税时。当时苏辙多与寺僧交往。

御　风　辞　题郑州列子祠。

子列子，行御风。风起蓬蓬，朝发于东海之上，夕散于西海之中。其徐泠然，其怒勃然。冲击隙穴，震荡宇宙，披拂草木，奋厉江海。强者必折，弱者必从。俄而休息，天地肃然，尘壒皆尽。欲执而视之不可得也，盖归于空。今夫夫子昼无以食，夜无以寝，邻里忽之，弟子疑之，则亦郑东野之穷人也。然而徐行不见徒步，疾行不见车马，与风皆逝，与风皆止，旬有五日而后反，此亦何功也哉？

子列子曰：嘻！子独不见夫众人乎？贫者葺蒲以为履，斫柳以为屐；富者伐檀以为辐，豢驷以为服。因物之自然，以致千里。此与吾初无异也，而何谓不同乎？苟非其理，履屐足以折趾，车马足以毁体，万物皆不可御也，而何独风乎？昔吾处乎蓬荜之间，止如枯株，动如槁叶，居无所留，而往无所从也。有风瑟然，拂吾庐而上。摄衣从之，一高一下，一西一东。前有飞鸢，后有游鸿。云行如川，奕奕溶溶。阴阳变化，颠倒横从。下视海岳，晃荡青红。盖杂陈于吾前者，不可胜穷也。而吾方黜聪明，遗心胸，足不知所履，手不知所凭。澹乎与风为一，故风不知有我，而吾不知有风也。盖两无所有，譬如风中之飞蓬耳。超然而上，薄乎云霄，而不以为喜也；拉然而下，陨乎坎井，而不以为凶也。夫是以风可得而御矣。今子以子为我，立乎大风之隧，凛乎恐其不能胜也，蹙乎恐其不能容也。手将执而留之，足将腾而践之，目眩耀而忧坠，耳汹涌而知畏。纷然自营，子不自安，而风始不安子躬矣。子轻如鸿毛，彼将以为千石之钟；子细如一指，彼将以为十仞之墉。非倾而覆之，拔而投之不厌也，况欲与之逍遥翱翔，放于太空乎？子虽蹈后土而倚嵩、华，亦将有时而穷矣。古之至人，入水而不濡，入火而不热。苟为无心，物莫吾攻也，而独疑于风乎？

于是客起而叹曰："广矣大矣！子之道也！吾未能充之矣。风未可乘，姑乘传而东乎？"

附记：元祐二年十月奉安神御于西京，辙先告裕陵。初四日，还过列子观，赋《御风》一篇，欲书之屋壁而未暇也。既还京师，录呈太守观文孙公。二十三日，朝奉郎、中书舍人苏辙书。

【解题】

这篇《御风辞》借列子"两无所有"，与世人对比，写出了世人不自安的纷然慌乱。此赋作于元祐二年（1087）。

凤咮石砚铭　并序

北苑茶冠天下，岁贡龙凤团，不得凤凰山咮潭水则不成。潭中石苍黑，坚致如玉，以为研，与笔墨宜，世初莫识也。熙宁中，太原王颐始发其妙，吾兄子瞻始名之。然石性薄，厚者不及寸。最后得此，长博丰硕，盖石之杰。子瞻方为《易传》，日效于前，与有功焉。为之铭曰：

陶土涂，凿崖石。玄之蠹，颍之贼。涵清泉，闳重谷。声如铜，色如铁。性滑坚，善凝墨。弃不取，长叹息。招伏羲，揖西伯。发秘藏，与有力。非相待，谁为出？

【解题】

此铭不知作于何时，约在元祐六年以前。

等　轩　颂

南丰张君，家有等轩。问我何者，是平等法？我告张君：物之不齐，何所不有。长短大小，净秽好丑，杂然前陈，参差不等。乱我身心，耳目鼻口。欲求平等，了不可得。忽然觉知，身心本空，万物亦空。诸差别相，皆是虚妄。无有实性，孰为不等。等为一空，尚无平等。何处复有不平等者？遍观万物，无等不等。是谓真实平等法已。

【解题】

此颂不时何时所作，收在《栾城集》内，似应为元祐六年前作。

香城顺长老真赞　并引

长老顺公，昔居圆通，从先子游数日耳。顷予谪高安，特以先契访予再三。予尝问道于公，以搐鼻为答。予即以偈谢之曰："搐鼻径参真面目，掉头不受别钳锤。"公颔之。绍圣元年，予再谪高安。而公化去已逾年矣。其门人以遗像示予，焚香稽首而赞之曰：

与讷皆行，与琏皆处。于南得法，为南长子。成就缁白，可名为老。慈愍黑暗，可名为姥。我初不识，以先子故。访我高安，示搐鼻语。再来不见。作礼缣素。向也无来，今亦奚去！

【解题】

绍圣元年（1094）苏辙再贬，分司南京、筠州居住，到筠州后，得知早年以搐鼻示道的顺长老已化去，乃作此赞。

六祖卓锡泉铭　并引

六祖初住曹溪，卓锡泉涌，清凉滑甘，赡足大众，逮今数百年矣。或时小竭，则众汲于山下。今长老辩公住山四岁，泉日涌溢，众嗟异之。闻之，作铭曰：

祖师无心，心外无学。有来叩者，云涌泉落。问何从来，初无所从。若有从处，来则有穷。初住南华，众集须水。水性融会，岂有无理。引锡指石，寒泉自冽。众渴得饮，如我说法。云何至今，有溢有枯。泉无溢枯，盖其人乎？辩来四年，泉水洋洋。烹煮濯溉，饮及牛羊。手不病汲。肩不病负。匏勺瓦盂，莫知其故。我不求水，水则许我。讯于祖师，其亦可哉！

【解题】

此铭作于绍圣二年（1095）贬居筠州时。六祖即禅宗六祖慧能。

代李樵卧帐颂　并引

子瞻在黄日，以卧帐遗李樵，以颂问曰："问李岩老，何心居此？爱护铁牛，障阑佛子？"樵不能答。绍圣二年九月，访予高安。戏代答之。

铁牛正卧，佛子正渴。夺我与尔，是天人业。为我害尔，是地狱业。安卧此间，我尔休歇。兹大宝帐，为降魔设。

【解题】

此颂作于绍圣二年（1095）九月。

和子瞻沉香山子赋 并引

仲春中休，子由于是始生。东坡老人居于海南，以沉水香山遗之，示之以赋，曰“以为子寿”，乃和而复之，其词曰：

我生斯晨，阅岁六十。天凿六窦，俾以出入。有神居之，漠然静一。六为之媒，聘以六物。纷然驰走，不守其宅。光宠所眩，忧患所迮。少壮一往，齿摇发脱。失足陨坠，南海之北。苦极而悟，弹指太息。万法尽空，何有得失？色声横骛，香味并集。我初不受，将尔谁贼。收视内观，燕坐终日。维海彼岸，香木爰植。山高谷深，百围千尺。风雨摧毙，涂潦齧蚀。肤革烂坏，存者骨骼。巉然孤峰，秀出岩冗。如石斯重，如蜡斯泽。焚之一铢，香盖通国。王公所售，不顾金帛。我方躬耕，日耦沮溺。鼻不求养，兰茝弃掷。越人髡裸，章甫奚适。东坡调我，宁不我悉？久而自笑，吾得道迹。声闻在定，雷鼓皆隔。岂不自保，而佛是斥。妄真虽二，本实同出。得真而喜，操妄而栗。叩门尔耳，未入其室。妄中有真，非二非一。无明所廛，则真如窟。古之至人，衣草饭麦。人天来供，金玉山积。我初无心，不求不索。虚心而已，何废实腹。弱志而已，何废强骨。毋令东坡，闻我而咄。奉持香山，稽首仙释。永与东坡，俱证道术。

【解题】

此赋作于元符元年（1098），苏辙贬于雷州。二月苏辙生日，苏轼以沉香山祝寿，苏辙作此赋。赋中忆及早年“纷然驰走，不守其宅”的宦海生涯，现在“苦极而悟，弹指太息”，表现了苏辙晚年贬官生活带来的思想变化。

抱一颂 并引

道士朱元经旧居光州。彭城曹九章演甫少年过光，元经谒之。演甫曰：“闻君未尝求人，今求我何故?”元经曰：“君后自当知之。”后若干年，演甫知光州，复见元经。元经知黄白术，演甫每问之。元经不答，曰：“有抱一法，君不问我，问此何用?”演甫在光，而元经蜕去，演甫为治后事。此元经昔见演甫之意也。崇宁甲申岁，予闲居颍川。演甫之子焕为我道此，因采道书中语作《抱一颂》。此非独道家事，乃瞿昙正法也。

真人告我，昼夜念一。行一坐一，眠一食一。子若念一，一亦念子。子不念一，一则去子。子若得一，万事皆毕。饥而念一，一与子粮。渴而念一，一与子浆。寒而念一，一与子裳。病而念一，一与子方。斗而念一，一与子兵。念一之至，至于忘一。忘一之至。与一为一。与一为一，入火不然，入水不溺，是谓念一。

【解题】

这篇《抱一颂》作于崇宁三年（1104）闲居颍昌时。

梦斋颂 并引

昙秀上人游行无定，予兄子瞻作“梦斋”二字，名其所至居室。为作颂曰：

法身充满，处处皆一。幻身虚妄，所至非实。我观世人，生非实中。以寤为正，以寐为梦。忽寐所遇，执寤所遭。积执成坚，如耶山高。若见法身，寤寐皆非。知其皆非，寤寐无非。遨游四方，斋则不迁。南北东西，法身本然。

【解题】

此颂似作于绍圣之后，崇宁四年前。

和子瞻归去来词　并引

昔予谪居海康。子瞻自海南以《和渊明归去来》之篇要予同作。时予方再迁龙川，未暇也。辛巳岁，予既还颍川，子瞻渡海浮江至淮南而病，遂没于晋陵。是岁十月，理家中旧书，复得此篇，乃泣而和之。盖渊明之放与子瞻之辩，予皆莫及也。示不逆其遗意焉耳。

归去来兮，归自南荒又安归？鸿乘时而往来，曾奚喜而奚悲？曩所恶之莫逃，今虽欢其足追。蹈天运之自然，意造物而良非。盖有口之必食，亦无形而莫衣。苟所赖之无几，则虽丧其亦微。吾驾非良，吾行弗奔。心游无垠，足不及门。视之若穷，挹焉则存。俯仰衡茅，亦有一樽。既饭稻与食肉，抚箪瓢而愧颜。感乌鹊之夜飞，树三绕而未安。有父兄之遗书，命却扫而闭关。知物化之如幻，盖舍物而内观。气有习而未忘，痛斯人之不还。将筑室乎西廛，堂已具而无桓。归去来兮，世无斯人谁与游？龟自闭于床下，息眇绵乎无求。阅岁月而不移，或有为子深忧。解刀剑以买牛，拔萧艾以为畴。蓬累而行，捐车舍舟。独栖栖于图史，或以佞而疑丘。散众说之纠纷，忽冰溃而川流。曰吾与子二人，取已多其罢休。已矣乎！斯人不巧惟知时。时不我知谁为留，岁云往矣今何之？天地不吾欺，形影尚可期。相冬廪之亿秭，知春垄之耘耔。视白首之章韨，信稚子之书诗。若妍丑之已然，岂复临镜而自疑！

【解题】

建中靖国元年（1101）苏轼卒于常州，苏辙理旧书，得苏轼《和渊明归去来辞》，泣而和之。表现了“世无斯人谁与游”的孤独心情。

卜居赋 并引

昔予先君以布衣学四方，尝过洛阳，爱其山川，慨然有卜居意，而贫不能遂。予年将五十，与兄子瞻皆仕于朝，裒橐中之余，将以成就先志，而获罪于时，相继出走。予初守临汝，不数月而南迁。道出颍川，顾犹有后忧，乃留一子居焉，曰：“姑糊口于是。”既而自筠迁雷，自雷迁循，凡七年而归。颍川之西三十里，有田二顷，而僦庐以居。西望故乡，犹数千里，势不能返，则又曰：“姑寓于此。”居五年，筑室于城之西，稍益买田，几倍其故，曰：“可以止矣。”盖卜居于此，初非吾意也。昔先君相彭、眉之间，为归全之宅，指其庚壬曰：“此而兄弟之居也。”今子瞻不幸已藏于郏山矣，予年七十有三，异日当追蹈前约。然则颍川亦非予居也。昔贡少翁为御史大夫，年八十一，家在琅琊。有一子，年十二，自忧不得归葬。元帝哀之，许以王命办护其丧。谯允南年七十二终洛阳，家在巴西，遗令其子轻棺以归。今予废弃久矣，少翁之宠非所敢望，而允南旧事庶几可得。然平昔好道，今三十余年矣。老死所未能免，而道术之余，此心了然，或未随物沦散，然则卜居之地，惟所遇可也。作《卜居赋》以示知者。

吾将卜居，居于何所？西望吾乡，山谷重阻。兄弟沦丧，顾有诸子。吾将归居，归与谁处？寄籍颍川，筑室耕田。食粟饮水，若将终焉。念我先君，昔有遗言：父子相从，归安老泉。阅岁四十，松竹森然。诸子送我，历井扪天。汝不忘我，我不忘先。庶几百年，归扫故阡。我师孔公，师其致一。亦入瞿昙、老聃之室。此心皎然，与物皆寂。身则有尽，惟心不没。所遇而安，孰匪吾宅？西从吾父，东从吾子。四方上下，安有常处？老聃有言：夫惟不居，是以不去。

【解题】

此赋作于政和元年（1111），时苏辙已七十三岁。苏辙晚年信道，故有“与物皆寂”的思想。

壬辰年写真赞

颍滨遗民，布裘葛巾。紫绶金章，乃过去人。谁欤丹青，画我前身，遗我后身。一出一处，皆非吾真。燕坐萧然，莫之与亲。

【解题】

此赞写于政和二年（1112），苏辙卒于十月，此为回顾一生的感慨，所谓“一出一处，皆非吾真”。

管幼安画赞　并引

予自龙川归居颍川，十有三年，杜门幽居，无以自适，稍取旧书阅之，将求古人而与之友。盖于三国得一人焉，曰管幼安宁。幼安少而遭乱，渡海居辽东，三十七年而归。归于田庐，不应朝命，年八十有四而没。功业不加于人，而予独何取焉？取其明于知时，而审于处己云尔。盖东汉之衰，士大夫以风节相尚，其立志行义，贤于西汉。然时方大乱，其出而应世，鲜有能自全者。颍川荀文若以智策辅曹公，方其擒吕布，毙袁绍，皆谈笑而办，其才与张子房比。然至于九锡之议，卒不能免其身。彭城张子布，忠亮刚简，事孙氏兄弟，成江东之业。然终以直不见容，力争公孙渊事，君臣之义几绝。平原华子鱼，以德量重于曹氏父子致位三公。然曹公之杀伏后，子鱼将命，至破壁出后而害之。汝南许文休，以人物臧否闻于世，晚入蜀，依刘璋，先主将克成都，文休逾城出降，虽卒以为司徒，而蜀人鄙之。此四人者，皆一时贤人也。然直己者终害其身，而枉己者终丧其德。处乱而能全，非幼安而谁与哉？旧史言幼安虽老不病，著白帽、布襦袴、布裙。宅后数十步有流水，夏暑能策杖临水盥手足，行园圃。岁时祀其先人，絮帽布单衣荐馔馈，跪拜成礼。予欲使画工以意仿佛画之，昔李公麟善画，有顾、陆遗思，今公麟死久矣，恨莫能成吾意者，姑为之赞曰：

幼安之贤，无以过人，予独何以谓贤？贤其明于知时，审于处己，以能自全。幼安之老，归自东海。一亩之宫，闭不求通。白帽布裙，舞雩而风。四时烝尝，馈奠必躬。八十有四，蝉蜕而终。少非汉人，老非魏人。何以命之？天之逸民。

【解题】

政和二年（1112）所作，借古人遭际写出了晚年杜门深居及其原因："明于知时而审于处己。"当时蔡京当权，天下将大乱，苏辙有见于此，故谢绝宾客，绝口不谈时事。苏辙死后十五年，北宋即亡。

铜雀砚铭 并引

客有游河朔，登铜雀废台，得其遗瓦以为砚，甚坚而泽，归以遗予。为之铭曰：

土生万物，而能长存。铜雀初成，万瓦云屯。得水而埏，得火而坚。水干火冷，而土不迁。石质金声，水火则然。台毁栋摧，谁使独全？披榛得之，如见古人。来为吾砚，明窗细毡。老尚著书，抚之长叹。用舍有时，一愚一贤。

【解题】

此铭收在《栾城第三集》，当是晚年闲居颍昌时所作。

自写真赞

心是道士，身是农夫。误入廊庙，还居里闾。秋稼登场，社酒盈壶。颓然一醉，终日如愚。

沐老图赞

老聃新沐，晞发于庭。其心泊然，若遗其形。夫子与回，见之而惊。入而问之，强使自名。曰：岂有他哉！夫人皆然。惟役于人，而丧其天。其人苟亡，其天则全。四支百骸，孰为吾缠？死生终始，孰为吾迁？彼赫赫者，将为吾温。肃肃者，将为吾寒。一温一寒交，而万物生焉。物皆赖之，而况吾身乎！温为吾和，寒为吾坚。忽乎不知，而更千万年。葆光志之，夫非养生之根乎？

【解题】

这二首赞作于苏辙晚年闲居颍昌时。具体时间已不可考。

七　奏　议

上皇帝书

熙宁二年三月日，具位臣苏辙谨冒万死再拜上书皇帝陛下：

臣官至疏贱，朝廷之事非所得言。然窃自惟，虽其势不当进言，至于报国之义，犹有可得言者。昔仁宗亲策直言之士，臣以不识忌讳得罪于有司，仁宗哀其狂愚，力排群议，使巨得不遂弃于世。臣之感激，思有以报，为日久矣。今者，陛下以圣德临御天下，将大有为以济斯世，而臣材力驽下，无以自效。窃听之道路，得其一二，思致之左右。苟惩创前事，不复以闻，则其思报之诚，没世而不能自达，是以辄发其狂言而不知止。

臣闻善为国者，必有先后之次。自其所当先者为之，则其后必举；自其所当后者为之，则先后并废。《书》曰："欲登高必自下，欲陟遐必自迩。"世未有不自下而能高，不自近而能远者。然世之人常鄙其下而厌其近，务先从事于高远，不知其不可得也。《诗》曰："无田甫田，维莠骄骄。无思远人，劳心忉忉。"以为田甫田而力不给，则田茀而不治，不若不田也；思远人而德不足，则心劳而无获，不若不思也。欲田甫田，则必自其小者始，小者之有余，而甫田可启矣；欲来远人，则必自其近者始，近者之既服，而远人自至矣。苟由其道，其势可以自得；苟不由其道，虽强求而不获也。臣愚不肖，盖尝试妄论今世先后之宜，而窃观陛下施设之万一。以为所当先者，失在于不为；而所当后者，失在于太早。然臣非敢以为信然也，特其所见有近于是者，是以因其近似而为陛下深言之。

伏惟陛下即位以来，躬亲庶政，聪明睿智，博达宏辩，文足以经治，武足以制断，重之以勤劳，加之以恭俭，凡古之帝王，旷世而不能有一焉者，陛下一旦兼而有之矣。夫以天纵之姿，济之以求治之心，旋之于事，宜无为而不成，无欲而不遂。今也为国历年于兹，而治不加进，天下之弊日益于前世，天下之人未知所以适治之路。灾变横生，川原震裂，江河涌沸，人民流离，灾火继作，历月移时而其变不止。此臣所以日夜思念而不晓，疑其先后之次有所未得者也。

夫今世之患，莫急于无财而已。财者为国之命而万事之本，国之所以存亡，事之所以成败，常必由之。昔赵充国论备边之计，以为湟中谷斛八钱，籴三百万斛，羌人不敢动矣。诸葛亮用兵如神，而以粮道不继，屡出无功。由是观之，苟无其财，虽有圣贤不能自致于跬步；苟有其财，虽庸人可以一日而千里。陛下顷以西夏不臣，赫然发愤。建用兵之策，招来横山之民。将夺其险阻，破坏其国而后已。方是之时，夏人残虐失众，横山之民厌苦思汉，而又乘其荐饥，苟加之以兵，此非计之失者也。然而沿边无数月之粮，关中无终岁之储，而所兴之役有莫大之费。陛下方且泰然，不以为忧，以为万举而有万全之功。既而边臣失律，先事轻发，亦既入践其国，系虏其民矣。然而陛下得其地而不敢收，获其人而不敢臣，虽有成功，而不敢继也。其终卒致于废，黜谋臣而讲和好。夫陛下谋之于期年之前而罢之于既发之后，岂以为是失当而悔之哉？诚无财以缮其后尔。且夫财之不足，是为国之先务也。至于鞭笞四夷，臣服异类，是极治之余功，而太平之粉饰也。然今且先之，此臣所以知其先后之次有所未得者也。

今者陛下惩前事之失，出秘府之财，徙内郡之租赋，督转漕之吏，使备沿边三岁之畜。臣以此疑陛下之有意乎财矣，然犹以为未也。何者？秘府之财不可多取，而内郡之民不可重困。可以纾目前之患，而未可以为长久之计。此臣所以求效其区区而不能自已也。盖善为国者不然，知财之最急，而万事赖焉，故常使财胜其事而事不胜财，然后财不可尽而事无不济。财者车马也，事者其所载物也。载物者常使马轻其车，车轻其物，马有余力，车有余量。然后可以涉涂泥而车不偾，登坂险而马不蹶。今也四方之财莫不尽取，民力屈矣，而上用不足。平居惴惴，仅能以自完，而事变之生，复不可料。譬如弊车羸马而引丘山之载，幸而无虞，犹恐不能胜。不幸而有阴雨之变，陵谷之险，其患必有不可知者。故臣深思极虑，以为方今之汁，莫如丰财。然臣所谓丰财者，非求财而益之也，去事之所以害财者而已矣。夫使事之害财者未去，虽求财而益之，财愈不足。使事之害财者尽去，虽不求丰财，然而求财之不丰，亦不可得也。故臣谨为陛下言事之害财者三：一曰冗吏，二曰冗兵，三曰冗费。

冗吏之说曰：请原古之所以置吏之意。有是民也，而后有是官；有是官也，而后有是吏。量民而置官，量官而求吏，其本凡以为民而已。是以古者即其官以取人，郡县之职缺而取之于民，府寺之属缺而取之于郡县。出以为守令，久以为卿相。出入相受，中外相贯，一人去之，一人补之，其势不容有冗食之吏。近世以来，取人不由其官，士之来者无穷，而官有限极。于是兼守判知之法生，而官法始坏，浸淫分散不复其旧。是以吏多于上，而士多于下，上下相窒。譬如决水于不流之泽，前者未尽，来者已至，填咽充满，一陷于其中而不能出。故布衣之士多方以求官，已仕之吏多方以求进。下慕其上，后慕其前，不愧诈伪，不耻争夺，礼义消亡，风俗败坏。势之穷极，遂至于此。夫人情纾则乐易，乐易则有所不为；窘则懑乱，懑乱则无所不至。今使众人相与皆出于隘，足履相蹑，肩肘相逮，彷徨而不得进，又将禁其奔走而争先者。苟将禁之，则莫如止来者而辟其隘。今也驱市人而纳之，不胜其多也，设险于中涂而艰难之。是以法愈设而争愈甚。惟陛下以时救之，下哀痛之书。明告天下，以吏多之故，与之更立三法。

其一，使进士诸科增年而后举。其额不增，累举多者无推恩。其说曰：凡今之所以至于不可胜数者。以其取之之多也。古之人其择吏也甚精。人知吏之不可以妄求，故不敢轻为士。为士者皆其修洁之人也。今世之取人，诵文书，习程课，未有不可为吏者也。其求之不难而得之甚乐，是以群起而趋之。凡今农工商贾之家，未有不舍其旧而为士者也。为士者日多，然而天下益以不治。举今世所谓居家不事生产，仰不养父母，俯不恤妻子，浮游四方，侵扰州县，造作诽谤者，农工商贾不与也。祖宗之世，士之多少。其比于今不能一二也。然其削平僭乱，创制立法，功业卓然，见于后世，今世之士，不敢望其万一也。士之多不及于今世，而功则过之，无足怪者，取之至少，则人不敢轻为士。其所取者，皆州郡之选人也。故为是法，使人知上意之所向，十年之后，无实之士将不黜而自减。且夫设科以待天下之士，盖将使其才者得之，不才者不可得也。吾则取之而彼则不能得，犹曰虽不能得而累举多者必取无弃，则是以官徇人也。且累举之士，类非少年矣，耳目昏塞，筋力疲倦，而后得之，数日而计之，知其不能有所及也，则其为政无所赖矣。今有人畜牛羊而求牧，既取其壮者，又取其老者。取其壮者曰：吾取其力也。取其老者曰：吾怜其老也。如怜其老而已，则曷为以累牛羊哉！苟诚以为有遗才焉，则今所谓遗逸之书，有以收之矣。

其二，使官至于任子者，任其子之为后者，世世禄仕于朝，袭簪绶而守祭祀，可以无憾矣。然而为是法也，则必始于二府。法行于贱而屈于贵，天下将不服。天下不服而求法之行，不可得也。盖矫失以救患者，必有所过而后济。臣非不知二府之不可以齿庶官也。

其三，使百司各损其职掌，而多其出职之岁月。其说曰：百司，臣不得而尽详也，请言其尤甚者，莫如三司。三司之吏，世以为多而不可损，何也？国计重而簿书众也。臣以为不然，主大计者，必执简以御繁，以简自处，而以繁寄人。以简自处，则心不可乱；心不可乱，则利至而必知，害至而必察。以繁寄人，则事有所分；事有所分，则毫末不遗，而情伪必见。今则不然，举四海之大，而一毫之用必会于三司，故三司者案牍之委也。案牍既积，则吏不得不多；案牍积而吏多，则欺之者众，虽有大利害，不能察也。夫天下之财，下自郡县而至于转运。转相钩较，足以为不失矣。然世常以转运使为不可独信，故必至于三司而后已。夫苟转运使之不可独信而必三司之可任，则三司未有不责成于吏者，岂三司之吏则重于转运使欤？故臣以为天下之财，其详可分于转运使，而使三司岁揽其纲目。既使之得优游以治财货之源，又可颇损其吏，以绝乱法之弊。苟三司犹可损也，而百司可见矣。

然而此三法者，皆世之所谓拂世戾俗，召怨而速谤者也。今且将行之，臣非敢犯众人之怒而行此危事也，以为有可行之道焉。何者？自台省六品、诸司五品，一郊而任一人；自两制以上，一岁而任一人。此祖宗百年之法，相承而不变者也，而仁宗之世则损之。三载而考绩，无罪者迁其官，自唐以来亦未始有变者也，而英宗之世则增之。此二者，夫岂便于世俗哉！然而莫敢怨者，以为吏多而欲损者，天下之公义，其不欲者，天下之私计也。以私计而怨公义，其为怨也不直矣。是以善为国者，循理而不恤怨，非不恤怨，知其无能为也。且今此三法者，固未尝行也，然而天下亦不免予怨。何者？士之出身为吏者，损其生业，弃其田里，以尽力于王事。而今也以吏多之故，积劳者久而不得迁，去官者久而不得调；又多为条约以沮格之，减罢其举官，破坏其考第，使之穷窘无聊，求进而不遂。此其为怨，岂减于布衣之士哉！钧之二怨皆将不免。然使新进之士日益多，国力匮竭而不能支，十年之后，其患必有不可胜言者。故臣愿陛下亲断而力行之。苟日增之吏渐于衰少，则臣又将有以治其旧吏，使诸道职司每岁终任其所部，郡守监郡，各任其属。曰：自今以前，未有以私罪至某，赃罪正入已至若干者，二者皆自上。钧其轻重而裁之。已而以他事发，则与之同罪，虽去官与赦不降也。夫以私罪至某，赃罪正入已至若干，其为恶也著矣，而上不察，则上之不明亦可知矣，故虽与之同罪而不过。今世之法，任人者任其终身，苟其有罪，终身钧坐之。夫任人之终身，任其未然之不可知者也。任人之岁终而无过，任其已然之可知者也。臣请得以较之，任其未然之不可知，虽圣人有所不能；任其已然之可知，虽众人能之。今也任之以圣人之所不能，既不敢辞矣，而况任之以众人之所能，顾不可哉？且按察之吏则亦不患其不知也，患其知而未必皆按，曰：是无损于我，而徒以为怨云尔。今使其罪及之。其势将无所不问。陛下诚能择奉公疾恶之臣而使行之，陛下厉精而察之，去民之患如除腹心之疾，则其以私罪至某、赃罪正入已至若干者，非复过误，适陷于深文者也。苟遂放归，终身不齿，使奸吏有所惩，则冗吏之弊可去矣。

冗兵之说曰：臣闻国朝创业之初，四方割据，中国地狭，兵革至少。其后荡灭诸国，拓地既广，兵亦随众。雍熙之间，天下之兵仅三十万。方此之时，屯戍征讨，百役并作，而兵力不屈，未尝有兵少之患也。自咸平、景德以来，契丹内侵，继迁叛逆，每有警急，将帅不问得失，辄请益兵。于是召募日增，而兵额之多，遂倍前世。其后宝元、庆历之间，元昊窃发，复使诸道点民为兵，而沿边所屯至七八十万，自是天下遂以百万为额。虽复近岁无事，而关中之兵至于二十八万。举雍熙天下之众，适以备方今关中一隅之用，兵多之甚，于此见矣。然臣闻方今宿边之兵，分隶堡障，战兵统于将帅者其实无几。每一见贼，贼兵常多，我兵常少，众寡不敌，每战辄败。往者将帅失利，未有不以此自解者也。夫祖宗之兵至少而常若有余，今世之兵至多而常患于不足，此二者不可不察也。

兵法有之曰："兴师十万，出征千里，百姓之费，公家之奉，日费千金。内外骚动，怠于道路者七十万家。""而爱爵禄，百金，不能知敌之情者，不仁之至也。""故三军之事，莫亲于间，赏莫重于间。"间者，三军之司命也。臣窃惟祖宗用兵至于以少为多，而今世用兵至于以多为少。得失之原，皆出于此。何以言之？臣闻太祖用李汉超、马仁瑀、韩令坤、贺惟忠、何继筠等五人使备契丹，用郭进、武宋琪、李谦溥、李继勋等四人，使备河东；用赵赞、姚内斌、董遵诲、王彦升、冯继业等五人，使备西羌。皆厚之以关市之征，饶之以金帛之赐，其家属之在京师者仰给于县官，贸易之在道路者不问其商税。故此十四人者皆富厚有余，其视弃财如弃粪土，赒人之急如恐不及。是以死力之士贪其金钱，捐躯命，冒患难，深入敌国，刺其阴计而效之。至于饮食动静无不毕见，每有入寇辄先知之。故其所备者寡而兵力不分，敌之至者举皆无得而有丧。是以当此之时，备边之兵多者不过万人，少者五六千人。以天下之大，而三十万兵足为之用。今则不然，一钱以上，皆籍于三司，有敢擅用，谓之自盗。而所谓公使钱，多者不过数千缗，百须在焉，而监司又伺其出入而绳之以法。至于用间，则曰官给茶彩。夫百饼之茶，数束之彩，其不足以易人之死也明矣。是以今之为间者，皆不足恃，听传闻之言，采疑似之事，其行不过于出境，而所问不过于熟户。苟有藉口以欺其将帅则止矣，非有能知敌之至情者也。敌之至情既不可得而知，故常多屯兵以备不意之患，以百万之众而常患于不足，由此故也。陛下何不权其轻重而计其利害？夫关市之征比于茶彩则多，而三十万人之奉比于百万则约。众人知目前之害而不知岁月之病，平居不忍弃关市之征以与人，至于百万则恬而不知怪。昔太祖起于布衣，百战以定天下。军旅之事，其思之也详，其计之也熟矣。故臣愿陛下复修其成法，择任将帅而厚之以财，使多养间谍之士以为耳目。耳目既明，虽有强敌而不敢辄近，则虽雍熙之兵可以足用于今世。

陛下诚重难之，臣请陈其可减之实。何者？今世之强兵莫如沿边之土人，而今世之惰兵莫如内郡之禁旅。其名愈高，其廪愈厚；其廪愈厚，其材愈薄。往者西边用兵，禁军不堪其役，死者不可胜计。羌人每出，闻多禁军，辄举手相贺；闻多土兵，辄相戒不敢轻犯。以实较之，土兵一人，其材力足以当禁军三人。禁军一人，其廪给足以赡土兵三人。使禁军万人在边，其用不能当三千人，而常耗三万人之畜。边郡之储比于内郡，其价不啻数倍。以此权之，则土兵可益而禁军可损，虽三尺童子知其无疑也。陛下诚听臣之谋，臣请使禁军之在内郡者勿复以戍边，因其老死与亡而勿复补，使足以为内郡之备而止。去之以渐，而行之以十年，而冗兵之弊可去矣。

冗费之说曰：世之冗费，不可胜计也。请言其大与臣之所知者，而陛下以类推之。臣闻事有所必至，恩有所必穷。事至而后谋则害于事，恩穷而后迁则伤于恩。昔者太祖、太宗，敦睦九族，以先天下。方此之时，宗室之众无几也，是以合族于京师，久而不别。世历五圣，而太平百年矣，宗室之盛未有过于此时者也。禄廪之费多于百官，而子孙之众宫室不能受。无亲疏之差，无贵贱之等，自生齿以上皆养于县官，长而爵之，嫁娶丧葬无不仰给于上，日引月长，未有知其所止者。此亦事之所必至，而恩之所必穷者也，然而未闻所以谋而迁之。古者天子七庙，三昭、三穆与太祖而七。以人子之爱其亲，推而上之至于其祖，由祖而上至于百世，宜无所不爱。无所不爱，则宜无所不庙。苟推其无穷之心，则百世之祖皆庙而后为称也。圣人知其不可，故为之制，七世之外，非有功德则迭毁，春秋之祭不与。莫贵于天子，莫尊于天子之祖，而庙不加于七，何者？恩之所不能及也，何独至于宗室而不然。臣闻三代之间，公族有以亲未绝而列于庶人者。两汉之法，帝之子为王，王之庶子犹有为侯者，自侯以降，则庶子无复爵土。盖有去而为民者，有自为民而复仕于朝者，至唐亦然。故臣以为，凡今宗室，宜以亲疏贵贱为差，以次出之，使得从仕，比于异姓，择其可用而试之以渐。凡其禄秩之数、迁叙之等，黜陟之制，任子之令，与异姓均。临之以按察，持之以寮吏，威之以刑禁。以时察之，使其不才者不至于害民，其贤者有以自效。而其不任为吏者则出之于近郡，官为庐舍而廪给之，使得占田治生，与士庶比。今聚而养之，厚之以不訾之禄，尊之以莫贵之爵。使其贤者老死，郁郁而无所施；不贤者居处隘陋，戚戚而无以为乐，甚非计之得也。昔唐武德之初，封从昆弟子，自胜衣以上皆爵郡王。太宗即位，疑其不便，以问大臣。封德彝曰："爵命崇则力役多，以天下为私奉，非至公之法也。"于是疏属王者降为公。夫自王而为公，非人情之所乐也，而犹且行之。今使之爵禄如故而获治民，虽有内外之异，宜无有怨者。然臣观朝廷之议，未尝敢有及此。何者？以宗室之亲而布之于四方，惧其启奸人之心，而生意外之变也。臣窃以为不然，古之帝王，好疑而多防，虽父子兄弟不得尺寸之柄，幽囚禁锢，齿于匹夫者，莫如秦、魏，然秦、魏皆数世而亡。其所以亡者，刘氏、项氏与司马氏，而非其宗室也。故为国者，苟失其道，虽胡越之人皆得谋之；苟无其衅，虽宗室谁敢觊者？惟陛下荡然与之无疑，使得以次居外，如汉、唐之故，此亦去冗费之一端也。

臣闻汉、唐以来，重兵分于四方，虽有末大之忧，而馈运之劳不至于太甚。祖宗受命，惩其大患而略其细故，敛重兵而聚之京师。根本既强，天下承望而服。然而转漕之费遂倍于古。凡今东南之米，每岁遡汴而上，以石计者至五六百万。山林之木尽于舟楫，州郡之卒敝于道路，月廪岁给之奉不可胜计。往返数千里，饥寒困追，每每侵盗，杂以他物，米之至京师者率非完物矣。由此观之，今世之法直以其力致之，而不计其患，非法之良者也。臣愿更为之法，举今每岁所运之数而四分之。其二即用旧法，官出船与兵而漕之，凡皆如旧。其一募六道之富人，使以其船及人漕之，而所过免其商税。能以若干至京师而无欺盗败失者，以今三司军大将之赏与之。方今滨江之民以其船为官运者，不求官直，盖取官之所入而不覆较者，得其赢以自润。而富民之欲仕者，往往求为军大将。以此推之，宜有应募者。其一官自置场，而买之京师，京师之兵当得米而不愿者，计其直以钱偿之。夫物有常数，取之于南则不足于北。舍之于东则有余于西，此数之必然而不可逃者也。今官欲买之，其始不免于贵。贵甚则东南之民倾而赴之，赴之者众则将反于贱。致贱必以贵，致贵必以贱，此亦必然之数也。故臣愿为此二者与旧法皆立，试其利害而较其可否，必将有可用者，然后举而从之，此又去冗费之一端也。

臣闻富国有道，无所不恤者，富之端也；不足恤者，贫之源也。从其可恤而收之，无所不收，则其所存者广矣；从其无足恤而弃之，无所不弃，则其所亡者多矣。然而世人之议者则不然，以为天下之富而顾区区之用，此有司之职而非帝王之事也。此说之行于天下，数百年于兹矣，故天下之费其可已者常多于旧。臣不敢远引前世，请言近岁之事。自嘉祐以来，圣人迭兴，而天下之吏，京秩以上再迁其官，天下郡守职司再补其亲戚。自治平京师之大水与去岁河朔之大震，百役并作，国有至急之费，而郊祀之赏不废于百官。自横山用兵，供亿之未定，与京西流民劳徕之未息，官私乏困，日不暇给，而宗室之丧不俟岁月而葬。臣以此观之，知朝廷有无足恤之义。臣诚知事之既往，无可为者。然苟自今从其可恤而收之，则无益之费犹可渐减。此又去冗费之一端也。

臣不胜拳拳私忧过计，为是三冗之说以献。伏惟陛下思深谋远，听断详尽，于天下之事无所不瞩，臣之所陈，何足言者？然臣愚以为，苟三冗未去，要之十年之后，天下将益衰耗，难以复治。陛下何不讲求其原而定其方略，择任贤俊而授之以成法，使皆久于其官而后责其成绩。方今天下之官，泛泛乎皆有欲去不久之心，侍从之臣逾年而不得代，则皇皇而不乐。今虽不能使之尽久，然至于诸道之职司，三司之官吏，沿边之将佐，此皆与天子共成事者也。天下之事将责成之而不久其任，开其源者不见其流，发其谋者不见其成功，此事之所以不得成也。陛下诚择人而用之，使与二府皆久于其官，人知不得苟免而思长久之计，君臣同心，上下协力，磨之以岁月，如此而三冗之弊乃可去也。

然而为此犹有所患，何者？今世之士大夫好同而恶异，疾成而喜败。事苟不出于己，小有龃龉不合，则群起而噪之。借如今使按察之官任其属吏，岁终而无过，此其势必将无所不按，得罪者必将多于其旧，然则天下之口纷然非之矣。不幸而有一不当，众将群指以罪。法一不当不能动，不幸而至于再三，虽上之人亦将不免于惑。众人非之于下，而朝廷疑之于上，攻之者众而持之者不坚，则法从此败矣。盖世有耕田而以其耜杀人者，或者因以耕田为可废。夫杀人之可诛与耕田之不可废，此二事也，安得以彼而害此哉！故夫按人而不以其实者，罪之可也，而法之是非则不在此。苟陛下诚以为可行，必先能破天下之浮议，使良法不废于中道，如此而后，三冗之弊可去也。三冗既去，天下之财得以日生而无害，百姓充足，府库盈溢，陛下所为而无不成，所欲而无不如意。举天下之众惟所用之，以攻则取，以守则固。虽有西戎北狄不臣之国，宥之则为汉文帝，不宥则为唐太宗，伸缩进退，无不在我。今陛下不事其本而先举其末，此臣所以大惑也。臣不胜愤懑，越次言事，雷霆之谴，无所逃避。臣辙诚惶诚恐，顿首顿首，谨书。

【解题】

此文作于熙宁二年（1069）三月，文中分析了朝政三大弊端：冗吏、冗兵、冗费。北宋一代，矛盾集中表现于此。他认为“今世之患莫急于无财而已”，而改变这种状况的方法是“非求财而益之”，是要“去事之害财者”，即“三冗”。这是与王安石改革的根本不同之处。

制置三司条例司论事状

辙顷者误蒙圣恩，得备官属。受命以来，于今五月。虽勉强从事，而才力寡薄，无所建明。至于措置大方，多所未谕。每献狂瞽，辄成异同。退加考详，未免疑惑。是以不虞僭冒，聊复一言。

窃见本司近日奏遣使者八人分行天下，按求农田水利与徭役利害，以为方今职司守令，无可信用，欲有兴作，当别遣使。愚陋不达，窃以为国家养材如林，治民之官，棋布海内，兴利除害，岂待他人？今始有事，辄特遣使。使者一出，人人不安。能者嫌使者之侵其官，不能者畏使者之议其短。客主相忌，情有不通；利害相加，事多失实。使者既知朝廷方欲造事，必谓功效可以立成。人怀此心，谁肯徒返？为国生事，渐不可知。徒使官有送迎供馈之烦，民受更张劳扰之弊。得不补失，将安用之？朝廷必欲兴事以利民。辙以为职司守令足矣。盖势有所便，众有所安。今以职司治民，虽其贤不肖不可知，而众所素服，于势为顺。稍加选择，足以有为。是以古之贤君，闻选用职司以责成功，未闻遣使以代职司治事者也。盖自近世，政失其旧。均税宽恤，每事遣使。冠盖相望，而卒无丝毫之益，谤者至今未息。不知今日之使何以异此？

至于遣使条目，亦所未安。何者？劝课农桑，垦辟田野，人存则举，非有成法。诚使职司得人，守令各举其事，罢非时无益之役，去猝暴不急之赋，不夺其力，不伤其财，使人知农之可乐，则将不劝而自励。今不治其本，而遂遣使，将使使者何从施之？议者皆谓方今农事不修，故经界可兴，农官可置。某观职司以下劝农之号何异于农官？嘉祐以来，方田之令何异于经界？行之历年，未闻有益。此农田之说，辙所以未谕也。

天下水利，虽有未兴，然而民之劳佚不同，国之贫富不等。因民之佚而用国之富以兴水利，则其利可待；因民之劳而乘国之贫以兴水利，则其害先见。苟诚知生民之劳佚与国用之贫富，则水利之废兴，可以一言定矣。而况事起无渐，人不素讲，未知水利之所在，而先遣使。使者所至，必将求之官吏。官吏有不知者，有知而不告者，有实无可告者。不得于官吏，必求于民；不得于民，其势将求于中野。兴事至此，盖已甚劳。此水利之说，辙所以未谕也。

徭役之事，议者甚多。或欲使乡户助钱而官自雇人，或欲使城郭等第之民与乡户均役，或欲使品官之家与齐民并事。此三者皆见其利不见其害者也。役人之不可不用乡户，犹官吏之不可不用士人也。有田以为生，故无逃亡之忧；朴鲁而少诈，故无欺谩之患。今乃舍此不用，而用浮浪不根之人，辙恐掌财者必有盗用之奸，捕盗者必有窜逸之弊。今国家设捕盗之吏，有巡检，有县尉。然较其所获，县尉常密，巡检常疏。非巡检则愚，县尉则智，盖弓手、乡户之人与屯驻客军异耳。今将使雇人捕盗，则与独任巡检不殊。盗贼纵横，必自此始。辙观近岁虽使乡户颇得雇人，然至于所雇逃亡，乡户犹任其责。今遂欲于两税之外别立一科，谓之庸钱，以备官雇。乡户旧法，革去无余。雇人之责，官所自任。且自唐杨炎废租庸调以为两税，取大历十四年应干赋敛之数以定两税之额，则是租调与庸两税既兼之矣。今两税如旧，奈何复欲取庸？盖天下郡县，上户常少，下户常多。少者徭役频，多者徭役简，是以中下之户每得休闲。今不问户之高低，例使出钱助役。上户则便，下户实难。颠倒失宜，未见其可。然议者皆谓助役之法，要使农夫专力于耕。辙观三代之间，务农最切，而战阵田猎皆出于农。苟以徭役较之，则轻重可见矣。城郭人户虽号兼并，然而缓急之际，郡县所赖。饥馑之岁，将劝之分以助民；盗贼之岁，将借其力以捍敌。故财之在城郭者，与在官府无异也。方今虽天下无事，而三路刍粟之费，多取京师银绢之余配卖之。民皆在城郭，苟复充役，将何以济？故不如稍加宽假，使得休息。此诚国家之利，非民之利也。品官之家复役已久，议者不究本末，徒闻汉世宰相之子不免戍边，遂欲使衣冠之人与编户齐役。夫一岁之更不过三日，三日之雇不过三百。今世三大户之役，自公卿以下无得免者。以三大户之役而较之三日之更，则今世既已重矣，安可复加哉？盖自古太平之世，国子俊造将用其才者，皆复其身；胥史贱吏既用其力者，皆复其家。圣人旧法，良有深意。以为责之以学而夺其力，用之于公而病其私，人所难兼，是以不取。奈何至于官户而又将役之？且州县差役之法，皆以丁口为之高下。今既已去乡从官，则丁口登降，其势难详，将使差役之际以何为据？必用丁，则州县有不能知；必不用丁，则官户之役比民为重。今朝廷所以条约官户，如租佃田宅，断买坊场，废举货财，与众争利，比于平民，皆有常禁。苟使之与民皆役，则昔之所禁皆当废罢。罢之则其弊必甚，不罢则不如为民。此徭役之说，辙所以未谕也。

辙又闻发运之职今将改为均输；常平之法，今将变为青苗。愚鄙之人亦所未达。昔汉武外事四夷，内兴宫室，财用匮竭，力不能支。用贾人桑羊之说，买贱卖贵，谓之均输。虽曰民不加赋，而国用饶足。然而法术不正，吏缘为奸，掊克日深，民受其病。孝昭既立，学者争排其说，霍光顺民所欲，从而予之，天下归心，遂以无事。不意今世此论复兴，众口纷然，皆谓其患必甚于汉。何者？方今聚敛之臣，才智方略未见桑羊之比，而朝廷破坏规矩，解纵绳墨，使得驰骋自由，惟利是嗜。以辙观之，其害必有不可胜言者矣。今立法之初，其说甚美，徒言徙贵就贱，用近易远。苟诚止于此，则似亦可为。然而假以财货，许置官吏，事体既大，人皆疑之。以为虽不明言贩卖，然既许之以变易矣。变易既行，而不与商贾争利者，未之闻也。夫商贾之事，曲折难行，其买也，先期而与钱，其卖也，后期而取直。多方相济，委曲相通，倍称之息，由此而得。然至往往败折，亦不可期。今官买是物，必先设官置吏，簿书禄廪，为费已厚。然后使民各输其所有，非良不售，非贿不行。是以官买之价，比民必贵。及其卖也，弊复如前。然则商贾之利，何缘可得？徒使谤议腾沸，商旅不行。议者不知虑此，至欲捐数百万缗以为均输之法。但恐此钱一出，不可复还。且今欲用忠实之人，则患其拘滞不通；欲用巧智之士，则患其出没难考。委任之际，尤难得人。此均输之说，辙所以未谕也。

常平条敕纤悉具存，患在不行，非法之弊。必欲修明旧制，不过以时敛之以利农，以时散之以利末。敛散既得，物价自平。贵贱之间，官亦有利。今乃改其成法，杂以青苗。逐路置官，号为提举。别立赏罚，以督增亏。法度纷纭，何至如此！而况钱布于外，凶荒水旱有不可知。敛之则结怨于民，舍之则官将何赖？此青苗之说，辙所以未谕也。

凡此数事，皆议者之所详论，明公之所深究，而辙以才性朴拙，学问空疏，用意不同，动成违忤，虽欲勉励自效，其势无由。苟明公见宽，谅其不逮，特赐敷奏，使辙得外任一官，苟免罪戾。而明公选贤举能，以备僚佐。两获所欲，幸孰厚焉！

然而陛下天姿英果，有汉武宏达之量，虽复兵吏失律，而立功之意未尝少衰。是以左右大臣，测知此心，复进财利之说。陛下乐闻其利，而未暇深究其害。于是举而从之，置条例司以讲求天下之遗利。己酉之秋，新政始出，自是以来，凡所变革，不可悉数。其最大者，一出而为常平青苗，再出而为拣兵并营，三出而为出钱雇役，四出而为保甲教阅。四者并行于世，官吏疑惑，兵民愤怨，谏争者章交于朝，诽谤者声播于市。陛下不胜其烦，为之当宁太息，日昃而不食矣。然犹幸其成功，力排众人之议而固守之。天下方共厌苦，而不知其所止也。而拣兵并营之策，其害先见，武夫凶悍，为怨最深，为患最急。陛下知其不可，于是多支月粮，复收退卒以顺适其意，而陛下既再悔矣。

然军中之口，犹复汹汹不靖，陛下虽推恩抚之，而终不以为惠，反谓陛下畏之耳。

不幸边臣失算，再生戎患。帷幄之臣谋之不臧，不务安之而务挠之。临遣执政，付以疆事，多出金币，豫书诰敕，以成其深入之计。当此之时，天下之心知其必败矣。而陛下与一二臣者，方以为万举而万全。既而出兵无人之境，筑城不守之地，困弊腹心，以求无益之功，使秦、晋之民，父子流离，肝脑涂地。戎人徼倦受屈，已筑之城随即倾覆，救援之兵相继溃叛。四方震动。君臣宵旰。而后下罪己之诏，投窜元宰，以谢二鄙，而陛下既三悔矣。

夫此三者，方其未悔也，陛下亦以为是邪非邪？陛下犯逆众心，力行不顾，其必以为是，不以为非也。然而其终卒至于此。然则方今陛下之所是而未悔者，无乃亦类此欤？臣闻众而不可欺者，民也；勇而不可犯者，兵也；险而不可侮者，邻国也。今陛下既已欺民、犯兵而侮邻国矣。夫犯兵、侮邻，变速而祸小；至于欺民，则变迟而祸大。变速而祸小者，瓦解之忧也；变迟而祸大者，土崩之患也。今瓦解之忧陛下既知悔矣，而土崩之患陛下未以为意，此臣之所以寒心也。《易》曰：“不远复，无祇悔，元吉。”事之未败也，陛下不悟其非，必俟其败而后悔，如向三者，则陛下之复已远，而悔亦大矣。且臣观之，方今陛下之所是而未悔者，亦有三而已。青苗、助役、保甲三者之弊，臣不复言矣。何也？言事者论其不可，非一人也；百姓毁坏支体，薰灼耳目，嫁母分居，贱卖田宅，以自脱免，非一家也，陛下其亦知之矣。徘徊而不改，使民无所告诉，加之以水旱，继之以饥馑，积憾之民奋为群盗，侵淫蔓延，灭而复起。英雄乘间而作，振臂一呼，而千人之众可得而聚也。如此而胜、广之形成，此所谓土崩之势也。臣恐陛下至此虽欲复悔而无所及矣。

故臣愿陛下取即位之政，与今日之事而试观之：天下扰扰不安，孰与今日之甚？群臣交口争辩，孰与今日之众？陛下听览疲倦，熟与今日之多？悔恨自责，孰与今日之切？陛下诚以此较之，则不待臣言之终，而得失可以自决矣。且夫即位之政，陛下之本心也；今日之事，臣下之过计也。陛下弃即位之本心，而徇臣下之过计，臣窃以为过也。虽然，臣窃听之道路，方今陛下则亦悔之矣。悔之而不变，非陛下之意也，迫于建议之臣耳。夫人臣进谋于其君，苟事之不遂而变以从众，则人主有以测其深浅。人主有以测其深浅，则其用舍之命在于人主。此人臣之所以不便也。臣窃痛陛下为社稷之计，欲改过以安天下，而怙权固位之臣，持之而不释；陛下聪明睿智，废置自我，而独为此郁郁也。汉宣帝与赵充国议击匈奴，魏相非之，以为当与平昌侯、乐昌侯、平恩侯及有识者详议乃可。此三人者，非贤于赵充国也。然其与国同忧乐，无侥幸功名之心与希望爵赏之意，则过于充国远甚。充国犹不可听，而况不如充国者哉？陛下将安民保国，而与喜功伐，好权利者谋之，臣不知其可也。臣不胜区区忘身忧国之诚，是以势疏而言切，惟陛下察之。

附：条例司乞外任奏状

右：臣近蒙圣恩，召对便殿，面赐差使，仍奉德音，不许辞避。伏自受命，于今五月，虽日夜勉强，而才性朴拙，议论迂疏。每于本司商量公事，动皆不合。伏惟陛下创置此局，将以讲求财利，循致太平，宜得同心协力之人，以备官属。而臣独以愚鄙，固执偏见，虽欲自效，其势无由。臣已有状申本司，具述所论不同事件，苟陛下闵臣孤危，未赐诛谴，伏乞除臣一合入差遣，使得展力州郡，敢不策励驽钝，以酬恩私。臣无任瞻天请命激切屏营之至。

【解题】

熙宁二年苏辙上《上皇帝书》后，即日召对延和殿，任命为制置三司条例司检详文字，而议政每与王安石不合。八月，苏辙上此状全面批评新法，指斥新法与民争利、扰民害事，挑起边争，将会有“土崩之势”。

代陈州张公安道谢批答表二首

一

臣某言：伏以衰病日侵，旷官是惧。敢期恩贷，曲示抚存？臣某诚惶诚恐，顿首顿首。伏念臣早尘侍从，晚遇圣明。犬马之诚，本期于竭尽；乌鸟之志，旋迫于艰难。忧患既深，志力俱耗。比缘终制，获覲清光。自顾衰残之余，力求闲散之地。荷圣恩之未弃，付便郡以偷安。勉强支持，庶几补报。而自单车就道之日，旧疾缘隙而生。视事云初，犹冀有瘳于岁月；力疾为治，未敢即诉于朝廷。及此迁延，愈增昏眩。殆将隳挠于条教，无以表正于吏民。众所共知，信非矫饰。报孤诚而未达，服睿眷以徒惊。感激之衷，固无以喻；进退之分，终所未安。虽明主优容旧臣，而尸素之讥，安可弗畏？虽愚臣贪冒宠禄，而筋力之去，难以强回。苟矜察其罢羸，实保全于终始。臣无任祈天俟命激切屏营之至，谨奉表陈免以闻。臣某诚惶诚恐，顿首顿首，谨言。

二

臣某言：老病既至，昏耄及之。恩泽未移，抚存若此。感幸虽切，启处未宁。臣某诚惶诚恐，顿首顿首。伏惟皇帝陛下覆育万物，体乾坤之不遗；容养群臣，犹父母之曲尽。始终爱惜，左右保全。虽或迂疏无用之才，加以羸老难任之日，犹未忍弃，俾获偷安。德厚恩隆，感深涕陨。然念臣结发从宦，出身事君。遭遇圣明，有犬马自效之志；酬豢爵禄，无山林独往之心。矫世求名，既非所愿；要君自鬻，尤不忍为。诚以病势侵凌，理难勉强。伏自去岁初莅宛丘，风热交攻，面目几废。固陈诚请，未赐允从。贪冒宠光，朋友之所讥笑；隳弛条教，吏民之所厌憎。逮此干闻，出于窘迫。岂可复贪荣命，不畏多言！而况南都有先臣之敝庐，留台固遗老之清职。在臣不为遂废，于国亦谓无嫌。病而得闲，斯人情之至愿；退之以礼，知主眷之愈隆。天高听卑，得请乃已。臣某无任祈天俟命激切屏营之至，谨奉表陈免以闻。臣某诚惶诚恐，顿首顿首，谨言。

【解题】

熙宁三年（1070）张方平罢知陈州，辟苏辙为陈州教授。此表当作于这一年，是代张方平所作谢表。

陈州为张安道论时事书

伏以中外臣庶各有职事。越职而言，国有常宪。臣守土陈州，非有言责而辄言之，计其狂愚，兹实有罪。然臣伏念顷以老疾不任吏事，陛下未忍废弃，亲择便地以遂安养。将辞之日，面奉德音，以为大臣之义，皆当为国谋虑，不宜以中外为嫌，有所不尽。古人有言，虽乃身在外，乃心罔不在王室。伏惟圣德广大，无所不容。而臣自到任以来于今一岁。心目昏眩，有加无瘳，故尝乞丐余生，求还闾舍。区区之诚久而未获。陛下视臣志气一衰至此，岂复有意别白是非，而与世俗争议也哉？是以得失之间久无所与。今者窃有所怀，上为陛下参之官吏，下为陛下验之百姓，而安危之机实在于此。自惟受恩累圣，邦之休戚，身实同之，志力虽衰，于义不可嘿已。然臣之所欲言者，非敢远引前古，逆探未然，以惑陛下之聪明也。凡皆陛下之所尝试，而臣愚之所与闻者耳。

臣伏见陛下即位之始，计虑深远，凡有所建，动合天心。始议山陵，深恤费用之广，推明先帝薄葬之命，以诏有司。四方闻之，无不感泣。其后一年之间，诞布号令，劝率宗族，惇孝弟之行；勉励州郡先农桑之政。复转对以广言路，议徭役以宽民力。盛德之事，不可具记。是时天下虽大变之后，而无不翘然想闻德音，以忘其忧。两宫欢欣，九族亲睦。群臣万民，蒙福而安。纷纭之议，不至于朝廷；谤讟之声，不闻于闾里。陛下优游无为，而天下已治矣。为国如此，岂不乐哉！陛下自今视之，当日之政，其可悔恨者凡有几？以臣观之，非独陛下无所悔恨，虽天下之人亦未有以为失当者也。何者？政令简易而人情之所安耳。《易》曰："易则易知，简则易从。易知则有亲，易从则有功。有亲则可久，有功则可大。"向使陛下推行此道，始终不变，则臣以为久大之功可得而致矣。

其后求治太切，用意过当，奸臣缘隙，得进邪说。始议开边，以中上旨，于是延安有横山之谋，保安有招诱之计。陛下饶之以金帛，假之以干戈，小人贪功，虑害不远，轻发深入，结怨西戎。攘夺尺寸无用之土，空竭内府累世之积。大者疲弊秦、雍，小者身死寇雠。西鄙骚然不宁，而陛下始一悔矣。

【解题】

这是熙宁四年（1071）任陈州教授时代张方平作。书中批评神宗“求治太切，用意过当，奸臣缘隙，得进邪说”，主张实行简易之政。

代齐州李肃之谏议谢表

臣某言：伏奉某月日敕，就差臣知齐州，已于今月三日到任上讫者。衰疲无用，退避为宜。尚分邦符，以便私计。臣某诚惶诚恐，顿首顿首。伏念臣幼蒙基业，早与簪裳。遭遇先朝，荐更烦使。逮圣明之有作，登贤俊于无方。误识鄙凡，首被选擢。节制西夏，尹正上都。用舍皆独断之明，左右无一人之助。才微地薄，宠至心惊。誓坚愚忠，以报天造。然自出入要地，讫无丝发之可称；驱驰莫年，已觉筋骸之不迨。虽东秦之奥壤，实故里之近邦。顾惟绥抚之权，非复羸老之任。飞章自乞，倚宸眷之未移；明命俯从，知圣恩之愈厚。况复历山旧治，父老犹存；濮水敝庐，封畛相望。首丘自得，恋主徒深。秋稼粗登，民情稍复。坐布德泽，岂劳施为？惟是丘山之恩，猥被桑榆之景。报效无所，寝兴不遑。臣无任感天荷圣激切屏营之至，谨奉表称谢以闻。臣某诚惶诚恐，顿首顿首，谨言。

【解题】

熙宁七年（1074）李肃之知齐州，时苏辙为齐州掌书记，此文是代李肃之所作谢上表。

代李谏议谢免罪表

臣某言：顷者昧于周防，自贻谤讟。聪明坐照，善恶俄分。

臣某诚惶诚恐，顿首顿首。伏念臣幼服官箴，惟知勤瘁；老膺朝寄，但守朴忠。讫无他长，以报殊遇。力小任重，常自知其不任；势薄地寒，果大招于浮议。烦言初起，卒莫自明；孤迹多危，自甘永弃。赖圣神之不惑，察诬罔之无根。不劳辩明，自获昭洗。此盖伏遇皇帝陛下，天鉴在上，物无遁形；坤厚兼容，人获安处。知拙直之多怨，怜衰朽之易摧。不见瑕疵，曲全终始。感幸之切，涕泗交流。重念臣昔事先朝，虽更烦使。衰门无振起之望，莫齿绝荣华之心。自蒙选抡，遂历禁近。初无左右之助，惟恃日月之明。入领要权，出分重镇。况复弟昆之菲薄，并叨侍从之清华。蒙国厚恩，如臣有几。未能消于谤口，实有累于知人。每自省循，谓宜废黜。尚窃方州之寄，益明眷奖之深。敢不勉励疲驽，要粉身而后已；训敕子弟，期累世以无忘。过此以还，未知所措。臣某无任感天荷圣激切屏营之至，谨奉表称谢以闻。臣某诚惶诚恐，顿首顿首，谨言。

【解题】

此表是熙宁七年（1074）苏辙任齐州掌书记时，代右谏议大夫李肃之贬知齐州后所作谢表。

自齐州回论时事书

臣自少读书，好言治乱。方陛下求治之初，上书言事，陛下不废狂狷，召对便殿，亲闻德音。九品贱官，自此始得登对论事。当此之时，陛下好问之声震动海内，愚贱之人，笃信寡虑，以为天下之事可得徐陈遍举，指顾而定矣。既而误蒙恩泽，受职条例，抗论得失，与有司不合。得请外补，于今七年。而天下之治安，终未可见，臣窃疑之。

伏惟陛下天纵圣德，聪明睿智，不学而具。其于谋虑措置，曾何足云。然自顷岁以来，每有更张，民率不服。盖青苗行而农无余财，保甲行而农无余力，免役行而公私并困，市易行而商贾皆病。上则官吏劳苦，患其难行；下则众庶愁叹，愿其速改。凡此四者，岂陛下之圣明有所不知耶？臣以为非也。陛下之圣明，无所不知。何以言之？二年以来，陛下屡发英断，废置大吏，数其罪愆，明示臣庶。凡天下之所共疾恶者，陛下无一不知。由此观之，凡天下之所共厌苦者，陛下何所不察？今者皇天悔祸，启道圣意，易置辅相，中外踊跃，思睹宽政。而历日弥月，寂寞无闻，众心皇皇，如久饥而不得食。臣虽愚陋，窃独为陛下恨也。

陛下自即位以来，求治之心常若不及，意将以尧舜之隆平，易汉唐之浅陋。不幸左右不明，陵迟以至于此，天下之人孰不知之？今也既知其不可用而去之，又循其旧术而不改，将遂代之任咎。此臣之所以为陛下恨也。

且今天下之安危，智者不再计矣。水旱连年，死者将半；遗民饥困，盗贼满野；疆场未宁，军旅在外；府库空竭，边馈寡少。事之可忧者何可胜数！术之不效，断可见矣。然陛下独迟迟而不决，意者已为之而已废之，恐天下有以窥其深浅耶？臣闻人主之德如天，天之于物也，炽然而旱，赤地千里，草木皆死，可谓虐矣。然至雷雨时作，膏泽洋溢，百谷奋起，民复粒食，鼓舞盛德而忘旱之虐。何者？度量广大，改过无疑也。如使密云而不雨，既雨而中止，迟疑犹豫，久而不忍，则天之生物尽矣。《传》曰：“君子之过也，如日月之食焉。过也，人皆见之；更也，人皆仰之。”今陛下诚先治其心，使虚一而静，湛乎彼我，得失莫能婴也。去恶如弃尘垢，迁善如救饥渴。与民一新，罢此四事：青苗之既散者，要之以三岁而不收息；保甲之既团者，存其旧籍而不任事；复差役，以罢免役之条；通商贾以废市易之令。行之期年而观之，苟民不安居，水旱复作，盗贼复起，财用复竭，诚有一事以忧陛下，臣请伏罔上之诛，以谢左右。陛下诚不信臣，数年之后，亲受其弊矣。古人有言曰：“一惭之不忍，而终身惭乎！”惟陛下为社稷筹之。

臣谨列四事之害，画一以献，不胜愚忠愤懑之诚，干犯天威，伏俟鈇钺。臣辙诚惶诚恐，昧死上书。

附：画一状

谨案：青苗、免役、保甲、市易四事，得失最为易见。上自中外臣寮，下至田父野老，无有一不知者。但以朝廷所行，言其是则有功，言其非则有罪。是以畏避钳默，不敢正言。臣今谨采众议，人所共知，灼然可见者，画一开坐如后：

一、议者皆谓富民假贷贫民，坐收倍称之息，是以富者日富，贫者日贫。今官散青苗，取息二分，收富人并兼之权，而济贫民缓急之求，贷不异于民间，而息不至于倍称。公私皆利，莫便于此。然公家之贷，其实与私贷不同。私家虽取利或多，然人情相通，别无条法。今岁不足，而取偿于来岁；米粟不给，而继之以刍藁，鸡豚狗彘皆可以还债也。无岁月之期，无给纳之费，出入闾里，不废农作。欲取即取，愿还即还。非如公家，动有违碍。故虽或取息过倍，而民恬不知。今官贷青苗，责以见钱，催随二税，邻里相保，结状请钱，一家不至，九家坐待，奔赴城市，糜费百端，一有逋窜，均及同保。贫富相迫，要以皆毙而后已。朝廷虽多设法度以救其失，而其实无益也。

一、议者又谓平时差役破坏民家。一夫为役，举家失业。故使逐户出钱，官为雇人，谓之免役。出钱虽多，而民免于破家之患。以此为说，行之不疑。然不知三代之民，以力事上，不专以钱。近世因其有无，各听其便。有力而无财者，使效其力，有财而无力者，皆得雇人。人各致其所有，是以不劳而具。今也弃其自有之力，而一取于钱，民虽有余力不得效也。于是卖田宅，伐桑柘，鬻牛马，以供免役，而天下始大病矣。且夫钱者，官之所为，米粟布帛者民之所生也。古者上出钱以权天下之货，下出米粟布帛以补上之阙，上下交易，故无不利。今青苗、免役皆责民出钱，是以百物皆贱，而惟钱最贵，欲民之无贫不可得也。至如京师百司，郡县刑法之吏，无禄而役，为日久矣。周制，庶人在官，虽曰有禄，而事简吏少，势或易供，非如今时，员数猥多，不可供亿。况三代兵出于民，而今世之兵坐而仰给，若又兼举大费，为力实难。然议者以为给之以禄，然后可责之以廉。盖朝廷选吏之精必不如择官之慎，禄吏之厚必不如禄官之多。今慎择多禄之官，犹不免于贪，而况于吏人乎？且昔之为法也。计赃得罪，无禄者减等。今用仓法，则吏之得罪反重于官。颠倒失宜，尤为未可。若朝廷诚患吏贪，但使官得其人，则吏之受赇自有分限。若犹未也，则虽重禄深法，不能禁矣。

一、议者又谓三代之盛，兵出于农，故团结伍保以寓军令。今朝廷喜其近古，亦谓可行。然而三代之民，受田于官，官之所以养之者厚，故出身为兵而无怨。今民买田以耕，而后得食，官之所以养之者薄，而欲责其为兵，其势不可得矣。盖自唐以来，民以租庸调与官，而免于为兵。今租庸调变而为两税，则两税之中兵费具矣。且又有甚者，民之纳钱免役也，以为终身不复为役矣。今也既已免役，而于捕盗则用为耆长、壮丁，于催税则用为户长、里正，于巡防，则用为巡兵、弓手。一人而三役具焉，民将何以堪之？且其为巡兵、弓手也，一保甲之中，丁壮既出，老弱守舍，盗贼乘间，如入无人之境。而其上番之期又不过旬日，坐作进退，未能知也。代者既至，相率而反，往来道路，劳弊何益。至使盗贼纵横，官吏蒙责，啸聚群党，攻剽州县，未必不由此也。古之循吏，使民卖剑买牛，今也使之弃其农具而置兵器，小民无知，缘以为恶。良民之畏事者，一入而终身不得脱。奸民之好权者，一补而终身不得免。其为患害，有不可胜言者矣。

一、议者常患百货轻重制在富民，少则贵卖以取赢，多则贱买以要利。利有所壅，商贾难通。于是置市易之官，以平贵贱。有司诚守此议，不更别有所营，则虽繁碎难行，然亦未有深害。今自置市易，无物不买，无利不笼。命官遣人，贩卖南北。放债取利，公行不疑。杜绝利源，不与民共。观其指趣，非复制其有无，权其轻重而已也。徒使小民失业，商旅不行。空取专利之名，实失商税之利。国体卑辱，海内离心。巍巍盛朝，何苦于此？况复小民好利，类无远见，争取官债以救目前。欺谩父兄，妄引抵当，期限既迫，逃窜无所，妇子离散，行路咨嗟。奈何为此陷阱，诱而纳之也？至于奸民巨贾，窥伺间隙，取利则多。或输滞积不售之货，以易见钱；或指残破无用之屋，以赊实货。巧智百出，难以具言。有司蒙蔽，指以为利。泉币一散，汗漫难收。官之所藏，徒文具而已。窃闻朝廷近日将议穷究，然而既弊之法施行未已，买卖百物，犹且如故。譬如含茹毒药，喉舌破败，胸腹胀满，知其非矣；然且闭口不吐，安坐切脉，广求方书，其于速愈之术疏矣。

右臣所陈画一事件，皆是耳目所接，众庶共知。朝廷清明，岂有不察？若诚有意改易，非复难行，但朝出一纸诏书，四弊夕去。非如前代积弊，或在列国，或在四夷，欲议改更恐其动摇海内，故且维持含养，苟自便安。今事在朝廷，出命则已，众所系望，势难久留。而私自顾恋，迟迟不决，以失天下之心，臣窃不取也。愚蠢之人，志在忧国。言词激切，干犯典刑，区区寸诚，甘俟诛戮。谨具状奏闻，伏候敕旨。

【解题】

苏辙与王安石对朝政得失见解相同，而对如何改革，却与王安石不同。此书即宣言反对王安石改革中的青苗法、保甲法、免役法、市易法。苏辙此文慷慨激昂，直陈己见，体现了苏辙文章的豪俊之气。此文作于熙宁九年（1076），苏辙罢齐州掌书记，回京之后。

代南京张公安道免陪祀表

臣某言：伏蒙诏恩，以南郊大礼召臣陪祀者。躬飨圜丘，祇见祖庙。百辟在列，有怀旧臣；明诏及门，许观盛礼。顾衰骸之羸瘠，奉成命以震惊。臣某诚惶诚恐，顿首顿首。伏念臣顷守乡国，理极便安。但以莫年，势难勉强。飞章请老，有负薪不逮之深忧；窃禄偷安，岂日莫思归之本意！恐再三之上渎，遂黾勉以逾时。然而目疾侵凌，比加昏眩；足力耗竭，殆不支持。方陛下咸秩百神，骏奔万国，思以自天之福禄，均畀在位之臣工。恻然眷怀，未忍遗弃。而臣适丁病废之日，惧成跛倚之尤。身滞周南，信荣观之有命；心游魏阙，念入侍之无期。惟当望柴燎之余烟，伏茅檐而窃抃。坐驰诚意，仰企清光。偷惰之诛，逃避无所。臣无任祈天荷圣激切屏营之至，谨奉表陈免以闻。臣某诚惶诚恐，顿首顿首，谨言。

【解题】

熙宁十年（1077）苏辙被张方平辟为南京鉴书判官，九月到任。在此期间，为张方平代作表启很多，此为其中之一。

代张公谢免陪祀表

臣某言：伏奉今月某日诏书，许臣免南郊陪位者。睿眷优隆，不遗旧物。老身衰病，辜奉明恩，未即谴诃，重加抚谕。臣某诚惶诚恐，顿首顿首。伏惟皇帝陛下，奉若天地，祇事祖宗。罄万国之欢心，洽百礼而为奉。四海来格，尚何俟于匹夫？诚意旁周，独未忘于一介。其为幸会，岂合固辞？况臣仕历三朝，班联二府，自当勉强筋骸之力，奔走笾豆之间。听工祝之告休，均在廷之率舞。而乃自陈衰瘠，苟便安闲。始贡私诚，谓严诛之莫逭；重迁细札，识圣度之兼容。虽蒲柳之质既衰，而葵藿之心未已。瞻望陨越，寝兴不遑。臣无任感天荷圣激切屏营之至，谨奉表陈免以闻。臣某诚隍诚恐，顿首顿首，谨言。

【解题】

此亦同时代张方平而作谢表。

代张公贺南郊表

臣某言：伏见今月二十七日南郊礼毕，大赦天下者。飨帝之功，允属于元圣；好生之德，遂洽于斯民。臣某诚欢诚抃，顿首顿首。臣闻天地万物之始，祖宗百世之元。在礼有合祭之文，于经有严配之义。旷三年而后举，竭四海以荐诚。然后精意获通，多仪克备。惠泽均于多辟，赐予迨于六师。自非圣神，莫或修举。伏惟皇帝陛下，仁孝天锡，恭俭日跻，祗事神祇，勤恤鳏寡。故能享安宁于历岁，效职贡于多方。厘事告成，旧章不坠。臣忝事累圣，亲承盛仪。睹致诚备物之为难，知持满守成之不易。其为喜慰，实倍等伦。臣某无任瞻天望圣激切屏营之至，谨奉表称贺以闻。臣某诚欢诚抃，顿首顿首，谨言。

【解题】

此表是郊祀大典举行后，代张方平所作贺表。

代南京留守贺南郊表

臣某言：伏以今月某日南郊礼毕，大赦天下者。亲飨天地，陟配祖宗。咸秩百神，均福四海。举此盛礼，并在一时。臣某诚欢诚抃，顿首顿首。伏惟皇帝陛下，缵嗣五圣，勤学十年。地平天成，礼备乐举。亲执圭币，三接神祇。藁秸陶匏，致精微于德产；牺牲玉帛，来职贡于多方。祝嘏告休，福禄荐至。赦宥多辟，思广好生之心；赏赉六师，共享如茨之福。罔有内外，咸尽欢欣。臣某居守别都，阻陪列位。徒与吏民之众，共被德泽之余。臣某无任瞻天望圣激切屏营之至，谨奉表称贺以闻。臣某诚欢诚抃，顿首顿首，谨言。

代南京百官贺南郊表

臣某等言：伏奉今月某日南郊礼毕，大赦天下者。举三年之盛典，罄万国之欢心。厘事既终，鸿恩均被。臣某等诚欢诚抃，顿首顿首。伏以天地之功，施而不报；祖宗之德，大而难名。惟有躬祀圜丘，配神作主。仰以答灵休之嘿运，俯以示圣孝之无穷。伏惟皇帝陛下，道被华夷，泽浃幽显。百神受职，四海宅心。盛德元功，推而不有。报本反始，因以教人。遂缘祝嘏之余，丕冒生灵之众。幅员万里，欢喜一词。臣等分职留都，不获奔走执事。无任瞻望踊跃激切屏营之至，谨奉表称贺以闻。臣某等诚欢诚抃，顿首顿首，谨言。

代南京谢颁历表

臣某言：今月某日，进奏院递到诏书一道，赐臣熙宁十一年新历一卷者。天方发春，朝既颁朔。岁功伊始，民事有时。臣某诚惶诚恐，顿首顿首。伏惟皇帝陛下，政先稽古，动必法天，将以正万事于岁先，大一统于宇内。而臣官治留务，职在劝农，敢不奉顺典常，助宣化育，勤率吏属，共质要成？臣无任瞻天荷圣激切屏营之至，谨奉表称谢以闻。臣某诚惶诚恐，顿首顿首，谨言。

代张公谢南郊加恩表

臣某言：伏以今月某日南郊礼毕，特加臣恩命者。元祀告成，鸿恩溥及。虽在退藏之品，犹加异数之荣。祗奉丝纶，贵增惭惧。臣某诚惶诚恐，顿首顿首。伏惟皇帝陛下，竭诚致飨，受禄自天。乐与群臣，同沾大庆。上自股肱之列，下同筦库之微。嘉其显相之勤，录其骏奔之助。霈然大赉，夫岂无名？如臣草木余生，桑榆莫景。顾田庐而愿逝，窃秩禄以常惊。多病支离，已无任于陪祀；宠光沾洽，尚不间于推恩。荷德滋深，论报无所。臣无任感天荷圣激切屏营之至，谨奉表称谢以闻。臣某诚惶诚恐，顿首顿首，谨言。

【解题】

以上四表均为熙宁十年（1077）苏辙任南京签书判官时，就郊祀大典事代张方平所作谢表。

代龚谏议谢知青州帅表

臣某言：伏奉五月某日敕告，授臣右谏议大夫、知青州军州事兼京东东路安抚使，臣已于今月某日祇受讫者。守土无功，旷官是惧。成命既出，悬避无由。臣某诚惶诚惧，顿首顿首。伏念臣儒术空疏，吏能浅薄。早蒙选擢，屡典方州；中被宠光，荐历台省。怀朴忠而不顾，励勤拙以自将。然自违去中朝，流落外补，首尾经八年之久，左右无一人之容。自分衰朽之余，无复甄升之望。顷缘乏使，再守别京。获睹日月之光，亲闻金石之训。粗陈本末，方惭尸素之多；俯念孤平，尚有驱策之意。自违天阙，曾未期年。亟升侍从之荣，仍分旄钺之寄。鸿恩自至，莫知其由。此盖伏遇皇帝陛下，天地兼容，陶钧独运。识冯唐于郎省，但取一言；寘汲黯于淮阳，未忘旧物。恩深不报，期铭骨以终身；才拙自知，誓见危而一节。衔命东往，诚心内驰。臣无任感天荷圣激切屏营之至，谨奉表称谢以闻。臣某诚惶诚惧，顿首顿首，谨言。

【解题】

张方平请老，拜东太一宫使，以龚鼎臣知应天府，至元丰元年（1078）五月改知青州，此表是代龚鼎臣作谢表。

代陈汝义学士南京谢表

臣某言：伏蒙圣恩，授臣南京留守、知应天府事，臣已于今月某日到任讫者。越从散地，擢领留都。仰戴恩光，惟知惭惧。臣某诚惶诚恐，顿首顿首。伏念臣早蒙器使，屡试烦难。任重多忧，积衰成病。乞身闲冷，但求安养于余生；绝意功名，不复干求于当世。岂谓圣恩未弃，见收桑榆；枯木再生，重沾雨露。自闻此命，莫知其由。洎获见于清光，复亲承于圣训。尽出陶钧之化，曾微左右之容。昔汉宣起张敞于亡徒，汉武用安国于梁狱。古或有是，今则无之。向非日月之照临，不遗隙穴之微陋，则已废之迹，谁肯复收？臣敢不勉励疲驽，宣布政令？虽天地之恩不报，而犬马之志长存。臣无任感天荷圣激切屏营之至，谨奉表称谢以闻。臣某诚惶诚恐，顿首顿首，谨言。

【解题】

龚鼎臣改知青州后，陈汝义知应天府，此表是代陈汝义所作谢表。作于元丰元年（1078）。

代张公安道乞致仕表三首

一

臣某言：七十致仕，国有旧章。再三上闻，情非虚饰。臣某诚惶诚恐，顿首顿首。伏念臣早尘显仕，才本空疏；晚依至道，心存止足。年力未及，亟请闲官；老既当休，即求谢事。陛下矜怜耆旧，特屈典常，许带使名，坐临仙馆。臣眷恋德泽，难于固辞，勉强衰迟，领此深眷。空縻厚禄，已复二年。仰愧朝廷，俯惭朋友。敢缘礼律之旧，力丐筋骸之余。盖陛下欲优容老成，而臣之蒙赐已久。臣将畏避满溢，而陛下之流泽愈多。诚恐一朝沟壑之虞，遂有终身负乘之耻。逮此未耄，得以自陈。伏惟皇帝陛下，成物如天，爱人以德。君臣之际，非独以爵禄豢养为恩；进退之间，固将以名节始终为意。使臣得退伏闾里，歌咏圣时，行苇无牛羊之忧，蒲柳免风霜之患，则私心自得，国体兼存。区区悃诚，实冀得请。臣无任祈天俟命激切屏营之至，谨奉表以闻。臣某诚惶诚恐，顿首顿首，谨言。

二

臣某言：老而求退，岂以为名；病而得闲，本其至愿。飞章自乞，诚意未孚。特蒙赐书，勉以就职。臣某诚惶诚恐，顿首顿首。臣闻引年去位，事君之旧章；怀禄忘归，人臣之深戒。自昔不得谢者，在礼虽或许之，然皆庙堂注意之臣，疆埸折冲之任。

邦家倚以为重，神人赖以为安。留之者既自有词，居之者诚亦无愧。是以礼存权制，人绝间言。未闻退处闲官，坐縻厚禄。窃此异数，晏然偷安。伏念臣早事三朝，晚遭兴运。首被拣拔，与闻几微。贪恋圣明，岂有穷已，徒以宠禄盈满，惧速颠脐。筋力衰疲，理难勉强。幸缘旧典，敢固自陈。伏惟皇帝陛下，量极乾坤，德隆父母。因至诚之勤请，杜无名之误恩。念臣平生粗守廉隅，耻于侥幸，使臣今日得安分限，即是恩私。区区寸诚，得请乃已。臣无任祈天俟命激切屏营之至，谨奉表以闻。臣某诚惶诚恐，顿首顿首，谨言。

三

臣某言：诚发于中，一言可信。恩加望外，再请未从。顾惟衰朽之年，久窃尊荣之寄，虽蒙异眷，敢以自安？臣某诚惶诚恐，顿首顿首。臣闻事君之礼，少壮不敢不勉；行己之义，老病不可不归。壮而不勉则失忠，老而不归则忘耻。今臣心力衰退，手足支离。谢事之期已逾三岁，祈天之请盖又累年。况复同列之间，比多得请而去。独臣言辞浅陋，未足以回天；势力孤单，中无与为地。苟遂磐桓顾宠，俯仰怀惭，志不克伸，没有遗恨。伏惟皇帝陛下，至诚乐善，多士克生。元首股肱，自足名世；奔走先后，未尝乏人。岂臣去留，足为轻重！徒以遗簪可念，遂忘朽弊之难堪；老马尚存，不知驱驰之弗逮。致之颠覆之地，恐非爱惜之宜。故宠臣以尊名，不若使臣得全廉耻之为贵；厚臣以重禄，不若使臣得守分限之为安。凡厥保全之余，斯皆圣明之赐。力陈危恳，尚冀必从。臣无任祈天俟命之至，谨奉表以闻。臣某诚惶诚恐，顿首顿首，谨言。

【解题】

以上三表是代张方平所作乞请致仕表，表中有“坐临仙馆”，“已复二年”，“谢事之期已逾三岁”，可见此三表应作于元丰二年（1079）。

代张公谢致仕表

臣某言：引年辞位，忘三请之频烦；念旧推恩，兼异数之重复。不替使名之重，仍兼宫职之崇。身喜归休，心惭误宠。国有成命，礼不敢辞。臣某诚惶诚恐，顿首顿首。伏念臣奋自诸生，荐历显仕，出入中外，凡经四十余年，事业空疏，未闻一二可纪。量才无用，早绝意于功名；闻道有年，久甘心于闲退。徒以夙事累圣，晚遇昌期，虽复已衰，未忍亟去。逮此筋骸之俱废，自知驱策之难堪。沥恳上闻，辍黈蒙听。皇明委照，私欲无违。复缘出震之初，与闻冯几之命。曲加恩礼，度越典常。此盖伏遇皇帝陛下，义不忘劳，仁先贵老。待疲马以刍粟之厚，聊尽其年；均枯木以雨露之恩，岂责之报。使得优游卒岁，安乐延龄。惠泽至深，反侧为愧。虽老身已矣，将遂志于山林；而物性自然，终倾心于葵藿。臣无任瞻天望圣激切屏营之至，谨奉表称谢以闻。臣某诚惶诚恐，顿首顿首，谨言。

【解题】

据《续资治通鉴》卷七十四元丰二年（1079）七月甲戌条："张方平以太子少师致仕。"此为文苏辙代作的谢表。

代李诚之待制遗表

臣某言：衰病既侵，大期将至。顾视日景，瞻恋圣时。忍死一言，瞑目无恨。臣某诚惶诚恐，顿首顿首。伏念臣少年感慨，有志功名。晚节遭逢，屡经驱策。总戎西北，方朝廷旰食之秋；

为国威怀，窃将帅分忧之日。誓将勉励，少答恩私。而施设未遑，罪戾随至。荷圣神之普照，曾窜逐之几时。安居里闾，浪迹渔钓。诚心自信，冀天日之尚回；岁月潜移，谓倚伏之可待。而命之弗予，冥不自知。俯仰之间，弥留已甚。伏惟皇帝陛下，躬尧、舜之明哲，履汉、唐之绪余，引领太平之功，侧身同德之士。臣虽窃见其始，而莫究其终。兴言及兹，衔痛没地。然臣闻之：惟至诚可以格物，惟至仁可以安人；刑非为治之先，兵实不祥之器。此皆陛下聪明之自得，老生平昔之常谈。将死之言，庶几于善。苟有取于万一，则虽没而犹生。臣无任瞻天望圣激切屏营之至，谨奉表以闻。臣某诚惶诚恐，顿首顿首，谨言。

代南京留守谢减降德音表

臣某言：今月十三日，进奏院递到中书札子一道，疏决见禁罪人，臣已即时施行讫者。德泽之厚，常首于京都；原省之宽，一清于多辟。感天至速，协气可期。臣某诚惶诚恐，顿首顿首。伏以本京顷自秋末，逮兹岁终，愆阳为灾，时雪不至，麦田枯槁，民气底烦。虽尝祗奉诏音，并走群望，而精神未格，应答不时。众皆嗷然，仰而有待。伏惟皇帝陛下心存万国，知其艰难，德配上天，体厥覆露，推临轩决狱之意，广赦过宥罪之仁。谓三都之人，均在辇毂；使千里之内，同起颂声。民心既孚，天听非远。臣幸摄守留钥，亲被鸿休，乐与都人，共陶圣化。臣无任感天荷圣激切屏营之至，谨奉表称谢以闻。

代张刍谏议南京谢表

臣某言：伏以南阳重镇，久愧于无功；留钥乏人，复叨于宠寄。祗奉纶綍，初见吏民。臣某诚惶诚恐，顿首顿首。伏惟皇帝陛下，选用列辟，藩屏四方。独化陶冶之间，不为亲疏之异。乃眷别都之地，实惟创业之邦。控引大河，远通江海之利；列置诸将，并拥貔虎之师。舟车四驰，宾旅荐至。历观近世，多用重臣。顾省庸虚，岂宜忝冒！伏念臣遭逢早岁，流落中年。不意斑白之秋，置身侍从之列。秉持旄钺，镇抚方州。负乘有致寇之忧，老病非济时之器。向非荷天地生成之德，被日月临照之明，孰为先容，保此弱植。臣敢不瞻望京邑，推广风教之余；勉强疲驽，少致涓埃之报。臣无任瞻天望圣激切屏营之至，谨奉表称谢以闻。臣某诚惶诚恐，顿首顿首，谨言。

【解题】

以上三表是苏辙任南京签书判官时代人所作，作于熙宁十（1077）年至元丰二年（1079）之间。

为兄轼下狱上书

臣闻困急而呼天，疾痛而呼父母者，人之至情也。臣虽草芥之微，而有危迫之恳，惟天地父母哀而怜之。

臣早失怙恃，惟兄轼一人，相须为命。今者窃闻其得罪，逮捕赴狱，举家惊号，忧在不测。臣窃思念，轼居家在官，无大过恶。惟是赋性愚直，好谈古今得失。前后上章论事，其言不一。陛下圣德广大，不加谴责。轼狂狷寡虑，窃恃天地包含之恩，不自抑畏。顷年通判杭州及知密州日，每遇物托兴，作为歌诗，语或轻发。向者曾轻臣寮缴进，陛下置而不问。轼感荷恩贷，自此深自悔咎，不敢复有所为，但其旧诗已自传播。臣诚哀轼愚于自信，不知文字轻易，迹涉不逊，虽改过自新，而已陷于刑辟，不可救止。轼之将就逮也，使谓臣曰："轼早衰多病，必死于牢狱，死固分也。然所恨者，少抱有为之志，而遇不世出之主，虽龃龉于当年，终欲效尺寸于晚节。今遇此祸，虽欲改过自新，洗心以事明主，其道无由。况立朝最孤，左右亲近，必无为言者，惟兄弟之亲，试求哀于陛下而已。”臣窃哀其志，不胜手足之情，故为冒死一言。

昔汉淳于公得罪，其女子缇萦请没为官婢，以赎其父，汉文因之，遂罢肉刑。今臣蝼蚁之诚，虽万万不及缇萦，而陛下聪明仁圣，过于汉文远甚。臣欲乞纳在身官，以赎兄轼，非敢望末减其罪，但得免下狱死为幸。兄轼所犯，若显有文字，必不敢拒抗不承，以重得罪。若蒙陛下哀怜，赦其万死，使得出于牢狱，则死而复生，宜何以报！臣愿与兄轼洗心改过，粉骨报效，惟陛下所使，死而后已。臣不胜孤危迫切，无所告诉，归诚陛下。惟宽其狂妄，特许所乞。臣无任祈天请命激切陨越之至。

【解题】

元丰二年（1079）七月二十八日苏轼以《湖州谢上表》有讥切时事之言被逮，下御史台狱。苏辙上书乞“纳在身官以赎兄轼”。

代歙州贺登极表

臣某言：奉今月初六日敕书，伏承皇帝陛下，天锡成命，君临万邦，神人宅心，中外相庆。臣某诚欢诚抃，顿首顿首。臣闻人伦莫先者父子，神器不二者社稷。付与一定，众庶自安。我国家接统汉、唐，配德虞、夏，世祚平泰，古无拟伦。先皇帝总御纲权，肇新法度，广兴百世之利，聿追三代之隆。大功甫成，明命有属。皇帝陛下仁孝天授，圣智日跻。承昭考作室之明，赖文母翼周之赐。临驭兹始，沛泽汪洋。宠及庶寮，恩宥多辟。民田蠲租税之重，边吏禁侵攘之奸。兆民允怀，四夷永赖。昔周成致刑措之盛，汉昭知时务之宜。今古同符，治功可待。臣守土南服，亲被鸿恩，踊跃欢呼，倍越伦等。臣无任瞻天望圣激切屏营之至，谨奉表称贺以闻。臣某诚欢诚抃，顿首顿首，谨言。

【解题】

元丰八年（1085）三月神宗崩，哲宗继位。此表是代作贺表。

代滕达道龙图苏州谢上表二首

一

臣某言：近从邻郡，移领乡邦。舟楫之劳，曾无几日；里闾之旧，足慰平生。臣某诚惶诚恐，顿首顿首。伏念臣家世寒微，学术疏浅。介特无援，历事三朝，缱绻愚忠，粗守一节。方先帝临御之始，实群臣综核之秋。拙直之心，偶蒙委照；几微之议，每辄与闻。知无不言，徒自竭于忠孝；直故多怨，遂寖结于憎嫌。恩遇一移，流落十载。虽欲自安于散地，然犹横被以恶名。投畀遐方，要令没齿。窃意网罗之莫脱，岂知天日之自明。吴兴之除，圣意可见。幸疑谤之已释，虽老死其何求！敢冀优恩，复迁善地！此盖伏遇皇帝陛下，孝思天至，圣德日跻。怜孤迹之多艰，伤旧物之久弃。特推鸿造，存养余龄。臣老病相仍，羁危多感。勤恤民物，敢忘委寄之深；迎劳往还，已觉筋骸之惫。葵藿之心徒切，桑榆之报何时？臣无任瞻天望圣激切屏营之至，谨奉表称谢以闻。臣某诚惶诚恐，顿首顿首，谨言。

二

臣某言：地本乡闾，人情所乐；物多鱼稻，衰病以安。祇见吏民，布宣德泽。臣某诚惶诚恐，顿首顿首。伏惟太皇太后陛下，坤仪正大，母德仁慈。照知四海之艰难，洞鉴群臣之情伪。不遗疏逖，均被优恩。臣早事三朝，误知先帝，初睹变更之议，每陈安静之谋。言拙计疏，怨多援寡。始求补外，本欲安身，不图宠幸之心，未快憎嫌之素。遂因疑事，加以恶名。流落十年，必致死亡之地；窜投三郡，益加远小之乡。赖圣神之至明，察愚直之无过。独排众谤，移领吴兴。危迹再安，孤根复植。逮兹新命，不觉涕零。惟天地之鸿私，顾草木之何报？东南少事，深惭素食之恩；江海坐驰，私有自怜之意。臣无任瞻天望圣激切屏营之至，谨奉表称谢以闻。臣某诚惶诚恐，顿首顿首，谨言。

【解题】

元丰八年（1085）八月除苏辙为秘书省校书郎，北上途经苏州，访腾达道，代作谢上表。

论台谏封事留中不行状 元祐元年二月十四日

右臣伏见皇帝陛下以至孝纯仁承统践阼，太皇太后陛下以聪明睿智亲揽庶政，二圣协德，以幸天下。曾未期岁，而敝事稍去，宽政复行。元元之民，免于流离之患，蒙更生之福。海内释然，无意外之忧，不胜幸甚。

伏惟陛下恭勤祗畏，发于天性，犹复选于群臣，增广谏员，求直言以自助，天下之士闻风相庆。臣实何人，得于今日备位于此？然臣闻帝王之治，必先正风俗。风俗既正，中人以下皆自勉以为善；风俗一败，中人以上皆自弃而为恶。中人自勉于善，则人主耳目众多，易与为治；中人自弃于恶，则臣下朋党蕃殖，易以为非。盖邪正盛衰之源，未有不始于此者也。

昔真宗皇帝临驭群下，奖用正人，一时贤俊，争自托于明主。孙奭、戚纶、田锡、王禹偁之徒，既以谏诤显名，则忠良之士相继而起。其后耄期厌事，丁谓乘间，将窃国命，而风俗已成，朝多正士。谓虽怀奸慝，而无与同恶，谋未及发，旋即流放。仁宗皇帝仁厚渊嘿，不自可否。是非之论，一付台谏。孔道辅、范仲淹、欧阳修、余靖之流以言事相高。此风既行，士耻以钳口失职。当时执政大臣，岂皆尽贤，然畏忌人言，不敢妄作。一有不善，言者即至，随辄屏去。故虽人主宽厚，而朝廷之间无大过失。及先帝嗣位，执政大臣变易祖宗法度，下至小民，皆知其非，而卿士大夫从风而靡，则风俗之变于此见矣。是时惟有吕诲、范镇等明言其失，二人既已得罪，台谏有以一言及之者，皆纷然逐去。由是风俗大败，无一人复正言者。

天佑皇室，启迪圣德。临政未几，而以言路为急。天下竦然，思见祖宗遗俗。然臣自至阙廷，闻台谏封事，一切留中不出，既不施行，又无黜责，臣不胜忧疑。夫朝廷所以待台谏者，不过二事，言当则行，不当则黜。其所上封事，除事干机密，人主所当独闻，须至留中外，并须降出行遣。上所以正朝廷之纪纲，使无废职业；下所以全人臣之名节，使无负公议。若当而不行，不当而不黜，则上下苟且，廉耻道废，风俗衰陋，国将从之。臣愿陛下永惟邪正盛衰之渐，始于台谏。修其官则听其言，言有不当，随事行遣。大者可黜，小者可罢。使风俗一定，忠言日至。陛下垂拱于上，群臣肃雍于下，则太平之治可立而待也。惟陛下留神省察，天下幸甚。谨录奏闻，伏候敕旨。

【解题】

元祐元年（1086）苏辙到京，旋除右司谏，此为第一封论时事状。此状反对皇帝将臣下章奏留中不发，认为这样做会阻塞言路，以至“上下苟且，廉耻道废”。

久旱乞放民间积欠状 十五日

右臣伏见陛下以久旱忧劳，祷请勤至，自冬历春。天意未答，宿麦枯瘁，灾害广远。民自近岁，皆苦于重敛，储积空匮。若此月不雨，饥馑必至，盗贼必起。保甲之余，民习武事，猖狂啸聚为患必甚。而陛下所以应天动民，未有其实。

臣窃见去年赦书，蠲免积欠止于残零两税，至于官本债负、出限役钱皆不得除放。民有破荡家产，父子流离，衣食不继，有死而不可得者。买扑酒坊，先因实封投状，争气务胜，竞设高价。既得之后，利入微细，不能出办。违限不纳，加以罚钱，至于籍没家产，杻械生虮虱而不得脱者。臣愿陛下降哀痛之书，应今日以前民间官本债负、出限役钱及酒坊原额罚钱，见今资产耗竭，实不能出者，令州县监司保民除放，使民得再生，以养父母妻子。朝廷弃捐必不可得之债，以收民心。民心悦附，甘泽可致。虽使天道幽远，雨不时应；而仁泽流溢，亦可以化服强暴，消止盗贼。

臣谨按《汉书》文、景、宣、元之间，忧民之疲病，每岁辄弛租税，减算赋，自损以厚下，民戴其泽。中遭王莽之变，皆讴吟思汉，汉已绝而复续。夫汉世平安之日，犹蠲必得之常赋以惠民，而况当今旱势未止，灾害方作，前件欠负皆势不可得，奈何靳而不与哉？伏愿陛下断自圣心，特降手诏，无使有司吝于出纳，以废格圣泽，则天人不远，宜有善应。谨录奏闻，伏候敕旨。

贴黄：臣窃见近年贪刻之吏，习以成风。上有毫发之意，则下有丘山之取；上有滂沛之泽，则下有涓滴之施。如先帝向时为泸南用兵，两川应副疲极，特放五等人户赋税，而东川路转运司公行格沮，只放三等以下。缘累经大赦，不敢论列。如此之类，朝廷虽累行戒饬，终恐不改。若行臣此奏，即乞痛赐约束，如监司敢有违戾，许州县官吏具事由实封闻奏。

【解题】

此状作于元祐元年，向皇帝乞求“弃捐必不可得之债，以收民心”，免得民间盗贼因饥旱起而为乱。表现了苏辙为政机敏、谨厚的风格。

论罢免役钱行差役法状 十六日

右臣伏见门下侍郎司马光奏，乞罢免役钱，复行差役旧法，奉圣旨依奏施行。臣窃谓近岁所行新法，利害较然，其间免役所系尤重。朝廷自去秋已来，改更略尽，惟此一事，迟留不决。民间倾听，想闻德音。臣窃料此事既行，民间鼓舞相庆，如饥得食，如旱得雨。比之去年罢导洛、市易、盐铁等事，其喜十倍。非至仁至圣，至明至断，谁能行此！

然臣有愚虑，盖朝廷自行免役至今仅二十年，官私久已习惯。今初行差役，不免有少龃龉不齐。譬如人有重病，不治必死，医者用药攻疗，必有瞑眩不宁。要须病去药消，然后乃得安乐。今中外用事臣寮，多因新法进用，既见朝廷革去宿敝，心不自安。必因差役之始，民间小有不便，指以为言，眩惑圣聪，败乱仁政。兼臣窃观司马光前件札子，条陈差役事件大纲，已得允当，然其间不免疏略及小有差误。执政大臣岂有不知？若公心共济，即合据光所请，推行大意，修完小节，然后行下。今但备录札子，前坐光姓名，后坐圣旨依奏，其意可知。自今以往，其必有人借中外异同之论，以摇动大议。臣愿陛下但思祖宗以来，差役法行，民间有何患害。近岁既行免役，民间之敝耳目厌闻。即差役可行，免役可罢，不待思虑而决矣。

伏乞将臣此奏留中不出，时赐省览。苟大法既正，纵有小害，随事更张，年岁之间，法度自备。臣疏远小臣，初蒙擢用，辄此深言，罪在不赦。但念臣初无左右之助，谏垣之命，出自圣意，不敢自同他人，更存形迹，冒昧陈闻。惟陛下裁幸。谨录奏闻，伏候敕旨。

贴黄：臣窃详差役利害，条目不一，全在有司节次修完，近则半年，远亦不过一年，必有成法。至于乡户不可不差，役钱不可不罢，此两事可以一言而决。缘所在役钱宽剩，一二年间，必未至阙用，从今放免，理在不疑。前来司马光文字，虽有役钱一切并罢之文，又却委自州县监司看详，有无妨碍。臣窃虑诸路为见有此指挥，未敢便行放罢，依旧催理，则凶岁疲民无所从出，或致生事。欲乞特降手诏，大略云：先帝役法，本是一时权宜指挥，施行岁久，民间难得见钱，已诏有司，依旧差役。所有役钱，除坊郭、单丁、女户、官户、寺观依旧外，其余限诏到日，并与出榜放免。其去年已前见欠役钱，具数闻奏，未得催理，听候指挥。

【解题】

作于元祐元年。司马光执政后，新法一概废除。此文建议在罢免行役法、实行差役法时，要“推行大意，修完小节”，以免引起异论，动摇大义。

论蜀茶五害状

右臣伏见朝廷近罢市易事，不与商贾争利，四民各得其业，欣戴圣德，无有穷已。唯有益、利、秦、凤、熙河等路茶场司以买卖茶虐害四路生灵，又以茶法影蔽市易，贩卖百物。州县监司不敢呵问，为害不细，而朝廷未加禁止。

臣闻五代之际，孟氏窃据蜀土，国用褊狭，始有榷茶之法。及艺祖平蜀之后。放罢一切横敛，茶遂无禁，民间便之。其后淳化之间，牟利之臣始议掊取。大盗王小波、李顺等因贩茶失职，穷为剽劫，凶焰一扇，两蜀之民肝脑涂地，久而后定。自后朝廷始因民间贩卖，量行收税，所取虽不甚多，而商贾流行，为利自广。近岁李杞初立茶法，一切禁止民间私买，然犹所收之息，止以四十万贯为额，供亿熙河。至刘佐、蒲宗闵提举茶事，取息太重，立法太严，远人始病。是时知彭州吕陶奏乞改法，只行长引，令民自贩茶，每茶一贯，出长引钱一百，更不得取息，得旨依奏。民间闻之，方有息肩之望。又却差孙迥、李稷入川相度，始议极力掊取，因建言乞许茶价随时增减。茶法既有增减之文，则取息依旧，由是息钱、长引二说并行，而民间转不易矣。而稷等又益以贩盐布，乃能增额及六十万贯。及李稷引陆师闵共事，又增额至一百万贯。师闵近岁又乞于额外以一百万贯为献，朝廷许之。于是奏乞于成都府置都茶场，客旅无见钱买茶，许以金银诸货折博。遂以折博为名，多遣公人、牙人，公行拘拦民间物货入场，贱买贵卖，其害过于市易。又以本钱质典诸物，公违条法，欺罔朝廷。

盖茶法始行至今，法度凡四变矣。每变取利益深，民益困弊。然供亿熙河止于四十万贯，其余以供给官吏及非理进献，希求恩赏。而害民之余，辱国伤教，又有甚者。夫逐州通判本以按察吏民，诸县令佐亦以抚字百姓，而计算息钱，均与牙侩分利。至于监茶之官，发茶万驮，即转一官，知县亦减三年磨勘。国之名器，轻以与人，遂使贪冒滋章，廉耻不立，深可痛惜。又案盗贼之法，赃及二贯，止徒一年，出赏五贯。今民有以钱八百私买茶四十斤者，辄徒一年，出赏三十贯。又递铺文字，事干军机及非常盗贼，急脚递日行四百里，马递日行三百里，违二日止徒一年。今茶递往还，日行四百里，违一日，辄徒一年。立法太深，苟以自便，不顾轻重之宜。盖造立茶法皆倾险小人，不识事体，但以远民无由伸诉，而他司畏惮，不敢辩理，是以公行不道，自始至今，十余年矣。臣窃闻朝廷近日察知其弊，差官体量，然犹恐未知其详。臣今访闻，稍得其实，谨具条件五害如左：

其一曰：益利路所在有茶，其间邛、蜀、彭、汉、绵、雅、洋等州、兴元府三泉县人户，以种茶为生。自官榷茶以来，以重法胁制，不许私卖。抑勒等第，高秤低估，递年减价，见今止得旧价之半。乞委所差官取榷茶至今递年所估价例对定，即见的实。茶官又于每岁秋成籴米，高估米价，强俵茶户，谓之茶本。假令米石八百钱，即作一贯支俵，仍勒出息二分。春茶既发，茶户纳茶又例抑半价，兼压以大秤，所损又半，谓之青苗茶。元条：园户茶一百斤，许收十斤市例。内一半入官，一半用饶润客旅。今逐场一百斤，有收至二十余斤，出剩者往往却伪作园户中茶虚，旁支出官钱入己，近年邛州常有此狱。又有见出剩数多，阴与客旅商量，纳赂不赀，指教出卖者。及至卖茶本法，止许收息二分；今多作名目，如“牙钱”、“打角钱”之类，至收五分以上。买茶商旅，其势必不肯多出价钱，皆是减价亏损园户，以求易售。又昔日官未榷，茶园户例收晚茶，谓之“秋老黄茶”，不限早晚，随时即卖。榷茶之后，官买止于六月。晚茶入官，依条毁弃。官既不收，园户须至私卖，以陷重禁。此园户之害一也。

其二曰：川茶本法止于官自贩茶，其法已陋。今官吏缘法为奸，遂又贩布，贩大宁盐，贩瓷器等物，并因贩茶还脚贩解盐入蜀。所贩解盐，仍分配州县，多方变卖及折博杂物货，为害不一。及近岁立都茶场，缘折博之法，拘拦百货，出卖收息，其间纱罗皆贩入陕西，夺商贾之利。至于买卖之余，则又加以质当。去年八九月间，为成都买扑酒坊人李安典糯米一万贯，每斗出息八钱，半年未赎，仍更出息二分。其他非法，类皆如此。今四方蒙赖圣恩，罢去市易抵当之弊，而蜀中茶官，独因缘茶法，潜行二事，使西南之民独不蒙惠泽。此平民之害二也。

其三曰：昔官未榷茶，陕西商旅皆以解盐及药物等入蜀贩茶，所过州军，已出一重税钱，及贩茶出蜀，兼带蜀货，沿路又复纳税，以此省税增羡。今官自贩茶，所至虽量出税钱，比旧十不及一。纵有商旅兴贩，诸处税务畏惮茶司，又利于分取息钱，例多欺诈，以税为息，由此省税益耗。假有作税钱上历，岁终又不拨还转运司，但添作茶司岁课，公行欺罔。访闻元丰七年八月，陆师闵札子奏，茶司全年课利，内有一项系茶税钱。又茶官违法，贩卖百物，商旅不行，非惟税亏，兼害酒课。蜀中旧使交子，惟有茶山交易最为浩瀚。今官自买茶，交子因此价贱。旧日蜀人利交子之轻便，一贯有卖一贯一百者。近岁止卖九百以上。此省课之害三也。

其四曰：蜀道行于溪山之间，最号险恶。般茶至陕西，人力最苦。元丰之初，始以成都府路厢军数百人贴铺般运，不一二年，死亡略尽。茶官遂令州县和雇人夫。和雇不行，即差税户。其为搔扰，不可胜言。刘庠知永兴日，有洋州般茶人，以疲劳不堪告诉。庠令取状在案，判云："候本府雇人般茶日呈。"后来永兴即不曾雇人。后遂添置递铺，十五里辄立一铺，招兵五十人，起屋六十间，官破钱一百五十六贯，益以民力，仅乃得成。今已置百余铺矣。若二百铺皆成，则是添兵万人，衣粮岁费二十万贯。见招填不足，旋贴诸州厢军。逐州阙人，百事不集。又茶递一人，日般四驮，计四百余斤，回车却载解盐，往还山行六十里，稍遇泥潦，人力不支，逃匿求死，嗟怨满道。至去年八九月间，剑州剑阳一铺人全然走尽，沿路号茶铺为"纳命场"。此递铺之害四也。

其五曰：陕西民间所用食茶，盖有定数。茶官贪求羡息，般运过多，出卖不尽，逐州多亏岁额，遂于每斤增价俵卖与人。元丰八年，凤州准茶官指挥，每茶一斤添钱一百。其余州郡，准此可见。又茶法初行，卖茶地分止于秦、凤、熙河，今遂东至陕府，侵夺蜡茶地分，所损必多。此陕西之害五也。

五害不除，蜀人泣血，无所控告。臣乞朝廷哀怜远民，罢放榷法，令细民自作交易，但收税钱，不出长引。止令所在场务据数抽买博马茶，勿失朝廷武备而已。如此则救民于网罗之中，使得再生，以养父母妻子，不胜幸甚。如朝廷以为陕西边事未宁，不欲顿罢茶事，即乞先弛榷禁，因民贩茶，正税之外，仍收长引钱，一岁之入，不下数十万贯。以见今长引钱数计之可见。而商旅通行东西，诸货日夜流转，所得茶税、杂税钱及酒课增羡，又可得数十万贯。以未榷茶以前及榷茶后来年分，自蜀至陕西沿路酒税务岁课较之可见。而罢置茶递，无养兵衣粮及官吏缘茶所费息钱、食钱之类，其数亦自不少。则榷茶可罢，灼然易见。若异日西边无事，然后更罢长引钱，如旧收税而止。

然臣再详师闵所营茶利，虽使之裒敛一一如数，止于二百万贯，无复赢余矣。若以前件茶引、茶税、杂税、酒课等钱约七八十万贯折除，即止约有利一百二十余万贯。若更除茶递养兵衣粮及官吏缘茶所费约三四十万贯，即是师闵百端非理，凌虐细民，止得八十万贯。前件两项钱，并且从小约计，故师闵所得利有八十万贯。若依实计之，恐不得及此数。假令万一蜀中稍有饥馑之灾，民不堪命，起为盗贼，或如淳化之比，臣不知朝廷用兵几何、费钱几何、杀人几何，可得平定。今但得七八十万贯钱，置此不虑，臣窃惑也。

兼臣访闻陆师闵去年自成都移治永兴，仍取成都供给，有本府衙前杨日新者为之卖酒。至十一月中，师闵自觉非法，始移牒永兴、成都，止就用永兴供给。其违法差衙前卖酒及多请过成都供给，即不曾举觉。其贪冒无耻，一至如此，亦乞令所差官便行体量，如是诣实，乞重行黜谪，以慰远方积年之愤。谨录奏闻，伏候敕旨。

贴黄：陆师闵久擅茶事，欺罔朝廷，奏请如意，为吏民所畏惮。若留任本职，虽特遣使命，恐必难以体量实害，欲乞先罢师闵职任。及利州路转运使蒲宗闵，昔同建议榷茶，曾窃冒恩赏，显有妨碍，亦乞指挥，不得同签书体量事。所贵官吏不忧后害，敢以实告。

【解题】

此状条分缕析，论事精详，将蜀茶五害说得非常清楚，足见苏辙的政治才干。苏籀《栾城遗言》记：“时小吕申公当轴，叹：‘只谓苏子由精儒学，不知吏事精详如此！’”以上表状作于元祐元年（1086）二月。文中小字为作者夹注等。

乞更支役钱雇人一年候修完差役法状

右臣伏见二月九日三省枢密院札子节文：“应天下免役钱一切并罢，其诸色役人并依熙宁元年以前旧法人数定差，更乞指挥诸县官吏看详。若依今来指挥，别无妨碍，即便依此施行。若有妨碍，致旋行未得，限敕到五日内具利害擘划申本州。本州限一季闻奏。奏到各随宜修改，奉圣旨依奏。”臣看详上件指挥，大纲已得允当，其间节目颇有疏略差误，未易一一具言，全在有司节次修完。

近见开封府奏，开、祥两县于数日之内，依旧役法人数差到役人。臣窃惟自罢差役至今仅二十年，乍此施行，吏民皆未习惯，兼差役之法关涉众事，根牙盘错，行之徐缓，乃得详审。若不穷究首尾，忽遽便行，但恐既行之后，别生诸弊。臣窃见州县役钱，所在例有积年余剩。今年夏料虽已放罢，旧余剩钱犹足支数年。欲乞朝廷指挥，将见在役钱且依旧雇役，尽今年而止。却于今年之内，催督诸处审议差役，令的确可行，更无弊害，然后于今冬迤逦差拨，起自来年役使乡户。一则差役条贯既得审详，既行之后，无复人言；二则将已纳役钱，一年雇役，民力纾缓，进退皆便。臣深恐诸道以为朝廷已行之命，降到即行，虽有妨碍，更不陈述，致差役之条未尽其利。若朝廷以臣此言可用，欲乞下三省，疾速旋行。谨录奏闻，伏候敕旨。

贴黄：新法已来，减定役人皆是的确数目。行之十余年，并无阙事。则旧法人数决为冗长，天下共知。况近降指挥明使州县相度有无妨碍。至于揭簿定差亦无日限。今来开封官吏更不相度申请，于数日之间一依旧法人数差拨了绝。如坛子之类，近年以剩员充者，一例差拨役人，监勒开、祥两县迅若兵火，显是故欲扰民，必害成法。尚赖百姓久苦役钱，乍获复旧，更无词说。不尔，必须争讼纷纭，为害不小。乞下所司，取问开封官吏，明知有上件妨碍，更不相度申请，及似此火急催督，是何情意？特赐行遣，以戒天下挟邪坏法之人。

【解题】

苏辙认为免役法已行二十年，百姓安便，骤然改差役法，将有大弊。此状请求先暂缓一年实行。

乞选用执政状　二十七日。

右臣闻唐柳伉，一太常博士耳，犹能上疏乞斩程元振；郇谟，一布衣耳，犹能哭市以论元载。今臣备位谏省，逢时艰危，若隐忍不言，实负天下。谨冒斧钺之诛，以论其大者，惟陛下哀怜则幸。

今皇帝陛下富于春秋，太皇太后陛下以女主称制，四夷未服，积弊如麻。陛下以为此何时也？贾谊有言："抱火厝之积薪之下而寝其上，火未及然，因谓之安。"正今时之谓也。自先帝以雄才大略躬揽万几，而西北二虏、交趾、泸蛮，常扰边境以劳王师。京东、河北、福建等路，奸猾巨盗常杀官吏，以谋不轨。今二圣拱默，恭己无为，责成于执政大臣。大臣又皆偷合苟容，无足赖者。昔淮南王反，独畏衙青、汲黯，至公孙丞相若发蒙耳。臣观今之大臣，尚未及公孙丞相远甚。陛下以谓蛮夷戎狄所服者何事？奸猾巨盗所畏者何人？万一有之，将何以待？

谨按左仆射蔡确，悭佞刻深，以狱吏进。右仆射韩缜，识暗性暴，才疏行污。枢密使章惇，虽有应务之才，而其为人难以独任。门下侍郎司马光、尚书左丞吕公著，虽有忧国之志，而才不逮心。至若张璪、李清臣、安焘，皆斗筲之人，持禄固位，安能为有，安能为无！陛下必谓此等皆先帝旧臣，不欲罢去。然不知先帝以绝人之资，独运天下，特使此等行文书，赴期会而已。至于大政事，大议论，此等何尝与闻？小有罪犯，辄罚铜、门谢，为天下笑。先帝若以股肱待之，不应如此。今陛下深居帷幄之中，不自任事，而以天下之大付之此等，其为祸福，未可与先帝同日而语也。昔汉武帝以车千秋为丞相，至于受遗诏辅少主，则不以属千秋，必得霍光、金日磾而后可。先帝若自知降年止此，岂肯以王圭、蔡确之流受顾命之托乎？

陛下新临天下，人材衰少，此数人者未可一朝而去也。则愿择其任最重而罪最大者去之。臣以为莫如蔡确、韩缜者也。陛下即位以来，罢市易、堆垛场及盐茶铁法，此蔡确之所赞成也。放散修城人夫，罢保甲保马等事，此韩缜与宋用臣、张诚一等所共建也。先帝之所是，确等亦是之；陛下之所否，确等亦否之。随时翻覆，略无愧耻，天下传笑，以为口实，而朝廷轻矣。先帝时，有司屡言缜等赃罪有状，先帝隐忍未发。不谓陛下即位，拔擢至此，天下有识，所共疑怪。近者每发一政，三省、密院议论纷然，至忿争殿上，无所适从，皆由大臣才短望轻，以至于此。所有确、缜其余罪恶，臣未敢细陈，先论其大体。伏愿陛下思祖宗付嘱之重，深察方今事势为至艰至危之时，早赐罢免确、缜二人，别择大臣负天下之重望、有过人之高才而忠于社稷、有死无二者以代之，上以肃正群臣异同之论，下以弹压四海奸雄之心。

然后陛下高枕而卧，天下无事矣。

臣位卑言深，罪当万死。若蒙降黜，其甘如荠，如其未也，则当节次奏请，伏阁力争，以决去就。非独臣如此，凡在台谏莫不当然，必无备礼一言不行而止者。此天下公议，非臣私意，惟陛下裁酌，早赐施行。谨录奏闻，伏候敕旨。

【解题】

此状要求罢免蔡确、韩缜，并选用负天下重望、有过人之才的执政。苏辙《颍滨遗老传》曾说司马光不达吏事。以上表状均作于元祐元年（1086）二月。时苏辙任右司谏。

乞罢左右仆射蔡确韩缜状 闰二月一日。

右臣顷论奏蔡确、韩缜才不足用及多过恶，乞赐罢免，至今未见施行。确近已上章求退，而缜安然未有去意。臣恐陛下隐忍不决，久失天下之望。

窃惟先帝在位仅二十年，励精政事，变更法度，将以力致太平，追复三代。是以擢任臣庶，至有起于小臣，十余年间致位公相。用人之速，近世无与比者。究观圣意，本欲求贤自助，以利安生民，为社稷长久之计。夫岂欲使左右大臣媮合苟容，出入唯唯，危而不持，颠而不扶，窃取利禄，以奉养妻子而已哉！然自法行已来，民力困敝，海内愁怨。先帝晚年，寝疾弥留，照知前事之失，亲发德音，将洗心自新，以合天意，而此志不遂，奄弃万国。天下闻之，知前日敝事皆先帝之所欲改，思慕圣德，继之以泣。

是以皇帝践阼，圣母临政，奉承遗旨，罢道洛，废市易，损青苗，止助役，宽保甲，免买马，放修城池之役，复茶盐铁之旧，黜吴居厚、吕孝廉、宋用臣、贾青、王子京、张诚一、吕嘉问、蹇周辅等。命令所至，细民鼓舞相贺。

臣愚不知朝廷以为此数事者谁之过也？上则大臣蔽塞聪明，逢君于恶；下则小臣贪冒荣利，奔竞无耻。二者均皆有罪，则大臣以任重责重，小臣以任轻责轻，虽三尺童子所共知也。今朝廷既已罢黜小臣，至于大臣则因而任之，将复使燮和阴阳，陶冶民物，臣窃惑矣。窃惟朝廷之意，将以体貌大臣，待其愧耻自去，以全国体。今确、缜自山陵已后，犹端然在职，不宜引咎辞位，以谢天下？臣谨案确、缜受恩最深，任事最久，据位最尊，获罪最重，而有靦面目，曾不知愧！确等诚以昔之所行为是耶，则今日安得不争？以昔之所行为非耶，则昔日安得不言？穷究其心，所以安而不去者，不过以为是皆先帝所为，而非吾罪也。夫为大臣，忘君徇己，不以身任罪戾，而归咎先帝，不忠不孝，宁有过此？臣窃不忍千载之后书之简策，大臣既自处无过之地，则先帝独被恶名，此臣所以痛心疾首，当食不饱，至于涕泗之横流也。

确等皆碌碌常才，无过人之实。朝廷将取其德，则不闻其孝弟可称；将取其才，则不闻其功业可纪；将取其学，则不闻其经术可师。徒以悦媚上下，坚固宠禄。陛下何不正确、缜之罪，上以为先帝分谤，下以慰天下之望？今独以法绳治小臣而置确、缜，大则无以显扬圣考之遗意，小则无以安反侧之心。故臣窃谓大臣诚退，则小臣非建议造事之人可一切不治，使得革面从君，竭力自效，以洗前恶。臣不胜狂愚，忘身为国，乞宣示此疏，使确、缜自处进退之分。臣虽万死，不以为恨。谨录奏闻，伏候敕旨。

贴黄：臣窃观蔡确所上表，虽外迫人言，若欲求退，而论功攘善，实图自安。所云“收拔当世之耆艾，以陪辅王室”者，臣谓当世之耆艾，乃确昔日之所抑远者也。所谓“蠲省有司之烦碎，以慰安民心”，臣谓有司之烦碎，乃确昔日之所创造者也。此二事皆确为相无状，以累先帝之明。非陛下卓然独见，孰能行此！确既不自引咎，又反以为功，著之表疏，传之天下，则是确等所造之恶皆归先帝，而陛下所行之善皆归于确。臣不胜愤懑，乞赐详酌施行。

【解题】

此状乞请罢斥蔡确、韩缜，严惩新党大臣而不问小臣。

论诸路役法候齐足施行状

右臣访闻诸路所定役法限日已满，近日夔州等路文字相继申到，旋已逐一进呈施行。臣窃惟诸路役法，所系民间利害至深至广。虽逐路事体各别，条目必有不同，而朝廷变法，从便措置，大意所谓海行条贯者，不得不同也。臣窃恐详定役法所急于行法，每遇逐路申到文字，不候类聚参酌，见得诸路体面，即便逐旋施行。因此致诸路役法大体参差不齐，使天下之民不得均被圣泽。欲乞指挥本所，候诸路所申文字稍稍齐集，见得诸处役法，不至大段相远，然后行下。谨录奏闻，伏候敕旨。

【解题】

司马光秉政，限定五天复差役法，苏辙极力反对，此状请求待各路关于役法报告到齐后，“聚类参酌”，根据各地不同情况定出施行办法，反对一概仓促恢复差役法，扰民害事。

乞罢蔡京开封府状 二日。

右臣近奏：“乞取问开封府官吏明知熙宁以前旧法役人数目显有冗长，并不依近降指挥相度申请，便尽数差拨。及朝旨本无日限，辄敢差人监勒，于数日内蹙迫了当，故意扰民，以坏成法。乞赐行遣，以戒天下挟邪坏法之人。”至今未蒙施行。

谨按权知开封府蔡京，职在近侍，身为民害。若不知旧法人数之冗，是不才；若知而不请，是不忠。京，新进小生，学行无闻，徒以王安石姻戚、蔡确族从，因缘幸会，以至于此。近者段继隆公事，道路皆知其私徇。继隆出于胥吏，兄弟数人布列三省，京尝为检正官，与此辈狎昵。继隆赃污显露，理在不疑，而大理寺官吏畏避观望，数月不决。

今者方欲推行差役旧法，王畿之政为天下表仪，而使怀私之人窃据首善之地，四方瞻望，何所取法？乞赐指挥，先罢京开封府，仍勑大理寺疾速结绝前件公事。所贵官吏不至观望首鼠，以长奸私。谨录奏闻，伏候敕旨。

【解题】

据《宋史·蔡京传》：“司马光秉政，复差役法，为期五日，同列病太迫，京独如约，悉改畿县雇役。”苏辙此状即就此事弹劾蔡京不才不忠，因缘攀附，故意挠民。

再乞责降蔡京状

右臣近奏言：“知开封府蔡京施行差役事，故意扰民以败成法，及曲法庇盖段继隆赃污公事，乞先罢京差遣，及催督大理寺结绝断遣。”至今多日，并不蒙施行。京，文学政事，一无所长，人品至微，士论不与。若不因缘蔡卞与王安石亲戚，无缘兄弟并窃美官。今卞已自迫于公议求退，而京独昂然久据要地，众所不平。

臣窃见左正言朱光庭言御史中丞黄履言事不称职，乞罢履侍读。履即时罢免，曾不旋踵。臣窃惟臣与朱光庭并系谏官，论奏群臣得失，皆是本职。而蔡京罪犯明著，甚于黄履。陛下明圣，以至公御下，而谏官之言，皆击其罪，或行或否，众所不喻。皆谓韩缜初除右仆射日，黄履言缜过恶，不任宰相。而蔡京不曾牾缜，是致行遣有此同异。伏惟朝廷本设谏官以几察奸恶，为人主耳目之用。今臣等所言之人，韩缜欲行即行，欲止即止，则是谏官之职，乃所以为缜公报私怨，非复陛下耳目之官也。

伏乞陛下检臣累奏，早赐降黜韩缜，仍先罢免蔡京差遣，及催大理寺结绝段继隆公事。无使谏官失职，宰相恣横，为吏民所共非笑。谨录奏闻，伏候敕旨。

贴黄：访闻近日诸路监司州郡，多以二月六日所降差役指挥有不便事节，未敢便行，各具利害奏闻。显见事理明白，人情不远。苟无挟邪坏法之意，谁不论列？独蔡京以侍从之臣，居首善之地，更无一言，只于数日之内催迫了当，用意不臧，深可忿疾。况京治段继隆事不公，外又曲庇僧录司公事。窃闻台谏官并已曾劾奏。似此专务私徇，岂可复任京尹！

【解题】

苏辙《乞罢蔡京开封府状》要求罢免蔡京，并不见实行，这是第二状，坚请罢去“专务私徇”的蔡京。

乞罢右仆射韩缜札子　六日上殿。

臣伏见陛下采听群言，罢左仆射蔡确，中外释然，具知朝廷清明，邪正曲直，不可复欺。而右仆射韩缜，独端然据位，略无动意，众情疑惑。臣忝备谏官，不敢默已。

谨按韩缜才质凡鄙，性气粗暴，文学政事，举无寸长，比之蔡确，远所不及。陛下圣明，必无贤缜之理，特以先帝新弃天下，未欲从外别擢宰相，不免循例以次迁补。今已逾年，即位改元，政令一新，确既已罢去，而缜任遇如故，是以众议纷纷，未肯弭服。臣闻韩缜家法不正，虽其父子不能相安。莅官猛暴，至以酣酗鞭杀指使。过恶虽著而无与国事。臣不敢一一烦言。至如缜昔奉使定契丹地界，举祖宗山河七百余里以资敌国，坐使中华之俗陷没戎狄，虏得乘高以瞰并、代。朝廷虽有劲兵良将，无所复施。其后擢为枢密使，职在安边，而西戎无衅，用兵深入，至使诸将败衄，前后丧师数十万众，天下疲弊，帑廪空竭。虽得兰州及安疆、米脂等五寨地，而厉阶一生，至今为梗。存之则耗蠹中国，为祸日深；弃之则戎人不请，无缘强与。遂使朝廷皇皇，议论经年，不知所出，而缜曾无计以救前失。据缜二罪，虽伏斧质以谢天下，不为过也。而况备位宰相以来，怙势作威，任情不法，群下汹汹，侧目畏之。宗道、宗古皆缜之亲侄，缜任在中书，职当进拟，并引二侄，同升列卿。因台官弹奏，始自举觉，各与降等差遣。朝廷知其不可信任，遂令三省自此同书进拟。缜之兄绛移守北京，知父子无同领帅权之理，而乞以其子宗师同管句安抚司公事，知转运判官以按察。已而乞以所亲信人杜纯为之，坏法乱纪，莫斯为甚。缜公行私意，废法徇兄，以行其言。父子同领大权，古无此事。惟东晋之衰，司马道子与其子元显共执国政。自非季世，安有此例！赖陛下圣明，抽回指挥。若其不然，遂为四方口实。

臣又窃观言事之官，每有论奏缜事，缜阴怀忮恨，不拘久近，或罢其言职，或因事责降，必报而后已。先帝朝翟思为台官，言缜在枢府，令所辖边将买马亏价，自群牧司迁官盗取公使家事不还，先帝隐忍不行。翟思近以司业作诗失韵，非有大过，而缜逐思止知军差遣。缜初相，台官黄降言缜平生过恶，不堪大用。陛下业已用缜，未欲即罢。缜畏其复言，除降国子司业，虽似迁擢，实夺其言事之权。是以群臣震慑，不敢牾缜。臣知今日言缜，异日缜必报臣。然自念起于迁逐之余，误蒙圣恩收拔至此，不敢上负朝廷，下辜公议。是以为国排奸，有死无二，惟陛下裁察，取进止。

【解题】

此状指斥韩缜“才质凡鄙，性气粗暴，文学政事，举无寸长。”并以划给契丹七百里山河与寻衅西戎、丧师得无用之地二事乞罪韩缜，加之任用私人、排斥异己，坚决乞请罢斥韩缜。

乞招河北保甲充军以消盗贼状

右臣闻薄赋敛，散蓄聚，若以致贫，而民安其生，盗贼不作，县官食租衣税，廪有余粟，帑有余布，久而不胜其富也；厚赋敛，夺民利，若以致富，而所入有限，所害无穷，大者亡国，小者致寇，寇盗一起，尽所得之利，不偿所费之十一，久而不胜其贫也。臣未敢远引陈胜、吴广、庞勋、黄巢之类，只如淳化中李顺，庆历中张海等，熙宁中廖恩，此数火盗贼，计其燔烧官寺，劫略仓库，以至发兵命将，转输粮食，耗失兵械，募士赏功之费，大率不下数百万贯。但得事了，岂敢言费？然方其未发，有能建言乞捐数十万贯以消其变，则上下争执，如惜支体，不肯割截。此天下之大迷，古今之通患也。故臣愿于元丰库或内藏库乞钱三十万贯，上以为先帝收恩于既往，下以为社稷消患于未萌。伏愿陛下权福祸之重轻，较得丧之多少，断而行之，毋使有司吝于出纳，以害大计。

河北之民喜为剽劫，所从来尚矣。近岁创为保甲，驱之使离南亩，教之使习凶器。一夫在官，一家资送。穷苦无聊，靡所不至。椎埋为奸，十人而九。号为保甲，莫敢谁何？若更一年不罢，则胜、广之事可立而待也。今虽已罢，而弓刀之手不可以复执锄，酒肉之口不可以复茹蔬，既无所归，势必为盗。今河北寇贼成群，访闻皆是保甲余党。若因之以饥谨，则变故之作不可复知。近岁富弼知青州，是时河北流民百万，转徙京东。弼既设方略赈活其老幼，而招其壮悍者为军，不待朝旨皆刺“指挥”二字。其后皆为劲兵，百万之众，无一人为盗者。弼，人臣，便宜行事，犹能若此。况陛下富有四海，而元丰及内库钱物山积，莫可计数。只如近日内降睿思殿金银一色令别库收贮者，自约及百余万贯，皆是先帝多方收拾，以备缓急支用，不取于民。圣算深远，非凡所及。若积而不用，则与东汉西园钱、唐之琼林、大盈二库何异？于先帝圣德不为无损。

故臣愿乞三十万贯，为招军例物，选文武臣僚有才干者一二人，分往河北，逐路于保甲中招其强勇精悍者为禁军，随其人才以定军分。本州无阙，则自近及远，或押上京，不过一二万人，则河北豪杰略尽矣。其间武艺绝伦，旧日以补班行者，押赴阙试验有实，即以补内六班之阙，或以补本贯及邻近阙额军员。但当严赐指挥，候了日当遣人覆按，有不如法，重坐官吏。臣闻先帝本谓保甲可用，故欲隐兵于农，以渐消正兵，是以禁军多有阙额。今保甲既罢，正使无事，犹合补填，况如前所陈者？惟陛下深察，果断而力行之。今冬春大旱，二麦不熟，事势如此，恐不可缓。谨录奏闻，伏候敕旨。

【解题】

新法一概废除，须处置保甲法中训练的人员，苏辙此状建议发内库钱三十万，招保甲中“强勇精悍者”为禁军，以防变乱。

乞责降成都提刑郭概状

右臣窃见朝廷近日察知蜀中卖盐、榷茶及市易比较收息，为远人所苦，委成都提点刑狱郭概体量事实。臣观此三事，利害易见，甚于黑白，凡有耳目，莫不闻知。而郭概观望阿附，公行欺罔，其所奏报并不指言实弊。

见今西川数州，卖邛州、蒲江井官盐，每斤一百二十文。为近年咸泉减耗，多夹杂沙土，而梓夔路客盐及民间小井白盐贩入遂州，其价止七八十。以此，官中须至抑配，深为民害。概不念民间朝夕食此贵盐，出钱不易，却言限内难以报应。只此一事，已见情弊。至于榷茶之法，以贱价大秤侵损园户，以重辇峻限虐害递铺，以折博兴贩搅扰平民。其余百端非理，难以遍举。臣近已一一奏闻，乞委所差官体量诣实。概畏惮茶官陆师闵事势，不敢依限体量。此又足以见其意在拖延，观望附会。

至于市易比较收息，始因提举官韩玠以灵泉小县收息增羡，遂督责诸县，以灵泉为比，务令多得息钱。概以韩玠叔祖缜见任右仆射，意欲趋附，不敢体量实状，妄言韩玠不曾以户口比较息钱。又代韩玠巧说词理，言诸路推行市易之法，不独成都，不可独治一路及事已在三赦前。概以监司被命，相度逐事利害，朝廷元不令概定夺韩玠罪名。概之职分，但当具的确事实闻奏。至于韩玠或行遣，或释放，或原赦，或不原赦，自是临时圣旨指挥，非概人臣所当预定。今既不依朝旨相度，却于职分之外擅引三赦，意谓朝廷不合相度赦前之事，附下罔上，肆行胸臆，情理难恕。况概资品鄙陋，尝通判凤翔，坐失入死罪，去官系监，当资叙。因缘权幸致位监司，而附会欺谩，略无顾惮。其韩缜系韩玠有服之亲，显有妨碍。臣未悉缜如何进呈，作何行遣。臣乞降圣旨，先行罢黜郭概，所有卖盐、榷茶、市易等事，乞别委官体量施行。谨录奏闻，伏候敕旨。

【解题】

此状据成都提刑郭概在任上“观望附会”，不能“指言实弊”的情况，乞罢黜郭概。

论差役五事状

臣近奏言："二月六日，三省枢密院札子，同奉圣旨，罢免役钱，行差役事，大纲已得允当。其间小节疏略差误，乞令诸处审议，候的确可行，然后行下。"近日已蒙圣旨，差韩维等四人置局看详。臣前所谓疏略差误，其事有五，谨具条件如左：

一、衙前之害，自熙宁以前，破败人家，甚如兵火，天下同苦之久矣。先帝知之，故创立免役法，勾收坊场，官自出卖，以免役钱雇役名人，以坊场钱为重难酬奖，及以召募官员军员押纲，自是天下不复知有衙前之患。而近岁所以民日贫困、天下共苦免役法者，乃是庄农之家，岁出役钱不易，及出卖坊场，许人添价争划，致送纳不前之弊也。向使先帝只行官自出卖坊场一事，自可了却衙前色役有余。其余役人且依旧法，则天下之利较然无疑。独有一弊，所雇衙前，或是浮浪，不如乡差税户可以委信。然行之十余年，浮浪之害无大败阙，不足以易乡差衙前骚扰之患。今来略计天下坊场钱，一岁所得共四百二十余万贯。若立定酌中价例，不许添价划买，亦不过三分减一，尚有二百八十余万贯。而衙前支费及召募非泛纲运，一岁共不过一百五十余万贯。虽诸路多少不齐，或足或否，而折长补短，移用可足。由此言之，将坊场钱了衙前一役，灼然有余，何用更差乡户？今年二月六日所降指挥，但云诸公使库设厨酒库、茶酒司，并差将校勾当诸纲运，并召得替官员或差使臣、军大将、将校管押。衙前若无差遣，不闻有破产之人，以此欲差乡户。至于坊场元无明文处置，不知官自出卖为复，却依旧法，酬奖衙前。若官自出卖，即如川蜀、京东、淮浙等路，旧来坊场优厚，人人愿为长名，元不差乡户去处。今来却须创差，民情必是大段惊扰。若依旧法，用坊场酬奖衙前，即未委召募官员、军员、将校等押纲，用何钱支遣？若无钱支遣，即诸般重难，还是乡户衙前管认，为害不小。

一、坊郭人户，熙宁以前常有科配之劳。自新法以来，始与乡户并出役钱，而免科配，其法甚便。但所出役钱太重，未为经久之法。今若全不令出，即比农民反为侥幸。若依熙宁以前科配，则取之无艺，人未必安。今来二月六日指挥，并不言及坊郭一项。欲乞指挥并官户、寺观、单丁、女户，并据见今所出役钱裁减酌中数目，与前项卖坊场钱除支顾衙前及召募非泛纲运外，常切椿留准备下项支遣。所有月掠房钱十五千，及岁收斛斗百石以上出钱，指挥恐难施行。

一、新法以来，减定诸色役人，皆是的确合用数目。行之十余年，并无阙事。即熙宁以前旧法人数显是冗长，虚烦民力。今来二月六日指挥，却令依旧人数定差，未为允当。欲乞只依见今役人数目差拨。若自前元差乡户充役，后来却用剩员抵替，如场子、坛子之类，其剩员所费请受合还运司者，即乞于前项坊场、坊郭等钱内支还。

一、熙宁以前，散从弓手、手力等役人，常苦接送之劳，远者至四五千里，极为疲弊。自新法以来，官吏皆请雇钱，役人既以为便，官吏亦不阙事。今民力凋残，比之熙宁以前尤当悯恤。若不免接送，必有逃窜流离之忧。欲乞依新法，官吏并请雇钱，仍于前项坊场、坊郭等钱内支。

一、州县胥吏并募，情愿充役，不请雇钱。如不情愿，即量支雇钱，仍罢重法。亦以前项坊场、坊郭等钱支，如支用不足，即差乡户。仍许指射旧人，官为差雇代役。其乡户所出雇钱，不得过官雇数目。

右件乞降付看详役法所详酌施行。谨录奏闻，伏候敕旨。

【解题】

此状论差役之事，从现实成效出发，认为新法中雇役法有方便有利之处，不可尽废。全状论及五个方面，可谓论事精详，见解超拔。

乞黜降韩缜状　十六日。

右臣近三上章，乞罢免右仆射韩缜，至今未蒙施行。窃谓缜奸邪无状，略与蔡确等。而确犹颇有吏干，粗知经史。缜为枢密，与宋用臣、张诚一等共建修城养马之议，迷国误朝，罪与确均，而不学无术，去确远甚。

又河东定地界一事，独擅其责。臣闻缜定地界时，多与边人燕复者商议，复劝成其事。举祖宗七百里之地以资寇仇，复有力焉。复本河东两界首人，亲戚多在北虏，其心不可知。而缜与狎昵，至不持一钱托令买马。及至事发，乃云方欲还钱。如此而可，则凡天下犯赃之人，无事恣意受赃，有事则云方欲还主，便不书罪，则是天下更无赃吏矣。复之心迹，众所疑畏。缜为大臣，曾不为国深虑，私相往还，至受赂遗。正使缜先将金钱令人买马，亦须托良善士人，不当及复；而况不持一钱，将何证明知是欲还而未及？欺谩苟免，略不知愧。访闻河东当日割地与虏，边民数千家坟墓、田业皆入异域，驱迫内徙，哭声振天，至今父老痛入骨髓。而沿边险要举以资敌，此乃万世之深患，缜以一死为谢，犹未塞责。

今蔡确已罢相，而缜尚未动。臣愚窃意陛下欲令缜自引避，如确之去，臣窃以为过矣。缜之罪恶，与确未可同日而语，当正其罪以告四方。乞下臣前后章疏，令三省两制杂议，有不如臣言，甘伏讪上之罪。若臣言不妄，亦乞稍正典刑，以谢天下。谨录奏闻，伏候敕旨。

贴黄：乞下河东提转安抚使密切体量燕复，久远可以保任，不至作过已否，令结罪保明闻奏。如不敢保明，即乞指挥今后更不与沿边兵马去处差遣。先帝初使吕大忠商量地界，大忠果悍有谋，坚执不与。虏使自知别无的确证验，已似慑服，而缜暗懦，遂坏此事。乞取问大忠及当时知次第人，即见诣实。

【解题】

此状仍以韩缜划定地界，“举祖宗七百里之地以资寇仇”事再乞求罢免韩缜。

乞罢章惇知枢密院状 十八日。

右臣闻朝廷进退大臣与小臣异，小臣无罪则用，有罪则逐。至于大臣不然，虽罪名未著，而意有不善，辄不可留。何者？朝廷大政出于其口，而行于其手。小有龃龉，贻患四方。势之必然，法不可缓。

臣窃见知枢密院章惇，始与三省同议司马光论差役事，明知光所言事节有疏略差误，而不推公心，即加详议，待修完成法然后施行，而乃雷同众人，连书札子，一切依奏。及其即已行下，然后论列可否，至纷争殿上，无复君臣之礼。然使惇因此究穷利害，立成条约，使州县推行，更无疑阻，则惇之情状犹或可恕。今乃不候修完，便乞再行指挥，使诸路一依前件札子施行，却令被差人户具利害实封闻奏。臣不知陛下谓惇此举，其意安在？惇不过欲使被差之人有所不便，人人与司马光为敌，但得光言不效，则朝廷利害更不复顾。用心如此，而陛下寘之枢府，臣窃惑矣。尚赖陛下明圣，觉其深意，中止不行。若其不然，必害良法。

且差役之利，天下所愿，贤愚共知。行未逾月，四方鼓舞。惇犹巧加智数，力欲破坏。臣窃恐朝廷缓急有边防之事，战守之机，人命所存，社稷所系。使惇用心一一如此，岂不深误国计！故臣乞陛下早赐裁断，特行罢免，无使惇得行巧智，以害国事。谨录奏闻，伏候敕旨。

【解题】

此状乞罢免章惇官职，因章惇百方阻碍司马光废弃新法，并指斥章惇用心不正，朝庭执政不能用此人。

乞牵复英州别驾郑侠状　十八日。

右臣窃见英州别驾郑侠，昔以言事获罪，投窜南荒。侠有父年老，方将献言，自知必遭屏斥，取决于父。父慨然许侠，誓不以死生为恨。而流放以来，逮今十年。屡经大赦，终不得牵复。父日益老，而侠无还期。有志之士，为之涕泣。况自陛下临御，一新庶政，凡侠所言青苗、助役、市易、保甲等事，改更略尽。而侠以孤远，终无一人为言其冤者。臣与侠平生未尝识面，独不忍当陛下之世，有一夫不获其所。是以区区为侠一言，伏望圣慈，特赐录用，使其父子生得相见，以慰天下忠直之望。谨录奏闻，伏候敕旨。

【解题】

此状是为因反对新法而被斥贬英州的郑侠乞请收用复官。

乞废官水磨状　二十三日。

右臣窃见近岁京城外创置水磨，因此汴水浅涩，阻隔官私舟船。其东门外水磨下流，汗漫无归，浸损民田二百里，几败汉高祖坟。赖陛下仁圣闵恻，亲发德音，令执政议救其苦。寻蒙指挥畿县于黄河春夫外，更调夫四万人，开自明河，以疏泄水患，计一月毕功。然以水磨供给京城内外食茶等，其水只得五日闭断。以此功役重大，民间每夫日雇二百钱，一月之费计二百四十万贯。而汴水浑浊，易得填淤，明年又须开淘，民间岁岁不免此费。访闻水磨所入，一岁不过四十万贯。朝廷顷来改更敝法，凡与民争利者一切革去，水磨之事本亦系废罢。前户部侍郎李定，以邪谄进用，不知朝廷大体，猥以四十万贯课利惑误朝听，依旧存留。且水磨兴置未久，自前未有此钱，国计何尝有阙？而小人浅陋，妄有靳惜，伤民辱国，不以为愧。况今水患近在国门，而恬不为怪，甚非陛下勤恤民物之意。而又减耗汴水，行船不便。臣乞废罢官磨，令民间任便磨茶，其利甚溥。伏乞指挥疾速施行。谨录奏闻，伏候敕旨。

【解题】

此状是苏辙任右司谏时所作，可见苏辙尽心谏职，无所不言。此文分析设置水磨利害，言之有据，不为空言，说服力强。

乞葬埋城外白骨状　二十三日。

右臣访闻京城四门外，所在白骨如麻，多是昔日筑城开濠死损人夫。东门外又为茶磨弃水所浸，虽其间已埋瘗者，土薄水深，亦皆发露，狼藉臭腐，不忍闻见。陛下躬行仁政，罢去苛法，民心稍安。而京畿及诸路久旱，近日虽稍得雨，终未沾洽，未必非积骸暴露冤气致此。况方春长养，正是月令掩骼埋胔之时。臣欲乞选差一二廉干内臣，计会两赤县官吏，相度于闲隙地上以砖作数大圹，如法藏掩。其合破费用，仍特支赐内藏库钱。诚使仁泽施及枯朽，或能感召和气，卒致丰岁。谨录奏闻，伏候敕旨。

【解题】

此状是苏辙任右司谏时所上。从表中“京城四门外，所在白骨如麻”的景象，可以想见当时吏治松懈，百姓苦难。

乞赈救淮南饥民状　二十四日。

右臣访闻淮南久旱，雨全未足，二麦并已枯死。浙中米价虽贱，而运河无水，客旅不至。米斗直一百七十以来，民间阙食，甚觉不易。而所在官吏，并未见赈济及奏请别作处置。臣窃见顷立义仓，至今已将十年，所聚粮斛数目甚多，每遇灾伤，未尝支散一粒，民情深所不悦。臣欲乞指挥淮南官司，先将所管义仓米数随处支与阙食人户，兼将常平米减价出卖，及取问监司州县，因何并不曾申请擘划。兼乞体访诸路，如有似此阙食去处，一例施行。谨录奏闻，伏候敕旨。

【解题】

此状因淮南久旱，乞请发义仓米赈济灾民。

再乞放积欠状

窃见三省同进呈臣前奏“乞将民间官本债负出限役钱及酒坊元额罚钱，见今资产耗竭实不能出者，令州县监司保明除放”事，奉圣旨节文，令户部勘会应系诸色欠负科名数目，仍契勘欠户见今各有无抵当物力，开具保明闻奏。

臣窃谓朝廷将施舍已责，救民于沟壑之中，其施行节次当如救焚，不可少缓。前件指挥令户部开具欠户见今抵当物力，此事不在户部，惟州县可见。若令户部取之州县，文字往来动经岁月，反复问难，何时了绝？救民之急不当如此。此乃有司出纳之常度，而非朝廷救灾之体。如陛下将布德施仁以收民心、答天意，但使惠泽滂流，虽民间小有侥幸，何损于德。况此积欠经涉久远，凶岁疲民，空烦鞭箠，必无所得。纵获毫末，无补国计。乞特降朝旨直下诸路监司与州县，一面依下项除放，结罪保明闻奏。所贵小民早被圣恩，不至失所，别致生事。谨具条件如后：

一、官本债负，在京乞委提点司与府县及市易官，外道委转运司与州县，同取索逐户元请官本若干，经今多少年月，合出息钱若干，逐户从请出官钱，后来已纳到官本若干，息钱若干。通计本息已纳及元请官本之数，即便与放免。如通计本息未及官本，而家业荡尽者，亦与除放。如尚有些小家业而见今孤贫不济者，即权住催理。官吏结罪保明奏闻，听候敕裁。

一、拖欠坊场钱，所委官司前项。乞取索逐户元认净利钱若干，自开沽以来违欠月分，合纳罚钱若干，将本户已纳到净利及罚钱通计若干，如已通及元认净利之数，即与放免。如通计未及元认净利之数，而家业荡尽者，亦与除放。如尚有些小家业，而见今孤贫不济者，即权住催理。官吏结罪保明闻奏，听候敕裁。

一、出限拖欠役钱，今来朝廷已行差役之法，即免役钱别无支用。虽使差役未了，间时暂留旧雇人执役，自有从来宽剩役钱支遣，其拖欠役钱，乞与一切放免。

右臣前奏系二月十五日，及今已四十日，而行遣迂缓，未知何时恩泽可以及下。伏乞陛下深念欠负人户枷锢已久，衣食不继，父子离散，其愁苦无聊，甚可哀闵，断自圣心，依臣所乞，特与除放。无使有司争执细故，迁延岁月，所得无几，而民间穷困。小则病瘁怨苦，感动阴阳；大则计较死生，起为盗贼，所失转大，虽悔无及。臣不胜区区为国深虑，谨录奏闻，伏候敕旨。

【解题】

据文中“臣前奏系二月十五日，及今已四十日”，则此文当作于元祐元年二月十五日上《久旱乞放民间积欠状》之后四十日。现系于此。

乞罢蔡京知真定府状 闰二月二十六日。

右臣近奏论“蔡京施行差役事，督迫诸县于数日了当，不依朝旨申请妨碍事件，挟邪坏法，用意切害。及治段继隆、僧录司等公事，私徇不公，乞先罢京知开封府”，访闻台谏，亦并有劾奏。京因此奏乞外任，而宰相曲加庇盖，臣等所言皆不施行，独行京陈乞文字，除京知真定府。窃缘真定天下重镇，旧来多择久历边任，晓练军政之人，然后除授。今京资任至浅，才力无闻，见有私徇公事，未经结绝，台谏交章，至今未已。而宰相特加奖助，授以名藩，意欲以此凌压言事之官，使之不敢复言。

臣窃见前者台官论朱服不孝事迹，服因此乞外官，宰相除服直龙图阁知润州。又论王说党附吴居厚，说亦因此乞外官，宰相除说知密州。直龙图，要职也；润、密，名郡也。服、说皆因人言乃获美命。盖宰相上欺朝廷，下困台谏，习用此术，久已成例，不可不察。

臣等若言京不当，自当显被黜责；若所言稍当，则宰相岂得公然恣横，略无顾惮！伏乞圣明，稍加详察，追罢京新命，使以本官听候大理寺断遣，以弭中外疑惑。谨录奏闻，伏候敕旨。

【解题】

蔡京罢开封府，出知真定府。苏辙此状指明这是宰相“上欺朝庭，下困台谏”，请追罢蔡京。

乞罢安焘知枢密院状　闰二月二十六日。

右臣近奏论诸执政才力长短，以谓张璪、李清臣、安焘皆斗筲之人，持禄固位，安能为有，安能为无。陛下新临天下，人才衰少，此数人者，未可一朝尽去，故且存而勿论。若陛下必欲镇抚夷夏，弹压将帅，如彼三人皆不足用。臣窃见近日李清臣自尚书右丞为左丞，虽号稍迁而职位相近，未至超擢，臣是以不敢复言。今者安焘自同知枢密院为知院，度越四人，直出其上，中外惊怪，不知陛下何以取之而遽至此？

臣观焘之为人，才气凡近，学术空虚，不逭中人，仅免过失。先帝特以焘万里涉海，故酬其劳，置之侍从。焘谨默自守，遂至枢府。既忝重任，略无建明，与张诚一同事则随诚一，与章惇同事则随惇，高下俯仰，惟强有力者是从。奈何举天下兵革之重全以付之！若陛下怜焘，未忍罢去，臣愿令且守旧职，与范纯仁共事。如此则枢密院与三省，俱无长官，亦无阙于事。至于躐等用人，非众人共称其贤，于义不可。谨录奏闻，伏候敕旨。

【解题】

此状反对安焘知枢密院，认为这种“高下俯仰，唯有力者是从”的人不能承担大任。以上表状均作于元祐元年（1086）闰二月。时苏辙任右司谏。

再论安焘状　三月二日。

右臣等前月二十八日奏论安焘除知枢密院，告不令给事中书读，直下吏部施行事，人微言轻，未能仰回圣意。窃惟封驳故事，本唐朝旧法，祖宗奉行，未尝敢废。事有不由门下，不名制敕。盖此法之设，本以关防欺弊，君臣所当共守。今安焘差除未允公议，有司举职，实不为过，而陛下即令废法，以便一时。古语所谓“若有短垣而自逾之”。臣等切恐百司法度，自此隳废，君臣之间无所据执，何以经久？

近日朝廷除吕公著门下侍郎，止因中书吏人行遣差误，不经门下，而给事中范纯仁以失职为言。朝廷为之行遣，以申明旧法。及今未几，乃以一安焘之故，特开此例。况焘与纯仁并命二告，皆不经书读。窃料纯仁必不肯不顾前言，黾俛而受。纯仁既不受命，则焘必不敢不辞。焘既力辞，而给事中又封驳不已，臣等必恐此命无由复行。伏乞陛下克己为法，检臣等前奏，且令焘依旧供职。陛下必谓先朝旧臣无大过恶不可轻弃，则同知枢密院，任用不轻。陛下必谓已行之命不可中止，则命之未行，臣等无由预议，若既行之后又不得言，则朝廷设置台谏竟将安用？陛下明圣，其必不然。臣等区区所惜者祖宗法度，非敢必行己意，以废格明诏。惟陛下裁择。谨录奏闻，伏候敕旨。

【解题】

此状以“祖宗法度”、台谏职责，据理力争，坚请罢安焘知枢密院。

论发运司以粜籴米代诸路上供状　三月八日

右臣窃见近岁有司分掌利柄，更相侵渔，以自为功。究其本末，其实皆朝廷财用。而以此取彼，此虽有得，彼必有失，其终均出于民。是以民日益病，无所告诉。顷者，发运司以钱一百万贯为粜籴之本，每岁于淮南侧近趁贱籴米。而诸路转运司上供米至发运司者，岁分三限，第一限自十二月至二月，第二限自三月至五月，第三限自六月至八月。违限不至，则发运司以所籴米代之，而取直于转运司，几倍本路实价。转运司米虽至，而出限一日辄不得充数。江湖诸路自来皆系出米地分，而难得见钱。旧日官岁籴米，钱散于民，故农不大伤，无钱荒之弊。今发运司以所籴米代供，而责钱于诸路。诸路米无所售，而敛钱以偿发运司，则钱日益荒，而农民最病，此东南之大患也。

访闻发运司所收厚利，别无所用，不过以为羡余进奉，以固结恩宠。方今陛下恭俭节用，食租衣税，专以利民，何取于此！臣乞指挥发运司，今后诸道转运司出限不到米，依旧以发运司所籴米代发上京，而不得于诸道责取米价。候诸道般到米，依数拨还。据违限欠数，取勘转运司官吏。要使上供不阙而无所取利，诸道得以及时收籴，钱有所泄，而农不甚病。此利甚广。如朝廷以臣言为可用，伏乞下户部，立法施行。谨录奏闻，伏候敕旨。

【解题】

此状论以粜籴米代各路转运上供米，以缓各地钱荒，解决病民大患。

乞责降韩缜第七状　十一日。

右臣闻天下治乱，在君子小人进退之间耳。冰炭不可以一器，枭鸾不可以共栖，共鲧、皋繇不可以同朝，颜回、盗跖不可以并处。《传》曰：“一薰一莸，十年尚犹有臭。”夫君子推诚而不疑，故易欺；孤立而不党，故易危；正言而不讳，故易间；洁廉而不怀，故易去。小人则不然，窃用威福，以布私恩，交通左右，以结主知，顽钝无耻，臾诟无节，故其合也易，而其去之也难。诚使君子小人同处，则小人必胜，君子必去。如薰之香一日而亡，如莸之臭十年而存。此理之必然者也。

陛下用司马光为相，虽应务之才有所不周，而清德雅望，贤愚同敬。至于韩缜如屠沽之行，害于而家；以穿窬之才，凶于而国，皆有实状可以覆按，行路之人指目非笑，纷纭之论不可具载。此何等人也，而陛下使于光同列！以臣度之，不过一年，缜之邪计必行，邪党必胜。光不获罪而去，则必引疾而避矣。如人服药，用茯苓、乌喙合而并食之，陛下以为茯苓长年之功，能胜乌喙杀人之毒乎？臣前后六上章论缜过恶，乞正典刑，至今留中不下。陛下必谓缜先朝旧臣，不可不用，则宜早罢光政事，使缜自引其类，布列于朝，臣等亦当相率而避之，毋使邪正杂处，而君子终被其祸。

自古四夷内侮，必于新故更代之际，主少国疑之时。故孝惠、高后之世，匈奴桀骜，唐太宗初即位，突厥奄至渭北。今二虏蓄谋，安危未分，折冲御侮，专在辅弼。去岁虏使入朝，见缜在位，使副相顾，反唇微笑。此何意也？虏诚见缜无状，举祖宗七百里之地无故与之，今其为政，我之利也，故喜而窃笑耳。启奸辱国，必始于是。北虏地界之谋出于耶律用正，今以为相。虏以辟国七百里而相用正，理固当尔；而朝廷以蹙国七百里而相缜，臣愚所未谕也。

臣闻之河东父老云，韩琦为太原，欲置范家东堡、范家西堡及赤泥胶三指挥弓箭手，恐虏以为言，乃召弓手节级高政，使干其事。政率其徒于厮逻台之南北，候伺虏人之樵采者，辄殴伤之。虏以为言，则曰此汉界也，移文争之。往反十数，卒得其要约，自厮逻台以南为汉界，而三指挥弓箭手大获其用。及韩缜定地界，皆割与之。主户约一千五百余户，客户三四倍之，驱迫内徙，坟墓庐舍及所种田苗皆委之而南，老幼恸哭，所不忍闻。遂以天池岭为界，天池北距厮逻台尚二十五六里。异时虏欲祈福修天池庙，必牒安抚司而后敢入，以明庙之属汉也；今亦为虏有。高政者，土豪也，有威名于北方，蕃汉目之为高大王。而天池庙神亦曰“高大王庙”。方割属虏时，政拊膺大恸，谓其徒曰：“我兄嫂今日陷蕃。”百姓数千人皆大哭。缜为侍从，仗节出使，而卖国党寇，曾不如一弓手节级。此而可忍，孰不可忍！政数年前为大皇平巡检，年七十余，每见人论缜与燕复之奸，即欲食其肉。复，火山军三界首唐隆镇一商人也，入粟得司户参军。韩绛为宣抚，始奏换武。边人疑其细卒，而缜与之交私狎昵，无所不至，至呼为“燕二”，亦谓之“二哥”。割地之谋皆出于复。虏使梁永、萧禧本以横山下大川为界，至七蕃岭下乃斗入汉地，围裹此岭凡二十八里，意欲自此直至分水岭为界。边民大怒，有焦家弓箭手三百余人殴击北使，夺下梁永等，拄斧交倚，虏不敢复南。仍自七蕃岭北转而西，以大川为界。燕复至雁门寨，亦为弓箭手所殴，匍匐入寨，闭门仅免。由此观之，边民皆忠愤不服，而北虏亦自知理曲无词。使缜稍有臣子忠孝，不负本朝之心，则七百里之地必不至陷于寇仇之境也。

火山、宁化之间，山林饶富，财用之薮也。自荷叶、平芦、牙山、雪山一带，直走瓦摇坞，南北百余里，东西四五十里，材木薪炭足以供一路，麇鹿难兔足以饱数州，今皆失之。雪山有庙，河东一路，牲币所走，今亦为夷鬼矣。人神共怨，皆缜之罪。中国从来控扼卓望形势之地，如五蕃岭、六蕃岭、七蕃岭、黄嵬山之类，今皆为虏巢，下视忻、代，人马可数。异时用精兵数十万人未易复取，而用兵之策谁敢复议？以此知缜卖国之罪，百世不磨。若祖宗有灵，必不赦缜。

陛下近者降黜吴居厚、王子京、蹇周辅之流，皆以立法害民耳。黜其人，改其法，不数日而民复业矣。如缜之罪，智者不能复谋，仁者不能复安，疆场之患有不可测者，而陛下独赦之。臣不胜为国疾奸，忧深思远之至。伏乞检臣前后章疏，下三省两制杂议，正缜之罪，以告四方。有不如臣言，甘伏讪上之罪。谨录奏闻，伏候敕旨。

【解题】

苏辙前此已六上章弹劾韩缜，这是第七状。

乞责降韩缜第八状 十六日

右臣窃见台谏前后上章，论韩缜过恶，乞行屏退，皆留中不出，人人惶惑，不测圣意所在。臣顷与孙觉上殿奏事，面闻德音，以为进退大臣，当存国体，虽知缜不协人望，要须因其求去而后出之。臣即奏言，陛下以恩礼遇大臣，虽盛德之事，而臣等身有言责，言苟不效，义不可止。但恐自此章疏纷纭，烦渎圣听，于缜愈为不便。至今四十余日，台谏文字日以益多，而缜晏然据位，略无陈请。臣观其意思，盖欲佯为不知，固执权宠，迁延岁月，然后因间乘隙以害言者。用心如此，而陛下望其愧畏公议，自引而去，臣知其难矣。

夫缜与蔡确、章惇均是奸邪，皆能虐民乱国。然蔡确闻有弹奏，即上章请郡。章惇虽不能自引，而褊中易动，轻肆狂言，亦蒙显黜。惟缜居其中间，虽才器凡陋，不及二人，而操心深险，既不为确之逊避以辞政柄，又不为惇之躁妄以触天威。盘桓顾望其中，窥伺不浅。苟可以一日固位，何所不为！而陛下待以体貌，含忍不发，正堕其计矣。臣窃惟陛下以至仁至公抚御群下，近日中外臣庶稍就规矩，而独于进退大臣，听纳台谏，优游不决，似未尽善。臣不胜愚忠，怀爱君之心，请为陛下略言其故。

臣窃见仁宗皇帝在位四十余年，海内乂安，近世少比。当时所用宰相二三十人，其所进退，皆取天下公议，未尝辄出私意。公议所发，常自台谏，台谏所言，即时行下。其言是，则黜宰相，其言妄，则黜台谏。忘己而用人，故赏罚之行，如春生秋杀，人不以为怨。终仁宗之世，台谏不敢矫诬，而宰相不敢恣横，由此术也。今陛下虽能虚受直言，而臣等所陈，一切留中不出，使台谏忠邪无由明辨，而大臣出入得以自由。暧昧成风，有损国体。

蔡确之出，已负公议，观文之除，众谓侥幸。而大臣犹以不得节度使及转官，为词，良由不正其罪，以启谗慝之口。只如章惇之事，台谏久以为言，是时陛下若即付三省议其可否，则惇之去留自出公议。陛下始既不忍，养成惇恶，然后特出御批，言其罪状。正人端士虽知惇有余诛，而邪党小人或谓陛下以忿怒逐枢密使。臣之所忧实在于此。故愿陛下举行仁祖故事，凡台谏封事，一一付外施行。如臣等所论韩缜过恶，必不下二三十章，并乞降付三省。如臣等所言有妄，即乞明正典刑。如缜罪状不诬，亦乞显行诛责。使天下明知缜之降黜，事端发于台谏，盖是公议所迫，虽先朝旧臣，陛下亦莫得而赦，自然中外更无毫发议论。臣建此言，非独为缜一事，盖欲朝廷赏罚分明，庶几仁祖之风，复见于今日。谨录奏闻，伏候敕旨。

【解题】

苏辙此状请求皇帝将所有弹劾韩缜的章奏一律“降付三省”，用公议迫使韩缜去位。

乞给还京西水柜所占民田状

右臣访闻顷年宋用臣引洛水，为清、汴水源浅小，行运不足，遂于中牟、管城以西强占民田，潴蓄雨水，以备清、汴乏水之用。方用臣贵盛，州县皆不敢争。但中牟一县，占田八百五十余顷。伏惟陛下恤养小民，过于赤子，无名侵夺，圣意不然。臣欲乞指挥汴口以东州县，各具水柜所占顷亩数目及每岁有无除放二税，仍具水柜委实可与不可废罢。如决不可废，即当如何给还民田，以免怨望。谨录奏闻，伏候敕旨。

【解题】

此状为京西民众祈请停止害民的蓄水占民田事。

再论京西水柜状

右臣三月中奏乞令汴口以东州县各具水柜所占顷亩，及每岁有无除放二税，仍具水柜可与不可废罢。如决不可废，即当如何给还民田，以免怨望。寻蒙朝旨，令都水监差官相度到中牟、管城等县水柜原旧浸压顷亩，及见今积水所占及退出数目，应退出地皆拨还本主，应水占地皆以官地对还。如无田可还，即给还元估价直。圣恩深厚，弃利与民，无所靳惜，所存甚远。然臣访闻水所占地至今无官地可以对还，而退出之田亦以迫近水柜为雨水浸淫占压，未得耕凿。知郑州岑象求近奏称："自宋用臣兴置水柜以来，原未曾以此水灌注清、汴。清、汴水流自足，不废漕运。乞尽废水柜，以便失业之民。"臣愚以为信如象求之言，则水柜诚可废罢。欲乞朝廷体念二县近在畿甸，民贫无告，特差无干碍水部官重行体量。若信如象求所请，特赐施行，不胜幸甚。谨录奏闻，伏候敕旨。

【解题】

元祐元年（1086）三月十八日苏辙有《乞给还京西水柜所占民田状》，此状当是此后不久所上，故系于三月。

论三省事多留滞状　二十四日。

臣窃见先帝改定官制，因唐之旧，布列三省，使出入相钩较，文理密察，得古之遗法。然患有司推行不能尽如圣意，参考之益未见，而迂滞之害先著。见今三省文书，节次留碍，比官制未行以前颇觉其弊。臣尝访问众人，得其一二。意欲因见行之法略加疏理，务令清通简便。苟迂滞之病既除，事不至杂冗难治。官吏日有余力，则参考之功，可得而见也。谨具条件如后：

一、凡事皆中书取旨，门下覆奏，尚书施行，所以为重慎也。臣谓国之大事及事之已成者，依此施行则可。至于日生小事，及事之方议者，一切依此，则迂缓之弊所从出也。假如百官给假、有司请给器用之类，此所谓日生小事也。臣僚陈请兴革废置，朝廷未究本末，欲行勘当之类，此所谓事之方议者也。昔官制未行，如此等事皆执政批状，直付有司，故径而易行。自行官制，遂罢批状，每有一事辄经三省，誊写之劳既已过倍。勘当既上，小有差误，重复施行，又经三省，循环往复，无由了绝。至于疆场几事，河防要切，一切如此，求事之速办，不可得也。故臣乞复批状之法，以便日生小事及事之方议者。惟国之大事及事之已成者，然后经历三省，则事之去者过半矣。

一、三省文书，法许吏人互相点检差误，毫末之失皆理为赏罚。故被罚者畏避谴诃，巧作迁延，以求细密。被赏者睎望劳绩，推毛求疵，务为稽缓。因此文书无由速了。臣欲乞今后不以差误为赏罚，惟有所欺弊及虽系差误而害事者，方行赏罚。

一、文书至尚书省，自省付诸部，自部付诸司，其开拆呈覆用印，皆有日限。逐处且以五日为率，凡十五日。其勘当于外，日数极多，幸而一出得完具者，自诸司申部，自部申省，其限日如前，则已一月余日矣。不幸复有问难，又复一月。自此盖有不可知者，费日虽久，而遣限如法，虽欲加罪，终不可得。故臣欲乞以事之缓急，减定日限，亦救弊之一端也。

一、古者因事设官，事不可已，然后置官。今官仿唐制，事本不须如此，而为官生事者，往往而有。如应支钱物，尚书度支行遣，得旨许支，合下所管库务。支给者必先由太府寺，本寺备录，帖所管库务，又经比部句过，然后送库务支给。臣谓太府寺未尝可否一事，枉有经历，宜令度支径送比部句过。又如诸路召募押纲，合得酬奖，诸库务已给朱钞，先经太府寺印纸保明，指定合得酬奖，申尚书金部。金部再行勘验诣实，关司勋句覆，然后关吏部施行。臣谓太府、金部两处勘验保明，显有烦重，宜裁灭一处。又如在京职事官，合破白直并宣借剩员，或替换宣借。昔未行官制以前，皆系所属直下步军司差拨。自行官制，并须经由尚书兵部，兵部但指挥步军司，依条施行。臣谓兵部别无可否，亦不须更令经历。如此等事数必不少，非臣所能尽知。乞下六曹及二十四司，各具有无似此重复之事。若能一切裁损，必大有所益。

右，三省事务众多，条约繁夥，非臣一人所能究悉。臣前件所陈四事，特其一二而已。欲乞陛下降付三省推类讲求，立法施行。或选择臣僚精通明敏者一二人，俾专治其事，务令约而不遗，多而不乱。今三省胥吏比旧人数极多，皆由法不省便，枉费人力。若将来法制一清，此曹亦渐可减。事清吏少，此最为治之要也。惟陛下留神省察。谨录奏闻，伏候敕旨。

【解题】

苏辙此状为解决三省办事拖拉，人员冗杂一事，提出四条建议，他认为“事清吏少”是“为治之要”，这也是北宋很多政治家都看到，并想加以改正的。以上表状作于元祐元年（1086）三月苏辙任右司谏时。

言科场事状　四月初三日

右臣伏见尚书礼部会议科场，欲复诗赋。议上未决，而左仆射司马光上言，乞以九经取士，及令朝官以上，保任举人为经明行修之科。至今多日，二议并未施行。臣窃惟来年秋赋，自今以往，岁月无几。而议不时决，传闻四方，学者知朝廷有此异议，无所适从，不免惶惑濍乱。盖缘诗赋虽号小技，而比次声律，用功不浅。至于兼治他经，诵读讲解，尤不可轻易，要之来年皆未可施行，臣欲乞先降指挥，明言来年科场一切如旧，但所对经义，兼取注疏及诸家议论，或出己见，不专用王氏之学，仍罢律义。令天下举人知有定论，一意为学，以待选试。然后徐议元祐五年以后科举格式，未为晚也。谨录奏闻，伏候敕旨。

【解题】

此状建议暂且采取简易措施以解决科举问题，以免天下后学不知所从。

乞招畿县保甲充军状　九日

右臣近奏乞招河北保甲充禁军，闻已有朝旨，令逐州军长吏等优给例物，寄招在京禁军去讫。臣窃谓京畿诸县保甲事体，与河北无异，而所在阙额，禁军尚多，欲乞指挥京畿诸县，一依河北已得指挥招募施行。臣又闻河北、河东旧有义勇，自来每年冬教以为边备，民所习惯，不以为怪。畿内百姓，非边民之比，今来保甲虽罢按阅，而未免冬教，民情未安，亦乞特与放罢。谨录奏闻，伏候敕旨。

【解题】

此状是为解决京畿诸县保甲事而上。

乞令户部役法所会议状 十三日

右臣伏见闰二月十五日圣旨节文，详定役法所奏，诸路衙前，先以坊场、河渡钱，依见今合用人雇募，不足，方许揭簿定差。臣窃听中外之议，以谓此法颇为稳便。盖见今诸路每年所入坊场、河渡钱，共计四百二十余万贯，而每岁所费衙前支酬及召募押纲钱共计一百五十余万贯，所费止用所入三分之一。纵使坊场、河渡价钱别行裁减，不过比见今三分减一。则是所费亦不过所入之半，而免却民间衙前最重之役。其为利民，不言可见。

续准闰二月二十七日圣旨节文，详定役法所状，再详“雇募”二字，切虑诸路承用疑惑，将谓依旧用钱雇募充役，欲乞改“雇”字为“招”字。众谓此法既不以钱雇人，空行招募，必是招募不行，要须一例差拨。未委每年所得坊场、河渡钱四百二十余万贯，除支酬衙前重难及雇募押纲钱外，其余欲将何处支用?又熙宁以前，诸路衙前多有长名人数，只如西川，全系长名，故衙前一役，不及乡户。淮南、两浙，长名太半以上，其余路分长名亦不减半。今坊场既已拘收入官，必无人愿充长名，则应系衙前，并是乡户，虽号为招募，而上户利于免役，方肯投名，与差无异。上等人户既充免役衙前，则以次人户须充以次色役。如此则下户充役，多如熙宁以前。方今人户久为苗役所困，物力比熙宁以前贫富相远，而差役之法比旧特重，此众议所以未服也。

然臣窃闻西边熙、兰等州及安疆、米脂等寨，每年费用约计三百六七十万贯。此钱大半出于苗役宽剩。今苗役既罢，故议者欲指坊场、河渡钱以供其费，致使衙前须至并差乡户。臣谓朝廷养民备边，虽有内外之别，而其实一家之事耳。若备边之费实未有准拟，则坊场等钱存以待之，亦不得已之计也。今边防之计，详定役法所必未能周知其详，而暗指坊场等钱以备其费，则其养民之计亦已疏矣。臣欲乞朝廷密切指挥户部与详定役法官会议，先计上件新置城寨岁费几何，若干系西川茶钱，若干系经制司钱，若干系阙额禁军钱，若干系内藏库钱，似此诸般科名外，尚有不足数目若干。若此数目不至绝多，臣乞计其所阙三年之数，于元丰库及崇政殿库钱内桩出。访闻此库钱物山积，本先帝所蓄以备边事。今于此支用，正合先帝本意。臣访闻兰州等处，道里险远，决为难守。朝廷见议弃捐以安中国，三年之后边境已定，即非久远不绝之费。所用钱数虽多，亦有限量。其坊场、河渡等钱，既别不支用，即乞依闰二月十五日圣旨指挥，雇募衙前施行。若朝廷重惜二库钱物，未欲专行支给，即乞将坊场、河渡等钱，除雇募衙前等外，量将剩数添助边费。所贵养民备边，两不失所。谨录奏闻，伏候敕旨。

贴黄：朝廷方议息民，不宜为边费夺坊场钱，专差衙前，以困民力。臣窃见诸路州县，累年积下青苗息钱及免役宽剩钱，数目不少，亦可以助西边新置城寨三二年之费。所贵留得坊场钱雇募衙前，令民间无重役之患，则朝廷恩德及民深矣。

【解题】

财政问题是北宋执政者屡想加以解决的，造成这问题的原因之一即是边境费用。此文主张以青苗息钱及免役宽剩钱助边。

乞禁军日一教状 二十二日。

右臣窃见诸道禁军，自置将以来，日夜按习武艺，剑槊、击刺、弓弩、斗力，比旧皆倍，然自比岁试之于边，亦未见胜敌之效。盖士卒服习，止军中一事耳。至于百战百胜，则自有道，不可不察也。

臣访闻凡将下兵皆早晚两教，新募之士或终日不得休息，士卒极以为苦。顷岁西鄙用兵，士自内郡往即战地，皆奋踊而去，以免教为喜。先朝留意军事，每岁遣官按阅，锡赍丰厚，迁补峻速，士心犹且如此。臣观今日所以厚之者不如先朝，而所以劳之者如旧，臣窃以为疑也。古之名将如李牧、王翦，将用人之死力，必椎牛酾酒，听其佚乐，养而不试。士皆投石超距，踊跃思奋而后用之，故所向无敌。今平居无事，朝夕虐之以教阅，使无遗力以治生事，衣食殚尽，惟悴无聊，缓急安得其死力？臣请使禁军除新募未习之人，其余日止一教，使得以其余力为生，异日驱以征伐，其乐致死以报朝廷，宜愈于前日也。谨录奏闻，伏候敕旨。

【解题】

此状乞请改禁军早晚两教为一日一教，以安养士气，不可摧折其气。

乞差官与黄廉同体量蜀茶状　二十五日。

右臣近曾奏言，益、利等路茶事司，以买卖茶虐害四路生灵。朝廷已差黄廉体量利害，乞先罢茶官陆师闵职任，使四路官吏不忧后患，敢以实害尽告黄廉。今闻朝廷却差黄廉就领茶事。臣窃以为黄廉若以专使按榷茶之弊，则身无利害，茶事巨细势必具陈。若身自领茶事，有课利增损，边计盈虚之责，则茶之为害，势必不肯尽言。兼朝廷本为远民无告，特遣此使，使事未达而就除外官，小民无知，必谓朝廷安于虐民，重于改法。此事体大，宜速有以救之。朝廷必谓陆师闵蠹害四路为日已久，不欲别差替人，淹延岁月。因黄廉在彼，即行替罢，事虽稍便，理有未尽。臣欲乞选差清强官一人，与黄廉同共体量。候了日赴阙面奏利害，所贵不敢隐蔽茶弊，四路之人终被德泽。谨录奏闻，伏候敕旨。

【解题】

是年二月苏辙有《论蜀茶五害状》，论事精详，朝庭即差人体察利害，此状就差黄廉事提出意见。

乞以发运司米救淮南饥民状

右臣伏见淮南旱灾，民食踊贵，朝廷特令截留上供米三十万石以济其急，恤民之深，异时所未尝有。然臣访闻本路自正月以来，以义仓常平粮斛逐旋赈济，约至夏中麦熟，稍得给足。不意今来旱势益甚，夏麦无望，而秋收之期远在百日之后，虽有前件截留上供米，分在一路，恐未能遍及饥民。访闻发运司逐年将粜籴本钱一百万贯趁贱籴米，以代诸路违限上供米数外，或遇米贵，亦出卖收息。臣欲乞指挥发运司，约定今年合留代上供外，其余权令只依元买价尽数支拨于诸郡出卖，不得收息。仍先具若干留代上供，若干可以出卖，及元买价例申奏。所贵米数稍多，救接饥馑，可以支持至秋。谨录奏闻，伏候敕旨。

【解题】

淮南大旱，苏辙曾上表请求赈济，而旱情严重，夏收无望，此状请以发运司所储米依原价拨出出卖，以帮助灾民支持到秋收。以上各表状作于元祐元年（1086）四月苏辙任右司谏时。

论明堂神位状

右臣闻三代常祀，一岁九祭天，再祭地，皆天子亲之。故于其祭也，或祭昊天，或祭五天，或独祭一天，或祭皇地祇，或祭神州地祇，要于一岁而亲祀必遍。降及近世，岁之常祀，皆有司摄事，三岁而后一亲祀。亲祀之疏数，古今之变，相远如此。然则其礼之不同盖亦其势然也。

谨按国朝旧典，冬至圜丘，必兼飨天地，从祀百神。若其有故不祀圜丘，别行他礼，或大雩于南郊，或大飨于明堂，或恭谢于大庆，皆用圜丘礼乐神位。其意以为皇帝不可以三年而不亲祀天地百神故也。臣窃见皇祐明堂遵用此法，最为得礼之变。自皇祐以后，凡祀明堂，或用郑氏说，独祀五天帝；或用王氏说，独祀昊天上帝。虽于古学各有援据，而考之国朝之旧，则为失当。盖儒者泥古而不知今，以天子每岁亲祀之仪，而议皇帝三年亲祀之礼，是以若此其疏也。

今者皇帝陛下，对越天命，逾年即位，将以九月有事于明堂，义当并见天地，遍礼百神，躬荐诚心，以格灵贶。臣恐有司不达礼意，以古非今，执取王、郑偏说，以乱本朝大典。夫礼沿人情，人情所安，天意必顺。今皇帝陛下始亲祠事，而天地百神无不咸秩，岂不俯合人情，仰符天意！臣愚欲乞明诏礼官，今秋明堂用皇祐明堂典礼，庶几精诚陟降，溥及上下。谨录奏闻，伏候敕旨。

【解题】

此状论明堂祭祀神位之事。

乞借常平钱买上供及诸州军粮状　初八日

右臣闻自古经制国用之术以为：谷帛，民之所生也，故敛而藏之于官；钱币，国之所为也，故发而散之于民。其意常以所有，易其所无。有无相交，而国用足焉。故自熙宁以前，民间两税皆用米麦布帛，虽有沿纳诸色杂钱，然皆以谷帛折纳，盖未尝纳钱也。钱之入官者，惟有茶盐酒税杂利而已。然方是时，东南诸郡犹苦乏钱。钱重物轻，有钱荒之患。自熙宁以来，民间出钱免役，又出常平息钱。宫库之钱贯朽而不可较，民间官钱，搜索殆尽。市井所用多私铸小钱，有无不交，田夫蚕妇力作而无所售。常平役钱山积，而无救饥馑。盖自十余年间，积成此弊，于今极矣。朝廷近日虽已减损常平，罢放免役，使民休息。然而钱积于官，无宣泄之道，民无见钱，百物益贱。譬如饥人，虽已得食而无所取饮，久渴不治，亦能致死。

臣窃见国朝建立京邑，因周之旧，不因山河之固，以兵屯为险阻。祖宗以来，漕运东南，广蓄军食，内实根本，外威夷狄。方其盛时，足支十余年。近者岁运损耗，粜卖不节，太仓无五年之畜，国计寡弱，有识之士，为之寒心。至于诸路军粮，大抵无备。熙宁之间，东南大旱，民间阙食。官欲赈济，无所从得，不免诛求富民，敛斗石之粟以济亿万之众，劳而无益，徒以为笑。然今诸路转运司，久以商贾不行，农民罢病，故酒税不登；收买军器杂物封桩阙额衣粮等事，故经费不足。朝廷虽欲内实京师，外实诸郡，有司匮乏，势无所出。

臣欲乞指挥东南诸路转运司，各借本路常平见钱，遇年丰谷帛价贱，豫买三年上供米及本路州军诸军三年衣粮，限以三年节次收籴。重立禁约，不得别作支用。仍于五年内收簇钱物，拨还常平仓司。每岁终，具元借钱及所籴物及所还数，提刑司保明，申户部点检，有无违法闻奏。应干借钱籴买事，有不如法，并许提刑司觉察闻奏。但令泉币通行，足以鼓舞四民，流转百货；仓廪充实，足以赡养诸军，备御水旱。则上下皆足，公私蒙利矣。如许臣所请，伏乞下户部立法施行。谨录奏闻，伏候敕旨。

贴黄：所借常平司钱，非是直取以供国用，当指挥转运司勒令如期拨还。务令常平司钱，久远不匮，转运司缓急有所借使，实长久之利也。

【解题】

新法实行后，民出钱免役，又出常平息钱，结果造成民间钱荒，钱重物轻。苏辙此状即就解决这个问题提出建议：用常平钱丰年贱买谷物布帛，国家得利，百姓也能得现钱。

言蔡京知开封府不公事第五状　十一日。

臣前四上章，言蔡京知开封府推行役法，明知旧法人数冗长，近降圣旨许州县相度有无妨碍，至于揭簿定差亦无日限。而京违此指挥，差人监勒开、祥两县，一依旧法人数，于数日之内差拨了当，意欲扰民，以沮成法。兼京曲法庇盖段继隆赃污公事，乞先罢京差遣，催督大理寺结绝断遣，不蒙朝廷施行。寻因京陈乞外任，特除知真定府。臣复上言，真定大藩，不当付新进有罪未决之人，朝廷并不省录。

今臣窃见成都路转运判官蔡朦施行役法，不曾相度有无妨碍，督迫州县差拨衙前。定详役法官韩维等言其害人，即日降知广济军。臣窃详蔡京、蔡朦均是奉行役法，用意刻薄，欲以搔扰百姓，败坏良法。而京官在侍从，朝有党人，擢为藩帅。朦以官卑无党，黜为知军。同罪异罚，公议不厌。

臣又见大理寺勘得李雍经开封府论段处约将父知济州，段继隆进奉空名状，召人承买，要钱三千贯，奏邢州张家假作外甥事。臣看详李雍所告，段继隆罪名不轻，若不得实，即李雍无缘不坐诬告之罪。此乃官私行遣之常，蔡京无缘不知。今既以段继隆为无罪，又却判放李雍，自相违背，有同儿戏。则其受情反覆，不待勘劾而明。今大理寺乃敢公然用情，恣京妄乱分析，更不勘出情弊。臣今访闻得案内本寺容纵京等，不依公尽理根勘事节，谨具画一如后：

一、李雍初下状论段处约等，京为处约是尚书都省主事，有官合申省勾追，即判“申”字，既而又言，处约恐未是主事，抹却“申”字，判勾余人，勒段处约分析诣实。申此一节，显是情弊。段处约若系主事，即合申勾；若不系主事，即合直勾。岂有抹却“申”字，便不勾追之理？显见段家关节未到，京即依公申勾；处约关节既到，更免勾追。

一、李雍论处约卖奏荐恩泽，已有钱数实状及买卖主名，自合将下状及被论人并一行证左送所司根勘。今但勾到证左，信令虚妄供状，称不是召人承买手分。王士安乞送所司，京执不肯，只以所供虚妄状词为凭，显是情弊。

一、京既不肯根勘诣实，却更分外为处约巧作方便，会问进奏官奏了何人，要符合处约分析。臣未尝见官司根勘罪人，不令两词自相对辨，却为罪人外求证左，便为了当。

一、京既凭众人虚词，执李雍元状为诬告，已判一勘字，即是欲勘李雍诬告之罪。后来又却抹却勘字，判一放字。显是心知李雍不是诬告，不敢勘问。今大理寺却纵令京等妄称李雍系自首，故判放字。臣看详李雍只是自首同情卖官之罪，即不曾自首诬告段处约之罪，何缘以自首判放？信意虚妄，如欺小儿，大理寺官吏无缘不觉，显是用情庇盖。

右乞朝廷详酌上件四事，即京之受幸曲庇段处约等，上书诈不实，徒以二年私罪及卖官三千余贯未入已赃罪，纵无情弊，其昏缪不职，已当责降。况有上件四事，情状甚明，兼有前来差役不当，与蔡蒙同罪。积此奸弊，合行重责。其大理寺官吏辄敢观望，权要用情，故出蔡京情罪，亦乞重行责降。如朝廷未以臣言为信，乞送御史台重行根勘，即见实情。谨录奏闻，伏候敕旨。

【解题】

此状告发蔡京知开封府时庇护段处约一事，从四个方面分析了此案，乞请重责蔡京。

再言役法札子

臣闻世无不弊之法，虽三代圣人之政，不免有害，故神而明之，存乎其人。臣窃见朝廷近罢免役，复行差役。小民初免出钱，鼓舞相庆。士大夫因民之喜，以为差役一行，可坐而无事矣。臣之愚意以为，免役之害虽去，而差役之弊亦不可不知也。是以推言其故，而陛下察之。

国朝因隋、唐之旧，州县百役并差乡户。人致其力，以供上使，岁月番休，劳佚相代。吏若循理，不以非法加民，则被役之人本无大苦。然役人既是税户，家有田产，诛求必得。吏少廉慎，凡有所须，不免侵取。故祖宗之世，天下役人除正役劳费之外，上自衙前，有公使厨宅库之苦；中至散从官手力，有打草供柴之劳；下至耆长壮丁，有岁时馈遗之费，习以成俗，恬不为怪。民被差役，如遭寇虏。神宗皇帝照知此害，始议立免役之法。前弊虽解，而所取役钱多收宽剩，民间难得见钱，日益贫瘁。今朝廷既已复行差役，除见议衙前差募未有成法外，其余耆户长弓手散从等役，一切定差。贪官暴吏，私窃以此相贺。何者？市井之人，应募充役，家力既非富厚，生长习见官司。官吏虽欲侵渔，无所措手。今耕稼之民，性如麋鹿，一入州县，已自慑怖，而况家有田业，求无不应。自非廉吏，谁不动心？妄意朝廷既行差役，凡百侵扰，当复如旧。访闻见今诸路，此弊已行。臣恐稍经岁月，旧俗滋长，役人困苦，必有反思免役之便者。其于圣政，为损不细。顷者，朝廷初革众弊，士怀异议，多被迁逐。睥睨新政，幸其不成者，非一人也。若此弊不除，使民有怨言，彼立异之人，他日必指以为事。

臣欲乞明降诏书，丁宁戒敕监司长吏，使知朝廷爱惜乡差役人，与神宗朝爱惜雇募役人无异。应系自前约束官吏侵扰役人条贯，使刑部录出，具委无漏落，雕印颁下，令一切如旧。出牓州县，使民知之。仍常加督察，有犯不赦。应监司所部，有犯不能觉察，致因事发露者，重其坐。庶几民被差役之利，而无差役之害，然后天下蒙赐深矣。取进止。

【解题】

苏辙变法之初反对免役法，而回京后又反对司马光等对新法一概废弃。对于废免役复行差役是双方争执之处。此状论复行差役之弊，极为中肯，可见苏辙于吏政极精，不拘守新旧，只要于国于民有利。

乞诛窜吕惠卿状　十九日

右臣闻汉武帝世，御史大夫张汤，挟持巧诈，以迎合上意，变乱货币，崇长犴狱，使天下重足而立，几至于乱，武帝觉悟，诛汤而后天下安。唐德宗世，宰相卢杞，妒贤嫉能，戕害善类，力劝征伐，助成暴敛，使天下相率叛上，至于流播，德宗觉悟，逐杞而后社稷复存。盖小人天赋倾邪，安于不义；性本阴贼，尤喜害人。若不死亡，终必为患。

臣伏见前参知政事吕惠卿，怀张汤之辩诈，兼卢杞之奸凶，诡变多端，敢行非度；见利忘义，黩货无厌。王安石初任执政，用为心腹。安石山野之人，强狠傲诞，其于吏事冥无所知。惠卿指擿教导，以济其恶。青苗、助役议出其手。韩琦始言青苗之害，先帝知琦朴忠，翻然感悟，欲退安石而行琦言。当时执政皆闻德音，安石惶遽自失，亦累表乞退。天下欣然，有息肩之望矣。惠卿方为小官，自知失势，上章乞对，力进邪说，荧惑圣听，巧回天意。身为馆殿，摄行内侍之职，亲往传宣，以起安石，肆其伪辩，破难琦说，仍为安石画劫持上下之策，大率多用刑狱，以震动天下。自是诤臣吞声，有识丧气，而天下靡然矣。至于排击忠良，引用邪党，惠卿之力，十居八九。其后又建手实簿法，尺椽寸土，捡括无遗；鸡豚狗彘，抄札殆遍。专用告讦，推析毫毛，鞭箠交下，纸笔翔贵。小民怨苦，甚于苗役。又因保甲正长给散青苗，结甲赴官，不遗一户。上下骚动，不安其生，遂致河北人户流移。虽上等富家，有驱领车牛，怀挟金银，流入襄、邓者。旋又兴起大狱，以恐胁士人，如郑侠、王安国之徒，仅保首领而去。原其害心，本欲株连蔓引，涂污公卿，不止如此。独赖先帝天姿仁圣，每事裁抑，故惠卿不得穷极其恶。不然，安常守道之士无噍类矣。

既而惠卿自以赃罪被黜，于是力陈边事以中上心。其在延安，始变军制，杂用蕃汉。上与冯京异论，下与蔡延庆等力争。惟党人徐禧助之，遂行其说。违背物情，坏乱边政，至今为患。西戎无变，妄奏警急。擅领大众，涉入虏境，竟不见敌，迁延而归。糜费资粮，弃捐戈甲，以巨万计。恣行欺罔，坦若无人。立石纪功，使西戎晓然知朝廷有吞灭灵、夏之意。自是戎人怨畔，边鄙骚动。河、陇困竭，海内疲劳。永乐之败，大将徐禧本惠卿自布衣中保荐擢任，始终协议，遂付边政。败声始闻，震动宸极。循致不豫，初实由此。边衅一生，至今为梗。

及其移领河东，大发人牛，耕葭芦、吴堡两寨生地。托以重兵，方敢布种。投种而归，不敢复视。及至秋成，复以重兵防托。收刈所得，率皆秕稗。雨中收获，即时腐烂。惠卿张皇其数牒转运司交割，妄言可罢馈运，其实所费不赀，而无丝毫之利。边臣畏惮，皆不敢言。此则惠卿立朝事迹一二，虽复肆诸市朝，不为过也。

若其私行险薄，非人所为，虽闾阎下贱，有不食其余者。安石之于惠卿，有卵翼之恩，有父师之义。方其求进，则胶固为一，更相汲引，以欺朝廷。及其权位既均，势力相轧，反眼相噬，化为仇敌。始安石罢相，以执政荐惠卿。既以得位，恐安石复用，遂起王安国、李士宁之狱，以促其归。安石觉之，被召即起，迭相攻击，期致死地。安石之党言惠卿使华亭知县张若济借豪民朱华等钱置买田产，使舅郑膺请夺民田，使僧文捷请夺天竺僧舍。朝廷遣蹇周辅推鞫其事。狱将具，而安石罢去，故事不复究。案在御史，可覆视也，惠卿言安石相与为奸，发其私书。其一曰："无使齐年知。"齐年者，冯京也。京、安石，皆生于辛酉，故谓之齐年。先帝犹薄其罪，惠卿复发。其一曰："无使上知。"安石由是得罪。夫惠卿与安石，出肺肝，托妻子，平居相结，惟恐不深，故虽欺君之言见于尺牍，不复疑间。惠卿方其无事，已一一收录，以备缓急之用。一旦争利，遂相抉擿，不遗余力，必致之死。此犬彘之所不为，而惠卿为之，曾不愧耻！天下之士，见其在位，侧目畏之。

夫人君用人，欲其忠信于己，必取仁于父兄，信于师友，然后付之以事。故放麑违命也，而推其仁则可以托国；食子徇君也，而推其忍则至于弑君。栾布惟不废彭越之命，故高祖知其贤；李勣惟不利李密之地，故太宗许其义。二人终事二主，俱为名臣。何者？仁心所存，无施不可。虽公私有异，而忠厚不殊。至于吕布事丁原则杀丁原，事董卓则杀董卓；刘牢之事王恭则反王恭，事司马元显则反元显，背逆人理，世所共疑。故吕布见诛于曹公，而牢之见杀于桓氏，皆以其平生反覆，势不可存。夫曹、桓古之奸雄，驾御英豪，何所不有？然推究利害，终畏此人。今朝廷选用忠信，惟恐不及，而置惠卿于其间，譬如薰莸杂处，枭鸾并栖，不惟势不两立，兼亦恶者必胜。况自去岁以来，朝廷废吴居厚、吕嘉问、蹇周辅、宋用臣、李宪、王中正等，或以牟利，或以黩兵，一事害民，皆不得逃遣。今惠卿身兼众恶，自知罪大，而欲以闲地自免，天下公议未肯赦之。然近日言事之官论奏奸邪，至于邓绾、李定之徒，微细毕举，而不及惠卿者，盖其凶悍猜忍如蝮蝎，万一复用，睚眦必报，是以言者未肯轻发。臣愚蠢寡虑，以为备位言责，与元恶同时，而畏避隐忍，辜负朝廷。是以不惮死亡，献此愚直。伏乞陛下断自圣意，略正典刑。纵未以污铁锧，犹当追削官职，投畀四裔，以御魑魅。谨录奏闻，伏候敕旨。

贴黄：吕惠卿用事于朝，首尾十余年。操执威柄，凶焰所及甚于安石。引用邪党，布在朝右。臣今陈其罪恶，必阴有为之游说以破臣言者。唯圣明照察，不使孤忠横为朋党所害。

【解题】

此状历数吕惠卿奸佞误国、谋划刑狱，使忠臣吞声的大恶，请惩办吕惠卿，或诛或窜，以正典刑。此状条理清晰，指奸发恶，极具说服力。

再乞差官同黄廉体量茶法状 二十一日。

右，臣近奏乞选差清强官，与黄廉同体量蜀中茶法，寻蒙朝廷差杜纮前去。既而详定编敕所奏留杜纮。纮既不行，而蜀中茶法至今未见差人同黄廉体量。伏乞检臣前奏，别选差一人。所贵黄廉不敢以课利增亏自作身计，尽具茶法利害闻奏。谨录奏闻，伏候敕旨。

【解题】

此状是就解决蜀茶五害事乞派“清强”之人与黄廉一同“体量”蜀茶利害，以便不生欺弊。

乞责降吕和卿状 二十八日。

右臣窃见唐命尚书郎，常选用文行政事之臣以分总庶务。神宗皇帝始复唐室旧制，其于用人最号重慎。今陛下临御，一新庶政，朝多清流，贪残之人，不当复寘省闼。

谨按金部员外郎吕和卿，本惠卿之弟，而章惇所荐。和卿始以奏补入仕，赋性愚騃。方其历任，未成考第，而惇称其所至有声，当时士人无不窃笑。其后与惠卿共建手实簿法，惠卿方任执政，使和卿上言而惠卿力行之。其法以根括民产，不遗毫发为本；以奖用憸险，许令告讦为要。估计家财，卜全椽瓦；抄札畜产，不遗鸡豚。天下骚然，如被兵火。纸笔踊贵，鞭笞恣行。然其为术迂疏，卒不能得民要领。先帝知其不可，遽寝不行。

近日蹇周辅以卖盐得罪，吴居厚以榷铁蒙责，吕嘉问以市易被逐，宋用臣以导洛远徙。至于蹇序辰、郏亶之流，一罣其间，皆不逃谴。而和卿首为簿法，害民之多过于盐铁等事，独安然不问，窃据郎曹。质之公议，实失邦宪。

兼和卿顷任考功日，其兄温卿任秦凤提刑。明知添支米麦不许割移他处，和卿私利西边军食价高，割就温卿本任，作弟侄名字请领，亏损边计，以益其私。盖其兄弟贪冒无耻，从来如此，虽事在赦前，而窃据清要，公议不允。伏乞朝廷重行黜责，使清浊稍分，以警在位。谨录奏闻，伏候敕旨。

【解题】

此状弹奏吕惠卿之弟吕和卿贪冒不法事，乞加黜责。以上表状作于元祐元年（1086）五月，时苏辙任右司谏。

乞兄子迈罢德兴尉状　六月三日。

右臣五月十九日奏论资政殿大学士吕惠卿奸险蠹国，残虐害民，乞行窜殛。二十九日奏论金部员外郎吕和卿贪猥不才，尘玷省闼，乞行降黜。缘知饶州吕温卿，系惠卿亲弟而和卿亲兄。臣有兄子迈，见任饶州德兴县尉，窃虑温卿挟恨，别有捃拾勘会。迈今任将及两考，欲乞朝廷体察，特许令候两考满日放罢，赴吏部别受差遣。谨录奏闻，伏候敕旨。

【解题】

此状乞罢苏轼之子迈，是担心吕惠卿之弟、知饶州吕温卿报复任德兴尉的侄子，乞重新差遣。

再乞罪吕惠卿状　八日。

右臣闻以尧为君而舜为之继，四凶之恶不得而容。以武王为父而成王为子，管、蔡之罪不得而赦。何者？凶德贯盈，邪党蕃炽，用之足以荧惑当世，存之足以遗患将来。是以圣人下为百姓远虑，后为子孙深忧，逐而去之，靡有疑志。

今皇帝陛下富于春秋，谅阴不言。太皇太后陛下委任群臣，政出房闼，而存养元恶，隐忍不诛。人知后患，惧者甚众。臣近曾奏论吕惠卿赋性凶邪，罪恶山积。自熙宁以来所为青苗、助役、市易、保甲、簿法，皆出于惠卿之手。至于轻用甲兵，兴造大狱，凡害民蠹国之事，皆惠卿发其端。故近岁奸邪，惠卿称首。臣于前奏论之稍悉，然至今多日，未见施行。窃惟朝廷近日扫除群慝，如吴居厚、蹇周辅、吕嘉问、宋用臣等，皆以一事误朝，即加流窜。今惠卿兼有众恶，自知罪大，托疾求闲，而朝廷因亦不问。臣恐国之政刑，从此大废。今中外士大夫见惠卿独得不诛，皆谓言事之官有畏强凌弱之心，执政大臣有吐刚茹柔之意。朝廷用法不平，掇拾蜂蚁，脱遗鲸鲵，贻患后人，取笑千古。因此，群恶小丑已得罪者亦皆不伏。

伏惟二圣临御，至公如天地，至明如日月，其于用法，不应如此。臣愚窃料圣意，必谓方今弊事略除，群枉消退，惠卿既领宫观，不足复诛，故稍加阔略，以安反侧。臣退复思虑，终谓不然。惠卿奸人之雄，用意不浅，无病而去，有伺隙之心。使之一旦复摄尺寸之柄，必致天下之患。若不以时放弃，深折奸谋，臣恐朝廷未得安枕而卧也。伏乞检臣前奏付外施行，俟元恶已除，然后洗涤瑕疵，以安中外，不为晚也。臣不胜忧国爱君之切，不顾死亡，以犯凶人。陛下裁幸。谨录奏闻，伏候敕旨。

【解题】

此状为第二次上表乞请罪吕惠卿，以安众心。

论青苗状 十四日。

右臣伏以青苗之害民，朝廷之所悉也。罢而不尽，废而复讲，使天下之人疑朝廷眷眷于求利，此臣之所深惜也。向者？朝廷申明青苗之法，使请者必以情愿，而官无定额，议者以为善矣。然以臣观之，无知之民急于得钱而忘后患，则虽情愿之法有不能止也。侵渔之吏利在给纳而恶无事，则虽无定额有不能禁也。故自今年春，诸县所散青苗，处处不同。凡县令晓事、吏民畏伏者，例不复散。其暗于事情，为吏民所制者，所散如旧。盖立法不善，故使猾吏得依法为奸。监司虽知其不便，欲禁而不可得，天下既已病之矣。今朝廷复修夏料纳钱减半出息之法，此虽号减息，而使天下晓然，知今日朝廷意仍在利，虽有良县令，臣恐其不能复如前日，自必于不散矣。且自熙宁以来，吏行青苗，皆请重禄而行重法，受赇百钱，法至刺配。然每至给纳之际，犹通行问遗，不能尽禁。今吏禄已除，重法亦罢，而青苗给纳不止，臣恐民间所请钱物，得至其家者无几矣。伏乞追寝近降青苗指挥，别下诏旨，天下青苗自今后不复支散，不胜幸甚！谨录奏闻，伏候敕旨。

【解题】

青苗法本为民，而反害民，故苏辙请求坚决停止支散青苗钱。

三论差役事状　十七日。

右臣五月二十六日上殿札子："乞明降诏书，戒敕监司长吏，使知朝廷爱惜乡差役人，与神宗朝爱惜雇募役人无异，应系自前约束官吏侵扰役人条贯，使刑部录出，具委无漏落，雕印颁下，令一切如旧。出榜州县，使民知之。仍常加督察，有犯不赦。应监司所部，有犯不能觉察，致因事发露者，重其坐"。至今多日，未蒙施行。

伏念臣前作此奏，为闻近日诸县曹吏有因差役致富，小民被差充役，初参上下费钱有至一二十千者。州县官吏亦有以旧雇役人惯熟，多方陵虐所差之人，必令出钱，作情愿雇募。又有以新差役人拙野，退换别差，必得惯熟如意而后止者。天下官吏不能皆良，如此等事所在不一。虽非目见，可以意料。民被其害，如遭汤火。窃意此奏朝上，圣心恻怛，不待终日而行。不意迁延至今，不以为急。

臣愚窃恐朝廷始复差役，议者妄谓差法一行，更无患害。闻臣此奏，未免不信。臣谓改雇为差，实得当今救弊之要。然使闻害不除，见善不徙，则差役害人，未必减于免役。伏乞圣慈，检臣前奏，早赐诏书，具言所闻差役官吏情弊，仍备录前后禁约，晓谕中外，使知朝廷深意，则天下幸甚。谨录奏闻，伏候敕旨。

贴黄：臣访闻近日颇有上书言差役不便，蒙降付看详役法所者。臣推原其意，皆由州县施行差法，别有搔扰，以致人言。若不早为禁约，深为不便。伏乞指挥于役法所检取民间前后言差役不便文字，略赐省览，即见诣实。

【解题】

此状是继前状申请改进役法，朝庭并未实行，而差役法害民，再状以求改进。

论吕惠卿第三状 二十日，东西省同上。

右臣等伏见近降朝旨，以臣僚上言吕惠卿罪恶，责授惠卿中散大夫、守光禄卿、分司南京。窃以执鲸鲵于漏网，稍正邦刑；蓄虎豹于近郊，终贻后患。

谨按惠卿在熙宁中，恣为不义，创立弊法。上以诖误朝廷，下以贼害海内。诈穷力诎，黜居藩郡。犹复妄睎功赏，轻用甲兵。结怨西戎，贻忧先帝。罪状显白，已不容诛。至于私行险诐，人所不为。始与安石结刎颈之义，终与王氏为寻戈之仇。忠信蔑然，诡变难测。今虽自知罪大，不容于世，然犹诈称疾病，潜伺间隙。譬如蝮蛇猛兽，虽暂尔弭伏，而凶性终在，遇便即发。若不深为圈槛，投畀无人之境，臣等恐其防闲稍缓，窃出害人。不然，臣等岂不知降四官、落一职，为分司官，在于常人不为轻典乎？盖以尧之四凶，鲁之少正卯，既非常人，不当复用常法治也。

况复皇帝陛下即位之初，明于赦书，戒敕边吏，不得侵挠外界，务要静守疆场。是时惠卿任河东帅，被遇先帝恩德最深，自闻遗制，略无哀戚。日夜点集兵马，为入界讨荡之计。及其迁延未发，恐为虏所觉知，遂令兵马司借赦书不得侵扰之文，晓谕将佐，以款贼计。仍于四月十五日具奏上件事由，于二十一日出界。夫登极赦书，国之大信，所以绥靖中国，怀来四夷，人臣奉行，敢有轻议？今惠卿公然违戾，出师伐国。而又借用其文，设诈欺敌，侮玩朝廷，殊无忌惮。推其心则出于无君，论其罪则入于大不敬。积其前后所犯，皆在不赦。朝廷纵欲贷而不诛，只乞检臣等前奏，投之四裔，以御魑魅。臣等与惠卿初无仇怨，但以为国去凶，义不可已。惟陛下特赐裁断。谨录奏闻，伏候敕旨。

【解题】

这是弹劾吕惠卿的第三篇状子，要求严加惩处。结果吕惠卿被降为建武军节度副史，建州安置，不得签书公事。

论兰州等地状　六月二十八日。

右臣窃见先帝因夏国内乱，用兵攻讨，于熙河路增置兰州，于鄜延路增置安疆、米脂等五寨。议者讲求利害，久而不决。其一曰：兰州、五寨所在险远，馈运不便，若竭力固守，坐困中国。羌人得以养勇，窥伺间隙。要之久远，不得不弃。危而后弃，不如方今无事举而与之，犹足以示国恩惠。其二曰：此地皆西边要害，朝廷用兵费财，仅而得之。聚兵积粟，为金汤之固。兰州下临黄河，当西戎咽喉之地。土多衍沃，略置堡障，可以招募弓箭手，为耕战之备。自开拓以来，平治径路，皆通行大兵。若举而弃之，熙河必有昼闭之警，所谓借寇兵资盗粮，其势必为后患。此二议者，臣闻之久矣。然以夏戎背畔，虽屡有信使，而未修臣职。未请侵地，则弃守之议朝廷无因自发。今闻遣使来贺登极，归未出境而使者复至，讲和请地必在兹举。虽庙堂议论已得详熟，而小臣忧国不能嘿已。辄尝核实其事，以为前件弃守之议皆非妄言，然而朝廷当决从一议。欲决此议，当论时之可否，理之曲直，算之多寡。诚使三者得失皆见于前，则弃守之议，可以一言而决也。

何谓时之可否？方今皇帝陛下富于春秋，谅暗不言，恭默思道。太皇太后陛下，览政帘帏之中，举天下事属之辅相。当此之时，安靖则有余，举动则不足。利在绥抚，不利征伐。今若固守不与，西戎必至于争。甲兵一起，呼吸生变。缓急之际，何所咨决？况陕西、河东两路，比遭用兵之厄，民力困匮，疮痍未复，一闻兵事，无不狼顾。若使外患不解，内变必相因而起。此所谓时可弃而不可守，一也。

何谓理之曲直？西戎近岁于朝廷本无大罪，虽梁氏废放其子，而夷狄外臣本不须治以中国之法。先朝必欲吊伐，但诛其罪人，存立孤弱，则虽犬羊之群犹将伏以听命。今乃割其土地，作为城池，以自封殖。虽吾中国之人犹知其为利而不知其义也。曲直之辨，不言可见。盖古之论兵者，以直为壮，以曲为老。昔仁祖之世，元昊叛命，连年入寇，边臣失律，败亡相继。然而四方士民裹粮奔命，唯恐在后，虽捐骨中野，不以为怨。兵民竞劝，边守卒固。而中国徐亦自定，无土崩之势。何者？知曲在元昊，而用兵之祸朝廷之所不得已也。顷自出师西讨，虽一胜一负，而计其所亡失，未若康定、宝元之多也。然而边人愤怨，天下咨嗟。土崩之忧，企足可待。何者？知曲在朝廷，非不得已之兵也。今若固守侵地，惜而不与，负不直之谤，而使关右子弟肝脑涂地，臣恐边人自此有怨叛之志。此所谓理可弃而不可守，二也。

何谓算之多寡？弃守之议，朝廷若举而行之，其势必有幸有不幸。然臣今所论，于守则言其幸，于弃则言其不幸，以效利害之实。今夫固守兰州，增筑堡寨，招置土兵。方其未成，而西戎不顺，求助北虏，并出为寇。屯戍日益，飞輓挽不继，贼兵乘胜，师丧蹙国，兰州不守，熙河危急，此守之不幸者也。割弃兰州，专守熙河，仓庾有素，兵马有备，戎人怀惠，不复作过。此弃之幸者也。二者臣皆不复言。何者？利害不待言而决也。若夫固守兰州，增筑堡寨，招置土兵，且耕且战。西戎怀怨，未能忘争，时出虏略，胜负相半。耕者不定，馈运难继，耗蠹中国，民不得休息。此守之幸者也。割弃兰州，专守熙河。西戎据兰州之坚城，道熙河之夷路，我师不利，复以秦、凤为境，修完废垒，复置烽候。人力既劳，费亦不小，此弃之不幸者也。夫守之虽幸，然兵难一交，仇怨不解，屯兵馈粮，无有休日。熙河因此物价翔贵。见今守而不战，岁费已三百余万贯矣。战若不止，戍兵必倍，粮草衣赐随亦增广。民力不支，则土崩之祸或不可测也。弃之虽不幸，然所弃本界外无用之地。秦、凤之间，兵民习熟。近而易守，转输所至，如枕席之上。比之熙、兰，难易十倍。有守边之劳，而无腹心之患，与平日无异也。夫以守之幸，较弃之不幸，利害如此，而况守未必幸，而弃未必不幸乎！

且朝廷以天地之量，赦其罪恶，归其侵疆，复其岁赐，通其和市。虽豺狼野心，能不愧耻？纵使酋豪内怀不顺，而国恩深厚，无以激怒其民。臣料一二年间，其势必未能举动。万一不然，而使中国之士知朝廷弃已得之地，含垢为民，西戎背恩，彼曲我直。人怀此心，勇气自倍，以攻则取，以守则固。天地且犹顺之，而况于人乎？故臣愿朝廷决计弃此，然后慎择名将，以守熙河。厚养属国，多置弓箭手。于熙、兰往还要路，为一大城，度可屯二三千人，以塞其入寇之道。于秦、凤以来，多置番休之兵，以为熙河缓急救应之备。明敕将佐，缮完守备，常若寇至。先为不可胜，以待敌之至，庶几可以无后患也。臣自闻西使复来，谨采众议，以三事参较利害，反复详究，理无可疑。是以辄献狂言，惟陛下裁择，幸甚。

贴黄：臣窃见二圣临御，除去烦苛。天下之民想见太平之风，今西戎已有向化之渐。若朝廷靳惜兰州等处，坚守不与，激令背畔，使边兵不解，百费复兴，则自前苛政皆将复用。太平之期不可复望，深可痛惜！伏乞陛下与二三大臣详议其事，以天下安危为念，勿争尺寸之利，以失大计，则社稷之幸也。

臣窃闻议者或谓若弃兰州，则熙河必不可守；熙河不守，则西蕃之马无由复至，而夏戎必为蜀道之梗。臣谓此皆劫持朝廷欲必守兰州之说，而非国之至计也。臣闻熙河属国，疆族甚多，朝廷养之极厚，必不愿为西戎所有。若帅臣能以恩信结之，统之以戍兵，贴之以弓箭手，又于熙、兰要路控以坚城，恐西戎未易窥伺，而西蕃之马何遽不至乎？至于蜀道之虞，自非秦、凤、阶、成等处荡然无城池兵马之备，则西戎岂敢轻为此计？臣谓此说亦空言而已。

臣又闻说者谓韩缜昔与北朝商量河东地界，举七百里之地以畀之。近者台谏以此劾缜，缜由此罢相。故今朝廷议欲以兰州等处复与西戎，无敢主其议者。臣谓兰州等处与河东地界不可同日而语。河东地界，国之要地，祖宗相传，谁敢失坠？举而与人，非臣子之义。至于兰州等处本西戎旧地，得之有费无益。先帝讨其罪而取之，陛下赦其罪而归之，理无不可，不得以河东地界为比也。

【解题】

此状论兰州边事，主张应看“时之可否，理之曲直，算之多寡”以定去取，反对耗费巨额费用取无用之地，寻衅西戎。以上表状作于元祐元年（1086）六月，时苏辙任右司谏。

再论兰州等地状　七月七日。

右臣近于六月二十八日奏：以西使入界，恐必有讲和请地之议。乞因此时举兰州及安疆、米脂等五寨地弃而与之，安边息民，为社稷之计。见今西使已到，窃闻执政大臣弃守之论尚未坚决。臣窃见皇帝陛下登极以来，夏国虽屡遣使，而疆埸之事初不自言。度其狡心，盖知朝廷厌兵，是以确然不请，欲使此议发自朝廷，得以为重。朝廷深觉其意，忍而不与，情得势穷，始来请命。今若又不许，遣其来使徒手而归，一失此机，必为后悔。彼若点集兵马，屯聚境上，许之则畏兵而与，不复为恩，不许则边衅一开，祸难无已。间不容发，正在此时，不可失也。

臣又闻昔日取兰州及五寨地，本非先帝圣意。先帝始议取灵武，内臣李宪畏懦不敢前去，遂以兵取兰州。先帝始议取横山，帅臣沈括、种谔之徒，不能遵奉圣略，遂以兵取五寨。此二者皆由将吏不职，意欲邀功免罪，而先帝之意本则不然。其后元丰六年，夏国遣使请罪。先帝嘉其恭顺，为敕边吏，禁止侵掠。既又遣使谢恩，请复疆土，先帝仍为指挥保安军与宥州议立疆界。因循未定，而先帝奄弃万国，遂以至今。由此言之，兰州、五寨，取之则非先帝本心，弃之则出先帝遗意。今议者不深究本末，妄立坚守之议，苟避弃地之名，不度民力，不为国计，其意止欲私己自便，非社稷之利也。

臣又闻议者或谓弃守皆不免用兵，弃则用兵必迟，守则用兵必速，迟速之间，利害不远，若遂以地与之，恐非得计。臣闻圣人应变之机，正在迟速之际，但使事变稍缓，则吾得算已多。昔汉文、景之世，吴王濞内怀不轨，称病不朝，积财养士，谋乱天下。文帝专务含养，置而不问，加赐几杖，恩礼日隆。濞虽包藏祸心，而仁泽浸渍，终不能发。及景帝用晁错之谋，欲因其有罪削其郡县。以为削之亦反，不削亦反；削之则反疾而祸小，不削则反迟而祸大。削书一下，七国尽反。至使景帝发天下之兵，遣三十六将，仅而破之。议者若不究利害之浅深，较祸福之轻重，则文帝隐忍不决，近于柔仁；景帝刚断必行，近于强毅。然而如文帝之计，祸发既迟，可以徐为备御。稍经岁月，变故自生，以渐制之，势无不可。虽有十濞，亦何能为？如景帝之计，祸发既速，未及旋踵，已至交兵。锋刃既接，胜负难保，社稷之命，决于一日。虽食晁错之肉，何益于事！今者，欲弃之策与文帝同，而欲守之谋与景帝类。臣乞宣谕执政，欲弃者理直而祸缓，欲守者理曲而祸速。曲直迟速孰为利害？

况今日之事，主上妙年，母后听断，将帅吏士，恩情未接。兵交之日，谁使效命？若其羽书沓至，胜负纷然，临机决断，谁任其责？惟乞圣慈以此反复深虑，早赐裁断，无使西戎别致猖狂，弃守之议，皆不得其便，则天下幸甚。谨录奏闻，伏候敕旨。

【解题】

此坚持前状观点，主张抓住时机，归还所占西夏国土，以缓解祸难。

论京畿保甲冬教等事状　七月九日。

右臣窃见仁宗朝河北、河东初置义勇，至英宗朝推行其法，渐及陕西，皆以地接胡羌，有守御之备。每岁冬教一月，民虽以为劳，而边防之计有不得已。及熙宁中，更置保甲，使京畿三路之民，日夜教习。二圣临御，知其不便，率皆罢去。民得归秉耒耜，盗贼因此衰息。歌舞圣德，无有穷已。惟有冬教一月之法，三路以被边之故，民习为常，不敢辞怨。至于京畿诸县，累圣以来为辇毂所在，素加优厚。今乃与三路边郡为比，一例冬教，情所未安。伏乞圣慈深念根本之地，所宜宽恤，特与蠲免。

兼访闻京畿三路，见今皆修盖冬教场屋宇，州县颇以为劳。臣昔守官河北，窃见义勇冬教，并不置教场屋宇，每遇教日，皆权于系官屋宇及寺院等处安泊，别无阙事。朝廷若允臣所奏，免畿内冬教，则其教场屋宇已自不修。如三路冬教，乞下逐路监司相度，只如目前权于系官屋宇及寺院等处安泊，有无不便。如别无不便，亦乞罢修，以宽民力。谨录奏闻，伏候敕旨。

【解题】

苏辙此状主张分别各地情况不同，停止京畿保甲冬教一事，并罢修教场屋宇，“以宽民力”。

论西边警备状　七月十九日。

右臣近奏乞因夏国遣使入贡，归其侵地，窃闻朝廷已降诏开许。伏惟包荒之德，与天地同量，使西边之人，自此得免馈饷之劳，脱战斗之祸，天下不胜幸甚。

然臣闻兵法：受降如受敌。夷狄兽心，见利忘义，虽以恩信深加结纳，而备豫不虞，不可暂弛。况朝廷数年以来，举兵攻讨，深入其地，夺其疆土，今虽接以恩礼，其怨毒之意必未遽忘。若因给赐城寨，定立界至之际，乘我无备，辄肆猖狂，则取笑四夷，悔不可及。谓宜明加约束，所赐城寨，须候逐路帅臣处置，般运器甲，抽那兵马，凡百了当，立定期日，然后得令人交割。若未了之间，不得令一人一骑先期窥觇。仍指挥沿边将吏，常加严备。因夏国新复侵地、谨守誓约之际，招填士马，充实仓廪，绥怀熟户，常若寇至，不得为其通和，稍有弛废。如此数年，朝廷常务怀柔，以革其欲报之心；边臣常作堤防，以折其内侮之志。臣谓数年之外，必无后患。纵使背畔，而边计已完，士气已复，度其事势，亦不足深忧。况背恩犯顺，彼曲我直，虽复羌人，亦当知非，足使吾民坐而贾勇，制胜之道始自今日。惟愿陛下深诏大臣，安不忘危，常以戒敕边吏为心，则社稷之福也。谨录奏闻，伏候敕旨，

【解题】

归还西夏土地之后，苏辙立即上表，请求加强战备，不能稍有松弛。

再论青苗状　二十四日。

右臣近奏乞罢支青苗钱，兼访闻台谏官皆有文字论列，至今并不蒙降出施行。臣伏见熙宁之初，王安石、吕惠卿用事，首建青苗之法，其实放债取利，而妄引《周官·泉府》之言，以文饰其事。天下公议，共以为非。是时韩琦、富弼、司马光、范镇等皆昌言其失，恨不能救。今二圣在上，照知民间疾苦，解去弊法，既已略尽。兼近日责降吕惠卿，数其罪恶，亦以创行青苗为首。然天下表散青苗，其实至今未止。民间疑怪，以为朝廷仍有好利之意。臣博采众论，云近有臣僚献议，以国用不足为言，由此圣意迟迟未决。

臣虽至愚，窃为陛下深惜此计。何者？自古为国，率皆禄养官吏，廪给士伍，崇奉郊庙，镇抚四夷，然而食租衣税，未尝有阙。今陛下力行恭俭，前代帝王所有浮费一切不为。今日之计，但当戒饬天下守令，使之安集小民。若能稍免水旱之灾，复无流亡之患，则安靖之功数年自见，谷帛丰羡，将不可胜用。何至复行青苗，以与民争利也哉！

伏惟陛下圣性仁厚，凡利民之事，知无不为。若非左右构此危语，动摇圣听，则何至为之废格群言，以成邪说？然臣窃恐中外不知本末，但见台谏之言皆留中不出，妄意陛下甘于求利，不恤细民，远近传闻，所损不细。臣欲乞陛下尽将臣僚前后所上章疏，付三省详议施行，以弭斯谤。谨录奏闻，伏候敕旨。

【解题】

苏辙认为青苗法是“与民争利”，主张坚决废除，此表即重申此意。

乞放市易欠钱状　二十七日。

右臣顷曾上言：乞将市易欠钱人户，通计所纳息、罚钱数，如已纳及元请官本数目，即与除放。蒙圣恩依此施行，德泽滂霈，所及甚广。然臣访闻京师欠户，贫下之家从初多作诡名，请新还旧，以此无缘通计息、罚，故除放之恩多止上户。臣近日再行体问，据通直郎、监在京市易务宋肇为臣言，若截自欠二百贯以下人户一例除放，则所放人户至多，事亦均一，仍具本务一宗节目及利害文字，请臣论奏。臣详究其说，窃以为当行之事有五：

市易本钱前后诸处拨到共计一千二百二十六万余贯，中间拨还内藏库等处共计五百三十万余贯，朝廷支使过共计三百八十四万余贯，即今诸场务见在，共计三百五十三万余贯。将此三项已支见在计算，已是还足本钱，则今来人户所欠皆出于利息。若将见欠二百贯以下人户除放，所放钱数不多。此事之当行者一也。

见今欠人共计二万七千一百五十五户，共欠钱二百三十七万余贯。其间大姓三十五，酒户二十七，共欠钱一百五十四万余贯。小姓二万七千九十三户，共欠钱八十三万余贯。若将欠二百贯以下人户除放，共放二万五千三百五十三户，放钱四十六万六千二百余贯。所放人户九分以上，而所放钱止及二分。此事之当行者二也。

元丰年中，朝廷催理欠负，极为峻急。然一岁所纳不过三万贯。顷来朝廷优假细民，所催微细，自今年正月至今止及六七千贯。今且以三万贯为率，犹须七十余年乃可纳足。如此则小姓之家，死丧流亡，不可复知。而国家每岁得钱六千贯，臣所乞放二百贯以下欠户钱数，于见欠钱都数中止十分之二，即是每岁催及三万贯数中，不过催得六千贯而已。如九牛一毛，不为损益，而二万余家困苦，为害至大。此事之当行者三也。

市易催索钱物，凡用七十人，每人各置私名不下十人，掌簿籍，行文书，凡用三十余人，每人各置贴写不下五人，共约一千余人。以此一千余人，日夜搔扰欠户二万七千余家。都城之中养此蟊贼，恬而不怪。此事之当行者四也。

市易之法，欠户拖延日久，或未见归者，及无家业之人，皆差人监逐，遇夜寄禁。既有此法，则一例公行寄禁。然吏卒顽狡，得钱即放，无钱即禁。榜笞捽缚，何所不至。若不别作擘划，则日被此苦者，不知其数。此事之当行者五也。

伏乞圣慈，以此五事较其利害，断自圣意，特与除放。或因将来明堂赦书行下，或更溥行诸路，则细民荷戴恩德，沦入骨髓。社稷之利，不可胜计。

然臣窃见太府寺令岁终较课，以本理息，及一分以上，具官员等第保明闻奏。自来市易官，因此酬奖转官，及请赏钱，所得无算。今来既见市易已支见在实数，仅能还足本钱，则以本理息，皆是欺罔。从前官吏转官请赏，皆当追夺官爵及所赏钱物。亦乞朝廷根究前后缘市易转官请赏之人，依理施行。内有吕嘉问，系创行市易，害民最深，虽已经责降，尚窃有土，未允公议，更乞重行窜谪，以谢天下。

所有宋肇札子三道，臣辄备录，进呈如左。谨录奏闻，伏候敕旨。

贴黄：臣所言放欠事，上系二圣德泽，唯当直出中旨，不宜更显言者姓名。或须至令三省相度施行，即乞指挥执政，勿令宣布。

【解题】

此状主张“欠二百贯以下人户一例除放”，利害分析确然不移，于国于民皆利。

言淮南水潦状　二十九日

右臣窃见淮南春夏大旱，民间乏食，流徙道路。朝廷哀愍饥馑，发常平义仓及截留上供米，以济其急。淮南之民，上赖圣泽，不至饥殍。然自六月大雨，淮水泛溢，泗、宿、亳三州大水。夏田既已不收，秋田亦复荡尽。前望来年夏麦，日月尚远，势不相接，深可忧虑。访闻见今官卖米犹有未尽，然必不能支持久远。臣欲乞朝廷及今未至阙绝之际，速行取问本路提转发运司，令具诸州灾伤轻重次第，见今逐州各有多少粮食，可以赈济得多少月日，如将来乏绝，合如何擘划施行，立限供报。所贵朝廷得以预先处置，小民不至失所。谨录奏闻，伏候敕旨。

【解题】

淮南春夏大旱，自六月后又大雨成灾，苏辙此状请下令各地加紧筹划准备救灾，以使“小民不至失所”。以上各表状作于元祐元年（1086）七月苏辙任右司谏时。

乞罢杜纮右司郎中状

右臣伏见近除刑部郎中杜纮为右司郎中，命下之日，中外疑惑。盖以朝廷用人，必分流品清浊。尚书左右司郎官，总督十二司之事，至其迁擢高者多为左右史，下者犹为直阁、修撰，领三路都漕发运使，不一二年即为侍从。自非清望正人，不与此选。

谨按杜纮，人品凡近，不知经术，止以诵习法律进身。自熙宁、元丰以来，为刑部官，谄事宰相王安石、王珪、蔡确以下，脂韦便佞，无不得其欢心。虽杜纯亲弟，而纯以直进，纮以谄闻。兄弟异心，众所共悉。初修熙宁编敕，纮与其议，害民之法皆经其手。今复为详定官，奋笔改更，非笑前书，略无愧耻，翻覆随时，一至如此。兼与杨汲、崔台符共事，岁月甚久。大理寺所勘探报过公事，事干官员，皆刑部下法。朝廷近以所断多有枉滥，差官理雪。凡所平反，十至七八。汲、台符既以官长被罪，如纮等辈皆其属官，朝廷虽阔略不问，至于非次擢用，岂宜遽以及纮？窃恐赏罚失当，使天下不服，而汲、台符亦得以为词，为损不细。

或言纮近日押伴西人，朝廷授以指踪，使纮与西人商量，事得了当，右司之命，盖以为赏。臣以为此有司常事，不足以为功。况为官择人，当以流品为急。若以右司为赏，恐非孔子不以名器假人之义。伏乞追回前命，以厌公议。谨录奏闻，伏候敕旨。

【解题】

杜纮“人品凡近，不知经术”，而且谗事大臣，苏辙此状乞罢免杜纮新任右司郎中之职。

论差除监司不当状　八月二日。

右臣伏以天下之治，寄于守令。守令之众，朝廷不能尽知，其要寄于监司。方今民力凋残，疲瘵未复，见议差役，措置未定。正宜使监司得人，以督察州县。朝廷近日沙汰残刻之吏，多系提转等官。民间承望此风，思见循吏。

然臣窃观近日所命，颇未得人。博采公言，略见一二。如李之纪、楚潛、王公仪皆碌碌凡材，无善可名，不知何以获用。至于余人，又加以过恶。如孙路奴事李宪，贪冒无耻；程高谄附贾青，借名买珠；钟浚天资邪险，累作过犯；张公庠为事刻薄，不近人情；张琤久领市易，与牙侩杂进。而皆擢自稠人之中，付以一道之政。陛下诚欲尊重朝廷，爱惜民物，则如此辈人皆未可轻用也。

或言朝廷近令侍从以上博举监司，名姓既闻，率皆注籍。每有员阙，执政不复慎选，一切揭簿定差。是以贤愚并进，人物杂乱。窃惟中外侍从，其徒实烦。被诏举官，初无旌别。承举即用，近于粗疏。而欲待其不职，乃坐举者。天下之广，监司得失，朝廷未必一一详知。民独何辜，枉被涂炭？自古用人，实无此比。

臣欲乞应自前所用监司，令执政更加审议。其尤不可者，当与改差。今后差除，须名迹著闻，公议共许，然后擢用。庶几监司稍得良吏，不至害民，此最当今之急务也。谨录奏闻，伏候敕旨。

【解题】

此状乞慎选监司，详加审议，“不至害民”，以便为朝庭“督察州县”。

三乞罢青苗状　初四日与东省同上。

右臣等屡有封事，乞罢青苗，皆不蒙付外施行。伏以王安石、吕惠卿创行此法以来，天下之士，惟王、吕党人欲以青苗进身者，则以其法为是。其他士大夫，上自韩琦、富弼，中至司马光、吕诲、范镇，下至臣等辈人，未有一人以为便者。方安石、惠卿用事，忠言壅塞，不得施用，小民无告，饮泣受害。今者二圣临御，尽革众弊，天下欣欣，日望青苗之法。而近日删立旧法，益更滋彰，中外狐疑，不晓圣意。

窃闻近日左右臣僚，有以国用不足，欲将青苗补其阙乏者，圣心未察，是以为之迟迟。臣等虽愚，以为自古为国，止于食租衣税，纵有不足，不过辅以茶盐酒税之征；未闻复用青苗放债取利，与民争锥刀之末，以富国强兵者也。艺祖、太宗之世，四方未平，中国至狭，岁岁用兵，其费不赀。及真宗东封西祀，游幸亳、宋，造立宫室。仁宗结好契丹，平定西戎，翦灭南寇。此皆非常大费，而常赋之外，无大增加，未闻必待青苗以济国用。今二圣恭俭，安静无为，四海之富，与祖宗无异。何忧何虑，而欲以青苗富国乎？

臣等以为，皇帝陛下富于春秋，未尝接见多士，太皇太后陛下览政帷幄，未能博听群议，听纳之道，于斯实难。窃谓臣下每有献言，宜一切折以公议。彼既欲散青苗，而臣等以为不可。陛下受其所言，而臣等封事遂留中不出。臣等不知陛下何以断其是非，而信之如此之笃乎？陛下必欲决此深疑，即当尽出台谏所言，付之三省，使之公议得失，不当隐忍不辨是非，而阴用其言也。如众议必以罢之为是，即乞早赐裁断，以慰民心。必以罢之为非，亦乞显行黜谴，以惩臣等狂妄。谨录奏闻，伏候敕旨。

【解题】

当时有人以青苗之利打动皇帝，想借此以解国用不足，苏辙此状再次申述不可与民争利的道理，请罢青苗法。

申三省请罢青苗状 初四日与东省同人。

右辙等伏见熙宁之初，始行青苗，士无贤愚皆知其不便。是时建议之臣尽力主张者不过一二人，而贤士大夫极言其失者，非一人也。盖今之执政尝论之矣，忠言谠论，播于天下，至今传诵，以为口实。小民呻吟，欲闻更张，亦已久矣。伏自二圣临御，革去弊法，而青苗之议，独无所变。始者但令取民情愿，不立定额。州县或散或否，事体不一，天下固已疑之矣。中间修完本法，使夏料纳者减半出息。中外喧言，朝廷欲依旧放债取利，此声流传，极损圣政。辙等备位谏官，不敢默已。遂与台官前后上言仅数十章，皆不蒙施行。传闻大臣奏对，有以国计不足疑误圣听者，遂致此议久而不决。辙等虽愚，窃所未喻也。

盖闻古者圣人在上，食租衣税而已。凡所以奉事郊庙，禄养官吏，蓄兵备边，未尝有阙也。后世鄙陋，乃始益以茶盐酒税之征，然亦未闻放债取利若此之衰也。今兹二圣在上，恭俭无为，度越前世，选用执政，将致太平。辙等与天下士民，尚冀朝廷能宽酒税之榷，损茶盐之入，以复三代之故。不意今者乃欲以青苗富国，失天下之望也。王安石、吕惠卿既以此负国，使朝廷被此声于天下，今者又复以此误二圣，此辙等区区所深痛也。近日朝廷责降吕惠卿告命之出，首以青苗为罪，天下传诵，人人称庆。奈何诏墨未干，复蹈其故辙乎？

且青苗之法其所以害人者，非特抑配之罪也。虽使州县奉行诏令，断除抑配，其为害人，固亦不少。何者？小民无知，不计后患，闻官中支散青苗，竞欲请领。钱一入手，费用横生，酒食浮费，取快一时。及至纳官，贱卖米粟，浸及田宅，以至破家，一害也。子弟纵恣，欺谩父兄。邻里无赖，妄托名目。岁终催督，患及本户，二害也。逋欠未纳，请新盖旧，州县欲以免责，纵而不问，三害也。常平吏人，旧行重法，给纳之赂，初不能止。今重法既罢，贿赂公行。民间所请，得者无几，四害也。四事为害，虽复除抑配之弊，亦无如之何，而况抑配未必除乎？辙等职在言责，目睹弊事，默而不言，则上负朝廷，下负民物。若未得请，决无中止之义。伏乞尽取前后章疏，看详施行，以允公议。谨状。

【解题】

此状再申论青苗之害，除“抑配”之外，复有“四害”，敦请朝廷言行一致，废除青苗法。

再言杜纮状　初七日。

右，臣近奏言杜纮除右司郎中不当，不蒙采纳。伏以纮文法俗吏，才不过人。昔以诵习条贯，偶为法官。天资邪佞，能谄事宰相，遂复致身刑部。朝廷必欲量才授官，已为过分。今一旦擢为右司，中外惊叹。若止以人才猥下，事无实状，臣亦未敢干渎朝廷。纮昔在熙宁年中，手编害人之法，今复为详定，亲改其书，俯仰随时，略不知愧。顷与杨汲、崔台符同在刑部，所断刑狱，冤枉过半。汲、台符以此得罪，而纮以此擢用。同罪异罚，十目所指，至公之朝，不宜有此。臣以为事干朝廷大体，职在言责，不敢不言。今蒙置而不用，窃料纮必有以自结大臣，致误此举。不然，陛下何取于纮，而擢任至此哉？

臣窃闻庙堂之论，以谓二十年来失于养才，临事而求，每有无人之叹。如左右司、吏、户、礼郎官，左、右史、台谏官，皆用人之津梁，侍从近臣之所从出。若已践此途，而不致之清要，则养才之地竟当安在？若非其人而遂用之，数年之后，使杜纮为侍从，则是更得一崔台符，岂不为天下笑哉？伏乞稍取众议，追寝前命。谨录奏闻，伏候敕旨。

【解题】

此状认为朝廷失于养才，一旦用人，只好用杜纮这样的“文法俗吏”，乞追回前命。

言张璪札子　八日上殿。

臣六月中，与王觌上殿言张璪非次进用，又及韩宗师欲以深结文彦博、韩维为自安之计。璪天资邪佞，列位丞弼，朝夕出入左右，易以为奸。宜断自圣心，以时除去。蒙圣明洞鉴，德音宣谕。但以璪久经任使，欲因其求退，去之以礼。比经两月，璪觉圣意稍缓，遂端然据位，不复自请。

臣窃惟璪性极巧佞，遇事圆转，难得心腹。昔王安石、吕惠卿首加擢用，被以卵翼之恩，收其鹰犬之效，与章惇等并结为死党。熙宁弊法，皆璪等所共成就。今二圣在上，因民所欲，降黜群邪，变革众弊。清净之风，日月滋长。独璪仍在重位，与闻大政。不唯正人所共侧目，而璪之私意亦自不安。但以同列无倾邪之助，台谏有弹击之请，是以见今且自敛戢，未敢为非。度其中心，未尝一日无窥伺之邪谋，忘王、吕之故党也。譬如蛇蝎遇寒而蛰，盗贼逢昼而止，及春阳发动，莫夜阴暗，故态复作，谁敢保任？陛下不可见其进退恭顺，言词柔利，而遂以为可用也。如璪深心厚貌，何所不至，但使陛下君臣防闲少懈，璪略能援引一二邪人寘之要地，则变故之出殆不可知矣。况今新旧之政，更张未定，邪正之党，相持未决，正是奸臣用智，伺便窃发之时。天下有识，见璪任事，谁不危惧？如江河决溢，初复故道，惟日夜牢固堤防，乃免于患。若少有蛇鼠穿漏，或能复夺河身。况璪方为执政，乘衅而动，其害必深。臣闻璪意，欲候过明堂大礼，求出补外。惟陛下为社稷计，顺中外人心，早从其请，天下幸甚。取进止。

【解题】

苏辙对新党之人攻击不遗余力，此状说张璪“性极巧佞，遇事圆转”，“深心厚貌”，怕一旦据位，变故将不得而知。

请罢右职县尉札子 八日上殿。

臣伏见旧法，县尉皆用选人。自近岁民贫多盗，言事者不知救之于本，遂请重法，地分县尉，并用武夫。自改法以来，未闻盗贼为之衰少。而武夫贪暴，不畏条法，侵渔弓手，先失爪牙之心，搔扰乡村，复为人民之患。臣窃惟捕盗之术，要在先得弓手之情，次获乡村之助，耳目既广，网罗先具，稍知方略，易以成功。旧用选人，虽未能一一如此，而颇知畏法，则必爱人，使之出入民间，于势为便，不必亲习骑射，躬自格斗，然后能获贼也。今改用武夫，未必皆敢入贼，而不习法律，先已扰民。访闻河北、京东、淮南等路，凡用武夫县分，民甚患之。欲乞复令吏部依旧只差选人。所贵吏民相安，不至惊扰。取进止。

【解题】

此状分析武夫挠害百姓，乞请重新任用懂法的“选人”，以便得“乡村之助”。

论张颉札子 八日上殿。

臣窃见知广州张颉自直龙图阁擢为户部侍郎，除目一下，中外惊疑。谨按颉猜险邪佞，狡愎暗刻。具此八德，了无一长。臣非敢风闻臆度，谨具实状如左：

一、颉为广南运使日，朝旨那移兵马，就食全、永。经略使赵卨为见顺州戍兵年满合替，遂差兵戍顺州，却令顺州替兵就食全、永。颉但知出纳之吝，恐往来戍兵糜费钱粮，一日之间四次移牒，故作行遣申奏赵卨不肯移兵，又奏卨暗添昭州雇夫钱六万贯，又奏卨违法差衙前。朝旨令卨分析，乃是颉判状令差，卨曾具元判状缴奏。其余所奏，更无一事稍实。因此挟恨迁怒，诟詈桂州官吏，作绿衫，下包个奴婢，名呼赵卨，仍骂作贼。提举官刘谊，曾具事由闻奏，有旨罢转运使。

一、颉为转运使日，有安南般粮夫数千人逃还，已经曲赦放罪，每人只有欠官米钱七百。后来颉欲差人往全州般粮，遂召阳朔县令魏九言、临桂县令李译，勒令差两县逃亡夫往全州般粮，仍令九言取本县百姓莫饭奴等七人状，云“所欠官钱七百，情愿往全州般粮填还”。其七人中，又有三人不系逃亡，只取到四人情愿状，便差数千人。况欠钱止于七百，而全州水路二十余程，岂有情愿之理？因此溺杀人不少。致人户经提举司过状，亦是刘谊具事由闻奏，方始住差。

一、颉为桂州经略使日，有安化州首领，以本族饥馑依久例借粮于宜州。颉指挥宜州不借一粒，致夷人作过，于省界偷牛。因此夷、汉互相仇杀。颉更无方略，直令宜州兴兵讨之，致本州兵官陷没。颉遂发数千人，令供备库副使费万往讨之，全军皆没。颉又遣路分都监王奇知宜州，仍以数千人入讨，全军覆没。事闻朝廷，先帝为之旰食，遣谢麟将数万人，费百余万贯，竟以招降而定。颉既措置乖方，致陷两将兵马，而费万、王奇之死，又不以实奏。因转运使马默等论列，朝旨差宾州推官朱恂取勘，因此落职夺官知均州。

右，臣所论三事，皆有文案可以复验。据颉处事乖剌致寇覆军，与沈起、刘彝同罪，理合诛窜。所以累次常获宽宥者，盖其家素富，本以行赂得进。乡近辰、锦，多蓄奇砂，尝以献遗前宰相王珪。珪每出示亲客，云此砂张颉所献，以此曲为盖庇。今来纵未黜废，岂可特膺非次擢用？兼臣访闻三省执政本不知其人，失于采听，为荐者所误。若置之户部，必害民物。伏乞追寝前命，以厌公议。取进止。

【解题】

此状论张颉“猜险邪佞，狡愎暗刻”事，致做出“挟恨迁怒”“作绿衫，下包个奴婢，呼为赵卨，仍骂作贼”的恶事，更不用说害民、陷兵失将的大恶了。

再言张颉状　十一日。

右臣近言张颉除户部侍郎不允公议，具陈颉顷在广南用心阴险，措置乖剌三事，乞追还告命。未施行间，臣又访闻颉昔知荆南，所为贪虐，提举官张琬按发七事。

内一事：颉下行买乌头，行人蒋三供纳乌头，颉凡三四次退换。蒋三揣颉意欲要附子，遂买附子作乌头供纳，颉方肯纳下。缘乌头、附子色额不同，价例亦别，此一事系赃罪。又一事：勒部下玉泉寺僧修治诸官园亭，费用常住人、牛、钱、物不少，以修唐僧齐己草堂为名，令颉乡僧居止其中。此一事系私罪。琬奏既上，前宰相王珪等为与颉私有情分，遂移颉差遣，而以越职勘琬，特行冲替。颉当时若无上件赃私，忝为士人，理须诉雪。颉曾不敢以一字自明，受移而去，则其罪状显然无疑。

臣博采众言，近日差除例皆不当，至于张颉，尤失人望。亏损朝政，深可叹惜。是以不避再烦圣听，伏乞将臣此奏与前来札子同下三省详议，罢颉前命。谨录奏闻，伏候敕旨。

言张颉第三状　十二日。

右臣近四上章言用人不当，并不蒙施行。伏惟二圣垂拱帷幄之中，以进退天下士付之宰相。若用非其人，知而不改，何以服天下之口？窃闻庙堂之议，止谓世方乏才，所用之人皆不得已。臣观朝廷取士之广，贤俊如林，患在不知，岂可遂无一人贤于张颉？况臣前所言颉四事，迹状明白，皆可复验。赃污私邪，欺君陵下，既非有德；临事乖剌覆军杀将，不可谓才。而宰相不听公议，必行私意，其理安在？伏乞指挥将臣所言按实施行，若非虚妄，即乞罢颉差遣。若臣言不当，亦乞明加责降。今但隐忍，不一别白是非，恐朝廷纪纲，自此日坏。谨录奏闻，伏候敕旨。

【解题】

以上二状继续弹劾张颉，反对用张颉为户部侍郎。

言责降官不当带观察团练状　十四日。

右臣伏以朝廷典章，百世所守，因事变法，为患常多。祖宗之世，使相节度不领京师官局，其奉朝请必改他官，或为东宫三师，或为诸卫将军。太平兴国中，以赵普之勋，自河阳还朝，止为太子少保。以向拱、张永德之旧，并为环卫。至今诸道钤辖总管以防团老归者亦以诸卫处之，盖其遗法也。至明道中，钱惟演以章献皇后亲嫌，罢枢密使，始以保大节度为景灵宫使。治平中，李端愿以长公主子，亦以武康节度为醴泉观使。恩幸一启，自是戚里以节察居京邑不治事者肩相磨也。然犹未见以罪降黜，而以观察团练享厚禄居谪籍者。

近日李宪以宣州观察使提举明道宫，王中正以嘉州团练使提举太极观，二人贪墨骄横，败军失律，罪恶山积，虽死有余责。圣恩宽贷，皆寘之善地，而又首乱国宪，假以使名。臣恐后世推坏法之始，归咎今日。谓宜考修制度，追还误恩，以存旧典，且使罪人知有惩艾。谨录奏闻，亦非小补也。臣不胜区区守法爱君之心，欲乞追还前命，使天下明知朝廷不以私爱害公议。干冒𫓧钺，俯伏待罪，伏候敕旨。

【解题】

苏辙此状建议：凡是有罪降黜之官不应带团练、提举宫观之职。

言张颉第四状　十八日。

右臣近以除张颉户部侍郎不当，凡三次上言，一次蒙降付三省，进呈不行，两次皆留中不出。臣本言张颉事皆罪状明白，非风闻臆度之言。访闻执政止谓世方乏人，颉虽无德，以才见取。方今多士盈廷，非无一人可胜张颉。而颉前后败官丧师，所至狼狈，不唯无德，亦复非才。况二圣临御，专任执政，进退百官，一出其口。若差除不当，而谏臣之言公然不用，则今后谁肯复言？虽复有大于此者，臣恐陛下无由复知矣。臣所上章，初蒙降出施行，独三省沮抑不从。中外之议止于归罪执政。今不复降出，议者或谓见恶不去，非出圣意，必有左右近习阴为之助。臣虽知日月之明，万无此事，而疏远不亮，未免疑谤，所损不小。伏乞出臣前状，付外施行。谨录奏闻，伏候敕旨。

【解题】

苏辙此状指出张颉背后有执政支持，才能有此任命，虽屡遭弹奏而不改成命。

论傅尧俞等奏状谓司马光为司马相公状　二十一日

右臣今年二月曾上言，朝廷初行差役之法，其间衙前一役最为重难，民间所苦。宜以卖坊场钱及坊郭、官户、寺观、单丁、女户所出役钱量行裁减，雇募衙前，以免民间重役之害。后来蒙朝廷差臣兄轼详定役法，轼议论与臣无异，致与本局商量不合，陈乞罢免。寻蒙朝廷依轼所乞，臣以兄弟之嫌，未敢再有论列。

今窃闻监察御史陈次升奏，以役法大要未定，人情荧惑，乞敕详定役法所，疾速议定合差合雇色额，及官户、寺观、单丁、女户等敷出役钱则例，先次施行。其州县事体不同，难以直行处分者，候诸处申到，相度裁定。蒙圣旨批送详定役法所。臣看详次升所言役人合差合雇色额，及官户、寺观、单丁、女户合出役钱则例，实系役法要节，当今所宜先定。其详定役法所并不公心定夺，奏称准元祐元年二月七日敕应天下免役钱一切并罢，其诸色役人并依熙宁元年以前旧法定差。及七月三日朝旨，司马相公申明指挥，招差役人大要已定，终不明言何役合差，何役合雇。至于官户、寺观、单丁、女户合出役钱，只言七月三日朝旨未得施行，亦不明言合如何立为则例。据此奏陈，但务求合取容，虽言事官所陈更不讲论曲直。况司马光虽为宰相，而君前臣名，礼有定分。今详定役法所乃于奏状中谓光为司马相公，苟申私敬，不顾上下之礼，曲意推奉，一至于此。而朝廷望其能别白是非，立为成法，亦已难矣。臣恐此风一煽，臣主之分自此凌夷，不唯朝廷之害，亦非所以安光之道也。

谨按详定役法官，皆侍从儒臣，不容不知朝廷仪式。伏乞取问奏状中不名宰相出何典法，及勒令早定役人合差合雇色额，及坊郭、官户、寺观、单丁、女户合出役钱则例。申奏行下，令民间早知定法，不至皇惑。谨录奏闻，伏候敕旨。

【解题】

关于役法，当时争论极大，苏辙多次申明己见。此状指责傅尧俞奏事阿谀司马光，称“司马相公”，是败坏法度。

言张颉第五状 二十三日。

臣近奏言张颉阴险不才，除户部侍郎，大失人望，不蒙施行。臣退伏思念，方今二圣励精求贤，黜去群小，无所吝惜。如臣所言颉罪状，一一有实可验，而每状辄蒙留中，深骇物论。推原其故，盖由执政过听用颉，致臣有论列，因谓颉虽无德而才有可取，以此疑误圣听。不然陛下虚心纳谏，一言可采，未尝不从，何以至此？伏念臣平生与颉素不相识，但以公议不与，恐误国事，是以怀不能已。谨复采众论，得颉前后临事乖方，及朝廷曾以其褊躁猜忌罢颉差遣五事，条件如左：

一、熙宁年中，颉初除江淮发运，奏乞复转般盐仓，朝廷下三司相度，以不便而罢。及颉到任二年，真、扬等州运河干涩，不通漕运，并不计，置不浚。朝廷特令借上供钱米，先开淘大段浅涩去处。颉却奏称河道虽浅，然河各有油泥，可以并用兵士牵拽得行。如撩得油泥一尺以上，接续得雨添注，更不消开淘。若至时雨泽未应，即开修未晚。后来纲运不通，颉别无措置。曾有团涡巡检侍禁范彦臣以陈公塘见有积水，乞引入运河，颉亦未曾施行，遂致诸路各称阙盐，共计二百万余石，亏损年额不少。后来却系朝廷差官取陈公塘水灌溉运河，通放盐纲。当时据知泰州苏棁状称，已出及重纲四分之一，不数日间必可尽出。颉为发运使，公然不开河道，积压盐货，意欲附会。先乞复转般仓文字，更不顾国家大计。其挟情害公，类皆如此。若只是暗谬，致误国事，则今者执政谓颉有才，臣深不晓其意。

一、侯叔献昔开淮南运河，害虐兵夫，死者如积。新旧两河相并而行，人知无益，颉为发运使，略无一言。复因过京师，知枢密使吴充与宰相王安石异议，遂与充私言之，颉不意充即奏其事，及朝廷公行理会，召颉至中书聚厅问之，颉却称来时未曾开河，亦不曾与充言此。前后所言异同，朝廷遂差官取勘，颉犹抵讳不承。据颉情状，其实畏惮安石、叔献，不敢正言，但揣知吴充与安石不协，故以此言取悦于充而已。其反复卖弄，正是小人真态。若执政以此为才，又臣所未晓也。

一、安化州夷人从来三年一度进奉。旧例虽不遣其人入贡，而与之驿券等物，其数稍丰。及颉为桂州经略使日，转运司应副钱物差缓至四年乃足，而宜州及经略使司展其进奉年限，俾之四年乃得入贡。靳惜钱物所得无几，而夷人因此作过，破军杀将，凡费百余万贯，竟以招安而定。颉初见夷人拒命，遣兵官费万领兵出讨。万至军前，申乞犒设。时方大暑，颉令于桂州造饼般往宜州，比至皆臭不可食。军情因此怨怒，南方至今传以为笑。及费万兵败，为夷人所共脔食，妻男失所。都钤辖和斌申经略司，乞厚加赒恤。颉指挥破经略司钱，买纸酒奠讫。奏闻，先帝知其暗谬不可用，遂以乖方取勘。臣详颉始为朝廷吝惜些小钱物，终致边患，首尾费百余万贯。至于千里送饼犒军，以纸赠优恤死事，如此等似非理财富国之手。而执政任以户部侍郎，冀有益于国，此又臣所未晓也。

一、元丰三年七月三日，中书札子节文："臣僚上言：伏见近除张颉直龙图阁知熙州。按颉无资褊躁，动多猜忌。顷在广南，忿争互论，州县官吏为之不安。乞速赐追寝新命。奉圣旨，张颉依旧令知沧州。"盖颉之险躁，著自先朝，非独今日，则臣之所言似未为过也。

一、元丰四年，内臣綦元亨差往广西，起发韶、惠州钱。颉以转运使权广州，送沉香七两、朱砂半斤、桂花竹纸等与元亨，兼违条以妓乐与元亨燕会，见今案款具在。臣前言，颉素以奇砂交结贵官，及外议疑颉有左右近习之助，致臣章不蒙降出，诚不为过也。

右，臣今所言五事及前状所言，共计九事，皆一一有实。盖颉从来莅官，所至不了，决无可用之理。臣访闻一二大臣，特保荐颉可用无疑。伏乞陛下出臣前后封事，令保荐之人看详，以此等人委是可用与否。仍乞降付三省，依公施行。谨录奏闻，伏候敕旨。

【解题】

苏辙前后六状坚决反对张颉任户部侍郎，此为第五状。其中"千里送饼犒军，以纸赠优恤死事"尤为可笑。

申三省论张颉状　二十六日。

右辙累曾上言：除张颉户部侍郎不当。窃闻第一状曾蒙朝廷降付三省，进呈不行。辙寻博采众论，得颉历任处置乖方，伤财败事迹状非一。遂两具论奏，皆留中不出。伏惟皇帝陛下、太皇太后陛下，求贤惟恐不及，去奸惟恐不速。如颉之阴险暗谬，少见其比。二圣之明，不容闻而不去。窃料圣意必以重违大臣之议，是以迁延至此。至于执政诸公，上承二圣拱默仰成之托，百官进退，开口而定。岂不欲进贤退奸，率由公议，以无负付嘱之重？颉之无状，惟患不闻。若果闻之，势无必用之理。辙所上第一状，已经台览。后来二状，谨缮写缴连申上。伏乞考其事实，裁酌施行，少慰公议。谨状。

【解题】

这是苏辙写给三省执政的状子，并附上前后所上三篇弹劾张颉的状子，坚乞罢免张颉。

论户部乞收诸路帐状

准尚书户部牒，元祐元年七月二十五日敕节文：

一、府界诸路州军钱谷文帐，旧申三司，昨拨归逐路转运提刑司点磨，岁终刑部尚书点取勾讫帐勘覆。今上件诸州军钱谷文帐，欲收归户部点磨。

一、府界诸路州军常平等钱谷文帐，旧申司农寺，昨拨归逐路提举司点磨，户部右曹岁取提举司勾讫帐赴部点磨。今上件诸州军钱谷文帐欲收归户部点磨者。

右臣窃闻熙宁以前，天下财赋文帐，皆以时上于三司。至熙宁五年，朝廷患其繁冗，始命曾布删定法式。布因上言："三部胥吏所行职事非一，不得专意点磨文帐。近岁因循，不复省阅，乞于三司选吏二百人，颛置一司，委以驱磨。"是时朝廷因布之言，于三司取天下所上帐籍视之，至有到省三二十年不发其封者。盖州郡所发文帐，随帐皆有贿赂，各有常数。常数已足者皆不发封，一有不足，即百端问难，要足而后已。朝廷以布言为信。帐司之兴，盖始于此。张设官吏，费用钱物。至元丰三年，首尾七八年间，帐司所管吏仅六百人，用钱三十九万贯，而所磨出失陷钱止一万余贯。朝廷知其无益，遂罢帐司，而使州郡应申省帐皆申转运司。内钱帛、粮草、酒麴、商税、房园、夏秋税管额纳毕，盐帐、水脚、铸钱、物料、稻糯帐，本司别造计帐申省。其驿料、作院、欠负、修造、竹木、杂物、舟船、柴炭、修河物料、施利桥船物料、车驴草料等帐勘勾讫架阁。盖谓钱帛等帐，三司总领国计，须知其多少虚实，故帐虽归转运司，而又令别造计帐申省。至于驿料等帐，非三司国计虚赢所系，故止令勘磨架阁。又诸路转运司与本部州军地里不远，取索文字近而易得。兼本道文帐数目不多，易以详悉。自是外内简便，颇称允当。今户部所请收天下诸帐，臣未委为收钱帛等帐耶，为并收驿料等帐耶？若尽收诸帐，为依熙宁以前不置帐司，不添吏人耶？为依熙宁以来复置帐司，复添吏人耶？若依熙宁以前，则三二十年不发封之弊行当复见。若依熙宁以来，则用吏六百人磨出失陷钱一万余贯，而费钱三十九万贯之弊亦将复见。臣乞朝廷下户部，令子细分析闻奏。

然臣窃详司马光原奏，自改官制以来，旧日三司所掌事务，散在六曹及诸寺监，户部不得总天下财赋，帐籍不尽申户部，户部不能尽天下钱谷之数。欲乞令户部尚书兼领左右曹，其旧三司所管钱谷财用事有散在五曹及诸寺监者，并乞收归户部。推其本意，盖欲使天下财用出纳舒卷之柄一归户部，而户部周知其数而已。今户部既已专领财用，而元丰帐法，转运司常以计帐申省，不为不知其数也。虽更尽收诸帐，亦徒益纷纷，无补于事矣。臣谓帐法一切如旧，甚便。乞下三省公议，然后下户部施行。谨录奏闻，伏候敕旨。

【解题】

此状为苏辙任右司谏时所作，司马光卒于元祐元年（1086）九月一日，此状当作于九月前。

缴驳青苗法疏

臣伏见熙宁以来，行青苗、免役二法，至今二十余年，法日益严，刑日益峻，盗日益多，谷帛日益轻。细数其害，有不可胜言者。今廊庙大臣，皆异时痛心疾首，流涕太息，欲已其法而不可得者。况二圣恭己，唯善是从，免役之法，已尽革去。而青苗之事，乃犹因旧稍加损益，欲行掺臂徐徐月攘一鸡之道。如人服药，病日益增，体日益羸，饮日益减，而终不言此药不可服，但损其方剂变其汤而使服之，可乎？熙宁之法本不许抑配，而其害至此，今虽复禁其抑配，而其害固在也。农民之家，量入为出，缩衣节口，虽贫亦足。若令分外出钱，则费用自广，何所不至？况子弟欺谩父兄，人户冒名诈请，如诏书所云，似此之类，本非抑勒所致。昔者州县并行仓法，而给纳之际，十费二三。今既罢仓法，不免乞取，则十费五六，必然之势也。又官吏无状，于给散之际，必令酒务设鼓乐倡优，或关扑卖酒牌子，农民至有徒手而归者。但每散青苗，即酒课暴增，此臣所亲见而为之流涕者也。二十年间，因欠青苗至卖田宅兼妻女投水自缢者，不可胜数。朝廷忍复行之欤？臣谓四月六日指挥以散及一半为额，与熙宁之法初无小异，而今月二日指挥犹许人户情愿，未免于设法网民，使快一时，非理之用，而不虑后日催纳之患。二者皆非良法，相去无几也。今者已行常平粜籴之法，惠民之外，官亦稍利，如此足矣，何用二分之息以取无穷之怨！或云议者以为帑廪不足，欲假此法以赡边用。臣不知此言虚实，若果有之，乃是小人之邪说，不可不察也。昔汉宣帝世西羌反，议者欲民入谷边郡以免罪。萧望之以为古者藏富于民，不足则取，有余则与。西边之役，虽赋户口敛以赡其乏，古之通义民不以为非，岂可遂开利路，以伤既成之化？仁宗之世，西师不解，盖十余年，不行青苗，亦何妨害？况二圣恭俭，清心省事，不求边功，数年之后，帑廪自溢，有何迫急，而以万乘君父之尊，负□债收利之□，锥刀之末，所得几何？臣虽至愚，深为朝廷惜之。欲乞持降指挥，青苗钱今后更不给散，所有已请过钱、候丰熟日分作五年十科，随二税送纳；或乞圣慈念其累岁出息已多，自第四等以下人户与放免，庶使农民自此息肩，亦免后世有所讥议。兼近日谪降吕惠卿告词云：首建青苗，力行助役。若不尽去其法，必致奸臣有词，流传四方，所损不细。所有上件录黄。臣未敢书名行下。

【解题】

此疏各本皆不载，据《历代名臣奏议》辑补。作于元祐元年（1086）八月，时苏辙任右司谏。苏辙此前一直做下层官吏，于民间疾苦、官吏盘剥所见极多，故疏中说“但每散青苗，即酒课暴增”，极具说服力。

乞复选人选限状

右臣窃闻：监察御史上官均上言，极论官冗之弊，已蒙朝旨降付给舍、左右司看详施行。臣伏见祖宗旧法，凡荫补子弟，皆限二十五岁然后出官，及进士诸科释褐合守选人，并州县选人，除司理、司法、县尉外，得替日皆合守选。逢恩放选，乃得注官。所从来久远，仕者习以为常，虽经涉岁月，不以为怪。及先朝患天下官吏不习法令，欲诱之渎法，乃令荫补子弟不复限二十五岁出官。应系选人，皆不复守选，并许令试法，通者注官。自是天下官吏皆争诵律令，于事不为无益。然人既习法，则试无不中，故荫补者例减五年。而选人无复选限，遂令吏部员多阙少，差注不行。访闻见今已使元祐四年夏秋季阙，官冗之患亦云极矣。臣愚以为方人未习法，诱以免选，于理亦宜。及其既习，虽无免选，不患不习。且为吏而责之读法，本事之当然，不为过也。谓宜追复祖宗守选之旧，而选满之日，兼行先朝试法之科，此亦今日之便也。欲乞以臣所言，付给舍、左右司一处看详立法。谨录奏闻，伏候敕旨。

【解题】

此状是苏辙任右司谏是所作，对解决冗官问题提出具体建议，主张对荫补子弟的考选方式加以限制。以上各表状均为元祐元年（1086）八月苏辙任右司谏时所作。

乞废忻州马城盐池状

右臣访闻河东除晋、绛、慈、隰州旧卖解盐外，其余州县尽只卖永利东西两监盐，民间未尝阙盐食用。自元丰三年后来，前宰相蔡确兄砺等始议创添忻州马城池盐。其盐夹硝，味苦，人不愿买。故自四五年来，作分数抑卖与铺户，多有诉免。去年转运司以此申乞住收马城池盐，而虞部李闳畏避蔡砺权势，曲生问难。自去年六月以来，行遣未了，却符下提举司相度，意在观望，不肯依实定夺。臣欲乞下河东转运司，结罪保明，只将永利东西两监盐供卖本路诸州有无阙事。如委无妨阙，即乞依所请住收马城池盐，依旧只卖永利东西两监盐。仍乞取问蔡砺等建议害民及虞部官吏希合权要，故作拖延情罪，依法施行。谨录奏闻，伏候敕旨。

贴黄：访闻忻州曾申本路转运司，乞枷锢铺户前来买盐，以此显见人情不愿。

【解题】

此状作于苏辙任右司谏时，反对在忻州盐问题上拖延观望，要求立即废除抑配盐的害民政策。

乞擢任刘攽状

右臣等伏见朝议大夫、知襄州刘攽，多闻直谅，文有师法，才力通敏，所至称治，流落外官，众所嗟叹。访闻顷者将漕京东，安靖不扰。偶以前官财用窘乏，尝称贷朝廷。攽继其后，未能即还，奏乞展限。适会吴居厚以聚敛进擢，攽遂以不才黜退，安于荣辱，不自辩明。虽蒙圣恩召还近郡，而臣等窃谓攽才术有余，用之未尽。陛下方网罗遗滞，以助大化。如攽之贤，不可多得。伏乞擢置侍从，观其所长。臣等职在献纳，知贤不荐，实负愧责。谨录奏闻，伏候敕旨。

【解题】

这是苏辙任右司谏时荐举刘攽的状子。以上二状作于元祐元年（1086）二月至九月间任右司谏时，具体时日不可知，今附于此。

辞起居郎状二首

一

右臣今月十九日，准閤门告报，已有告命，除臣起居郎者。伏念臣顷自疏外，擢居谏垣，衰废之余，才力耗竭，黾俛岁月，无所建明。近因朝廷除张颉为户部侍郎，杜纮为右司郎中，公议纷然，谓非其人。臣继上封章，极言其事。杜纮虽才性鄙佞，点辱华要，而罪恶未著。臣亦不敢力言。至如张颉，为性险躁，临事乖方，历任以来，罪状山积。臣以为事既明白，是以前后五次上言。不知颉久事要权，植根深固，一为左右之所保任，遂致圣意确然不移。臣屡献狂言，诚不量力。虽圣恩宽贷，未赐谴诃，岂敢冒昧宠荣，复尘要近！言不称职，臣犹自知；当黜反迁，众必指笑。伏乞特回误恩，除臣一外任差遣，俾臣得免清议，不胜幸甚。所有前件告命，臣不敢祗受。谨录奏闻，伏候敕旨。

二

右臣准今月二十三日尚书省札子，以臣奏乞免起居郎恩命，奉圣旨不许辞免者。君父之命，所当敬从。臣实何人，敢有固执？特以臣前言张颉除户部侍郎不当，前后五状，不蒙施行。颉之罪名，著在案牍，传于公议，而大臣主之愈力，朝廷用之不疑，则是臣谤毁忠贤，眩惑天听，狂妄之诛，所不当赦。臣今不敢复论其事，但以言为职，言既不用，理当废黜，衔愧冒宠，义实不安。伏乞检臣前奏，除臣一外任差遣，以全臣进退之分。所有起居郎告命，臣不敢祗受。谨录奏闻，伏候敕旨。

【解题】

元祐元年（1086）九月苏辙除起居郎，这二篇是辞状。

辞召试中书舍人状二首

一

右臣今月二十二日奉圣旨，召试中书舍人者。伏念臣顷自外官，擢任言责。虽继陈狂瞽，而报效蔑然。遽蒙圣恩，执笔柱下；复缘乏使，权掌命书。资浅才微，宠恩沓至，自知非称，而况人言！方欲上书自陈，以辞要剧；忽闻召命，震越非常。况今多士盈廷，词臣间出，或久次不用，或沉伏未闻，岂患无人以备任使？顾臣才力短拙，重以衰残，曾未逾年，致身华近，必贻公议，难以自安。伏乞追回误恩，少安愚分。谨录奏闻，伏候敕旨。

二

右臣今月某日准阁门告报，蒙圣恩除臣试中书舍人者。顷蒙特旨召试中堂，辞避不从，黾俛而就。遂忝成命，意终不安。虽如区区寸诚，不能仰回天听，而匹夫之志，终欲必行。盖人臣事君，本求知遇，有命不受，近于不情。然臣以义而言，有三不可：伏念臣少从父学，稍知为文，忧患以来，笔砚都废。今虽勉强，心志已衰。此一不可也。臣昨自县道，召充谏官；旋叨左史，仍兼词命。骈繁宠数，并在一年，臣犹知非，况复公议？此二不可也。内外两制，素号要途。兄轼顷已擢在禁林，臣今安敢复据西掖？非独畏避讥评，实亦恐惧盈满。此三不可也。臣既无一堪，而有三不可，冒昧宠禄，将安用之？伏乞圣慈，鉴臣愚诚，特寝前命，俾臣得安闲地，少弭人言，则臣图报恩私，尚有他日。谨具状奏闻，伏候敕旨。

【解题】

元祐元年（1086）十一月召苏辙为中书舍人，作此二状辞谢。

谢除中书舍人表二首

一

臣辙言：伏奉诰命，除臣试中书舍人，仍改赐章服者。执笔柱下，已愧空疏；起草禁中，尤为清切。上惭主眷，下愧人言。臣辙诚感诚惧，顿首顿首。伏以西台政教之原，紫微论思之地。缉熙庶政，事得稽参；进退具寮，言成训诰。昔赵孟治晋，叔向为之谋主，则楚无以当；国侨为郑，子羽掌其词令，则国鲜败事。今臣所领，颇近于斯。宜得博达详练之人，疏通敏捷之士，考核邦典，润饰皇猷。如臣朴讷少文，迂拙自用。在仁祖时，始以直言见收下第。在神考时，复以封事获对清光。不能自结于一时，旋复窜投于万里，虽谋身之不暇，顾受任以何堪？泰坛之樽，何取沟中之断？清庙之瑟，误收灶下之焦。此盖伏遇皇帝陛下，出震乘龙，代天理物。默然思道，专意于用人；穆若守成，选众而求旧。怜臣一介之贱，偶为三世之陈。遗簪以故而见收，老马以病而复养。不求其用，聊广吾仁。臣虽力不迨人，而诚心未泯；学忘其旧，而一二犹存。敢不靖恭于朝，侧听高宗之言政；勉强以俟，几见成王之措刑！臣无任感天荷圣激切屏营之至，谨奉表称谢以闻。臣辙诚感诚惧，顿首顿首。谨言。

二

臣辙言：伏奉诰命，除臣试中书舍人，改赐章服者。越从左史，擢领西垣。口出命书，身参法从。深念山林之迹，本无富贵之心。闻命若惊，固辞不获。臣辙诚感诚惧，顿首顿首。伏念臣生本西蜀，家世寒儒。学以父兄为师，贫无公卿之助。私有求于禄养，辄自力于文词。慨然东游，无以上达。际会仁祖，访求直言。策语猖狂，恃圣神之不讳；考官怪怒，恶悻直之非宜。孰知牾俗之言，特被爱君之诏。感激恩遇，遂忘死生。莫酬国士之知，适有私门之祸，未填沟壑，重迫饥寒。时于道途，望见神考。一封朝奏，夕闻召对之音；众口交攻，终致南迁之患。生虽不遇，尝辱顾于二宗；时不见容，势殆滨于九死。厄穷自致，黾俛何言？敢云衰病之余，复被宠光之幸！此盖伏遇太皇太后陛下，母慈均覆，坤德无私，欲以任、姒之明，躬行尧、舜之道，肆求多士，以遗成王。耆老毕会于朝廷，耕筑不遗于草莽，遂令拔擢，猥及空疏。冯唐已衰，犹愿云中之往；贡禹虽老，未忘封事之勤。譬如木之在山，生则荷恩，而死无所怨；水之于地，行则润下，而止不敢辞。臣之事君，义亦如此。欲报之意，非言所殚。臣无任感天荷圣激切屏营之至，谨奉表称谢以闻。臣辙诚感诚惧，顿首顿首。谨言。

【解题】

以上二表是除中书舍人后所作谢表。

论梁惟简除遥郡刺史不当状

准今月三日吏房送到词头一道，供备库使、内侍省内侍押班梁惟简可遥郡刺史者。

右臣窃见梁惟简旬月之间，三度超擢，皆以自前法外侥倖特恩为比，仍言他人不得援例。初自御药，超带器械，及前省两资改所寄文思副使，权入后省，只此一转，已是内臣进用之极。中外惊怪，已有议论。次又以坤成节奏荐恩泽两重，特转两官。于法以特恩转官者，自文思副使当转皇城副使，又以特旨转供备库使。臣于此时当撰告词，以其事未至太甚，未敢辄有论奏。曾未旬日，今又以罢本殿祗候与转一官。若依旧法，自供备库使当转西京左藏库使耳，今乃更超文思、左藏、皇城使三资，直带遥郡刺史。臣若不早论救，必将大致纷纭。

窃谓朝廷非常特恩，当以待人臣非常之功。今惟简之为人，臣所不知。但见其给事宫省，岁月稍深，不过勤谨自将，别无非常功效，而三度冒居此宠，皆非祖宗旧法。臣窃见太皇太后陛下自临御以来，肃清中禁，抑损外戚，私谒不行，滥恩尽去，谨守法度，古所未有。岂肯于近习之臣，独开侥幸之路？必由条例委曲，圣意未暇一一尽详。而大臣不能守法，失于开陈，致此过当。不然，岂陛下能以法度绳治外家亲戚，而独不能以治内臣哉？若惟简别有出众功劳，即乞宣示其状，令有司核实，以伏中外之言。

臣顷以不才，滥处言责。每因进对，辄蒙天奖。尝欲捐躯以报知遇，不敢循默，上负恩德。所有告词，臣未敢撰。谨录奏闻，伏候敕旨。

【解题】

此状作于苏辙任中书舍人时，申述不为内臣梁惟简撰写除授刺史制词的理由。

不撰叶康直知秦州告状

今月初六日，吏房送到权陕西转运副使、朝奉大夫叶康直，可依前朝奉大夫、直龙图阁、权知秦州词头一道者。

右臣与叶康直素不相识，亦不知其人贤愚，但见前月二十四日有上件除命。是时权中书舍人曾肇当撰告词，肇即具奏，言："昨者兵兴，康直调发刍粮，一路骚然。先帝以其措置无状，又随军入界亡失为多，尝命械系，意欲诛之。"以此不敢撰词。又谏议大夫鲜于侁亦言：康直令儿男掘取窖藏，斛升货卖，及建言，欲由泾原路入界，和雇车乘人夫。为知永兴军吕大防所奏有违诏敕。先帝以其处置乖方，欲深置于法。康直素奴事李宪，密加营救，遂得无事。今令带职充一路帅臣，未允公议。臣今既明知曾肇、鲜于侁有上件文字，指陈康直罪恶，由此难以撰词，欲乞朝廷核实肇、侁所言康直事状见得有无。若无此事，即乞正肇、侁不实之罪。然后命臣撰词，臣敢不承命？谨录奏闻，伏候敕旨。

【解题】

此状申述不撰叶康直知秦州制词的理由。以上二状作于元祐元年（1086）十二月。

申本省论处置川茶未当状

朝廷若罢益、利路榷茶之法，只榷陕西沿边诸郡，不许客旅私贩，仍将沿边每岁合用益、利诸场茶色及斤重配在诸场，令及时立限和买。随每岁茶价高下，比民间价例微高，一如寻常和糴米粟之比可也。买茶之限，令茶场司立定，州县不得低估茶价。令人户不肯申官，以致出限。如有事故，须至展限者，具事由申本司，量展五日，仍不得过再展。每茶户入场中卖，须即时拣选和买，不得辄有留滞。或更依客旅体例，秋冬先放茶价，令茶户结保请领，及时送纳。以上并不得辄行抑勒。官买数足，方许私下交易。除沿边所榷地分外，一任客人兴贩。

如此擘画，比之顷年全榷益、利及陕西诸州，其利有五：益、利茶户，不被官场以贱价大秤抑勒收买，一也。昔茶未有榷，民间采茶，凡有四色，牙茶、早茶、晚茶、秋茶是也。采茶既广，茶利自倍。自榷茶以来，官中只要早茶，其余三色茶遂弃不采，民失茶利过半。今既通商，则四色茶俱复采，二也。官所运茶，止于边郡所须，比榷茶之日所运减半，则茶递役兵及州郡雇脚皆得轻减，三也。陕西茶商既行，岐、雍之间，民皆食贱茶，四也。益、利诸州百货通行，酒税课利理当自倍，五也。

若比之今来有司所议，但榷名山、梁、洋三处，放行益、利诸场茶货，其利有四：名山、梁、洋三处，榷法如旧，而不榷之地犬牙相错。榷与不榷，茶户利害相辽。例皆王民，而咫尺之间，不宜顿有此异，一也。榷与不榷，地分之远，小人易以起动茶户。借如名山之西南出茶之地，尚有雅州、庐山、荣经等处。若放令此茶北出，道过名山，彼此相杂，不可辨认。若放令此茶，由水路入嘉、眉，则名山之茶亦当从此走失。宽则榷法自废，急则民遭诬罔，横被徒配，二也。官中所买只用早茶，则牙茶、晚茶、秋茶亦为弃物。民失厚利，与顷岁无异，三也。沿边诸州蕃部所要茶色各别，今只将名山、梁、洋三色茶与之，彼既未谙茶性，必有不售，四也。

若比之今来或人之说，兼榷陕西里外诸州，据合用茶数于益、利诸场和买，官自般卖和买之余，成都路客人贩茶不得过剑门，利州路客人贩茶不得过陕西，其害有三：尽夺茶利，商贾不行，百货不通，酒税课利自减，一也。运茶既多，递铺役兵及州郡雇脚劳费与顷年无异，二也。岐、雍之民，仍食贵茶，三也。

由此观之，朝廷若但和买边郡合用茶数，只于边郡立榷法，其余率皆通商，此法一行，则上件三说之弊自除。至于供给蕃部，收买战马之利，则与三说无异。以此较之，利害可见。谨录奏闻，伏候敕旨。

【解题】

此状就榷茶法问题提出处置方法，并详细分析了只在陕西边境上榷茶的好处。文中小字系作者夹注。

贺雪御筵谢状二首

一

伏以微阳将复，温气尚浮，诚章感天，不日而应。同云覆地，雨雪载均，信哉！牟麦之祥，复称疠疫之药。时方嗣岁，已知天造之回；功在庶农，益验坤元之德。臣等弼谐虽幸，燮理何功？安此丰年，日有素餐之愧；锡之备礼，重叨曲燕之私。醉饱而归，震惶无措。

二

伏以近自频年，每愆时雪。圣心勤念，虽渊默以无言；天意密符，变凝阴而有作。飞花先自于宫阙，布润俄遍于寰瀛。九轨澄清，已消尘壒之浊；三农踊跃，载歌牟麦之丰。臣等幸此有年，共安无事。锡之醴酒，益知和气之充；饫以肴烝，愿均足食之惠。醉饱盛德，歌舞休功。

【解题】

这二首谢状是苏辙任中书舍人时作，当作于元祐元年十二月至二年三月之间。

请太皇太后受册表

臣辙等言：臣等近奉表请太皇太后以时备礼，膺受册宝，伏奉批答不许者。臣等闻谦虽盛德，过则失中；礼有必然，义非所避。方旱灾未解，则克己安众，人主之令猷；及神人既和，则备物正名，有国之常法。若乃务于损而不复，有其实而弗居，使礼典不修，则臣子何赖？臣等诚惶诚恐，顿首顿首。

伏惟太皇太后陛下躬任、姒之至德，蹈舜、禹之休功。无为而遐迩自安，不言而忠邪自辨。四海蒙福，三年于今。乃者雨不应时，民斯艰食。然而振廪已责之惠，饥馑所以再生；侧身修行之诚，鬼神所以助顺。今蚕麦既阜，黍稷可期。人获安居，朝亦无事。而礼废不举，众将谓何？夫以拥佑神孙，缉熙大业。名号之施，本由其实；文物之盛，复沿其名。夫何嫌疑，固执谦畏？而况遏密之期已极，爱戴之愿方深。抑损逾涯，进退无据。臣等重念君父之道，不独为身；其于臣子之谋，当使无过。今时日协吉，册宝告成，却而不施，自为则至，而使皇帝陛下不得尽人子之义，百官有司不得举人臣之职，此臣等区区窃所未喻也。伏愿太皇太后陛下，勉循斯请，以安众心。仰以奉祖宗之旧仪，俯以为国家之荣观。臣等无任恳款激切屏营之至，谨奉表以闻。臣辙等诚惶诚恐，顿首顿首。谨言。

【解题】

此表作于元祐二年（1087）五月己巳，请太皇太后“膺受册宝”。哲宗继位，太皇太后亲政已三年，因此有此请。

乞推恩故知陈州鲜于侁子孙状

右臣等伏见故朝议大夫、集贤殿修撰、知陈州鲜于侁，学有原本，博通诸经，政事精详，和而有断。熙宁之初，为利州路转运判官。时朝廷方行免役，本路人贫地狭，侁推行以理，取于民有度，能使一路独无甚扰。近者京东经吴居厚刻剥之余，人情不安。朝廷特起侁于疾病之中，副以安集。侁劳徕几岁，民亦以宁。旋蒙圣恩，知其可用，擢为右谏议大夫。侁感激知遇，前后言事，多蒙听纳。不幸疾作，不敢废弛职事，力求外补。复蒙圣恩，宠以要职，俾守近藩，仍指挥一年后取旨。侁到任未几，遂至物故。臣等窃闵侁平生守道，历任诸监司，有补国事。晚节被遇，擢寘侍从。适以病去，无丝毫之过，而身后独不得与侍从亡殁恩例，子孙见有白身。欲乞圣恩，特赐闵察，使得依谏议大夫恩例，以慰忠贤之心。谨录奏闻，伏候敕旨。

【解题】

此状为鲜于侁子孙乞恩，依朝庭制度给予荫官。作于元祐二年（1087）五月。

谢入伏早出状二首

一

伏以火老而烦，金微斯伏。忽被早归之诏，仰惭内恕之恩。退食委蛇，抚躬战汗。臣等叨尘近辅，与闻政几，庇广厦之清阴，饱素餐而终日。方惭惧于无补，何劳苦之足云。伏惟太皇太后陛下，推己及人，使臣以礼，深念早衰之质，许以中昃之休。顾惟民事之至艰，盖有日入而后息。臣等敢不上怀主眷，俯念人劳，广清净之余风，致安佚于无外！

二

伏以候极南讹，日临庚伏。方斋居之暇豫，闵政务之勤劳。亟命遄归，得从燕息。臣等猥以一介，获览万微，殚日力而不遑，知寸阴之可惜。惕然祗畏，敢有怠荒。伏惟皇帝陛下，鸡鸣求衣，日旰忘食。致海内无警急之奏，而朝廷有清净之风。膺化国之舒长，念暑雨之咨怨。曾匪贤劳之久，遽蒙夙退之安。臣等敢不上体眷怀，益励愚拙，更寒暑而不易，期岁月之有成！

【解题】

这二首谢状是苏辙任中书舍人时作，据“入伏”字，当作于元祐二年（1087）七月左右。

贺擒鬼章表

臣辙等言：伏睹熙河、兰、会经略司奏，今月十九日，洮东安抚种谊等领兵攻破洮州城，生擒西蕃首领鬼章者。天网虽宽，久而必获；神理助顺，叛者自亡。曾是偏师之出疆，遂闻元恶之授首。诸戎震叠，西鄙肃清。臣辙等诚欢诚抃，顿首顿首。

伏惟太皇太后陛下，天覆四方，坤载万物。好生之德，发于自然；柔远之功，覃于无外。昆虫草木，咸知此心；天地鬼神，阴相其业。顾西蕃之遗种，孤累圣之鸿私。顷在熙宁之间，诱陷思立之众。置而不问，犹觊知恩。爵秩兼隆，赐予不绝。而乃潜结西夏，攻围南川。焚荡伤夷，动以万计。发掘驱虏，不可数知。筑据临洮，傲睨天讨。当宁太息，念疆场之无辜；诸将激昂，知背诞之不赦。兵刃既接，凶党奔亡。临冲未施，壁垒自破。老羌夺气，白首就擒。即听槛车之行，以正藁街之戮。乃者拓跋小丑，凭恃解仇之谋，猖狂大言，阴蓄窥边之计。唇亡则齿知难久，臂解则肩不自持。料其破胆之余，款塞无日。信矣！得天之助，本于爱物之诚。臣等镇抚无功，黾勉备位，幸依干羽之化，庶睹兵革之藏，欣戴之心，倍万伦等。臣辙等无任瞻天望圣激切屏营之至，谨奉表称贺以闻。臣辙等诚欢诚抃，顿首顿首。谨言。

【解题】

据《续资治通鉴》卷八十元祐二年八月丁未："熙河路言知岷州种谊复洮州，擒果庄青宜结。戊申宰臣率百官表贺。"此表即作于此时。

论西事状

右臣伏见西夏顷自秉常之祸，人心离贰，梁氏与人多二族分据东西厢，兵马势力相敌，疑阻日深，入寇之谋，自此衰息。朝廷略加招纳，随即伏从，使介相寻，臣礼甚至。只自今年春末夏初以来，始有桀心，出兵数万掩袭泾原，杀虏弓箭手数千人，复归巢穴。朝廷方事安众，难于用武，接以君臣之礼，加以册命之恩，特遣使人厚赐金币。戎狄兽心，敢为侮慢，辄以地界为词，不复入谢。至于坤成贺使，亦遂不遣。中外臣子闻者无不愤怒，思食其肉。臣忝备侍从，主忧臣辱，义不辞劳。况臣擢自小官，列于禁近，议论几事，既其本职，感激思报，宜异常人。是以冒昧献言，不避罪戾，庶几圣意由此感悟，虽被谴逐，臣不恨也。

臣窃惟当今之务，以为必先知致寇之端由，审行事之得失，然后料虏情之所在，定制敌之长算。诚使四者毕陈于前，羌戎小丑，势亦无能为也。

董毡本与西夏世为仇雠。元昊之乱，仁宗赖其牵制。梁氏之篡，神宗藉其征讨。世效忠力，非诸蕃之比。乃者董毡老病，其相阿里骨擅其国事，与其妻契丹公主杀其二妻心牟氏，其大将鬼章及温溪心等皆心怀不服。阿里骨欺罔朝廷，自称董毡嗣子。朝廷不察情伪，不原逆顺，即以节钺付之。谋之不臧，患自此起。阿里骨既知失众，虐用威刑，众心日离。而鬼章自谓与阿里骨比肩一体，顾居其下，心常不悦。夏人乘此间隙，折节下之。先与阿里骨解仇结欢，令转说鬼章举兵入寇，复诱胁人多保忠，令于泾原窃发。党与既立，羽翼既成，是以敢肆狂言，以动朝听。向若阿里骨以董毡之死来告立嗣，朝廷因其所请，遍问鬼章、温溪心等以谁实当立。若众以阿里骨为可立，则既立之后，众必无词。若以为不可，则分董毡之旧秩，以三使额授此三人。阿里骨无侥幸之命，鬼章无怨望之意，则夏人无与为援，安能动摇？加以数年以来，朝廷本厌兵事，羌中测知此意，亦以自安。顷者忽命熙河点集人马，大城西关，仍云来年当筑龛谷，声实既暴，虏心不宁，举兵自强，衅亦由此。此所谓致寇之端由也。

先帝昔因梁氏篡逆之祸，举兵诛讨，侵攘地界，为怨至深。羌虏之性，重于复仇。计其思报之心，未尝一日忘也。徒以丧乱相继，兵力凋残，陛下临御之初，意切怀纳，是以连年入贡，以休息其民。虽有恭顺之言，盖亦非其本意矣。假令犯顺，固犹有词。今朝廷因其承袭之后，赐之册命，捐金钱二十余万缗以为之礼。彼既与我有君臣之分，然后可责以忠顺之节。朝廷此举，于义甚长，而羌虏无谋，遂肆桀傲。内则其国中士民自知其不直，必不为用；外则中国兵将皆有斗志，易以立功。曲直之几，于此始定。虽弃捐金币，以封殖寇仇，小人谓之失策；而分别曲直，以激励将士，智者谓之得计。此所谓行事之得失也。

元昊本怀大志，长于用兵；亮祚天付凶狂，轻用其众。顷为边患，皆历岁年。然而国小力微，终以困毙。今梁氏专国，素与人多不协。内自多难，而欲外侮中原，料其奸谋，盖非元昊、亮祚之比矣。意谓二圣在位，恭默守成，仁泽之深，远近所悉，既无用武之意，可肆无厌之求。兰、会诸城，鄜、延五寨，好请不获，势胁必从。以为狂言一闻，求无不得。今朝廷既已渐为边备，益兵练将，则羌虏之心已乖本计。不过秋冬寒凉之后，小小跳梁，以尝试朝廷而已。若朝廷执意不摇，守边无失，则款塞请盟，本无愧耻。若朝廷用心不一，惟务求和，则求请百端，渐不可忍。此所谓虏情之所在也。

凡欲应敌，必先正名。夏人初起邪谋，必有二说：其一以为慢词既达，则地界可得。无穷之请，因以滋彰。其二以为虽不得地，实亦无损。猖狂力屈，稍复求和，中国厌兵，势无不许。方其不逊，则张皇事势，夸示诸戎。及其柔伏，则略为恭顺，使中国黾勉而听。今朝廷遣兵积粟，地界之请固已不从。然而号令未明，逆顺未著。臣恐夏人未知朝廷不惮用兵之意，无以折其奸心。又恐将来奸穷力屈，略修臣礼，便与讲和。要约不坚，必难持久。昔赵欲与秦为购，其谋臣虞卿以为从秦为购，不若从齐为购。于是东结齐人，而秦人自至。区区之赵，尚知出此，而况堂堂中国，畏避畜缩，偷于无事，不一分别曲直，而反听命于羌人哉？

臣愿陛下明降诏书，榜沿边诸郡，其大意略曰：“夏国顷自亮祚丧亡，先帝举兵吊伐。既绝岁赐，复禁和市。羌中穷困，一绢之值，至十余千。又命沿边将吏，迭行攻讨。横山一带，皆弃不敢耕。穷守沙漠，衣食并竭，老少穷饿，不能自存。朕统御四海，均覆无外，闵此一方，穷而无告，遂敕诸道帅臣，禁止侵掠。自是近塞之田，始复耕垦。既通和市，复许入贡。使者一至，赐予不赀；贩易而归，获利无算。传闻羌中得此厚利，父子兄弟始有生理。朕犹念孤童幼弱，部族携贰，若非本朝赐之策命，假以宠灵，则何以威伏酋豪，保有疆土？是时朝士大夫咸谓夷狄反覆，心未可知，使者将行，言犹未已。朕有存亡继绝之志，欲修祖宗爵命诸侯之典，以为宁人负我，断而不疑，故遣使出疆，授以礼命。金钱币帛，相属于道。边人父老，观者太息，以为仁义之厚，古所未有。而狼子野心，饱而背德，不遣谢使，不贺坤成。朕以君道拊之，而不以臣礼报朕。天地所疾，将相咸怒。朕惟狂谋逆节，止其一二奸臣。国人何辜，当被杀戮？是以弭兵安众，未议攻讨。然而逆顺之理，不可不明。其令沿边诸将，饬励兵马，广为储峙，敢有犯塞，即杀无赦。彼既背逆天理，不有人祸，必有鬼诛。姑修吾疆，以待其变。”臣料此命一出，羌人愧畏，虽未即款伏，而奸计沮屈，无以号令其下。诸路兵民，知彼曲我直，人思致死，勇气一发，边声自倍，此必然之势也。今朝廷日夕备边，常若寇至，而但曲加隐忍，不降此命，使虏众一旦犯境，终亦不免交锋。若听臣此言，要之亦不出兵，坐而待敌，初无有异，而使士气感忿以思战。虏情知难而自屈，求和之请，其至必速。此所谓制敌之长算也。臣窃闻朝廷近已添屯兵将，增广边储，议绝和市，使熙河帅臣招来阿里骨、鬼章、温溪心、人多保忠等。此兵法所谓上兵伐谋，不战而屈人者。陛下若能饶之以金钱，而宽其绳墨，使将帅得尽其心，间谍得尽其力，则事无不成，而虏渐可制矣。

然有一事，似非臣所得言者，但以蒙国厚恩，不敢不尽。昔熙宁、元丰之间，所行政令虽未必便民，然先帝操之以法，济之以威，是以令无不从，而事无不举。顷者朝廷削去苛法，施行仁政，可谓善矣。然而刑政不明，多行姑息，中外观望，靡然有纵弛怠惰之风。平居无事，姑以偷安可耳。今虏方不顺，胜负之变，盖未可知。缓急之际，威令无素，何以使众？臣谓宜因事正法，以明示天下。臣前所言去岁大臣承用阿里骨欺罔之奏，授以节制，致令鬼章怀愤入寇，夏人乘衅违命，此则当时宰相、枢密使副苟简无谋之罪也。近者泾原贼骑至者数万，杀略数千，斥候不明，备御不及。熙河贼退，经今累月，而杀伤焚荡之奏，至今未上，此则将帅弛慢，不畏朝廷之罪也。陛下恬不为怪，略无责问，政之不修，孰大于此？中外相视，以为疑怪。朝廷方将使人蹈白刃，赴汤火，臣有以知其不能矣。昔公孙弘为相，诸侯有逆谋，请归侯印以塞责。诸葛亮为相，任马谡不当，请自贬三等，以右将军领事。盖大臣体国，不惜身自降黜，为众行法。今陛下何不取去岁册命阿里骨与议大臣，不论去位在位皆夺一官。至于两路将帅，虽寄任不改，而法不可废，皆使随罪行罚。以此号令四方，庶几知所畏惮。政修于朝廷之上，而敌人恐惧于千里之外，势之所至，不足怪也。今陛下未能正群臣，而望西羌之畏威，不可得矣。臣闻范仲淹守庆州，因葛怀敏之败，请以任将非人，因两府逊谢，损其勋爵而复其位，以激厉诸将，感慰边兵。时虽不用，而范仲淹之言，至今惜之。臣虽不敏，究观往事，以为可施于今，不敢默已。小臣狂僭，钺斧之诛，无所逃避。惟陛下裁察，取进止。

贴黄：或言阿里骨之请命与乾顺之嗣立，事体无异。今臣言册命乾顺为得策，而封拜阿里骨为失计，似言之未当者。臣以谓不然，阿里骨之请命，可否在我。而乾顺之嗣立，朝廷且不得而知，况能制其可否乎？故臣以乾顺之命为是，而以阿里骨之命为非，不为妄论也。

【解题】

此状收在《栾城集》卷四十一户部侍郎论时事八首中，但苏辙是元祐二年（1087）十一月任户部侍郎的，此状与前《贺擒鬼章表》为同时作，时任中书舍人。据此，可推断《栾城集》为误收。

乞外任札子

臣窃闻：右司谏贾易言文彦博、吕陶党助臣及臣兄轼。虽陛下察知臣兄弟孤忠无比周之实，罢易言职。而臣自循省，盖由行不素著，未能取信于人，致令烦言上渎天听，惭惧陨越，若无所容。臣轼已具札子，乞除一郡。臣亦乞与兄同就外任，庶全臣子进退廉耻之分。况臣兄弟久以空疏，并尘近侍，忝冒之罪，臣犹自知，况于他人，何由厌伏？伏乞圣慈，察臣诚恳，非由矫饰，特赐开许，以安孤危。取进止。

【解题】

当时朝庭内形成洛、蜀、朔三党。洛党以程颐为首，而朱光庭、贾易为辅；蜀党以苏轼为首，吕陶等为助；朔党以刘挚、梁焘、王岩叟、刘安世为首。此状因贾易说吕陶党苏轼兄弟，文彦博为主使，而上表求外任。

谢坤成斋筵状二首

一

清光可企，初奉万年之觞；妙供已成，共荐三乘之福。遽传温诏，式燕群工。举磬管以示和，陈肴核而饱德。与众同乐，既均夷夏之欢；俾寿而康，当遂臣邻之愿。

二

寅奉东朝，方庆诞弥之节；均慈列辟，俾同既醉之欢。饫以和羹，作之备乐。举太平之旧事，竦众目以荣观。呦呦鹿鸣，士有尽心之愿；振振鹭下，众知胥乐之诚。

【解题】

这二首谢状是元祐四年坤成斋筵后所作。

谢讲彻《论语》赐燕状二首

一

志在多闻，亲讲前王之训；功惟日就，遽见一经之终。深念勤劳，式均燕喜。笾豆有楚，钟鼓毕陈。勉兴好我之心，既优以礼；将闻善道之告，不绝于时。

二

宸心莫测，方笃志于诗书；坤德无为，但勤求于俊彦。曾未阅岁，已闻终经。式均燕豆之私，以荣讲席之报。始于好学，佇观圣政之新；终克肯堂，益助慈心之喜。

【解题】

元祐二年（1087）九月因给哲宗讲《论语》完毕，赐宰臣、执政、经筵官于东宫，苏辙作此谢状。

乞验实贾易谢上表所言札子

臣伏见知怀州贾易到任谢表二道，皆自谓以忠直获罪，而指言群臣谗邪罔极，朋党滔天，上下不交，忠良丧沮，至引《周易》“履霜坚冰”、“不早辨”之言以为戒。欲使朝廷原心定罪，便行诛戮，其间有云“苏辙持密命以告人，志在朋邪而害正”。臣非谏台，凡易所言不敢条析论奏。惟有言臣一节，理当辨明。易虽顷为谏官，今出守郡，于条不当复以风闻言事。其言臣以密命告人，伏乞朝廷取问实状。如言有实，臣甘俟朝典。取进止。

【解题】

据《续资治通鉴》元祐二年八月，贾易谢上表中指群臣朋党，并说苏辙以密命告人。苏辙上疏自辩，乞加验实。《栾城集》收在任户部侍郎时作，误。以上表状是元祐元年（1086）十一月至元祐二年十一月任中书舍人时所作。

辞户部侍郎札子

臣准尚书省札子，已降诰命，除臣依前朝奉郎、试户部侍郎，奉圣旨，管勾右曹者。待罪西掖，虽已期年，龌龊文墨之间，愧负宠禄之厚。岂期过听，特有甄升？窃以户部右曹，兼领昔日金、仓、司农之政；侍郎职事，专治天下差繇、市易之余。奏请纷然，法度未定。方欲酌今昔之中制，采吏民之公言，宜得强明练达之人，立成久远通融之法。如臣暗陋，何以克当？愿回误恩，别选能吏，俾臣愚获安于微分，而国事不失为得人。公私两宜，众议为允。恳迫之至，冒昧以闻。取进止。

【解题】

元祐二年（1087）十一月除苏辙户部侍郎，此札为辞状。

谢除户部侍郎表二首

一

臣辙言：今月初四日，伏奉诰除臣依前朝奉郎、试尚书户部侍郎者。掖垣清闷，奉铅椠以偷安；民部剧烦，以金谷而为职。事非素学，命不获辞。臣辙诚惶诚恐，顿首顿首。伏念臣起于南裔，曾未再期；擢在近班，讫无少补。开口论事，适宸心延纳之初；引笔代言，非书命纵横之际。窃禄而已，功何足云；计日以言，时亦未几。方自忧于汰去，岂复意于超升？此盖伏遇太皇太后陛下，仁圣无为，静深照物，坐阅工师之众，灼知情伪之端。察臣朴愚，怜臣孤远，才虽未能以应务，性则不喜于为邪，试之剧曹，冀其来效。然臣观当今右部之政，正值昔日新法之余，召募忧于钱荒，差繇患于户少，事既难辨，法当通方，尚赖圣算之明，稍宽民方之惫。臣之疏拙，徒自勉强，苟少缓于疮痍，亦图报之万一。臣无任感天荷圣激切屏营之至，谨奉表称谢以闻。

二

臣辙言：今月初四日，伏奉诰命，除臣依前朝奉郎、试尚书户部侍郎者。田野之姿，入朝未几，侍从之贵，冒宠已多。方怀汰去之忧，敢有超迁之望？臣辙诚惶诚恐，顿首顿首。伏以右曹之政，本专赋役之烦，近岁以来，复益金仓之旧，下关民力，上计邦储。朝廷议论，积年于兹；吏民封章，继日以上。置局未遑于成法，付部要责其奏功。将以适四方之宜，为一代之典。自非精练吏事，通知民情，何以上副忧勤，下宽疲瘵？如臣浅陋，殆难克堪。此盖伏遇皇帝陛下，圣贵乘时，孝先述志，明于因革之故，达于利病之原，上览祖宗之成规，下采今昔之公议，昭然独断，惠此小民。谓臣出自贱寒，或知劭农之意；性本愚拙，庶无希合之情。度越众贤，付以要务。臣敢不上体圣虑，勉尽鄙心。臣无任感天荷圣激切屏营之至，谨奉表称谢以闻。

【解题】

此二表是除户部侍郎后所上谢表。

谢对衣金带表二首

一

臣辙言：伏蒙圣恩，赐臣对衣金带者。盛服在躬，衰容有耀；兼金收衽，绵力难胜。顾视何功，叨尘重锡？臣辙诚惶诚恐，顿首顿首。伏念臣家本寒族，误点清班。岂曰无衣，敢自求于安燠；可使束带，顾未工于语言。曾是遭逢，坐蒙恩宠。此盖伏遇皇帝陛下，德泽无外，足以衣被四方；礼义有余，意将藩饰群下。发在笥之珍，以明重慎；易佩鱼之饰，以示等威。结以会朝，垂厉识都人之旧；服而拜舞，顾影有彼己之惭。岂徒褒博以为容，愿尽縻捐而报德。臣无任感天荷圣激切屏营之至，谨奉表称谢以闻。

二

臣辙言：伏蒙圣恩，赐臣对衣金带者。中廷拜命，御府推恩。授安吉之礼衣，兼荧煌之宝带。臣辙诚惶诚恐，顿首顿首。伏念臣西南贱士，儒素传家。羊裘宽博以御寒，牛胁连延而束体。久从游宦，幸此甄收。曾何施为，坐沾赐予？此盖伏遇太皇太后陛下天覆庶物，子养群臣。机杼告功，远取同裘之义；范熔成质，式示断金之诚。箧笥增辉，既熏暖于私室；鞸绅同结，亦夸耀于周行。顾惭彼己之讥，当誓捐躯之报。臣无任感天荷圣激切屏营之至，谨奉表称谢以闻。

【解题】

元祐二年（1087）苏辙除户部侍郎，赐对衣金带，这二篇是谢表。

转　对　状

准御史台牒，五月一日文德殿视朝，臣次当转对。臣待罪地官，以财赋为职，朝夕从事，于今半年。耳目所接，或干利病，敢缘虞人守官之义，庶几百工执艺以谏。谨条具本职三事，昧死上献：

一、臣伏见本部一月出入见钱之数，率皆五十余万贯，罄竭所得，仅给经费而已。稍加他用，辄干求朝廷，方能办事。有司惴惴，常有阙事之惧。臣闻古之为国，皆食租衣税而足。降及近世，始有盐铁酒税之利。凡郊庙、朝廷、禄士、养兵、捍边、睦邻，百色取具于此。盖天之所生，地之所产，足以养人。自三代、汉、唐至于祖宗之盛，未有舍此而外求者也。今四海万里，耕稼相属，而以不足为忧，臣实怪之。孟子有言：“无政事则财用不足。”臣愚无知，意者朝廷之政，岂有所未立故耶？臣观诸道监司，自近岁以来，观望上下，无复厉精之实，妄意朝廷以不亲细务为高，以不察奸吏为贤。于是巡历所至，或不入场务，不按有罪，郡县靡然承风。懦者颓弛，权归于吏；贪者纵恣，毒加于民；四方嗷嗷，几于无告。其他害理而伤化者，非臣之职，臣不敢议也。若夫两税、征商、榷酤无故亏欠者，比比皆是，此臣之职也。欲乞陛下特降指挥，令本部左曹具诸路去岁三事增亏之数，其非因水旱灾伤，特以宽弛不职而致亏欠者，择其最甚，黜免转运使副判官，罚一以劝百，上意所向，下之所趋也。如此施行，庶几财赋渐可治矣。

一、臣闻汉以九卿治事，唐以六曹为政。汉非无尚书，而唐非无卿、寺也，盖事不在耳。先帝法唐之故，专任六曹，故虽兼置寺、监，而职业无几。量事设官，其间盖有仅存者矣。顷元祐之初，患尚书省官多事少，始议并省郎曹，所损才一二耳。而寺、监之官，如鸿胪、将作，旧不设卿、丞者，纷纷列置，更多于旧。中外之议，以此疑惑，以为朝廷为人设官，非为官择人，此言一出，为损非细，其于治体，非臣所当议也。而至于京师廪给之厚，出于本部，故臣愿明诏有司，减去寺、监不急之官，以宽不赀之费而已。

一、臣闻财赋之源，出于四方，而委于中都，故善为国者，藏之于民，其次藏之州郡。州郡有余，则转运司常足；转运司既足，则户部不困。唐制：天下赋税，其一上供，其一送使，其一留州。比之于今，上供之数，可谓少矣。然每有缓急，王命一出，舟车相衔，大事以济。祖宗以来，法制虽异，而诸道蓄藏之计，犹极丰厚。是以敛散及时，纵舍由己，利柄所在，所为必成。自熙宁以来，言利之臣不知本末之术，欲求富国，而先困转运司；转运司既困，则上供不继；上供不继，而户部亦惫矣。两司皆困，故内帑别藏虽积如丘山，而委为朽壤，无益于算。故臣愿陛下举近岁朝廷无名封桩之物，归之转运司。盖禁军阙额与差出衣粮，清、汴水脚与外江纲船之类，一经擘划，例皆封桩。夫阙额禁军寻常以例物招置，而出军之费罢此给彼，初无封桩之理，至于清、汴水脚，虽损于旧，而洛口费用，实倍于前。外江纲船，虽不打造，而雇船运粮，其费特甚，重复刻剥，何以能堪？故臣谓诸如此比，当一切罢去。况祖宗故事，未尝有此，但有司固执近事，不肯除去。惟陛下断而与之，则转运司利柄稍复，而上供有期，户部亦有赖矣。

右件如前。谨录奏闻，伏候敕旨。

【解题】

元祐三年（1088）五月一日，苏辙、苏轼同时转对。苏辙此状论户部事，提出三条建议：一是罢免“宽弛不职而致亏欠”的官员；二是裁减官吏以省费用；三是将不必要的财物存于地方以省转运之费。转对是宋代设立的百官轮次奏对，言时政阙失的一种制度。

因旱乞许群臣面对言事札子

臣伏见二年以来，民气未和，天意未顺。灾沴荐至，非水即旱。淮南饥馑，人至相食。河北流移，道路不绝。京东困弊，盗贼群起。二圣遇灾忧惧，倾发仓廪，以救其乏绝。独此三路所散，已仅三百万斛矣，异时赈恤，未见此比。然而民力已困，国用已竭，而旱势未止，夏麦失望，秋稼未立。数月之后，公私无继，群盗蜂起，势有必至。臣未知朝廷何以待此？

臣窃见太皇太后陛下清身奉法，与物无私。皇帝陛下恭默靖慎，动由礼义。皇天后土，照知此心，而和气不应，深所未喻。陛下尝究其说否？臣闻天气下降，地气上腾，阴阳和畅，雨泽乃至。君广听以纳下，臣尽言以奉上，上下交泰，元气乃和。今二圣居帏箔之中，所与朝夕谋议者，上止执政大臣，下止谏官御史，不过数十人耳。其余侍从近臣，虽六官之长，皆不得进见，而况其远者乎？臣以谓群臣识虑，深浅不同，其心好恶亦异，故须兼听广览，然后能尽物情而得事实。今陛下听既不广，则所行之事不得不偏。听狭事偏，则阴阳亢隔，和气不效，必然之理也。

臣观祖宗故事，百官有司皆得以职事进对，从容访问，以尽其情。今二圣临御四方，履人主之位，而谦恭退托，疏远群臣，不行人主之事，遂使百官不敢以职事求见。臣谓宜因此时，明降诏书，许百官面奏公事，上以尽群情之异同，下以阅人才之贤否。人心不壅，天道必从，则久旱之灾，庶几可息。臣蒙国厚恩，比闻诏书引咎自责，避正殿，损常膳，分命臣僚，并走群望，私心踧踖，不敢遑宁，辄推天意人事影响之应，庶几有补万一。惟陛下恕其愚僭，略赐采择。取进止。

【解题】

苏辙此札乞请皇帝和太皇太后允许百官“面奏公事”，防止“听狭事偏”，以畅通言路，顺应天道。

论阴雪札子

臣伏见自去冬至今，阴雪继作，罢民冻馁，困踣道路。圣心忧劳，何所不至。盖尝命有司发内库之钱，出司农之粟，竭太府之炭，以济其急矣。犹以为未也，则释犴狱，罢夫役，凡可以惠民之事，无不为矣。而天意不顺，雨雪如故。臣窃惑之。

臣尝观先儒论五行之说，以为听之不聪，是谓不谋，厥咎急，厥罚常寒。故周之末世，舒缓微弱，政在臣下，则天应之以燠暖；秦之末世，峻刑暴敛，海内重足而立，则天应之以寒慄。是以周亡无寒岁，秦灭无燠年。信如此言，则朝廷之政令岂失于急欤？窃惟二圣临御以来，革敝去烦，施惠责己，凡所措置，虽未尽得，而民获其所欲者多矣。苟以为急，虽三尺童子不信也。然则阴雪之应，其咎安在？臣闻商高宗雉雊于鼎，其臣祖己告之曰：“惟先格王，正厥事。”夫所谓“正厥事”者，无常事也，惟因其非而正之耳。故臣窃推之古事，以为天大雷电以风，而成王应之以逆周公。卫国大旱，而文公应之以伐邢。夫亲任三公，非所以止风；而兴师伐人，非所以致雨。彼既为之不疑，而天亦报之如响者，诚得其时，当其事耳。臣窃惟近者天地之变，常半岁苦旱，半岁苦阴，阴阳之气，一有过差，浸淫烂熳而不能反。今雨雪既甚，久而不止，则春夏之际，又将复旱，此其类似有以致之者。古之为政，德刑并用，宽猛相济，使天下怀其惠，而畏其威，和气充塞，而天地从之，故阳不过，而阴不忒。自顷以来，朝廷之政专以容悦为先务，上下观望，化而为一。监司之臣以不报有罪为贤；郡县之官以宽弛租赋、纵释酒税为优。至于省台寺监，亦未闻有正身治事，以办集闻者也。何者？朝廷方兼容是非，以不事事为安静，以不别白黑为宽大，是以至此极也。臣窃惟朝廷之意，其始盖欲以宽治民耳，而不知奸臣猾吏乘其间以侵虐细民，其弊不可胜数。名虽近宽，而其实则虐也。

陛下诚欲消复此变，宜训敕大臣，使之守法度，立纲纪，信赏必罚，使群下凛然知有所畏。苟朝廷无偏甚不举之政，则阴阳过差、浸淫烂熳、往而不反之气，宜可得而止也。不然，虽空府库、竭仓廪以赈贫穷，破囹圄、焚鞭扑以纵罪戾，臣恐天地之意，未易回也。

臣待罪地官，以簿书米盐为职，出位而言，罪在不赦。陛下顷自疏外擢臣而用之，二年之间，致位于此，岂欲责臣龊龊以吏事自效而已哉？是以冒万死献言，惟陛下裁择。取进止。

【解题】

苏辙用阴阳五行的理论，批评官吏借朝廷行宽大之政之际，玩忽职守，“侵虐细民”，主张要“使群下凛然知有所畏”。

请户部复三司诸案札子

臣以愚拙，待罪户部右曹，俯仰几岁，讫无云补。窃尝以祖宗故事考之，今日本部所行，体制既殊，利害相远，恐合随事措置，以塞弊原。谨昧死具三弊以闻。其一曰分河渠案以为都水监；其二曰分胄案以为军器监；其三曰分修造案以为将作监。前件三监皆隶工部，则本部所专，其余无几，出纳损益，制在他司。顷者司马光秉政，知其为害，尝使本部收揽诸司利权。然当时所收不得其要，至今三案之事，犹为诸司所擅，深可惜也。

祖宗参酌古今之宜，建立三司，所领天下事几至大半，权任之重，非他司比。推原其意，非以私三司也。事权分则财利散，虽欲求富，其道无由。盖国之有财，犹人之有饮食。饮食之道，当使口司出纳，而腹制多寡，然后分布气血，以养百骸，耳目赖之以为明，手足赖之以为力。若不专任口腹，而使手足耳目得分治之，则虽欲求一饱，不可得矣，而况于安且寿乎！今户部之在朝廷，犹口腹也，而使他司分治其事，何以异此？自数十年以来，群臣不明祖宗之意，每因一事不举，辄以三司旧职分建他司。利权一分，用财无艺。他司以办事为效，则不恤财之有无；户部以给财为功，则不论事之当否。彼此各营一职，其势不复相知，虽使户部得才智之臣，终亦无益于算矣。能否同病，府库卒空，今不早救，后患必甚。

昔嘉祐中，京师频岁大水，大臣始取河渠案置都水监。置监以来，比之旧案，所补何事？而大不便者，河北有外监丞侵夺转运司职事。转运司之领河事也，凡郡之诸埽，埽之吏兵储蓄，无事则分，有事则合。水之所向，诸埽趋之。吏兵得以并功，储蓄得以并用，故事作之日，无暴敛伤财之患；事定之后，徐补其阙，两无所妨。自有监丞，据法责成，缓急之际，诸埽所有，不相为用，而转运司始不胜其弊矣。近岁尝诏罢外监丞，识者韪之，既而复故，物论所惜。此工部都水监为户部之害一也。先帝一新官制，并建六曹，随曹付事，故三司事多隶工曹，名虽近正，而实非利。昔胄案所掌，今内为军器监而止隶工部；外为都作院而止隶提刑司。欲有兴作，户部不得与议。访闻河北道顷岁为羊浑脱动以千计。浑脱之用，必军行乏水，过渡无船，然后须之。而其为物，稍经岁月，必须蠹败。朝廷无出兵之计，而有司营职，不顾利害，至使公私应副，亏财害物。若使专在转运司，必不至此。此工部都作院为户部之害二也。昔修造案掌百工之事，事有缓急，物有利害，皆得专之。今工部以办职为事，则缓急利害，谁当议之？朝廷近以箔场竹箔积久损烂，创令出卖，上下皆以为当。指挥未岁，复以诸处修造，岁有料例，遂令般运堆积，以分出卖之计。臣不知将作见工几何？一岁所用几何？取此积彼，未用之间，有无损败，而遂为此计。本部虽知不便，而以工部之事，不敢复言。此工部将作监为户部之害三也。凡事之类此者多矣，臣不能遍举也。

故愿明诏有司，罢外水监丞，而举河北河事及诸路都作院皆归之转运司。至于都水、军器、将作三监，皆兼隶户部，使定其事之可否，裁其费之多少。而工部任其功之良苦，程其作之迟速。苟可否多少在户部，则凡伤财害民，户部无所逃其责矣；苟良苦迟速在工部，则凡败事乏用，工部无所辞其谴矣。利出于一，而后天下贫富可责之户部，而工部工拙可得而考矣。事在本职，在臣不得不言。如果可采，伏乞付外施行。取进止。

贴黄：三司设案旧职，今分隶膳部光禄寺虽所掌饮食帐设，利害非大；如臣所言可采，亦当如上三案，分隶户部。

【解题】

此札建议将都水、军器、将作三监改隶属户部，外水监丞归转运司，以使事权合一，权责明确，提高办事效率，减少分治之害。

论开孙村河札子

臣为户部右曹，兼领金、仓二部，任居天下财赋之半，适当中外匮竭不继之时，日夜忧惶，常虑败事。窃见左藏见缗一月出纳之数，大抵皆五十余万，略无赢余，其他金帛诸物，虽小有羡数，亦不足赖。臣之愚怯，常恐天灾流行，水旱作沴；西羌旅距，边鄙绎骚；河议失当，赋役横起。三事有一，大计不支，虽使桑羊、刘晏复生，计无从出矣，而况于臣之驽下乎！

今者幸赖二圣慈仁恭俭，天地垂贶，诸道秋稼稍复成熟，虽京西、陕西灾旱相接，而一方之患，未为深忧。羌人困穷，旋闻款塞。惟有黄河西流议复故道，事之经岁，役兵二万人，蓄聚梢桩等物三千余万。方河朔灾伤困敝之余，而兴必不可成之功，吏民窃叹，劳苦已甚，而莫大之役尚在来岁。天启圣意，灼知民心，特召河北转运司官吏访以得失。近闻回河大议已寝不行，臣平日过忧，顿然释去。然尚闻议者固执开河分水之策，虽权罢大役，而兵工小役竟未肯休。如此，则河北来年之忧，亦与今年何异？今者小吴决口，入地已深，而孙村所开，丈尺有限，不独不能回河，亦必不能分水。况黄河之性，急则通流，缓则淤淀，既无东西皆急之势，安有两河并行之理哉？纵使两河并行，不免各立堤坊，其为费耗，又倍今日矣。臣闻自古圣人不能无过，过而能改，善莫大焉。故“君子之过，如日月之食。过也，人皆见之；更也，人皆仰之”。朝廷举动，义当如此。今议河失当，知其害人，中道而复，本何所愧？虽使天下知之，亦足以明二圣忧民之深，为之改过不吝。今乃顾惜前议，未肯旷然更张，果于遂非，难于迁善，臣实为朝廷惜之。

然臣闻议者初建开河分水之策，其说有三：其一曰御河堙灭，失馈运之利。其二曰恩、冀以北，涨水为害，公私捐耗。其三曰河徙无常，万一自虏界入海，边防失备。凡其所以荧惑圣聪，沮难公议，皆以三说藉口。夫河决西流，势如建瓴；引之复东，势如登屋。虽使三说可信，亦莫如之何矣。况此三说，皆未必然。臣请得具言之。

昔大河在东，御河自怀、卫经北京，渐历边郡，馈运既便，商贾通行。今河既西流，御河堙灭，失此大利，谁则不知？天实使然，人力何及！若议者能复澶渊故道，则御河有可复之理。今河自小吴北行，占压御河故地，虽使如议者之意，自北京以南折而东行，则御河堙灭已一二百里，亦无由复见矣。此御河之说不足听，一也。河之所行，利害相半，夏潦涨溢，浸败秋田，滨河数十里为之破税，此其害也。涨水既去，淤厚累尺。粟麦之利，比之他田其收十倍。寄居丘冢，以避淫潦，民习其事，不甚告劳，此其利也。今河水在西，势亦如此，远为堤防，不与之争，正得汉贾逊治河之意。比之故道，岁省兵夫梢芟，其数甚广。而故道已退之地，桑麻千里，赋税完复，为利不赀，安用逆天地之性，移西流之忧，为东流之患哉？此恩、冀以北涨水为害之说不足听，二也。河昔在东，自河以西郡县，与虏接境，无山河之限，边臣建为塘水，以捍胡马之冲。今河既西行，则西山一带胡马可行之地已无几矣，其为边防之利，不言可知。然议者尚恐河复北徙，则海口出虏界中，造舟为梁，便于南牧。臣闻虏中诸河，自北南注，以入于海。盖地形北高，河无北徙之道，而海口深浚，势无徙移。臣虽非目见，而习北方之事者为臣言之，大略如此，可以遣使按视图画而知。此河入虏界，边防失备之说不足听，三也。臣愿以此三说质之议者，则开河分水之说，诚不足复为矣。

又臣访闻今岁四五月间，河上役兵劳苦无告，尝有数百人持板筑之械，访求都水使者，意极不善，赖防逻之卒拥拒而散。盛夏苦役，病死者相继。使者恐朝廷知之，皆于垂死放归本郡，毙于道路者，不知其数。若今冬放冻，来岁春暖，复调就役，则意外之患复当如前。臣不知朝廷何苦而不罢此役哉！今建议之臣，耻于不效而坚持之于上；小臣急于利禄，不顾可否，随而和之于下。上下胶固，以罔朝廷。其间正言不避权要，才一二人耳。然事非本职，亦不敢尽言。臣以户部休戚，计在此河，若复缄默，谁当言者？惟断自圣心，尽罢其议，则天下不胜幸甚。取进止。

贴黄：臣访闻河北转运司今年应副开河费用钱七万三千余贯，粮十七万余石，梢草一百五十二万余束。方灾伤之后，极力划刷，先了河事，后及经费，极为不易。若使今年不兴河役，则上件钱粮梢草，别将应副它事，已自有余，深为可惜。虽已往之事不可复追，而来年不可复使河北重遭此费。

【解题】

黄河冲决故道，当时有人建议回河，使河归故道。苏辙此札从分析主张回河的观点入手，从多方面论证河不可复。

再论回河札子

臣顷闻朝廷议罢回河，来年当用役兵开河分水。臣以为天下财赋匮竭，河朔灾伤之后，民力未复，未堪此役，辄奏言不便。既而采察众议，闻河北转运使谢卿材到阙，倡言于朝曰："黄河自小吴决口，乘高注下，水势奔快，上流堤坊，无复决怒之患，而下流湍驶，行于地中，日益深浚。朝廷若以河事付臣，臣请不役一夫，不费一金，十年之间，保无河患。"大臣以其异已，罢归本任，而使王孝先、俞瑾、张景先三人重画回河之计。三人利在回河，虽言其便，而亦知其难成，故于议状之末，复言“若将来河势变移，乞免修河官吏责罚”。都下汹汹，传笑以为口实。盖回河之非，断可知矣。然近日复闻内批降付三省，如云“若河流不复故道，终为河朔之患”。外廷疏远，不知此说信否？然众心忧惧，深恐群臣由此观望，不敢正言得失。臣职在财赋，忧责至深，不敢畏避诛戮，愿毕陈其说。

方今回河之策，中外讲之熟矣。虽大臣固执，亦心知其非无以藉口矣。独有边防一说，事系安危，可以竦动上下，伸其曲说。陛下深居九重，群言不得尽达，是以迟迟不决耳。昔真宗皇帝亲征澶渊，拒破契丹，因其败亡，与结欢好。自是以来，河朔不见兵革几百年矣。陛下试思之，此岂独黄河之功哉？昔石晋之败，黄河非不在东，而祥符以来，非独河南无虏忧，河北亦自无兵患。由此观之，交接夷狄，顾德政何如耳。未闻逆天地之性，引趋下之河，升积高之地，兴莫大之役，冀不可成之功，以为设险之计者也。昔李垂、孙民先等号知河事，尝建言乞导河西行，复禹旧迹，以为河水自西山北流，东赴海口，河北诸州尽在河南，平日契丹之忧，遂可无虑。今者天祚中国，不因人力，河自西行，正合昔人之策。自今以往，北岸决溢，渐及虏境，虽使异日河复北徙，则虏地日蹙，吾土日纾，其为忧患正在契丹耳。而大臣过计，以为中国之惧，遂欲罄竭民力，导河东流，其为契丹谋则多，为朝廷虑则疏矣。

议者或谓河入虏境，彼或造舟为梁，长驱南牧，非国之利。臣闻契丹长技在鞍马，舟楫之利固非所能。且跨河系桥，当先两岸进筑马头；及伐木为船，其功不细。契丹物力寡弱，势必不能。就使能之，今两界修筑城栅比旧小增，辄移文诘问，必毁而后已，岂有坐视大役而不能出力止之乎？假设虏中遂成此桥，黄河上流尽在吾地。若沿河州郡多作战舰，养兵聚粮，顺流而下，则长艘巨缆可以一炬而尽。形格势禁，彼将自止矣。臣窃怪元老大臣久更事任，而力陈此说，意其谋已出口，重于改过，而假此不测之忧，以取必于朝廷耳。不然，岂肯于天下困弊、河朔灾伤之后，役数十万夫，费数千万物料，而为此万无一成之功哉！

夫大役既兴，势不中止，预约功料有少无多。官不独办，必行科配，官出其一，民出数倍。公私费耗，必有不可胜言者矣。苟民力穷竭，事变之出，不可复知，饥饿相逼，必为盗贼。昔秦筑长城以备胡，城既成而民叛。今欲回大河以设险，臣恐河不可回，而民劳变生，其计又出秦下。异日虽欲悔之，不可得也。

陛下数年以来，休养民物，如恐伤之。今河已安流，契丹无变，而强生疮痏以扰之，非计之得也。故臣愿陛下断之于心，罢此大役，唯留神察之。自河决小吴，于今九年，不为不久矣，然虏情恭顺，与事祖宗无异。陛下诚重违大臣，姑复以三年观之，事久情见，大臣之言与天下公议，可以坐而察也。臣不胜区区忧国之诚，干犯斧钺，死无所避。取进止。

贴黄：朝廷虽已遣范百禄、赵君锡出按回河利害，然大臣方持其议，事势甚重，中外谁不观望风旨？百禄等虽近侍要官，臣不敢保其不为身谋，能以实告也。故不避再渎，复为此奏。非陛下断之于心，天下之忧未知所底也。

【解题】

此札专从边防角度驳斥建议回河的观点，并指出一兴此役，“民力穷竭，事变之出，不可复知”。

三论回河札子

臣近者闻有内批降付三省，言黄河若不复故道，终为河北之患。初闻此旨，中外无不惊愕，以为黄河西行，已成河道。大臣横议，欲壅令复东，异同之论方相持未决。而此旨复降，臣下观望，谁敢正言？方众心忧疑之际，旋闻复有圣旨收入前降批语。群臣释然，咸知陛下虚己无心，欲来公议，深得古先圣王改过不吝之美。正人端士，始有乐告善道之意。

然臣窃闻近又降敕，以北京封桩、京东新法盐钱三十五万贯指挥河北收买开河梢草，继又商量调发来岁开河役兵。二事既出，中外复疑。何者？朝廷所遣范百禄等按行河事利害，若开河之议可行无疑，则安用遣使？若犹遣使，则开河之议尚在可疑。今使未出门，而一面收买梢草，调发役兵，则是明示必开之形，欲令使者默喻欲开之旨。臣虽愚暗，窃恐非陛下虚己无心、欲来公议之意也。伏乞速降指挥，收回买梢、发兵二事，使范百禄等明知圣意无所偏系，得以尽心体量，不至阿附大臣，以误国计。

今中外财赋匮竭，见钱最为难得。新法盐钱，虽不属户部，要是百姓膏血，不可轻用。况河北灾伤之余，明年大役，决不可兴。虽如今岁，止用役兵，如臣前奏所言，役苦财伤，为害已甚。将来若范百禄等以开河为便，犹当计校利害，宽展岁月，调兵买梢，皆非今岁所急。若范百禄等以开河为不便，则聚兵积梢，梢草轻脆，稍经岁月，化为粪壤，皆非计也。况所用梢草，动计千万，一时收买，价必踊贵。若止令和买，则所费不訾，必非止三十五万贯可了。若令配买，则河北灾伤之余，民间大有陪备，或生意外之患，不可不虑也。臣受圣恩至深至厚，位下力微，窃不自量，再三干与国论，罪当万死，不敢逃避。取进止。

【解题】

此论分析在当时财政匮乏之际兴役，必致劳民伤财。析理精细，论证充分，充分表现了苏辙精详吏事的才干。

论侯偁少欠酒课以抵当子利充填札子

臣窃见今月二十二日敕：“滑州韦城县百姓侯偁少欠酒务课

利等钱，特许将子利并充欠数，已拘收抵当。契书依旧在官，仍许纳钱收赎。所欠课利等钱，与均作七年送纳，仍免差人监催。余人不得援例。”臣窃以民间欠负，合催合放，皆有条法，上下共守。凡有宽贷，皆先经户部勘当，于法无碍，然后施行。未有如侯偁之比，直自朝廷批下圣旨，更不问条法可否，一面行下，仍令众人不得援例者。本部官吏皆窃疑怪，不敢奉行，深恐此令一行，应干欠负之家，皆怀不平之意，已具状申尚书省，乞朝廷裁酌施行去讫。

臣今窃闻侯偁系皇太妃亲戚。二圣笃于恩爱，特为降此指挥。疏贱之臣，不当更有论奏。然臣职在右曹，专掌坊场法度。祖宗条约，当与天下共之，不宜以宫禁之私，辄有挠败。臣恐此门一启，宫中递相扳援，其渐可畏。臣若失职不举，其罪大矣。窃惟皇太妃供养二宫，动循礼法，外廷虽疏，未闻有过差之事。今侯偁所欠不过万数千缗耳，若以私亲之故，出捐金帛以济其急，下足以存骨肉之恩，上足以全祖宗之法。天下传诵，无复间言。公法既完，国势增重，其于太妃盛德，亦非小补也。臣不胜区区守法爱君之心，欲乞追还前命，使天下明知朝廷不以私爱害公义。干冒鈇钺，俯伏待罪。取进止。

贴黄：契勘人户承买场务，如有拖欠官钱，已拘收抵当在官，其所收子利自合纳官，兼拘收抵当，亦合依条出卖。今所降圣旨，有此违碍。

【解题】

此札是苏辙任户部侍郎时所作。

乞裁损浮费札子

臣等窃见本部近编成《元祐会计录》，大抵一岁天下所收钱谷、金银、币帛等物，未足以支一岁之出。今左藏库见钱费用已尽，去年借朝廷封桩米盐钱一百万贯，以助月给。举此一事，则其余可以类推矣。臣等闻古者制国之用，必量入为出，使三年耕，必有一年之食。故三十年之间，而九年之畜可得而备也。今者文武百官、宗室之蕃，一倍皇祐，四倍景德。班行、选人、胥吏之众，率皆广增，而两税、征商、榷酒、山泽之利，比旧无以大相过也。昔祖宗之世，所入既广，所出既微，则用度饶衍，理当然尔。今时异事变，而奉行旧例，有加无损。今日天下已困弊矣，若更数年，加之以饥馑，因之以师旅，其为忧患必有不可胜言者。

臣等备位地官，与闻朝廷大计，而喑默不言，异日虽被诛戮，何补于事！故臣等愿及今日明敕本部，取见今朝廷政事应干费用钱物者，随事看详，量加裁损，使多不至于伤财，少不至于害事。二圣以身率之，大臣以身行之，使天下晓然皆知事之当然，而非朝廷有所靳惜，则谁不信伏？昔治平、熙宁之间，因时立政，凡改官者，自三岁而为四岁。任子者，自一岁一人，而为三岁一人；自三岁一人，而为六岁一人。宗室自袒免以上，渐杀恩礼。天下晏然，莫以为言，此则今日之成法也。

臣等伏乞检会宝元、庆历、嘉祐故事，于本部置司，选择近臣共议其事。严正近限，责以实效。法度一成，数岁之后，费用有节，府库渐充，传之无穷，久而不弊，则其于圣德，实非小补也。臣等愚拙，不能修明职业以广财赋，冒昧献言，罪当万死。取进止。

贴黄：勘会顷降朝旨，令本部裁减浮费，前后所减三十余事，率皆浮费之小者，然所减已约及二十余万贯，不为无补。今若事无大小，并量行参酌裁损，则其为利必大。伏乞圣慈，早赐施行。

【解题】

此札论及浮费之大，已成为政府一大负担，其中文武百官宗室人数已是“一倍皇祐，四倍景德”，更不用说胥吏选人等事，而下令裁减的不过一小部分。苏辙建议裁抑改官、任子、宗室，以从根本上解决“浮费”问题。

再论裁损浮费札子

臣等近奉敕裁减冗费，上自宗室贵近，下至官曹胥吏，旁及宫室械器，凡无益过多之用皆得量事裁减。唯独宫掖浮费，名件不少，有司不得尽见，未敢辄议。窃见近降诏书，以方将裁损入流，以清取士之路，遂命今后每遇圣节大礼生辰，太皇太后、皇太后、皇太妃所得恩泽，并四分减一，欲以身先天下。诏书既出，中外臣庶皆知圣明以私徇公，至有感激流涕者。臣等仰测圣意，克己为人，无所不可，其欲裁损宫掖浮费与裁损私门恩泽何异？然而至今未见施行者，盖有司失于建明，则臣等之罪也。

谨案宝元二年，尝命近臣详定裁损冗费，时谏官韩琦建言，请令三司取入内内侍省并御药院、内东门司先朝及今来赐予支费之目，比附酌中减省。其无名者，一切罢去。时有诏，禁中支费，只令入内内侍省、御药院内东门司相度减省，报详定所。其臣僚支赐，即许会问入内内侍省等处施行。及庆历元年，又诏入内内侍省等处取先帝时帐籍，比较近年内中用度之数以闻。是时所损浮费，数目极多，为益不细。臣等欲乞陛下推广前日减省恩泽已行之心，仰法宝元、庆历祖宗已试之效，使天下明知陛下节用裕民，自宫禁始。则凡有裁损，谁不心服？臣等不胜区区，干犯铁钺。取进止。

【解题】

此札承上札，再论裁减浮费，敦促皇帝首先裁减宫廷费用。以上各表状是元祐二年（1087）十一月至元祐四年六月任户部侍郎时所作。

辞吏部侍郎札子

臣准尚书省札子，已降诰命，除臣试尚书吏部侍郎，奉圣旨，令管勾右选者。臣待罪民部，一期且半，才微事剧，智力俱殚。方欲干叩圣明，稍求闲地，而猥蒙进擢，俾佐天官。地望愈华，职业尤夥。见今选集之士五六千人，一失铨量，人言可畏。伏望圣慈，矜臣不逮，察臣无他，除臣一闲慢差遣，上以明朝廷用人之公，下以全愚臣知止之分。干冒天威，进退失措。取进止。

【解题】

元祐四年（1089）六月以苏辙为吏部侍郎，作此辞谢札子，旋改为翰林学士，知制诰。

辞翰林学士札子

臣今月十四日准阁门告报，已降诰命，除臣翰林学士、知制诰者。臣顷在民曹，颇经岁月，不能均调有无，仰助邦计，日虞旷弛，以速刑诛。朝廷曲赐保全，已为至幸，复加进擢，必致烦言。近被除书，参掌吏选，虽云宠命，犹丽诸曹。臣自量空疏，寻已辞避，而况玉堂之清秘，号为词臣之极选。臣兄轼旧以文学见称流辈，犹复畏避，不敢久居，得请江湖，如释重负。在臣微陋，实为叨窃。兄出弟处，或谓朝廷私臣一家；地近职严，姑愿朝廷历选多士。虽或未欲置臣于外，犹愿特许假臣以闲地，苟未满盈，庶可驱策。悃诚迫切，进退兢危。伏望圣慈，即赐俞允。

取进止。

【解题】

苏轼自翰林学士出知杭州，朝廷即命苏辙为翰林学士，此为辞谢札子。作于元祐四年（1089）六月。

谢翰林学士宣召状二首

一

右臣今月二十五日，西头供奉官充待诏盛倚至臣所居，奉宣圣旨，召臣入院充学士者。成命莫回，惊使华之促召；一家竦听，望云阙以驰情。实儒者之至荣，岂平生之敢望！窃以翰墨之任，始自有唐。供奉至尊，讲闻前辈。北廊奏事，有如李绛之忠；中禁论兵，复数毕诚之智。迨我祖宗之盛，最优文学之臣，时举旧章，多蒙召对。顷自恭默之后，稍虚顾问之常。方今圣德日跻，群臣属目。盖将虚前席以博问，继夜烛而畴咨。宜得俊良，密侍燕语。如臣草野微陋，章句拙疏。十载江湖之间，自群鱼鸟；五迁台省之要，永愧冠裳。敢谓乏人，遽令至此！兹盖伏遇皇帝陛下，天心广大，海德并包。物无一介之遗，意求万目之举。临朝访道，有元老之在前；燕处清心，授众正而自助。从容盛德，循致承平。尘露之微，海岳奚补。修列圣之故事，今将其时；因闻见以纳忠，臣亦有志。臣无任感天荷圣激切屏营之至，谨录奏谢以闻。谨奏。

二

右臣今月二十五日，西头供奉官充待诏盛倚至臣所居，奉宣圣旨，召臣入院充学士者。力辞不免，亟承诏旨之温；就职有时，复纡使节之重。惭负之极，俯伏何言！窃以法从之华，禁林称首。田渔自奋，信遭遇之已艰；兄弟迭居，况前后之无几。二刘二吴，号有唐之盛事；二宋二韩，称本朝之得人。或同处于一时，或相望于累岁。今臣与兄轼，皆尘西掖，继入北扉，曾未三年，遍经两制。才不逮于前辈，宠遂极于当年。圣主何私，偏许一门之幸；愚臣自料，敢齐伯氏之贤。莫为先容，独尔幸会。此盖伏遇太皇太后陛下，天地之德，含气必生；日月之明，容光咸照。力判忠邪之党，首清侍从之联。察臣兄孤直之无他，适具员偶阙而当补，弃遗簪而未忍，意同气之可收，致此空疏，亦蒙奖擢。臣敢不始终一节，庶无陨于家声；勉强百为，或有补于国事。臣无任感天荷圣激切屏营之至，谨录奏谢以闻。谨奏。

【解题】

这二篇为谢除翰林学士的谢表。作于元祐四年（1089）六月。

谢赐对衣金带鞍马状二首

一

右臣伏蒙圣慈，以臣入院，特赐衣一对、金腰带一条，并鱼袋、金镀银鞍辔、马一匹者。衣配重金，光照从官之右；厩分上驷，出忘徒步之勤。龌龊何功，便蕃若此？伏念臣生于寒远，仕则尘劳。逢掖之衣，如牛胁而自约；下泽之乘，望田舍以怀归。曾是恩私，不遗固陋。此盖伏遇皇帝陛下，辑绥多士，收揽成功。五色彰施，既尽藩饰之美；六辔调适，复均缓急之宜。不问衰残，特加好赐。无衣自请，喜七节之吉兮；为子永怀，悲三赐之及此。糜捐之报，造次不忘。臣无任感天荷圣激切屏营之至，谨录奏谢以闻。谨奏。

二

右臣伏蒙圣慈，以臣入院，特赐衣一对、金腰带一条，并鱼袋、金镀银鞍辔、马一匹者。服章在笥，骐骥出闲。袭以会朝，乘而拜赐。周行悚观，陋室增华。伏念臣家本寒儒，误尘法从，既脱布韦之陋，稍从舆马之安。同裘之私，本非所望；康侯之锡，顾亦何堪！宠数便蕃，循省愧叹。此盖伏遇太皇太后陛下，博求俊乂，图广治功，历览缙绅之间，深照奔走之病。曾是迂拙，偏被恩私。宾客在前，或将使之束带；大夫之后，知遂免于徒行。誓以糜捐，少图报称。臣无任感天荷圣激切屏营之至，谨录奏谢以闻。谨奏。

【解题】

这二篇谢状是元祐四年（1089）被任命为翰林学士后，赐对衣、金带、鱼袋、鞍马，苏辙所作谢赐表。

笏记二首

一

臣蒙恩授翰林学士知制诰者。眷命自天，恳辞无地。伏念臣归朝未几，受任过优。荣兼伯仲之间，宠先供奉之列。此盖伏遇太皇太后陛下，德施普博，恩及覃平。察狂狷之无他，怜孤直之寡助。生成之赐，草木何知？臣无任感天荷圣激切屏营之至。

二

臣蒙恩授翰林学士知制诰者。职叨非分，恩出异常。伏念臣比自南迁，擢居法从。功未闻于一二，宠遂及于便蕃。此盖伏遇皇帝陛下，急于用人，不遗寸善。置之翰墨之地，忘其兄弟之嫌。欲报洪私，未知死所。臣无任感天荷圣激切屏营之至。

【解题】

这二首箚记是被任命为翰林学士后所作。

谢敕设状二首

一

右臣伏蒙圣慈，以臣今月二十六日入院，特赐敕设者。初践玉堂，亟颁燕俎。仰示慈之丰厚，增莅职之光华。饱食何为，汗颜罔措。伏惟皇帝陛下使臣以礼，先禄后威。四簋既盈，岂复无余之叹；初筵有秩，共成既醉之和。荷赐则多，论报何所！臣无任感天荷圣激切屏营之至，谨录奏谢以闻。谨奏。

二

右臣伏蒙圣慈，以臣今月二十六日入院，特赐敕设者。恩异禁林，礼加燕豆。频年不讲，故事仅存。偶追贤俊之游，亟蒙饫赐之旧。伏惟太皇太后陛下，惠慈无外，典礼毕修。鸣鹿呦呦，喜忠言之来告；嘉鱼汕汕，岂衎乐之徒然。祇服异恩，敢忘仰报！臣无任感天荷圣激切屏营之至，谨录奏谢以闻。谨奏。

【解题】

元祐四年（1089）六月二十六日苏辙除任翰林学士，皇帝设筵，这二首为谢状。

论黄河必非东决札子

臣去岁领户部右曹，以财赋不足而开河之议不决，河北费用不赀，曾三上章论河流西行已成河道，而孙村以东故道高仰，势决难行。是时大臣之议多谓故道可开，西流可塞。朝廷因遣范百禄、赵君锡亲行相度。以人情论之，符合大臣则易为言，违背大臣则难为说。而百禄等既还，皆谓故道不可开，而西流不可塞。何者？地形高下，可指而知，水性避高趋下，可以一言而决。故百禄等不敢蒙昧朝廷，希合权要，效其成说而致之陛下。陛下亦知其言明白，信而行之。中外公议，皆以为当。

今自夏秋之交，暑雨频并，河流暴涨出岸，由孙村东行。以理言之，盖河上每岁常事耳。而都水监勾当公事李伟与河埽使臣因此张皇申报，以分水为名，欲因发回河之议。都水监从而和之，亦以侥幸欲成回河之役。臣窃以为此辈类多小人，不知远虑。河若安流，则无以兴起功役。功役不起，则此辈差遣请受不可侥求。惟有河事一兴，则求无不可，而况大臣以其符合己说，乐闻其事乎？

臣窃闻见今河道西行孙村侧左，大约入地二丈以来，而见今申报涨水出岸，由新开口地东入孙村，不过六七尺。欲因六七尺涨水，而夺入地二丈河身，虽三尺童子知其难矣。然朝廷遂为之遣都水使者，兴兵工，开河道，进锯牙，欲约之使东。今方河水盛涨，其西行河道若不断流，则遏之东行，实同儿戏。昔鲧堙洪水，汩陈五行，逆天地高下之性，九载而功不成，鲧以殛死。今一河虽小，而河朔百万生灵安危所系，奈何不计利害而轻动之哉！臣愿陛下急命有司，且徐观水势所向，依累年涨水旧例，因其东溢，引入故道，以舒北京朝夕之忧。其故道堤坊坏缺之处，略加修完，免其决溢而已。至于开河、进约等事，一切不得兴功，仍不许奏辟官吏，调发夫役。候河势稍定，然后议之。不过一月之后，涨水既落，则西流之势决无移理，而群小妄说不攻自破矣。若不待水势稍定，仓猝之间即行应副，大役一起，小人既得差遣请受，因缘生事，势难禁止，则河北之患，有不可知者矣！

臣兄轼前在经筵，因论黄河等事，为众人所疾，迹不自安，遂求引避。臣今出位而言，正与兄轼无异。然不忍朝廷莫大之害，而举朝臣僚惩创前事，无有一人为陛下言者。是以不能自已，狂愚率易，伏俟诛谴。取进止。

贴黄：访闻孙村出岸涨水，今已断流。河上官吏未肯奏知朝廷。臣乞特降圣旨，差不干碍官司体量闻奏。

【解题】

此札仍论黄河事，坚决反对兴回河之役。作于元祐四年（1089）八月，时任翰林学士。

乞《御制集》叙状

臣等顷被旨编次《神宗皇帝御制文集》，检寻遗放，绵历岁时。于兵政二府，得处置之详；于臣寮诸家，得训敕之要。相从以类，首以诗、颂、杂文，备载无遗，终以边防秘计。今者编录粗定，卷秩已分。臣等恭惟神宗皇帝，天纵弥文，神授英略。词章渊妙，不学而能；筹策纵横，绝人远甚。而复厉精庶政，亲决万机。故其游幸无益之文，见存无几；至于经纶成务之作，著录尤多。足以上继典诰垂世之书，岂止追迹汉唐能文之主！臣等虽观章句，莫测渊源。窃见祖宗御制集圣制序文，已有故事。盖天日之象，非常人所能形容；而尧舜之言，非来圣莫适题品。臣等欲乞皇帝陛下，依前朝典故，亲撰《神宗皇帝御制集序》，颁付本所，以发挥圣作，昭示来世。

【解题】

此状是苏辙奉旨编次《神宗御制集》完毕后所上，请哲宗皇帝亲撰序言。作于元祐四年（1089）九月。

进御集表

臣辙言：窃惟神宗皇帝天纵圣德，文章俊伟，策略宏远，出于天性，不由学致。自初即位，经营百度，有纲纪海内，鞭挞四夷之志。老臣宿将，拱手相视，以听可否。至于发奸摘伏，料敌制胜，明见万里之外，皆发于文词。

臣顷被圣旨，编次遗文，始于禁中，次及三省密院，下至文武诸臣之家，凡尺牍寸纸，无所遗轶。或文采焕发，足以形容渊衷；或事实明著，足以考察时政。谨已撰次成书。然臣之愚陋，不足以测知深浅。臣辙诚惶诚恐，顿首顿首。伏惟皇帝陛下，居尧、舜之位，躬曾、闵之孝。太皇太后表改此二句云：以文母之慈，修圣子之业。补述前志，见于为政。网罗遗事，尽付史官。犹恐平生文字久而散亡，或致磨灭，特置官局，经涉岁时。

臣伏观历代帝王，如汉武、魏文、唐德文宣三宗，皆工于诗骚杂文，与一时文士比长絜大，至于经纶当世，讲论利害，以文墨尽天下事，则皆不足以仰望先帝之万一。惟汉光武起布衣，治经术，提三尺剑以平僭乱，得治民驭兵之要，每以手迹十行细札号令海内。窦融在河西，诏书至，探融等情伪，河西皆惊，以为不可欺，即时款附。第五伦为京兆掾，每读诏书，曰："此圣主也，愿为尽死力。"魏太祖芟夷群丑，其用兵虽法孙吴，然因事变化，自作《兵书》十余万言。诸将征伐，皆以新书从事。临事又手为节度，从令者克捷，违教者负败。惟此二君近之。然先帝之文，其高处自当与典谟训诰为比，非近世所能仿佛。凡著录九百三十五篇，为九十卷，目录五卷。内四十卷，皆赐二府及边臣手札，言攻守秘计，先被旨录为别集，不许颁行。仍御制集序一篇，以纪盛德，发明大训。

臣窃见祖宗御集，皆于西清建重屋，号龙图天章宝文阁以藏其书。为不朽计。又刻板模印，遍赐贵近。臣今已缮写，分为五幞，随表上进。欲乞降付三省，依故事施行，所有御集即付本所修写镂版。臣无任战汗、惭惧屏营之至，谨奉表以闻。

【解题】

苏辙奉旨编次《神宗御制集》，此是编次完毕上表进献。作于元祐四年（1089）九月。

北使还论北边事札子五道

一、论北朝所见于朝廷不便事

臣等近奉使出疆，见北界两事，于中朝极为不便，谨具条列如后：

一、本朝民间开版印行文字，臣等窃料北界无所不有。臣等初至燕京，副留守邢希古相接送，令引接殿侍元辛传语臣辙云："令兄内翰谓臣兄轼《眉山集》已到此多时，内翰何不印行文集，亦使流传至此?"及至中京，度支使郑颛押宴，为臣辙言：先臣洵所为文字中事迹，颇能尽其委曲。及至帐前，馆伴王师儒谓臣辙："闻常服茯苓，欲乞其方。"盖臣辙尝作《服茯苓赋》，必此赋亦已到北界故也。臣等因此料本朝印本文字多已流传在彼，其间臣僚章疏及士子策论，言朝廷得失、军国利害，盖不为少。兼小民愚陋，惟利是视，印行戏亵之语，无所不至。若使尽得流传北界，上则泄漏机密，下则取笑夷狄，皆极不便。访闻此等文字贩入虏中，其利十倍。人情嗜利，虽重为赏罚，亦不能禁。惟是禁民不得擅开板印行文字，令民间每欲开板，先具本申所属州，为选有文学官二员，据文字多少，立限看详定夺。不犯上件事节，方得开行。仍重立擅开及看详不实之禁，其今日前已开本，仍委官定夺，有涉上件事节，并令破板毁弃。如一集中有犯，只毁所犯之文，不必毁全集。看详不实，亦准前法。如此，庶几此弊可息也。

一、臣等窃见北界别无钱币，公私交易，并使本朝铜钱。沿边禁钱条法虽极深重，而利之所在，势无由止。本朝每岁铸钱以百万计，而所在常患钱少，盖散入四夷，势当尔也。谨案河北、河东、陕西三路，土皆产铁。见今陕西铸折二铁钱万数极多，与铜钱并行。而民间轻贱铁钱，铁钱十五仅能比铜钱十，而官用铁钱与铜钱等。缘此解盐钞法，久远必败。河东虽有小铁钱，然数目极少，河北一路则未尝鼓铸。臣等尝闻议者谓可于三路并铸铁钱，而行使之地止于极边诸州。极边见在铜钱，并以铁钱兑换，般入近里州军。如此则虽不禁钱出外界，而其弊自止矣。伏乞下户部，令遍问三路提转安抚司，详讲利害，如无窒碍，乞早赐施行。惟河东路极边数郡，访闻每岁秋成，必假铜钱于北界人户收籴。乞令相度，若以䌷绢，优与折博，有无不可。此计若行，为利不小。

二、论北朝政事大略

臣等近奉敕差充北朝皇帝生辰国信使，寻已具《语录》进呈讫。然于北朝所见事体，亦有《语录》不能尽者。恐朝廷不可不知，谨具三事条列如左：

一、北朝皇帝年颜见今六十以来，然举止轻健，饮啖不衰，在位既久，颇知利害。与朝廷和好年深，蕃汉人户休养生息，人人安居，不乐战斗。加以其孙燕王幼弱，顷年契丹大臣诛杀其父，常有求报之心，故欲依倚汉人，托附本朝，为自固之计。虽北界小民亦能道此。臣等过界后，见其臣僚年高晓事，如接伴耶律恭、燕京三司使王经、副留守邢希古、中京度支使郑颛之流，皆言及和好，咨嗟叹息，以为自古所未有。又称道北朝皇帝所以馆待南使之意极厚。有接伴臣等都管一人，未到帐下，除翰林副使；送伴副使王可，离帐下不数日，除三司副使。皆言缘接伴南使之劳。以此观之，北朝皇帝若且无恙，北边可保无事。惟其孙燕王，骨气凡弱，瞻视不正，不逮其祖。虽心似向汉，未知得志之后，能弹压蕃汉，保其禄位否耳。

一、北朝之政，宽契丹，虐燕人，盖已旧矣。然臣等访闻山前诸州祗候公人，止是小民争斗杀伤之狱，则有此弊。至于燕人强家富族，似不至如此。契丹之人每冬月多避寒于燕地，牧放住坐，亦止在天荒地上，不敢侵犯税土。兼赋役颇轻，汉人亦易于供应。惟是每有急速调发之政，即遣天使带银牌于汉户须索。县吏动遭鞭棰，富家多被强取，玉帛子女不敢爱惜，燕人最以为苦。兼法令不明，受赇鬻狱，习以为常。此盖夷狄之常俗，若其朝廷郡县，盖亦粗有法度，上下维持，未有离析之势也。

一、北朝皇帝好佛法，能自讲其书。每夏季，辄会诸京僧徒及其群臣，执经亲讲。所在修盖寺院，度僧甚众。因此僧徒纵恣，放债营利，侵夺小民，民甚苦之。然契丹之人，缘此诵经念佛，杀心稍悛。此盖北界之巨蠹而中朝之利也。

右谨录奏闻，乞赐省阅，亦足以见邻国向背得失情状。取进止。

三、乞罢人从内亲从官

臣等近奉使北朝，窃见每番人从内，各有亲从官二人充牵栊官。访闻自前牵栊官并只是宣武长行，不差亲从官，止于近岁始行差充。缘亲从官多系市井小人，既差入国，自谓得以伺察上下。入界之后，恣情妄作，都辖以下，望风畏避，不敢谁何，虽于使副，亦多蹇傲。夷狄窥见，于体不便。昨来左番有李寔一名，见作过犯，已送雄州枷勘施行。缘选差使副，责任不轻，谓不须旁令小人更加伺察。况已有译语殿侍，别具语录，足以关防。欲乞今后遣使，其牵栊官依旧只差宣武长行，更不差亲从官。取进止。

四、乞随行差常用大车

臣等近奉使北朝，每番于车营务差到车六两，般载官司合用诸物，其车多是低小脆恶，才行一两程，即致损坏。沿路不辍修完，仅能到得雄州，极为不便。盖为国信，内有鞍辔等匣，旧例不得使常用大车，须得别准备此车，专充入国。既居常不使，风雨暴露，积久损烂，临时差拨，但取数足，致有此弊。窃见每岁接送伴北使，只使常用大车，颇极牢壮。今若令入国，亦只选差常用大车四乘，令勾当使臣等自办簟竹，于车箱前后夹缚安置诸匣，别无不便。免使沿路修车，烦扰州县，极为稳便。取进止。

五、乞立差马及驼日限

臣等近奉使北朝，窃见一行所用马及橐驼，并于太仆寺及驼坊差拨，检会条贯，俱未有差拨日限。由此坊监公人，例于使副临起发日，然后差拨。盖逐坊监多有病患驼马。本处避见倒死科较，利在临时差拨。惟要期限迫促，入国使副，虽知不堪，无由退换。以此入界之后，经涉苦寒险远，多致倒死，有误使事。欲乞今后所差入国驼马，并于起发半月以前差定。仍即时关报使副，令看验拣择。取进止。

【解题】

以上五札是苏辙出使契丹返回后所上，札子内容从北朝政事到出使途中细微小事都有，可见苏辙，爱国忠君的胸怀。作于元祐五年（1090）元月。

乞罢修河司札子 元祐五年二月十三日上

臣于去年尝再具札子，论黄河涨水，于孙村出岸东流，本非东决。而吴安持、李伟等附会大臣，欺罔朝听，欲因此塞断北流，东复故道。差官调夫，于今年春首兴起大役。臣窃疾之，是以不避烦渎，越职献言，以为河北生灵，连岁灾伤，不宜轻有举动。乞陛下断之于心，力止其事。是时大臣固执前议，天听高远，言不能回。臣寻被命出使契丹，道过河北，见州县官吏，访以河事，皆以目相视，不敢正言。及今年正月，还自虏中，所过吏民，方举手相庆，皆言近有朝旨罢回河大役。命下之日，北京之人，欢呼鼓舞，以为二圣明见千里之外，虽或巧为障蔽，而天日所照，卒无能为。惟减水河役迁延不止，耗蠹之事十存四五。民间窃议，意大臣业已为此，势难遽回。既为圣鉴所临，要当迤逦尽罢。今月六日，果蒙圣旨，以旱灾为名，权罢修黄河，候今秋取旨。大臣覆奏尽罢黄河东、北流及诸河功役，民方忧旱，皇皇之际，闻命踊跃，实荷圣恩。

然臣窃详圣旨，不谓减水河必不可开，而托名旱灾，曲全大臣，不欲明指其过。而大臣复请遍罢诸河，以盖独罢减水之迹，上下相蒙，体实未便。何者？北流堤坊，积岁不治。近来南宫、宗城等处决溢，皆由堤坊怯薄，夏秋水涨，势不能支。都水官吏窃幸其事，因以为回河减水之说，既不依常理兴功贴筑，甚者又大计闭塞决口功料，以形比孙村回河之费。意谓彼此费用相若，则孙村之役不为过当。由此北流之患，漫不禁止。臣昨过瀛、深、洺等州界，吏民皆言：“今年若不治堤，数州之民受害尤甚。”至于东流故道，地势积高，必不可复。所闻减水河虽不开掘，每岁涨水，必由此行，岁岁淤高，往事可验。纵复开掘深广，河淤一上，势不复存。于此施功，显是枉费国力。而舍彼为此，欺罔可知。

然臣之所忧，非特在此。何者？河流之不可复东，若使上下诚有不知，误兴大役，虽伤财害民，为患不小，而事有过误，于君臣之间，逆顺之际，未为大不便也。今者大臣之议，违众悖理，决不可为，而协力主张，胶固为一。去岁所罢，今岁复行，顺之者任用，违之者斥去。虽被圣旨，犹复迁就，以便其私。陛下之言，上合天意，下合民心。因水之性，功力易就，天语激切，中外闻者或至泣下。而大臣奉行，不得其半。由此观之，则是大臣所欲，虽害物而必行；陛下所为，虽利民而不听。至于委曲回避，巧为之说，仅乃得行。君权已夺，国势倒植。臣所谓君臣之间，逆顺之际，大不便者，此事是也。董仲舒有言：“尊其所闻，则高明矣；行其所知，则光大矣。”今陛下既得其所闻知，然未能尊而行之，臣恐群臣顾望，有不为陛下用者矣。故臣愿陛下：有所不知，知之必行；有所不行，行之必尽。黄河既不可复回，则先罢修河司，只令河北转运司尽将一道兵功修贴北流堤岸。罢吴安持、李伟都水监差遣，正其欺罔之罪，使天下晓然知圣意所在。如此施行，不独河事就绪，天下臣庶，自此不敢以虚诳欺朝廷，弊事庶几渐去矣。

臣待罪翰苑，身无言责，冒昧纳忠，讥诃贵近，罪合万死。然念顷自初任知县，蒙二圣非次拔擢，首尾五年，叨在禁近。恩德深重，群臣少比。臣而不言，天下无敢言者矣。斧钺之诛，所不敢避。取进止。

贴黄：访闻修河司承受内臣郑居简，近为黄河故道不可复行，不敢虚占本职请受，乞先罢任，已蒙朝廷允许。以此观之，显是修河司不消复存。其吴安持、李伟尚自贪禄怙权，未即引去。伏乞早赐罢免所有修河司见管职事，即乞依去年正月二十八日已降指挥，令河北转运司结绝。

访闻修河司妄举大役，略无所益，而费用钱粮物料，万数不少。河北灾伤之后，极不易应副，纵是封桩钱物，亦出自民力，深可痛惜。臣欲乞委河北提转不干碍官，具前后所费用过数目，结罪保明闻奏。所贵朝廷上下具知蠹害之实，今后慎于兴作。

【解题】

黄河决口后，兴大役修复故道之论不断，朝廷犹豫不决。苏辙此札建议裁撤修河司，以示不动大役的决心。文中“大臣所欲，虽害物而必行；陛下所为，虽利民而不听”，指明大臣专擅，言语激切。当时主张回河的主要人物是文彦博。此札作于元祐五年（1090）二月。

为旱乞罢五月朔朝会札子 元祐五年四月。

臣伏见去冬无雪，今岁春夏时雨绝少，二麦不收，秋种未入，旱势阔远，岁事可虑。伏惟太皇太后陛下、皇帝陛下，圣心焦劳，请祷备至，发仓粟、留上供米以救饥馑，苟可利民，无所爱惜。而天意未回，旱气日甚，臣实忧之。

窃惟古之明君，遇灾恐惧，内既竭其诚心，啬用劝分，以济民厄；外必避殿减膳，广求直言，以答天意。今二圣既勤其内而外事未修。五月之旦，将御文德，朝群臣。臣恐九重之秘，忧惧之实，民莫得知，徒见陛下晏然坐朝，临御大众。民愚无知，或谓陛下不畏天灾，不恤民瘼。人心一疑，天意弗顺，以此救旱，所损大矣。臣愚伏愿陛下举行祖宗故事，明诏有司，罢朔会，避正殿，损常膳，令百官吏民皆得上封事，指陈时政阙失。如此施行，虽未得雨，而人知陛下寅畏天戒，不吝改过。群情悦伏，神亦将助，以此救旱，非小补也。近日执政大臣虽曾奏乞解罢职任，以答天变，而所请未力，无益于事。今若陛下既自引咎，则大臣势难独止。虽未可遽从，若且例降一官，俟得雨而复，君臣协心，灾庶可止。臣备位禁林，心有所见，不敢缄默。或加采纳，乞不出臣此章，只作圣意行下，于体尤便。取进止。

【解题】

此札为苏辙任翰林学士时作。当时天下大旱，苏辙请求停罢朝会大典，而“避正殿，损常膳”，以顺天意民心。以上各表状为元祐四年（1089）六月至元祐五年五月任翰林学士期间所作。

辞御史中丞札子

臣待罪禁林，行将一岁；兼权吏部，复又累月。常恐才小责重，有一旷败，孤负圣恩。今月三日得阁门报，准告，除臣御史中丞、充龙图阁学士。闻命震恐，罔知所措。盖自二圣临御，所用执法，于今六人，或由此进用，或因事罢去。凡任人之得失，实系朝廷之重轻。官吏视之，以启勤怠之心；邪正因之，以知消长之候。是以前代所选，至慎至难。如臣鄙凡，何以堪此？况复职冠河图之秘，亦非近事之比。虽朝廷过听，欲以宠借小臣；而臣自度量，顾愿少安愚分。重念臣顷者为邑江外，被召还朝，曾未五年，遍历华近。无尺寸之功德，荷山岳之恩私，区区之诚，每虞倾覆。若复冒居要任，诚异本心。况臣非独自为身谋，亦为朝廷惜此过举。伏乞追寝成命，退就闲官，上全知人之明，下安守节之义。惶恐迫切，不知所裁。取进止。

谢除龙图阁学士御史中丞表

臣辙言：伏奉诰命，除臣御史中丞，充龙图阁学士者。视草禁中，既极儒臣之选；专席朝右，复膺忠告之求。兼延阁之宠名，增南司之荣观。退循浅拙，徒积兢危。臣辙诚惶诚恐，顿首顿首。伏以仁圣在宥，五年于今，恭俭无为，四方称治。然而矫枉之过，苛吏适法而宽弛相寻；革故之难，敝事虽除而条纲尚紊。民贫未可经远，吏窳难于责功。是谓守成之难，宜有厉精之实。幸台纲之一举，措国是于无疑。如臣才力之微，勉强何及，此盖伏遇太皇太后陛下，德惟主善，政贵日新。闵风俗之惰媮，审词说之忠佞。知逆耳之利行，察逊志之多非。是以度越俊贤，收掇微贱。然臣迂愚之质，砥砺莫加；颠沛之余，衰罢日甚。言之无补，昔已效于谏垣；文不适时，比复陈于翰苑。恩深莫塞，才短奚为？惟有事君之小心，每欲终身于直道。折而不屈，盖蓬蒿之自然；晦而犹鸣，亦鸡鹊之常性。志效捐躯之报，未知授命之晨。拜伏在廷，俯仰增愧。臣无任感天荷圣激切屏营之至，谨奉表称谢以闻。

【解题】

以上二札是元祐五年（1090）五月苏辙被任命为龙图阁学士、御史中丞后，所上辞、谢表。

谢赐对衣金带鞍马状

右，臣伏蒙圣恩，赐臣对衣、金带、鞍辔、马一匹者。衣以旌礼，锡之带则有约束之严；马以代劳，加之鞍则无陨越之惧。荷国恩之深重，知圣训之密微。服以周旋，益增愧汗。此盖伏遇太皇太后陛下，照临多士，推广德心，捐厩库之有余，怜臣庶之微陋。拜命兹始，曾无毫发之劳；受赐以归，先有满盈之惧。伏念臣起家寒远，遭世熙明。才下位高，畏维鹈濡翼之诮；任重道远，怀老骥伏枥之心。量力自知，览物增愧。将何以光被显服，并驱众贤？惟当知无不言，实亦匪以为报。臣无任感天荷圣激切屏营之至。

【解题】

此状是苏辙除龙图阁学士、御史中丞时，赐对衣、金带、鞍马，上表谢赐。

乞举御史札子

臣以空疏备位执法，当得僚佐，以助不逮。窃见两院御史见止三人，而两人辞免未入，不独言者寡少，于朝廷得失有所不尽。而六察所治，事务至烦，力有不及，则百司怠废。顷者员缺不补，动经岁月，众论莫不疑怪。臣窃见唐制，台官皆大夫、中丞自辟，有不由此除授，敕命虽行，皆拒而不纳。至本朝虽稍损其旧，然亦必令本台与两制分举，而人才自择其可者用之，初无执政用人之法也。然人才之难，非独今日，故自唐太宗以来，兼设监察里行，以待资浅之士。而祖宗旧制，亦许用京朝官知县以上，立法稍宽，易于应格。近日举法，须得实历通判一考。人物衰少，莫甚于今。而独于言事官，重为艰阻，实未允当。臣顷在内外制，见每有诏下，同列相视，患无合格可举之人，所举既上，又多不用，却于前任台官中推择任使。虽云旧人，不免出自执政所可，殊失祖宗博举之意。臣今欲乞并诏本台及两制，依放旧制，举升朝官初任通判以上或第二任知县，通判以上及知县，人所举各半。从圣意选择，补足见阙。仍依旧置监察里行。所贵祖宗选任台官旧法不至隳坏，而纲纪之地易于得人，亦免遗旷。取进止。

【解题】

苏辙此札乞请改变当时举荐御史的方法，凡初通判以上及第二任知县都在被举荐之列，以便为国家选材。作于元祐五年（1090）五月任御史中丞后不久。

荐吕陶吴安诗札子

臣今月二十四日，面奏司马康久病，谏官阙人，乞早赐选择除授。寻奉圣旨：只为难得人。臣退而思之，知人之难莫如已试之验。窃见前左司谏吕陶、右司谏吴安诗，昔任言责，知无不言。虽各曾罢去，并不缘过恶。同时台谏已斥复用者，迨今已遍，惟陶以言韩维不公，韩氏党与强盛，为众所疾。安诗以言王说进用不当，说连姻权势，无由复进。质之公议，皆谓不平。若蒙圣恩还付旧职，俾得尽心图报，必有可观。方今台谏并阙，臣虽备位执法，才短无助，深恐言职旷弛，无补圣明。谨采众论，冒昧尘献，乞更加采察，特赐录用，不胜幸甚。取进止。

【解题】

这是苏辙任御史中丞时，荐举吕陶、吴安诗复任御史的札子。

荐林豫札子

臣窃见天下久安，士久不试，才者无以自见，缓急之际，朝廷不知所用。昔汉丞相王嘉，忧世乏人，尝上书言：前苏令起为盗，欲遣大夫问状，时见大夫无可使者，召鳌厔令尹逢拜谏大夫遣之。今诸大夫有材能者甚少，宜畜养可成就者，则士赴难，不爱其死。临事仓卒乃求，非所以明朝廷也。臣以不才窃位，以为侍从近臣，诚及今闲暇，各举所知，朝廷得以稍加优异，则缓急宜有所补。臣窃见右通直郎林豫，吏干强敏，长于应变，所至可纪。初任泉州惠安尉，以选捕获尤溪强劫贼二十四人，蒙恩转三官。次任签书亳州判官，复以选捕楚州涟水群盗，又获三十八人，累减六年磨勘，仍不依名次指射差遣。观其措置方略，颇得古人用兵之意。若蒙朝廷拔擢，更加试用，宜有可观。今世智策之士不可多得，若令吏部随例注授，碌碌于外，异日欲有使令，不若素养之为善也。臣不胜区区，采择众善，以补万一。取进止。

【解题】

这是苏辙任御史中丞时荐举林豫的札子。

荐王巩札子

臣伏以方今人才衰少，求备实难，凡有所长，皆当不废。臣伏见右承议郎王巩，生于富贵，志节甚坚，好学力文，练达世务。昔熙宁之初，宰臣王安石用事，屡欲用巩。巩自知守正不合，拒而不从，每上书言事，多切时病。吴充、冯京器其为人，尝与议及国事。及王珪、蔡确执政，李定、舒亶为御史，将倾充与京，故起大狱，广加罗织，欲以次及二人。巩由此得罪，南行万里，三年而归，刚气不衰，言事如故。时二圣临御，司马光当国。巩复预光议论，光极喜之，言之朝廷，擢任宗正寺丞。方复欲进用，而巩狷介疾恶，为众所忌。适会光物故，众人捃其微过，因而排之，遂至今日。臣窃悲光平日所荐，今皆布列朝廷，而巩独连蹇不遇，罢官者再。凡巩之所长，皆士人之所难能；而其所短，多暗昧不明，或少年之所不免。前知扬州谢景温与巩共事，尝上章明辩其冤，则爱憎之言，未可偏信。臣备位风宪，区区之意，每欲为陛下掇拾遗材，以备任使。与巩游从最旧，知其所长。伏乞陛下洗濯瑕疵，稍加录用，必能上感恩造，临事捐躯，以报万一。取进止。

【解题】

这是苏辙任御史中丞时推荐王巩的状子。王巩与苏辙为好友，屡作诗唱和。苏辙任御史中丞，荐举人才多不为执政所用，曾上书乞加任用。现将这三篇荐札放在《乞再举台官状》之前。

乞再举台官状

右臣等近准敕举岑象求、赵屼充台官，已蒙圣恩除象求殿中侍御史。窃见本台两院官共六员，分领六察，皆得言事。元祐之初，朝廷急于求治，台中阙员，略无一二。四方观望，皆知陛下勤于听纳，争效悃愊，以补万一。今日监察御史并阙四员，虽圣明开纳之意无损于前，而员阙不补，中外疑惑。今六曹寺监，虽复闲地，每遇有阙，犹未尝不补。况于人主耳目，所系至重，自非讳闻直言及有所壅蔽，而听其久阙，实非治世之事也。况六察所治，事务不少，若稍有弛废，则冤抑者必众，亦非先帝设官之本意也。伏乞特出圣旨，下本台及两制分举八员，陛下择取四人用之，使天下晓然知朝廷招求忠言与昔无异。不胜幸甚，谨录奏闻，伏候敕旨。

再论举台官札子

右臣等近准尚书省札子，勘会御史中丞苏辙、侍御史孙升同举到监察御史贰员，内壹员不曾实历通判，不应条，壹员与执政官碍亲。七月八日，三省同奉圣旨，令苏辙、孙升同别举官二员闻奏者。检会元祐三年六月九日尚书省札子，三省同奉圣旨，左右司谏、左右正言、殿中侍御史、监察御史，并用升朝官通判资序实历一年以上人，举官准此。臣等窃见后来所用谏官，如吴安诗、刘唐老、司马康三人，并非实历通判之人。缘上件所降朝旨，系谏官御史并用实历通判一年，即无分别。今来人才难得之际，若台官独拘苛法，必至阙官。况自立法以来，前后本台及两制官，并不曾举到实历通判可用一人以塞明诏，足见此法难以久行。伏乞特依近用谏官体例，于臣等前来所举人中选择除用，免致言事之官久阙不补，于体不便。谨录奏闻，伏候敕旨。

三论举台官札子

臣近准敕与孙升同举监察御史二人，寻准尚书省札子，以一员不曾实历通判，令别举官闻奏。臣检会元祐三年六月八日圣旨，左右司谏、左右正言、殿中侍御史、监察御史，并用升朝官通判资叙实历一年以上人，举官准此。臣窃观上条，本为朝廷除授而设。后来朝廷所除谏官，如吴安诗、刘唐老、司马康三人，皆未曾实历，遂再奏乞比附施行。寻又蒙尚书省札子，令依条别举。臣退复思念，岂以除谏官皆出圣意，故得不依条法，举台官出于有司，故不得援例邪？窃惟前件三人，惟司马康故相光之子，光被眷任最深，康亦素有清誉，或为二圣所知。至于吴安诗、刘唐老，此二人者，何缘得被圣眷？若非大臣进拟，或密有荐导，陛下何缘知之？窃谓本台所举，亦合依例施行，况朝廷前后所用百官亦多不应格，岂固违法？盖不得已也。若独于台官固执近法，中外必以为疑，伏乞检会前奏，早赐施行。取进止。

论用台谏札子

臣闻《书》称尧、舜之德曰："明四目，达四聪。"盖人君居高宅深，其势易与臣下隔绝，若不务广耳目，则不闻外事，无以预知祸福之原。臣不敢复论前代，请陈本朝故事。每当视朝，上有丞弼朝夕奏事，下有台谏更迭进见，内有两省侍从诸司官长以事奏禀，外有监司郡守走马承受，辞见入奏。凡所以为上耳目者，其众如此。然至于事有壅蔽，犹或不免。今自太皇太后陛下、皇帝陛下垂帘以来，每事重慎，群臣得对于前者，惟有执政及台谏官而已。然天下之事，其是非可否，既决于执政，陛下欲于执政之外，特有所闻者，又独有台谏数人而已。臣观今日台官三员，谏官二员，其间非执政私人，特出圣意所用者，又不过一二人。孔子有言："今吾于人也，听其言而观其行。"陛下试取此五人言行之实而谛观之，则其邪正向背，概可见也。昔汉成之世，王凤用事，群臣莫敢尽言，惟刘向、王章力言其恶，无所顾避，皆为凤所不喜，言卒不用，或继以死。而凤推荐其门人，如杜钦、谷永之流，使上封论事。钦等所言皆掩蔽凤短，专攻帝失。由此直言不闻，汉以不竞。今陛下深处帷幄，耳目至少，惟有台谏数人，若又听执政得自选择，不公选正人而用之，臣恐天下安危大计无由得达于前，而朝廷之势殆矣！惟陛下留神省察，无忽臣言，则社稷之福也。取进止。

乞改举台官法札子

臣伏见唐制，御史属官皆大夫、中丞自举。及本朝旧法，亦皆丞杂及两制举人。盖以人主耳目之官，不欲令执政用其私人，以防壅蔽。近自元祐三年六月八日圣旨指挥、殿中侍御史、监察御史，并用升朝官通判资序实历一年以上人。自是以来，虽时复令本台及两制举官，而终无一人应格可用。何者？士自选人改官，经两任知县，一年通判，若稍有才名，多为朝廷擢用。其余碌碌无取，难以复堪台官。虽或间有沉沦，未见知赏，然盖亦已少矣。今法限取此人，已伤苛细，而又缘此祖宗举台官旧法久废不用，而执政以意选用旧人之例，遂以成风。近日虽圣意开悟，复令臣等举官，然弊法尚存，方人物衰少之时，实患难以应法。伏乞检臣前奏，稍改近制，令台官得举升朝第二任知县及通判以上各半。若谓知县资浅，乞依尚书侍郎例，许权监察御史。所贵稍存祖宗故事，不至执政自用台官。虽方今君臣相信，法度可略，而朝廷纪纲不可不经久远。臣职在台长，台中典章义当固守。取进止。

【解题】

元祐五年（1090）五月苏辙为御史中丞，所举荐御史，却不为宰相所用。以上五札并非同时所作，现依先后顺序并附在一起。

乞分别邪正札子

臣窃见元祐以来，朝廷改更弊事，屏逐群枉，上有忠厚之政，下无聚敛之怨。天下虽未大治，而经今五年，中外帖然，莫以为非者。惟奸邪失职居外，日夜窥伺便利，规求复进，不免百端游说，动摇贵近。臣愚窃深忧之。若陛下不察其实，大臣惑其邪说，遂使忠邪杂进于朝，以示广大无所不容之意，则冰炭同处，必至交争；薰莸共器，久当遗臭。朝廷之患自此始矣。

昔圣人作《易》，内阳外阴，内君子外小人，则谓之“泰”；内阴外阳，内小人外君子，则谓之“否”。盖小人不可使在朝廷，自古而然矣。但当置之于外，每加安存，使无失其所，不至忿恨无聊，谋害君子，则“泰”卦之本意也。昔东晋桓温之乱，诸桓亲党，布满中外。及温死，谢安代之为政，以三桓分莅三州，彼此无怨，江左遂安。故《晋史》称安有经远无竞之美。然臣窃谓谢安之于桓氏，亦用之于外而已，未尝引之于内与之共政也。向使安引桓氏而寘诸朝，人怀异心，各欲自行其志，则谢安将不能保其身，而况安朝廷乎？顷者一二大臣专务含养小人，为自便之计。既小人内有所至，故蔡确、邢恕之流，敢出妄言，以欺愚惑众。及确、恕被罪，有司惩前之失，凡在内臣僚例蒙摧沮。卢秉、何正臣皆身为待制，而明堂荐子，止得选人。蒲宗孟、曾布所犯，明有典法，而降官褫职，唯恐不甚。明立痕迹，以示异同，为朝廷敛怨，此二者皆过矣。故臣以为小人虽决不可任以腹心，至于牧守四方，奔走庶事，各随所长，无所偏废，宠禄恩赐，常使彼此如一，无迹可指。此朝廷之至计也。

近者朝廷用邓温伯为翰林承旨，而台谏杂然进言，指为邪党，以谓小人必由此汇进。臣尝论温伯之为人粗有文艺，无他大恶，但性本柔弱，委曲从人。方王珪、蔡确用事，则颐指如意；及司马光、吕公著当国，亦脂韦其间。若以其左右附丽，无所损益，遇流便转，缓急不可保，信诚不为过也。若谓其怀挟奸诈，能首为乱阶，则甚矣。盖台谏之言温伯则过，至为朝廷远虑，则未为过也。故臣愿陛下谨守元祐之初政，久而弥坚，慎用左右之近臣，毋杂邪正。至于在外臣子，一以恩意待之，使嫌隙无自而生，爱戴以忘其死，则垂拱无为，安意为善，愈久而愈无患矣。臣不胜区区，博采公议而效之左右。伏乞宣谕大臣，共敦斯义，勿谓不预改更之政，辄怀异同之心，如此而后朝廷安矣。取进止。

【解题】

苏辙《颍滨遗老传》："元丰旧党分布中外，多起邪说，以摇撼在外。"有人主张并用旧党，苏辙此札即论邪正不可并用，否则如"冰炭同处，必至交争"。

再论分别邪正札子

臣今月二十二日延和殿进呈札子，论君子小人不可并处朝廷，因复口陈其详，以渎天听。窃观圣意，类不以臣言为非者。然天威咫尺，言词迫遽，有所不尽。退伏思念，若使邪正并进，皆得与闻国事，此治乱之机，而朝廷所以安危者也。臣误蒙圣恩，典司邦宪，臣而不言，谁当救其失者?

谨复稽之古今，考之圣贤之格言，莫不谓亲近君子，斥远小人，则人主尊荣，国家安乐；疏外君子，进任小人，则人主忧辱，国家危殆。此理之必然，而非一人之私言也。故孔子论为邦则曰："放郑声，远佞人。"子夏论舜之德则曰："举皋陶，不仁者远。"论汤之德则曰："举伊尹，不仁者远。"诸葛亮戒其君则曰："亲贤臣，远小人，此前汉所以兴隆也；亲小人，远贤臣，此后汉所以倾颓也。"凡典册所载，如此之类不可胜纪。至于《周易》所论尤为详密，皆以君子在内小人在外，为天地之常理；小人在内君子在外，为阴阳之逆节。故一阳在下，其卦为复。二阳在下，其卦为临。阳虽未盛，而居中得地，圣人知其有可进之道。一阴在下，其卦为姤；二阴在下，其卦为遯。阴虽未壮，而圣人知其有可畏之渐。若夫居天地之正，得阴阳之和者，惟泰而已。泰之为象，三阳在内，三阴在外。君子既得其位，可以有为；小人奠居于外，安而无怨。故圣人名之曰泰。泰之言安也，言惟此可以久安也。方泰之时，若君子能保其位，外安小人，使无失其所，则天下之安未有艾也。惟恐君子得位，因势陵暴小人，使之在外而不安，则势将必至反覆。故泰之九三则曰："无平不陂，无往不复。"

窃惟圣人之戒深切详尽，所以诲人者至矣。独未闻以小人在外，忧其不悦而引之于内，以自遗患者也。故臣前所上札子，亦以谓小人虽决不可任以腹心，至于牧守四方，奔走庶务，各随所长，无所偏废，宠禄恩赐，彼此如一，无迹可指，如此而已。若遂引而置之于内，是犹畏盗贼之欲得财而导之于寝室，知虎豹之欲食肉而开之以坰牧，天下无此理也。且君子小人势同冰炭，同处必争。一争之后，小人必胜，君子必败。何者？小人贪利忍耻，击之难去；君子洁身重义，知道之不行，必先引退。故古语曰："一薰一莸，十年尚犹有臭。"盖谓此矣。

昔先皇帝以聪明圣智之资，疾颓靡之俗，将以纲纪四方，追迹三代。今观其设意，本非汉、唐之君所能仿佛也。而一时臣佐不能将顺圣德，造作诸法，率皆民所不悦。及二圣临御，因民所愿，取而更之，上下忻慰。当此之际，先朝用事之臣皆布列于朝，自知上逆天意，下失民心，彷徨踧踖，若无所措，朝廷虽不斥逐，其势亦自不能复留矣。尚赖二圣慈仁，不加谴责，而宥之于外，盖已厚矣。今者政令已孚，事势大定，而议者惑于浮说，乃欲招而纳之，与之共事，欲以此调停其党。臣谓此人若返，岂肯徒然而已哉？必将戕害正人，渐复旧事，以快私忿。人臣被祸盖不足言，而臣所惜者，祖宗朝廷也。

盖自熙宁以来，小人执柄二十年矣。建立党与，布满中外，一旦失势，睎觊者多。是以创造语言，动摇贵近，胁之以祸，诱之以利，何所不至？臣虽不闻其言，而概可料矣。闻者若又不加审察，遽以为然，岂不过甚矣哉？臣闻管仲治齐，夺伯氏骈邑三百，饭疏食，没齿无怨言。诸葛亮治蜀，废廖立、李严为民，徙之边远，久而不召。及亮死，二人皆垂泣思亮。夫骈、立、严三人者，皆齐、蜀之贵臣也。管、葛之所以能戮其贵臣，而使之无怨者，非有它也，赏罚必公，举措必当，国人皆知其所与之非私，而所夺之非怨，故虽仇雠，莫不归心耳。今臣窃观朝廷用舍施设之间，其不合人心者尚不为少。彼既中怀不悦，则其不服固宜。今乃直欲招而纳之，以平其隙，臣未见其可也。《诗》曰："无竞维人，四方其训之。"陛下诚以异同反复为忧，惟当久任才性忠良、识虑明审之士，但得四五人常在要地，虽未及皋陶、伊尹，而不仁之人知自远矣。故臣愿陛下断自圣心，不为流言所惑，毋使小人一进，后有噬脐之悔，则天下幸甚，天下幸甚。

臣既待罪执法，若见用人之失，理无不言，言之不从，理不徒止。如此，则异同之迹益复著明。不若陛下早发英断，使彼此泯然无迹可见之为善也。臣受恩深重，辄敢先事献言，罪合万死。取进止。

【解题】

此札再申述邪正不可并用之理，指出"一争之后，小人必胜，君子必败"，坚决反对"调停"之说。

三论分别邪正札子

臣闻圣人之德，莫如至诚。至诚之功，存于不息。有能推至诚之心，而加以不息之久，则天地可动，金石可移，况于斯人，谁则不服？臣伏见太皇太后陛下、皇帝陛下，随时弛张，改革弊事，因民所恶，屏去小人。天下本无异心，群党自作浮议。近者德音一发，众心涣然，正直有依，人知所向。惟二圣勿移此意，则天下谁敢不然？卫多君子而乱不生，汉用汲黯而叛者寝。苟存至诚不息之志，自是太平可久之功。此实社稷之福，天下之幸也。

然臣以谓昔所柄任，其徒实蕃，布列中外，岂免窥伺？若朝廷施设必当，则此辈觊望自消。昔田蚡为相，所为贪鄙，则窦婴、灌夫睥睨宫禁，侥幸有功；诸葛亮治蜀，行法廉平，则廖立、李严虽流徙边郡，终身无怨。此则保国宁人之要术，自古圣贤之所共由者也。臣窃见方今天下虽未大治，而祖宗纲纪具在，州郡民物粗安。若朝廷大臣正己平心，无生事邀功之意；因弊修法，为安民靖国之术，则人心自定。虽有异党，谁不归心？向者异同反覆之忧，盖亦不足虑矣，但患朝廷举事，类不审详。曩者黄河北流，正得水性，而水官穿凿，欲导之使东，移下就高，汩五行之理。及陛下再遣官吏按视，知不可为，犹或固执不从。经今累岁，回河虽罢，减水尚存，遂使河朔生灵财力俱困。今者，西夏、青唐，外皆臣顺，朝廷招徕之厚，惟恐失之。而熙河将吏创筑二堡，以侵其膏腴；议纳醇忠，以夺其节钺。功未可觊，争已先形。朝廷虽知其非，终不明白处置。若遂养成边隙，关、陕岂复安居？如此二事，则臣所谓宜正己平心，无生事邀功之意者也。

昔嘉祐以前，乡差衙前，民间常有破产之患。熙宁以后，出卖坊场，以雇衙前，民间不复知有衙前之苦。及元祐之初，务于复旧，一例复差，官收坊场之钱，民出衙前之费，四方惊顾，众议沸腾。寻知不可，旋又复雇。雇法有所未尽，但当随事修完。而去年之秋，复行差法。虽存雇法，先许得差。州县官吏，利在起动人户，以差役为便。差法一行，即时差足。雇法虽在，谁复肯行？臣顷奉使契丹，道出河北，官吏皆为臣言："岂朝廷欲将卖坊场钱别作支费耶？不然，何故惜此钱而不用，殚民力以供官？"此声四驰，为损非细。又熙宁雇役之法，三等人户并出役钱。上户以家产高强，出钱无艺；下户昔不充役，亦遣出钱。故此二等人户不免咨怨。至于中等，昔既已自差役，今又出钱不多，雇法之行，最为其便。及元祐罢行雇法，上下二等欣跃可知，惟是中等，则反为害。臣请且借畿内为比，则其余可知矣。畿县中等之家，大率岁出役钱三贯，若经十年为钱三十贯而已。今差役既行，诸县手力，最为轻役；农民仕官，日使百钱，最为轻费。然一岁之用，已为三十六贯，二年役满，为费七十余贯。罢役而归，宽乡得闲三年，狭乡不及一岁。以此较之，则差役五年之费，倍于雇役十年所供。赋役所出，多在中等。如此，安得民间不以今法为害，而熙宁为利乎？然朝廷之法，官户等六色役钱，只得支雇役人，不及三年，处州役而不及县役，宽剩役钱只得通融邻路邻州，而不得通融邻县。人户愿出钱雇人充役者，只得自雇，而官不为雇。如此之类，条目不便者非一，故天下皆思雇役而厌差役，今五年矣。如此二事，则臣所谓宜因弊修法，为安民靖国之术者也。

臣以闻见浅狭，不能尽知当今得失。然四事不去，如臣等辈犹知其非，而况于心怀异同，志在反复，幸国之失有以籍口者乎？臣恐如此四事，彼已默识于心，多造谤议，待时而发，以摇撼众听矣。伏乞宣喻执政，事有失当，改之勿疑；法或未完，修之无倦。苟民心既得，则异议自消。陛下端拱以享承平，大臣逡巡以安富贵，海内蒙福，上下所同。所有衙前差役二事，臣方根究详悉，续具闻奏。臣不胜区区冒昧圣听，伏俟诛谴。取进止。

【解题】

此札举四件措置不当之事，认为新党正借此希图反覆，应当去此四事，以免新党“多造谤议”，这样，才有希望实现长久太平。以上三札作于元祐五年（1090）六月以礼部侍郎陆佃权礼部尚书，兵部侍郎赵彦若权兵部尚书。

论执政生事札子

臣闻宰相之任，所以镇妥中外，安靖朝廷，使百官皆得任职，赏罚各当其实，人主垂拱无为，以享承平之福，此真宰相职也。臣窃见近者执政进拟邓温伯为翰林学士承旨，除命一下，而中书舍人不肯撰词，给事中封还诏书，御史全台、两省谏议，皆力言其不可。议论汹汹，经月不定，而执政之意，确然不回。温伯既仍旧就职，而言者并获美迁。质之公议，皆不晓其故。若谓执政诚是耶，则给舍台谏并系所选，岂其皆非？若以论者诚非耶，则不加黜责，并获优宠，进退无据。是以公议皆谓朝廷自知其非，但重于改作而已。今者谤议未息，又复进拟礼部侍郎陆佃、兵部侍郎赵彦若权本部尚书。中书舍人二人复相次封还陆佃之命。臣窃惟此二事，本非朝廷急切之务，势须必行者也。上既不出于人主，下又不起于有司，皆由执政出意用人，致此纷争。内则皇帝陛下、太皇太后陛下厌于烦言，焦劳弥月；下则侍从要司失其旧职，纲纪废坏。至于赏罚颠倒，顷所未闻。臣不知为政如此，得为镇妥中外，安靖朝廷者乎？

顷者诸曹侍郎阙人，朝廷始擢用诸卿监为权侍郎，盖以不权侍郎则本曹公事缺官发遣。如礼、兵诸部事至简少，虽无侍郎，但责郎官，亦自可了。况侍郎既具而复权尚书，此何说也？若谓侍郎久次当迁尚书，臣不知尚书久次当遂迁执政乎？此则为人择官，而非为官择人之意也。臣待罪执法，窃虑圣意未经究察，但见执政历诋有司而自伸其意，使群臣无由自明。今后更有如此等事，无敢守法为陛下明白是非者。是以区区献言，不觉烦渎，罪当万死。取进止。

【解题】

当时宰相进陆佃、赵彦若为礼部尚书、兵部尚书，苏辙认为这不是朝廷急务，无事生非，引起争端，将导致“纲纪废坏”。

作于元祐五年（1090）六月。

论吏额不便二事札子

臣顷于门下中书后省详定吏额，文字已具进呈。后来都省吏额房别加改定施行，其间二事最为不便，人情不悦，是致六曹寺监吏人前后经御史台论诉者不一。本台亦曾为申请，终未见果决行下。臣昔既手综其事，今又目睹所诉，理难默已，谨具条列如后：

一、自官制以来，六曹寺监吏额累经增添，人溢于事，实为深弊。臣既详定，即依先降指挥，取逐司已行两月生事分定七等，因其分厘以立人数。然是时逐司之吏仅三千人，皆惧见沙汰，不肯供具。臣遂禀白三省执政，言事干众人，既怀疑惧，文字必难取索。虽或以朝廷威势逼令尽供，及至裁损，必致纷竞，于体不便。不若且据事实立成定额，俟将来吏人年满转出或死亡事故，更不补填，及额而止。如此施行，不过十年，自当消尽。虽稍似稽缓，然见在吏人，知非身患，必自安心，极为稳便。当时执政率皆许诺，遂于元祐二年十一月内具状申尚书省，其略曰：今来参定吏额，本欲称事立额，量力制禄。唯务人人效实，事务相称，即非苟要裁损人额及减廪禄。纵人额实有可损，亦俟他日见阙不补，即非便于法行之日径有减罢。若非朝廷特降指挥，晓谕本意，终恐人情不以为信，致供报不实，虚陷罪名。寻准当月九日尚书省札子，奉圣旨依所申。臣等遂备坐出榜，晓示逐司。自此数月之间，文字齐足，方得裁损成书。却被吏额房违废上件圣旨指挥，将所减人数便行裁拨。失此信令，人情汹汹。又缘此任永寿等得骋其私意，近下人吏恶为上名所压者，即为拨上名于他司。侍郎左选为下名，乐毅在吏额房，故为拨上名孔仲卿等于考功之类是也。闲慢司分欲迁入要局者，即自寺监拨入省曹。于大理寺拨任永寿亲情信中立等十人入考功之类是也。任情纷乱，弊幸百出。由此旧人多被排斥，以至失所。凡所诉说，前状已具开陈。下则众口怨谤，感伤和气；上则朝廷失此大信，今后虽有号令，谁复听从？臣今欲乞只依前件圣旨，将所损人额直候他日见阙不补，见在人数且依旧安存。况尚书左选拨到兵部手分，近已准都省指挥发遣，归元来去处。伏乞检会此例，一体施行。

一、六曹寺监吏人多系官制以前诸司名额，其请受多少及迁转出职迟速高下，各各不同。及官制后来分隶逐司，一司之中兼有旧日诸司之吏。臣详定之日与众官商量，以谓若将旧日诸司之吏纳入今日逐司名额，则其请受迁转出职，参差不齐，理难均一。盖将逐司数种体例并为一法，其势非薄即厚，非下即高，若不亏官，必至亏私。亏官则默而不言，亏私则不免争诉，俱为不便。况今旧司吏人并权新额，请受许从多给，迁补出职皆依旧司，并有见行条贯。若且依此法，可以不劳而定，及吏额房创意改更，务欲一例从新，以显劳效。遂除见理旧司迁转已补最上一等名目，见理年选更无迁转职名之人，即听依旧条出职。若就迁试补填阙者，令候降到新法施行，所有依旧司迁补出职指挥，更不行用。切缘旧诸司吏人，根源各别，立法不同，不可概以一法。新法虽工，止于一法而已，以待新法吏人则可，以待旧法吏人则不幸者必众。求其无讼，不可得矣。见今刑部田舜贤等经台理诉，势必难抑。欲乞止依后省所用旧条，庶几便可止绝。

右臣闻孔子论为政之本，欲去兵去食而存信，曰："自古皆有死，民无信不立。"今初议吏额，群吏疑惧。陛下与二三大臣既令臣等明出榜示，告以将来虽有所损，直候见阙不补。圣旨明白，人谓信然，竞出所掌文案输之有司。臣等赖之以立条例，曾未逾岁，书入他司。凡有所损，即行裁拨，弃置大信，略无顾惜，此正先圣之所禁也。兼前件二事，如后省所定，皆人情所便，极为易行；如吏额房所定，皆人情所不便，极为难守。今弃易即难，以招词诉，又政事之大失也。伏乞圣慈，速命有司，改从其易，以安群吏之志。取进止。

【解题】

吏额过多，朝廷患之，苏辙建议“据事实立成定额，俟将来吏人年满转出或死亡事故，更不填补，及额而止。如此施行，不过十年，自当消尽。”应该说这是十分稳便的措施，可急于功利的小人却背约裁减吏员，引起混乱。苏辙此札即申述己见，要求依从前议。作于元祐五年（1090）七月。

论衙前及诸役人不便札子

臣近奏乞修完弊政，以塞异同之议。

其一谓诸州衙前，臣请先论今昔差雇衙前利害之实。盖定差乡户，人有家业，欺诈逃亡之弊，比之雇募浮浪，其势必少。此则差衙前之利也。然而每差乡户，必有避免纠决，比至差定，州县曹吏乞取不赀，及被差使，先入重难。若使雇募惯熟之人，费用一分，则乡差生疏之人，非二三分不了，由此破荡家产。嘉祐以前，衙前之苦，民极畏之。此则差衙前之害也。若雇募情愿，自非惯熟，必不肯投。州县吏人知其熟事，乞取自少。及至勾当，动知空便，费亦有常，虽经重难，自无破产之患。此则雇衙前之利也。然浮浪之人，家业单薄，侵盗之弊，必甚于乡差，熙宁以来多患于此，此则雇衙前之弊也。然则差衙前之弊害在私家，而雇衙前之弊害在官府。若差法必行，则私家之害无法可救；若雇法必用，则官府之弊有法可止。何者？嘉祐以前长名衙前除差三大户外，许免其余色役。今若许雇募衙前，依昔日长名免役之法，则上等人户谁不愿投？诸州衙前例得实户，则所谓官府之害坐而自除。臣窃谓虽三代圣人，其法不能无弊，是以易贡为助，易助为彻，要以因时施宜，无害于民而已。今差法行于祖宗，雇法行于先帝，取其便于民者而用之，此三代变法之比也。谨具条列如后：

元祐三年五月二十八日敕：诸路衙前规绳，令逐州当职官员体究利害。委是难以招募处，即以旧支雇食钱参酌量添入合销重难分数，勾集衙众，参定优重之实，申转运司审察施行讫，保明申户部点检。

元祐三年六月三日敕：应投名衙前，并依旧与免本户色役。

元祐三年六月三日敕：诸处乡户衙前役满未有人抵替者，并且依见行招募法雇支工食酬钱。如愿招募者，听仍依条与免本户身役。不愿招募者，速招人抵替。十月一日敕除去“役满”二字。

元祐三年闰十二月十九日敕：诸路监司勘会衙前有招募未足去处，躬亲与当职官员同共体究利害。如委有妨害事节及优重未均，或合以旧支雇食钱添入重难分数，并依五月二十八日敕命指挥，勾集衙众参定，一面施行讫。修入衙规，仍分明晓谕，限半年招募人投名替放乡差人户了当。如限满尚有不足去处，即具的实事由，申户部看详施行。

元祐四年八月十八日敕：诸州衙前投名不足去处，见役年满，乡差衙前并行替放，且依旧条差役，更不支钱。如愿投充长名及向去招募到人，其雇食支酬钱即全行支给，却罢差充。其投募长名之人，并与免本户役钱二十贯文。如所纳数少，不系出纳役钱之人，即许计会六色合纳役钱之人，依数免放。

臣看详元祐三年闰十二月以前所定衙前条贯，颇已完备，亦近人情，只缘诸州招募未足，见在乡差衙前不得替罢。议者特以为言，即议改更，却行差法。臣尝略闻建议大意，止谓雇人不足，良由人户欲要高价，不肯投募，以俟添钱。故令投募者并得雇食支酬等钱，而被差者一钱不得，为此诱胁之术，欲使招雇得行。然不知州县官吏，利在差人。向者法不得差，故勉行雇法。

今既立差法，差人既足，虽有雇法，其势必不行矣。臣以为将钱雇人，正如出钱买物，钱物相当，理无不得。纵使一人欲要善价，余人安肯坐而待之哉？彼诱胁之术，盖商贾小数，不足为朝廷大法也。今者已行此法，其事可验。大抵欲雇之心无由复得，而已差之势遂不可回。加以卖坊场钱自此有入无出，差人既依嘉祐而支酬不复其故，万口怨咨，皆言朝廷直取此钱，欲作他用。本求利民之誉，更得剥下之谤，此最立法之病也。而况长名衙前若免户役之费，动累百千，今每岁止免二十千，彼亦何赖于此乎？况非见纳役钱人户，又须取之他人，收索之间，必不便得。诉讼之端，由此必甚。凡此皆非所以便民也。臣今欲乞应招募衙前并依上件元祐三年闰十二月以前条贯，其元祐四年八月十八日敕更不施行。其招雇未足州郡所差乡户，且令依旧招募，候招募到，从下户先入役者替放，与折当合入役次，仍令诸州军所定衙规比元丰年雇食支酬钱数别无增添者，监司不得曲加问难。盖元丰以前屡经裁损，纵有些小优润，数亦不多。所贵民间易为应募，仍限指挥到日，限半年依前指挥保明申户部。

贴黄：户部近乞衙前依旧乡差，比雇役衙前支五分雇食支酬钱。臣谓官自有坊场钱，可以支雇，必不以减半为利，而民间不免差役之害。不若以钱雇人，仍免户役，可得实户之为利也。

元祐四年五月十一日敕：诸路收到助役钱，只许支充应系补助役人费用，不得别将支用。候岁终除支外，尚有宽剩钱数，令封椿户房置簿，候诸路逐年申到数目揭贴，仍令户部指挥诸路提刑司，依封椿钱物法条式施行。岁终具帐，限次年春季申户部，缴申尚书省。

元祐四年六月九日敕：坊场钱并依上件助役钱，已得指挥，令封椿户房一就置簿揭贴。

臣看详诸路坊场，嘉祐以前并以支酬长名衙前，熙宁以后并出卖得钱为雇役衙前，雇食支酬之费，未有以供他用者也。至于人户所出役钱，本以补助户少役多县分，雇募役人，亦非国家经费所入之数。今自二圣临御，改更宿弊，大抵皆是捐利以予民，而独于衙前坊场及人户助役支用之余，收入封椿，以充朝廷缓急之用。民愚无知，但见损下益上，非己之利，必致怨谤。况所雇衙前钱数一定，无复减损，而坊场败折，所入净利有减无增，人户色役频烦，日益不易。若亟收羡数，不以及民，必失民望。臣观此法，止是官吏以聚敛为功，欲因增羡觊幸酬赏而已，非二圣仁民爱物之意也。臣今欲乞一皆仍旧，只以准备补助役人。若欲岁知其数，宜令提刑司申上户部右曹置籍揭贴，勿申都省充封桩钱数，以解天下之惑，且使衙前役人两得足用。

其二谓诸州县役人，臣前已具论差雇役人利害，以谓差役之利，利在上等、下等人户，而雇役之利，利在中等。既利害相半，则兼行差雇，为利实多。然则祖宗旧法与先帝近制，要为皆有所去取，唯当问人情之所便，更不当以新旧彼我为意，有所偏系也。臣观前后役法，皆由臣僚意有所执，或自前曾经议论，欲遂成其说；或见今观望上下，有所希合，致令所立之法，不得通济。谨具条列如后：

元祐三年十二月二十四日敕：官户等助役钱，逐州除依条支用外，以实数十分量留一分准备，其余钱勘会管下诸县，合役空闲户不及三番处，将州手分、散从官、承符人招募，抵替乡差人户。

元祐三年五月十五日敕：役钱除令招募役人支使外，有宽剩钱数，许一路通那支用。

元祐四年八月十八日敕：诸州役除吏人衙前外，其余应系合差，州役人年满，本州于替期前行下，合干县分差充。本县先于本等内揭簿定差，如无空闲及三年户，即于次等差，又无空闲及三年户，本县方具目今未有可充役人户，保明申州，支钱雇募。

臣看详三番之法似疏而易行，三年之法似密而难用。何者？

人户物力厚薄，等第高下，丁口进减，及充役年限久近，率皆不齐，而概言三番，此所谓似疏也。然而逐等合役人数若干，可役人户若干，揭簿可指。自非造簿，别无增减。逐县先供番数在州，遇州役有阙，当差当雇，不待下县，州自可见。人户晏然不知，而胥吏无以寒热，此所谓易行也。州役有阙，每须下县核实无空闲三年人户，然后得雇，此所谓似密也。然而每有一阙，县吏得以起动人户，虽空闲未及三年，非贿不免；虽已及三年，得赂或止。加以三番之法，本约六年以来，今无故辄减其半，民情不悦，此所谓难行也。臣今欲乞复行三番旧法，仍约定每番止于二年，及令人户逐等各计番数，不用本等不足即差次等之法，盖所以优狭乡也。使宽乡虽闲得六年以上，而法不禁；狭乡虽闲止三年以下，而民不怨，则善矣。又臣以为助役钱本出于民，除留准备一分外，当尽用雇役以助民力。盖取之于民，而还以为民，民情乃悦。今此法许以雇州役而不及县役，若役钱不足则已，若役钱有余，而止雇州役，非通法也。臣窃见梓州路转运副使吕陶奏："朝廷立法，既令空闲户不及三番处并雇州役，则是欲减合差之役，令人户空闲，须及三番。今除已雇州役外，尚有空闲不及一番、两番、三番处，即差役年辰愈近，民力愈不易理，合将助役钱为雇县役，令人户空闲及得三番，则法意均一，民力宽纾。本路年收助役钱四万四千四十贯有零，除当留一分及雇募州役外，尚余宽剩钱三万一千一百一十贯有零。今若更将一万二千五百五十贯有零雇上件不及三番以下县役，尚有宽剩一万八千五百六十贯有零，委是不致妨阙。"又，知陕州吕大忠奏："陕州所统七县，除夏县外，大概户少役多。且以平陆一县言之，每揭簿定差，本等不足须及次等，又不足则迤逦儹那，遂至下等。县役既无指定空闲年月之文，役满遇阙，便即再差，则上户无有休息。若稍宽上户，则下户反应重役。臣自到任以来，访闻役法未便，士莫不窃议于其家，农莫不窃议于其野，人人共知。而州县观望，惟务迁就，庶几推行，而终有窒碍。乞下有司早议成法。”臣详观大忠之言，虽不陈措置之方，大约与吕陶之意不异。访闻诸路事体，大略亦与二人所言不殊。臣欲乞诸路役钱除通那支雇不及三番处州役外，仍许通那支雇不及一番以上县役，令人户皆及三番而止。其钱少路分，则随钱所及而止。臣尝谓畿内天下根本，其民与外道均出助役钱，止以雇法止于州役，遂使畿内人户出钱而不得雇役，反不及诸路之优。今若通雇县役，则畿内之民与诸道均被其赐，此又均一之一端也。

贴黄：户部见立法，诸州助役钱，留一分准备外，尽数支雇州役。此法比旧虽已甚宽，然臣谓不限不及三番然后许雇，即宽乡愈宽，而狭乡自狭，未若限以不及三番，通雇州县役之为均也。

元祐差役敕：人户差役，除耆长、户长、壮丁须正身充役，其余公人如愿雇人充代者，并许任便选雇。经官陈状委保，替名祗应。其雇直钱物，听私下商量。

臣看详元丰以前官雇役人，皆有定下钱数，不至过多。今既行差役法，仍许所差之人不愿身充，亦得雇募，盖所以从民之便也。然私下雇人，为弊不一：或官吏苛虐，必使雇募某人；或所雇顽狡，百端取其雇直。宫中所使，要以皆非税户正身，而横使民间分外糜费。虽条约颇严，然州县施行，岂得如法？其弊终在。见今州役，如承符等，皆官自雇人，至于县役，必使民间自雇。议者之意，但欲苟存差役之虚名，而不顾民间之实病，非通法也。臣欲乞应州县诸役所差人，如欲雇人，并许依元丰以前官雇钱数，纳钱入官，官为雇人，一如旧法。据前后臣庶上言，乞行此法者非一，乞令户部检会，足见人情共愿，非一人私说也。

元祐二年十二月二十四日敕：诸县空闲户不及三番处，将州手分招募，抵替乡差人户。

元祐三年五月十六日敕：州手分不以诸州空闲户及与不及三

番处，并招募替放乡差人户。

元祐四年七月二十七日都省批状：据户部状，契勘朝旨，州手分系差到人，并许支钱招雇抵替外，有系投名旧人愿住，即不该支给雇钱。检会前后，累据京东、京西、淮南路转运，并京东、京西、河北、利州、河东路提刑司，及环、复、密、济、黄、滑、唐、陈、邓、郑、秦、瀛、定州，河阳、颍昌府各申陈，据旧吏人词讼，不请雇钱，事理不均。勘会诸州吏人，除江南东、西、两浙、福建、广南东、西路已有投名人数足外，余路逐州军，有投名不足，抽差人数。盖乡村人户素多不闲书算，不谙公家行遣次第，于应役之际，惟惮差充人吏。其承符、散从官之类，只是身自出力，可以自充，是致无投募手分处。惟手分最为重役，本部今相度诸州吏人，除自来已有人投名数足处外，应有抽差人数见行雇募处，并以见支雇钱裁减均那，不限新旧人，并行支给。如委的数少，向去招募不行，即从本州当职官员参酌，案分繁简，相度量添，即不得过旧日募法雇直之数。仍开具立定所支钱数、案分、等第、则例，保明申提刑司审察诣实，指挥施行。若助役钱有阙剩，即从本同通一路移那应副支使，候施行讫，依此开析保明，申户部点检。状后批：勘会昨户部申请，乞以招募投名人分数支给食钱，尚虑不均，别有弊幸。今来却乞不限新旧人一概并行支给，比前申请尤更侥幸。七月七日退送户部子细看详，合如何立法，得为允当，及可以情愿使人投募，具状申尚书省者。本部勘会诸州军吏人，见今有招募数足，又有招募不足去处，及旧人投名不支雇钱，投名替乡差人即支钱，逐处申陈不一，即未审诸路逐州军的实利害因依。今欲乞下诸路转运提刑司契勘，委自逐司子细体究，详具逐州确实利害因依，仍相度合如何措置施行，具诣实保明事状，连书申部。候到类聚参较，别行立法，申都省候指挥。状后批：七月二十七日送户部。依所申。

臣看详四方风俗不同，吴、蜀等处，家习书算，故小民愿充州县手分，不待招募，人争为之。至于三路等处，民间不谙书算，嘉祐以前皆系乡差，人户所惮，以为重于衙前。自熙宁以后，并系雇募，虽不免取受，然非雇不行。今朝廷役法，兼行差雇，苟有钱可雇，其义当先雇役之重者。今三路等处，实以州手分为重，则雇役之所当先也。然近法：雇州手分，止于替乡差，其非替乡差者，皆不得雇。夫所谓非替乡差者，皆旧人职名已高，或本是税户，苟欲免役者也。若使所职轻重一般，而有禄无禄顿异，人情不安，必有辞罢者矣。纵不辞罢，将来老疾事故，无愿投者，必不免雇。故不若早立一法，均行雇募之为善也。且民间谙习书算行遣之人，除投充手分之外，其实亦无他业，不为手分，亦将何为？今但比元丰旧法。量支役钱，理无不至。详观前件户部所陈，词理已尽，朝廷抑而不用，实为未便。自令诸路相度以来，略无报应，足见于户部所请之外，别无可擘划矣。臣欲乞指挥三路等处州手分，除招募已及九分外，余并比元丰旧支雇钱，分案分轻重量加裁损，立定钱数，招募施行。余依户部前来所请。

贴黄：朝廷向申明投名州手分，非替乡差不支雇钱。因令州役承符人等非替乡差，亦不得支。今州手分既不分新旧，一例支钱，则承符人等亦当如此。

右臣窃见元祐以来，朝廷改更弊政，如青苗、市易、保甲等事，一皆划削，而天下卒无一人以为非者。至于改募役为差役，建议之始，异论已多，逮今五年，终云未便。盖事之当否，众口必公，虽古圣人，孰敢违众？故臣愿朝廷采此众志，立成定法。臣昔于元祐三年任户部侍郎，窃见朝廷始议兼行差雇二法，使天下以六色助役钱雇募州役。是时特出朝旨，不问有司，断然必行，已而众皆称便。何者？非常之原，凡人不晓，或暗昧不瞩至理，或偏系不肯公言，俟其同心，事何由济？故臣今所言，欲乞出自圣断，与大臣熟议，如有可采，依三年例断而行之。所贵天下之民，速蒙利泽。不然使中外杂议，动经岁月，大法无由得成，而民被其害，未有已也。臣不胜区区，不知言之烦渎，死罪死罪。取进止。

【解题】

此札再论差役、雇役利弊，用大量事实和章奏说明雇役有利。虽然神宗死后新法中青苗、市易、保甲法一概废除，但对恢复差役法一直有争议，苏辙从利民角度出发，主张用雇役法。作于元祐五年（1090）九月八日。

乞裁损待高丽事件札子

臣伏见高丽北接契丹，南限沧海，与中国壤地隔绝，利害本不相及。本朝初许入贡，祖宗知其无益，绝而不通。熙宁中，罗拯始募海商，诱令朝觐，其意欲以招致远夷，为太平粉饰，及掎角契丹，为用兵援助而已。然自其始通，及今屡至，其实何益于事？徒使淮、浙千里，劳于供亿，京师百司，疲于应奉。而高丽之人所至游观，伺察虚实，图写形胜，阴为契丹耳目。或言契丹常遣亲信隐于高丽三节之中，高丽密分赐予，归为契丹，几半之奉。朝廷劳费不赀，而所获如此，深可惜也。今其复至，既朝廷未欲遽绝，谓当痛加裁损，使无大饶益，则其至必疏，而我得其便矣。窃见近日已降朝旨，自明州以来，州郡待遇礼节，率皆减旧；而京师诸事，未加裁定。臣愚以谓朝廷交接四夷，莫如辽、夏之重，而自前所以遇高丽者，其比二虏，多或过之。非独于本朝事有不便，倘使二国知之，亦为未允。今略取都亭及西驿所以待西北人使约束，与同文馆待高丽例轻重相比，乞行裁酌。谨具条例如后：

北使条约：

一、人使送到买物札子，如内有不系卖与物色，更不关报国信使下行并官库供纳，仰馆伴使副婉顺说与。后条，其不系卖与物色名件，逐一细开。

西使条约：

一、西人诣阙贺正旦圣节，到，许住二十日，非泛一十五日。如系商量事，候朝旨进发。

一、西人到阙，随行蕃落将不许出驿。或有买卖，于本驿承受使臣处出头，官为收买。后条，不许收买物，亦细开名件。

一、西人到京买物，官定物价，比时估低小，量添分数供卖，所收加抬纳官。

高丽使条约：

诸人从出外买到物并检察有违碍者，即婉顺留纳。以杂支钱统还价值。系时政论议及言边机等文字，即问元买处关开封府。

诸进奉人到阙，司录司及晓示行人，许将物入馆。至设厅两廊，与进奉人交易，仍关监门，不得阻节。

诸亲事官随人从出外游看买卖，辄呼乐艺人饮酒作过及买违禁物者，杖八十。情重者奏裁。差到先责知委状。

诸下节日，听二十人番次出馆游看买卖，仍各差亲事官壹人随。愿乘马者，于诸司人马内各借壹匹，并牧马兵士壹人，至申时还，仍责随人所往处状。

诸进奉人乞赎藏经者，申尚书祠部，余相度应副，即不许买禁物、禁书及诸毒药。

诸进奉使乞差伎艺人教习三节，并关管勾同文馆所。

公使钱五十贯，关左藏库供，限壹日到。每叁日或伍日买时物花果之类，送进奉使副，并上中下节，阙即再关取。

右臣窃谓辽、夏、高丽均为夷狄，朝廷所以交接之仪，防闲之法，理当无异。况高丽之于契丹，大小相绝，有君臣之别。今馆饩之数，出入之节，或皆如一，或更过厚。其于事体，实为不便。臣欲乞凡馆待送遗，并量加裁抑，其人从出入，即依西北人使旧例，其留住月日，非汴水未通，仍立定日限。如此施行，亦自不为薄也。取进止。

贴黄：高丽人使，见今必已至浙路。所定裁损条约，乞不下省部，只自朝廷指挥，免有稽缓失事。

【解题】

此札作于元祐六年（1091）十月，当时苏辙任御史中丞，主张接待辽、夏、高丽之仪应当相同，并提出具体条例。

再乞禁止高丽下节出入札子

臣近奏乞裁损同文馆待高丽条例，除近降圣旨略施行外，有一项下节日听二十人番次出馆，游看买卖，止减为十人。窃缘夷狄之人，怀挟奸诈，情不可知。许令游览都城，大则察探虚实，图写宫阙、仓库、营房、衢道所在曲折，事极不便。小则收买违禁物货、机密文书，及作违非法。治之则伤恩，不治则害事。听之出入，无一而可。旧法虽令亲事官监视，然小人贪利，微加赠遗，何所不从，其实无益。若是朝廷全然不恤前事，则虽日令二十人出入可也。若以为可虑，则止许十人，实亦不便。伏乞再降圣旨，全令禁绝。取进止。

【解题】

此札当作于上札之后，具体时日已不可考，今并附在一起。

乞罢修河司札子

臣伏见大河北流，经今十年，已成河道。每年夏秋泛溢，孙村地形低下，涨水东出。因此张问等辈，欺罔朝廷，建为回河之议。自此北京生灵怀鱼鳖之忧，日夜为迁徙之计。监司守臣及敕遣使者，皆言其不便，朝廷亦知其难矣。而去岁八月宣德郎李伟辄敢献言，欲闭塞北流，回复大河，力排众议，侥幸万一，私觊功赏。朝廷为之置修河司，调发民夫，刬刷役兵，差文武官吏收买梢芟，百废并举。河北、京东、西路，公私为之骚动，万口一词，知其无成。上赖陛下圣明，照知利害，然犹未能尽罢其役。始令且开减水河，次因旱灾令权罢修河，放散夫役。然修河司依前不罢，李伟仍提举东流故道。后因给事中范祖禹封还敕命，寻奉四月五日圣旨，李伟差遣后过涨水检举取旨。臣访闻是时大臣面许陛下，俟求得一人可代伟者，即令伟罢去。夫伟以欺君动众，害及数路，据法当即日诛窜以谢天下，今乃迁延至此。况有前件圣旨，必非虚言，理当检举施行，以信大臣前说。今涨水已退，而伟终不罢。

据今月三日圣旨，止是依吴安持等所请，候霜降水落，从北丞司相度，将梁村口至孙村河身内妨碍处，取豁壁掠，候冰冻消释，相地形顺便，随宜开导，务令深阔，酾为二渠。臣详观安持等说，盖犹挟奸意，观望朝廷，欲徐为兴动大役之计，以固权利。不然，但掠行开拨口地，则北外丞司自可办事，自不须复存修河司及留李伟，使时进奸谋，以败大计也。以臣观之，修河司若不罢，伟若不去，河水终不得顺流，河朔生灵终不得安居。伏乞指挥大臣速罢修河司，及检举前敕，流窜李伟，以正国法。取进止。

贴黄：臣观大河北流，北京在其东，军民仓库所在，河朔之都会也。昔人远为涨溢之备，于其西岸开三河门，使涨水西流于空闲之地，至馆陶合入河身，故北京苦无大患。今自李伟等闭塞三河门，筑截河马头、指水锯牙，激水东向，仍于东岸第三、第四、第七铺开拨河道，恣令涨水灌注北京之上。今岁八月，涨水东流，几与北京签横堤平，南望弥泛五十余里。是时北京中，若雨不止，风不定，本京必致疏虞。今伟等申请，皆没此目前实害，而探言北流深、瀛泛浸之害，以为不可不存东流，以分减水势。据今年深、瀛等州堤防新复，未甚高厚，然皆不至决溢。若将来岁岁增筑，使与从前河堤相若，加以海口深决，涨水不得停留，纵有小溢，必不至深害，虽无东流，未为患也。故臣以为伟等皆妄言，苟欲自便耳，若不斥去，则邪说无穷，正论无由得伸，最河坊之巨蠹也。

【解题】

此札为苏辙做御史中丞时所作，重申反对“回河”之见，乞罢停修河司。作于元祐五年（1090）十月。

再乞责降李伟札子

臣近奏乞罢修河司并责降李伟等，寻准九月二十六日圣旨，李伟权发遣北外监丞，提举东流。又准十月二日圣旨，罢都提举修河司。臣以为修河司虽罢，而李伟不去，与不行臣言无异。谨按李伟屡以奸言动摇朝廷，兴起大役，于去年八月中独衔奏称：“大河见今已为二股分行，然须当于第四铺地分，更行开广河槽，只得兵夫二万，于九月兴功，至十月寒冻时毕功。因而引导河势，岂止二股通行而已，亦将遂为回夺大河之计。”凡伟所言，大率狂妄不疑如此。由此朝廷信以为实，为之发兵调夫，差官吏，聚梢芟，骚扰河北、京东、西三路，吏民为之不聊生者半年。朝廷中觉其妄，遽罢其役。是时中外公议，皆望朝廷立行诛窜，明其欺罔，以谢天下。而因循不决，任伟如故。既而给事中范祖禹封还制书，乞罢伟差遣。朝廷犹复隐忍，于四月五日降圣旨，李伟差遣候过涨水取旨。今涨水已过，中外又谓陛下必责降伟，以信前命，而反擢授监丞，仍提举东流。曾未数日，复罢修河司。盖朝廷之所以罢修河司者，谓回河不可复行故也。回河既不可复行，则伟罔上误国之罪审矣。今乃以初任知县，权发遣都水监丞，则是有罪之人更得违法进擢，此公议所以不伏也。且修河司虽罢，而李伟不去，奸言时至，河事变更不定，河朔生灵无时得安，此又公议之所深忧也。且朝廷号令贵在必信，四月五日圣旨指挥著在有司，今弃而不用，使天下皆得窃议，以谓朝廷虚设此言，如使给事中奉行制命，及制命已行，则弃为虚语。曾不顾恤大臣，何惜一伟而轻犯此谤哉？臣不胜区区，伏乞检会前奏，速赐流窜。伟若不黜，公议终不止也。取进止。

贴黄：去年八月，伟始奏乞回河，朝廷用其言，差官吏兵夫，收买梢芟，开掘河槽，修筑马头锯牙，功役至大。于今观之，皆是虚费。臣乞差不干碍官司，一一磨算费用之实。若只据此，伟之流窜，自有余责，而况欺君误国，臣子之大恶耶？

【解题】

李伟负责修河司，力主“回河”之议，苏辙此札乞责降李伟，以坚定朝廷不“回河”的决心。作于元祐五年（1090）十月。

乞优恤滕元发家札子　元祐五年十月

臣伏见故龙图阁学士、前知太原滕元发，昔事先朝，早蒙知遇。方群臣争以财利求进之秋，元发独能守正，时献谠言。先帝取其大节，虽任用进退不一，而卒蒙保全。近者，朝廷知其可用，复还旧职，擢置河东。元发亦能裁损极边冗戍，为国惜费，颇有成效。今不幸身亡，子弱家贫，已蒙圣恩特加赙赠。欲乞检会近例，差破人船津送丧柩骨肉直归苏州，俟有葬日，仍令本州量事应副。元发有弟申，从来无行，今元发既死，或恐从此凌暴诸孤，不得安居。缘元发出自孤贫，兄弟别无合分财产，欲乞特降指挥，在京及沿路至苏州以来官司，不许申干预元发家事及奏荐恩泽，仍常切觉察。取进止。

【解题】

元祐五年（1090）滕达道卒，“子弱家贫”，苏辙此札乞优恤其家。作于元祐五年（1090）十月。

催行役法札子

臣昨于九月初论役法未便事，经今已是两月，未见施行。臣窃见二圣临御以来，凡所更改法度，皆已略定。惟是役法，首尾五年，民间终未得安便。若不及今完治，实恐久远，奸人指以为词，疵病圣政。古人有言：“难得而易失者，时也。”惟陛下哀怜小民，速指挥大臣早定良法。取进止。

【解题】

此札是苏辙任御史中丞时所作，据文，当作于元祐五年（1090）十月二十六日。

再催行役法札子

臣伏见二圣临御以来，号令之不便于民者，莫如役法之甚。盖编户之民，自五等以上，人被其害。士大夫自有知识以上，人知其非。臣昨日蒙圣恩，擢任执法，即尝首言其事，以为他日小人疾害圣政，欲立异同之论者，必指此以藉口，不若今日博采公议，自救其失。故于九月八日备论五事，乞赐施行。又于十月二十六日乞检会前奏，早赐指挥。前后共经三月有余，终未见可否。伏惟天下利害，其切于小民，害于圣政，未有甚于此者。而大臣因循，重于改作，迟迟至此，甚非陛下勤恤民物及深思远虑之意。伏乞更加申敕，速令详议，立成定法，以时行下。取进止。

【解题】

据文中“前后共经三月余”，则此文当作于元祐五年（1090）十一月。

劾许将札子

臣闻人才不同，明暗异宜，刚柔异禀。人君总览多士，无所不收，随其所长，皆可施用。惟有倾险小人，见利忘义，不愧反覆，公行背诞。一有此心，无施而可；寘之列位，犹且败群；久在近辅，岂不害政？故在《周易》有之曰：“开国承家，小人勿用。”而孔子赞之曰：“小人勿用，必乱邦也。”圣人遗戒，百世不刊。臣今月二日面奏：“尚书右丞许将近因进拟除管军臣僚，与同僚初无异议。及至上前，窥伺圣意，卖众自售，退而阴入札子。情涉颇僻，乞降圣旨明辨曲直，使知所畏惮。”将自知过恶彰露，上章待罪。臣博采公议，皆言将阴狡好利，出于天性，自居要近，此态不衰，久留在朝，所害必众。况今二圣听政帏幄，万机决于大臣，若事干军国要务，安危所系。而将每于共议，辄先符同，临事观变，徐施诡辨，以要大利。则心腹之地，自生机阱，其谁安意肆志，为国谋事？众人危惧，皆不自安。伏乞因其所请，早赐施行，以厌公论。

又劾许将札子

臣近奏论傅尧俞、韩忠彦、许将三人事，内尧俞、忠彦以职事忿争，至相论列，失大臣之体。臣备位执法，理当诘问，今既杜门请罪，陛下矜而贷之，臣不敢更加弹奏。惟有许将，先与同列共议进拟管军臣僚，及至上前，窥见圣意，即背始议，以求希合。退为除目，若将不同，亦当明言于众，俟别日再上取旨。今乃阴入札子，以倾众人，用情险诐，意不由公。而与尧俞、忠彦得同押入视事，公议惊怪，以为罪既不伦，而例蒙恩贷，众心不服。若使将每事先且雷同，及至帘前，伺候上意，徐乃异论，以为忠直，则今后谁敢安意肆志，为国谋事？况今太皇太后陛下听政帏幄，皇帝陛下恭默自养，当此之时，左右前后，宜得重厚正直之臣，托以心腹。宁使靖重椎鲁，有不及事之忧；不容阴邪险躁，有相倾夺之害。今将之为人，见得忘义，顷自擢居丞辖，常欲卖众自售，包藏祸心，遇便辄发。今幸社稷之灵，因此一事，使臣早发其奸。陛下若又包涵，不忍斥逐，使之久在政府，万一事有重于差除管军，利有大于陷害同列，将得伺隙窃发，以要大利，臣虽欲效愚忠，言已无及矣。伏乞陛下为社稷远虑，除此佞人，以弭中外之患。臣蒙被圣眷，擢冠言路，若见奸而不击，则负陛下多矣。鈇钺之诛，所不敢避。

贴黄：许将前后奏对，外人本不知之。缘将自以为功，对其亲旧称述。有胡宗回、晁端彦二人，为臣具道子细，盖将之轻脱如此。

又贴黄：唐令狐峘为礼部侍郎，宰相杨炎属峘为故相杜鸿渐子封求宏文生，峘谢使者曰：“得公手书，峘得以识。”炎不疑，书送之。峘即奏曰：“宰相迫臣以私，从之负陛下，不从则害臣。”帝以诘炎，炎具道所以然。帝怒曰：“此奸人，无可奈何。”欲杀之，炎苦救，贬衡州别驾。本朝至道二年，李继迁众万人寇灵州，上召宰相吕端等，出手诏付之曰：“灵州孤绝，救援不及，贼迁猖獗，未就诛夷。”令各述利害来上。时上有意弃灵州，既而悔之。吕端奏曰：“张洎不过希陛下意，欲弃灵州耳。”及洎奏上，果引汉弃造阳、朱崖事劝上。上怒，以其奏还之，谓吕端曰：“张洎有奏，果如卿料，已还之矣。”古今明主，所以深恶臣下反覆希合者，为其借公议行私意，所怀深险，不可测知，不早除去，诚贻后患故也。

劾许将第三札子

臣等今月二日面奏：尚书右丞许将近因进拟管军臣僚，前后议论反覆，希合圣意，倾害同列。盖其为人，见利忘义，难以久任执政，乞行降黜。寻奉圣旨，未以臣等所言为然。臣等窃以明君用人，顺己者未必喜，逆己者未必怒，要在察其诚心所从来而已。今许将与同列商量进拟，皆无异言。及至帘前，因圣意宣谕，即时附会。意欲以此自窃守正之名，而陷同列于不忠，欺罔圣明，固结恩宠而已。伏惟二圣睿智清明，照见群下情伪，动推至公，必不以顺己为悦。将之险诐，中外共知。今时所以迟迟而不决者，正由当时进拟之初，众人议论可否之实，未达于上前尔。臣欲乞指挥宰臣以下，详具于是何月日，商量进拟管军臣僚，当时何人以为可用，何人以为不可用，乃具可否之语，自后直至进呈之日，凡更几次商量，并具有无可否之人。若许将于前商量之时无异论，但于帘前探测圣意，徐为异同，则其反覆倾险，更无可疑，自当责降。若将从初实有异议，而宰臣以下不俟佥谐，直便进呈，则事属专恣，亦合有罪。如此推究，而将与宰臣以下率皆无过，则臣等职在耳目，而诬罔大臣，瞽惑圣听，国有常宪，所不敢逃。伏乞出臣前后章疏，尽付三省施行，但令将及宰臣以下及臣等一处明受责罚，则中外释然，而公议允矣。况二圣临御以来，本以公平无私深服天下。今岂以许将之故，坐失众望。臣等区区，志在为国振纪纲、辨邪正，惟陛下裁察。

贴黄：许将不签书者，乃是帘前进拟后来不签。除自别入札子，即不见未进拟以前将曾有无异论。

劾许将第四札子

臣窃见中书右丞许将，赋性奸回，重利轻义。昔在先朝，所至不闻善状。及知成都，贪恣不法，西南之人，所共嗤笑。还朝未几，擢任执政，中外惊怪，不测所以。是时谏官范祖禹、吴安诗皆论将忝冒不可用之实。不幸祖禹、安诗继罢言职，故令将叨窃重位，遂至今日。臣自备位执法，常欲为陛下除此佞人，但以未有所因，言无从发。今因其商量差除管军，先与同列共议，略无异言；及至上前，探测圣意，违背前说；上以希合圣意，下以挤排众人。人之无良，一至如此，正是市井小人贩卖之道。而寘之庙堂之上，久而不去，使惯得此便，自谓得计，见利辄发，则其所贼害，渐不可知。故臣至此力言其恶而不知止也。且臣自今月二日面奏札子，言傅尧俞、韩忠彦及将三人，将自知罪恶有状，即宜先待罪。然端坐东府，不返私第，朝廷不遣一人略加存问，恩礼至薄，前后五日，方略迁居。及尧俞等仓卒就第，朝廷方一例遣使押下。将亦略无愧耻，随众视事。都人指笑，以为口实。其贪利无耻至于如此。今陛下但以曾经任使，虽有过恶，终欲蔽之。曾念不朝廷名器，皆祖宗所付畀，而以私一许将乎？伏乞检会臣前后所上章，付外施行。

劾许将第五札子

臣等近奏论尚书右丞许将因进拟管军臣僚，议论反覆，意在倾夺。前后章疏除已蒙降付三省施行外，皆留中不出。凡臣辙所上四章，臣升所上三章，臣象求所上三章，臣君平所上一章，凡将平生贪猥之迹与今日背诞之情，略尽于此矣。而天听未回，中外倾望，疑陛下有欲保全之意。臣等窃惟二圣听政不出帏幄，今日事体与祖宗不同，祖宗亲决万几，废置在己，虽使左右或有奸佞，亦未能妨害大政。然或不幸有之，按验有实，即皆逐去。以今日太后仰成大臣，皇帝恭己渊默，将之险诐，情状已露，而犹迟迟不决，此臣等所以愤闷而不能已也。今御史与谏官相继上章，若非公议所向，势不能尔。言已出口，义无中辍，若非许将罢去，或言者得罪，必不徒止也。惟陛下稍纡圣心，略赐鉴察，检会前后奏请，付外施行。

【解题】

以上五札都是元祐五年（1090）十一月间所上。其中第三札与侍御使孙升同奏；第五札与孙升、殿中侍御使岑象求、监察御史徐君平同奏。时苏辙为御史中丞，弹劾尚书右丞许将“议论反覆，意在倾夺”，许将于同年十二月被罢为资政殿学士，出知许州。后许将于绍圣间复拜尚书右丞，苏辙则被贬筠州、雷州。政局变幻，使辙自编《栾城集》时不得不删去这些不利于己的文稿。以上五札均辑自《续资治通鉴长编》卷四百五十。

劾中书诸臣状

臣窃谓执政大臣所以代天理物，范仪百辟。陛下选于群臣，特举一二人而用之，其任可谓重矣。臣窃见近日管军阙人，诸执政共议，欲度越资级，用张守约、张利一。此二人者，才品俱下，其实不允公议。陛下一见知其不可，而右丞许将即于帘前自破本议。诸人退而进拟，虽涉专恣，而将阴入札子，意怀倾夺。外议沸腾，以为大臣相倾，顷所未有。昔公孙弘与汲黯同议奏事，及至上前，即背其说；令狐峘阴受杨炎请求，而公奏其事；或为清议所鄙，或为朝廷明主所黜。臣知其渐不可长，即行论奏，曾未几日，后闻枢密副使韩忠彦欲取中书旧断官员犯罪公案事干边防军政者，枢密院取旨，诸执政俱无异论，各已签书被旨行下。而中书侍郎傅尧俞、徐自言初不预议，为众所欺，求付有司推治，与忠彦更相论列。谨按祖宗故事，文武官断狱一出中书，取归密院，盖本院官吏欲分夺中书重权，实为侵官。然已经签书，徐知不便，以见欺自解。若其他军国机务有无得失，皆以此为辞，岂不误国！臣窃见陛下以至仁至公临御天下，虽海隅苍生，罔不知化。而执政大臣务为倾夺纷争，无复礼义，何以朝夕相规？其余诸人目睹其非，皆以事相牵制，不能纠正。若非陛下特辨此两事曲直，使知所惮畏，此风浸淫，朝廷何赖焉！臣官在执法，知而不言，臣亦有罪。惟陛下特赐裁断。

劾韩忠彦傅尧俞札子

臣近面奏枢密副使韩忠彦改易祖宗旧法，取官员犯公案事干边军政者，枢密院取旨，诸执政各已签书，被旨行下。而中书侍郎傅尧俞、徐自言初不预议，为众所欺，求付有司究治，与忠彦更相论列。臣窃谓大臣倾夺忿争，无复礼义，非朝廷之福。乞明辨曲直，使知所畏。寻蒙陛下以臣言付三省，而尧俞、忠彦皆晏然不以为畏，臣窃惑焉。谨按旧法，官吏犯罪，断在中书，刑政大柄，非密院所得专，祖宗分职治事，各有分限。惟元丰七年十月十四日圣旨，应缘保甲事元系枢密院降指挥取勘，及保甲司乞特断公案，令刑部申院。今年七月七日圣旨，应枢密院降指挥下所属体量根究取勘者，亦令刑部申院取旨。据此二条令枢密院得专断官吏，已系侵紊官制，然犹止言元系本院所行及指保甲一事。今忠彦缘此遂变旧法，志求侵官，既已不直；而尧俞同签书，自知失职，谓众见欺求赐推治。使众人诚欺尧俞，则众诚有罪；使众诚非欺，而尧俞不自解，岂得无过？臣备位执法，既劾其事，陛下试下臣章，若皆无过，则臣为妄言，安敢逃责；若果有罪，二人岂可默然而已哉！方今二圣听政帏幄之中，谦恭退托，委政于下。当此之时，大臣侧躬畏法，避远权势，犹恐不及，今乃以贵故，轻易臣言。臣忝御史长官，朝廷风宪所在，轻易臣，实有轻易朝廷之意。臣恐纲纪自此废坏，伏乞再下臣章，使各以实对。臣非敢自重，所以重朝廷也。

【解题】

此二文均作于元祐五年（1090）十一月，时苏辙任御史中丞。二札是为同一事先后所上。以上二首札子各本《栾城集》皆不载，今据《续资治通鉴长编》辑补。

乞罢上官均札子

伏见殿中侍御史上官均，昔任监察历史，与王岩叟等相约论事，既而背之。岩叟劾其反复，均即缴奏岩叟私书。一时鄙其倾险，亟罢言职。近者朝廷复自郎中擢为台属，臣虽知均为人阴邪难测，犹觊改过自新，姑受之而观之。及与之行事以来，见其用心不改。臣昨论熙河帅臣妄占二堡，以兴边患，宜加责降。均知大臣不说，即上言：边事当听边臣，不宜以臣言而罢。及门下侍郎刘挚求解职事，方其无故去位，中外相视，未知其由，或留或去，当出圣意。均辄上章留挚，其意以为挚若不去，留之足以为己恩；若遂去，留之亦自无损。进退两得，心实不堪。今者臣与台谏俱论：尚书右丞许将，进拟差除管军，前后异议，希合圣旨，以陷同列。中外公议；皆以为然。而均与将有乡曲之好，素相结托，凡有所言，阴为表里。上疏救将，谓将小过，不当斥逐。且均为御史，职在击奸，见奸不击，反加营救，背公死党，妄失本职，情尤深害。况前三事，率皆希合执政，以求援助。据其情状，难以复居风宪。臣若不言，留与同事，深恐均乘隙进谗，荧惑聪明，有害圣政。伏乞罢均台职，以肃奸宄。臣备位执法，台有憸人而不能去，何以纠百辟？谨昧死弹奏以闻，是月辛卯朔也。

乞责降上官均札子

臣顷论尚书右丞许将心怀倾险，不可久在庙堂。蒙陛下照其邪心，即行斥逐。中外正人，无不相贺。惟有殿中侍御史上官均与将向有乡党私好，自居言路，阴为表里。昨者台谏交章劾将奸状，独均上言曲加营救。今将被逐，均自知情状见露，数日以来，诪张失措，度其猖狂解说，无所不至。缘御史，人主耳目之官，不宜久留邪党，污浊其间，浼渎圣听。臣今月一日，已具论奏。伏乞检会早降黜外任，庶几奸慝之人，小加惩戒。

劾上官均第三札子

臣等顷言尚书右丞许将用心倾险，议论反覆，留之左右，恐害圣政。伏蒙陛下以臣等所言为然，即令补外，中外称快。而殿中侍御史上官均独言不当罢将执政，指臣等所言为非，曲加诬谤，无所不至。伏惟陛下日月之明，照见臣下情伪，将之奸意，具在圣鉴。今均与将乡党情分素深，向除台官，实将之力。度均之意，方欲倚将以求进用。故于将之未去，则出死力以营救，庶几将之复留；于将之既去，则诬臣等以附会，庶几陛下疑惑。始终情状，皆出奸邪。况均自知必去，无所顾藉，诬污臣等，冀以荧惑圣聪。若不明加责降，但罢其台职，使均得计而去，何以惩艾奸慝？臣等前来各已曾论列，伏乞指挥检会早赐施行。

贴黄：臣等窃见从来台官弹击奸邪，不择贵近，则为本职。即未有御史中丞言执政过恶，朝廷公议共以为然，而台中官属阴为执政理雪，反击中丞者。今上官均所为，古今未有，若非背公死党，欺蔑朝廷，岂敢如此！

【解题】

以上三札作于元祐五年（1090）十二月，为弹劾殿中侍御史上官均庇护许将事而上。上官均上疏说许将因言事与吕大防不合，为吕大防怀恨，苏辙希合大防意，尽力攻之。上官均不久罢知广德军。此三札不见于《栾城集》，辑自《续资治通鉴长编》卷四百五十二。其中第三札是苏辙与殿中侍御史岑象求同奏。

论杜常邪谄无耻札子

臣闻明君用人，必须先辨人材之精粗与官曹之清浊，若举粗才俗吏而置之清华之地，则士心不服，取笑四方，不可不慎也。况太常卿者，礼乐所寄，古者伯夷、后夔之职，前世桓荣、杨绾居其任。自二圣临御，亦重其选，盖尝用鲜于侁、赵君锡矣。虽其才未及古人，然或以博学守正，或以孝悌笃行，率皆可称述。

自是以来，用人颇轻，然亦未有若杜常人材猥下、不学无术、而加以邪谄好利、顽弊无耻者也。臣昔为齐州职官，吕升卿等察访京东，辟常自随，常遂注解惠卿手实文字，所至州郡，公然为官吏讲说其意，以求悦媚，自是遂蒙进用。及在都司，侮慢士人，而畏惮尚书省胥吏，以至奉行其意，不顾条例，遂为言事官所劾。此二事者，皆臣所亲见也。若其他暗塞乖谬，士大夫以为口实者，臣不敢一二仰烦圣听。伏乞圣慈特赐追夺，无使匪人窃据，传播四方，以谓陛下不惜名器一至于此。臣昨与属官已有文字论列，未蒙采纳。伏乞指挥检会早赐施行。

【解题】

此札作于元祐五年（1090）。弹劾杜常“人材猥下、不学无术，而加以邪谄好利、顽弊无耻”，乞罢其太常卿之职。此札各本皆不载，今据《续资治通鉴长编》卷四百五十三辑补。

论王子韶邪佞宜斥札子

臣闻尧舜之治，以难任人为先；孔子论为邦，以远佞人为戒。佞人之不可用，大则乱国，小则害政。是以古之明君，去之惟恐不速，屏之惟恐不远。今二圣为治，方选用忠良，斥远邪佞。而王子韶者屡进被劾，今遂擢为秘书少监，甚可怪也。昔熙宁之初，臣与子韶同在制置三司条例司，是时王安石、吕惠卿方欲变乱法度，子韶与程颢阴赞其事，朝夕谄事王、吕，惟恐不及。及吕公著为御史中丞，并荐二人以为属官。公著既言新法不便，程颢革面从之，而子韶脂韦其间，阴助安石，既为同列所鄙，复为先帝所照，御批降黜，天下莫不称快。徒以面柔无耻，善事权要子弟，复以字书小学缘饰鄙陋，以侥幸进取。当今士大夫凡言佞人，子韶为首。顷者曾被进擢，以此屡为言者所劾而罢。昨者命下之日，御史岑象求、孙升皆言其不可，臣复继以为言矣，皆不蒙省录。虽由臣等才望不及前人，言不见信，而朝廷屏黜奸佞，前后不曾有异。伏乞检会臣等前奏，速赐施行，以厌公议。

再论王子韶札子

臣近奏乞罢王子韶秘书少监，不蒙施行。臣窃谓朝廷用人，必不得已将舍短取长，要须心迹无邪，于事不害，然后为可也。今子韶资性便僻，柔佞无耻，奉上媚下，众为指笑，依势行私，贼害良善，皆有实状。只缘邪谄，善事贵权，故大臣不察，拔擢至此。然每有进用，必致人言。自元祐以来，初进被劾，出知曹州；再进被劾，出知沧州；及今三进，臣与僚属言之者不一，岂言者皆妄而子韶皆冤乎？陛下试以此察之，则得失可见矣。子韶昔为小官，专事权要子弟，以侥幸恩宠。于时士人指目群佞，号之“十钻”，子韶则“衙内钻”也。自此渐进为监察里行。王安石初用事，遣子韶出按淮、浙。子韶妻父沈扶闲居杭州，方谋造宅舍，每于本州干借捍行役兵。知州祖无择守法不与，子韶挟此私恨，诬谤百端，遂起大狱，然卒无事实。无择缘此得罪，至今天下冤之。其在台中，中丞吕公著方言安石更法令不便等事。子韶每见公著，则左右其说；及至上前，辄称新法之善。先帝深知其诈，降诏逐之，其略曰：“外要谠正之名，内怀朋奸之实。”天下闻者莫不称当。自此稍被疏外，故其害物之心包藏不见，而专以邪佞要结为事。前年除太常少卿，为谏官刘安世所劾而罢。今秘书少监与太帝少卿均为清选，子韶才行与昔无异，执政大半犹是旧人，而用舍顿殊，理不可晓。然臣闻安世所言，前后凡十余上，然后从。昔刘向讥汉元帝有“用贤则如转石，去佞则如拔山”之言，后世犹且羞之。今大臣独于子韶迟迟不忍，臣恐“拔山”之诮，咎有所归。臣与子韶初无仇怨，独为朝廷惜此过举，惟陛下察之。

【解题】

以上二篇都是为弹劾王子韶而上，作于元祐五年（1090）。各本皆不载，今据《续资治通鉴长编》卷四百五十三辑补。

论韩氏族戚因缘侥冒札子

臣伏睹二圣临御天下，清心正己，未尝以一毫之私，干挠国家。高氏、向氏子孙凡几百人，其间得预美仕者盖无一二。惟圣心非不爱亲戚，以祖宗社稷之故，退托不敢，是以天下协应，灾害屏息，皆此之故也。然臣窃见本朝势家，莫如韩氏之盛，子弟姻娅，布满中外，朝之要官，多其亲党者。昔韩维为门下侍郎，专欲进用诸子及其姻家。陛下觉其专恣，即加斥逐。其后宰相范纯仁秉政，亦专附益韩氏。由此阿私之声达于圣听。今纯仁罢去未几，而傅尧俞任中书侍郎；尧俞与韩缜通昏，而素与纯仁亲厚，遂擢其弟纯礼自外任权刑部侍郎，曾未数月，复擢补给事中。纯礼门荫得官，初无学术，因缘侥幸，致身侍从，与尧俞阴为表里，惟务成就诸韩。近日韩宗道自权户部侍郎迁试刑部，于法经年乃得待制；宗道之迁曾未三月，适遇青州阙守，特迁待制，出守青州。人言沸腾，徐乃依旧。其他韩氏亲戚，度越众人与优便差遣者，盖未易一二数也。是以外议纷然。

谢景温、杜纯、杜纮，皆韩氏姻家。尧俞、纯礼，窃相拟议，欲相继进此三人。臣忝执法，陛下耳目所寄，只可先事献言；若候其事已成，徐加议论，则无及矣。臣今谨开陈三人所为，具在贴黄。伏乞陛下记录臣言，徐察尧俞等所用。若果如臣言，欲乞只作圣意却之，实为稳便。臣受恩深厚，不敢自外，冒死以闻。

贴黄：谢景温在熙宁初，谄事王安石，任御史知杂，为安石排击正人，为清议所鄙。及元祐初，韩维执政，擢知开封府。维旧知开封分两厢治事，景温意欲谄维，复乞分四厢，无益有害，近已为朝廷所废。景温先知瀛州，信事一女巫；及为京尹，与之往来，事之益谨。至以其子弟为府中小史，出入用事，一府侧目，党庇私匿，政事殆废。为言者所劾，即时被黜。及范纯仁用事，又百计欲引景温为刑部尚书，亦为言者所劾而止。

贴黄：杜纯、杜纮二人皆无出身，粗俗之人耳。方韩维用事，欲改先朝断案旧例，并从深坐。刑部、大理法官及一时议者皆以为不可，惟纯与纮素谄事维，尽力赞之。维善其附己，故纯以荫补得为侍御史，朝廷察其奸妄，寻即罢去。旧法，曾任侍御史非责降者，每遇大礼许荫补，内中散大夫以上依见任人，朝议大夫依本官。及纮详定《元祐敕》，为纯曾任侍御史而官止朝奉郎，即改旧法，于“朝议大夫”下添“以下”二字，意欲使纯由此得奏荐子弟。去年明堂，纯即坐新条乞奏其子。是时臣权吏部尚书，亲见其奸，即申尚书省改正旧法。按纯、纮皆法官进用，不为不知条贯，至于添改敕文，以济其私，其为欺罔，未见其比。

【解题】

此札作于元祐五年（1090），论韩氏“因缘侥冒”，使“子弟姻娅，布满中外，朝之要官，多其亲党”。此札各本不载，今据《续资治通鉴长编》卷四百五十三辑补。

论高士敦向宗良札子

臣近奏论朝廷先除高士敦知邢州，向宗良继有陈乞朝廷为罢士敦而以邢州授之。二人皆外戚之家，而夺一与一，于体不顺，乞赐追寝。经今多日，不见施行。臣非不知宗良地势亲近，屡以为言，非臣私便。然臣闻君子爱人以德，小人爱人以姑息。今宗良托身戚里，不患不富贵，不患无差遣，所患者不知礼义廉耻，直情恣行，日蹈尤悔而不知耳。今若许令争取士敦已授之命，不复辞免，习此骄犷，恬不知畏，则恐宗良满盈速咎，其亡无日。朝廷虽欲庇之而不可得。臣为执法而不能禁以渐，岂爱人以德之谓乎！今太皇太后虽欲深抑本宗，其于处己则为盛德，然以此御下，似非爱人以德之义也。今外人皆言隆祐之于崇庆，尽孝尽敬，朝夕无违，宗良所请盖不知耳，若其知之，必将不许。臣是以冒昧献言，上欲以全两宫慈孝之盛，下欲以成向氏廉退之美，伏乞检会前奏，早赐施行。昔虞、芮争田，质之于周，入境而遂以其所争为闲田而去。今若邢州之命两皆不与，其于国体极为稳便。盖风宪之官，事有得失，不择亲疏。知而不言，则为失职；言之不避，实召仇怨。均之二者，宁臣自负，不敢负国。惟陛下察之幸甚。

【解题】

此札作于元祐五年（1090），时苏辙任御史中丞。札中论及外戚高士敦、向宗良争官事，乞二者皆罢。此札各本皆不载，据《续资治通鉴长编》卷四百五十三辑补。

论范纯礼事中书省不应独进熟状札子

访闻给事中范纯礼，近日两次奏乞外补。第一次章既下，中书省吏房独进熟状，不允；第二次方与三省同共进呈。窃缘旧例，从官出入，尽系三省商量，然后进呈取旨行下。今中书独专其事，中外莫不惊怪。虽第二次却与三省共议，盖知其已甚，故不敢再作。臣忝执法，若暗默不言，恐今后朝廷纪纲日渐废坏。伏见门下、中书省如此等事，合与不合三省同共进呈？如合系三省进呈，因何本省独进熟状取旨？仍乞依理施行。

【解题】

此札作于元祐六年（1091），札中指责中书省违反成规，遇事不与三省共呈。此札各本《栾城集》皆不载，据《续资治通鉴长编》卷四百五十四辑补。

劾朱光庭札子

窃见新除给事中朱光庭，智昏才短，心狠胆薄，不学无术，妒贤害能。本事程颐，听颐驱使，方为谏官，颐之所恶，光庭明为击之，颐既以狂妄得罪，光庭本合随罢，而因缘侥幸，会河朔灾伤，遣之按视。时本路监司、州县并以依条发廪拯给，不至饿殍。光庭既至，复令呼召上等人户，强以积粟与之，多者至十数石，所费凡数十万。沿边储蓄为之一空，经今积年，犹有匮乏之患。寻为御史所劾，朝廷曲加庇覆，竟免于戾。继蒙擢用，常在言职，每月章疏，文理猥谬，士人无不掩口。光庭亦自知人品凡下，专务仇疾胜己，如：杨畏以母老，屡乞闲官，至今侍养不阙，而光庭诬其贪冒官宠，遂致母亡。秦观以文学知名，朝廷擢为太常博士，而光庭加以暗昧之过，欲遂废弃。朝廷知其诬罔，奖用二人有加于旧；而光庭事任如故，深以为怪。昨者台谏论邓温伯事，言既不从，刘安世、贾易之徒，皆章疏络绎继上，而光庭畏缩惴栗，殆不能言。及朝廷例皆迁补，诸人皆投劾引去，而光庭晏然就职，略无愧耻，据其人物鄙下，实污流品。况给事中专掌封驳，国论所寄，今朝廷以私光庭，上则污辱国体，下则伤害善类。伏乞追寝成命，别付闲局，以厌公议。

【解题】

此札作于元祐六年（1091）。朱光庭是洛党成员，当时朝中分成朔、洛、蜀三党，纷争不已，洛、蜀二党尤势同水火，这篇札子弹劾朱光庭“智昏才短，心狠胆薄”并“听颐驱使”。该札各本《栾城集》皆不载，今据《续资治通鉴长编》卷四百五十四辑补。

论中书舍人丰稷不宜掌诰札子

臣闻古之明主为官择人，未尝为人择官，是以众长并举而百职皆理。臣观近日朝廷所用，或异于此。施于闲局，犹或非宜，况中书舍人者，号令之所自出，前后所任，必取学问通博，词章雅正，播之四方而不怍，传之后世而无疑。今丰稷之在此选，臣不识朝廷何以取之？稷顷撰范纯仁太原之词，列四“无乃”；为赵卨延安之告，不识声律；李宪之叙延福，有“宜叨旧物”之言；湖北之赏战功，有“盖不得已”之语。至于其他乖剌，难以具陈。如上所指，皆足以取笑多士，激怒劳臣。今朝廷虽乏人，奈何以稷当此任哉！盖稷之为人，本挟奸佞。昔在小官，则以澹靖欺世；及列近侍，无日不走公相之门。顷为许将所援，擢之不次，及将以议论反复、心怀倾险得罪，朝廷不欲明示贬降，量加官职，以稷怀其私恩，不顾公议，曲加粉饰。其尤甚者，至谓将养心以诚，嘉猷屡告。若信如此言，则是陛下误逐正人，稷虽封还词头可也。既知公议难夺，而加以溢美之词，渎乱朝廷黜陟之经，动摇中外观听之实，才既鄙下，心复怀奸，久权外制，实恐害政。伏乞特降授闲慢差遣，庶允公论。

【解题】

此札作于元祐六年（1091），为弹劾已逐之许将的余党中书舍人丰稷而上。中书舍人为掌知诰之官，为朝庭口舌，却违背旨意，对斥臣妄加称扬，故有此劾。此札各本不载，见于《续资治通鉴长编》卷四百五十四。

乞罢熙河修质孤胜如等寨札子

臣伏见西夏轻狡，屡臣屡叛，为患莫测。昨与延安商量地界，迁延不决。舍归本国，招之不至。边人之议，始谓地界自此不可复议，而坤成贺使亦当不至矣。今者天诱其衷，使者既已及境，而地界复议如故。方其未遽告绝，招怀之计犹可复施，此实中国之利也。然臣恐朝廷忽而不虑，不于今日穷究端由，窒其衅隙，必俟边患既起，而后图之，则无及矣。

臣闻熙河近日创修质孤、胜如二堡，侵夺夏人御庄良田，又于兰州以北过河二十里议筑堡寨，以广斥候。夏人因此猜贰，不受约束，其怨毒边吏，不信朝廷，不言可见矣。徒以岁赐至厚，和市至优，是以勉修臣节，其实非德我也。使之稍有便利，岂肯帖然不作过哉？何者？中国既失大信，则夷狄不可复责故也。臣窃惟朝廷之于西夏，弃捐金帛，割裂疆土，一无所爱者，累年于兹矣。而熙河帅臣与其将吏不原朝廷之心，徼求尺寸之利，妄觊功赏，以害国事，深可疾也。顷年熙河筑西关城，声言次筑龛谷。鬼章疑惧，遂举大兵攻扰，一路疮痍，至今未复。今既城质孤、胜如，其势必及龛谷。夏人惊疑，正与鬼章事同。由此言之，则曲在熙河，非夏人之罪也。

夫兰州之为患，所从来远矣。昔先帝分遣诸将入界，李宪当取灵武，畏怯不敢深入，遂以此州塞责。自是以来，筑城聚兵，完械积粟，劳费天下，动以千万为计，议者患之久矣。好事之臣因此讲求遗利，以为金城本汉屯田旧地，田极膏腴，水可灌溉。

不患无食，患在不耕；不患不耕，患无堡障。凡西关、龛谷、质孤、胜如，与过河筑城，皆所以为堡障也。从来熙河遣兵侵耕此地，皆为夏人所杀，况于筑堡，致寇无疑。而朝廷恬不为怪，坐视边衅之启，深可惜也。夫兰州不耕，信为遗利矣。若使夏人背叛，则其为患比之不耕兰州，何翅百倍！故臣以为朝廷当权利害之重轻，有所取舍。况兰州顷自边患稍息，物价渐平，比之用兵之时，何止三分之一？若能忍此劳费，磨以岁月，徐观间隙，俟夏人微弱，决不敢争，乃议修筑。如此施行，似为得策。臣不知边臣何苦而为此匆匆也？

昔唐明皇欲取吐蕃石堡城，陇右节度使王忠嗣，名将也，以为顿兵坚城，费士数万，然后可图，恐所得不酬所失，请厉兵马，待衅取之。帝意不快，忠嗣由此得罪。其后帝使哥舒翰攻拔之，虽开屯田，获军实，不为无补，而士卒死亡略尽，皆如忠嗣之言。《唐史》以为深戒，此则今日之龟鉴也。若朝廷不用臣言，臣料夏人久必复叛。用兵之后，不免招来，其为劳耻，必甚今日。敌人强梁则畏之，敌人柔伏则陵之，恐非大国之体也。惟陛下留神省察。取进止。

贴黄：臣闻朝廷欲遣孙路以点检弓箭手为名，因商量熙河界至。臣观孙路昔在熙河随李宪等造作边事，由此蒙朝廷擢用。深恐路狃习前事，不以夏人逆顺利害为心，而妄图兰州小利，以失国家大计。伏乞明赐戒敕，若因界至生事，别致夏人失和，劳民蠹国，罪在不赦。

【解题】

苏辙一直主张与西夏修好，反对妄言兵事。此札即就边境新筑二堡挑衅西夏事谈己见，主张停罢二堡。

再论熙河边事札子

臣近以熙河帅臣范育与其将吏种谊、种朴等，妄兴边事，东侵夏国，西挑青唐，二难并起，衅故莫测，乞行责降，至今未蒙施行。臣已别具论奏。臣窃复思念熙河边衅，本由谊、朴狂妄，觊幸功赏。今育虽已去而谊、朴犹在。新除帅臣叶康直又复人才凡下，以臣度之，必不免观望朝廷，为谊、朴所使。若不并行移降，则熙河之患猝未可知。加以朝廷议论亦自不一，臣请详陈本末而陛下察之。

昔先帝始开熙河，本无兰州，初不为患。及李宪违命，创筑此城，因言若无兰州，熙河决不可守。自取兰州，又已十余年。今日欲筑质孤、胜如以侵夏国良田，遂言若无质孤、胜如，兰州亦不可守。展转生事，类皆浮言。盖以边防无事，将吏安闲，若不妄说事端，无以邀求爵赏，此则边人之常态，而自古之通患也。今若试加诘问，理则自穷。何者？二寨广狭几何？所屯兵甲多少？夏人若以重兵掩袭，其势必难保全。既克二城，乘胜以击兰州，则兰州之危何异昔日？今朝廷不究其实，而轻用其言，以隳大信。夏国若因此不顺，外修朝贡，以收赐予之利；内实作过，以收卤获之功，臣恐二寨所得地利，殊未足以偿此。臣所谓质孤、胜如决不可城者，由此故也。

昔先帝绥御西蕃，董毡老而无子，赵醇忠其族子也。先帝尝遣苗履多持金币以醇忠见之，是时圣意盖有在矣。事既不遂，而董毡昏病，遂为阿里骨所杀。阿里骨本董毡之家奴，先乱其家，次取其国。董毡之臣如鬼章、温溪心等皆有不服之心，此实一时之机会也。是时朝廷若因机投隙，遣将出兵，拥纳醇忠，则不世之功庶几可立。而一时大臣不知出此，遽以旄钺宠绥篡夺之臣，使得假中国爵命之重，以役属蕃部，臣主之势由此而坚。然自是以来，颇亦外修臣节，未显背畔之迹。而育等欲于此时复举前策，盖已疏矣。昔曹公既克张鲁，刘晔言于公曰：“公既举汉中，蜀人望风破胆，刘备得蜀日浅，蜀人未恃也。诚因其倾而压之，蜀可传檄而定。若小绥之，蜀人既定，据险守要，不可犯矣。”公不从。居七日，闻蜀中震动，公以问晔。晔曰：“今已小定，未可击也。”夫机会一失，七日之间遂不可为。今乃于数年之后追行前计，亦足以见其暗于事机，而不达兵势矣。臣闻种谔昔在先朝，以轻脱诈诞，多败少成，常为先帝所薄。今谊、朴为人，与谔无异，谊于顷岁偶以劲兵掩获鬼章，以此自负。而西蕃惩于无备，久作堤防，亦无可乘之势。况育自到任，屡陈此计，咫尺蕃界，谁则不知？臣谓兵果出境，必有不可知之忧矣。兼闻近日擅招青唐蕃部数以千计。纳之，则本无朝旨，未有住坐之处；却之，则于彼为畔，必被屠戮之苦。据此专擅，罪名不轻。臣不晓朝廷曲加保庇，其意安在？若不并行责降，臣恐朝廷之忧未有艾也。借使阿里骨因此怨叛，结连夏人，同病相恤，更出盗边，羽书交驰，胜负未决。当此之时，大臣相顾，不敢任责，而使圣君圣母忧劳于帷幄之中，虽食主议者之肉，复何益乎？臣所谓阿里骨决不可取者，由此故也。

凡此二事，皆国家安危，边民性命所系，祸机之发，间不旋踵。故臣愿陛下早发英断，黜此三人。外则使异域知此狂谋，本非圣意，易以招怀；内则使边臣知赏罚尚存，不敢妄作，此当今所宜速行者也。

然臣尚谓熙河遭此破坏，彼此相疑，却欲招纳，令就平帖，非得良帅，未易安也。臣观叶康直之为人，深恐未足倚仗。何者？康直顷缘权贵所荐，节制秦凤。秦凤边面至狭，号为无事，而康直于前年冬无故展修甘谷城，致令夏国大兵压境。兵役已集，康直恐惧，不敢兴功，妄以地冻请于朝廷。役既不成，虏兵乃去。既无将帅靖重之略，而当熙河摇动之秋，臣恐陛下西顾之忧未可弭也。要须徙置他路，更命熟事老将以领熙河，仍特赐戒敕，使知朝廷怀柔远人，不求小利之意。如此而边患庶几少息矣。取进止。

贴黄：叶康直顷岁差知秦州，中书舍人曾肇、谏议大夫鲜于侁皆言康直昨因兵兴，调发刍粮，一路骚然。及令儿男掘取窖藏斛斗货卖，及建言欲由泾原路入界，和雇车乘人夫，为知永兴军吕大防所奏，有违诏敕，先帝欲深置于法。康直素事李宪，宪营救得免。按其为人如此，今熙河方反侧未安，而付之此人，中外知其不可也。

种朴昔因永乐覆师之后，父谔权领延安之日，与其亲戚徐勋矫为谔奏，妄自保明劳效，仍邀取诸将赂遗，并奏其功。先帝觉其奸诈，欲加极典，既而释之，并特降官落职停替。谔因此忧恚发病至死。狂妄如此，若不加贬责，臣恐熙河终未宁靖也。

【解题】

苏辙此札显斥边境将领寻衅于敌，而一旦战争爆发，又无必胜把握，白白劳民伤财，于国家有害无益。历代边将都有置长久之计不顾，为邀功请赏，挑起战争的事，苏辙对此看得十分清楚，故多次说及。

三论熙河边事札子

臣近论奏范育以措置边事乖方，召还为户部侍郎，赏罚倒置，乞行责降，仍乞罢种谊、种朴本路差遣，更择熙河帅臣，使之怀柔异类，谨修边备。虽蒙圣旨罢育户部，而使还领熙河，其于边事，一皆如故。臣方以为忧，旋闻质孤、胜如二寨，近日已为夏人出兵平荡。臣本儒生，不习军旅，妄以人情揆度，以为熙河创于见非守把之地，修筑城寨，理既不直，必生边患。言未绝口，而夏国之兵既已破城而归矣。臣谨案二寨虽昔尝兴置，至元丰五年并已废罢，与啰兀、永乐等城无异。今欲复行修筑，生事致寇，理在不疑。而熙河诸将意欲侵夺良田，收耕获之利以守兰州，而不顾夏国争占之害。计其所得，不补所亡，不待臣言，事已可验。然臣窃谓夏国所遣坤成使臣适至京师，而国中遂敢举兵攻城，略无所忌者，意谓筑城之役曲在熙河，虽朝廷之重，亦必不敢无名苛留其使故也。边计一失，遂为夷狄所侮，可胜叹哉！

如臣愚见，谓宜速择良帅，俾往绥靖一路。至如聚粮添屯之类，亦必随事应副，以备不虞。今育与谊、朴犹在本路，观其轻敌无谋，贪功希赏，必更妄起事端，以盖前失，关、陕之忧未可知也。况育等欲纳赵醇忠，谋已宣露，为阿里骨所怨。二难交至，可无虑乎？昔李德裕议讨刘稹，同列有异议者，德裕请曰："有如不利，臣请以死塞责。"今中外皆谓守信固盟，中国之利。若大臣有欲专任育等不顾边患者，臣愿陛下以德裕之请要之。若能如此，即用其计，事定之日，按行赏罚，则朝廷纲纪庶几尚在也。取进止。

贴黄：臣窃见朝廷久不明辨是非，必行赏罚，故群臣轻易造事。去年议回黄河，所费兵夫物料不可胜计，功卒不成，而议者仍旧在职，略无责问。臣下习见朝廷刑政如此，故敢轻造边衅。臣乞陛下以河事为戒，与大臣熟议，必令任责不辞，然后举事。

【解题】

此札写于二寨为夏所平之后。

四论熙河边事札子

臣论范育、种谊等不可留在熙河，章三上矣，而朝廷不从。

臣亦言之不已，不审陛下亦尝察其故否？臣初论育措置边事失当，不合迁户部侍郎，朝廷既追寝成命，臣亦粗可以塞言责矣。育知熙州，谊知兰州，皆非今日之命。臣虽不言，于臣执事非有害也。而臣再三干渎圣听，诚有说也。

方今太皇太后陛下听政于帷幄之中，皇帝陛下育德于恭默之后，欲以仁覆天下则有余，欲以武服四夷则不足。利在安靖，不利作为。而大臣欲听育等狂谋，以兴边事，使夏人由此失和，兵难不解。当此之时，欲相率持羽檄决计于簾前，此臣所以寒心者一也。元祐以来，朝廷怀柔夏人如恐不及，地界之议将成而绝者屡矣。顷者朝命许以二十里为界，彼既忻然听从，而熙河幸其听从之间，于四十里之外修筑已废旧寨，夺其必争膏腴之地。板筑未移，戎马即至，而二城不守矣。今若不问枉直所在，兴忿恚之师，为必取之计，则关、陕兵祸，渐不可知。若自知不直，虽不复争，而留育等守之，一则夏国怀疑，终不信向；二则育等狷愤，耻功不遂，妄造事端，以盖前失，患终不弭。况复育等既结阿里骨之怨，二隙交遘，势尤可虞。此臣所以寒心者二也。

非此二事忧患迫切，育等琐琐，臣肯屡以为言哉？然臣所言于育等三人，亦止是各移降差遣，及育作待制差缓数年而已，于其私计无多损也。臣愚以谓方论国事，宜且先公后私，以全大计。不胜区区孤忠忧国，再三干渎天听，甘俟斧钺。取进止。

【解题】

此札从“利在安靖，不利作为”的方针出发，反对边将生事，请移降范育、种谊。

论西边商量地界札子

臣闻善为国者，贵义而不尚功，敦信而不求利。非不欲功利也，以为弃义与信，虽一快于目前，而岁月之后，其害将有不可胜言者矣。昔晋文公围原，命三日之粮。原不降，命去之。谍出曰："原将降矣。"军吏曰："请待之。"公曰："信，国之宝也，民之所庇也。得原失信，何以庇民？所亡滋多。"退一舍而原降。晋荀吴围鼓，鼓人或请以城叛。吴弗许。左右曰："师徒不勤而可以获城，何故弗为？"吴曰："吾闻诸叔向：'好恶不愆，民知所适，事无不济。'或以吾城叛，吾所甚恶也；人以城来，吾独何好焉？"使鼓人杀叛人而缮守备。三月，鼓人请降，使其民见，曰："犹有食色，姑修而城。"军吏曰："获城而弗取，勤民而顿兵，何以事君？"吴曰："吾以事君也，获一邑而教民怠，将焉用邑？"鼓人告食竭力尽而后取之，克鼓而反，不戮一人。以世俗言之，此二人者可谓疏于事情而怠于功利矣。然要其终，文公以霸天下，荀吴以强晋国，则信义之效，见于久远如此。

臣窃观朝廷之所以御西夏者，可谓异矣。方元祐三年，夏人既受册命，不肯入谢，再以大兵蹂践泾原，大臣畏之。明年遣使，请以所许四寨易兰州、塞门，朝廷虽不许，而大臣务行姑息，不俟其请，而以岁赐等事许之。一岁所赐，凡二十万，夏人仰之以为命。虽以一岁之入，易兰州、塞门可也，而奈何与之？盖自失岁赐以来，朝廷荡然无复可以要结夏人者。然此既往之事，臣不复追咎矣。顷者，夏人既得岁赐，始议地界，朝旨许以见今州城堡寨依绥德城例，以二十里为界，十里外量置堡铺，其余十里为两不耕地。约束既定，大臣中悔，又欲堡寨相照取直。议犹未定，而熙河将佐范育、种谊欲于见今城堡之外，更占质孤、胜如二堡。大臣侥幸拓土之功，不以育等为非，从而助之。寻为夏人所破，所杀兵民皆不敢以实闻。继修城门，再被焚毁，其事至今未定。然夏人迫于内患，不敢坚抗朝命，许以照直为界。其言犹未绝口，而大臣又悔，欲于堡铺之外对留十里，通前共计三十里。此命既出，有识之士以为失信太甚，非中原之体。

若使边臣稍知义理，必不忍自出反覆之言，以彰不信。幸而夏人终以内患未解，不欲违拒，黾俛见从。十里之地，得之不足为强，失之不足为弱。虽小人以为得计，而君子谓之失策。何者？要约未定，今岁已添屯重兵，前后十将有余。十将之众，凡五万人。使五万人西食贵粟，其费已不赀；而夏人顺否，又未可必。虽复暂顺，要之久远，不信朝廷，为患何所不至？然此亦既往之事，臣复何言哉！

臣之所忧，但恐大臣狃于小利，睥睨夏国便利田地，贪求不已。访闻近遣穆衍与边臣计议，既欲取质孤、胜如一带良田凡数十里，又欲取秦凤路陇诺城与熙河路定西城照直地，仅一百里，规画极大，闻者惊愕。若此谋复作，夏人不堪其忿，窃出作过。我曲彼直，何以御之？且先朝用兵所得四寨，朝廷犹务息民，弃而不惜，况于其余，何足计较？在《兵法》有之曰："有其有者安，贪人有者残。"又曰："利人土地货宝者谓之贪兵，兵贪者破。"今之所为，正犯此禁。臣窃怪大臣皆一时儒者，而背弃所学，贪求苟得，为国生事，一至于此。外人皆言，前后计画，皆出种谊。谊本小人，安知大虑，而举朝廷以从之乎？要之，不出数年，此患必见。患至而后言，言虽易信，而已无及矣。伏乞陛下以社稷生民为念，断之于心，止其妄作，则天下幸甚。取进止。

贴黄：添屯数目，臣见陕西转运使李南公言，此贴黄在添屯田十将处。自元祐以来，朝廷不起边事。凡自前边臣欺罔，杀略熟户，计级受赏，虏掠财物，私自润入，及边民幸于扰攘，买贱卖贵，如此等事，皆不得为。故上下鼓唱，愿有边衅。凡此皆奸人自作身计，非国之利也。今胜如、质孤等处良田，实西边第一等膏腴，岂我独知以为利，而夏人不知耶？彼知爱之，则不免于争。争一起，则兵革不息。此正堕边臣之奸计，而大臣不察，过矣。臣访闻夏国柄臣梁乙逋者，内有篡国之心。然其为人狡而多算，宽而得众。方欲内安酋豪，外结朝廷，俟内外无患，然后徐篡取之。所以朝廷近日商量地界，虽前后要求反覆，而乙逋一一听从。盖见议地界止于二三十里之间，于彼国不深系利害故也。今朝廷若见其易与，因而别有大段求索，使彼不能堪忍，或至忿争。兵难一交，必非朝廷所愿，至此而后反欲求和，则所丧多矣。

【解题】

苏辙此状对使臣与西夏谈判地界不守信用，贪图小利，不顾大局，深表忧虑。

论前后处置夏国乖方札子

臣前后四次论熙河处置边事乖方，乞移范育、种谊差遣，至今未蒙施行。然臣前所论，止言见今措置之非，未及已往根本之失。若默而不言，窃恐圣明尚有未瞩。再三烦渎，罪合万死。

臣窃观朝廷前后指挥，方夏人猖狂，寇钞未已，则务行姑息，恐失其心；及夏人恭顺，朝贡以时，则多方徼求，苟欲自利。以此，凡所与夺，多失其宜。何者？元祐三年朝廷遣使往赐策命，而夏人公然桀傲，不遣谢使，再遣兵马蹂践泾原。朝廷方务遵养，不复诛讨。于四年始复遣使，奏乞以所赐四寨易塞门、兰州，朝廷虽不听其所乞，然即为改易前诏，不候分画地界，先以岁赐予之。仍令穆衍以三省密院意旨开喻来使，及言所纳永乐陷没人口，既经隔岁月，或与原数不同，并许据数交割；及所立界至，虽有自来远近体例，或山斜不等，不许边臣固执争占。凡此三事，皆夏人奏请之所不及，而朝廷迎以与之者也。及鄜延路乞依夏人所请，用绥州旧例，以二十里为界，十里之间量筑堡铺，十里之外并为荒闲，近黄河者仍以河为界。朝廷一一听之。

臣窃见先朝分画绥州之日，界至远近，责令帅臣相度保明，往反审实，乃从其说。今所画界，首起鄜延，经涉环庆、泾原、熙河四路，朝廷更不委逐路审覆，即以延安路所见便利，指喻夏人。号令一布，无由复反，至今夏人执以为据。此则臣所谓朝廷方夏人猖狂，寇钞未已，则务行姑息，恐失其心者也。

至于熙、兰所请，欲以兰州、黄河之北二十里为界。臣窃谓过河守把，势已艰难，侵占蕃地，理尤不可。仰料朝旨，必不敢依。唯所言定西、通西、通渭等城外弓箭手耕种地，远者七八十里，近者三四十里，不可以二十里为界。边臣虽为此说，然议者或谓兰州每遣弓箭手耕种此地，辄为夏人所杀。若言已有耕者，则弓箭手必有名籍，所得租课岁入几何。二说相违，理难遥度。要须以此先与夏人商议，各从逐路之便，不可以二十里一概许之。朝廷既失先事筹量，及号令已行，乃欲追悔，先后皆失，遂生厉阶。而熙河帅臣与其将佐乃敢不候朝旨，于元请之外修胜如、质孤二寨。二寨既于元丰五年废罢，具载《九域图志》。见今无使臣兵马住坐，而妄谓夏人旧系守把，朝廷从而助之，以《九域图志》为差讹，以吏部见差管句二寨弓箭手道路巡检使臣为守把。臣谓苟以此诳惑中朝士人可耳，若欲以此塞夏人之口而伏其心，恐未可也。此则臣所谓朝廷方夏人恭顺，朝贡以时，则多方徼求，苟欲自利者也。

然臣窃妄料朝廷之意，胜如、质孤二寨必难议再修，定西、通西、通渭三寨二十里以上界至，亦无以取必于夏国。盖朝廷岁赐大利，既于无事之时空以与人；及此缓急，无以为重，所谓差之毫厘，谬以千里者也。然则地界之事，要必相持不决。遇有朝贡，使介复来。秋冬之交，贼马肥健，时出寇掠，受侮夷狄，何时已耶？如臣愚见，欲乞检会前奏，移降育、谊，置之他路；别择名将，谨守大信，且修边备。本路疆界之议，实非见今守把者可推以与之，以信前约。其他则令推公心，具长久计，条列闻奏。然后朝廷择而行之，则熙河尚可得而安也。

今臣观朝廷初无定议，方熙河边衅之作也，急召帅臣置之户部；及臣言赏罚失当，则急复遣育还帅熙河。至如种朴，本与育、谊共造边隙，今乃移朴泾原，独留育、谊。若以召育为是，则今遣之为非矣；若以移朴为当，则独留育、谊为失矣。政令如此，终安适从？徒遣孙路、穆衍之流，往彼相度。朝廷大计，岂可取决衍等之口？万一败事，虽戮衍等，何补于国？臣前上言“唐李德裕议讨刘稹，同列有异议者。德裕请曰：‘有如不利，臣请以死塞责。’今中外皆谓守信固盟，中国之利。若大臣有欲专任育等，不顾边患者，臣愿陛下以德裕之请要之。若能如此，即用其计。事定之后，案行赏罚”。今臣言已竭，势不能回，不审陛下尝以臣前说要之否？边事至重，安危未可知，唯陛下留神而已。臣以孤忠，误蒙拔擢，不敢不尽所怀，以辜任使。然触犯者众，死有余责。取进止。

【解题】

此札之前，苏辙已四次论及边境事，这篇又从根本上的过失，即北宋朝廷往往当夏人“寇钞未已”时“务行姑息”，而当夏人停战时，却多方寻衅，措置失宜，不识根本。苏辙对边事的见解可以说是比较现实的办法。

论渠阳蛮事札子

臣窃见朝廷近差唐义问处置渠阳寨夷人事，议者以为义问文吏，无他才能，不习边事。去年受命废渠阳军，为夷人所围，穷困危蹙，计无所出。时知沅州胡田在围中，为设诡计，诈欺诸夷，言义问当为奏复军额及乞为酋长改官。夷人信之，聚厅事前，监令发奏。义问假此仅得脱归，寻遣急递追还前奏。言既不验，诸夷具知其诈，后来每每作过。义问指挥沿边不得申报。今朝廷复以边事专委义问，深虑无益有损。是时臣以未知义问为人，既见朝廷再加选用，疑亦可使。今访闻边奏沓至，义问所遣东南第七将王安入界阵亡，其所陷没将校非一，臣方知众议果信不妄。兼访闻得见今作过杨晟台等手下兵丁虽止五六千人，然种族蟠踞溪洞，众极不少。晟台桀黠，屡经背叛，惯得奸便，加以山溪重复，道路险绝，汉兵虽有精甲利械，势无所施。若措置得所，本无能为；或经画乖方，实亦未易扑灭。义问前来举动，已为夷虏所轻，今复经败衄，实难倚仗。盖古今命将，必因已试之效，内为兵民所信，外为蛮夷所畏。威名已著，故功效可期。今警急屡闻，死伤已甚，谓宜别加选任，以遏寇攘。

臣窃见知潭州谢麟屡经蛮事，颇有勤绩。溪洞之间，伏其智勇。众议皆谓欲制群蛮，未见有如麟者。伏乞指挥密院检会麟前后履历功状，如众言不虚，乞赐委用，庶几蛮寇可速平定。臣区区忧国，辄采公议，以补万一。取进止。

贴黄：湖北渠阳与湖南莳竹，本羁縻徽城州也。访闻昔虽置为州县，然与沅州等处事体不同。盖沅州等处昔皆用兵，诛锄首领，或徙置内地，荡平巢穴。故所置州县，久远得安。今渠阳、莳竹虽名州县，而夷人住坐，一皆如故。城池之外，即非吾土。道路所由，并系夷界，平时军食吏廪，空竭两路。今欲举而弃之，实中国之利也。然其兵民屯聚，商贾出入，金钱盐币，贸易不绝，夷人由此致富。一朝废罢，此利都失，此其所以尽死争占而不已者也。自来废罢堡寨，全护兵民，捍御追袭，其事非易。况今夷人阻截道路，兵未得进，若不得良将处置，实恐为患不浅。又其种族遍据诸洞，跨涉湖南、北、广西三路。凡有措置，当使三路同之。只如渠阳、莳竹，唇齿相依，若渠阳先废，群夷并力以攻，莳竹势难独存。今朝廷独使湖北处置，疑其事有未尽。今若别遣官经制，宜令通管三路边事，所贵诸处利害不至抵牾。

再论渠阳边事札子

臣前月二十四日面进札子，以唐义问处置渠阳蛮事前后乖方，致东南第七将王安入界阵亡，恐边患滋长，乞速选差谙知用兵之人往代其任。又闻义问兵败之后，奏乞弃捐城寨与夷人讲和，其为暗弱谬妄，取笑夷虏如此。然其事已著，伏计朝廷必不复用。然外人窃见召还彭孙，妄意朝廷欲付湖北边事，兼孙亦以此自任，群议汹汹，皆所不晓。谨案孙劫窃之余，贼性不改，前后委任，欺罔贪盗，靡所不为。今若付以兵柄，深恐涂炭湖北，非州县所能禁止。盖蛮人背叛，不过侵挠边城，若使彭孙作过，腹心郡县并遭其毒。前者误用义问，止于败事，今者若用彭孙，凶险多端，事有不可知者。以臣愚见，虽知朝廷必不肯轻用此人，然众所共忧，不敢默已。若待既用而后献言，实恐于事有损。伏乞圣慈检会臣前奏，早赐施行。取进止。

贴黄：臣窃以边臣处事乖方，军民性命所系，差之顷刻，所害不小。今义问谬妄有迹，败衄已见，而朝廷重难易置，久而不决。边民何辜，坐受涂炭？若非圣慈悯恻，早与指挥，臣恐湖北之忧，未可涯也。

三论渠阳边事札子

臣近再论唐义问处置渠阳边事乖方，致渠阳蛮寇贼杀将吏，乞早黜义问，以正邦宪；更选练事老将，付以疆埸。经今多日，不蒙施行。访闻执政，止以临敌易将，兵家所忌为说，虽知义问处置颠错，至覆军杀将，犹复隐忍，不即遣代。比虽遣衡规往视，然规凡人，未曾经练戎事，何益于算？徒引岁月，坐视边人肝脑涂地，臣甚惑之。谨按义问所为，盖全不晓事，留在边上一日，即有一日之害。昔赵任廉颇，以赵括代之则败；秦任王龁，以白起代之则胜。盖临敌易将，顾代者何人耳。今执政乃以虚文籍口，终欲庇之。远人何辜，日被涂炭？若非陛下哀矜四方，亟命贤将往代，则臣恐陷害生灵，未有已也。

兼臣访闻渠阳诸夷蟠踞山洞，道路险绝。中国之兵入践其地，虽跬步不得其便。昔郭逵知邵州，困于杨光僭，李浩从章惇自沅州入，过界即败。逵、浩皆西北战将，然并有败无成者，地形不便也。今闻朝廷已指挥诸道发兵，数目不少，然将非其人，臣恐既不知战，又不知守，老兵费财，渐致腹心之患，深可虑也。今朝廷欲弃渠阳，然其中屯戍兵民不下数千，义无弃之虏中，俾为鱼肉。要须略行讨定，使知畏惮，肯出渠阳兵民，然后为可。臣访闻湖南北士大夫皆言群蛮难以力争，可以智伏。欲遣间谍招诱，必用土人；欲行窥伺攻讨，必用土兵。舍此而欲以中国强兵敌之，虽多无益。然此可使智者临事制置，难以遥度也。

臣前者尝以众人言谢麟屡经蛮事，颇有劳效，乞行委任。朝廷置而不用，盖必有贤于麟者，惟乞速遣以纾边鄙之患。至于义问，决无可望，幸陛下无疑也。臣又闻渠阳诸夷，与宜州群蛮相接，宜蛮部族众多，若与渠阳诸夷合谋作过，势益昌炽，猝难翦灭。亦乞指挥广西，预行招抚，虽不得其用，但勿与协力，亦不为无益矣。取进止。

【解题】

此上三篇都为前后论渠阳蛮事的札子。主要是要求撤换唐义问之职并举荐谢麟。以上九篇均为元祐五年（1090）五月至六年二月间任御史中丞时作，年月不详，今并附于元祐六年。

论言事不当乞明行黜降札子

臣闻孟子有言："有官守者，不得其职则去；有言责者，不得其言则去。"故祖宗朝凡任台谏，言而见听则居职，言而不用则黜罢。理之必至，前后悉然。惟有去年台谏论回河不当，言既不从，而言者皆获美迁。今年复论邓温伯不可任翰林承旨，言既不效，而言者亦并进职。虽人臣迫于朝命，黾俛就位，而中外观望，不知曲直所在，为损不细。诚使朝廷偶有过举，闻善而改，适足以增开纳之光。其或言者论事不当，据法罢免，亦足以示进退之公。今者不辨是非，一加进擢，朝廷则负讳过便私之毁，臣下则被苟简怀禄之非。风俗渐成，士节陵替，载之史册，不为美事。臣今待罪执法，才力疲软，何能发明？然在职思忧，不敢不勉。若所言中理，望陛下力赐主张，行之无吝。一有不当，亦乞明加流窜，以惩妄言。惟乞勿为隐忍包含之计，使臣主俱受其谤，不胜幸甚。取进止。

【解题】

此札为苏辙任御史中丞时所作，主张明辩是非，进黜允当。

乞差官权户部札子

臣伏以户部财赋出入之地，天下之剧曹，而民之司命也。一日不治，百日将乱。今权尚书梁焘方辞免不出，而两侍郎皆新除未到，独一韩宗道以刑部兼权，则是平日四人职事，并在一人。况刑部事繁，宗道之入户部止及半日而已。本部官吏，自来日出视事，几至日没而罢。今既无所统领，郎官多相随早出。及议论不一，凡事无所取决，以致文移壅滞，囚禁稽留。臣愚以谓方正官未到之间，当更差一二人时暂权摄。今学士给舍共有六人，职事稀简，宜择详熟吏事者俾权其职，庶几财赋重事，不至旷废。取进止。

【解题】

苏辙任御史中丞时，户部缺官，“凡事无所取决”，此状乞请派人权摄户部职。

论堂除太宽札子

臣顷权吏部尚书，窃见京朝官以上皆使一年以上阙，大小使臣及选人皆使二年以上阙。虽阙少员多，事不得已，而待阙之人，已不免咨怨。近者复见堂除人亦有待阙及一年以上者，人情惊骇，昔所未见。盖祖宗朝堂除旧例，皆见阙然后差除，因事然后超擢。所除既有限量，故用阙不至久远。近岁监司以上员数至多，而猥更擢人，以至衍溢，所擢未必胜旧，徒使监司阙额，不足以应副来者而已。至于知州以下，旧人未减，新人日增，盖由干谒成风，除授无法，虽称以才擢用，其实未免缘故。至于待阙久近，所任闲剧，众口讥评，皆为之说。只如开封司录，旧用历知州人，顷自郭晙之后，未及三年，而迭用陈该、张淳、陈元直三人，率皆资望轻浅，政绩未闻，已见新故相代。轻用堂除，于此可见。及诸寺丞，例亦如此。臣欲乞今后谨守祖宗故事，凡堂除皆俟有阙方差，且将见今堂除人轮环充补，其新擢用者，皆须功誉显著然后得差。盖用人之法，要须员阙相当，未闻无阙添人，谓之擢才济用者也。如此数岁，若见阙稍多，然后量阙选才，理无不可。庶使堂除官吏不复待阙，与四选稍异，亦旌劝之义也。取进止。

【解题】

此札作于苏辙任御史中丞时，论及除授补阙官太多，指出“用人之法，要须员阙相当”，建议依故事有阙官再差除新人，这样可以渐次消除官员太多之弊。

论所言不行札子

臣七月二十四日、今月八日，两次面奏熙河路范育、种谊等违背大信，贪功生事，以速边患，乞移降他路，更选帅臣俾之镇守。臣方奏对间，蒙太皇太后再三宣谕，以臣言为是。然至今多日，但见种朴一人移泾原路句当公事，至于育、谊并未见移动。

臣窃伏思念，人臣言事不患圣意不回，患在圣意已回，而大臣固执，事辄中止。何者？圣意不回，惟当再三开陈，期于必悟。若圣意已回，而大臣不可，事不得行，则是君权已移，上下倒置，虽欲纳忠，何益于事？此臣所以昼夜忧惧，欲言而复止者也。昔齐桓公游于郭，问郭公之所以亡。其父老对曰：“以善善而恶恶。”桓公曰：“善善而恶恶，此贤君也，而何故亡？”父老曰：“善善而不能用，恶恶而不能去，此其所以亡也。”今陛下以臣言为是而不用，以大臣为非而必听，臣窃惑之。且陛下虽处帏幄之中，实揽人主之事。今依违退托，专听大臣，事有未安，谁受其弊？故臣以为居其位而不任其事，任其事而不断其是非者，古今未尝有也。臣以非才，误蒙擢用，尽忠献言，上牾大臣，下牾边吏，其所以再三论列，不为身计者，诚以为外可以利民，而内可以报国故也。今所言不从，空结怨怒，无补于国，臣虽狂愚，何苦而为此哉？臣恐忠臣自此结舌，不敢复以至言闻于陛下矣。

去年之冬，陛下知回河之失，深诏大臣罢东流之役。天语恻怛，中外具闻。而大臣奉行不得其半，虽罢回河之名，仍存减水之实。锯牙马头，率皆如故。意幸涨水之至，河或可回。然今日观之，终复何益？是以众议皆谓陛下圣明察物，照见千里之外；而号令不行，未见成效。是时臣奉使契丹，还奏其事，此章具在，可覆视也。今熙河边事，大略类此。若使圣意又为大臣所沮，则君权愈夺，臣势愈张，养之不已，后将益甚。及其事极难忍而后制之，则伤君臣之恩，失朝廷之体。不若今制其渐，使事无所失，而臣亦获安之为善也。臣不胜区区为国远虑，触冒忌讳，甘俟斧钺。取进止。

【解题】

苏辙曾就熙河路事乞罢范育、种谊，而不见实行，因上此状再论。论中有“君权愈夺，臣势愈张”之言，可见当时党争之激烈。

乞令两制共议纳后礼札子

臣伏见今月五日诏书节文，以皇帝尚虚中壶，令太常礼官参考古今典故，著为成式。臣谨案通礼，纳皇后最为嘉礼之重。自天圣以来，逮今六十余年，在朝臣僚及太常官吏，无复亲经其事者。兹礼至大，宜加重慎。窃见近岁议太皇太后、皇太后、皇太妃宝册、冠服、仪卫等事，皆令翰林学士、两省给舍与礼官同议。今来皇帝昏礼，所以承宗庙，奉两宫，子四海，其事甚重。伏乞仍令翰林学士以下共加详议。盖慎始所以敬终，而正家所以齐天下，不可忽也。取进止。

立皇后制书札子

臣昨日躬听制书，伏承太皇太后陛下公选贤淑，下逮侧微，明建中宫，以助内治。群臣在位，无不忻欢。臣每因进见，备闻德音，知采择之艰。前后经涉二岁，所访何止百家。逮兹成命，圣心勤止。臣今日偶以在告，不获随众面致恳诚，不胜区区激切惶恐之至。

【解题】

前札收在《栾城集》卷四十四，后札收在《栾城后集》卷十六，从内容看，均为同一事而作。作于苏辙任御史中丞时。

乞定差管军臣僚札子

臣伏见管军臣僚见阙三人，顷者窃闻大臣议除张利一、张守约。陛下以谓二人皆资任浅下，用之则为躐等；又张利一，张耆之子，而得一、诚一之兄，故不可用。特出圣意，欲用王文郁、姚兕。大臣既退，辄寝文郁、兕，而进拟利一、守约。右丞许将既随众签书进拟，而复奏论其不便。因此进拟文字，为圣旨所却。经今一月有余，废不复议。臣窃以祖宗故事，凡有管军，皆以资任先后相压，未尝轻有移易。自非战守功效尤异，岂可超授？今利一、守约资浅才下，别无出众劳效，而利一家世又如圣旨所谕。大臣力行己意，力欲进拟，其为不便，不言可见。许将既知其失，自合与众人公议，止其进拟。今乃外同签书，内行论奏，反覆之状，殊非大臣之体。由此互相疑阻，遂使差除之政，废不时举。以臣愚见，实恐自此专擅之迹与窥伺之风，交行于上，浸淫不止，皆非朝廷之福也。况自祖宗以来，以管军八人总领中外师旅，内以弹压貔虎，外以威服夷夏，职任至重，岂以大臣商量未得如意，阙而不补？臣欲乞指挥以本朝故事，参近日圣旨，苟非边功尤著，众所推服，罪恶显白，世所共弃，且当循守资格，速加除授，以允公议。取进止。

贴黄：访闻张利一任定州总管日，曾入教场巡教，以不得军情，诸军并不唱喏，因此移真定总管。据此事状，实亦难令管军。

【解题】

此札是苏辙任御史中丞时所作，反对任用“资浅才下”的人，主张用“内以弹压貔虎，外以威服夷夏”的人任管军臣。

论张颉不可用札子

臣伏见朝廷以置渠阳军为不便，议欲弃之者久矣。然自去年以来，欲弃而不得，群蛮猖獗，南边至今为梗者，何也？任非其人，而弃之无术故也。唐义问，文俗吏耳，无他才略。昔被朝命，直入群蛮之中，欲弃此城。既为蛮众所围，用胡田之计，诈欺群蛮，苟脱性命。既归不敢以其实闻，凡有寇盗，皆指挥边城不得申报。朝廷不察其实，而任之不替，则既一失之矣。及今夏以来，蛮寇大作，以至覆军杀将。臣屡以为言，而朝廷属任义问之意不衰。访闻大臣，但以临敌不可易将为词，终欲庇义问，不恤边人肝脑涂地之苦，及今已将半年，则既再失之矣。今者朝廷除张颉知荆南。颉自瀛徙荆，诚不为超迁。然近降朝旨，令单马赴任，外人始知朝廷欲以颉代义问。盖义问之所以败者，暗而自用，狠而失众。今颉猜险暗愎，又甚于义问，而朝廷复加委任，则又三失之矣。臣窃悲湖北之人，外遭群蛮骚扰，不安其居；内蒙用人三失，未知息肩之所，是以不避烦渎，冒进謷言。

昔元祐二年，朝廷除颉户部侍郎。臣时为谏官，前后具颉罪恶八事，乞行罢免。时虽不从，然用颉未逾年，知其不可，卒黜之外任。及今未几，而遂付以边事。边事重害又与户部不同，盖临敌统众，兵民性命所系，不可不慎。窃闻大臣谓颉本贯鼎州，意其习知蛮事，是以遣之。然不知人才各有短长，未必生于其乡，必善其事。臣但恐颉任情恣行，出于天性，老而不改，必致败事。颉昔为桂州经略使，始因靳吝小费，终以措置乖方，事具臣昔言颉八事。遂致宜州夷人背叛，贼杀本州兵官。颉寻遣费万、王奇二将继往攻讨，卒皆陷没。先帝震怒，差官取勘，遂落职夺官，降知均州。又元丰三年，除颉知熙州，是时臣僚上言，颉天资褊躁，动多猜忌，顷在广南，忿争互论，州郡官吏，为之不安，乞赐追寝新命。寻奉圣旨，令依旧知沧州。然则颉之不可付以边事，著自先朝，非独今日臣言之矣。

所有臣昔具颉八事，皆非虚言，并有案据。谨别具开录奏闻，乞令大臣看详，罢颉新命，或但无令预闻边事，别拣谙练用兵之人，责之成效。取进止。

贴黄：张颉资任已深，除知荆南不为过当。臣今所言，但以颉为性猜险，所至不得众情，不可令管边事耳。

【解题】

元祐二年苏辙曾累章弹奏张颉不可任户部侍郎，此状为苏辙任御史中丞时，论张颉不可充任渠阳军帅。

论边防军政断案宜令三省枢密院同进呈札子

臣窃见大理寺审刑院旧制，文臣吏民断罪公案并归中书，武臣军员军人并归密院，而中书、密院，又各分房，逐房断例轻重，各不相知。所断既下，中外但知奉行，无敢拟议。及元丰五年，先帝改定官制，知此积弊，遂指挥凡断狱公案并自大理寺刑部申尚书省，上中书取旨。自是断狱轻重比例，始得归一，天下称明焉。

自元丰七年十月八日奉圣旨："应缘保甲事原系枢密院指挥取勘，及保甲司乞特断公案，令大理寺定断，刑部勘当申院。"元祐四年六月十八日又奉圣旨："禁军公案，内流罪以下，情法不相当而无例拟断合降特旨者，令刑部申枢密院取旨。"今年七月十三日又奉圣旨："应系枢密院降指挥下所属体量根究取勘者，候奏案到，令枢密院取旨。"十月四日又奉圣旨："应官员犯罪公案，事干边防军政，并令刑部定断，申枢密院取旨。"二十九日又奉圣旨："应官员犯罪公案，事干边防军政，文臣令刑部定断，申尚书省；武臣申枢密院。"臣窃详前件五项条贯，不唯断狱不归一处，其间必有罪同断异，令四方疑惑，失先帝元丰五年改法本意。兼事干边防军政，文臣归尚书省，则虽枢密院本职，必有所不知。武臣归枢密院，则自节度使充经略安抚有所废黜，虽三省亦有不得知者。事之不便，莫大于此。臣今欲乞依先帝改法之旧，应断罪公案，并归三省。其事干边防军政者，令枢密院同进呈取旨而已。如此，则断狱轻重，事体归一，而兵政大臣，各得其职，方得稳便。取进止。

【解题】

这是苏辙任御史中丞时所上，请求将断案权统一的状子。

论禁宫酒札子

臣窃见有司近以在京酒户，亏失原额，改定宗室外戚之家卖酒禁约，大率从重。谨案嘉祐旧法，亲事官等卖酒四瓶以上，并从违制断遣，刺配五百里外本城。其余以次定罪，皇亲临时取旨。仍许人告提两瓶以上，赏钱十贯止。及熙宁法，每卖一斗，杖八十；一斗加一等，罪止杖一百。许人告捕，一斗赏钱十贯至百贯止。及元祐四年所定刑赏，与熙宁同，而有告无捕。及今年十一月六日、十二月十八日敕，刑从嘉祐而赏从熙宁。既兼用两重及并行告捕，仍许入沽贩之家，而取旨之法兼及本位尊长。是以此法一行，人情惊扰。臣窃惟有司所以立此法者，止为酒户亏额而已。酒户亏额，但户部财利一事耳。今既兼取前后重法，施于沽贩小人足矣。臣访闻宗室之间，颇有疏远外住之人，以窘乏之故，或卖酒自给。今既许人入其家捕捉，小人无知，以捕酒为名，恣行凌辱，何所不至？兼逐位尊长，爵齿并崇，多连宗字，而卑幼犯酒，不免取旨。若取旨而不行，则虽取何益？若遂有行遣，窃恐圣意必不欲如此。故臣愚见，以为当去尊长取旨之法，仍不许捕捉之人入皇亲宅院，如此施行，颇为酌中。伏乞特降指挥，速行改定。取进止。

贴黄：臣所言事干宗室，欲乞圣意裁定。如可施行，更不出臣此章，只作圣旨批降三省。

【解题】

这是为解除酒禁事涉及宗室之处而上的札子。

论冬温无冰札子

臣伏见前年冬温不雪，圣心焦劳，请祷备至，而天意不顺，宿麦不蕃。去冬此灾复甚，而加以无冰。二年之间，天气如一。若非政事过差，上干阴阳，理不至此。谨案常燠之罚，载于《周书》；而无冰之灾，书于《春秋》。圣人之言，必不徒设。臣谨推原经意，而验以时事，惟陛下择之。盖《洪范·庶徵》：哲则时燠，豫则常燠。谋则时寒，急则常寒。晢之为言明也，豫之为言舒也。故汉儒释之曰："上德不明，暗昧蔽惑，不能知善恶，无功者受赏，有罪者不杀，百官废礼，失在舒缓。盛夏日长，暑以养物。政既弛缓，故其罚常燠。周失之舒，秦失之急，故周亡无寒岁，而秦灭无燠年。"今连年冬温无冰，可谓常燠矣。刑政弛废，善恶不分，可谓舒缓矣。臣非敢妄诋时政，以惑圣听，请为陛下具数其实。然事在岁月之前者，臣不能尽言，请言其近者，凡有罪不诛者七，无功受赏者四：

陆佃为礼部侍郎，所部有讼，而其兄子宇乃与讼者酒食交通。狱既具而有司当宇无罪，此有罪而不诛者一也。石麟之为开封府推官，与诉讼者私相往来，传达言语，狱上而罢，更为郎官，此有罪而不诛者二也。李伟建言乞回夺大河，朝廷信之，为起大役，费用不赀。今黄河北流如故，涨水既退，东流淤填，遂成道路。臣屡乞正伟欺罔误国之罪，不蒙采纳，任伟如故，此有罪而不诛者三也。开封府推官王诏故入徒罪，虽该德音，法当冲替，而诏仍得守郡，至今经营差遣，迁延不去，此有罪而不诛者四也。知祥符张亚之为官户理索积年租课，至勘决不当偿债之人，估卖欠人田产，及欠人见被枷锢，而田主殴击至死，身死之后，监督其家不为少止。本台按发其罪，而朝廷除亚之真州，欲令以去官免罪，此有罪而不诛者五也。孙述知长垣县，决杀诉灾无罪之人，台官有言，然后罢任，虽行推勘，而纵其抵欺，指望恩赦，此有罪而不诛者六也。秀州倚郭嘉兴县人诉灾，州县昏虐，不时受理，临以鞭扑，使民相惊，自相蹈藉，死者四十余人。虽加按治，而知州章衡反得美职，擢守大郡，此有罪而不诛者七也。

近日差除户部尚书以下十余人，其间人材粗允公议者不过二三人，其他多老病之余及执政所厚善耳。臣与僚佐共议，以为不可胜言，是以置而不论。独取其尤不可者杜常、王子韶二人论之，然皆不蒙施行。夫杜常在熙宁间谄事吕惠卿兄弟，注解惠卿所撰手实文字，分配五常，比之经典。及其所至谬妄，取笑四方。其在都司，希合时忱、任永寿等旨意，施之政事，前后屡为台官所劾。兼其人物凡猥，学术荒谬，而置之太常礼乐之地。命下之日，士人无不掩口窃笑。此无功受赏者一也。王子韶昔在三司条例司，谄事王安石，创立青苗、助役之法。臣时与之共事，实所亲见。及吕公著为御史中丞，举为台官。公著以言新政罢去，而子韶隐忍不言。先帝觉其奸妄，亲批圣语，指其罪状。自是以来，士人不复比数。但以善事权要子弟，故前后多得美官。今又擢之秘书，指日循例当得侍从。公议所惜，实在于此。此无功而受赏者二也。张淳资才凡下，从第二任知县擢为开封司录。曾未数月，厌其繁剧，求为寺监丞，即得将作。又不数月，令权开封推官，意欲因权即真，迤逦迁上。此无功而受赏者三也。丁恂罢少府簿，经年不得差遣。一为韩维女婿，即时擢为将作监丞。此无功而受赏者四也。其因缘亲旧，驰骛请谒，特从常调，与之堂除，以至除目猥多，待阙久远，孤寒失望，中外嗟怨者，尚不可胜数。

凡上件事，皆刑政不修，纪纲败坏之实也。大率近岁所为，类多如此，譬如天时有春夏而无秋冬，万物虽得生育而不坚成。天之应人，颇以类至。宜指挥大臣，令已行者即加改正，未行者无踵前失，勉强修饬，以答天变。臣伏见去年，岁在庚午，世俗所传，本非善岁。徒以二圣至仁无私，德及上下，故此凶岁化为有年。然事有过差，犹不免常燠无冰之异。由此观之，天地虽远，得失之应，无一可欺。若更能恐惧修省，戒饬在位，相勉为善，则太平之功，庶几可致也。臣备位执法，实欲使陛下比隆尧、舜，无缺可指，无灾可救。是以区区献言，不觉烦多，死罪死罪。取进止。

【解题】

此札借“冬温不冰”事，历数有罪不诛的七人，无功受赏的四人，请整顿纲纪，戒饬执政者。

论雇河夫不便札子

臣窃闻祖宗旧制，河上夫役止有差法，元无雇法。始自曹村之役夫，功至重远，及京东西、淮南等路，道路既远，不可使民间一一亲行，故许民纳钱以充雇直。事出非常，即非久法。今自元祐三年，朝廷始变差夫旧制为雇夫新条，因曹村非常之例为诸路永久之法。既已失之矣，而都水使者吴安持等因缘朝旨，造成弊政，令五百里以上不满七百里，每夫日纳钱二百五十文省，七百里至一千里以上，每夫日纳钱三百文省。团头倍之，甲头火长之类增三分之一。仍限一月，过限倍纳。是岁京东一路差夫一万六千余人，为钱二十五万六千余贯。由此民间见钱几至一空，差人搬运累岁不绝，推之他路，概可见矣。

近因京东转运使范锷得替回，论其不便，安持等方略变法，罢团头火长倍出夫钱。工部知罚钱之苦，又乞立限至六月以前。虽苛虐比旧稍减，然访之公议，终不为稳便。何者？朝廷本欲宽省民力，故许出钱雇夫。若其钱足以充雇，则朝廷将复何求？今河上雇夫日破二百而已，昨来京城雇夫，每人日支一百二十文省，则河上日支二百，已为过厚。虽欲稍增数目，为移用陪备等费，亦不当过有裒敛，以伤民财也。故众议皆谓七百里以下与七百里以上人户，若系差夫，则一人效一人之力耳。今乃利其远近，有费用多寡之殊，遂令远者多出五十以为宽剩，此岂朝廷恤民之意哉？兼一夫出二百五十，亦已自过多。如臣愚见，若于每夫日支二百文外，量出三十以备杂费，则据上件京东所差夫数，止约合出一十一万贯省，比本监所定五分之二耳。昔王安石为免役之法，只缘多取宽剩，致令民间空匮，怨讟并作。二圣临御，为之改法，今创痍犹未复也。安持本安石之党，昔日主行市易，多出官本，散与无根之人，虚椿息钱，以冒不次之赏。虽略行追夺，而寻复任使。盖从来习为聚敛之政，至今不改。是以雇夫之法，名为爱民，而阴实剥下。臣欲乞圣慈，特降指挥，应民间出雇夫钱不论远近，一例只出二百三十文省。所贵易为出备，不至艰苦。

兼臣闻自来诸路计口率钱，百姓如遭兵火。若用之河防之上，一无枉费，于理尚可也。今取之良民之家，而付之河埽使臣壕寨之手，费一称十，出没不可复知。民独何负，而为此哉？且今河埽梢椿之类，纳时数目不足，及私行盗窃，比之他司官物，最不齐整。及其觉知欠少，或托以火烛，或因河流向著，一经卷归，大破数目。虽有官司，无由稽考。今以免夫钱付之，类亦如此矣。兼访闻河上人夫，亦自难得，名为和雇，实多抑配。臣今仍乞令河北转运提刑司，同共相度如何处置关防所支雇夫钱，以免欺盗之弊，及乞体量所雇人夫有无抑配，具结罪保明闻奏，然后朝廷裁酌，从长施行。取进止。

贴黄：今岁修河夫人数不少，且以远近各半约之，仍据见行法远者每人一日多出五十文省，则其钱数亦必甚多。若蒙圣恩便令裁减，则民间受赐不少，乞指挥速赐施行。

【解题】

新旧党及新党内部役法之争最为持久，苏辙先是反对雇役，后又反对司马光废除雇役法为差役法，其出发点是爱民，主张吸取雇役法优点，循序渐进。此札就雇河夫事，反对借爱民之名，“而阴实剥下”。文中小字系作者夹注。

论黄河东流札子

臣闻大河行流，自来东西移徙，皆有常理。盖河水重浊，所至辄淤。淤填既高，必就下而决。以往事验之，皆东行至太山之麓则决而西，西行至西山之麓则决而东。向者天禧之中，河至太山决而西行，于今仅八十年矣。自是以来，避高就下，至今屡决。始决天台，次决龙门，次决王楚，次决横陇，次决商胡。及元丰之中，决于大吴。每其始决，朝廷多议闭塞，令复行故道。故道既高，复行不久，辄又冲决。要之水性润下，导之下流，河乃得安。是以大吴之决，虽先帝天锡智勇，喜立事功，而导之使行，不敢复塞，兹实至当之举也。惟是时民力凋弊，堤防未完，北流汗漫，失于陂障。由是元祐之初大臣过听，始开孙村之议，欲导河使东，以复故道。此议一起，都水官吏，侥幸回河之功；河上使臣壕寨，利在差遣请受，相与唱和，争请回河。自是公私困竭，河北、京东、西之民为之不聊生矣。伏惟太皇太后陛下、皇帝陛下，仁民爱物，恭俭节用，如恐伤之。今河本无事，而生事之人公然欺罔，坐使公私俱弊，臣实深痛之。谨采河朔民言，效之左右，惟陛下裁察。

夫河自天禧西行，及其决于大吴，其去西山不远。惟有此地未经淤填，比之他处地形最下，故河水自择其处，决而北流，直至瀛、莫之郊。地势北高，河遂东折入海，其为顺便，殆天意也。惟北京之南，孙村在其东岸，东接故道，其间数十里地颇污下，每岁夏秋涨水，多自此溢出。昔之治河者，以为北京宫阙所在，兵民夥烦，而孙村近在南城之外，若使涨水从此流入故道，则都城生聚皆有鱼鳖之忧。故于河之东岸，孙村之南，开清丰口以洩涨水，流入故道。于河之西岸，开阚村等三河门，亦以泄涨水，行无人之地，迤逦流至馆陶，复令入大河。昨来朝廷如一依昔人措置，则北京每岁夏秋涨水自可无虞，城南堤防所费并可省罢。自北京以北至瀛、莫以南，地迫西山，渐有冈阜，河水至此，自不能为害。惟有深州当河流之冲，所宜经画。今若徙武强县开近东旧河道具见画图。引河稍东，则深州之危必自纾解。然后完治山公一带北堤，极令高厚，则河流赴海可无大患矣。

今自建孙村回河之议，先闭塞阚村等三河门，又于梁村筑东西马头及锯牙，侵入河身几半，迫胁大河，强之使东。既河身噎塞，则上流阳武、灵平等处，去秋并告危急。涨水至北京之南，东西两岸，无所分减。又为马头、锯牙所迫，并入孙村，直上北京，签横堤面。北京告急，尝称若雨不止，风不定，本京必定疏虞。其得平安，盖出天幸。由此，横堤、顺水堤皆作木岸，所费不赀，然终亦不可全恃。兼梁村东马头下崖至水面高七尺，水深二丈以上，若欲开掘马头以东，回夺河身，须及三丈乃可。访闻入地一丈，泥水不可复开，虽复倾国应副，力亦不及。若欲略行开掘，令涨水冲刷成河，则二年以来，已试不效。况故道一带，堤内直高一丈上下，而堤外直高二丈有余，架水行空，最为危事。谨按自来河决，必先因下流淤高，上流不快，然后乃决。然则大吴之决，已缘故道淤高。今乃欲回河，使行于此，理必不可。且见今北流深处，水行地中，实得水性。舍此不用，而欲引入故道，使水行空中，虽三尺童子，皆知其妄。而建议之臣，恣行欺罔，居之不疑。

今虽变回河之名，为分水之议，据都水奏请，本谓回河与减水事体不同。所有已修进马头三百余步，乞从修河司随宜措置。马头既在大河之中横栏水势，泛涨之时，理须斟酌可存可拆，一面施行。朝廷虽许其所请，然本司收买马头物料至今不绝。又与本路监司同奏，乞随宜开导口地一带河槽，务令深阔，并修葺紧急堤岸，酾为二渠。臣观其指意，虽名为减水，其实暗作回河之计也。且自置修河司以来，使过朝廷应副见钱四十九万余贯，其他公私所费，犹不在此数。今岁春夫共得一十万人，而北流止得三万，东流独占七万。盖自来河北只管一河东西两岸而已，今为分水之故，添为两河，东西四岸。内北流横添四十五埽，使臣三十四员，河清兵士三千六百余人，物料七百一十六万三千余束。

其为耗蠹，何可胜言！盖都水官吏，专欲成就决不可行之故道，而疵病已行之北流。其欲成就故道，则孙村开河马头等役，当罢而不罢；其欲疵病北流，则深州、武强等患，当讲而不讲。建议分水之人，利在深州危急，以显北流可废而东流当开，其为不忠，莫甚于此。北京、灵平、阳武诸处危急，实由分水所致，则讳而不言。深、瀛、恩、冀，去岁无害，实由北流堤防稍立之功，则指为分水之效。其为罔上，众所愤叹。

臣职在风宪，疾之久矣。近因访问习知河事之人，颇得其实，采画成图，随事签贴，指掌可见，今随札子上进。臣虽未尝阅视形势，然而朝廷大臣亦未尝按行其地，不可便以都水官吏为信也。欲乞圣慈特选骨鲠臣僚及左右亲信往河北，计会逐处安抚转运提刑州县及北外监丞司官同共踏行，详其图录，开述利害，保明闻奏。如臣所言不妄，即乞罢分水指挥，废东流一行官吏役兵，拆去马头、锯牙，依上件所陈施行。今年春夫，仍并拨付北流开河筑堤役使。所贵河朔及邻路兵民，早获休息，国家财赋不至枉费，有丰足之渐，则天下幸甚，天下幸甚。取进止。

贴黄：今河上夫役不过二月半下手，如蒙圣意允臣所请，伏乞火急差官前去定夺。所贵未役之前，早见可否，不误兴役。

【解题】

此札据黄河“河水重浊，所至辄淤。淤填既高，必就下而决”的特点，指出借分水行回水之实，是劳民伤财，违备黄河水流规律。文中小字系作者夹注。

以上十三篇均是苏辙任御史中丞期间所作，具体时间已不可考，今依原集中先后顺序排在此。

辞尚书右丞札子四首

一

臣今月五日准阁门告报，蒙恩除中大夫、守尚书右丞者。臣备位南台，言事无补，上负朝廷开纳之意，下辜朋友责望之诚，徒以厚恩未酬，欲去不忍，岂谓非常之命，猥加无补之臣？矧复二辖之官，万几所在，苟用人之一失，实取轻于四方。如臣奋自诸生，误叨近侍。崎岖县道，曾未数年；出入周行，莫闻显效。资地浅薄，积薪有后来之讥；德业空虚，在梁有不称之诮。伏乞追寝成命，少安愚衷，上以全二圣知人之明，下以成孤臣审己之分。臣无任祈天待命激切屏营之至。取进止。

二

臣蒙恩除中大夫、守尚书右丞，今日虽已具札子辞免，然意有未尽。君父之前，不敢复隐，谨具披露，惟陛下察之。伏念臣幼无他师，学于先臣洵。而臣兄轼与臣皆学，艺业先成，每相训诱。其后不幸早孤，友爱备至。逮此成立，皆兄之力也。顷者兄弟同列侍从，臣已自愧于心。今兹超迁，丞辖中台，与闻政事；而臣兄轼适自外召还，为吏部尚书，顾出臣下，复以臣故，移翰林承旨。臣之私意，实不遑安。况轼之为人，文学政事，过臣远甚，此自陛下所悉。臣不敢远慕古人，内举亲戚，无所回避。只乞寝臣新命，若得与兄轼同为从官，竭力图报，亦未必无补也。如此，则公议既允，私意获安。其于愚臣，实为至幸。取进止。

三

臣今月某日伏蒙圣恩赐臣诏书一道，不允臣辞免恩命者。命降自天，辄形恳避；恩不加谴，犹辱训词。辄缘覆焘之私，复伸愚陋之恳。盖陈力事上，常自止于不能；而量才用人，亦当矜其已竭。况臣位居执法，职在绳愆。苟有官非其人，爵逾于德，法所当治，臣敢弗言？今者擢置近班，实为虚授。若遂黾俛居位，臣既自已知非；苟复传播于人，众必指为无耻。在他人犹为不可，况本职之所当言？幸别选于长才，冀稍安于私意。再殚诚悃，非敢饰词，所有诰命，不敢祇受。臣无任震越待罪之至。取进止。

四

臣今月某日蒙恩差到某官，赍降诏书一道，以臣再辞恩命，不允所请者。特遣使车，宣布君命，里巷改观，亲党增光。虽圣聪之未回，抑愚言之可听。与其顺旨而使圣朝不获所任，曷若违命而使柄臣举惟其人？用此力辞，期于得请。昔楚有子玉，文公为之仄席；卫多君子，季札知其未乱。若公卿类皆骨鲠，则精神足以折冲。今虽忠贤在朝，股肱协力，不宜杂用小器，以示乏人。臣能知难，国之福也；苟不度德，民何观焉？尚冀察臣危诚，追寝前命，俾得粗陈薄技，以效一官。既获谋身之宜，非无报国之所，进退两得，家国俱安，其于微臣，岂非厚赐？无任恐惧恳祷之至。取进止。

【解题】

元祐六年（1091）二月擢升尚书右丞，苏辙累上回札固辞。

免尚书右丞表二首

一

臣辙言：伏奉诰命，蒙恩除臣中大夫、守尚书右丞者。首居言责，无补圣时，方有黜幽之虞，遽闻躐等之命，辞而不获，情实难安。臣辙诚惶诚恐，顿首顿首。伏念臣家世寒贱，兄弟戆直。早坐狂言，流落江湖而不返；晚逢兴运，联翩禁近以偷安。恃圣神之误知，蹈险夷而莫顾。前后历居于台谏，弹击多召于怨尤。每图自安之宜，惟有早退之便。徒以受恩未报，中夕以兴。进退皆艰，彷徨自失。敢有望于殊宠，以自速于烦言。矧兹丞辖之严，号居弼谐之贰，观用人之当否，知为国之重轻。如臣迂阔而寡谋，孤直而多怨，进用兹始，已或纷然。眷遇倘隆，安能自保？伏望太皇太后陛下，眷求一德，以允佥言。慎名器之假人，念衣裳之在笥。亟收前命，以保危踪。苟无陨越之忧，尽出生成之造。臣无任祈天俟命激切屏营之至，谨奉表陈免以闻。

二

臣辙言：伏奉诰命，蒙恩除臣中大夫、守尚书右丞者。台辖之重，国论所存。顾惟尺寸之材，何与栋梁之选？比陈诚恳，尚闷俞音。臣辙诚惶诚恐，顿首顿首。伏念臣家世寒儒，仅守父兄之朴学；文史末技，不通邦国之大猷。顷自元祐之初，偶缘乏使；召自南迁之后，遽责使言。旋由左史而践掖垣，复从右户以居翰苑。迨兹执法，曾未数年。言何补于圣明，志已殚于忧责。以一日遭逢之幸，擅诸臣积累之荣。方怀满溢之虞，愿求闲散之便。岂意恩私之横被，复叨丞辖之近班。自昔政事之臣，非处书生之地。既犯不韪，其何敢安？伏望皇帝陛下，以德爱人，量才付位。深察斗筲之陋，难堪钟鼎之藏。追还误恩，选建明德。俾贤愚各安其所，则中外无复间言。其于微臣，受赐多矣。臣无任祈天俟命激切屏营之至，谨奉表陈免以闻。

【解题】

此二表亦作于元祐六年（1091）二月，请求免去尚书右丞的任命。

谢除尚书右丞表二首

一

臣辙言：伏奉制命，除臣中大夫，守尚书右丞，累具辞免，蒙降诏不允，仍断来章者。待罪南台，阅时空久；承恩右辖，量分实逾。虽循墙而固辞，愧回天之无力。臣辙诚惶诚恐，顿首顿首。伏念臣衰迟晚节，遭遇圣时，还朝首擢于谏垣，求言终置于台长。盖古人事君之难事，惟忠言拂意之易危。迫切至于引裾。颠危有或折槛。大则死亡之不恤，小则投窜而莫留。虽伏节之心，没而后已；而保身之义，明者非之。臣今不然，事出至幸。盖上方有道，常导之使言；故下获安心，知言之无罪。非徒无益而不谴，抑又与进而超迁。才不逮于中流，幸则过于前辈。出入数岁，参陪大猷。昔所罕闻，众或惊叹。此盖伏遇太皇太后陛下，奉身有礼，体天无心。均覆中外，无戚疏之殊；惠养黔黎，有恭俭之实。德则可纪，过宁复闻？遂使谏诤之臣，不知激讦之惧。因缘宠遇，复享尊荣。不赀之恩，没齿何报？方今兵革既息，年谷稍登。唯当上体仁心，治而弗扰；旁求哲士，守之愈坚。庶群后比义以致功，则孤臣因人而成事。过此以往，未知所裁。臣无任感天荷圣激切屏营之至，谨奉表称谢以闻。

二

臣辙言：伏奉制命，除臣中大夫，守尚书右丞，累具辞免，蒙降诏不允，仍断来章者。涣汗之恩，已行而不反；伛偻之志，虽勤而莫伸。上愧鸿私，下惭公议。臣辙诚惶诚恐，顿首顿首。恭惟皇帝陛下，接尧、舜之统，蹈成、康之仁，体貌先正耆老之臣，拣拔后来翘秀之士。俯仰六载，前后几人？坦然公明，故不私贤否之实；穆然渊默，故坐照情伪之真。临御久则鉴愈明，得失分则下无隐。如臣者西南贱士，章句小儒。早岁猖狂，偶窃方闻之选；中年流落，既安县尹之卑。遭时乏人，致位近侍。跌宕文墨之囿，嗫嚅议论之场。举皆空言，安有实效？顾惟省辖之重，实参国论之余。岂无遗贤，遽及微品？地寒资浅，何以望三事之余光；才短力疲，安能裁六联之滞论。虽复黾俛就职，愧叹何言！此盖伏遇皇帝陛下，天地之仁，曲成草木之陋；父母之爱，不录子弟之非。将建大厦以覆群生，故收众材而无弃物。然臣负过其力，受非所容。惟有洁己无私，或不孤于托付；引类自助，幸得免于颠跻。不渝始终，少答恩造。臣无任感天荷圣激切屏营之至，谨奉表称谢以闻。

【解题】

苏辙辞让未被允许，就任尚书右丞，作此二谢表。

生日谢表二首

一

臣辙言：伏蒙圣恩，以臣生日，特遣中使降诏书，赐臣羊酒米面者。忝贰中台，席犹未暖；恩颁细札，庖已分甘。爰因诞辰，宠贲私室。臣辙诚惶诚恐，顿首顿首。伏念臣才无他技，生实多艰。近从江海之羁，遽闻廊庙之政。龌龊从众，曾何补于微尘；出入弥旬，已自惊于素食。惟是累朝之故事，本优当世之名卿。不遗臣子之私，特助室家之喜。岂兹菲薄，亦被宠荣？此盖伏遇皇帝陛下，仁贵慎微，礼思从厚。既竭大烹之养，兼存推食之恩。庶无饥渴之忧，以尽腹心之报。虽草木不知于亭育，而犬马尚识于仁私。被服恩光，永思报称。臣无任感天荷圣激切屏营之至，谨奉表称谢以闻。

二

臣辙言：伏蒙圣恩，以臣生日，特遣中使降诏书，赐臣羊酒米面者。时当生育，情方切于怀亲；职贰文昌，恩忽惊于捧诏。廪庖致馈，门户生光。臣辙诚惶诚恐，顿首顿首。伏念臣夙禀厄穷，年侵衰暮，偶缘乏使，叨据近班。未尝稼而取禾则多，不能谋而食肉无耻。醉乏令德之美，饱无用心之勤。常恐食浮，以为身累。敢烦好赐之厚，曲记初生之期。此盖伏遇太皇太后陛下，推天禄以养才，因旧章而惠下。旨酒肥羜，见和平蕃衍之祥；香稻来牟，皆调节登丰之报。顾惟孱陋，坐食甘腴。况臣少也早孤，禄不及养；老而多感，忧以终身。赐予在前，莫施乌鸟之微志；顾瞻来事，惟有忠义之可为。蕞尔寸心，未知所报。臣无任感天荷圣激切屏营之至，谨奉表称谢以闻。

【解题】

这二篇生日谢表是元祐六年（1091）二月苏辙升尚书右丞后，二月二十二日生日，皇帝遣中使降诏并赐礼物，苏辙所上。

笏　记

臣进擢未几，劳效未闻。偶缘生育之辰，遽蒙庆赐之典。醉酒饱德，虽喜太平之风；先事后禄，愧非崇德之义。黾俛图报，愧畏交中。

【解题】

此亦是为谢生日赐赏而作。

兄除翰林承旨乞外任札子四首

一

臣伏见兄轼近除翰林学士承旨兼侍读，以臣备位执政，不敢复居要职，比虽受命，仍奏乞候过坤成上寿，再乞外任。伏念臣顷蒙误恩，擢居丞辖，才微德薄，常有负乘致寇之忧。但以遭逢圣明，恩德深厚，未知所报，不敢求去。今者乃以忝冒之故，复致兄轼逡巡退避，不敢安职，于臣私情莫遑宁处。况复兄轼才高行备，过臣远甚，不唯众所共知，抑亦圣鉴所亮。兼臣自蒙擢用，今将半年，虽日夜勉励，终无所补。若使兄轼得安处侍从，论思讲读，正其所长，未必无补于圣德也。故臣以谓陛下只可使弟避兄，不可使兄避弟；只可使不肖避贤，不可使贤避不肖。区区愚恳，竭尽于此。伏乞圣慈察臣深心，除臣一郡，上以全朝廷之公道，下以伸兄弟之私义。臣不胜至愿，冒昧自陈。取进止。

贴黄：臣自闻兄轼相次到阙，即欲上章避位，意谓恐涉援引兄轼之嫌。今者窃观朝廷擢用兄轼，首冠禁林经筵，眷遇之意，可谓至重，荣名厚禄，亦云极矣。虽愚无知，岂复更有侥幸无厌之望？臣以此不敢复避小嫌，令兄轼不安其职。伏乞圣慈体察，早赐施行。

二

臣窃以君臣之间譬如父子，中有所怀，不当不尽。臣近以兄轼为臣备位省辖，不敢安职，援引故事，力求补外。臣内缘长少之义，外量贤愚之分，冒渎圣聪，欲求一郡，以厌公义。今月十二日，面被德音，以臣与轼既非同官，不须回避。臣退而思念：

圣恩隆厚，不以兄弟并处要剧为嫌，略去形迹，责之实效。臣等虽复捐躯，何以为报？然而兄弟孤远，愚拙寡援，前后进用，皆出圣造。臣既预闻国政，兄复首冠侍从，一家宠荣，朝臣未见其比。若不知退避，下则群言可畏，上则阴谴可虞。既兄弟未可并退，而臣自知才气学术皆不如兄，是以自求引去，意欲使轼稍安于位，竭力图报，庶几有补于国，而无害于家耳。区区之诚，非复矫饰。伏乞指挥，检会前奏，早赐施行。取进止。

三

臣忝备执政，无补万一。而兄轼自外召还，以臣故不敢安处要近，力求补外。臣比以长少之宜、能否之分，再沥肝胆，乞守郡自效，以安私义。皆面蒙圣训不允所请。虽再三干冒，已不容诛，而区区寸诚，终不可已。特以坤成在近，臣子皆得上千万岁寿，况臣遭逢恩宠倍常，是以未敢复有所请，欲俟过圣节，即伸前恳。伏乞圣慈，特赐鉴察。取进止。

四

臣伏以臣兄轼近自杭州召还，为翰林学士承旨兼侍读。轼以臣备位政府，避嫌请外。臣亦再上章自陈，以谓朝廷若以长幼论之，则当使弟避兄；若以才不论之，则当使臣避轼。事理至顺，意必见从，而志浅言轻，不蒙听察。兄轼近已蒙恩除知颍州，虽圣恩深厚，曲遂其请，而缘臣忝冒，致之外徙。不惟私意有所未顺，质之公议，尤曰非宜。况臣供职以来，于今半年，虽勉强自将，而毫发无补，久妨贤路，心自不遑。欲乞圣慈，谅臣诚心，非有矫饰，特除臣一郡，以安愚衷。干冒宸严，不胜战汗陨越之至。取进止。

【解题】

苏轼从杭州召回任翰林学士承旨兼侍读，苏辙为避群议，使苏轼安于位，累上四表求外，终于不允。最后苏轼为赵君锡弹奏，出知颍州。以上四札作于元祐六年（1091）六月。

举王巩乞外任札子五首

一

臣伏见御史中丞郑雍、殿中侍御史杨畏，言臣前任中宪日举王巩不当。臣伏自念，臣昔荐巩，本缘方今人物衰少，惜其才有可采，谓宜洗濯瑕疵，稍加录用。朝廷因此过听，除巩大藩。臣虽无欺君之言，终有轻举之罪。人言不已，情实难安。伏乞圣慈，速正典刑，以弭群议。取进止。

二

臣昨以郑雍、杨畏言臣荐王巩不当，奏乞速正典刑，以弭群议。寻复见谏官虞策与台官安鼎亦论此事。内虞策所言，与郑雍、杨畏不甚相远。惟有安鼎谓臣欺罔诈谬，机械深巧，不速谴责，恐臣挟朋诞谩，日滋日横。信如鼎言，则臣死有余责，有何面目尚在朝廷？今臣既以举官不当，乞行朝典，不敢复与鼎辨别曲直。然鼎顷与赵君锡、贾易等同搆飞语，诬罔臣兄轼以恶逆之罪，尝与君锡等同上殿奏对。上赖圣鉴照察，知其挟情虚妄，君锡与易即时降黜，惟鼎今在言路，是以尽力攻臣，无所不至。朝廷若不逐臣，鼎必不肯已。伏乞圣慈，悯臣孤立无援，早赐责降，使鼎私意得伸，不复烦渎圣听，则臣死生幸甚。臣谨已家居待罪，伏乞早赐施行。取进止。

贴黄：臣本欲候二十二日奏事，面陈家居待罪之意，但以鼎攻臣甚急，若不早自引避，恐再以恶言见及，伏乞圣慈体察。

三

臣适蒙恩押赴起居奏事，寻面奏以台谏有言，理合回避，乞除外任，以安危迹。蒙德音宣谕，台谏所言，止是举官不当一事，令臣且为朝廷安心供职。臣仰服圣恩，察臣无他过恶，便合祇禀训词，不当再有陈请。然臣备位执政，而举非其人，国有成法。在臣则当奉法以率众，于朝廷则不宜曲法以私臣。况臣比年以来，再任言责，每有论奏，不敢观望，以此仇怨满前，孤立寡援。每一念此，不寒而慄，虽无人言，自当引去。今群言未已，其锋可畏，若不蒙圣恩谅臣此心，许臣补外，实恐横被攻击，立见颠隮。臣已不敢复入东府，见在天寿院听候指挥。伏乞圣慈，愍臣穷迫，早赐施行。臣无任祈天俟命激切屏营之至，取进止。

四

臣今日伏蒙圣恩，特降中使，赐臣不允陈乞外任诏书一道，仍传宣圣旨，令臣早赴省供职者。孤危之迹，以外为安。保全之恩，留而不遣。仰荷眷奖，惟知感泣。然念臣两任台谏，因缘言事，仇怨甚多，今轻举之罪，虽蒙宽贷，终恐难以自安。伏乞圣慈，察臣危恳，检会前奏，早赐开许。再三干渎天听，无任惶惧战栗之至。取进止。

五

臣今月二十五日，伏蒙圣恩，特降中使，赐臣诏书，仍传圣旨，令臣赴省供职。愚以直寡助，朝多仇怨，寻具札子，复申前请。臣之愚意，非止欲求安身，盖将稍息烦言，免致上渎天听。俯伏俟命，今已三日，未闻报可，忧惧实深。尚冀圣慈，察其孤栗畏人之心，恕其再三冒闻之罪，检会累奏，早赐施行，则臣死生幸甚。取进止。

【解题】

以上五札是苏辙所举王巩被人弹劾后，所上乞受责降并降外任的札子。作于元祐六年（1091）十月。

乞赐张宣徽谥札子

臣伏见故宣徽南院使，太子太保，赠司空张方平，始以博学高文，名冠多士；终以中立不倚，望重累朝。练达政体，言不虚发。遭遇圣明，眷礼隆异。每用其言，辄效见当世；其所不用，皆有验于后。当熙宁变法之际，与大臣议论不合，引就外补。年方七十，恳请致仕。杜门不出，十有余年。观其始终，动合典礼，有古人大节。然性本浑朴，不近名誉。临终戒其子孙，不许请谥立碑。士大夫闻之，莫不叹息。臣昔少年，识方平于成都，一见以忠义相勉。其后两从奏辟，分兼师友。窃以谓约身杀礼，虽人臣执谦之美；而诔行易名，本人君追远之义。况自方平之亡，臣亲闻德音，许其忠直。窃见故事，臣寮之家有不乞谥者，皆因奏请，特诏礼官定议，以示褒劝。伏乞圣慈，以臣此奏降付太常寺，于其家取索行状，依例施行。取进止。

贴黄：本朝翰林侍读学士、兵部侍郎兼秘书监、赠太子太师杨徽之，翰林学士承旨、工部尚书宋祁，此二人身亡，皆不请谥。其后参知政事宋绶为徽之请谥，曰“文庄”；翰林学士承旨张方平为祁请谥，曰“景文”。伏乞付有司检会施行。

【解题】

苏辙，苏轼对张方平赞颂备至，推为巨人长德，而司马光却称张方平奸邪，可见对此人评价不一，苏辙此札为张方平乞谥。作于元祐六年（1091）十二月。

元祐七年生日谢表二首

一

臣辙言：伏蒙圣恩，以臣生日，特遣中使降诏书，赐臣羊酒米面者。与闻几政，每怀尸禄之忧；时及初生，曲蒙好赐之厚。使华临贲，亲族增荣。臣辙诚惶诚恐，顿首顿首。伏念臣起自畎亩之微，贫无甔石之积，永念属厌之戒，曾无求饱之心。迨玷近班，适缘乏使，不称是惧，如醉其忧。岂意生育之期，复烦庆赐之重？此盖伏遇皇帝陛下，政本于惠，礼从其隆。万物盛多，如《鱼丽》之时；群臣和乐，有《鹿鸣》之喜。斥饩牵以为馈，助燕私而不忘。自顾何功，敢窃大烹之养？誓将图报，少逃素食之讥。臣无任感天荷圣激切屏营之至，谨奉表称谢以闻。

二

臣某言：伏蒙圣恩，以臣生日，特遣中使降诏书，赐臣羊酒米面者。弧矢之祥，永记于生育；廪庖之赐，曲被于涣恩。祗荷宠灵，岂胜愧惧！臣辙诚惶诚恐，顿首顿首。伏念臣少方志学，曾藜藿之莫辞；长欲事亲，愧旨甘之不赡。虽居近列之宠，常怀罔极之悲，顾乏远谋，猥叨亟馈。此盖伏遇太皇太后陛下，约于奉己，侈在养贤，躬周公吐哺之劳，服大禹恶酒之戒，特推觞豆之赐，以助室家之私。敢不下酌民言，助调国政，庶无覆餗之患，以图报德之方。臣无任感天荷圣激切屏营之至，谨奉表称谢以闻。

【解题】

元祐七年（1092）苏辙生日，皇帝派中使赐礼，苏辙上谢

表二首。

辞门下侍郎札子

臣窃睹今日内降圣旨，臣转官除门下侍郎。伏以执政近臣，预闻国论，可用才举，难以次迁。苟以先后岁月为伦，必致忝冒沉沦之议。况臣顷由县道，擢寘从官，首尾七年，历尽华贯。逮居丞辖之地，讫无丝发之功。黾勉逾年，惭负填臆。敢期圣眷未已，擢任愈隆？臣反覆思之：始者既以不次，度越众贤；今者又因见任，迁贰元宰。前后侥幸，岂可常然？苟复冒居出纳之司，不知进退之分，公论不允，必致颠跻。况臣久以愚拙，误蒙矜闵，幸今命出未下，势尚可回。伏乞圣恩，念臣孤危，非有矫饰，特寝明命，以安微衷。臣无任祈天俟命激切屏营之至。取进止。

【解题】

元祐七年（1092）六月擢苏辙为太中大夫、守门下侍郎，此篇是请辞免任命的札子。

免太中大夫门下侍郎表二首

一

臣辙言：伏奉告命，蒙恩除臣太中大夫守门下侍郎者。久尘右辖，无补于时；进贰东台，有惭在列。言莫宣于诚意，听未感于高明。臣辙诚惶诚惧，顿首顿首。伏念臣顷以虚名，误蒙收录。旋尘近侍，非有劳能。咀嚼文词，本腐儒之事业；弹治邪枉，犯众口之憎嫌。及夫进贰文昌，日侍轩闼。随众出入，得失何补于万几；奉行文书，勉强自惭者期岁。此则圣主之所亲见，孤臣之所自知，岂待人言，难逃天鉴。敢谓超升累级，复进崇阶？杂用负乘，行自招于寇盗；未尝狩猎，食何取于鹑貆？伏望太皇太后陛下，因功以举贤，选众以拔士。采其誉者，必考其实；听其言者，皆原其心。如臣空疏，自难隐伏。特追成命，以慰公言。使圣朝无失于用人，则臣愚若蒙于厚赐。臣无任祈天俟命激切屏营之至，谨奉表陈免以闻。

二

臣辙言：伏奉诰命，蒙恩除臣大中大夫守门下侍郎者。喉吻之任，密侍于禁中；纶綍之行，风传于海内。苟用人之失当，于累上以非轻。臣辙诚惶诚惧，顿首顿首。伏念臣西南陋儒，块史朴学，非有过人之大节，惟守事君之小心。无其实不敢居其名，非其任不敢窃其禄。任历三世，年逾半生，奉以周旋，未始失坠。今者乃欲以寻尺之材，居栋梁之任；以斗升之量，受钟鼎之藏。虽欲欺君，且非本志。矧复躐等超累级之上，迁秩非旧比之常。靖言以思，未见其可。伏望皇帝陛下，因任庶物，照临百官，短长各尽其宜，大小无失所养。必其力有余而后用，则其任逾久而常新。抑将多士皆赖以安，岂惟微臣独被其赐？愚衷已竭，天听尚回。臣无任祈天俟命激切屏营之至，谨奉表陈免以闻。

【解题】

这二篇表作于元祐七年（1092）六月，苏辙请辞免太中大夫、门下侍郎。

谢太中大夫门下侍郎表二首

一

臣辙言：伏奉制命，除臣大中大夫守门下侍郎，再具词免，蒙降批答不许，仍断来章者。黄阁之崇，惟贤是用；四品之贵，匪功弗加。自惭迂拙之余，并荷宠光之及。臣辙诚惶诚恐，顿首顿首。伏惟太皇太后陛下，政由家出，德与性成。尽心与民，虽万钟无爱于国；洁身由义，虽一毫未尝取人。惟至清，故大臣小吏不察而尽知；惟至公，故贵戚近习不戒而自饬。臣每因双日，获觌清光。尝恐病窳不中于规模，固陋难逃于冰鉴，方欲仰干聪听，少避众贤。敢谓未见瑕疵，尚加进擢？岂以其拙直无欺罔之过，而迟钝少狂躁之心，致此误恩，滥于末品？此盖伏遇太皇太后陛下人非求备，志在养贤。将欲因鲍以致管生，尊隗以招乐子。拔十觊五人之用，累百求一鹗之精。广而不遗，多故致杂。臣敢不仰体圣意，旁求哲人，既以宽瘏痃之久劳，亦以救空疏之不逮。过此以往，未知所裁。臣无任感天荷圣激切屏营之至，谨奉表称谢以闻。

二

臣辙言：伏奉制命，除臣太中大夫守门下侍郎，再具词免，蒙降批答不允，仍断来章者。掌辖逾年，何补六曹之剧？纳言置贰，仍忝一阶之崇。虽曰次迁，要为非据。臣辙诚惶诚恐，顿首顿首。窃以臣之事君，理先审己。器小受大，有满溢之祸；力薄负重，有颠覆之虞。臣世本寒微，技止文墨。向者翱翔翰苑，才殚于书诏之间；总执台纲，力尽于议论之际。至于参陪大政，实匪其人。久尔冒居，日深愧畏。未能谋远，常恐见讥于匹夫；有若发蒙，何以折冲于下国？方知难而欲退，偶进擢之非常。贪恋恩荣，已乖行意之义；顾瞻中外，岂无潜德之人？徒以天听甚高，巽命已发，循墙虽切，反汗无缘。上累朝廷知人之明，下愧朋友责善之实。此盖伏遇皇帝陛下，游神渊默，灼见群臣之情；运智密微，阴扶圣母之断。人惟求旧，德用日新。念臣嘉祐之直言，仕亦既久；识臣建元之司谏，心则无邪。忘其鄙凡，日加亲近。身非木石，犹有图报之心；恩隆父兄，当验服勤之效。臣无任感天荷圣激切屏营之至，谨奉表称谢以闻。

【解题】

这二表是请辞任状未获允许后，苏辙上表谢恩。

论合祭天地札子　时已有旨施行，不复上

臣伏见礼官等同议合祭天地之礼，其间有以合祭为非者。辄考之礼义，参之古今，窃谓以合祭为非者，皆按礼而未穷义，据古而未达今者也。何以言之？天子父事天，母事地，自生民以来未有事父而遗母，事天而遗地者也。周人之法，王者一岁亲祀天者四，亲祀地者二。当其时，礼文简而仪卫少，又未有肆赦、推赏之烦，盖一岁六祭而不为劳。故虽天地别祭而不为阙也。自汉以来，事与周异，故武、宣之间，已三岁然后一郊，间岁然后一祠后土矣。虽礼文残缺，不可复详，然三辅故事，有合祭天地之语。至平帝元始之初，合祭之议始见，光武因而行之，其后或疏或数，或合或别，皆无常制，不足取法。惟唐天宝初，始定以三年冬至，皇帝合祭天地于圜丘，祀前亲飨太清宫及太庙。于是三年一郊，而始祖、祖庙、天地、百神无不咸秩，变礼之得，实始于此。

本朝一祖五宗，监观前世，议定郊祀，而以唐制为是。因而行之，逮今百有余年，鬼神飨德，四海蒙福，则其效概可见矣。尝窃原祖宗之意，盖以谓三代旧典，时异事异，不可复行，然而先王遗法，则不可废。是以著之通礼，每岁使有司摄事，以示无忘古初。而天子亲祀，则定从三年。凡今三年一郊，盖已非三代之旧，则其合祭天地，不用三代之故，盖不当复议矣。元丰三年，议礼之臣不达此意，枉以三代每岁别祭之仪，而非本朝三年合祭之礼，其说初无他义，惟有“殆非求神以类之意”一句，遂于四年有旨，北郊亲祠并依南郊，仍修上公摄事之仪。六年，南郊遂罢合祭，而北郊之祀迄今不举。其议始于黄履，而成于张璪。先帝重违群臣，俯而从之耳。

伏惟皇帝陛下践祚临祭，于今八年。既已再见昊天，而未始一见皇地。事天而遗地，有事父而遗母之嫌，推之人情，神意不远。故中外有识之士，咸愿复举祖宗故事，合祭天地，从以百神。以逆无疆之休，以解天下之惑。愿太皇太后、皇帝陛下，深惟祖宗因时施宜之意，毋徇诸儒执礼拘文之说，断自圣意，举而行之，则天下幸甚，天下幸甚！

【解题】

据文中“陛下践祚临祭，于今八年”的话，此文当作于元祐七年（1092），神宗元丰八年三月崩，哲宗继位，至元祐七年，恰八年。

进《郊祀庆成》诗状

右臣伏睹今月十四日亲飨郊庙礼成肆赦者。恭以莫大之仪，成于一日；无穷之泽，施及四方。欢声所同，和气毕应。伏惟皇帝陛下奉烈祖之成宪，蹈文母之训言，临御七年，慎守一德。人服孝慈之化，物知仁厚之心。神祇降休，麦禾荐熟。长日既至，旧章不忘。以为再享明堂，未暇圜丘之大祀；躬谒皇地，久稽先帝之遗言。惕然不宁，述而非作，是用修合祭之旧，补不讲之文。人情所安，神意昭答。况复肆眚之令，一宽于冥顽；已责之恩，大弛于累縶。施仁于不报之地，收福于无求之中。臣每侍清光，略闻大旨，勉强吟咏，形容盛明。愧《周颂》二后之精深，乏唐赋《三礼》之广丽。图写天日，自知难成；间杂风谣，犹或有取。谨赋皇帝《郊祀庆成》诗一首，谨缮写随状上进。轻冒宸严，臣无任惭惧激切之至。谨进。

【解题】

元祐七年（1092）十一月郊祀典礼后，苏辙写有《郊祀庆成》诗并呈上，此为呈献状。

免南郊加恩表二首

一

臣辙言：伏奉诰命，以郊祀礼毕，特加臣护军，进封开国伯，食邑五百户，食实封二百户者。幸以空疏，获陪元祀，敢祈恩霈，下逮无功？臣辙诚惶诚恐，顿首顿首。恭以三年而郊，百礼咸至。上则六圣德泽，洋溢于无尽；下则四方奔走，劳苦而不辞。鸠工聚财，讲礼修器，经涉累岁，克举旧仪。斯皆恭俭足以感神，仁圣足以服众。故得事举如素，礼成不违。其于左右之臣，岂有纤芥之助？今当宁之美，以谦而弗居；相祀之劳，虽微而咸录。苟不知避，将何以安？伏望太皇太后陛下，上屈至恩，俯从私欲，使无劳者不得受赐，而辞宠者获遂本心。体天地无私之明，厉臣下有耻之节。聪听虽远，恳诚必闻。臣无任祈天俟命激切屏营之至，谨奉表陈免以闻。

二

臣辙言：伏奉诰命，以郊祀礼毕，特加臣护军，进封开国伯，食邑五百户，食实封二百户者。叨陪祀事，已极忻荣，贪冒宠光，实增愧畏。臣辙诚惶诚恐，顿首顿首。恭以皇帝陛下，绍统六圣，临政七年。爱敬尽于事亲，故道要而用博；终始念于典学，故德修而弗知。间者稽参古今，并享天地，人情既协，神理弗违。月朔以还，雨雪犹作；齐宿之际，风霾未除。及夫昼漏尽而天宇肃清，月几望而云物晏灿。执玉而进，如将弗胜；受福以归，谦不自有。众庶如堵，欢忻一词。此则圣性得于自然，臣下望而莫及。曾何误宠，横及无劳？伏望皇帝陛下狥固请之诚，收已行之命。福胙既均于在列，名器岂宜以假人？益慎予夺之权，深厉廉耻之节。眇然微愿，冀在必从。臣无任祈天俟命激切屏营之至，谨奉表陈免以闻。

【解题】

元祐七年（1092）十一月十四日行郊祀大典，礼毕，特加苏辙为护军，进封开国伯，食邑五百户，食实封二百户。苏辙上表请免。

谢南郊加恩表二首

一

臣辙言：伏奉诰命，特加臣护军，进封开国伯，食邑五百户，食实封二百户。寻具表辞免，蒙降批答不许，仍断来章者。元祀告成，灵贶昭答。推广乾坤之施，普沾臣子之私。顾惟何劳，窃冒斯宠？臣辙诚惶诚恐，顿首顿首。伏惟太皇太后陛下，母仪三世，坤载四方。享天下之养，而非以厚其身；揽天下之务，而非以私其族。培附帝业，保佑神孙。譬如农夫之养苗，耘钼以俟其长；玉人之作器，琢磨而望其成。厉之以讲学之勤，示之以听断之敏。导之事天，而天锡之福；训之祀地，而地应以和。凡下民所以知戴吾君，皆东朝有以启迪其意。如臣等辈，绝企光尘，虽复因时以举仪，祗令以从事，参备羽卫，进执豆笾。岂有劳能，坐被光宠？此盖伏遇太皇太后陛下因脤膰之余庆，录左右之微勤。以谓承天之休，不可以专享；及物之惠，不嫌于过优。致此误恩，首沾近列，辞避无所，寝兴莫遑。臣无任感天荷圣激切屏营之至，谨奉表称谢以闻。

二

臣辙言：伏奉诰命，特加臣护军，进封开国伯，食邑五百户，食实封二百户。寻具表辞免，蒙降批答不允，仍断来章者。祗相元祀，粗免弗虔。敢缘均福之常，妄冀及私之宠？重纾训语，秪益兢惭。臣辙诚惶诚恐，顿首顿首。恭惟郊庙之崇，祖宗所敬。先之以宽刑薄敛，使民罔艰虞；副之以洁粢硕牲，使神无恫怨。民神胥协，家国用宁。顾臣何人，预闻庶政？裕民之意，诏令具存；事神之诚，威仪可效。乃者密侍旒冕，手荐璧琮。睟容穆然，而祗畏之心明；群工肃然，而吴敖之意息。听于舆人之诵，知有列圣之风。臣目睹盛仪，无《周南》之叹；位在近列，有秕前之讥。首被恩私，实增战越。此盖伏遇皇帝陛下，体二仪之博施，袭累圣之成规，霈然雨露之私，无复贤愚之间。勋封之锡，深愧于劳臣；田邑之加，几至于成国。功无毫发，恩积丘山。臣无任感天荷圣激切屏营之至，谨奉表称谢以闻。

【解题】

这二表是郊祀大典加恩后谢上表。

论黄河软堰札子

臣今月八日，以式假不预进呈公事。窃见三省同奉圣旨：北流软堰，依都水监所奏，候下手日，先将检计到功料奏取指挥。

窃缘臣从来都堂聚议，常以谓软堰不可施于北流，利害甚明。盖东流本人力所开，阔止百余步，冬月河流断绝，故软堰可为。今北流既是大河正溜，比之东流，何止数倍？见今河水行流不绝，软堰何由能立？盖水官之意，欲以软堰为名，实作硬堰，阴为回河之计耳。朝廷既已觉其意，则软堰之请，不宜复从。

昨已于正月二十八日面奏大略，以谓昔先帝因河决，导之北流，已得水性，惟堤防未立，每岁不免决溢之患。盖小小决溢，是黄河常事，本不为大害，而数年前，朝廷议欲回河，王孝先、吴安持等因此横生河事。昔北京以南，黄河西岸，有阚村等三河门，遇河水决溢，即开此三门，放水西行空地，至北京之北，却合入大河，故北京生聚无大危急。只自建议回河，先塞此三门，又于西堤作锯牙马头，约水东流，直过北京之上，故北京连年告急。缘此水势卧东，故去年东流遂多于昔。由此言之，分流之说，非徒无利，实亦有害也。何者？每年秋水泛涨，分入两流，一时之间，稍免决溢，此分水之利也。河水重浊，缓即生淤，既分为二，不得不缓，故今日北流已见淤塞，此分水之害也。然将来涨水之后，河流东、北盖未可知。臣等昨问吴安持，安持亦言：“去年河水自东，安知今年河水不自北？”太皇太后宣谕曰：“水官尚如此言，余人更安敢保？”

臣又奏曰：“昨来安持等因河流稍东，乞于东流添埽五七铎，称此机会不可少缓。臣等恐安持意欲因此指挥，多添埽铎，壅遏北流，不为稳便，即乞指挥所增埽不得过元乞数。然时方河冰，埽绊皆不到地，所称机会，悉是妄言。安持等既未得如意，即又奏乞北流河门只留一百五十步。盖北流河门本阔三百余步，今若塞其太半，河流既未可保其不北，若使所塞坚壮，不可动摇，则涨水咽怒，必为上流之患，京师以来，皆未免忧也。若所塞浮虚，涨水一至，随流荡去，人工物料，无虑数百万，顷刻而尽，民之膏血，深可痛惜。然臣愚意，亦非敢便谓河水必北而不东也，但欲候今年夏秋涨水之来，徐观河势所向。水若全东，则北流不塞，自当淤断；水若复北，则北河如旧，自可容纳。朝廷作事务在万全，若行险侥幸万一成功，此则水官之意，臣不敢从也。安持等既见前计不行，则又要横截北流，以为软堰。见今北流稍缓，安持等已恐因此生淤，故立此堰。然却因作堰，欲尽留使臣、人工、物料，积渐增卑撩浅，即是用河上诸埽人力般土填河，数月之后，积土成山，不知与见今河淤孰为多少？名欲分水，实是回河，决不可许。臣欲乞先令安持等结罪保明河流所向，及土堰若成有无填塞河道致将来之患，然后遣使按行，具可否利害。”太皇太后曰：“水官犹不能保河之东北，时暂遣使，又安能知？且可重别商量。”臣奏曰：“臣迫于异同之论，故乞遣官。若出自圣断，只朝廷商量，亦无不可。”太皇太后又曰：“纵令水官结罪，待其败事然后施行，于事何补？”臣奏曰：“诚如圣旨。昔修六塔河，先责李仲昌状，其功不成，随即责降。此是富弼等当时谬政，不足复用。今来圣旨极为允当。”

臣退复思之，尝闻顷岁北流河门阔十余里，水面阔七八里，今来河门止阔三百余步。盖水官数年以来堙塞大河，一至于此。使洪流不安，谁任其咎？又东流河门止阔百余步，每年涨水东行，已有满溢之惧，今复欲并入北流，理难包畜。遂指挥中书工房令作画一，问都水监，至今未有回报。朝廷欲作软堰，当候问得此二事，委无妨碍有实，及臣等看详，实有利无害，乃可施行。若不待报，遽降依奏指挥，必恐有误国事。虽云先具功料，奏取指挥，然已令依奏下手，则是邪说已行，必致惊动众听，且贻后患。

伏乞圣慈，特赐详察，降臣此议付三省，所有八日指挥乞未行下，俟臣参假商量取旨。河事至重，措置不当，一方生灵，被害非细。臣时暂在告，心有所见，不敢默已，干冒天威，甘俟诛谴。取进止。

工房画一

一、勘会北流元祐二年河门元阔几里？水面阔几里？逐年开排，直至去年，只阔三百二十步，有何缘故？

一、勘会东流河门见今阔几步？每年涨水东出，水面南北阔几里？南面有无堤岸？北京顺水堤不没者几尺？今来北流若果淤断，将来涨水东行，系并合北流多少分数？有无包畜不尽？

贴黄：看详软堰之义，吴安持等本只是奏乞令外丞司相度北流水势，如更有减落，即令用软堰权闭，元未敢便乞下手。今朝廷指挥，更不相度，便令下手，即依奏之言，深为未当。兼将来败事，安持等得以归过朝廷，尤为不便。臣忝预执政，只合每事反覆商量，不当独入文字，只为此命一行，臣自度参假之后，必不敢不争。若大臣争已行之命，显异同之迹，非所以示天下。故须至密入此疏，仍已一面密申三省，乞未施行。

附：论软堰申三省状

右辙今月八日以式假不预进呈公事，窃见中书省录黄北流软堰事，三省同奉圣旨，依都水监、北外都水丞司所奏，候下手日，先将检计到功料奏取指挥。窃缘辙从来于都堂商量，以谓软堰不可施于北流，利害甚明，兼曾于正月二十八日面奏，蒙圣旨令别具商议闻奏。今来八日指挥，愚意实未以为然，况辙时暂在告，心知不便，难以缄默，已别具论奏。谨具申三省，所有八日指挥，乞未行下工部，俟参假日更别商量取旨。谨状。

【解题】

元祐八年（1093）二月奉旨将在黄河上建北流软堰，黄河改流之争又起。苏辙上表坚决反对。

论河事札子

自去年十一月后来至今百日之间，水官凡四次妄造事端，摇撼朝廷。第一次安持十一月出行河，先乞一面措置河事。旧法马头不得增损，臣知安持意在添进马头，即指挥除两河门外，许一面措置。安持奸意既露，第二次乞于东流北添进五七埽绎。臣知安持意欲因此多进埽绎，约令北流入东，即令转运司同监视，不得过所乞绎数。安持奸意复露，第三次即乞留河门百五十步，臣知安持意在回河，改进马头之名，为留河门，即不许。安持计穷，第四次即乞作软堰。凡安持四次擘画，皆回河意耳。臣昨已令中书工房问都水监两事：其一勘会北流，元祐二年河门元阔几里，逐年开排，直至去年只阔二百二十步，有何缘故？其二勘会东流河门见阔几步，每年涨水东出水面，南北阔几里，南面有无堤岸，北京顺水堤不没者几尺，将来北流若果淤断，涨水东行，系合并北流多少分数，有无包蓄不尽？今两问犹未答，便即施行，实太草草。元祐八年二月。

【解题】

此札各本《栾城集》皆不载，今据《续资治通鉴长编》辑补。

元祐八年生日谢表二首

一

臣辙言：伏蒙圣恩，以臣生日，特遣中使降诏书，赐臣羊酒米面者。老逢诞日，泣养亲之无从；赐出天厨，愧君恩之莫报。臣辙诚惶诚恐，顿首顿首。伏念臣生于穷陋，晚被宠荣。粗饭垢衣，未改生平之旧；嘉肴旨酒，每惊日食之丰。复缘载育之辰，曲沾驭幸之典。室家交庆，心口自惭。此盖伏遇皇帝陛下，俭以约身，优于养士。敕廪人而继粟，闵褐父之睍盛。力行旧章，以惠列辟；德非易物，泽配漏泉。矧兹异数之隆，非复周行之比。食无避难，敢忘臣子之心？志在属厌，更诵古人之戒。臣无任感天荷圣激切屏营之至，谨奉表称谢以闻。

二

臣辙言：伏蒙圣恩，以臣生日，特遣中使降诏书，赐臣羊酒米面者。惠以饩牵，示同安于饱满；继之麴糵，思共享于和平。臣辙诚惶诚恐，顿首顿首。伏念臣生自寒乡，幼被慈训。父笃教忠之义，母有择邻之风。孤苦积年，衰疲无用。每逢生日，私窃疚怀。敢期老病之余，获霑好赐之末？既醉且饱，兼喜与悲。此盖伏遇太皇太后陛下，知臣下之劬劳，散廪庖之充积。谓浆或不以，而周《雅》作刺；食每无余，而《秦风》变衰。霑为大亨，度越前世。盖视如手足，俾知体貌之隆；况门有桑蓬，本效驰驱之用。欲图报德，誓以移忠。臣无任感天荷圣激切屏营之至，谨奉表称谢以闻。

【解题】

元祐八年（1093）二月，苏辙生日，太后遣中使降旨并赐羊酒米面，苏辙上表谢恩。

笏　　记

臣伏蒙圣慈，以臣生日，特遣中使降诏书，赐臣羊酒米面者。获贰文昌，再经生育。荐蒙庆赐之典，仰承慈惠之风。食浮于人，念素餐之可愧；任过其量，无令德之足观。欲报之心，未知所措。臣无任感天荷圣激切屏营之至。

【解题】

此笏记也作元祐八年（1093）二月生日时。

辨董敦逸所言札子

臣伏见监察御史董敦逸上言“近为川人太盛”，及“差遣不公”等，因言冯如晦缘翟庠推勘公事，枉陷徒配，杖刑人数不少，系圣旨下御史台取勘，更不候事了，便除如晦馆职，知梓州。今来前项指挥，乃臣所言之事，欲乞朝廷引臣前状，照会施行。详敦逸所言“川人太盛”，“差遣不公”，指以为言臣以不才过蒙擢任，敦逸若言臣名位过分，无补朝廷，即是公议；今乃言“川人太盛”，显是中伤。朝廷用人自有资格，岂可为臣一人忝预执政，遂使川峡四路士人皆裁抑，令不得依本资差遣？敦逸又言冯如晦差除乃臣言一事，以显敦逸言臣非一，并未蒙降出。欲乞早赐行下，令三省覆实其事。若臣稍涉私邪，乞正国法；若所言无实，亦乞辨明，免臣被暧昧之谗言。臣窃见近日宰相已下，皆为陛下恭己责成，进退臣下，少有特出圣断，悉付之众议，动循典法。以此每有差除，皆须众人佥议方敢进拟，稍有异同，即不敢除。惟是近日贾易、晁端彦差遣，及吕嘉问奏荐恩泽众遂不允，遂有忿争，因此宣传，致被弹劾。贾易去年十月十二日除京西运副，今年二月十八日与苏州范锷两易，二十七日改徐州。晁端彦去年九月六日知苏州，五年五月八日自左司为发运，近日差遣未见。吕嘉去年十一月知襄州，未见奏荐事迹。除此之外，谁敢主张亲旧过有擢用？况冯如晦系东川人，臣系西川，乡里隔远，全非交旧。昨来差除，盖众人谓其昔任御史推直日，能不徇蔡确等意倾陷士人，为确所怒，因此流落，故有此命。臣非不知翟庠公事未了，合少迟留。只为翟庠公事，元系臣亲舅之子程之邵按发，如晦以为深仇，臣以此须至稍存形迹，恐涉党助之邵，裁抑如晦，故不敢异议。方以周防畏避为愧，不知敦逸反谓臣曲庇如晦，事属诬罔。臣备位要近，诚不欲与小臣计较是非，但恐谗口浸渍，渐不可长，伏望圣慈早赐施行。

【解题】

元祐八年（1093）三月御史董敦逸上疏指苏辙“差除不当”，并说朝廷内“川人太盛”，此札是这年四月所上，加以辨白。此札各本《栾城集》皆不载，今据《续资治通鉴长编》卷四百八十二辑补。

因董敦逸章疏乞早赐施行札子

臣近以御史董敦逸言，川人太盛，差知梓州冯如晦不当，指为臣过，遂具札子及面陈本末。寻蒙德音宣谕，深察敦逸之妄，而以臣言为信。臣德望浅薄，言者轻相诬罔，若非圣明在上，心知邪正所在，则孤危之踪，难以自安。窃详敦逸所言，谓冯如晦事，乃其前状所言之一，则其余事不可不辨，遂乞一一付外施行。复蒙再三宣谕，以谓其他别无实事。伏惟圣恩深厚，知臣愚拙，曲加庇护，仰涵恩造，死生不忘。然臣忝备执政，知人言臣过恶而默然不办，实难安职。陛下爱臣虽深，而不令臣得知敦逸所言，臣窃有所未喻也。若敦逸所言果中臣病，何惜使臣引去，以谢朝廷；若敦逸所言非实，亦使臣略加别白，然后出入左右，粗免愧耻。如不蒙开允，非所以为爱臣也。所有董敦逸言臣章疏，伏乞早赐付三省施行。元祐八年三月。

【解题】

御史董逸上疏攻击苏辙，但皇帝未将奏折“付外”，苏辙此札请求将董逸奏疏发下，以逐一辩驳。此札各本《栾城集》皆不载，今据《续资治通鉴长编》卷四百八十二辑补。

论御试策题札子二首

一

臣伏见御试策题历诋近岁行事，有欲复熙宁、元丰故事之意，臣备位执政，不敢不言。然臣窃料陛下本无此心，其必有人妄意陛下牵于父子之恩，不复深究是非，远虑安危，故劝陛下复行此事。此所谓小人之爱君，取快于一时，非忠臣之爱君，以安社稷为悦者也。

臣窃观神宗皇帝，以天纵之才，行大有为之志，其所设施，度越前古，盖有百世而不可变者矣。臣请为陛下指陈其略。先帝在位近二十年，而终身不受尊号；裁损宗室，恩止袒免，减朝廷无穷之费；出卖坊场，雇募衙前，免民间破家之患；罢黜诸科诵数之学，训练诸将慵惰之兵；置寄禄之官，复六曹之旧；严重禄之法，禁交谒之私；行浅攻之策，以折西戎之狂；收六色之钱，以宽杂役之困；其微至于设抵当，卖熟药。凡如此类，皆先帝之圣谟睿算，有利无害，而元祐以来，上下奉行，未尝失坠者也。至如其他，事有失当，何世无之？父作之于前，而子救之于后，前后相济，此则圣人之孝也。

昔汉武帝外事四夷，内兴宫室，财赋匮竭，于是修盐铁、榷酤、平准、均输之政，民不堪命，几至大乱。昭帝委任霍光，罢去烦苛，汉室乃定。光武、显宗以察为明，以谶决事，上下恐惧，人怀不安。章帝即位，深鉴其失，代之以宽。恺悌之政，后世称焉。及我本朝，真宗皇帝，右文偃革，号称太平，而群臣因其极盛为天书之说。章献明肃太后临御，览大臣之议，藏书梓宫，以泯其迹。及仁宗听政，亦绝口不言，天下至今韪之。英宗皇帝自藩邸入继，大臣过计，创濮庙之议，朝廷为之汹汹者数年。及先帝嗣位，或请复举其事，寝而不答，遂以安靖。夫以汉昭、章之贤，与吾仁宗、神宗之圣，岂其薄于孝敬而轻事变易也哉？盖事有不可不以庙社为重故也。是以子孙既获孝敬之实，而父祖不失圣明之称，此真明君之所务，不可与流俗议也。

臣不胜区区，愿陛下反覆臣言，慎勿轻事改易。若轻变九年已行之事，擢任累岁不用之人，人怀私忿，而以先帝为词，则大事去矣。臣不胜忧国之心，冒犯天威，甘俟谴责。取进止。

二

臣近以御试策题有欲复熙宁、元丰故事之意，寻具札子论先帝所行善政，见今遵行者自已非一；愿间事有过差，元祐以来随宜修改以安天下者，正是子孙孝敬之义。未审陛下以臣言为然否？

臣窃观自陛下亲政于今已是半年，臣等日侍清光，若圣意诚谓先帝旧政有不合改更，自当宣谕臣等，令商议措置。今自宰臣以下未尝略闻此言，而忽因策问进士宣露密旨，中外闻者，莫不惊怪。譬如家人父兄，欲有所为，子弟有不预知，而亟与行路谋之，可乎？臣闻两喜必有溢美之言，两怒必有溢恶之言。喜怒不忘于心，而以议天下之政，必有过甚而不平者。朝廷虽有今昔之异，其实一家，欲有所为，当爱惜事体，岂可如仇雠之相反，惟患不速也哉？顷者元祐之初，初议改更，亦未免此病，故役法一事，随改随复，数年而后稍定。臣于此时初为谏官，后为御史，每言差役不可尽行，而河流不可强遏，上下顾望，终不尽从。陛下以此察之，臣非私元祐之政也；盖知事出匆遽，则民受其病耳。议者诚谓元丰之事有可复行，而元祐之政有所未便，臣愿陛下明诏臣等，公共商议，见其可而后行，审其失而后罢，深以生民社稷为意，勿为此匆匆，则天下之幸也。取进止。

贴黄：臣窃见章惇昔任枢密使，与司马光争论役法，其言有曰："免役之法，利害相杂。"又曰："见行役法，今日自合改更。"又曰："自行免役，所遣使者，不能体先帝爱民之意，差役旧害虽已尽去，而免役新害随而复生。今日正是更张修完之时。"又曰："凡改更政事，固有不可缓者，有可以缓者。如京东、西保马，缓一日则民间有一日之害，此不可缓者也。如役法，岁月之间改更了当，诚不为缓。"陛下谓惇岂欲破坏元丰故事者哉？而言犹若此，则元祐改更诚不为过矣！

【解题】

元祐八年（1093）高太后崩，哲宗亲政，新党章惇、吕惠卿等复官。绍圣元年（1094）廷策进士，李邦直撰策题，诋元祐之政。苏辙上疏论辩，并面奏，哲宗发怒。自此元祐执政逐一落职。史称"绍圣绍述"。

待罪札子

臣以愚拙，特蒙圣恩，擢用不次，备位政府已及三年。报效不闻，负乘为罪。前后累致烦言，浼渎天听，孤危之迹，寝食不遑。只自去秋以来，纷纭少止，方欲祈天请命，力求补外，适以东朝变故，不敢自陈。今者偶因政事，怀有所见，辄欲倾尽，以报知遇。而天资暗冥，不达机务，论事失当，冒犯天威，不敢自安，谨已迁入观音院待罪。伏乞圣慈，察臣久欲退避，以免素餐之讥；怜臣不识忌讳，出于至愚之性。少宽刑诛，特赐屏逐，以允公议。臣无任瞻天沥恳战惧殒越之至。取进止。

【解题】

《续资治通鉴》卷八十三绍圣元年（1094）三月记载，李邦直撰策题诋元祐之政，苏辙上疏面论，（哲宗）“帝益怒”，“帝声甚厉”，后为范纯仁所救。苏辙归家，上札待罪。

免修条支赐札子二首

一

臣准门下中书后省关准吏部牒，以臣详定参校六曹寺监吏人禄额文字并修条，特支银绢各五十匹两。窃缘编修贯及裁定吏额，皆上禀朝庭论议，下赖官吏勤力，臣居其间，别无劳效，冒昧恩赏，情所不安。况范百禄等已有文字辞免，乞赠检会一处施行，特寝误恩，以劳愚分。取进止。

二

臣近准尚书省札子，奉圣旨不许臣辞免详定吏额并修条特支银绢者。圣恩深厚，不废微劳，岂合固辞，上烦天听？然念臣顷自遭遇，曾未数年，致位近侍，其间因缘执事，催督官吏，修定旧条，在于微臣绝无分毫之效，若皆一一侥幸恩赏，实愧心颜。伏乞圣慈，察臣诚心，非有矫饰，追寝成命，以安愚衷。取进止。

【解题】

此二札不知作于何时，现附于元祐末。

汝州谢上表

臣辙言：伏奉诰命，差知汝州军州事。臣已于四月二十一日到任上讫者。论事非宜，本虞于大谴；承命出守，犹荷于宽恩。臣辙诚惶诚恐，顿首顿首。伏念臣性本迂愚，学非练达。顷值时乘之始，偶同汇进之余。由一邑之栖迟，历九年之侥幸。遍尘侍从，未闻毫发之劳；久处庙堂，滋见斗筲之陋。疏拙日惭于君父，满盈每诮于友朋。贪恋宠光，不知引避，愚而自用，言之不疑。寡虑直前，初独任其狂斐；干时妄作，信自取于颠跻。尚赖深仁，黜临善地。此盖伏遇皇帝陛下，尧、舜相受，常怀善继之心；父母兼容，深照不逮之实。稍宽宪法，特许省循。收去干之魂，虽知甚幸；若丧家之犬，私窃自怜。恐惧未忘，寝兴何暇？有民与社，永知愧于明时；使过与愚，冀或收于异日。臣无任瞻天荷圣惶惧战越之至，谨奉表称谢以闻。

【解题】

苏辙早年一直沉沦下僚，元祐年间政治才干始得发挥，绍圣初被贬汝州，开始了晚年贬斥闲居生活。此表为绍圣元年（1094）四月被贬汝州到任谢上表。

分司南京到筠州谢表

臣辙言：臣前得罪，蒙恩落职知汝州。六月十二日再被告降三官，知袁州。即治陆行，趋陈留，具舟赴任。九月十日行至江州彭泽县界，复被告降授试少府监，分司南京，筠州居住。寻拜受前行，于九月二十五日至筠州居住讫者。愚守一心，漫无趋避。岁更三黜，始悟愆尤。臣辙诚惶诚恐，顿首顿首。伏念臣家传朴学，仕偶圣时。本无意于功名，徒自勤于翰墨。因时乏使，亟尘言事之班；窃食无功，复预闻政之列。才经九岁，遍历要涂。人心忌其超迁，天意恶其盈满。扪心自省，事犹可追；任意直前，罪所从出。惟暗故不明利害，惟拙故不达几微。以至罪积如山，命轻若发。荐经弹击，虽九死以犹轻；黜守幽遐，累千里而为近。今兹责分留务，弃置陋邦。不亲吏民，许追思其过咎；稍沾禄秩，俾粗免于饥寒。人微固无可言，恩深继之以泣。自违天日，分委泥涂。朝为无言，恩出独断。此盖伏遇皇帝陛下，法天广覆，配地兼容。虽雷霆之震惊，与雪霜之严冽，未始绝物之命，要在厚民之生。故兹贱微，犹得陈述。如臣自处，本复何言？顾惟兄弟二人，迭相须为性命；江岭异域，恐遂隔于存亡。况复坟墓阔疏，父子离散，若臣家之忧患，实今世之孤穷。静言思之，谁可告者？惟有自投于君父，庶几有冀于生全。泣血书词，叩阍仰诉。生有捐躯之日，死存结草之诚。臣无任瞻天望圣激切屏营之至，谨奉表称谢以闻。

【解题】

绍圣元年（1094）六月，苏辙再贬袁州，七月再谪，分司南京、筠州居住。此文为到筠州后谢表。

明堂贺表

臣辙言：伏睹今月十九日赦书，明堂礼毕，大赦天下者。飨帝尊亲，古今之大典；推恩肆眚，天地之至仁。举此盛仪，并在今日。臣辙诚欢诚忭，顿首顿首。伏惟皇帝陛下，以仁御世，以诚事天。乾清坤宁，兵戢民阜。人悦故神罔不宥，物备故礼得以成。一享圜丘，三谒路寝。诚敬之心，与日兼茂；宽大之泽，靡物不蒙。能事既修，全福自至。方将享尧、舜之上寿，膺成康之令名。民愿所同，天心是若。臣顷侍帷幄，稍历岁时。谴责之深，坐甘没齿；江湖之远，犹冀首丘。久蛰泥涂，闻震雷而惕若；深囚笼槛，得清风而自疑。臣无任瞻天望圣激切屏营之至，谨奉表称贺以闻。

【解题】

绍圣二年（1095）九月飨明堂，礼毕，大赦天下，苏辙上贺表。

雷州谢表

臣辙言：臣先蒙恩责降分司南京，筠州居住。于今年闰二月内又蒙恩责授化州别驾，雷州安置，已于今月五日至贬所讫者。谪居江外，已阅三年。再斥海滨，通行万里。罪名既重，威命犹宽。臣辙诚惶诚惧，顿首顿首。伏念臣性本朴愚，老益顽鄙。连年骤进，不知盈满之为灾；临出妄言，未悟颠危之已至。命微如发，衅积成山。比者陆水奔驰，雾雨蒸湿，血属星散，皮骨仅存。身锢陋邦，地穷南服。夷言莫辨，海气常昏。出有践蛇茹蛊之忧，处有阳淫阴伏之病。艰虞所迫，性命岂常？念咎之余，待尽而已。伏惟皇帝陛下，仁齐尧舜，政述祖宗。日月之明，无幽不烛；天地之施，有生共沾。怜臣草木之微，念臣犬马之旧，未忍视其殒毙，犹复许以生全。臣虽弃捐，尚识恩造。知杀身之何补，但没齿以无言。臣无任感天荷圣激切屏营之至，谨奉表称谢以闻。

【解题】

绍圣三年（1096）二月新党追论旧党，追贬司马光、吕公著官，流放吕大防、范纯仁等，苏辙被贬化州别驾，雷州安置。此表为到贬所后上表。

移岳州谢状

得罪南迁，于今七岁。投窜岭表，又已四年。瘴疠所侵，仅存皮骨。亲属沦丧，生意几尽。自分必死荒徼，不复归见中原。岂意圣神御极，恩贷深广，不遗旧物，尚许北还。元子赦书，重加开宥；事出特旨，恩实再生。臣见具舟前往，自尔稍近华风，遂脱瘴死。君恩至厚，力报无由。臣无任感天荷圣激切屏营之至。

【解题】

元符三年（1100）哲宗崩，徽宗继位，追复旧党，贬新党，四月苏辙被命移居岳州，此为谢状。

复官宫观谢表

臣辙言：昨于虔州，准告授臣濠州团练副使，岳州居住。臣寻乘船至鄂州，复准告授臣太中大夫、提举凤翔府上清太平宫，外州军任便居住。臣已望阙祇受讫者。谪徙南方，自分必死；恩移近地，已若再生。复兹旧秩之还，仍领真祠之秘。居从私欲，感极涕零。臣辙诚惶诚惧，顿首顿首。伏念臣禀生甚微，处世多难。反身自省，本欲忠孝于君亲；报国何功，粗免愧畏于俯仰。徒以冰炭难于同器，仇怨因而满前。被以恶名，指为私党。将杜其生还之路，遂立为不赦之文。前后三迁，奔驰万里。瘴疠缠扰，骨肉丧亡。闻者为臣伤心，见者为臣陨涕。虽百夫所聚，公议自明；而众楚相咻，有口谁诉？此者伏遇皇帝陛下，体天地之造，坦然无私；奋尧、舜之明，断然有作。自初践阼，即闻德音。内推圣母之慈仁，外照群臣之情伪。荐垂恩宥，至于再三。春雷发声，蛰户咸震，臣得以迟莫复睹盛明。顷尝卜居嵩、颍之间，粗有伏腊之备，杜门可以卒岁，蔬食可以终身。生当击坏以咏圣功，死当结草以效诚节。至于阴阳之施，草木何酬？臣无任瞻望阙庭、披沥肝膽、激切屏营之至，谨奉表称谢以闻。

【解题】

元符三年（1100）十一月，苏辙复太中大夫，提举凤翔上清宫，外州军任便居住，此文为谢表。因有田在颍昌府，即住在颍昌。

南郊贺表

臣辙言：伏睹今月二十三日皇帝亲飨圜丘，礼成肆赦者。临御再期，初见上帝，神人交感，德泽旁周。臣辙诚欢诚忭，顿首顿首。伏以本朝六代八圣，承平之久，旷古所未闻；三年一郊，极盛之仪，有唐之成法。因四海来祭之广，成百神受职之文。推演神休，肆宥多辟。恭惟皇帝陛下，体天地之大德，性尧舜之深仁。受命之符，本缘斯致；御世之道，亦由是隆。复因行礼之终，益广好生之泽。臣顷斥居荒服，岂意生还？今密迩邦畿，亟闻敷命。造庭称庆，虽绝望于余生；鼓腹载歌，窃有幸于今日。臣无任瞻天望圣踊躍屏营之至，谨奉表称贺以闻。

【解题】

建中靖国元年（1101）十一月，祀天地于圜丘，苏辙作此贺表。

降授朝请大夫谢表

臣辙言：伏奉告，降授朝请大夫，赐紫金鱼袋，差遣、勋封、食实封如故者。罪大恩宽，言者未厌；官高德薄，法所不容。尚领真祠，实出宽宪。臣辙诚惶诚恐，顿首顿首。伏念臣早尘近列，无补明时。下则拙于身谋，上则暗于国体。先朝矜其愚陋，宥以遐荒；前后七年，浮沉万死。偶真人之御历，敷大号以惟新。普复旧官，亟叨厚禄。然臣年迫衰暮，知复何为？身利退藏，顾未敢请。因循于此，黾俛自惭。虽复追削者五官，仍且获安于闲局。涵恩至厚，为幸已多。此盖伏遇皇帝陛下，以尧、舜之仁，行成、康之政。衷未忘于旧物，恩许毕其余生。臣谨当杜门躬耕，没齿蔬食。知生成之难报，姑静默以待终。臣无任瞻天望圣激切屏营之至，谨奉表称谢以闻。

【解题】

徽宗先欲调停新旧两党，建中靖国元年（1101）向太后崩，范纯仁卒，新党重新得势。崇宁元年（1102），追贬司马光等四十四人官，六月降苏辙为朝议大夫，此文为谢表。

皇太后上仙慰表

臣辙言：伏睹今月十四日大行皇太后遗诰至颍昌府者。母仪沦丧，率土震惊。臣辙诚哀诚殒，顿首顿首。大行皇太后定策艰难之中，力辞政务之要。功存社稷，德及生灵。奉讳云初，痛心罔极。伏惟皇帝陛下，方以天下为养，遽有终身之忧。孝爱兼隆，哀慕日远。臣久居谪籍，适此召还，感恩至深，奉慰无路。臣无任瞻望阙庭、哀恸殒越之至，谨奉表陈慰以闻。臣辙诚哀诚殒，顿首顿首。谨言。

钦圣宪肃皇后祔庙慰表

臣辙言：伏闻今月二十六日钦圣宪肃皇后神主祔庙礼毕者。复土告终，祔姑成礼。悲动宸极，痛彻寰瀛。臣辙诚哀诚殒，顿首顿首。钦圣宪肃皇后内治有光，坤元至顺。方艰难之际，好谋而成；迨听断之辰，退藏于密。奄弃万邦之养，永严七世之祠。伏惟皇帝陛下，仁孝自天，感慕逾等。舍曾、闵匹夫之志，念文、武创业之艰，深抑诚心，以幸天下。臣限以在外，不获奔诣阙庭。臣无任瞻望摧咽激切屏营之至，谨奉表称慰以闻。

钦慈皇后祔庙慰表

臣辙言：伏闻今月二十六日钦慈皇后神主祔庙礼毕者。孝不及养，永深敬爱之情；礼极追崇，亟成陵庙之制。臣辙诚哀诚殒，顿首顿首。钦慈皇后毓德仁里，作嫔皇家。早弃宫闱，未遑祎狄之盛礼；诞育仁圣，克复祖宗之旧章。神人共依，中外追感。伏惟皇帝陛下，孝恭成德，思慕终身。虽尽显亲之仪，未忘念母之志。中外瞻仰，启处不遑。臣限以在外，不获奔诣阙庭。臣无任瞻望摧咽激切屏营之至，谨奉表陈慰以闻。

大行太皇太后上仙功德疏

臣伏以道大难名，本无心于民上；功成即去，空结想于人间。贽罢枣修，襚陈祎狄。敢荐竺文之秘，少资天福之余。大行太皇太后，伏愿乘佛妙因，称民善祷。超升彼岸，既资福于今生；降泽斯民，终未忘于故国。臣无任瞻望涕泗激切屏营之至，谨疏。

皇太后上仙功德疏

右臣伏以仙驭宾天，圣功在物；哀缠率土，痛切遗臣。伏惟大行皇太后，祖烈崇高，坤仪博厚。定立长之大议，宗社以安；避成功而不居，中外咸仰。奄弃东朝之养，倏起西方之游。易月有期，因山非远。愿假佛乘之妙，少资净土之因。超三界以无方，福群生于罔测。臣无任瞻望涕泗激切屏营之至，谨疏。

哲宗皇帝大祥功德疏

右臣伏以日月有期，祥禫成礼。甫终遏密，滋极痛伤。伏惟哲宗皇帝陛下，临御积年，威神在物。绍圣考之遗业，启华鄂之远图。至矣成功，灩然永慕。爰假佛乘之妙，少资仙驭之游。伏愿追列圣于九霄，齐光斗极；福遗黎于四海，等固山河。臣无任瞻天望圣激切屏营之至，谨疏。

【解题】

以上六首表疏均作于建中靖国元年（1101）。哲宗崩，徽宗继位，向太后权同听政，追复元祐党人，元年正月向太后卒，苏辙上表疏致哀。

天宁圣节功德疏

臣伏以地厚天高，取数固多于万物；尧仁舜孝，降年独永于百王。理虽出乎自然，事必从乎众欲。是用假佛乘之至妙，祝宸算之无疆。皇帝陛下，伏愿追继祖宗之隆，度越汉、唐之盛。恭俭以求仁而仁至；恺悌以祈福而福生。兼获华夷之心，大副臣民之望。臣无任瞻天望圣激切屏营之至。谨疏。

【解题】

此疏作年不详。宋代诸帝及掌政的皇太后们，曾将其生日命名为某某节，称圣节。十月十日是徽宗赵佶生日，称天宁节。

东茔老翁井斋僧疏

降授朝请大夫、护军、赐紫金鱼袋苏辙，伏为东茔老翁井近岁以来泉源耗竭，人失烹饪，田失灌种。先垅攸托，中情惕然。今因侄孙新授广都主簿元老西归，谨请戒律僧就坟侧晨设斋转经、夜设水陆道场，以祈冥应。谨具疏如后：

斋僧七人，每僧各转《妙法莲华经》一部七卷，设水陆道场一夜。

右伏以先君太子太师，兆自东山，躬卜灵宅。泉出右麓，流于西南。旱暵不干，霖潦不溢。实有常德，纪于耆旧。越自近岁，渐致枯竭。永惟艮次之德，行止相寻。山下出泉，在《易》为《蒙》。蒙极必发，失其常性，厥咎在人。辙以愚暗，曩窃名位。积谴致罚，以累兹泉。今者归依佛乘，救拔众苦。伏愿道场清净，山神欢喜，泉流瀵发，草木滋润。居人蒙赐，茔域增固。伏乞三宝证知，稽首谨疏。

【解题】

崇宁五年（1106），伯父苏涣之孙苏元老举进士，调广都主簿，西归。苏辙作此疏文。

谢复坟寺表

臣辙言：准颍昌府牒，准御笔手诏节文，应系籍宰执坟寺，昨经改正，仍并给还者。名书罪籍，惭负明时。恩念私茔，特还旧刹。九泉受赐，荒陇生光。臣辙诚惶诚恐，顿首顿首。伏念臣早以空疏，叨居近密。始终无补，愚不自量。恩礼误加，骤及既往。一被党人之目，上遗先臣之忧。旧恩已移，没齿何觊？岂谓诏恩一出，故物复还。丘燧绝刍牧之虞，松槚变焦枯之色。骨肉感涕，闾里咨嗟。此盖伏遇皇帝陛下，性仁无私，圣孝不匮。览二帝初潜之地，动一物失所之怀。号令所加，存没咸赖。臣衰病已久，报恩之日不长；子孙在前，竭忠之心未替。过此以往，无所裁之。臣无任瞻天望圣激切屏营之至，谨奉表称谢以闻。

【解题】

大观元年（1107）正月，诏应系籍宰执坟寺曾放罢给还，苏辙上谢表。

谢复官表二首

一

屏居田里，忽捧丝纶。恩旨非常，惊喜交至。臣中谢伏念臣向者叨尘名位，自取颠跻。亟蒙召归，即还旧物之厚；中虽贬夺，不失便地之安。衰老之余，退藏为幸。闭门念咎，既久谢于交游；没齿无言，盖仅同于木石。虽未即死，岂复干荣？此盖伏遇皇帝陛下，圣德日新，仁心天覆，躬受八宝，推恩万方。朝阳一升，虽幽咸照；时雨既至，靡物不蒙。遂使死灰再然，朽骨重肉。顾臣筋骸已惫，不任鞭策之施；耳目俱昏，绝望清明之化。论报无日，荷恩则深。臣无任瞻天仰圣激切屏营之至。

二

诞膺八宝，承天地之休；连锡二阶，均雷雨之施。恩深难报，感极何言？臣中谢伏念臣忧患余生，老病兼至。废黜虽久，尚沾品秩之余；奉养虽微，更获耕耘之助。一毫以上，皆出于君恩；屡岁偷安，有惭于公议。复叨宠数，深属无名。兹盖伏遇皇帝陛下，天造曲成，圣功独运。深怜枯槁，重许发生。示人以无私之心，施德于不报之地。臣虽顽鄙，粗识恩私。筋力已衰，莫展驱驰之用；忠诚尚在，岂以生死而移？臣无任瞻天仰圣激切屏营之至。

【解题】

大观二年（1108）正月皇帝受八宝于大庆殿，大赦天下，苏辙复官，此为两篇谢表。

八　诏册

西掖告词

林希集贤殿修撰知苏州

敕具官林希：朕历选多士，以备左右。侍从之臣，股肱之良，概出于此。尔以文学政事有闻于时，擢从右史，试以书命，而行己不靖，遽致人言。朕不忍弃才，尚宠以书殿，往莅吴俗，思慎厥终。可。

杨杰知润州

敕具官某：京口，江、浙之会，而扬楚方饥，仰食邻境。朕思得良吏，通其有无，以济民病。尔以冬官属，绩用有闻，而欲自诡以治民。朕不汝违，其究乃心，以底成效。可。

陈安期屯田郎中

敕具官某：尔以能选，积劳于工正，升之文昌，以劝勤吏。矧司空之属，农部为上。尔其益敬厥事，以称朕意。可。

蔡立知鄂州

敕具官某：武昌控引江汉，势居上流，古为重地。非练达政事，不以畀之。以尔久于治民，为论者所称，朕将观尔于是。惟宽而勿弛，明而勿苛，则予汝嘉。可。

盛南仲知衡州

敕具官某：朕进退天下士大夫，不惟其才，惟其行，盖未有不能正身而能正人者也。尔以世族之后，尝为部使者矣，而不闲于家，厥声达焉。法不可置，往即南服，尚克循省。可。

许中正致仕覃恩改朝议大夫

敕具官某：朕嗣服之初，推恩海宇。矧惟耆老之士，早隆止足之风。岂无宠嘉，以慰乡党。可。

虞肇知鼎州

敕具官某：武陵依重湖之深险，据五溪之走集，民夷杂居，剽轻易扰。惟守以安靖，可以言治。尔昔以才举为御史属官，久于牧民，宜在此选。无烦条教，以便远人。可。

胡田知诚州邢浩知钦州

敕具官某等：钦、诚为郡，虽有新旧之异，而民夷杂处，不可一以华法治也。田自钦易诚，其习南越之故矣。浩自环庆往，亦知所以治边之宜。惟宽可以怀远人，惟廉可以服殊俗。辅以明断，其罔有不济。可依前件。

王存磨勘改朝散郎

敕朝廷用人惟其才，而考绩必以岁月。用人惟其才，故政无不修；考绩必以岁月，故官不失绪。朕兼此二柄，以御群臣，故虽六事之长，犹寓郎官之秩。具官王存，文雅足以饰吏事，靖重足以镇国俗。恬于进退，不为利回。出入台省，人言无间。司马治兵，朕既已重其选矣；有司奏课，并欲以报其劳焉。可。

梁惟简供备库使

敕：朕惟崇庆，日总万机，号令所至，泽遍海内。况其左右侍御之臣，朝夕执事之劳而有不被其赐者乎？坤成之庆，国有常宪。尚勉忠孝，思报其万一。可。

张璪光禄大夫资政殿学士知郑州

敕：昔我神考，收擢俊良，寘于丞弼。惟兹内史之重，实综万机之繁。朕方将图任旧人，与之裁成庶务。乃者总章大享，百辟在廷。时予重臣，独以病告。不忍贤劳之久，力求补外之安。曲成其私，勉遂所请。具官某，名臣之后，风流具存，儒术之英，文史足用。详练政事，究通物情。樽俎可赖以折冲，盘错亟观于游刃。辍自西台之要，付以新郑之雄。加秘殿之宠名，兼进秩之异数。使郡县识朝廷之意，而官吏知卿相之贤。表帅四方，朕尚有赖。可。

赵君锡太常少卿

敕：太常总礼乐之政，兼伯夷、后夔之业。平居无事，若无所为。至于郊庙社稷之仪，朝廷上下之分，一有大议，罔不责成。昔叔孙通为东宫傅，以习于园庙，复命此职。赵宗儒失不任事，由卿而罢为东宫师。用人之难，盖自前世。具官某，笃于孝悌，居家可纪。敏以从政，临事不烦。予欲决嫌而明微，盖有取于静慎。此官职清而事少，亦将便于老成。往服优恩，勉扬厥职。可。

刘绚太学博士

敕：《春秋》之废，于今二十年矣，讲者不以为师，而学者不以为弟子。孔氏之遗书而陵迟至是，朕甚闵之。尔能讲诵其说，遭弃而不废，盖将有见于此者。夫三传之义，其得之者多矣，附以啖、赵，无蔽于一家，庶几士有考焉。可。

邓义叔主客郎中

敕：国有四方宾旅之事，则主客掌其享燕饩牵之节，其疏数丰杀皆有常度。远人于是观礼，不可以不慎。尔既掌其事矣，以资当迁。其益勉之，以称其职。可。

林旦侍御史权淮南运副

敕具官某：淮甸之民，荐罹饥馑，乃者诏发仓廪，辍吴、楚之漕，以拯其急，犹以乏食流徙，达于朕听。朕惟救荒之术，行之略尽，惟得良使者因事施宜，为若可赖。尔由郎官，以才任御史，习于扬楚之故，其为朕往视之。均徭薄敛，禁暴戢奸，无使斯人重被其困。可。

田待问淮南运判可淮南提刑

敕具官某：扬楚春旱秋水，民艰于食，渐起为盗，遂使州县犴狱充满，朕忧之，未始一日忘也。间起尔于山阳守，参领漕事，今又命尔督视刑辟，徒以尔习其风俗，知吏民所疾苦。夫察贪暴，谨追扰，均有无，督盗贼，此荒政之急也。勉勤其职，以称朕意。可。

陈纮可仓部郎中王古可工部郎中

敕具官某等：汉郎官出宰百里，今部使者入治诸司，其为轻重异矣。朕于是考察多士，近而观其不烦，远而观其不惰，庶几有得，以待任使。以汝等久于吴、越，优有善状，故使纮治予廪，古治予工。其益敬厥事，以底成绩。可。

孙升监察御史可殿中侍御史

敕具官某：朕方共默不言，责成于有司，正赖耳目之官，别白忠邪，论辩得失。言而中理，则予汝嘉；不幸而失，予不汝咎。尔为御史，期年于此矣，察其所为，忠悫不回，以次而迁，庶尽其用。尔其深识朕意，知无不言，言无不尽，安意肆志，无悼后害。可。

李常蔡延庆并转朝议大夫

敕：三考而议黜陟，古今所同。积日而叙勤劳，贵贱无间。矧夫内与六官之长，外总连帅之权，均大计之赢虚，司邻邦之动静。历年应格，稽法当迁。有司以言，朕何敢后？具官李常，奋由疏远，深自刻修，财赋所存，纲目具举。具官蔡延庆，名臣之后，吏治有余，干城四方，安静不扰。咸以侍从之选，而膺股肱之良。虽尺寸以迁，未彰于异数；而命秩之宠，差慰于久劳。可。

徐彦孚澶州通判

敕具官某：河徙而西，则澶渊非复昔日之旧。然国门之北，兵屯仓廪犹甲于他郡。大臣言尔可用，往丞守事，勉竭才力，以安我股肱之名郡。可。

章惇知扬州

敕：枢臣之长，出居列郡。汝海之地，僻在连山。邈焉乡党之遐，疑失亲庭之便。朕方以孝治天下，德绥臣邻，宜推茂恩，俾易近地。具官某，早以文词中选，拔出于众人；中以功名自期，被遇于先帝。逮予纂服，亦既期年。比缘议论之差，授以方州之寄。澹然自守，绰有安靖之风；卧而治民，不失绥怀之体。

眷扬、楚之重地，据吴、越之通途。仰足以分予南顾之忧，俯足以慰尔思归之愿。体朕至意，勉于裕民。可。

邢恕知汝州

敕具官某：观过而知其仁，君子与之。尔有志于时，而不知力之不逮，以陷于过。徐察其中，盖有足矜者。临汝古郡，民朴而事简，可以自养，益务修省，不汝终弃。可。

王令图可都水使者

敕：大河西流，泛溢千里。河朔之民，以蒲苇为生，与鱼鳖同居。朕中食而叹，思得明习水事之人，而与谋之。具官某，老于从政，才力有余，出入两河间，知其得失久矣。水官之职，尔实宜之。杨焉、王延世之功，朕有望焉。可。

王荀龙知澶州李孝纯知棣州

敕具官某等。治国如烹小鲜，莅官如制美锦。以烦手烹鱼，则鱼必溃；使学者制锦，则锦必伤。朕知斯民之艰难，择人而养之，闵闵焉若将不及。以尔荀龙，典刑旧德，习于为政。以尔孝纯，家世循吏，屡典大邦。澶渊、无棣，皆河朔之要，择以付尔，其益勉之，朝夕无怠，以深副吾望。可。依前件。

郭逵自致仕起知潞州

敕：秦伯复用孟明，是以能霸；蜀人亟诛为谡，终亦无功。朕周于用人，笃于求旧。虽设干羽以怀柔异类，而听鞞鼓则无忘将臣。岂其旧勋，久废不用？具官某，早学弓剑，晚通诗书，勇而有谋，整且能暇，威名慑于西鄙，柄任及于中枢。南伐无成，嗟伏波之遂弃；退居能饭，知廉颇之未衰。擢从解组之余，复寄长民之任。过而能改，岂一眚之足云？穷当益坚，或来功之可冀。勉于图报，以称异恩。可。

何正臣知梓州

敕：东蜀地险而民贫，不如西蜀之厚，而戎泸被边，民夷杂居，安之尤难。朕方宽赋役以裕民，正疆场以息众，连帅之任，宜得其人。具官某，奋自东南，擢居侍从。参议论于台省，布条教于方州。比自长沙，复临上党。出入既久，当识朝廷之心；寄任愈隆，初无遐迩之异。务为安靖，以慰远民。可。

孙览河北运副除右司郎官

敕具官某：奉使北方，治河而备边，任亦重矣。以为未足以尽其才也，召而寘之都司，吾之所以责任尔者可见也。夫分治六官，事无巨细，毕陈于前，若网在纲，振之则举，弛则尽废。尔昔既称治办矣，勉既厥心，以观来效。可。

陶世延邢选各补三班借职

敕陶世延等：惟乃祖父，以身殉职，义不旋踵。宠尔一命，庶几士知忠力之必报。可。依前件。

皇兄令羽磨勘转遥团

敕具官某：考绩之法，一以岁月为劳，而不以亲疏为异。尔能靖恭于位，积日当迁，以环卫之崇，而加团结之宠。益勉忠孝，无溢无骄，以保禄爵之重。可。

张辅之入内内侍省磨勘转内殿承制

敕具官某：昔文武之盛，其侍御罔匪正人。今余近习之臣，与缙绅之士，均遇以法，亦无以私恩进者。尔以久劳当迁，往祇厥官，使天下知叙法之公，无内外之异。可。

范镇可侍读太一宫使

敕：为国无强于得人，用人莫先于求旧。朕历选贤俊，至于侧微。患其德望之未充，而典刑之未练。舍骐骥而不御，临长道以咨嗟。昔人病之，予何疑者？具官某，文冠多士，有扬雄之遗风；仕历三朝，守刘向之忠节。早事仁祖，首开社稷之言；晚说裕陵，复陈尧、舜之道。自处于义，归不待年。身友渔樵，已无求于当世；名书简册，恍或疑其古人。兹予缵服之初，日思讲议之益。谓白首穷经之乐，尚可推以与人；而真祠访道之游，足使退而养志。勉徇予意，毋留所安。可。

吴师仁可越州司法充杭州教授尹才虢州司户田述古襄州司法苏昞邠州司户

敕进士某等：古者举逸民以怀天下，朕以尔等皆以行义闻于乡党，故命之一官，试之行事。其勉于从政，以效声闻之美。可。依前件。

叔　谆

敕具官某：贵而犯法，义不得宥；过而知改，恩不废叙。往服恩命，而知义之可畏，庶免于咎。可。

黄履磨勘改朝请郎

敕：汉孝宣帝厉精为政，二千石有治理效，辄增秩赐金。朕追想其风，欲见之于事，而况积劳之久，于法当迁者乎？具官某，顷自禁林，出为方伯，推其所学，施于有政。表贤奖善，有古人之节。考绩应格，吏以叙闻。其益勉于裕民，无使循吏之赏，独隆于前世。可。

宋彦图转内殿崇班再知归信容城县臧定国转西头供奉官再任县尉

敕具官某等：疆埸之吏，勇者或以致寇，怯者易以纳侮。朕方欲慎守四境，以绥靖四夷。求勇怯之中，而有司以尔名闻。各仍旧官，以增新秩。谨修边政，思称朕意。可。依前件。

张利一自真定总管移知代州

敕：边之宿将，国之干城。处则为民社之寄，欲其不扰；动则当金鼓之任，贵其知变。兼是二者，实难其人。具官某，世为将家，久习疆事。持重有守，得将吏之心；善觇多权，知敌国之变。雁门极边，密迩獯鬻。朕方怀柔远人，以宁中国。尔其谨守吾圉，示之以信，而裁之以义。适宽猛之中，以称予意。可。依前件。

庄公岳成都提刑苏泌利州运判

敕庄公岳等：守令贤否，朝廷不能自知；天下利病，吏民不能自言。宣吾德泽于下而达民情于上者，部使者也。朕既选用旧人，而去其贪暴；诏举新进，而汰其不以实者矣。以尔公岳久任刺举，所至称治。以尔泌家世文雅，通于吏事。益、利险远，民罹茶盐、苗役之害，疲瘵未复，朕念之深矣。其悉乃心，谨察苛吏，与民休息，毋废朕命。可。依前件。

内 臣 冯 景

敕具官某：以欺得罪，律既重矣。观望高下，情尤不可赦也。夺爵一等，益务循省，以盖其咎。可。

胡宗哲遂州张太宁汉州

敕具官胡宗哲等：朕惟西南之远，弛盐利之害，议茶榷之弊，以宽其人矣。惟是役法久而未定，吏缘为奸，人或告病。夫因事制宜，法不能尽；顺民施法，责在守令。宗哲家世公卿，习于吏事。太宁生长蜀、汉，知其风俗。遂、汉名郡，皆东西蜀之重地，苟能平心正身，首治繇事，以宽民力，则太守之职举矣。可。

李梃知唐州

敕具官某：异时为郡，清心洁己，平政理讼，斯为贤太守矣。朕方变役法之弊，新故纷然，民意未定。京西俗窶役劳，治之尤难。以尔尝试为郡，条教不烦，往宣朕意，勤察贪吏，使民忘繇事之勤，此朕所望于二千石也。可。

崔仝通判延州

敕具官某：将帅治边，以军政为重。至于均赋役，平狱讼，实仓廪，郡丞事也。使者以尔才称，往贰高奴，克勤庶事，以分帅臣之劳。可。

王纯臣通判岷州

敕具官某：朝廷始复洮、岷，以其初附，阔其宪令，吏缘是为奸，政事不举。今其郡县，日益完矣，居其官者当以近地为比。尔以选往，其谨守条约，毋以远故废职。可。

姚兕磨勘转东上阁门使

敕具官某：尔以勇气闻于西垂，奋身稠人，致位通显。夫论功而赏，虽如丘山，不以为重；考绩而迁，差之毫厘，有不能得。国有常典，朕弗敢私。勉勤厥官，以靖疆埸。可。

丁隲太常博士

敕具官某：朕方出滞淹以修庶政，举廉退以靖风俗。以尔学有本原，声闻东南，一时交游，皆致位通显。而循默自守，浮沉管库，将二十年，不以为耻。奉常礼乐之地，教化所从出也，因其职事而施尔旧学，朕将观焉。可。

常安民大理寺丞

敕具官某：吏习于法而不更治民，闲于论报而不知为政，朕疑其未能尽法之变也。尔以经术进，而治县有闻，考课称最，往莅丞事，庶几有补于法。可。

田子谅湖南运判

敕具官某：天下之治，缓急相矫，常过其中。乃者常为刻核之政矣，其弊也，事徒文具而民受其病。今予欲以宽治民，忧其末流颓弛而莫振。夫推予意而布之州县，部使者之事也。公卿言尔才力有余，试之南方，宽而不弛，察而不苛，则予尔嘉。可。

郑佶都水监丞陈安民簿

敕具官某等：朕既平政以便民，民少安矣。而大河以北，水不润下，昏垫为虐。故当今之政，水事为急。以尔佶尝丞水官，练达有素。以尔安民屡试民事，治办见称。其益讲求本原，以称厥职。可。

叶康弼知剑州

敕具官某：朕铨综庶工，奖励百职，思使中外乐事劝功，相勉以治。尔昔以选任使者，中以事废，盘桓不试。普安，蜀、汉之咽，宾旅之会，地杂礅衍，民艰于食，往修厥官，以称恩命。可。

谢卿材河北转运使 自陕漕徙。

敕：三路之重一也，关中夏秋丰穰，羌人款附，而河朔大水，人民流离，北顾之忧，于是为急。具官某，强敏而惠，靖重而文。风节之厚，追配古人。践历之久，号称循吏。今河决西流而堤防未立；民栖丘陇，而播种未期。尔能相壅决之宜，通有无之积，以宽民力而纾吾忧，此朕所以用尔于北方之意也。可。

蔡卞磨勘朝奉郎

敕：朕俾侍从之臣出守四方，试之从政，以观其才。而有司考课，积劳应格，国有成法，非予所私。具官蔡卞，奋由文艺，久践台省，欲效才实之美，自诡民社之政。宣城古郡，晋、唐名臣临长其地者，风绩相望也。尔其勉思古人，以修条教，服我新命，以宠吏民。可。

丁恂少府主簿

敕具官某：古者谓少府为天子私藏，朕为天下，夫复何私？惟是技巧之工，以供礼乐之用。尔以吏能掌其典籍，法度之事其讲明之。可。依前件。

张构再知丰州

敕具官某：尔既尝为九原矣，知其风俗而习其吏民，治之为易。使他吏往，虽得贤者，要必久而后治也。使者既以尔言，勉悉乃心，绥我疆事。可。

吕大防中书侍郎

敕：用人先于求旧，为政莫如守成。朕若稽祖宗之远猷，祇敬神考之近事，网罗遗放而奖任勋旧，崇尚宽简而慎守典刑。兹予一时股肱之臣，率皆三朝髦俊之选，图任之意，炳然可知。具官某，器宇博深，才智强敏。早遇英祖，亟闻直谅之言；中事裕陵，不改忠诚之节。翱翔外服，所临有声；综辖中台，百务咸举。甚和而理，处剧不烦。朕方欲力行忠厚，而患其末流之惰偷；追复赋役，而恶夫下吏之侵扰。思与在位，同协厥中。往贰西台之隆，益敦大政之本。朕既开怀以用善，士亦诚意以报予，其克一心，同底于道。可。

刘挚右丞

敕：汉御史大夫能任其职，则为丞相，近世中执法议论不挠，亦补执政。昔我仁祖，优养正士，开受直言，时则有若包拯、张昇之流，咸以敢言获闻大政。旧俗已远，此风寂寥，容悦相承，亦弃不用。朕追怀先正，选建忠贤，谔谔之声，庶几前列。具官某，早以御史祇事裕陵，力陈是非，不避权宠，十年流落，志气不衰。召置台端，首开正论，进任中司之要，屡闻白简之言。风声凛然，国是以定。朕欲试其行事之实，是用付以右辖之权。治忽所关，寄任尤重。夫以言责人甚易，以义持己实难。尔其勉之，毋使辅政之功，不若言事之效。可。

傅尧俞御史中丞

敕：枉直未定，决于绳墨之平；是非相乘，临以法度之士。比朕缵服之始，群议纷然。实赖耳目之司，力陈骨鲠之论。逮兹阅岁，浸以成风。然而神明存乎其人，众正可以无咎。余欲一变至道，固须多士以宁。具官某，凛然直谅之风，出于恺悌之性。早为御史，议礼不阿，中列谏垣，言政多牾。流落虽久，志气益坚。俾还侍于燕闲，日有闻于礼义。执法之任，非尔而谁？盖政无旧新，以便民为本；人无彼此，以得贤为先。朕将允执厥中，尔尚不牵于俗。可。

张端落致仕依前朝奉郎

敕具官某：君子之仕，进退无常，惟义所在。尔昔以强敏之资，达于从政，由病赐告，未老而归。比于恬养之余，复有愿仕之意。朕方笃于求旧，急于用人，祗服前官，以听新命。可。

孟永和转军器库副使兼翰林医官副使

敕具官某：以医为职，生死系焉。不幸而失，岂专其罪？比更大霈，其益进厥官。俾精术业，以答恩命。可。依前件。

蔡卞知江宁府

敕：左右近臣，入备侍从，出典藩服，习知朝廷号令之意，灼见吏民情伪之本，此朕所以历试在位而成就人才之道也。具官某，文华之美，发自早年，才力之优，见于治郡。宣城之政，数月而成；秣陵之徙，百里而近。既助予治，亦安尔私，勉修厥官，以答恩宠。可。

王安礼知扬州

敕：淮南天下之重镇也，俗本剽轻，习吴、楚之旧；岁仍水旱，有流亡之忧。朕深念其民，尤慎所付，思得朝廷之旧，以殿东南之冲。具官某，吏治有余，儒雅足用。昔为京兆，休有治功。其发擿奸伏，明而不苛；其推行惠术，宽而中理。遂领台辖，以秉国成。方先帝厉精求治之秋，有大臣进贤退奸之助，久于外服，稍易近邦。其克为朕举荒政以惠民，谨追胥以助治，宽我南顾，康此凶年。可。

林希知宣州

敕具官某：尔名在文学之科，而才兼政事之选。比以吴郡生齿蕃衍，学者如林，假尔才名，以重其守。而侨籍所在，重以亲嫌。飞章自陈，恳求易地。宣城大藩，亦东南之要。往莅其治，服我异恩。可。

王 舜 圭

敕具官某：盗发邻境，而能率众攻讨，歼其徙党，非特武力之胜，抑亦智虑有过人者矣。宠以勇爵，以为能吏之劝。可。

郏亶通判永宁军

敕具官某：北边俗淳而士武，邻好辑睦，日以无事。尔昔尝以才任刺举矣，久而不试，往贰博野，尚勉无怠。可。

叔考等三十二人并除右班殿直

敕具官某男某等：士勤身苦节，从事于文武，积累岁月，仅乃禄仕，以免于耕，劳亦至矣。今宗室之子，始名而官，其克孝悌于家，忠信于国，识吾尊祖敬宗之意，以终保禄位。可。

王 宗 孟 母

敕具官某母某氏：年及耄期而家有壮子，非有驯行，不能致此福也。宠之封邑，不吝常典，尚俾天下知贵老教孝之意。可。

胡宗愈吏部侍郎

敕：吏部分列三铨，而长贰各领其一，其为权任重矣。天下官吏至于其间，长短有度，轻重有数，而犹患不得其当者，吏挠之也。朕敷求俊良，付之流品，意在是矣。具官某，学术之茂冠于东南，操履之固，不流世俗，试于封驳，任职不阿。方今吏员冗溢，待次者无算。尔其去留难之吝，宽滞积之叹，毋使吏操其柄，而士失其职。可。

顾临给事中

敕：朕欲网罗天下之士，而患知人之难。惟有历试之详，重以旋观之久，虽复尧、舜，何以尚之？具官某，朴厚之性，出于自然。直谅之才，可备三益。守道安命，端靖不回。二十余年，晏然一节，外督漕事，公议惜之。维是东台封驳之司，实予万几出纳之地，宜得守法之士，以为过举之虞。尔其稽考典常，附以经术。令有不便，知无不言。使天下之人，不能指摘而议，则尔职举矣。可。

范子奇司农卿

敕：司农之政归于地官，则卿事寡矣。然朕观两汉之士，政事如朱邑，儒学如郑众，皆老于此官，则前代用人，盖不轻矣。具官某，家世名臣，详练吏事，出入中外，治办有称。居九卿之列，修后稷之政。益勉无怠，以答恩命。可。

马默河东运使

敕具官某：汾、晋之民俭而能勤，易以术富，比缘兵役之后，疮痍未复，思得靖重爱民之人，为朕伺察害政之吏。以尔博学不倦，从政有方。文登之民，至今颂其遗爱；彭城之治，复能首发巨奸。是用辍从大农，宽我西顾。朕于用人，无中外之间；尔于报国，无终始之殊。务安边民，以称朕意。可。

岑象求利州运判何琬江西运判

敕具官某等：朕为官择人，不惟其才之俊良，亦因其人之便习，欲使上下相得，所至即安。以尔象求，学有本原，持心近厚，昔在蜀部，远民宜之。以尔琬才力敏明，为政不扰，顷居江左，列城赖焉。往修邻道之政，无替已成之效，使西南之人，虽在遐僻千里之外，咸知朝廷爱之之意。可。依前件。

常安民鸿胪丞

敕具官某：尔进由儒术，举以民政。朕将观尔于近，以信其远。典客之职，号为优暇，益勉无怠，盖将有考焉。可。

李诜自军头司除知忻州

敕具官某：武吏当守四方，以干城吾民。冗于内服，縻以吏事，虽有才力智勇，无自而见。尔世本将家，习于武事，求试于外，朕不汝违。夫治兵欲整而治民欲安，能整且安，则疆埸之事，吾无虑矣。可。

郑亶通判睦州

敕具官某：仕宦之优，莫如乡国。知其吏民之态，习其风俗之宜，所至而安，于治为易。矧复桐、庐之胜，加以才力之优，怀组而归，益勉无怠。可。

李琬太医丞充中岳庙令

敕具官某：尔久习禁方，善救诸苦，勉思赋禄之厚，益励好生之心。可。

王巩通判扬州

敕具官某：尔故相之孙而名臣之子也，生于富贵而笃志于学，勇于议论而不谋其身。淮南大邦，民病水旱，往贰其事，益试尔才。可。

刘奉世起居郎孔文仲起居舍人

敕：欲治国家，当先得士。顷者人物之评废，而长育之道微。朕顾瞻周行，恻焉兴叹。或盘桓久次而未用，或沉伏下僚而莫知，将以责成治功，折冲遐迩，人不素具，其何赖焉？具官刘奉世家世名臣，才颖秀发，试以治剧，烦而益明。具官孔文仲，进以直言，文史足用，责之典礼，守正不回。斯皆一时之俊良，多士之领袖。方欲寘之侍从，益当养其才能。左右史官，号为要地；前后达者，皆由此途。手刊册书，足以明狂直之效；密侍殿陛，足以观进退之详。益勉自修，以须不次。可。

胡宗炎将作少监

敕具官某：宫室都城，责在工正。朕方以恭俭自居，以法度自律。宜得慎静之吏，以督缮治之功。尔昔居此官，号为任职，往贰其事，无改厥勤。可。

向宗良知卫州

敕具官某：士生于富贵者，常患其怀安佚乐，怠于功名。尔以外戚之懿，求试治民，永惟此心，有足嘉叹。卫虽跨河，地实近辅。勉修尔政，朕将观焉。可。

郝　观

敕具官某：朕恭养隆祐，朝夕无违。尔久此服劳，适当诞庆，锡尔一命，无改厥勤。可。

曾肇中书舍人

敕：朝廷以号令鼓舞四方，言之不文，行之不远。昔河西诸将，读玺书而知天子之圣明；河北叛臣，闻赦令而致武夫之涕泣。故朕思得良士，俾代予言。知民物之至情，识邦家之大体。择之久矣，仅乃得之。具官曾肇，少知为文，久益更事。家传父兄之学，言有汉、唐之风。汗简编年，手紬金匮；执笔纪事，密侍丹墀。比于简牍之余，试以丝纶之作，油然不竭，焕乎可观。俾即拜于西垣，将益观其来效。虽文称苏、李，未足以为贤，而事问高、崔，庶几于适用。勉于自竭，以称异恩。可。

邢恕知汝州

敕具官某："老吾老，以及人之老"，此朕所以教天下之孝也。尔比自汉东，恩移汝海，国有常典，中止不行。朕终念笃老之亲，宜得便安之养，特申前命，以慰慈心。服我异恩，益思报称。可。

李周陕西运使

敕具官某：关中之民，劳于征伐而弊于饥馑久矣。朕既为之含垢以和诸戎，天维显思，助我丰岁，粒米狼戾，法当敛藏。继出中都之泉，以广穷边之积。犹恐吏不时具，而民或未宁。分吾此忧，责在漕吏。尔忠厚之性，见纪于时，治办之才，屡试以事。往推朕旨，去蟊贼之害，而督备御之宜，使疆埸永安而民以无事。可。

刘淑苏州胡宗哲宿州

敕具官某等：姑苏之饶，冠于吴、越；符离之灾，接于徐、亳。因其富庶而待之以法，郡乃可治；乘其饥馑而济之以惠，民亦肯怀。苟得其人，所至而定。以尔淑，治郡有方，吏民不扰。以尔宗哲，临事必办，才力有余。往因其民，以立其政，使富而不溢，贫而不怨，以称朕意。可。

许彦先知随州

敕具官某：随于春秋，虽号小国，然观其应接邻敌，常有贤者。今以吾士大夫之多，而顾无善人以为之守乎？尔早有文誉，晚习吏治，尚无菲薄其民，往求所以安之。可。

孙谔太学博士

敕具官某：士溺于专门之学而不治诸书，不达前世，施之于事，罔焉不知，朕甚患之。尔博于文史，不流不固，往司讲解，思所以救其失者。可。

王佺通判荆南

敕具官某：南郡控引江湖，商贾之渊，而盗贼之会也，守贰之事于南方为剧。尔游宦之久，才力有闻，往赞其治，益勉毋怠。可。

韩玠通判河南

敕具官某：尔家世公卿，当识治体。而西南之政，俾民惊扰，达于朕听。往贰西都，服我恩命，无怠循省。可。

占城国进奉判官薄霞辛可保顺郎将

敕具官某：航海而至，奉琛在廷。心知礼义之荣，身无遐迩之异。特颁恩命，昭示远人。可。

刘攽中书舍人

敕：士有博学而不文，甚文而不达于政者矣。朕惟人才之难，拔士之急，凡所擢用，惟其所长。矧夫名在文学之科，才兼政事之选，释而不用，夫又何求？具官某，能读《坟》、《典》、《丘》、《索》之书，习知汉、魏、晋、唐之故，中秉直谅，发为谋猷，方其流落之中，益闻恺悌之政。比召还于册府，将渐寘于近班，适以病辞，勉从所请。汲黯虽安于卧治，萧生雅意于本朝。眷予侍从之华，实司号令之本，惟详练可以弥缝庶政，惟辩博可以鼓舞四方。尔其勉尽所长，朕将观尔于是。可。

曹诵遥团知保州

敕具官某：惟尔先臣，克平吴、蜀，仁泽之深，与江汉无极。于今四世，子孙盛大，时出能者。昔汉、唐功臣，高密、汾阳之家，传世赫奕，不殒其业，予甚嘉之。今尔奋于阀阅之中，休有搢绅之望。练达兵事，翼赞西枢，属边守之须才，加使名以为重。予欲不违和好之旧，而得严整之称，体国承家，有望于尔。可。

王献可火山军李昭叙石州

敕具官某等：河东边城，俗俭而兵劲，吏能守法，易以为治。尔等才称武吏之选，家本名将之裔，往修厥政，以宽治民，以严御兵，思称朕意。可。依前件。

邹极江西提刑何琬府界提刑

敕具官某等：朕惟古之圣王，不泄迩，不忘远，虽在江湖万里之外，视之如畿甸之间，是以并择才能，以察犴狱。以尔极出将使指，入参郎曹。以尔琬比在江、淮，积有岁月，咸能慎所施设，纪于吏民。夫冤民滞讼，苟为不察，虽堂上有不能瞩。苟为察之，虽远何患？往祗尔事，克慎庶狱，以称朕意。可。依前件。

叶温叟度支郎中

敕具官某：朕既克己裕民，凡非法之求罔不罢去，而国之经用率如故初。是以思得敏强之臣，理财节用以羡补不足。尔以儒雅吏术有闻于时，其能量入为出，助成地官，以济我邦计。可。

吴革江西运判

敕具官某：江西地薄民贫，险而好讼。顷者有司失计，以盐赋民，愁叹无聊，困弊愈甚。朕虽已弛其峻密，复其故常，而疮痍未平，念之未尝忘也。尔以才敏，擢守庐陵。知其吏民之艰，究其本末之变。往佐漕事，思所以安而养之，以称朕意。可。

杜常兵部郎中

敕具官某：夏官掌天下兵事，而边防禁旅马牧之政，比皆隶于西枢，则事益鲜矣。尔以吏能，久于其属，于法当迁。夫以久习之吏，而治益鲜之事，宜其无不办也。往率乃职，益勉毋怠。可。

荣咨道通判镇戎军

敕具官某：被边之地，政兼兵民。武吏以奋其威，文吏以治其政，凡所以爱民备敌之道至矣。尔顷以博学多闻，试于奉常，出佐疆埸。勉勤职事，益以观尔。可。

钱式三班借职

敕具官某：国家广漕东南，以实中都。尔董其事，免于亡失。锡以一命，益勉无怠。可。

翰林医官陈易简等六人比旧各减三官牵复

敕具官某等：医如函人，皆志于仁。不幸失之，法不可废，而情则可恕。尔等夺官既久，稍复其旧。体予至恩，益勉毋怠。可。

李括知洋州

敕具官某：益、昌诸郡，莫如梁、洋，地通蜀、汉之饶，俗兼秦、陇之劲。每欲择守，常难其人。尔顷为赤令，勤劳兹久。怀组过家，无异乡国。服我恩宠，勉思治民。可。

张士澄通判定州

敕具官某：君子之仕，不以高下易其心。尔昔以才敏，尝奉使指。兹予命尔佐中山守，往悉乃力，益勉于事，则予汝嘉。可。

彭次云吏部郎中

敕具官某：以资格用人，所以为公也，而贤不肖杂糅，无以奖劝士大夫。朕既命有司讲求其方矣，尔为地官属，以才能称，进领铨事。其悉心流品，思称朕意。可。

章楶吏部马琉户部韩宗古司封吴安宪都官黄景职方郎官

敕具官某等：先帝以礼乐刑政，责成于文昌，用人之难，非他官比。清曹剧部，尤重其选，惟能试之有渐，是以用无不宜。以尔楶按察西南，治办不挠。琉典领徒隶，从容有余。宗古出入台阁，有靖慎之风。安宪家世公卿，有练习之誉。景质性端茂，学术有闻。并称一时之良，为我庶政之助。譬如众辐各致其用，然后大车得以运行。勉悉尔心，以称朕命。可。依前件。

盛侨国子司业

敕具官某：先帝肇新辟雍，以养多士，于兹，历年。学者云集，师儒之任，比益重焉。是以增命乐正之官，以辅司成之教。尔以老成端厚，久于郎曹。往祗厥职，勉于训励，无使阳城、韩愈之流，专美于前世。可。

黄庭坚著作佐郎

敕具官某：左右史记言动之详，而宰臣纪时政之要，以授东观，会而成书，然后善恶之实，后世得以考焉。苟非其人，何以取信？尔孝弟之美，著于闺门；文史之功，称于朋友。昔张衡、崔骃、张华、束皙，皆以才行，久于此官。朕既思见古人，尔尚追配前烈。可。

陈侗直秘阁知梓州

敕具官某：朕忧劳远人，过于畿甸。以为吏之侵渔细民者远则莫见，民之呻吟疾苦者远则莫闻。是以选任守臣，惟难惟慎。尔以台阁之旧，出临关陕，曾未期岁，厥声茂焉。朕惟东蜀郡县之多，思得循吏镇抚其俗。进直书阁，宠光西南，尚无菲薄其民，勉修安靖之政。可。

晏知止成都运副秦中梓州运副

敕具官某等：蜀险而远，民弱而畏吏。吏失其道，民始无告，久而不堪，或以生事。故朕选任使者，必先循良，将使吏不为暴而民不失职。以尔知止，贤相之后，文雅有余；以尔中治术之精，前后可纪。托以二蜀之重，分吾千里之忧。尔其急吏缓民，深体朕意。可。

游酢太学录

敕具官某：凡有职于成均者，皆士之秀也。尔以学业之茂，获与兹选，勉修其行，使士大夫有观焉。可。

张舜民监察御史

敕具官某：御史之官，知无不言则朝廷肃，时然后言则天下信。嘉谟嘉猷，朕之所急也。用人之慎，孰先于此？尔以文行风节见纪于时，方召寘石渠，而台以名闻。往祗厥服，使言必有物，行必有常，以称朕命。可。

张绩秘书省正字

敕具官某：“用之则行，舍之则藏”，此孔、颜之行，而士之所师法也。尔昔以直言进，流落不用，十有余年，安于潜默，不愠不求。今予命尔于东观，将用之也。其勉修所以行之者，以称朕意。可。

李执柔司农寺丞

敕具官某：大农事归于地官，则丞事益简。然卿寺之属，皆吾养材之地也。尔家世名臣，业履修饬，往祗厥官，无坠先烈。可。

陈烈落致仕福州教授

敕具官某：惟孝友于兄弟，是亦为政。尔以笃行见纪于东南，虽老而不试，可以无憾。朕方欲推尔所为，施于乡人。其起视学校，使诸生有所矜式。可。

龚原国子监丞

敕具官某：尔昔以经术教国子矣，中以罪废。而士大夫高尔之义，有司薄尔之过。其往莅丞事，使天下知朝廷用人之周，无善不举。可。

仲 葩 遥 刺

敕具官某：古者宿卫之臣，勤劳于内；刺举之吏，捍守于外。盖官称其事，禄视其功，事功既修，然后得之。今朝廷以仁治亲，爵秩之施，举从其厚。故尔以积年为劳，考课当迁。然非其孝弟恭俭，持身有法，则亦何以及此。其服我恩命，勉于自修，使宠禄日至，而无盈满之患，以称朕意。可。

吴渊西头供奉官俞谔左侍禁

敕具官某等：尔以吏事宰府，久勤于职，恳求补外。惟廉且慎，可以终荷宠禄。可。依前件。

袁说知博州

敕具官某：吏部以格用人，严铨综之叙，虽有贤者，不得独进。故使政事之臣，视其才能资任，而以时用之，然后法不乱而才不滞。尔以吏能见纪，历典剧郡。河朔之民，方以饥馑为忧。往勤劳徕，以弭流亡之患。可。

阎木太学博士叶涛正

敕具官某等：天下之士，视成均之所趋向，以为风俗。朕方患其学术之杂驳而文体之流荡，思得知本务实之士，相与正之。木才质端厚，学有原本。涛议论坚正，行极纯洁。其往师多士，喻以朕意。可。依前件。

宋　　宝

敕某：祖宗以来，以仁率天下，肆予士民，皆得保其天年。尔以行义之厚，独享期颐之福。一乡所重，朝所尊礼。岁时有束帛之宠，巡守有就见之义。宜加一命，以成子孙禄养之美。可。

韩忠彦枢密直学士知定州

敕：有唐开元之初，以儒将守边，静则详于治民，动则计而后战，边鄙不竦，号称得人。兹予祖宗阜康兆民，和诸戎狄，垂白之老，不见兵革。亦惟礼乐之士，能收干城之功，用人之明，岂独前世！具官某，元臣之后，风力自将。拔于周行，旋付河间之重；入参法从，遂膺宗伯之选。世有明德，人无间言。惟乃显考，尝以旄节为中山守。宽厚之化，浃于斯民，整严之声，震于邻国。三十余年，故吏遗民犹有存者。今予命尔以要职，抚宁斯土。尔亦益懋乃德，视乃先烈，使北边之人，知韩氏有子，予亦有臣，岂不休哉！可。依前件。

刘敏知辰州

敕具官某：武陵被边，旧难其守，比斥广沅溪而控扼诸夷，实赖兹土。尔才堪烦剧，累更事任，尚能持身洁廉，与物安静，以循养斯民，怀服异类。可。

庞希道复翰林医学

敕具官某：尔以医从仕，始以不验失官，终以有劳获叙。功过相除，固法之所许也。既复尔旧，益懋乃术，以答恩宠。可。

克勍仲謍并磨勘改正任防御使

敕：唐始以防团领四方之戎事，中以刺史持节兼治兵民。国朝参其旧章，因其爵秩，以录亲报功，恩礼尤重。以尔具官克勍，力行孝弟，著于闺门。具官仲謍，服勤诗礼，信于朋友。皆董司环卫，兼领遥州，积劳之久，岁月应格。俾正使名之重，益隆盘石之宗。夫富而能约者可以保家，贵而知降者可以安职。服是恩命，思予训言。可。

蔡确改知安州

敕：朕体貌大臣，务全终始，有善则藩饬褒显，以风励天下；有过则迁就讳避，以曲全旧恩。至于用法，盖不得已。具官某，卓以才力，奋于下寮，旋蒙器使，致位元宰。弟硕不类，贪冒有素，而溺于私爱，以废公议，曲从举吏之请，遂成黩货之辜。其骄奢淫纵之状，理无不知，而涵养蒙蔽之甚，殆非体国。致烦言之并作，虽欲宥而不能，黜守小邦，仍褫旧职，往自修省，尚体至恩。可。

吕公孺知秦州

敕：秦故重镇，统制西戎。乃者肇复河、湟，边候浸远。虽复号称近地，而实据其本根。用人之难，与昔无异。具官某，故相之后，风流未亡。旧德之重，出入见纪。临民有宽厚之美，治兵知节制之方。偃然长城，可托西顾。朕方包裹兵甲，以怀柔异类；督厉将帅，以完整边防。盖非靖重无以为安，非缮治无以持久。祗率朕意，勉成厥功。可。依前件。

仲鸾等六人磨勘防御使

敕：朕于族属之尊，思极富贵之奉，至其进秩之际，必由考绩之详。盖所以示出爵之非私，勉修身于在位。典章之旧，朕何敢忘！具官仲鸾力行孝恭，闺门称顺。具官仲隗，服勤诗礼，朋友攸嘉。具官仲癸，恭俭自将，有缙绅之度。具官仲卿，修饬匪懈，号宗党之良。具官仲聘，信厚之深，居有闻望。具官仲霜，威仪之谨，动无过尤。皆领职遥州，分董右卫，既积劳于累岁，宜正命于前官。尚能以约保家，以谦守位，服此新命，思我训言。可。依前件。

张之谏知德顺军

敕具官某：守土之臣，皆欲久于其事。矧夫边吏，内抚军旅之政，外御夷狄之情，非习其故，何以能称？尔以材勇谋略，出入边鄙，安定之治，绰有令闻。是用就易符竹，往施旧政。盖所以安静疆埸，非独便尔私也。可。

寇诵覃恩改朝请大夫

敕具官某：朕缵嗣丕业，思与士大夫祗奉遗训，同济于艰难。尔久服官政，有劳于位，登进爵秩，非予尔私，亦惟先圣之德泽，不泯于下。可。

郭时亮通判海州

敕具官某：朝廷之法，无言不酬，无德不报。尔昔在定武，首发奸谋，而义不受赏。岁月久矣，大臣犹以为言。东海名郡，往贰守事，益勉于政，将以观尔。可。

安宗说知利州

敕具官某：益、昌之民，山居而谷饮，控二蜀之要，耕桑不足而商贾有余，不得安靖之吏，民将有不堪命者。尔昔以选用，所至有闻，不由吏部，复典兹郡。其益勉于从政，以报恩命。可。

范子奇河北转运使

敕具官某：河决而西，汗漫千里。听其西流则堤防未立，郡县受害，塘水堙塞。导之东徙则功费极大，民殚于役，水未必听。顷者议论纷纭，未知适从，人民流散，靡所戾止。朕中食叹息，思救其患。以尔任寄之久，才力有余，顷将北漕，尝讲兹事。是用申锡前命，责之成功。夫使水不润下，民不宅土，则征赋靡弊，帑廪耗竭，漕事尽废，尔将何以尸此？其往悉乃心，博谋于众，详究利害，以时上闻。朕将考而施之，尚勉无忽。可。

吴安持司农少卿崔公度将作少监

敕具官某等：朕用人之广，实惟其材。上自公卿之家，下迨山泽之后，一有可任，不论其世。以尔安持，贤相之子，所见者大，历试烦剧，风力有余。以尔公度，奋自东南，文采自表，用之诸寺，职业不废。递加进擢，以慰勤劳。或勉兴九农之功，或益修大匠之政。朕将考察其实，以观成功。可。

王兢湖南提刑

敕具官某：朕俾士大夫入治省曹，出按州部，非特以宠禄厚其身也。内则习知朝廷政事之体，外则审察吏民情伪之变。践历既久，奖用亦重。尔总督仓庾，才力有闻。惟是湖、湘之遐民，习险陋之故，犴狱所寄，得人则安。其尚悉乃心，罔以内外之殊，而不尽其力。可。

钱映知真州

敕具官某：五代藩镇之家，惟吴、越之后，冠冕相属。岂惟朝廷宠绥之厚，亦其子孙忠孝之笃。扬子重地，据江、浙之会，守土之吏未尝不选也。尔以奉使之勤，还领其事。治民之余，得以瞻望父祖之故国，岂不休哉！可。

王渐知阶州郭逢知德顺军

敕具官某等：朕以恩信御夷狄，以严整治边鄙，常使我直彼曲，彼乱我治，庶几兵民底于安靖。凡守边之吏，皆当知朕此意。尔等咸以才谋见纪，习于疆事，往祇厥官，肃戒无怠。可。

萧士元石州李昭叙忻州李诜隰州

敕具官某等：河东诸郡犬牙相错，皆密迩邻国，有兵有民。凡与兹选，其任惟一。尔等咸以谋略才勇，所临治办，或告亲嫌，许以易地，将使吏卒无送迎之苦，而边鄙获安靖之便。各勉于事，以称朕意。可

致仕马充等以登极恩改承奉郎

敕具官某等：尔以耆年知止，退安丘樊。顾予缵服，均霈多士，进秩之宠，隐显同之。往服异恩，以介眉寿。可。

燕若济知东明县

敕具官某：古者大邑，必使学者制之，矧维畿甸，四方观法于此。大臣以尔才堪治剧，命以东昏，耳目所接，得失可考，可无勉哉。可。

陈向知楚州

敕具官某：尔为部使者，荐士失当，以致人言。朕不忍废，付尔山阳。淮南之民，荐经水旱，流亡未复。勉修政事，劳徕安集，俾民宜尔，以盖前咎。可。

士䱇磨勘转右监门卫大将军

敕具官某：凡予五宗之属，皆有十年之叙，勤劳非在廷之比，而爵禄居庶姓之右，所以示亲亲也。尔能孝恭内外，无怨无恶，坐阅岁月，以陟门卫。苟知以进秩为惧，日务克己，则宠禄之至，何止于是！可。

黄好谦知濮州

敕具官某：尔齿发虽衰，而风力犹在，惮于朝谒，亟请外官。朕惟民政之难，不惟其力，而惟其才。俾朕得循良以牧养细民，俾尔得暇豫以攻治衰疾，夫亦何所不可。濮阳之治，尚能勉以图报。可。

张修驾部郎中

敕具官某：马牧之政，归于西枢，则司驾之治简矣。以尔才力之优，历使诸部，亦既劳止。还总车乘之政，试于内服，益以观尔。可。

王瑜京西提刑

敕具官某：官宿其业，则民安其政。方今吏溢于额，朕虽欲行之而有所未暇。以尔案刑于淮甸，历年之久，民无怨言。兹复命尔督视许、邓，地虽不同，而职事如一。庶几练习之故，以无旷弛之虑，祇朕新命，益勉无怠。可。

康识权发遣鄜州今落权发遣

敕具官某：朝廷急于用人，故士有以资未应格进摄事者。尔以才智足用，擢守鄜畤。岁月既久，治办有闻，俾正厥官，益思所报。可。

杨叔仪少府少监守本官致仕

敕具官某：陈力就列，不能者止古之仕者以之，而士大夫有不能者。尔起于布衣，进贰列卿，而能因病告休，敦止足之义。因其旧秩，归耀乡党。尚使子弟，知所矜式。可。

融州归明杨晟该等改右班殿直

敕具官某等：尔等献地筑堡，披山通道，忠孝之心，见于勤瘁。不有褒显，孰云旌劝！特命进秩，列于廷臣，祇服异恩，永保疆埸。可。

曾肇磨勘改朝散郎

敕：士大夫有常秩者，皆得以叙进。至于近侍之列，优以三岁之典。非谓从官亲近，而特私之也；进用贤才，理有当尔。具官某，学术精博，遣词甚工。操履坚正，遇事不苟。比司国史，焕乎笔削之华；进领掖垣，确然议论之正。有司考绩，于法当迁。稍陟崇阶，增重要职。勉服宠光之厚，益思报称之宜。可。

蕃官折师武覃恩改西头供奉官

敕具官某：朕缵承丕构，推恩四海，罔有内外，咸进爵秩。尔世在疆埸，有守御之勤。服吾异恩，勉事忠孝。可。

郭知章知海州江公著通判陈州

敕某等：天下之士，非举无以知其贤，非试无以效其实。举之于众而试之以事，此先王所以求贤责实之方，后世之所不易也。尔等咸以才名，荐于近臣，朕信而任之，使知章守东海，使公著佐淮阳。勉悉乃心，朕将观尔所为，以知言者之非妄。可。

黄好谦知颍州

敕具官某：汝阴民庶而事繁，河通而地胜。前后择守，皆用名流，图谍具存，风迹未泯。尔才术通敏，长于治人。出入勤劳，久于郎省，自求外服，以养高年。亦何爱于一邦，不以成其素志？益勉于治，以答异恩。可。

霍唐臣知濠州

敕具官某：士奋于布衣，为列郡守，有民有社，可以言政。尔积累勤瘁，逮兹长人。濠虽小邦，而民物之繁，山川之胜，苟治之有道，亦足以观循良之效矣。可。

晁端彦吏部郎何洵直司勋郎颜复礼部郎

敕具官某等：朕慎于用人，进必以渐。考实已试之效，常惧或失其人。故使端彦以功籍之明升领右选。洵直以典礼之修，进直勋府。复以奉常之勤，擢佐春官。庶几习焉，鲜有败事。尔等其明识朕旨，省察奸吏，剖决留事，以称吾设官之意。可。

辛痈太常博士韩宗文光禄丞孔平仲太仆丞

敕具官某等：朕网罗俊乂，而分之职事，以养其才能。苟无旷官，有进无退。痈儒雅自饰，蔼然有闻。宗文世族之良，勤于厥事。平仲词学有本，敏于为政，皆由已试之效，当吾次迁之选。夫奉常三礼所在，而膳羞闲牧，朝夕之所有事也。其勉悉乃心，务举其职，以称朕意。可。

元耆宁馆阁校勘换校书郎

敕具官某：先帝始复图书之府，并建官属，而收校雠之职。尔昔以大臣子，笃志学问，列于石渠。终丧而来，官匪其故。祗服新命，勉思旧学，以克嗣世。可。

梁焘转朝奉大夫

敕：因材任人，国之大柄；考绩进秩，吏之常法。乃者历选滞淹，试于侍从。而有司奏课以时上闻。非朕敢私，法固当尔。具官某，早以好学召寘石渠。中以嘉猷入事枢府。恬于荣利，久此盘桓。方议礼于秩宗，旋纳忠于西掖。进对一再，议论雍容。岁月之迁，未足为宠。大言大利，将有俟焉。可。

张淳知长垣县

敕具官某：士欲得民而行志，莫如为邑。毁誉易闻，荣辱易及，莫如畿甸。大臣言汝可办是邑，往慎所为，毋忝知者。可。

李清臣资政殿学士知河阳

敕：朕惟先朝政事之臣，与闻玉几之言，常奉桥山之礼。助我致治，行将三年。出纳万微，日以详练。而乃飞章自乞，诚意确然。屡却不回，执志莫夺。止足之惧，黾勉而从。具官某，博学洽闻，早与直言之对；高文密议，中陪禁苑之游。自登丞辖之司，益著忠勤之效。倦于机事，力请近藩。虽大臣体国，不以中外为心；而朝廷任人，常敦始终之分。三城重地，少假贤劳；秘殿隆名，益旌旧德。尚怀眷予之厚，入告谋猷之嘉。惠安小民，推广予意。可。

张整皇城使广西钤辖加遥刺再任

敕具官某：桂林诸郡，带山并海，控引裔夷。比虽少安，而备御之宜，常若寇至。尔以才勇谋干，久于其地，特加遥州之贵，仍领兵钤之重。勉图方略，以答恩宠。可。

医官元瑺叙榷易使

敕具官某：尔以方技事上，前以不效失官，后以有劳进秩。时既当叙，而法非其故，疑而后予，古之道也。祇服异恩，益勉无怠。可。

交趾使黎钟吏外副杜英辈东头供奉官

敕具官某等：梯航之劳，不惮险远。职贡之礼，克遵故常。特加朝命之荣，以为海邦之耀。往服恩宠，无废忠勤。可。

邓忠臣秘书省正字

敕具官某：尔昔以赋颂之工，登图书之府。终丧来见，旧学未忘。往祇厥官，以卒前业。可。

成卓　西京左藏库副使，邕州左右江都巡检，
差人画归化州地图，致侬智会乞割峒地与交趾，
降两官，监筠州酒税。

敕具官某：归化近藩，与吾疆土相接。尔为边吏，而致其割

地以附益远夷。不任其咎，罪将谁执？夺爵二等，邦有常宪。往祗厥官，深体宽宥。可。

仲湙转正任防御使

敕：朝廷笃于九族之恩，许以十载之叙，使其贤者有所劝勉，而怠者知自修饬。祖宗之旧，汉、唐所无有司奉行，敢有加损。具官某，幼知义训，长事礼文。无膏粱之讥，有搢绅之誉，久服劳于远郡，兹正命于使联。其克自修，以永终誉。可。

曹评正任防御使

敕：曹氏为将，不妄诛戮，远人安之，忠厚之报，集于子孙。自胜衣以上，皆高爵重禄，而天下不以为过，朕甚嘉之。具官某，幼蒙父祖之庆，长有缙绅之誉。服事左右，勤劳匪懈。正名闲御之任，以旌恪恭之懿。服我休命，毋忝乃祖。可。

熊本降授朝散大夫

敕：守器不假，疆埸之常道，启宠纳侮，蛮夷之野心。谋之不臧，终必贻患。具官某，昔以近侍，出守桂林。眷归化之近藩，有裔夷之小警。不惟分土之素定，辄兴画界之狂谋。举八县之故封，指三隘而为境。苟幸一时之无事，遂忘经世之远图。咎既莫追，罪不可赦，夺官一等，国有常刑。思盖往愆，尔其自讼。可。

张绶湖南提刑

敕具官某：尔昔以常平奉使官废而罢。济南大藩，民富而多盗，布政期月，人亦用乂。荆、湖之南，地远而多险，民悍而喜讼，犴狱之寄，恻于予衷。往祗厥官，布钦慎之意。盖朕之用人，惟善所在，不以远近为异。尔其勉之。可。

刘当时太仆簿

敕具官某：朕敷求俊良，选世族之后。惟乃显考，昔为嘉祐侍从之冠。文学议论，有绝伦之声。肆尔仲叔，侃然自修，不忘前人。兹予命尔仆臣之佐，以修闲牧之阙。毋荒失朕命，以忝乃父。可。

张宓古尚书省都事出职改朝奉大夫

敕某：仕为大夫，出守列郡，士之力学行义，有白首而不能至者矣。尔名在中台，勤劳积岁，坐而致此，朝廷之于三省厚矣。盖将自是为吏民长，惟清与慎，乃能终荷斯宠。可。

陈游古知沂州

敕具官某：沂居齐、鲁之间，周孔之风既远，民悍而喜寇。法之所以待之者，不与他郡等，朕甚怜之。以尔老于从政，知吏民之情，往求所以安之，非徒胜之而已也。可。

周纯知虢州朱阳县

敕某：县令虽轻，职要而近民，苟得其人，事或以济。虞诩为朝歌长，施设方略，使积岁之盗，一朝而去。今吾士大夫之富不愧于古，而独无其人乎？闻尔昔讨廖恩，折馘执俘，几获渠帅，而以诬罔被谴，功不时赏。今商、虢之寇，依阻为虐。往思古人，时建功名，以效畴昔之勇。可。

宋子仪大理寺丞

敕某：用人之明，莫如已试。崇阳之讼，诬执交构。更数狱吏，皆不能察。汝能究其本根，而枝叶自举。使冤者获信，死者无憾。往丞廷尉，推行此心，要使庶狱皆如此而后可。可。

秦晋国安仁保佑夫人张氏（特封吴楚国安仁贤寿夫人）

敕：朕永怀先帝簪履之遗，率皆当今宫掖之贵，而况拥佑圣德，夙夜有劳，光宠极于一时，始终历于多载，不有异数，何以示恩？具官张氏，资性淑均，值遇明圣。躬执燥湿之役，行兼保傅之贤。睹致治于承平，诚有功于当世。封吴与楚，实居四海之上游；既寿且贤，殆兼五福之美报。号名之盛，前后莫伦。明发有怀，匪以为赐。可。

彭汝砺右史

敕：朝廷以科举取人，甲乙皆侍从之选，然而速进有浮浅之累，历试得重慎之宜。逮兹稍淹，士知自养，望实既备，用之不疑。具官某，早以词章，策名第一，试之弹奏，临事不回。屡婴权幸之锋，不为进退之虑。翱翔外服，黾勉历年。今朕思得忠良之士，以纪言动之实，顾瞻在列，佥曰汝宜。出入禁闼，益将察汝所为；长育人材，亦当识予深意。可。

王陟臣右司郎中

敕具官某：尚书万几所在，二丞总之。至于条目之烦，郎任其责。朕既欲得清流以厌服多士，又欲得能吏以肃齐庶政。尔名臣之后，学世其家。昔以艺文膺上第之选，顷以强济，为天官之属。都司之任，汝实宜之。往祇厥官，思称朕命。可。

王古吏部员外郎

敕具官某：晋、魏之间，吏部进退天下士，而世不以为嫌。今兹以格用人，动辄有法。苟能清心奉公，宜无不治。以尔名相之后，奉使诸道，号称良能。勉佐天官，绳留难之吏，宽滞积之士，以求称吾意。可。

张询浙宪

敕具官某：地官掌财赋之出纳，而辨其登耗。尔佐其事，累年于兹，亦已劳矣。吴、越之人，文巧好利，犴狱多有。汝长于其乡，而知其情伪。往将典宪，鉏其豪强，而纾其无告，以致予钦恤之意。可。

陕西移四通判

敕具官某等：朝廷推诚心以待天下之士，而祖宗法令之旧，有不敢逾。兹缘亲嫌，俾尔易地，盖秦、雍、延、渭，均号藩州，而兵民政刑，皆足为治。勉出尔力，以左右元帅，毋以东西易其意。可。

蔡潜除司农簿

敕某：朕惟英邸旧臣，沦谢无几。幸而有子，亦既能仕。其于成就长养，宜在朝廷。是以擢于稠人，命以农属。其尚体予至意，克祇厥官，以毋坠其世。可。

令　疏

敕某：朕嗣服之初，博推霈泽。尔与陈壤奠，退遭闵凶。终丧而朝，前命不改。宜陟环卫之列，以均宗党之荣。可。

张元方权发遣府界提点

敕具官某：畿邑之广，官吏之众，不能当诸道亦明矣。然朝廷置使以纠察其政刑，则与诸道比。盖所以详治都鄙，而仪刑四方，不可不慎也。以尔才力之裕，习于从政，往祇厥官，务求实效。千里之近，耳目所及，吾得以观尔。可。

周邠通判寿春

敕具官某：郑复为郡，兴废补败，尔与有勤焉。寿春之富，民庶而事丛。既以旌尔，亦以观从政之效。可。

魏璋叙奉议郎熙河机宜

敕具官某：尔昔从军泸、戎，以谴夺爵；起事西帅，以功见赏。逮兹获叙，并举前劳。往佐戎旃，勉以图报。惟尔前事可以为惩，而后事可以为劝。惩劝不忘，庶几可以求成功矣。可。

常安民太常博士

敕具官某：礼之正国，犹绳墨之于曲直；其以止患，犹堤防之于江河。虽先王之典布在方册；然神而明之，存乎其人。以尔学术之通，长于议论；政事之美，载于东南。尚能推明旧章，以佐卿贰。毋使绳墨不得其施，而堤防败于微隙。勉思职事，朕将观焉。可。

丰稷工部员外郎

敕具官某：《周官》司空之职，曰“居四：民、时、地、利”。盖宫室械器之事不及焉。朕方以恭俭自居，凡兴建百役有所未暇。而大河西流，水性未得。冬官之责，莫斯为重。尔性质方厚，居官可纪，往佐尔长，职思其忧，以称朕意。可。

沈季长少府少监

敕具官某：天惟无私，故物无不生。朕于用人，惟其可者，从而举之。尔昔以事废于朝，周旋于外久矣。朕弃其过而收其所长，擢为九卿贰。尔亦深识朕意，勉修厥职，以答休命。可。

林英大理少卿

敕具官某：好生之德，洽于民心，然后民知不犯有司。今朕既省事以安众，弃利以厚民，而决狱之烦，动以千数。岂其听谳之吏，不能推行朕意，以至于是哉！尔以儒者，通于吏道，尚能以经术缘饰法律。先民有言："与其杀不辜，宁失不经"。朕夙夜庶几天下之吏能服斯训，以助予治。矧于廷尉，安可不勉。可。

姚勔宗正丞

敕具官某：进取之士，志于功名。不得廉退靖重之人以镇之，则往而不返，流以成俗。朕方博求贤俊，以助成治道。闻尔淡于荣利，未老而归，宴居丘园，称道不乱。是以擢丞宗正，以风励天下。勉从弓旌之命，使士大夫知笃行之贵。可。

林希湖州周之纯宣州沈季长秀州

敕具官某等：江、浙之间，山川民物之胜，有唐台省之士求守其地，有不可得者矣。今兹士大夫重内而轻外，胙之千里之社，或缺然不满其意。此岂朕不泄迩，不忘远之意哉！以尔希早与从官，文学足用。之纯昔尝奉使，才干有闻。季长久于滞淹，风力不替。朕惟吴郡、宣城、嘉禾三郡之富，思得才者，付之吏民。勉究乃心，毋以内外为高下之意。民苟安汝，朕不汝遗。可。

李杰梓州提刑陈鹏运判

敕具官某等：东蜀诸郡，顷以西南夷之乱，输挽供亿，民不堪命。朕既宽而养之，疲瘵未复，而春夏继旱，有艰食之忧。是以刺举之吏，其选尤急。以尔杰顷参使事，久劳于职，习知其故。以尔鹏生于其乡，长为之吏，详其得失。故使杰察其刑，鹏佐其漕。朕于远人所以念之者至矣。推于此心，各勉于治。可。

吕陶京西运副上官均比部员外郎

敕具官某等：士任言责，则无官守。以言取人，而不试以事，朕以为未也。昔汉宣帝以谏大夫通政事者补郡国守相，而唐世御史与尚书郎相出入也。盖前世之所以用人者至矣。今陶由殿中擢与七人之列，而均以监察迁为副端之重，其为朕明是非，辨邪正者多矣。其以陶刺举许、洛诸郡，而以均校计出纳诸籍。苟试之以事，而人无间言焉，则才可见矣。可。

史宗范知泾州

敕具官某：安定虽非极边，而聚粮训兵，为疆埸之重，所赖者多矣。尔历试诸郡，治办之声，达于朝廷。是以召之江、淮优佚之邦，付之金革备御之地。勉修厥政，绥怀兵民，而抚循将佐，以称予选任之意。可。

黄庆基鸿胪丞

敕具官某：鸿胪之于诸寺，号为少事矣，然皆朝廷所以长育人材之地，未尝妄授也。尔通守南邦，盖未尝求，而选擢自至。其克自奋励，使天下信吾用人之公，非苟然而已也。可。

张峋户部员外郎钱长卿刑部员外郎

敕具官某等：六卿之属，其切于民事者，地官制其衣食，而秋官治其生死。有非其人或受其病。以尔峋将漕右辅，民不告劳。长卿司计中台，事不失统。是用以时进之，俾佐二部。夫职日以高，则责日以重。惟能以迁为忧，而不以为喜，则职事举矣。可。

大名府骁武第一指挥都虞候杨政等七人可并左右侍禁

敕具官某等：承平既久，貔虎之士以岁月为劳，坐致好爵。既登仕籍，复从吏治。惟廉与慎，可以安受宠禄。可。

【解题】

以上三十七首告词是元祐年间苏辙所撰，经皇帝批准执行。

韩维守本官资政殿学士知邓州

敕：朕承祖宗之丕业，访求黎老，与共国事。矧复裕陵藩邸之旧，父兄世臣之余，民望所依，朕何敢后！然而华发在御，有贤劳之嗟；旅力既愆，以出守为乐。进退之际，礼义存焉。具官某顷以耆艾，恬于燕闲。召寘迩英，赖其劝讲之助；擢居黄阁，付以议论之权。任寄方深，岁月未几。惟廊庙有日昃之务，而方州存卧治之风。眷南阳之大邦，本故乡之近地。仍还旧职，以示往恩。尚俾中外之臣，知予终始之意。思永终誉，克绥厥心。可。

【解题】

此制作于元祐二年（1087）七月，与中书舍人曾肇意见不一。

李士京将作丞余中军器丞

敕具官某等：匠事之不可废，与戎备之不可忘，其职均耳。以亲为嫌，法所当避。往祇新命，率职无怠。可。

刘务诚三班奉职

敕具官某：尔自宣猷，改隶奉常。岁月滋久，勤亦至矣。锡尔好爵，勉于廉节，以安宠禄。可。

王衮知兖州

敕具官某：吏道以律令为师，然读其书，诵其数，而不知所以行之，未足与言治也。尔明习三尺，出守列郡，临长吏民，知弛张之方，有循良之誉。急于亲养，来请乡邦。朕不尔违，以劝能吏。祗服休命，益勉无怠。可。

冯宗道遥郡刺史

敕：朕严内外之分，饬左右之戒，是以近习之臣，虽才智敏强，见于内廷，而外无知者。具官某，早蒙器使，荐经事任，出入诸道，靖而不烦。比缘积劳之久，擢参后省之秘。而重慎祗肃，有加于前。宜因寄资之崇，益以阅月之效。佩之郡印，以宠貂冠，励尔在公，清我禁闼。可。

胡　田

敕某：沅、诚皆南边新郡，而诚之于沅，地不能半。官吏兵丁，馈饷劳止。比因有司之请，易以军垒之称。尔因领旧治，以抚远民，均为长吏。毋以名号之殊，为轻重之意。可。

陈安石知襄州

敕：襄阳古都会也，山河雄胜，居楚、越之上游；风俗剽悍，兼雍、洛之余习。在战国为用武之地，方承平为无事之国。牧守之胜，图谍具在。具官某，起自世族，华发一心。试之中外，清节可纪。比者解印西土，持节南阳，坐席未温，捧诏入觐。眷荆州之重地，方守臣之阙人。匪为尔私，将适民望。勉图安静之术，思继循良之风。可。

孙怀用知宁化军郝逢知岢岚军

敕具官某等：岚谷、固军，皆楼烦之故地，民事虽简，而边政为重。守土之吏，必慎所付。尔等咸以选任，习于疆埸之政。惟恩与信，可以附吾民而服邻国。勉思训言，无怠于事。可。

王悆光禄寺丞

敕某：政无大小，以得人为重，虽复膳羞之末，足效才否之实。尔久试于外，而来居此，勉修厥职，毋忝朕命。可。

姚勔秘书丞

敕具官某：尔以清节懿行，闻于乡党，公卿誉者交至于前。乃者擢丞宗正，实刊玉牒。顾惟东观之重，号为众材之委。往服厥职，益懋乃德，以称予待尔之意。可。

蒲宗闵知兴元府史宗范知庐州

敕具官某等：汉中，蜀之大都；而合肥，楚之奥壤，守臣之选，不在有司。以尔宗闵入治郎曹，出将使指。以尔宗范践历藩屏，宜于吏民。因其已试之效，付以共理之柄。往祗厥服，俾二郡之民，被恺悌之政，以助予治。可。

林颜权知泉州

敕某：禄廪之给，官有常日。尔奉使于外，而取逾于法，以致人言。将何以率厉群吏，责之廉节乎？宜罢所领，假守方州。祗服宽宪，修省无怠。可。

孔平仲太常博士

敕具官某：刑政之得失，众人知之，然其所兴坏，止于其事而已。礼乐之得失，视之未必见也，而治忽之端或自是起。故朕于奉常之官，择之必慎，用之亦速。尔以儒术精博，吏治通敏，以在兹选。其克为朕别嫌明微，以诏尔长，俾上下内外，不愆于旧章，则尔职举矣。可。

西蕃首领温溪心心牟钦毡二人并除化外州团练

敕具官某等：天之于人，善恶必报。朕上法天道，以爵命四方，有能忠勤，必保富贵。尔等才雄诸部，心奉本朝，审于祸福之原，明于逆顺之理。团兵宠秩，盖旌守节之坚；绝等异恩，当竢成功之报。可。

郑佾知单州

敕某：公卿之世有列于朝，不患不用，而患不立。尔名臣之后，以词艺自奋。入佐卿寺，出典藩服。由河内领单父，恩亦厚矣。毋忝乃祖，勉思所以报者。可。

孙之敏知雍丘杨瓌宝知咸平

敕某等：畿邑大夫，古所谓内诸侯也。仰有朝廷，俯有吏民。善恶之效，朝夕可见。以尔之敏，家世名臣，才颖自著。以尔瓌宝，宦学历岁，志节不回。试以乡遂之民，将观政事之实，在邦必达，尔尚勉之。可。

许懋右司郎中

敕某：万几出纳，萃于中台。诏刺稽停，文案壅滞，自唐贞观之盛而患之矣。矧今俗弊政烦，实倍前世。虽上有管辖，而郎不得人，罔与共济。以尔奋自周行，亟更剧务，强敏乐易，所至有成。是以召自南服，还领右部，尚能体予不次之举，勉尽匪躬之节。虚位以俟，尔其钦哉！可。

陈轩主客郎中

敕某：春官之属，皆郎之清选也。尔昔以文艺发身，名在甲乙，中以靖退补外，安于遐遯。还朝已久，素守不渝。今典祠溢员，而司藩虚位，祗服朕命，往勤厥官。可。

丰稷殿中侍御史

敕具官某：孔子称有德者必有言。德之无素，而言以为责，则言有失当而听者惑矣。尔昔为御史，不得其言而去，出使诸道，入居郎曹，端良之声，予有闻焉。其尚一乃心，时以德言来告。俾予一人，获听德之助。可。

陈知晦蔡州签判

敕具官某：五世旧臣，百年遗老，求之于时，盖无几矣。今其子弟官于四方，左右莫与为养。大臣来告，恻焉疚怀。以尔笃于孝弟，服勤无斁，虽从事汝南，疑于左迁，而朝夕之奉，实惟汝志。可。

向宗旦司农少卿

敕具官某：司农掌仓庾、委积、舟楫、苑囿之政，令以时行，视吏卒因其勤惰，而正其黜陟，盖亦劳矣。异时二卿共事，犹或不给，今萃于一，安得不告劳乎？尔以世家之盛，兼外戚之宠，而仕由科举，官有风迹。往为之少，俾群司竞劝，众务咸举，以称朕命。可。

侯利建京东漕井亮采河东漕

敕具官某等：齐、鲁之富，甲于四方，而连岁水旱，民艰于食，盗贼将起。汾、晋之贫，甚于西边，而逮秋丰成，粒米狼戾，收敛为急。朕思得良使者，以济二方之宜。以尔利建，忠节强劲，安靖不扰。以尔亮采，才力敏济，察举有方。卓然已试之效，庶几诸道之选。往祇厥服，使民食无匮而边储有继。此予所以命汝意也。可。

马诚湖北宪

敕某：尔转漕汾、晋之间，以羡补不足。历年于兹，亦既劳矣。荆、楚虽远，而庶狱之治，方漕为简。其克清心慎听，使江、汉之间，无冤诉之民，以答恩宠。可。

林积知福州

敕某：长乐大藩，七闽之冠。衣冠之盛，甲于东南。工商之饶，利尽山海。然以地狭，故民多不足。俗巧，故吏或不称。尔既生于其乡，长习为政，历试列郡，服劳诸卿。今予命尔怀组而归，非独观荣于故乡，盖将责实于来效。可。

朱服权发遣泉州

敕某：尔昔尝备左右史矣，出莅京口，于兹再期。朕比以常法，迁尔长乐。而有司言尔事亲不谨，为吏不职。朕方以恕临物，不忍究也。清源大府，往为假守，内饬孝弟之行，外循律令之禁。日夜不忘，庶免来咎。可。

林颜知濠州

敕某：汝奉使闽、越，不闻令誉，而临财弗慎，以致烦言。朕因其悔过，待以宽宪，而公议不置，封章继闻。濠虽小邦，有民与社，服我恩贷，勿忘省循。可。

令罿以率府率讲书授通直郎

敕某：先皇帝厚于宗室，勉以为善。有能通于经术，率常试以吏事。尔诵习典谟，明其义训。往服通籍之宠，以为维城之劝。可。

张峦古知登州

敕某：文登滨海，有边防之责。士出守其地，非选不授。尔服勤南宫，以积劳而往。勉自修饬，无忝明命。可。

高遵易改知全州

敕某：黔南虽远，而任寄为重。尔以亲往，惮于险艰，改命清湘，以安禄养。孝治之笃，岂惟尔私？可。

何琬工部郎中

敕某：昔汉宣帝信赏必罚，综核名实，全于技巧、工匠、器械。元、成之间，鲜复能及。永惟熙宁、元丰之政，其微见于百工之事，与汉宣比。朕虽继之以恭俭，而至于练精之功，其可忘之？尔历使诸道，吏能有闻；入赞冬官，厉精庶务。勉循旧章，以毋失其故。可。

崔公度知颍州

敕某：汝阴土沃民夥，有鱼稻之饶，而讼诉之烦，亦倍他郡。守得其人，则湖山之胜，足以为乐。苟非其人，犴狱烦多，日不遑给。尔早以文词备选，更践吏事，亦云久矣。勉勤政事，毋为颍俗所挠，以称朕命。可。

黄裪知宾州钱师孟知横州

敕具官某等：岭南诸郡，土旷民稀，而密迩夷落，以疆埸之政为重，故守土之吏，常选于右府。以尔裪仕至通籍，而帅臣任以军政。以尔师孟虽为勇爵，而习于文法之治。安城宁浦有民有兵，其先为安靖，以待外侮。知予所以命尔之意。可。

石景略可宣德郎

敕具官某：朝廷因唐之故，以六曹寺监纲纪百执事之治。凡祖宗法令之旧，合散出入，有司有不能知者。是以分命近臣，条析为书。于兹历年，尔与有劳焉。功虽未究，而考应于格。举自县令，置之通阶。毋郡邑之劳，而被斯宠，尔其勉之。可。

范纯礼发运副使

敕具官某：庆历名臣，莫如文正之贤者。朕访其后人，置之于朝，如见遗老。以尔慎靖而文，肃恪而通，能世其家，是以擢于文昌之要，付以礼乐之事。而乃畏避权宠，自嫌阀阅。东南漕事，国用之根本，任人之重，朝廷难之。均通有无，以实中都，非特私请之便，实亦当今之急也。可。

张汝贤右司郎中

敕某：东南都漕，出纳财赋，几半天下。左右都司，综执纲纪，与闻治要。虽有内外之异，而用人之慎，其选维均。尔比自文昌，出总馈运，治办之称，朕用嘉之。还尔旧司，益勉毋怠，以称朕委寄之重。可。

韩宗道太府少卿朱光庭太常少卿

敕某等：西汉之治，以九卿为重。隋、唐以来，政在中台，则寺监之事，盖无几矣。然至于奉常司府，礼乐财赋之所在，用人之慎，初无间焉。宗道奋于世族之良，练达政治之要。光庭比自谏诤之列，出佐纲辖之司。而皆敦朴自守，才力有闻。擢居二寺之重，益观历试之效。深自勉励，以究成功。可。

李之纯宝文阁直学士知成都府

敕：蜀虽险远，而民习礼义，易与为善，难与为非。一遇循良，怀之没齿。少加虐政，病不自申。昔张咏出守，方兵革之后，抚之以义，民欣戴之。赵抃奉使，方泰侈之余，节之以礼，民安乐之。及其复来，吏民欢呼，唯恐其去。得失之效，昭然著明。具官某，性本靖深，政实宽厚。处东南苗役之际，简以易从；当西南征伐之冲，安而弗扰。遗泽犹在，父老知之。是以改重职于西清，付遗黎于右蜀。勉因旧治，追继前人。毋使张、赵之贤，独专巴、汉之誉。可。

廖正乙秘书省正字

敕某：朕登延隽良，策之翰林。尔推言往古，以及当世，挺然不回，朕甚嘉之。东观图书之府，挟册考义，游于其间者，皆士之选也。尔往讲习道艺，长育才干，敦业以待举，吾于养士亦厚矣。勉于问学，思所以成之。可。

刘舜卿加遥郡团练马军都虞侯

敕：朕临御华夷，不求功伐，本欲屈己以安众，故务柔远而息民。蠢彼属羌，夙号逋寇，诱陷思立，得罪先朝。置而不诛，冀其改过。乃敢结连西夏，攻围南川，窃据边城，窥伺便利。天夺其魄，无复畏忌之心；人嫉其奸，思致殄歼之勇。时予良帅，集此肤公。具官某，学通诗书，才任斧钺，静而知变，勇且有谋。至则避其锐锋，去则攻其不备。临洮坚垒，破不崇朝；讲珠长桥，残于一炬。元恶受首，种羌震惊。折馘执俘，恩既均于诸将；发踪指示，赏不可以逾时。宜锡州团之名，仍迁军侯之职。河、湟遗种，未忘反侧之心；帷幄深谋，当审恩威之用。勉思全胜，以究前功。可。

游师雄改奉议郎陕西运判赐绯

敕某：伐叛柔服，朝廷之大义；避实击虚，将帅之成算。尔出使西鄙，灼知虏情，能宣朝论之详，以助元戎之决。缚致首恶，坏其密谋。诸羌震惊，边吏增气。遂以文史之旧，与有干戈之功。增秩易章，未足为宠。奉使将漕，益观厥成。予欲戢兵，固所望于尔者，兵利乘隙，岂可以为常哉！可。

廖正古通判沧州

敕具官某：景城负海带河，为一都会。养兵备边，任兼将帅。当得才士，往为之佐。尔昔为小官，疾奸除恶，以能名闻。祇服宠命，勉思所以为报。可。

庞元英鸿胪少卿

敕某：朕嘉祖宗将相之臣，有德于朝，有劳于边。访其后人，长育成就，以劝励百辟。矧尔风力强济，出入有闻，赞导国容，职高而事寡。兹朕所以追宠先正之意。尔往勉之。可。

张琬知秀州

敕某：有司进退多士，必以资考为之铨次。尔入官虽久，而法当为邑，擢守嘉禾，出于异恩。其克临民以宽，勿为苛亟，驭吏以严，勿为姑息，思所以答奖用之意。可。

曾孝序通判莫州

敕某：河决而西，北方并塞之地，频年水灾，民艰于食。尔以才选，往贰守事。其思所以均通有无，疏导堙塞，使吾边民免于流徙之患，则吾尔嘉。可。

刘言可内殿崇班

敕某：尔章献外家子，生于纨绮，而能勉自饬励，以成淑均之行。选与宗姻，既缘华族，特增美秩，兹有旧章。益务自修，以永终誉。可。

张峋户部员外郎改户部郎中

敕具官某：尔既出使近部，入赞民曹，其为属任均矣。然犹以资考之异，别中外之名。用人之慎，国有常典。益勉于事，以观成功。可。

韩绪等 西贼攻围镇戎军南川寨等处，绪等战守有劳，或复伤中。韩绪、韩进转二官，杨吉、池评、赵说、臧逊各转一官。

敕韩绪等：夏戎背恩，侵我疆埸。犬羊之群，遍满川谷。诸将戮力，清野以须。或斩馘酋豪，折其凶气；或坚完壁垒，保我烝徒。虽矢刃夷伤，而忠节弥壮。遂使丑类夺气，引兵遁还，得不偿费，无以复令其下。论功行赏，国有旧章。酬其劳能，增其爵秩。朕既无德不报，尔尚勉于立功。可。

蕃官党令征揽哥赵令景覃恩改官

敕某等：朕嗣守丕业，凡在臣庶，罔有内外，咸欲先之以恩而后责其所报。尔等守在蕃服，世笃忠勤。朕不以远故遗尔，增秩赐邑，与朝臣比。勉思自效，以答恩宠。可。

顾临再授给事中

敕：朕历观多士，惟有实者，可以久用而不见其败。若夫无实之人，朝为端良而莫入于邪。具官某，质重而文，不阿世俗，比从将漕，擢置东台，封驳之风，震竦朝听。旋以河、漳之害，出使赵、魏之冲，而直声在人，公议所惜。因其入奏，俾复旧司。勿改平日之心，审察未行之政。朕有过举，不惮改为。苟无布于四方，害及民物，则朕为有知人之哲，尔亦有常德之誉矣。

可无勉哉！可。

孔文仲中书舍人

敕：政令之出，公卿为朕行之，而台谏为朕言之。方其未行，内史舍人，得闻其议。与其既行而后言，孰与未行而议之哉！具官某，早以直言，铺陈治要。流落虽久，气节不衰。比自右史，迁长谏列。朕审听其言，未尝吐刚茹柔，慨然有仲山之节。是以擢置西掖，试以代言。夫文墨雍容，既尔旧学；论思密勿，毋替前劳。可。

张颉待制河北都运

敕：河决累年，堤防未立。西山诸水，汗漫无归。属此秋霖，鞠为污泽。朕北顾之念，寤寐不忘，虽振廪已行，而宿麦未广。欲使斯民无艰食流亡之患，要在使者有爱人恻怛之诚。具官某，早分刺举之权，旋委方州之重。以勤劳久次之选，居出纳右部之繁。赵、魏之忧，宜任其责；农桑之政，勉尽所宜。特加延阁之华，以重外台之寄。可。

【解题】

以上二百四十二首告词《栾城集》著录为四卷，均为苏辙所撰。苏辙元祐元年（1086）十一月被任命为中书舍人，中书舍人主管中书六房（吏、户、礼、兵、刑、工），承办各项文书，起草有关诏书。以上诏书均为元祐元年十一月至元祐二年十一月期间所撰。西掖即中书省。

宣义郎叶劝太仆寺主簿

古者御与射同，以观其人之才艺。故诗人称太仆善于磬控，孔子以谦自名执御，汝为仆臣属，于夫展軨效驾职也，其亦尝闻之矣。

【解题】

此文各本《栾城集》未载，今据《永乐大典》卷一万四千六百七簿字韵，页九下引宋《苏颍滨集》辑补。

西掖告词

太皇太后三代

曾祖琼魏王

敕：朕祇事东朝，朝夕咨焉以从政。乃者躬见上帝，升侑神考，克以眇躬，率行盛礼。思所以仰报于慈训，谓莫如追宠其先人。太皇太后曾祖某，早事章圣，蔚为名臣。智勇冠时，忠勤没世。决策澶渊之役，卒致匈奴之和。勋列鼎彝，庆钟任、姒。赋政帷幄，泽被海隅。家传异姓之王，誓坚带砺；恩加千里之国，昭示子孙。其尚有知，服此休命。可。

曾祖母李氏燕国

敕：朕嗣守鸿图，初见上帝。推衍天泽，丕冒海涯。矧惟文母之家，尊为外戚之冠，恩自近始，宠无与伦。太皇太后曾祖母某氏，蘋藻之仪，敬而不渎；珩璜之节，动必以时。作嫔大家，肇锡余庆。宜新汤沐之奉，以追窀穸之荣。音徽永存，尚克嘉此。可。

曾祖母李氏韩国

敕：和熹之庆，兆自高密。外奋武功，中笃淳行。闺门之风，比隆儒者。维我圣母，钟庆烈武。积累之厚，追配古人。宜其室家，并受光宠。太皇太后曾祖母某氏，夙被女训，有《鹊巢》之风；能使君子，成《羔羊》之行。德配图史，福流子孙。肆予熙事之成，宜锡大邦之宠。服我新命，贲尔旧阡。可。

祖继隆楚王

敕：朕惟祖宗功臣，能父子相继、勋业不坠者，惟曹氏、高氏。克显于世，而皆笃生圣女，辅成二宗之内治。今予神母，实亲庶政，均覆内外，是用宠其先人，以慰慈心。太皇太后祖某，武力自奋，家声益茂。出拥旄节，入董环卫。与汉辛氏武贤、庆忌、唐李氏西平、大凉较长挈大，罔有惭德。兹予大享于合宫，思与懿戚共享其福。大邦名城，尔实宜之。肇封荆楚，以福尔后。可。

祖母康氏鲁国

敕：古之命妇，贵从其夫，维克有后，则以其子。矧予天下之母，内极三世之尊，可无追崇，助我孝治？太皇太后祖母某氏，育德名族，作嫔大邦。象服之盛，配德于山河；彤管之严，比絜于圭璧。比列荆河之壤，追赉九泉；徙封少昊之墟，益彰异数。追远之厚，予何吝焉！可。

祖母郭氏豫国

敕：朕于旧勋之家，无所不厚。矧维坤德之重，恩何以加？内殚孝敬之深心，庶几慈仁之一喜。比缘大赉，思极追荣。太皇太后祖母某氏，保傅丕勤，宗族称善。姑章安其能养，子孙法之不忘。兹用推惠泽于总章，易隆名于大国。漏泉之庆，尚克享之。可。

祖母全氏秦国

敕：朕笃于奉天，礼极严父。思其志意，莫如念母之深；宠其祖先，尚有追封之典。太皇太后祖母某氏，妇德成于早岁，母仪著于当年。宜其室家，施及宗党。鸤鸠怀均一之性，翚翟见委蛇之容。没而不忘，易旧封于西土；传之罔极，告新命于宗祧。可。

父遵甫唐王

敕：高密之仁，其报在训；汾阳之功，其报在暧。维其子孙不能专有其福，实生圣女，以母天下。汉、唐之盛，旷无与伦。太皇太后父遵甫，魏王之孙而楚王之子也。生而富贵，动由礼义。才甚高而不试，德虽隐而自彰。命之不融，中道而殒。祚我神母，实代天工。厚德载于三朝，贵名高于十乱。仁民爱物，每以生灵而为心；克己复礼，深恶外家之太盛。临御期岁，遂安四方。和熹才有余而德不充，懿安福至厚而功不著，欲报之德，不知所从。兹予祀帝于总章，大霈庞恩于海宇。追崇之典，所不敢忘。改封尧都，增宠家庙。可。

母曹氏吴国

敕：朕以四海之富，为二宫之养，犹朝夕歉然，以为未足。推予此心，以知圣母追远之念，罔有穷已。谓将成就其美，莫如褒显其先。太皇太后母某氏，生于功臣之家，绰有女士之德。恭俭廉退，孝友慈祥。实生太任，作合英祖。方其造舟以迎于渭，教成而结其缡，母育四方，二纪于是；君临百辟，期年有成。推迹本源，安可忘报！改封南国，以贲九泉。庶乎有知，服我新命。可。

母李氏秦汉国

敕：尊之而欲其贵，爱之而欲其富。圣人非私其亲也。情之所厚，礼有必然。眷予外戚之小君，早与唐国之内治，恩宠之异，中外莫先。太皇太后母某氏，奕世簪裳，生知法度。《鹊巢》无愧于居室，《麟趾》自致于多贤。爱均七子之仁，养及中宫之贵。迨此临轩之日，方其授几之辰。化被族人，贵震海内。疏封二国，盖近世之罕闻；寿考百年，均本朝之多福。可。

皇太后三代

曾祖敏中申王

敕：昔我皇祖，光宅天下，求贤以自辅。一时公相皆世之豪杰。子孙显融，历世不坠。笃生淑女，作配皇极。究观本源，盖非一日之积也。皇太后曾祖某，光大笃实，真汉相之风；富贵寿考，有天人之福。画像原庙，铭功太常。方均庆于合宫，宜易封于成国。服我休命，祚尔后昆。可。

曾祖母梁氏魏国

敕：朕亲祀合宫，仰以陟配昭考，追文王之典；俯以大赉臣工，侈上帝之福。眷予母族之重，实居戚里之崇，岂无异恩，以广慈念！皇太后曾祖母某氏，静而守礼，存江、汉之风；动必之仪，俨山河之象。德洽宗党，庆流子孙。疏封有唐，于今历岁。肇新毕万之国，以宠向氏之祧。可。

曾祖母张氏鲁国

敕：昔向氏之祖，位列丞弼。世方平宁。在位正直，有《羔羊》之风，退食委蛇；本《鹊巢》之致，积是懿德。逮其曾孙，嫔于有虞，遂母天下。宠光所被，中外莫加。皇太后曾祖母某氏，躬服孝慈，动由礼义。其归以百两之众，其贵有六珈之仪。寿虽正于中身，庆实钟于来裔。推予享帝之赉，锡以保鲁之封。尚克有知，服此休命。可。

曾祖母宋氏楚国

敕：朕躬享昊天，升侑神考，外推严父之教，内怀将母之诚。厚抚其家，追王厥祖。下迨闺帏之懿，咸加封爵之崇。躬孝帅民，朕无所愧。皇太后曾祖母某氏，严于正家，动必由礼。采蘩以共公侯之事，亲桑以致衮冕之华。蔼然令猷，克光来叶。肇新封于荆楚，告休命于烝尝。尚克有知，膺此异数。可。

曾祖母王氏陈国

敕：朕尊尊以教敬，亲亲以教爱。非予戚里之旧，孰能兼受斯礼？皇太后曾祖母某氏，毓德柔嘉，执礼严靖。服膺保傅之教，究知臣妾之勤。内无怨言，家有余庆。循致坤元之福，遂正母仪之尊。方毖祀于总章，既大赉于寰海。易尔句践之国，锡以太昊之墟。恩宠有加，永世无坠。可。

祖傅亮荣王

敕：爵为上公，周制也；王以异姓，汉法也。朕兼采周、汉之旧，以宠亲贤之家。因大享之告成，锡异恩而追远。皇太后祖某，故相之子，生而显荣，躬蹈儒者之风，行无世禄之过。积累之厚，下迨子孙；褒宠之优，肇建邦邑。因其奄受北国之命，宠以剑立南面之尊。朕将以慰母心 尔亦世享庙祀。可。

祖母吴氏越国

敕：申王诸子，皆列贵仕；荣国不耀，中止郎官。潜德之深，其报在后。及孙而显，母仪天下。德泽流衍，室家光荣。皇太后祖母某氏，珪璋之行，著于族人；蘋藻之恭，宜于祖考。贵始封邑，恩锡有邦。兹因总章之祀，推广隆祐之孝。裂会稽之奥壤，增汤沐之旧封。尚克有知，服我休命。可。

父经周王

敕：申伯之德，参于周、召之间；褚公之贤，载于王、谢之列。恩非专于戚里，名自显于搢绅。今予外家，庶几前烈。皇太后父某，绝出世胄，交友儒林。休声蔼然，多福自至。卧淮阳之近辅，表东海之雄藩。清净不烦，得承流之要；忠悃深至，有入告之常。寿止中身，庆在隆祐。兹因严父之祭，起予念母之心。大启周南之封，以慰宫中之孝。国有常典，匪予所私。可。

母李氏豫国

敕：先皇帝刑于室家，以御于天下。非独外有辅佐，而中宫之懿，实与有劳。焕乎四德之充，岂惟一世之积？皇太后母某氏，敦阅图史，服劳组纼。肃雍娣姒之间，祗敬姑章之奉。诞生淑女之渊穆，不及君子之荣华。初建长秋，闵追荣之已远；继开隆祐，知余庆之方遐。乃者熙事告成，庞恩广被。肇锡荆河之国，以新脂泽之田。贲于九原，嘉此休命。可。

母张氏冀国

敕：朕闻后庭以德进，则外戚以福终。周之任、姒，既克保其国；而汉之窦、薄，亦能全其家。至哉坤元，实相内治。宜尔外家之庆，仰同帝室之休。皇太后母某氏，性禀淑均，德推靖慎。因豫国治家之遗迹，迨慈徽毓德于妙年。命之不融，乃止中寿。比缘毖祀，启汤沐于尧都；锡以命书，贲烝尝于家庙。漏泉之泽，奕世不忘。可。

皇伯世俦赠奉国军节度追封奉化郡公

敕：唐之藩郡，以留后为重；周之列国，以诸公为贵。国朝兼用古制，外以待将帅之功，内以优宗室之懿。非此二者，未尝授焉。具官某，贵而能降，富而不盈。孝弟之美，著于亲党；俨恪之容，见于朝会。没身不试，遗范不忘。宠加两使之贰，优以五等之贵。魂而有知，嘉此休命。可。

越国贤惠长公主追封大长公主

敕：王姬之贵而能执妇道，以成肃雍之美，朕尝闻《召南》、《唐棣》之诗矣。永惟皇祖之庆，笃生淑女之贤。赋命不融，中道而没。哀荣之典，兹何敢忘。故越国贤惠长公主，袭宠宫庭，生知礼义。仪降王后，有车服之崇；德配君子，称室家之懿。逮兹享帝之泽，推予尊祖之诚。大长之称，宠荣斯极。追锡成命，以贲九泉。可。

世繁赠安武军留后追封信都郡公

敕：留后之权，均于元帅；郡公之爵，贵于诸侯。国朝兼采周、唐之旧官，以为亲贤之异数。慎终追远，斯极哀荣。具官某，生于富贵之中，绰有缙绅之度。行己以礼，好善不衰。朕笃于合族之仁，嘉尔终身之善，锡之好爵，胙以大邦。仰增族党之华，俯为窀穸之耀。可。

唐俛 蓬溪簿，于泸州随军部夫入界，瘴死，赠梓州录参

敕具官某：乃者师征泸戎，尔与在行。瘴疠为虐，往而不返。朝廷追录勤劳，不遗细大。特加督邮之赠，以易赙布之礼。孝子之请，予何忍违。可。

克贤赠奉国军两使留后封奉化郡公

敕：生于富贵而成于礼义，克自抑畏以没其身。不有宠荣，何以为劝？具官某，宗党称孝，朝廷所贤。肃雍右卫之华，悍御

遥州之重。赋命不淑，中道云亡。匍匐之恩，情何极已。哀荣之典，国有故常。可。

士觏赠左领军卫将军

敕：具官某：宗室之良，生而不试，没而无述，则为善者何劝焉。尔以孝弟忠信，纪于族党，赠之诸卫之秩，以表平生之贤。魂而有知，嘉此休命。可。

安焘三代妻

曾　祖

敕：朕方恭默思道，垂拱责成。乃者大享合宫，陟配圣考，躬执珪币，敬逆神休。奉璋峨峨，皆先朝之旧；降福简简，告纯嘏之丰。朕弗敢专，用广其旋。具官某曾祖某，怀抱美志，浮沉人间。孝弟笃于父兄，忠信验于朋友。天道不谄，报在子孙，人爵自高，宠极师保。朕命不替，世世赖之。可。

曾　祖　母

敕：朕严父配天，以教天下之孝；肆眚及物，以广上帝之仁。顾予左右丞弼之良，咸有肃雍显相之助。既宠荣其祖祢，复追赉其室家。具官某曾祖母某氏，蘋蘩之仪，敬而不渎；珩璜之节，动必以时。休声蔼然，后世追诵。宜锡召公之社，以宠安氏之祧。尚克有知，服我休命。可。

祖

敕：天之于人，无德不报。凡今卿士大夫有立于朝，尊宠于世者，皆其先人积累之厚。兹朕既奉神考以配上帝，尊亲之极，诚礼兼尽。思与群公，推广斯义，以致其孝。具官某祖某，才甚长而不试，德久晦而自彰。身虽屈于当年，善终表于来世。三师极品，焜耀缙绅之间；九原有知，宠绥存没之地。可。

祖母李氏

敕：古之命妇，贵从其夫，惟克有后，乃以其子。矧予本兵之地，实总几事之烦。乃者大享合宫，相予肆祀。义无不答，礼有追崇。具官某祖母李氏，性本柔嘉，行称纯洁。妇德成于雍穆，母仪备于慈仁。胙以少昊之墟，易其叔铎之土。服我休命，宜尔后人。可。

祖母齐氏

敕：古之命妇，贵从其夫，惟克有后，乃以其子。矧予本兵之地，实总机事之烦。乃者大享合宫，相予肆祀，义无不答，礼有追崇。具官某祖母齐氏，恭顺以惠女师，慈俭以奉君子，闺门从而有礼，子孙赖以多贤。上蔡之封，历年于是；大名之壤，开国惟新。宠以密章，贲尔家庙。可。

父

敕：士之修身行义，不显于国，必显于乡党。故其乘时得志，不任其身，必在其子孙。谓天难忱，于事可考。具官某父某，乐于潜晦，不求闻知。推良心以与人，抱长才而不试。安舆就养，遍历于方州；西府宴闲，荐移于岁月。锡之好爵，以裕予心；服我宠章，益介眉寿。可。

母张氏

敕：士大夫义隆于显亲，恩深于念母。追劬劳之罔极，悼宠禄之无施。兹予毖祀于总章，大霈宠恩于海县。思广吾孝，以即尔心。具官某母张氏，靖而有礼，勤于治家，空传四德之名，不待千钟之养。宠加异数，以慰终天。爵无异于生荣，地莫加于韩乐。服我休命，子孙不忘。可。

母　王　氏

敕：朕惟左右之臣，家有父母之养。自公退食，朝夕侍侧，以尽人子之愿者，方今一人而已。总章之庆，恩被遐远。封爵之厚，予何爱焉。具官某母王氏，居不忘敬，行必由礼。手治蘋藻，躬执组紃。老而不衰，足以为法。宜锡三秦之壤，以为一族之华。寿考且宁，祇服朕命。可。

妻

敕：朕初见上帝，严配文考。公卿骏奔，求相熙事。工祝致告，均锡纯休。朕不敢专，思以逭下。非独身享其报，亦使家被其荣。具官某妻某氏，少长名家，辅佐吉士。烝尝之敬，先祖是安；膳服之宜，宗族咸喜。仁厚见于《麟趾》，正直发于《羔羊》。宜增汤沐之封，益耀笄珈之宠。服我新命，宜尔家人。可。

李清臣三代妻

曾　　祖

敕：朕方恭默思道，垂拱责成。乃者大享合宫，陟配圣考。躬执珪币，敬逆神休。奉璋峨峨，皆先朝之旧；降福简简，告纯嘏之丰。朕弗敢专，用广其施。具官某曾祖某，迹晦乡党，德如珪璋。力行于方寸之间，责报于百年之后。子孙之盛，缙绅罕闻；保傅之尊，德义为允。服我休命，宜尔后昆。可。

曾祖母尹氏

敕：朕严父配天，以教天下之孝；肆眚及物，以广上帝之仁。顾予左右丞弼之良，咸有肃雍显相之助。既宠荣其祖祢，复追赉其室家。具官某曾祖母某氏，及其良人，咸有淳行。孝敬称于宗族，福禄迨其子孙。策名俊科，与我近辅。肇启伯禽之邑，以为家庙之华。其尚有知，服宠无斁。可。

曾祖母周氏

敕：朕严父配天，以教天下之孝；肆眚及物，以广上帝之仁。顾予左右丞弼之良，咸有肃雍显相之助。既宠荣其祖祢，复追赉其室家。具官某曾祖母周氏，珪璋之行，著于族人；蘋藻之恭，竭于尝禘。贵始封邑，恩锡有邦。肇从申伯之封，改食潞子之国。服我休命，以贲宗祧。可。

祖　父

敕：天之于人，无德不报。凡今卿士大夫，有立于朝，尊宠于世者，皆其先人积累之厚。兹朕既奉神考，以配上帝，尊亲之极，诚礼兼尽。思与群公，推广斯义，以致其孝。具官某祖某，修身正家，而声被于乡党；居约履顺，而福流于子孙。世有英才，与闻大政。宠列三师之贵，祚隆十世之余。锡之闳章，以贲幽隧。可。

祖　母

敕：古之命妇，贵从其夫，惟克有后，乃以其子。矧余中台之辖，实总万机之烦。乃者大享合宫，相予肆祀，义无不答，礼有追崇。具官某祖母某氏，服劳组紃，敦阅图史。祗敬姑章之奉，肃雍娣姒之欢。中馈之仪，风猷未替；东国之赠，宠数有加。赐之密章，贲尔庙祐。可。

父

敕：士之修身行义，不显于国，必显于乡党。故其乘时得志，不在其身，必在其子孙。谓天难忱，于事可考。具官某父某，隐而不试，久则自彰。孝弟隆于父兄，忠信验于朋友。是亦为政，人无间言。由其教子之严，为我得臣之助。比推恩于秋享，增峻秩于师垣。追贲九原，尚克嘉此。可。

母

敕：士大夫义隆于显亲，恩深于念母。追劬劳之罔极，悼宠禄之无施。兹予毖祀于总章，大霈庞恩于海县，思广吾孝，以慰尔心。具官某母某氏，山河之容，江汉其行。夙被女训，有《鹊巢》之风；能使君子，成《羔羊》之德。宜即乡邦之奥壤，以为封国之美名。服我宠章，祚尔后嗣。可。

妻

敕：朕登用俊杰，委任责成，非独厚以爵秩之华，亦将尽其室家之愿。乃者躬祀帝考，大赉臣工。封国迨于闺闱，世禄通于子弟。朕于卿士，实无爱焉。具官某妻某氏，生于名儒之家，绰有女士之德。爱均诸子，比鸤鸠之仁；贵以良人，备翚翟之服。肇锡山河之广，宠增汤沐之封。宜其家人，服我休命。可。

范纯仁三代

曾　祖

敕：朕方恭默思道，垂拱责成。乃者大享合宫，陟配圣考，躬执珪币，敬逆神休。奉璋峨峨，皆先朝之旧；降福简简，告纯嘏之丰。朕弗敢专，用广其施。具官某曾祖某，潜德不耀，余庆自彰。仁义之报，不及其身；功名之实，灼见于后。极三师之贵，既锡于宠名；慰九原之知，肇建于成国。可。

曾祖母

敕：朕严父配天，以教天下之孝，肆眚及物，以广上帝之仁。顾予左右丞弼之良，咸有肃雍显相之助。既宠荣其祖祢，复追赍其室家。具官某曾祖母某氏，幽闲之中，率礼不越，共俭之素，御家有常。报在子孙，世笃功烈。肇锡韩侯之邑，以为家庙之华。其尚有加，服宠无斁。可。

祖

敕：天之于人，无德不报。凡今卿士大夫，有立于朝，尊宠于世者，皆其先人积累之厚。兹朕既奉神考，以配上帝，尊亲之极，诚礼兼尽。思与群公，推广斯义，以致其孝。具官某祖某，种德之深，稼而不穑；发源之远，流则愈长。伟哉元子之贤，继以诸孙之盛。庙食之久，盖未可量；乡国之封，肇新其旧。可。

祖母

敕：古之命妇，贵从其夫，惟克有后，乃以其子。矧余本兵之要，实总机事之烦。乃者大享合宫，相予肆祀。义无不答，礼有追崇。具官某祖母某氏，徽柔靖恭，信顺慈孝。天道不谄，报在后昆。人爵自高，祚以封国。易宛丘之故地，锡全楚之大邦。尚克有知，服我新命。可。

祖母

敕：古之命妇，贵从其夫，惟克有后，乃以其子。矧余本兵之要，实总机事之烦。乃者大享合宫，相予肆祀。义无不答，礼有追崇。具官某祖母某氏，服劳组紃，敬治蘋藻。祇率祖考之旧，循致子孙之贤。中馈之仪，风猷未替；西国之赠，宠数有加。赐之密章，以严庙祀。可。

父

敕：昔我皇祖仁宗，博求多士，以绥靖四方。天惟眷佑，赉之正人。既以克和羌戎，又以燮治区夏。出入中外，实兼文武之烈。今予嗣守丕业，选任大吏，亦拔四帅，以临中枢。匪伊异人，惟父惟子，得人之盛，朕无愧焉。具官某父某，秉德不贰，好谋而成。始任谏诤，知无不言；中为将帅，靖而能勇；卒以功业，股肱先圣。兹予怀想风烈，用建尔仲。予嘉其《缁衣》之德，锡以召祖之命。惟师保之贵，既无以加；故河漳之封，益大其宠。可。

母

敕：士大夫义隆于显亲，恩深于念母。追劬劳之罔极，悼宠禄之无施。兹予毖祀于总章，大霈庞恩于海县。思广吾孝，以慰尔心。具官某母某氏，山河之容，江汉其行。其君子正直，有《羔羊》之德；其后世信厚，有《麟趾》之风。宜锡宠荣，以慰存没。乃祖唐相，实启卫国之封；眷予枢臣，愿为密章之赠。贲于幽壤，尚克嘉之。可。

中丞刘挚父

敕：朕临照百官，寄耳目于中执法。乃者季秋大享，骏奔在廷。迄于熙事之成，繄其正色之助。方均行于惠泽，宜特先于庶工。具官某父某，种德之深，终身不显；教忠之笃，没世乃彰。挺然司直之良，美哉有子之庆。不有锡命，孰知其贤？宜加四品之崇，以为九原之慰。可。

苗贵妃三代

曾　祖

敕：昔我仁祖刑于室家，以御于邦国。下逮嫔御，化其德风，罔不贤淑。迄兹三世，犹有耆旧，仪于六宫。故其祖考，日益尊显。贵妃苗氏曾祖祚，潜德不耀，久而后彰。至于曾孙，宠托宫掖。兹因大享，祗率旧章。命为上公，封以成国。九原有知，尚克嘉此。可。

曾祖母

敕：天之报施，昭然不诬，世之显荣，皆有由始。而况追事皇祖，流泽私亲。夫岂偶然而至于是？贵妃苗氏曾祖母冯氏，柔嘉之德，见纪于族人；慈俭之风，有闻于后世。乃眷曾孙之贵，亲承大享之休。易汤沐之旧封，为窀穸之新宠。服我成命，世世不忘。可。

祖

敕：朕嗣守鸿图，初见上帝。推衍天泽，丕冒海隅。矧惟先朝旧人，外家通贵。恩自近始，宜无与先。贵妃苗氏祖仁恭，隐约之中，操修以礼。被宠光于来裔，知报施之不诬。官为上公，已极人臣之贵；地分全楚，复推列国之雄。锡是闳章，以贲幽壤。可。

祖母

敕：朝廷宠绥臣庶，褒显其先，惟有四辅之崇，乃锡三世之命。其于禁掖，殆无几人。贵妃苗氏祖母袁氏，容德之修，著于宗党；福禄之盛，及其子孙。方予熙事之终，胙以成国之赋。贲尔庙祀，世世保之。可。

父

敕：于赫皇祖，仁覆四方。永怀弓剑之遥，不忘簪履之旧。而况逮事左右，今为老成，宜其尊亲，特被休宠。贵妃苗氏父某，躬有懿行，笃生淑人。既寿且康，允仁而信。荐经元祀之庆，每极追崇之荣。肇锡大名，以配隆爵。密章之赐，泽及九泉。可。

母

敕：故旧不遗，则民不偷。矧吾三朝之人，独享百年之福。眷尔近戚，予何可忘？贵妃苗氏母裴氏，徽柔靖恭，幽闲肃敬。行应家人之美，庆钟女子之祥。兹予大享之成，肇易新邦之宠。漏泉之泽，存没兼荣。可。

文臣升朝封父母妻

父

敕：具官某父某：朕毖祀总章，陟配神考。子大夫奔走厥服，咸与有劳。推予严父之心，为尔显亲之庆。锡命之宠，寿考不忘。可。

母

敕：具官某母某氏：慈惠有以宜家，肃敬可以教子。乃者大享之礼，百执咸事。朕宠绥忠孝之心，推本源流之自。锡尔爵邑，以荣子孙。可。

妻

敕：具官某妻某氏：士大夫出仕于朝，能以恭俭正直，成《羔羊》之美；必有淑女，以治其私。用能退食委蛇，无内顾之虑。朕方推帝泽于天下，其何爱一邑，不以宠其家人。可。

文臣升朝追封父母妻

父

敕：具官某父某：合宫之享，义存严父。朕惟天下之士，追养之诚，上下无间。是用推予锡命之宠，旌尔教忠之勤。九原有知，尚服休命。可。

母

敕：具官某母某氏：生能正家，没有良子。欲尽劬劳之报，莫如爵命之隆。方大赉于总章，宜肇新其汤沐。服我休命，世世不忘。可。

妻

敕：具官某妻某氏：恭事君子，宜其家人，勤劳则同，而宠荣莫及。存没之念，终身恻焉。方予庆赐之行，肇加脂泽之奉。赉于窀穸，尚克嘉之。可。

范镇父

敕：士有历事三世，秉持一心，志怀金石之坚，言为社稷之计，耄期不乱，清静无求，访之古人，殆亦无几。朕既复命以位，思见其人。旋观德业之崇，知有源流之自。具官某父某，隐居闾巷，名出缙绅。以孝弟为传家之资，以《诗》《书》为教子之实。自修于方寸之内，责报于百年之间。子孙勃兴，冠冕相继。方予大享之庆，锡以追崇之荣。开府之仪，比隆于三事；漏泉之泽，少慰于终天。可。

鲜于侁父母

父

敕：朕既得直谅多闻之士，而置之礼乐之司，擢之谏诤之列矣。乃者总章大享，来相于庭，因予严父之心，成尔显亲之愿。具官某父某，怀抱美志，博通古文，上自《河图》、《洛书》，下及天文地理，无有不综，庶几古人。卷怀而归，以遗后嗣。金章紫绶，虽不及其平生；密印闵书，示追荣于泉壤。可。

母

敕：妇人之贤，室家所赖。上能使其君子，有《羔羊》正直之行；下能使其后世，有《麟趾》信厚之风。诗人所嘉，于今犹信。朕既得其子，以知其亲。具官某母赵氏，江汉之行，山河其容。手执《诗》、《书》，亲教子弟。虽负米而养，自有孝弟之欢；而列鼎以祠，莫尽劬劳之报。宜易脂田之奉，仍加褕翟之荣。追贲九原，以慰存没。可。

陈曼父闰　曼任登州録事,父闰年九十一,以敕封承务郎。

敕：具官某父某：总章之庆，凡通籍之士，皆获爵命其亲。朕惟子大夫沉于下僚，家有耄期之养，而宠荣不及，念之恻焉。锡尔一命，以绥子孙之志。可。

钱勰父母

父

敕：钱氏举国内附，俾吴、越之人，免兵革之乱。子孙受封，带河砺山，藏在盟府。矧其后世，贤杰间出，赫奕相望，其于追崇，安可复后。具官某父某，贯穿坟史，练达典章，博辩有文，绝出伦辈。父子兄弟，进以直言。誉喧一时，望以卿相。中道而陨，报在后昆。俨然侍从之华，与我总章之祀。宠之开府，载是闵书。九原有知，服命无斁。可。

母

敕：妇人之贵，当从其夫。礼变古今，义均存没。肆予大享之庆，俾极追封之荣。具官某母某氏，育德高门，作嫔大族。生知图史之乐，不烦保傅之箴。余庆在其子孙，清风播于宗党。肇封成国，光有翟衣。锡此密章，宠尔庙佑。可。

李玮三代

曾祖

敕：昔我仁祖，敦睦九族，以和万邦。顾惟念母之深，特厚外家之礼。往事虽远，此恩未移。具官李玮曾祖某，怀抱美志，浮沉人间。孝弟笃于父兄，忠信验于朋友。天道不谄，报在子孙。人爵自高，宠极师保。肆予大享之庆，肇易三秦之封。九泉有知，服我休命。可。

祖

敕：成王之母邑姜，齐侯世受其祉；宣王之母申后，申伯亦赖其宠。矧我皇祖之圣，重以李氏之贤，子孙相承，冠冕日盛。追崇之典，国有旧章。具官李玮祖某，隐约之中，操修以礼。克有淑女，笃生圣人。宠虽不逮于平生，泽尚可加于来裔。比因秋享，肇易国封。锡是闵书，以宠庙祀。可。

父

敕：朕深惟仁祖之意，宠绥元舅之家。申锡婚姻，以固恩礼。乃眷奠邦之嗣，来相合宫之祠。熙事告成，鸿恩先及。具官李玮父某，贵而能降，富而不骄。诸子之贤，迭为将帅。大邦之宠，更王齐秦。肇新锡命之书，以慰终天之感。可。

王坚父

敕：朕惟景德、祥符之间，治定功成，庶几三代。时维丞相魏公，左右厥辟，同底于道。于穆清庙，卒配烝享。至于庆历、嘉祐之际，克有贤子，不坠厥家。出入中外，允文允武。兹予季秋大享，追念先正之后，有能在朝，相我熙事，宜有褒宠，以劝百官。具官某父某，始以谏诤名闻朝廷，终以将帅威加戎狄。父锡之庆，子成厥功。故虽富贵显融，赫奕再世，而天下之议，不以为过。生为六官之长，没加三事之荣。匪予尔私，惟德之报。可。

曾布父

敕：曾氏系出东鲁，渊源师友，本于孔氏。谱牒详具，虽远而明。子孙盛大，继显于世。具官某父某，文学之美，肖其先人；议论之长，信于来世。仕而不遇，志存于书。没而愈彰，庆钟厥子。属词比事，粲然有古人之风；理财御边，卓然有当世之具。才智竞爽，爵秩同升。其于缙绅，殆无一二。朕既任以事，恩宠其先。今兹大享告成，显亲沛泽。追锡崇阶之赠，以慰九原之知。可。

蔡确父母

父

敕：位极三师，而爵封大国，虽元勋盛德，有不能至者矣，而将相大臣，欲显其亲者得之。吾是以知积善之为难，而有子之为贵也。具官某父某，潜于下僚，不求闻达。躬有懿行，久乃发扬。美哉中子之贤，任予元宰之事。久厌机务，退守便蕃。深念教忠之劳，求易苴茅之赐。大名奥壤，虽为甸服之雄；全楚新邦，愿即故乡之近。九原未泯，尚克嘉之。可。

母

敕：贵以其子，而爵从其夫，此妇人之礼也。时予旧相之宠，告我念母之诚，亦何爱于大邦，不以成其纯孝。具官某母某氏，仁以逮下，严于治家。礼先中馈之勤，恩遍外姻之广。命之不淑，没有余哀。肇易脂田之封，永保荆人之国。宠尔庙室，以利后人。可。

秦晋国安仁保佑夫人张氏祖祖母父母

祖

敕：具官某祖某：朕追怀弓剑之遥，不遗簪履之旧，矧功存于保护，而宠极于平生。宜因大享之恩，成其尊祖之念。宠加列卫，追贲九泉。可。

祖　母

敕：具官某祖母某氏：朕祗祀合宫，严配圣考。思其志意，恍焉如存。是以推广旧恩，施及幽远。肇易脂田之奉，以申追远之诚。可。

父

敕：具官某父某：朕孝爱之深，无德不报。永惟保育之旧，夙著劬劳之恩。方大享之告成，宜显亲之施及。诸卫之贵，存没兼荣。可。

母

敕：具官某母某氏：尔早以息女之良，功存藩邸之养。报已隆于贵显，恩宜逮于存亡。肇新汤沐之封，以为幽冥之慰。可。

世采母李氏安康郡太君世智母何氏永昌郡太君

敕：严父配天，国之大礼也。以子贵母，三代之旧章也。兹予大赉之庆，泽被含生之伦。矧于近亲，志切追远，锡命之典，其何可忘。具官某母某氏，承上克恭，临下以礼。生著御家之法，殁闻有子之贤。赐汤沐于大邦，为窀穸之余宠。九原未泯，尚克嘉之。可。

李端愿父母

父

敕：富而好礼，贵而不骄，势凭戚里之荣，躬被儒者之节。昔闻其语，未见其人。具官某父某，爵本传家，亲联筑馆。进退以礼，无世禄之非；文友多贤，尽当时之杰。被遇前圣，流芳后昆。有子而贤，久列东宫之贵；开府以赠，仍因西土之封。锡是闳章，贲尔幽隧。可。

母

敕：帝乙归妹，而交泰之功著；王姬之车，而肃雍之礼成。风化所由，恩礼当异。具官某母某氏，渊源之盛，当世莫伦；礼义之隆，至今传诵。俨若姑章之奉，穆然闺壶之风。车服下于王后，而不以骄人；子孙众如螽斯，而要于守法。故能奕世不坠，休声愈隆。兹予大享之成，因尔故封之广。闵书密印，宠数不渝。可。

张方平祖

祖

敕：朝廷优二府之臣，列三世之赠。眷我耆旧，退处乡间。方大享之告成，宜申锡于休命。贲及祖朝，进封大邦。具官某祖某，修身正家，而声被于宗党；居约履顺，而福流于子孙。力行于方寸之间，得报于百年之后。朝之大老，惟尔元孙。肇新淇奥之封，增宠师臣之貌。告于幽隧，服此优恩。可。

父

敕：士之怀抱志节，老于山林，不求闻知者，何可胜数。永惟公卿之贵，本出父祖之贤。行义绝伦，声闻不著。特缘有子，得列于朝。追想风猷，不忘嘉叹。具官某父某，性本静重，行极高明。宴坐一室之间，心游万物之表。澹然自守，寡笑与言。遂以绝人之姿，深积传家之庆。柱石之寄，尝参二府之崇；几杖之仪，又已十年之久。比缘昭配，许以侍祠。宜因均福之恩，懋锡追崇之典。地分全魏，爵列上公。九原有知，服我休命。可。

富绍庭母

敕：朕追怀先正之臣，建功当年，流泽后世。时惟丞相临淄公，以甘盘之旧，股肱太平。丞相韩公，以魏丙之贤，翼亮数世。风流未远，家事落然。比因大享之成，重兴追远之念。具官某母某氏，临淄公之子，而韩公之配也。幼服图史之训，晚同忠义之勤。有德有年，五福兼备。奄从沦谢，中外咨嗟。兹用不忘旧勋，宠加新命。因其封国之故，以明有子之良。贲尔宗祧，世世无斁。可。

蔡滕父挺赠开府仪同三司

敕：昔我皇考，分命守将，镇抚四夷。时惟西羌，弗克靖顺，实赖良帅，是震是服。遂以显绩，进登西枢。命之不融，中道而殒。声迹之美，于今不忘。具官某父某，谋猷靖深，勋业崇茂。治边之略，纪于一时；经远之功，著于来世。比缘陟配之享，永怀先正之良。追锡崇阶，比仪三事。有子之庆，奕世嘉之。可。

刘 攽 母

敕：妇人之贤，著于《麟趾》；赠礼之盛，极于翚衣。朕亲享合宫，加惠百辟。矧复从官之列，来告念母之诚。可无异恩，以示追远。具官某母某氏，笃生大族，作配名儒。环佩之声，动必由礼；赫藻之荐，举不失时。追怀令猷，尚有诸子。守道不倚，则汉中垒尉；博学不倦，则唐居巢侯。美哉有子之良，为我得臣之助。祚之大郡，慰尔九原。可。

奉议郎任斯年祖母黄氏 以母封回授永寿君。

敕：朕亲享合宫，均庆多士，以宠荣其亲。推而上之，又及其祖。其于亲亲尊祖之义备矣。美名大邑，介尔眉寿。子孙不忘，益勉忠孝。可。

张琬父昇追封韩公

敕：朕追怀祖宗，下逮先正。闻嘉祐、治平之盛，宗臣大老，相望于朝。永思其人，如见风采。具官某父某，始以直气，振于中司，终以令德，长于西府。历事二祖，恳款一节；归老嵩、少，追迹松、乔，殂谢未几，风烈犹在。比缘合宫之祀，嘉其有子之庆，即封乡国，以贲私祧。九原有知，服此休命。可。

安焘知枢密院赠三代

曾　　祖

敕：枢臣之长，戎政出焉。内则张皇六师，以御外侮；外则绥怀四夷，以安中国。久虚之位，历试以庸。特推三世之恩，以示百官之劝。具官安焘曾祖某，处躬甚厚，与世无求。人莫能知，而天相其善；身隐不仕，而世承其休。逮尔曾孙之良，冠予西府之列。折冲之效，偃革可期。斯用锡帝傅之隆名，贲私祧之常祀。九原未泯，百世不忘。可。

祖

敕：古之贤君，有师臣之义。朕临御百辟，想见其人。眷予宥密之贤，夙承祖考之烈。积德之厚，获报甚隆。宠之上公，以见予意。具官某祖某，赋性端悫，终身退藏。孝弟发于自然，忠信验于来世。松生于谷，阅岁不衰；泉发于山，造平而大。启良心于嗣子，胙多福于元孙。岿乎家庙之隆，数致闵书之赐。贲于幽隧，宜尔后昆。可。

父

敕：子之能仕，父教之忠。率循孝弟之风，施及邦家之广。朕既用其子，不忘其亲。荐锡崇阶之荣，以宠退食之养。具官某父某，资性淳笃，既慎靖以安贫；操行坚强，亦恭俭以居富。一变簪裳之盛，亲见廊庙之崇。循致承平，既股肱之允赖；报之宠禄，宜命数之超升。寿考且宁，训敕无怠。可。

王汝舟祖母胡氏封嘉兴县太君　汝舟乞以妻叙封回授。

敕：某。合宫之庆，士得以其亲及其室家之封，封其大父母。今汝舟愿以妻之叙，而加其祖母。恩从其厚，将以极尊祖贵老之义而已。绥尔眉寿，服宠无斁。可。

皇兄令擢等所生母赠县太君

敕：某母某氏：合宫之庆，泽被存没。尔笃生令人，当以子贵。肇锡汤沐之奉，以慰怵惕之感。魂而有知，嘉此休命。可。

富弼赠太师

敕：庆历之盛，朝多伟人。维范与富，才业名位，实相先后，海内称诵，见于声诗，比之夔、契。经涉险阻，继以存亡。惟天所佑，克享全福。历相三世，配食清庙。肆予大享，加宠先正。亦克有子，列于在廷。具官某父某，德及夷夏，功载史册。出盟獯、鬻，复结二国之欢；入秉陶钧，首开万世之议。性本直谅，终身不回。心乐虚闲，超世自得。音容未远，风烈可追。锡以上公之章，明我师臣之意。告于幽隧，慰尔后昆。可。

刘沆追封秦国公

敕：生而秉钧，显名于世；没而有子，通籍于朝。家存旧德之余，国有世臣之盛。比缘大享之庆，来告显亲之诚。勋旧既隆，恩宠亦异。具官某父某，奋身南国，致位中台。风迹之优，效见于民政；勤劳之久，声载于图书。顷自告终，奄更三世。爵极师保之重，国分吴会之雄。宜锡祉于秦亭，示追崇于家庙。九原未泯，服此鸿恩。可。

卢政赠司空

敕：祖宗怀柔四方，兵革不试，虽有貔虎之士，拥旄钺之寄，皆老死侍卫之间，不见才武之效。然其声绩未泯，子孙在廷。追远之恩，国有常典。具官某父某，弓剑之任，推雄万夫；

韬略之贤，著称当世。卒能保宠，以没其身。兹大享于合宫，示追崇于列辟。宜锡冬官之印，以增家庙之荣。魂而有知，服宠无斁。可。

王存妻胡氏齐安郡夫人

敕：朕敷求哲人，咨以大政。知其有孝恭祖考之义，则爵其三世，以礼其私祧；知其有慈爱室家之心，则封之大郡，以助其内治。凡所以深慰其情，而优为之礼者，亦已至矣。具官某妻某氏，举无失中，言必由礼。起于糟糠，而善处穷约；逮其富贵，而不闻骄奢。兹使君子，绰有成德。遂登丞辖之位，率由夙夜之佐。是用望郡以为汤沐，翟茀以与会朝。勉修令猷，答此休命。可。

杨王第三女封安定郡主

敕：朕有怀二宗，思见文、武之盛；念我叔父，亦配间平之贤。粤维礼命之优，盖有朝廷之旧。女既及笄而字，爵当裂土而封。恩礼之隆，孝敬斯在。杨王第三女，幼而好礼，姆教不烦；长而知方，妇德已备。兹择良士，亦惟外亲。将修纁雁之仪，肇锡汤沐之奉。惟恭且俭，可以保是美名；怀孝与和，可以安于二姓。风化之首，其尚勉之。可。

【解题】

以上一百首告词均为元祐元年十一月至元祐二年十一月，苏辙任中书舍人时所撰赐封告词。《栾城集》著录为二卷。

北门书诏

麻制十三首

除苗授保康军节度知潞州制

门下：上将之任，本智略以为先。万夫所望，亦材武之兼尚。惟擢拜之未几，亟辞疾以告劳。言念悃诚，式敷明命。殿前副都指挥使、武泰军节度、黔州管内观察处置等使、持节黔州诸军事黔州刺史、上柱国、济南郡开国公、食邑二千八百户、食实封三百户苗授，早读兵法，有志事功。久践戎行，自奋边鄙。入参环列，既被遇于先朝；累积岁劳，适谋选于元帅。遂分旄节之寄，克谐卒乘之欢。宿卫逾年，勤勚为请。愍独贤于烦使，俾暂佚于近藩。爵加贵名，邑衍真食。潞子之旧，俗武而淳；守土之臣，事简且暇。于戏！建櫜而出，知宠数之不移；勿药有瘳，幸年岁之未暮。卧理非壮士之节，力疾有忠臣之风。勉俟安平，起就勋业。可特授检校司空、持节房州诸军事、房州刺史、充保康军节度、房州管内观察处置等使、知潞州军州事兼管内劝农使、兼提举泽、晋、绛、慈、辽州、威胜军屯驻驻泊就粮、本城兵马巡检公事，替韩宗古，加食邑五百户，食实封二百户，勋封如故。主者施行。

除刘昌祚武康军节度殿前副都指挥使制

门下：多畜卫兵，莫如国朝之盛；次补元帅，盖本祖宗之常。顾惟万骑之选师，重以千卢之严徼；欲众心之素服，非宿将而莫当。诞告在廷，咸听朕命。侍卫亲军步军副都指挥使、冀州管内观察使、持节冀州诸军事、冀州刺史、上柱国、彭城郡开国侯、食邑一千九百户、食实封一百户刘昌祚，奋由弓剑，资以韬钤。整于治军，才出边将之右；勇于对敌，声著陇山之西。乃者取其先朝指踪之余，授以平凉总护之贵。种羌久困，既款塞以来庭；环尹适虚，归释甲而御众。爰加旄节之重，以壮辕门之观。旌旆不移，什伍如故。当使少加号令，自益精明。于戏！仁足附众，则六师不扰；威能克爱，则万夫可齐。亦俾貔貅之徒，咸知忠孝之节。勉矣来效，往其钦哉！可特授持节洋州诸军事、洋州刺史、充殿前副都指挥使、武康军节度、洋州管内观察处置等使，勋封食实封如故。主者施行。

明堂吕大防加恩制

门下：昔吾祖宗革五季之遗，复三王之旧。皇祐之盛，始寓总章于外朝；元丰之隆，载严上帝之定位。物有成宪，敷遗后人。朕因而循之，罔有失坠。乃辛巳之吉，躬被冕服，祗帅群工，礼成不遗。神贶昭答，诞降多福，均畀在廷。太中大夫、守尚书左仆射、兼门下侍郎、上柱国、汲郡开国公、食邑二千九百户、食实封六百户吕大防，笃实而文，宽厚而栗。在英祖时，纳忠不回，为名御史。在神考时，宣力不懈，为贤守臣。逮兹缵承，即与丞弼。既全付之钧轴，遂能任我栋梁。正颜色而诚意宣，出词气而忠邪辨。左右三载，咸乂四方。民无烦苛，羌率旧职。稼穑茂遂，神人燕安。俾我厘事告成，旧章不坠。虽荷帝祉，时惟乃功。宜因赐胙之恩，遂行进律之典。增大国邑，衍食真封。畴尔茂勋，劝我多士。于戏！公尔忘私，非独得君，亦以获佑于帝；宽而有制，非独善始，亦以克要厥终。及兹休成，同底至道，可特授依前官职，加食邑一千户，食实封四百户，勋封如故。主者施行。

皇伯祖宗晖加恩制

门下：宗祀配天，所以教诸侯之孝；加地进律，所以广上帝之恩。矧维天属之尊，世奉濮园之享，相予肆祀，绥我思成。躬率父兄之和，以致天人之应。用敷大号，昭告治朝。皇伯祖镇南军节度、洪州管内观察处置等使、检校司徒、开府仪同三司、持节都督洪州诸军事、洪州刺史、上柱国、嗣濮王、食邑一万二千一百户、食实封三千七百户宗晖，爵封世王，名冠属籍。贵而能降，富而不骄。孝弟肃恭，率本天姿之懿；威仪问学，早承师训之良。同我洁斋，献于馈熟。进退和于礼节，升降比于乐章。逮此休成，宜均多福。益衍旧封之广，仍加真食之优。于戏！承安懿之后，思继前人之令猷；兼将相之隆，勉图夹辅之休烈。兹因受爵之宠，益起循墙之恭。庶无间然，克有终誉。可特授依前官职，加食邑一千户，食实封三百户，勋如故。主者施行。

皇叔祖宗祐加恩制

门下：朕出款原庙之严，入谒总章之秘。师臣外帅多士，以靖吾国；宗卿内帅诸父，以正吾家。亲贤既和，天人咸若。膺受多福，施及四方。矧惟族属之尊，宜有宠光之异。皇叔祖宁远军节度、容州管内观察处置等使、持节容州诸军事、容州刺史、上柱国、巩国公、食邑五千八百户、食实封一千六百户宗祐，耻为富贵之习，动由礼义之中。祗顺父兄，亲近师友。肃若闺门之治，穆然朝谒之容。秉旄钺而四方之志行，锡茅土而诸侯之礼备。远镇容管，近殿洛师。处之若无，久而益慎。爰推大赉之泽，益彰有德之荣。增衍故封，懋锡真食。于戏！考之晋人，则安平之于武帝；求之唐室，则元嘉之于高宗。皆以德重属高，恩隆礼异。往祗服于明命，思无愧于古人。可特授依前官职，加食邑七百户，食实封二百户，勋如故。主者施行。

皇叔祖宗楚加恩制

门下：汉封同姓之国，势遂疏于本朝；唐任宗室之隆，用每杂于他族。祖宗酌古今之典，笃兄弟之亲，虽极茅土之封，常居朝谒之地。眷礼特异，前世莫伦。皇叔祖建武军节度、邕州管内观察处置等使、持节邕州诸军事、邕州刺史、上柱国、郧国公、食邑五千八百户、食实封一千六百户宗楚，孝友根心，文艺饰性。居处恭，故不闻过行；室家理，故可以莅官。师保不烦，朋友称信。乃者显相原庙之祀，斋宿总章之廷。黼假无言，质明成礼。顾惟大赉之泽，宜处群臣之先。益衍故封，陪敦真食。于戏！宗祀之典，所以教孝于诸侯；赐胙之恩，所以均福于上帝。诚观礼以知义，尚修身而保终。祇服宠光，永有燕誉。可特授依前官职，加食邑七百户，食实封二百户，勋如故。主者施行。

皇弟佶加恩制

门下：朕惟成王尚幼，而绍文、武、任、姒之业。时其诸弟之贵，则有邗、晋、应、韩之封。皆克保邦，以辅王室。今予仲叔之众，咸训祖考之谋。方宗祀于文王，以陟配于上帝。礼成弗越，孝思无穷。爰因降福之多，以均同气之盛。皇弟镇宁军节度、澶州管内观察处置等使、检校太尉、开府仪同三司、持节澶州诸军事、澶州刺史、上柱国、遂宁郡王、食邑六千户、食实封一千九百户佶，得天之粹，克孝于家。典学之初，弗烦于傅。观其率礼之意，既有成人之风。受册苴茅，已赐盟于如砺；备仪出阁，终有赖于维城。朕方推神之休，布泽于下，岂兹贵介而有忽遗！宜增多户之封，并衍真食之赐。于戏！富而知稼穑之事，则富可保；贵而知君臣之节，则贵可全。受爵既先于四方，修己岂后于群辟！祇服明训，其永有词。可特授依前官职，加食邑一千户，食实封三百户，勋如故。主者施行。

皇弟似加恩制

门下：朕明发而兴，有怀文武之烈，孝爱之广，施及克弟之亲。兹择季秋之良，躬展总章之祀。升侑烈考，昭配昊天。执币以前，忾然如在。念遗意之所属，顾同气之当先。皇弟集庆军节度、亳州管内观察处置河堤等使、检校太尉、开府仪同三司、持节亳州诸军事、亳州刺史、上柱国、普宁郡王、食邑五千户、食实封一千七百户似，幼有岐嶷之姿，长见肃雍之美。克勤朝夕，既已无违于家；日亲《诗》、《书》，知其有志于学。爵分茅土之贵，任兼将相之荣。身能处之不骄，人亦期之可久。宜益旧封之广，仍加真食之多。于戏！显宗之于东平，下腰腹之诏；明皇之于隆庆，叹羽翼之诗。朕既无间于伯仲之间，尔亦无忘于孝友之行。外以事国，内以显亲。可特授依前官职，加食邑一千户，食实封三百户，勋如故。主者施行。

皇弟偲加恩制

门下：古者教成于家，治定于国，九族既睦，万邦咸和。今予季弟之亲，未遑就傅之礼。追先帝眷怀之深意，推东朝鞠育之异恩。锡命之隆，可后于众？皇弟武成军节度、滑州管内观察处置河堤等使、检校太尉、持节滑州诸军事、滑州刺史、上柱国、祁国公、食邑三千七百户、食实封一千二百户偲，生而敦大，长则惠和。气禀清明，有室家君王之喜；心怀徇达，知师保教训之方。乃者择季秋之良，修宗祀之礼。事天所以报本，严父所以显亲。罄海宇之人，孰非付托之重；念天伦之戚，永怀顾属之隆。宜因庆赐之行，并衍封食之赐。于戏！父兄皆万乘之富，岂其患贫；爵秩既五等之尊，贵于能降。罔恃得之之易，当念守之之艰。满而惧倾，高则不坠。可特授依前官职，加食邑七百户，食实封二百户，勋如故。主者施行。

冯京加恩制

门下：世臣之于故国，增望实之隆；老成之于典刑，有谘谋之益。眷吾嘉祐侍从之列，实惟朝廷心膂之臣，迨今所存，数人而已。乃者合宫肆祀，百辟骏奔。顾瞻旧人，方在外服。怀想风声之懿，岂忘霈泽之加？保宁军节度、婺州管内观察处置等使、持节婺州诸军事、婺州刺史、上柱国、始平郡开国公、食邑六千六百户、食实封二千户冯京，敦大敏明，肃恭和惠。名冠多士，遍居台省之高华；德合前人，遂揽兵政之微密。纳之烦剧而不乱，涅于浑浊而不缁。心与善人，望推前辈。丙吉虽病，以阴德而复全；萧傅出藩，怀本朝之雅意。顷膺旄节之重，以当赵魏之冲。坐使中朝，不劳北顾。宜衍大邦之履，仍加真食之封。于戏！身历四朝，履夷险而一致；心通庶事，阅义理者尤多。岂以中外之殊，而废谋猷之告！介尔眉寿，左右皇家。可特授依前官职，加食邑五百户，食实封二百户，勋封如故。主者施行。

刘昌祚加恩制

门下：朕因路寝之正，举合宫之祠。礼乐法商、周之隆，车服兼汉、唐之盛。出款原庙，还享上穹。职贡充庭，工师履位。兵卫如植，旌旆不烦。实惟有人，以克成礼。殿前副都指挥使、武康军节度、洋州管内观察处置等使、持节洋州诸军事、洋州刺史、上柱国、彭城郡开国侯、食邑一千九百户、食实封一百户刘昌祚，天资鸷勇，性本忠良。结发征羌，号马上之飞将；授钺临塞，皆关中之要区。方西鄙之须材，会中军之谋帅。畀之旄节之重，付之貔虎之师。归阅浃旬，旋闻辑睦。逮此熙成之庆，赖其宿卫之勤。即增封爵之崇，仍加真食之厚。于戏！古之明主，立赏以待有功；古之贤将，有功而耻自列。服予霈泽之异，勉尔勋名之思。贵当益恭，老当益壮。可特授依前官职，进封开国公，加食邑七百户，食实封二百户，勋如故。主者施行。

除文彦博太师河东节度使致仕制

门下：周公未尝之鲁，老亦居丰。留侯晚虽强食，终不任事。盖委寄之重，初无间然；而止足之风，所不敢废。惟我耆旧，历事祖宗。缵服之初，复命以位。虽师保之地，优佚不烦；而丘樊之心，朝夕以请。布告在位，俾闻高风。太师、平章军国重事、上柱国、潞国公、食邑二万八千一百户、食实封一万一千八百户文彦博，克孝而忠，允文且武。其在师旅，有方、召之勋；其在朝廷，有崇璟之业。士民视其去就，夷狄震其威名。时更四朝，躬蹈一节。先皇帝慭劳以事，既许其归。越予访落之年，凛有涉渊之志。起之既老，待以仰成。出入五年，终始全德。进而论道，日闻典训之言；倚以折冲，卒靖边防之警。委成功而不处，指莫景以求安。勤请屡闻，诚心莫夺。顾瞻闾井，近在洛师。郭氏有永巷之严，裴公有绿野之胜。岂以簪绂之累，久致形气之劳？贵极上公，既无复加之爵秩；分领全晋，仍畀久还之节旄。增广旧封，益衍真食。殚尽人臣之宠，归从父老之游。于戏！音声不遐，尚有就问之礼；几杖以俟，复期亲祀之陪。勿以进退之殊，而废谟猷之告。式燕且誉，俾寿而康。可特授太师、开府仪同三司、太原尹、充河东节度管内观察处置等使致仕，加食邑一千户，食实封四百户，勋封如故，仍令所司择日备礼册命。主者施行。

除冯京彰德军节度使制

门下：备河御胡，固天下之要地；建都置守，皆前世之重臣。虽中外之无虞，实根本之所在。非其人则视若虚邑，得所付则坐为长城。是用敷告外廷，复任旧老。保宁军节度、婺州管内观察处置等使、持节婺州诸军事、婺州刺史、知大名府兼北京留守司公事、畿内劝农使、充大名府路安抚使、马步军都总管、上柱国、始平郡开国公、食邑七千一百户、食实封二千二百户冯京，名冠多士，望高累朝。和而不同，性有盐梅之德；磨而不磷，同怀金石之坚。入则参领万几，出则蕃屏四国。顷加旄钺之宠，俾临赵魏之冲。宜民宜人，靖重而不扰；无怨无恶，乐易而可亲。朕不忍夺民所安，故命易节而处。升视冬卿之秩，并加邑户之封。盖官宿其业，则事无不知；民习其上，则信而易使。方今河流所出，近在都城之西。故道已堙，而岁有衍溢之虞；北流既驶，而方患堤防之缺。介众所利，卿靡弗闻。旧德所临，朕亦何虑？于戏！兵民细故，责之将佐而可为；邦国大猷，非吾耆老而谁听？勉尽白首之节，以宽北顾之忧。可特授检校司空、持节相州诸军事、相州刺史、充彰德军节度、相州管内观察处置等使，再任知大名府、兼北京留守司公事、畿内劝农使、充大名府路安抚使、马步军都总官，仍加食邑五百户，食实封二百户，勋封如故。主者施行。

【解题】

元祐六年（1091）苏辙任尚书右丞，以上十三首为任职期间撰写的制书。北门即尚书省。宋时诏书用黄、白麻纸书写，故称麻制。

诏敕四十一首

尚书左丞韩忠彦免弟嘉彦尚主不许不允诏二首

敕：忠彦：览所札子，奏“伏闻圣恩宣召臣弟嘉彦赴禁中引见，欲令尚主。伏望以长主之贵，更加慎择”事，具悉。惟先正魏公，光辅三世，有劳宗祧。虽没元身，其报在后。先皇帝追怀忠厚之德，许以婚媾之亲。逮兹奉行，实出遗旨。虽卿以恶盈为戒，深欲固辞；而朝廷谓无德不酬，莫回成命。谦冲之意，嘉叹不忘。所请宜不许。故兹诏示，想宜知悉。

昔王导以辅政之业，郭子仪以专征之功，肆其后人，皆联戚里。衣冠之盛，晋、唐所称。未闻其子孙以盈满为言，而朝廷听辞避之请也。今予先正，实配前人。筑馆之恩，报功斯在。盖便蕃之宠属于乃父，而事不在卿；选择之命出于先朝，而朕不敢易。体兹至意，罔或固辞。所请宜不允。

门下侍郎孙固乞致仕不允仍给宽假诏

敕：孙固：省所札子奏“春中以被病危重，乞一致仕名目。圣恩深厚，未忍遽从。今气血益以羸耗，在假已二十日。坤成圣节，不能勉强趋赴。伏望圣慈察臣出于至诚，曲成其志”，事具悉。朕以笃老之臣，于国有肝胆之亲，而命以位，非责其趋走之劳也。卿以垂白之年，许朕以股肱之用而受其托，非徒为朝谒之勤也。今者眷倚之厚，朕方未怠；闻望之隆，人亦无间。徒以寿日方迫，疾势未平，不能造朝，遂欲谢事。既非朕所以待卿之本意，亦非卿所以事朕之素心。人其谓何，朕实未谕。既命赐告以自养，卿其少安而勿违。所请宜不允，仍给宽假将治。故兹诏示，想宜知悉。

韩忠彦乞外任不许不允诏二首

敕：忠彦：览所札子奏“兄为执政，弟为驸马，未有似此体例，不若自求罢免。伏望许解近司，处之外任”事，具悉。魏公之功，没而不朽；先帝之命，久而不忘。吾有怀旧勋，擢卿于六官之贵。继因遗旨，属嘉彦以副车之姻。推吾此心，盖非一日。本将并录其子，以宠其父；岂欲独收其弟，而弃其兄？比因力辞，尝已临谕。有唐故事，非独一家。本朝已行，亦存近比。尚兹勤请，殊失眷怀。吾欲使伯仲相望于朝，以示国家不替旧德。

起视乃职，罔复烦言。所请宜不许。故兹诏示，想宜知悉。

敕：忠彦：省所札子奏“克为执政，弟为驸马，未有似此体例，不若自求罢免。伏望许解近司，处之外任”事，具悉。君臣之间，以诚意相遇，则事无不可；以形迹为务，则理或难通。朕惟魏公历事三朝，咸有一德。功存社稷，泽及子孙。追怀茂勋，述行先志。以卿性资忠良，久更事任，可以寄股肱之托。以嘉彦业履纯洁，方及冠岁，可以与姻亲之选。各随材分，以答勋劳。由义而言，略无嫌疑之可避；顾卿何虑，特假形迹以为辞？况考之古今，亦有成例。祗服朕训，何恤人言！其罔复辞，以安厥位。所请宜不允。故兹诏示，想宜知悉。

孙固乞致仕不允诏

敕：孙固：省所三上札子奏乞致仕事，具悉。卿以疾辞位，义也；而朕以事留卿，亦义也。既皆为义，则卿之所执虽未为过，而朕之所设亦岂遽非乎？尚何力辞，以废成命？今者四方无虞，庙堂之上，非有艰难之虑，缓急之政也。卿疾虽未复而势已有间，日虽稍久而事则无损。诚能得告以养疾，疾愈而造朝，宜若于体无害也；治疾以安身，身强而图报，宜若于国有补也。尚何所疑而辞之不已乎？勉徇前命，无复烦请。所请宜不允。故兹诏示，想宜知悉。

赵君锡免刑部侍郎不允诏

敕：君锡：省所奏辞免恩命事，具悉。朕以卿仁恕不苛，必能哀矜有罪；宽平尽下，可以详究微文。矧在东台，逮兹累岁。观封驳之无避，知廉直之有余。众言既孚，朕志亦定。往祇成命，罔复固辞。所请宜不允。故兹诏示，想宜知悉。

吕公孺免户部尚书不允诏

敕：公孺：省所奏辞免恩命事，具悉。方今赋有常供，无暴敛之入；用循故事，有不给之虞。朕眷求长材，委以足用，虚位以俟，累月于兹。卿家本世臣，早更事任。顷莅京邑，亦既久劳。辞而不居，谁使任事？所请宜不允。故兹诏示，想宜知悉。

太皇太后明堂礼成罢贺赐门下手诏

敕：门下：皇帝临御，海内晏安。五经季秋，再讲宗祀。克有君德，以享天心。顾吾何功，获被斯福？今有司因天圣之故事，修会庆之盛礼，将俾文武，称庆于廷。吾自临决万机，日怀祗畏。岂以菲薄之德，自比章献之明？矧复皇帝致贺于禁中，群臣奉表于闱左。礼文既具，夫又何求？前朝旧仪，吾不敢受。将来朋堂礼毕，更不受贺，百官并内东门拜表。故兹诏示，想宜知悉。

太师文彦博乞致仕不许不允诏二首

敕：彦博：览所札子，奏陈乞致仕事，具悉。吾之用卿，本以公义；卿之事人，亦非私意。起于既谢，凡以为民。矧于陟降之间，未觉筋力之惫。苟诚在爱民，则愈老而民不厌；诚在许国，则愈久而君益亲。卿既以道深结于朝，而欲以私自便而去，义有未可，非吾所知。所请宜不许。故兹诏示，想宜知悉。

敕：彦博：省所札子，奏陈乞致仕事，具悉。洁去就之分，厉廉耻之风，此新进之士，立名于世者之所为也。以朝廷为家，以社稷为悦，此老成之臣，竭忠于国者之所志也。卿昔以八十之年，不恤小廉，出循朝命，既得之矣。岁月未几，体力犹康，遽欲告归，朕所未喻。岂以老成之望，而蹈新进之为？谓宜少安，卒辅予治。所请宜不允。故兹诏示，想宜知悉。

文彦博致仕再免两镇不许不允诏二首

敕：彦博：览所再上札子奏“辞免恩命，乞只以河东一镇致仕贴麻处分”事，具悉。朝廷数以两镇命卿，而卿率以固辞获免，抑有由也。或特恩之横被，或谢事而得休，历考前后所加，犹是公相常礼。今者老而复起，起而复归，率自帝师之隆，未见前人之比。兼持旄节，夫岂过哉？已却封章，姑止可也。所请宜不许。故兹诏示，想宜知悉。

敕：彦博：省所再上札子，奏辞免恩命，乞只以河东一镇致仕贴麻处分事，具悉。命由君出，礼以义起。岂必皆有故事，然后得以奉行？卿有德有年，在朝不见其比；或出或处，自昔未闻其人。矧复两镇之异恩，既有先朝之成命。盖昔日之勋，未若今日之盛；则今日之受，岂必前日之非？勉听朕言，祇受册礼。所请宜不允。故兹诏示，想宜知悉。

文彦博三免两镇不许不允诏二首

敕：彦博：览所三上札子，奏“辞免两镇恩命，止授河东一镇致仕”事，具悉。卿股肱四朝而为二帝师，求之古今，未见伦拟。得谢而去，在礼宜殊。佩相印，持将钺，以为未足，故并付以蒲中、汉中之众，所以华国，非特以为卿宠也。今辞之不已，深所未喻。吾志先定，卿其勿辞。所请宜不许。故兹诏示，想宜知悉。

敕：彦博：省所三上札子，奏“辞免两镇恩命，止授河东一镇致仕”事，具悉。朝廷之命，审而后发，非力辞之所得免也。卿亲对便坐，继三上章，词已竭矣。而朕之素心，终不可易。且卿两以师臣归第，前无其比，而后无其继。虽兼拥二节，孰以为非者哉！所请宜不允。故兹诏示，想宜知悉。

文彦博免两镇许允诏二首

敕：彦博：览所累上札子，奏“辞免两镇恩命，乞祇带河东一镇致仕”事，具悉。恩之不胜义，旧矣。卿既告老，而吾以至恩，授卿二镇。朝有成命，而卿以大义，执节固辞，虽欲不听，其如义何！况卿所陈，关国之体，以谓宗室之故，不当施于群臣，而非法所加，亦难行于治世。辞之以礼，众实谓宜。吾岂以一时之恩，而废天下之义哉！勉从所请，还卿旧节。再惟诚悃，不忘嘉叹。特依所请换授，依旧领河东节度使致仕。故兹诏示，想宜知悉。

敕：彦博：省所累上札子，奏“辞免两镇恩命，乞只带河东一镇致仕”事，具悉。朕惟先朝尝以两镇宠绥大臣者，惟魏国忠献韩公与卿为二。忠献既已一辞于前，而卿亦尝再辞于后。先帝亮其至意，为改册书。天下既颂先帝之明，复嘉二臣之义。今朕嗣守成宪，率而行之。以卿累章，稽之故事，实无违者。古之君子，爱人以德。朕岂忘斯义，而废卿言？特依所请换授，依旧领河东节度使致仕。故兹诏示，想宜知悉。

河东官吏军民示喻敕书

敕：河东官吏、军人、僧道、百姓等：朕以文彦博四朝旧臣，一时耆德，起于既老之后，辅予缵服之初。奏章屡陈，归意莫夺。师臣之贵，爵无复加；将钺之崇，恩俾还旧。矧尔故乡之父老，安于前尹之威怀，比闻册书，想多欢慰。今特授文彦博太师、开府仪同三司、太原尹、充河东节度管内观察处置等使致仕，加食邑一千户，食实封四百户，勋封如故。故兹示谕，想宜知悉。将士等各得平安好，参佐官吏、僧道、耆寿百姓等，并存问之，遣书指不多及。

孙固乞致仕不允诏

敕：孙固：省所札子奏“自去年正月末涉夏，两次重病，蒙圣恩宽假，得遂生全。然臣一年饮食减少，气力羸乏，仰干天听，以祈矜悯，许臣休致”事，具悉。朕属任耆老，本非旅力之求；卿被遇股肱，岂可一朝而去？虽自以羸瘠为苦，朝谒多艰，然而遇事不废思虑之明，进对每有咨谋之益，何损于政，遽当告归？矧今边防无异域之虞，而宥府有同寮之助。勉亲药饵，仰循邦家。神之听之，介以寿考。所请宜不允。故兹诏示，想宜知悉。

韩忠彦免同知枢密院不允诏

敕：忠彦：省所札子奏“伏睹除同知枢密院，伏望追改新命”事，具悉。朕以西枢，总领兵要，绥御边防。事有失于须臾，患或贻于久远。是用辍卿左辖之要，付卿右武之权。分职虽殊，柄用则一。易地而已，力辞谓何？矧复亲党之微嫌，岂为腹心之深累？勉起视事，尚体眷怀。所请宜不允。故兹诏示，想宜知悉。

苏颂免尚书左丞不许不允诏二首

敕：苏颂：览所札子，奏辞免恩命事，具悉。卿家世名臣，少小笃学。在昔图史，包括无遗；本朝典章，指陈可数。中以直道，废于一时。终守金石之姿，不为燥湿所变。白首在列，丹心甚明。进辖中台，断自吾意。服勉休命，勿为固辞。所请宜不许。故兹诏示，想宜知悉。

敕：苏颂：省所札子，奏辞免恩命事，具悉。卿日奉宝训，进读金华。词气裕然，进退以礼。朕既已熟闻讲解之益，抑又究观业履之详。台中纪纲，责在丞辖。卿其以平昔旧闻，施于政事；朕亦以所参庶政，验卿前言。毋为固辞，当取成效。所请宜不允。故兹诏示，想宜知悉。

苏颂再免左丞不许不允诏二首

敕：苏颂：览所再上札子，奏辞免恩命事，具悉。卿昔在仁祖之朝，已预石渠之选。一时同列，于今几人？结发翰墨之场，白首忠信之节。议论如故，志意不衰。擢任柄臣，盖旌耆德。辞至于再，殊匪吾怀。所请宜不许。故兹诏示，想宜知悉。

敕：苏颂：省所再上札子，奏辞免恩命事具悉。二辖之司，万几所萃。不明故事，政或失于纷更；不达当今，用或病于胶固。朕以卿诵习典章而不厌，更阅义礼者尤多。擢置左右之联，实求咨访之益。虽力辞之不已，顾成命之难回。所请宜不允。故兹诏示，想宜知悉。

知枢密院孙固乞避亲不允诏

敕：孙固：省所札子奏“伏睹除韩忠彦同知枢密院事，缘臣有女嫁忠彦之弟纯彦，有此亲嫌，理合回避。伏望罢臣知枢密院事，获遂休退”事，具悉。朕惟先朝同秉枢机之臣，有以近亲不许避免之比。是以并建长贰之懿，不取形迹之嫌。今卿以谓无他同寮，请循著令，虽祖宗旧法，不可遂忘；而君臣同德，故尔无害。岂以纤芥之故，遽为退老之谋？再阅谦词，徒用嘉叹。所请宜不允。故兹诏示，想宜知悉。

周尹进兴龙节无量寿佛敕书

敕：周尹：省所进奉兴龙节无量寿佛一轴事，具悉。佛心无为，佛寿无量。有能绘其真相，俾来献于诞辰，勉我以清净之风，祝我以期颐之福。忠勤深至，嘉叹不忘。故兹示谕，想宜知悉。夏热，汝比好否，遣书指不多及。

范百禄免侍读不允诏

敕：百禄：省所上表“蒙恩除兼侍读，伏望特寝误恩”事，具悉。卿秉心直谅，临事庄栗。顷贰宪部，持法宽平，不屈于权要。及领选曹，驭吏详察，不挠于烦剧。其达于吏治，朕既知之矣。至于通经博古，慨然正论，昔由此进，今以是老。朕寤寐格言，而独未闻焉。挟策进读，其勿复避。所请宜不允。故兹诏示，想宜知悉。

赵君锡免吏部侍郎不允诏

敕：君锡：省所奏辞免恩命事，具悉。卿孝友慈祥，可以施于有政；宽栗柔立，可以命之有家。适从议谳之劳，迁领铨综之重。盖因已试之效，非有躐等之嫌。选剧务繁，不可久旷。勉力思报，贤于固辞。所请宜不允。故兹诏示，想宜知悉。

文彦博免孙男康世章服不允诏

敕：彦博：省所札子奏“辞免孙男康世章服”事，具悉。卿以耆老给扶，子孙以进见授服。前后既异，岂以重复为疑？奏牍上闻，何其畏慎之过？已颁成命，罔复重辞。所请宜不允。故兹诏示，想宜知悉。

孙固乞致仕不允诏

敕：孙固：省所札子奏“以老病情迫，累乞休致，未赐开可。缘年齿晚暮，疾病侵陵，今日筋骸困惫至此，无复安全之理。伏望哀怜，早降俞旨”事，具悉。卿逮事圣考于潜宫，与闻先朝之大政。贵老求旧，属任之意方隆；引疾告归，退避之言已甚。君臣同德，夫岂当然。体力虽衰，姑复自勉。所请宜不允。故兹诏示，想宜知悉。

宰相吕大防等为旱乞退不允诏

敕：大防等：省所札子奏“时雨不足，乞罢免职任”事，具悉。历时告旱，岁事可虞。精祷未孚，神贶犹啬。朕侧身思咎，终夕靡遑。卿等躬任燮和，志同忧患。虽引义自责，大臣之体则然；而释位求安，有国之计何赖？尚讲救荒之政，以助忧民之诚。苟能使旱不为灾，则朕复何咎？所请宜不允。故兹诏示，想宜知悉。

太皇太后以旱赐门下诏

敕：门下：吾母临御四方，亲决万务。清心克己，凡以为民。而天意弗咸，历时灾旱。宿麦几尽，秋稼未立。饥馑既至，疫疠将起。斋祠虽切，漠然弗应。吾则不德，民实何罪？中自循省，寝食皆废。岂政治失当，事之害物者尚多；上下否塞，情之不通者非一？刑或不称其罪，用或不当其人？有一于斯，皆足以上怫天心，下扰民听。循致斯旱，咎实在吾。皇帝遇灾，恐惧不敢自佚。既命有司，降食避殿，罢五月朔朝。吾亦自今月二十三日后减常膳。侧身念咎，固无吝于改为；协德济民，尚有求于列位。故兹诏示，想宜知悉。

皇帝以旱赐门下诏

敕：门下：朕奉承统业，于今五年。临御崇高，未达庶政。夙夜祇惧，若涉渊冰。常恐德之弗类，无以下慰民望，上当天心。今者冬雪不效，春雨弗若。逮此孟夏，旱灾如焚。麦不充食，禾未出土。岁事凛凛，民且狼顾。虽祷祠备至，而神莫之答。惟循省自克，则灾或可消。意者政令宽弛，吏或为害而莫惩欤？赋役失当，民病于事而莫察欤？忠言有壅而未达，贤才有抑而未用欤？念之虽勤，行则未至。昭明恐惧之诚意，庶几阴阳之不违。可自今月二十三日后减常膳，不御前殿，及将来五月一日，罢文德殿视朝。朕上奉东朝，深愧常珍之日缺；下临庶尹，犹冀嘉言之上闻。苟利于人，其无不可。故兹诏示，想宜知悉。

邓温伯免翰林承旨不许不允诏二首

敕：温伯：览所奏“辞免恩命”事，具悉。卿以文史足用，久在禁林，慎靖寡尤，首承密旨。虽云新命，率皆前官。尚此盘桓，固求引避。既违朝廷号令之信，徒有道路进退之嫌。其尚亟前，勿为烦请。所请宜不许。故兹诏示，想宜知悉。夏热，卿比平安好，遣书指不多及。

敕：温伯：省所奏“辞免恩命”事，具悉。翰林以议论为官，而承旨以年德为选。兹所以历求多士，复用旧人。卿既久在朝廷，当识朕意。迁延退托，虽多长者之风；号令文词，宜得宿儒之用。成命不反，固辞实难。所请宜不允。故兹诏示，想宜知悉。夏热，卿比平安好，遣书指不多及。

吕大防等再为旱乞退不允诏

敕：大防等：省所再上札子奏“近以旱暵为诊，乞罢职任，伏蒙诏命，不从所请。伏望早赐施行”事，具悉。常旸为灾，民瘠已甚。朕为之父母，而卿等为朕股肱，相与忧之，固其任也。然至于求罢职事，则匪朕心。朕既自以失德为疑，卿等姑复以秕政为念。因民情而图救，修旱备以防微。既能夙夜在公，岂必逡巡去位？朕志如是，卿其少安。所请宜不允。故兹诏示，想宜知悉。

彰德军官吏军民示喻敕书

敕：彰德军官吏、军人、僧道、百姓等：朕以魏都要地，守难其人。冯京名臣，姑易其节。假尔邺城之重，壮我留钥之声。矧旄钺之得贤，抑吏民之增气。已颁大号，想慰舆情。今特授冯京检校司空、持节相州诸军事、相州刺史、充彰德军节度、相州管内观察处置等使，再任知大名府兼北京留守司公事、畿内劝农使、充大名府路安抚使、马步军都总管，仍加食邑五百户，食实封二百户，勋封如故。故兹示谕，悉宜知悉。将士等各得平安好，参佐、官吏、僧道、耆寿、百姓等，并存问之。遣书指不多及。

冯京免彰德军节钺不许不允诏二首

敕：冯京：览所上表“辞免恩命”事，具悉。老臣所在，众志自安。边鄙震其威名，吏民习于条教。事可坐定，政无更张。是用因魏都之旧疆，换邺城之新节。孚号既布，佥谋毕同。方庆得人之难，遽览飞章之请。吾命惟允，卿其勿违。所请宜不许。故兹诏示，想宜知悉。夏热，卿比平安好。遣书指不多及。

敕：冯京：省所上表“辞免恩命”事，具悉。魏博重镇，旧用老臣。旄节宠章，制存易地。朕以卿著称多士，既历三朝，卧治此邦，于今再岁。复欲借君以为重，盖亦因民之所安。岂其固辞，而可得免？祗服成命，永绥北郊。所请宜不允。故兹诏示，想宜知悉。夏热，卿比平安好，遣书指不多及。

文彦博免致仕合得五人恩泽诏

敕：彦博：省所札子奏“今来致仕，依条合得五人恩泽，乞赐寝罢”事，具悉。朝廷以恩遇老臣，无所不厚；而卿以礼自克，辞不敢居。卿既能见得思义，以律贪夫。朕岂不能成人之美，以明晚节？盖知损之为益，是以高而不危。所请宜允。故兹诏示，想宜知悉。夏热，卿比平安好，遣书指不多及。

范百禄免翰林学士不允诏

敕：百禄：省所上表“辞免恩命”事，具悉。卿早以直言，预英祖之选；中以直道，干神考之知。侃然立朝，老而益劭。朕欲访经籍讨论之助，求文章润色之工。既已置卿金华之中，兹又擢卿玉堂之上。矧复班六曹之首，无躐等之嫌；继仲父之贤，有传家之庆。朝有成命，势不可违。时方须才，义亦难夺。所请宜不允。故兹诏示，想宜知悉。

【解题】

以上四十一首诏敕均是苏辙任尚书右丞时所拟。

北门书诏

批答四十四首

门下侍郎孙固乞致仕不许不允批答二首

览表具之。吾不出帷幄，临御家邦，实赖股肱之良，以持纲纪之要。于其进退，顾可轻听之哉！卿顷自近藩，擢贰东省。本以年德之故，非有筋力之求。若夫正颜色，出词气，使人望之而忠诚可信，鄙倍自远，斯可矣。岂以一病未能造朝，遂欲舍而去哉？诚请虽勤，于义未也。所请宜不许。

省表具之。卿事先帝于东宫，览兵要于西府，忠厚之节始终不渝。朕敷求旧人，所得无几。亲之信之，以为手足；尊之重之，以为蓍龟。非有大故，不可弃也，岂以一病而轻去哉？虽会朝之常仪与坤成之大庆，未能自力，盖亦何疑？尚宁乃心，终辅予治。所请宜不允。

刘昌祚免殿前副都指挥使不许不允批答二首

览表具之。卫兵虚帅，累月于兹。召节亟还，辞章继入。既匪眷怀之素，复稽总护之宜。与其饰说以固辞，孰若勤职而图报。所请宜不许，仍断来章。

省表具之。卿结发兵间，著绩境外。归总环卫，本以次迁。恳避节旄，再形谦请。顾成命之不反，宜就职以无辞。所请宜不允，仍断来章。

文彦博乞致仕不许不允批答二首

览表具之。卿以卫武之年，践吕尚之位。安然无作，则功名自隆；默然无言，则卿尹自化。当以至靖之德，坐镇群动之枢，不劳施为，以惫筋力。今者初毕元祀，遽闻告归。几务多闲，朝谒非病；属任既重，披阅为疑。方假百年之令猷，以观庶尹之成效。来请虽切，殊匪吾心。所请宜不许。

省表具之。老而谢事，古之礼也，而势未可去，盖有不得谢者矣。卿元丰之间引年而归，隆知足之风；元祐之初，承诏而起，敦急病之义。既进退之两得，谓始终之不渝。方朝廷政事之优闲，而卿志气之康裕，雍容师保之地，仪刑卿士之前，朕之望卿，意未有艾。诚请虽至，义不可从。所请宜不允。

吕大防免明堂恩命不许不允批答四首

览表具之。吾听政九重，逮今四载。观孝孙之致享，奉文子以配天。神人既和，礼乐备举。终事如素，孰尸厥功？顾惟元臣，宜与有庆。往服休命，其勿复辞。所请宜不许。

省表具之。朕临御诸夏，俛仰四年。格兹秋成，躬致禋祀。燮和镇抚，卿与有劳。岂惟一朝显相之勤，实赖同德赞襄之益。国有成宪，时锡宠章。其罔复辞，勉服休命。所请宜不允。

览表具之。宠至而辞，抑惟常礼；义当而受，顾亦何疑？永言宗祀之严，实赖显相之助。加惠百辟，罔遗一人。岂其股肱之良，而无封邑之宠？成命不易，祗受勿违。所请宜不许，仍断来章。

省表具之。朕奉祀合宫，祗见上帝。诸侯致享，迩臣侍祠，凡执豆笾，咸被庆赐。矧予元宰，实代天工，独执谦言，孰先多士。勉膺成命，罔复固辞。所请宜不允，仍断来章。

皇伯祖宗晖免恩命不许不允批答四首

览表具之。季秋致享，群后在廷。卿奉祀濮园，首帅宗子。相我熙事，不忘肃雍。逮兹礼成，宜受帝祉。矧朝廷之宠数，皆祖宗之旧章。虽执谦辞，莫回成命。所请宜不许。

省表具之。朕推广帝泽，覃及海涯。惟英祖伯仲之亲，与濮园烝尝之奉，显膺异数，实先诸臣。矧兹均福之余，本缘升侑之庆，祗服成命，其又何辞！所请宜不允。

览表具之。无言不酬，无德不报，古之道也。总章之祀，成于显相，虽骏奔走执豆笾，皆被其泽矣，而况于王乎？虽复固辞，难遂来恳。所请宜不许，仍断来章。

省表具之。属尊则礼必异，亲近则宠必先。国之旧章，朕何敢废！矧惟合宫之祀，实赖显相之勤。虽欲不居，惧失常典。载嘉诚请，难徇固辞。所请宜不允，仍断来章。

皇叔祖宗祐宗楚免恩命不许不允批答四首

览表具之。吾祗命元孙，躬飨上帝。父兄在列，君臣肃然。熙事告成，大霈时举。宜因休命之降，以为群臣之先。执谦而辞，殊匪吾意。所请宜不许。

省表具之。朕躬享上帝，陟配文考。事天事亲，一举而得。既受帝祉，惧不敢专。思与父兄，共享其福。若尊属懿亲，辞而不有，谓群臣何？其听朕命，服此休宠。所请宜不允。

览表具之。祭祀之泽，神所照临。祖宗之旧，吾无加损。卿侍祀夙夜，终事肃雍。既同百工，咸被光宠；岂独洁己，固陈谦词！恳请虽坚，成命莫改。所请宜不许，仍断来章。

省表具之。朕既有事于明堂，凡执事之臣，咸与有庆。矧诸父兄之贵，朕所尊礼，而祖宗之所顾享者耶？辞至于再，深所未谕。尚体至意，无复烦请。所请宜不允，仍断来章。

皇弟佶似偲免恩命不许不允批答四首

览表具之。吾奉承先绪，成就诸孙。宗祀合宫，兹见元良之盛；大霈寰宇，特先仲叔之贤。率时旧章，锡以休命。体我眷厚，其勿谦辞。所请宜不许。

省表具之。兄弟之义，譬如手足，忧喜同之。朕有事于合宫，徼福于上帝。中外臣庶，咸被其泽。岂予诸弟之亲而不遍者乎？朕命惟允，其勿辞可也。所请宜不允。

览表具之。席父兄之贵，居王公之尊，典礼既行，爵命自至。兹以广爱，岂将期骄？与其被命而力辞，孰若居宠而知畏。祗服异数，毋忘益恭。所请宜不许，仍断来章。

省表具之。宗祀文王，以配上帝，此周礼也。议于诸儒，历世不决。逮我圣考，一言而定。朕奉而行之，罔有增损。至于礼乐之文，赦宥之泽，咸有成法，非朕所私。岂余诸弟之贤，弗迪前人之训？祗服宠命，其勿固辞。所请宜不允，仍断来章。

刘昌祚免恩命不许不允批答四首

览表具之。卿国之虎臣，帅我爪士。总章大祀，宿卫有劳。宜为六军之先，以承大赉之庆。辞而不有，殊匪吾心。所请宜不许。

省表具之。卿为环列之尹，职在训齐。方总章之祠，劳于宿卫。礼成加惠，国有旧章。上自将帅之联，下逮什伯之长，咸锡休命，罔遗一夫。苟将独辞，何以率众？所请宜不允。

览表具之。朝廷治安，将帅闲暇。因庆推赏，或疑无名。孰知养之之优，盖由责之之重。镇靖吏士，折冲蛮夷。苟诚能之，尚有大者。往服成命，毋复固辞。所请宜不许，仍断来章。

省表具之。朕三岁亲祠，百辟来助。因上穹之降福，縻好爵以广恩。非独尔私，尚将何避？若夫阃外之寄，师中之权，朕既不以私假人，卿亦宜以功受禄。今此成命，其勿固辞。所请宜不允，仍断来章。

中书侍郎刘挚免恩命不许不允批答二首

览表具之。吾双日而朝，勤劳政事。四岁之久，庶几成功。

幸斯民之小康，见合宫之再享。岂伊寡德，实赖群公。苟天下之信安，夫何赏之不可？大赉之庆，胡以辞为？所请宜不许，仍断来章。

省表具之。朕历三岁以亲祠，罄四海之来祭。虽祖考之德，足以致此；而左右之助，岂其无人！卿夙夜在公，直谅不倚。成我熙事，尔劳居多。惠泽之均，率由旧典。已行之命，其罔固辞。所请宜不允，仍断来章。

尚书右丞许将免恩命不许不允批答二首

览表具之。祭有大泽，惠及庶工。凡自通籍之臣，莫不指日而待。卿位在丞辖，手执纪纲，辞而不居，众或未喻。矧成命之不反，宜勉受以勿违。所请宜不许，仍断来章。

省表具之。朕祇见昊穹，严奉文考。卿早以儒术用于先朝。盖图任有求旧之心，而显相有逮事之感。实先多士，推霈渥恩。其勿固辞，往服成命。所请宜不允，仍断来章。

文彦博致仕免两镇不许不允批答二首

览表具之。凡自一命，告老于朝，考之旧章，必加以爵。盖所以敦始终之义，砺廉退之风。国之故常，吾敢失坠？卿自祖宗之世，兼将相之权，得谢神考之朝，既履师臣之贵，老而复起，功成告归。岂以上公之尊，不如命士之宠？兼镇之重，故事可推。虽曰非常之恩，孰是元臣之比。勉膺成命，毋烦固辞。所请宜不许。

省表具之。朕越自冲年，嗣承大统。念昔师臣之美，起卿谢事之余。父老在朝，国势增重。诲言时至，典学日新。方当问道之秋，遽闻归老之告。留之不可，爵之无加。推考旧章，以锡成命。因有余而戒得，虽嘉乃心；念不足于报功，亦伸朕志。所请宜不允。

韩忠彦免同知枢密院不许不允批答二首

览表具之。吾以二三大臣，分领兵政庶务，虽职之烦简或异，而事之缓急略殊，然而属任惟均，出入无间。卿既与闻国论，岂不明吾此心？安有总辖中台，则足以参几微之决；至于论议西府，则不能处军旅之宜。尚体眷怀，毋复谦请。所请宜不许，仍断来章。

省表具之。惟乃先正，历事累朝。经国论道，有贤相之规；治兵御戎，得名将之略。风绩犹在，子孙不忘。今朕举以试卿，意卿得其遗意。勉膺成命，其勿烦请。上可以干国之蛊，下可以信父之志。所请宜不允，仍断来章。

苏颂免尚书左丞不许不允批答二首

览表具之。国方治安，典章文物，可以御世。朝有耆老，风采议论，足以服人。吾以卿夙守名节，练达故事，举而用之，岂苟而已？勉起就职，毋废成命。所请宜不许，仍断来章。

省表具之。朕若稽古训，况于祖宗之法，何所不考？思得良士，达于今昔之故，明以来诏。以卿立朝滋久，称道不乱，擢置纲辖之地，以为先后之寄。明体兹意，毋复来请。所请宜不允，仍断来章。

吕大防等乞御正殿复常膳不许不允批答二首

览表具之。吾勉而临政，志切为仁，凡克已以济民，皆力行而不悔。矧今久旱伤稼，忧在阻饥，岂以菲食逾旬，指为难事？而卿等因是微泽，率然上章，虽嘉乃诚，殊匪吾意。夫旱灾之后，荒政之所备者尚烦；秋种虽生，终岁之可虞者非一。与其君臣释然而忘患，孰若上下相儆以图安。姑存降食之文，以示畏天之实。所请宜不许。

省表具之。历时不雨，天之告戒已深；因旱责躬，朕之诚意未怠。今虽小雨继至，而二麦已伤，饥馑有已见之形，禾黍无必获之理。卿等遽陈诚请，求复故常。朕仰畏天威，下念民瘼，深愧治朝之盛，未知肉味之甘。矧复神母爱民，忧心如昨。朕独何意，遄举旧章？须岁事之有成，与天意而皆复。所请宜不允。

第二表不许不允批答二首

览表具之。吾性本恭俭，居不求丰。时方旱灾，惧若无措。是用侧身念咎，贬食以祈，上将答于天心，下以慰于民望。今者膏泽既至，黍稷可期，此则上帝仁爱之深，斯民鳏寡之幸。在吾祇惧，何敢弭忘！卿等备位股肱，亮此诚意，岂可因风雨之微顺，忽阴阳之久愆？方岁事之多虞，姑复少俟；苟民食之既足，吾亦何辞？所请宜不许，仍断来章。

省表具之。朕获守丕基，未习师保之训；不有善政，以干阴阳之和。去冬以来，时雨弗若。谴告之久，逮今半岁有余；戒惧之诚，岂以一雨而足！永惟朝会之礼，百辟具来；膳饮之常，庶珍咸在。方斯民之未裕，匪朕意之所存。卿等寄在腹心，志同忧乐，奉我以黼扆之盛，不若处我于无过之中；厚我以玉食之华，不若助我以兼济之善。所请宜不允，仍断来章。

第三表不许不允批答二首

省表具之。乃者雩而得雨，牟麦既伤；田虽可耕，禾黍犹病。吾惟农夫之不易，岁事之多艰，未忘戒惧之诚，不遑口体之养。今者时雨既至，秋稼稍苏，卿等遽与庶官，求信前请。吾将推先王菲食之意，以终斯民丰岁之祈。行之虽久，而不谓劳。卿其姑止，以成吾志。所请宜不许。

省表具之。朕庶政不明，常旸为谴。奔走祠望，降黜典常。亦既逾时，仅而获雨。永惟天意之难复，民食之未充。庶几终岁之登成，未免兹心之怵惕。虚治朝之列位，损内饔之常羞，于朕心犹自未安，而卿等遽以为请。昔成汤自省以六事，楚庄常惧于无灾。朕既嘉前王之小心，岂以一雨而遂懈。所请宜不允。

第四表许允批答二首

览表具之。吾闻天之降异，本以仁爱人君；君知畏天，乃克保有邦国。故旱虽伤稼，而恐惧修政，则变或可消；雨虽应祈，而怠忽忘灾，则岁未可必。顷者膏泽荐至，群言上闻。吾夙兴念此，降食如故。今勤请继至，屡却弗回，惟众意之不可重违，故事之不可终废。膳羞之设，虽勉强以复常；修省之心，终顷刻而不去。尚赖多士，同致此诚。所请宜许。

省表具之。畏天恤民，本朕躬平日之志；避殿损膳，抑祖宗故事之常。乃者亢阳为灾，甘泽未遍。朕祗率旧典，以行本心。兹因屡请之勤，审知时雨之足。苟毋忧于民食，岂必废于邦常。朕既用佥言，正坐食珍，不改国朝之旧；卿等亦广吾意，修政谨备，常若水旱之来。所请宜允。

【解题】

批答是一种文体，唐玄宗设翰林待诏，掌四方表疏批答。宋代执政以上有章奏请，则降以批答，以下则降诏。以上四十四首批答均是苏辙代皇帝撰写。

书　九　首

皇帝明堂宿斋第一次问太皇太后圣体答书

太皇太后致书于皇帝：祗事总章，竭诚斋宿。上承天以报本，内严父以显亲。克慎多仪，永膺繁祉。

皇太后答书

皇太后致书于皇帝：国有旧章，礼严宗祀。祓斋殿幄之秘，和调玉食之精。益慎孝思，以逆纯嘏。

皇太妃答书

皇太妃致书于皇帝：斋居外朝，躬承大祀。穆然重屋之邃，焕乎右坐之严。祗率旧章，以承天贶。

第二次太皇太后答书

太皇太后致书于皇帝：祀严三岁，卜告中辛。既结佩以斋心，将奠玉而致享。克勤陟降，以接明灵。

皇太后答书

皇太后致书于皇帝：讲礼合宫，祗事上帝。将仪式于文考，以教孝于诸侯。尚慎威仪，以承佑享。

皇太妃答书

皇太妃致书于皇帝：上帝降衷，文考升侑。精诚尽于斋宿，进退比于乐文。罔有告劳，以须降福。

皇帝谢礼毕太皇太后答书

太皇太后致书于皇帝：奉承天休，缵嗣先烈。四及季秋之吉，再款合宫之严。礼成不违，神贶昭答。益懋仁孝之本，以格天人之和。

皇太后答书

皇太后致书于皇帝：秋物丰成，克致粢盛之奉；群心祇若，式观职贡之来。内尽纯诚，外殚庶物。遂举多仪之盛，何惭累圣之隆。降福孔多，克勤无斁。

皇太妃答书

皇太妃致书于皇帝：洁斋居外，有夙夜之勤；旋辟致恭，尽礼乐之变。仰以报功于上帝，俯以祈福于斯民。及此休成，盖亦劳止。永膺福祚，以保家邦。

【解题】

以上九封信是苏辙代皇帝、太后、太妃所写。

改园陵为山陵手诏

大行太皇太后受遗称制，保佑眇躬，勤劳九年，阜安四海。大德未报，奄弃东朝。布宣末命，中外悲怛。永惟平日谦恭之至意，每避先后临御之常仪。逮兹遗言，止以园陵为号，既非朕尊崇之本志，又失臣下爱戴之诚心。宜诏有司，易园陵为山陵，余恭依遗诰。

【解题】

此诏作于元祐八年（1093）九月高太后死后。

大行太皇太后谥册文

维元祐某年岁次甲子某月甲子朔某日甲子，孝孙嗣皇帝臣某谨再拜稽首言曰：臣闻圣人之兴，默契天运。昔真祖、仁祖之际，章献临御，岁周一纪，实能协和神人，以绥靖国家。逮我圣考，早厌万国，惟末小子，未堪多难，则亦圣祖母，躬受其艰，始终九年，臣民以宁，社稷以固。欲报之德，未获其所。惟周人以讳事神，以谥易名。明诏圣德，以示后嗣，庶几不忘，世以为宪。

恭惟大行太皇太后，实天生德，作合皇祖，无私如天，溥爱如地。内自宫省之秘，外薄华戎之广，丕冒德泽，以生以成。昔在景德，北戎弗若。时则烈武，参定大计。师于澶渊，克遂有功。南北底定，垂九十年。民获养生送死，功书鼎彝，泽加于后。及我仁祖，将援宣孝，以奠天位。亦惟慈圣，实以从母。先识潜德，宜于室家，施及朝廷。元丰之末，天地震裂，疾方弥留。群公卿士，拱手相视，罔知所措。而大策中定，与天为谋。肆时冲人，实主神器。帷幄既施，号令时叙。稽于众庶，庸一二老。政无旧新，以便民为先；人无戚疏，以守正为用。故士耻奇衺，民知向方。耕田而食，遂底于今。雨旸小愆，责躬菲食。饥馑时告，振廪辍漕。忧世之心，常若不及。人赖其赐，神享其诚。熏然和平，无大灾害。间修咸平之政，大弛逋责，中外所释，以千万计。饥寒者得以衣食，流散者得以安处。歌舞之音，流于四方。辽人恃和，时肆猾奸。一闻信义，敛然知畏，迄无一言之争。夏人恃远，更出侵扰，一被恩德，屡畔仍屈，卒为乞盟之计。虽燕处于中，实大乂于万邦。究观设施，莫见其朕。惟约心以公，自二王一主，洎于外家，均遇以法，无侥幸之求。处躬以俭，自饮食服器，至于宫室，取足于用，无华靡之饰。虽履大位，以天下养，而岁月之奉，子弟之荐，犹视长乐之故。是以贵戚近习，相视而愧；元臣耋老，闻风而叹。不言而化成，不威而心服。自三代、汉、唐，一人而已。若夫先后旧仪，具在有司，每自抑畏，置而弗举。受册之礼，当在文德也，而退即于崇政；明堂之贺，当在集英也，而仪止于东闱。将成宣光，则原庙之设，自处于治隆；将损任子，则族人之恩，下比于列辟。凡轻于约身，而重于违礼，推之庶政，盖有不可胜言者矣。

臣夙遭闵凶，未习师保之训。提携闵闵，若农之望岁。诱之以《诗》、《书》之乐，滋之以劝讲之良，示之以听纳之宽，导之以决断之明。久而弗忘，遂以成性。方将率德以自广，致养以尽诚，而命之弗知，哀恫邦国。临朝惘然，未知攸济。易月之制，既弗敢违，因山之期，兹复以告。是用博访于卿士，受命于祖宗。惟德之至，不可以名言；而功之隆，不可以数举。敢因古人一惠之义，益以累朝四谥之法，庶以尽子孙之诚，而慰海内之望。谨遣摄太尉右光禄大夫守尚书左仆射兼门下侍郎上柱国汲郡开国公、食邑六千三百户、食实封二千户臣吕大防奉册宝上尊谥曰："宣仁圣烈太皇太后。"

伏惟灵德在天，令名垂世，光配庙祐，贲于太史，没而不亡，永永无极。于乎哀哉！谨言。

附：进谥册文札子

臣奉敕差撰大行太皇太后谥册文，并书谥册、谥宝者。臣学以病衰，书无师法，受命震恐，久不成章。然念顷自元祐之初，召还谏省，渐更侍从，复预丞弼。前后八载，未尝一日不在朝廷。耳闻号令，目睹风化，躬侍帷幄，亲承德音。其于大行太皇太后圣德休功，实稍究万一。况近者因禀呈谥法，复面承圣训，称道盛美，多昔所未闻。虽文词鄙拙，不足以称陛下追崇圣母孝思罔极之怀，而直纪事实，略无一词稍涉虚美。施之四方，可以无愧。其册文谨先缮写进呈。谨进。

【解题】

这首册文写于元祐八年（1093）十一月。高太后自哲宗元祐初听政以来，任用旧党，苏辙参预执政八年，都是靠高太后信任。

拟合祭天地手诏

朕惟《周礼》王者亲祀天地，岁无不遍。故郊丘有南北之辨，礼乐有同异之别。降及汉、唐，事与古异。礼文浸盛，费用增广。既难躬行以遍飨，遂于三岁而亲祀。事非周旧，礼适时变。故致斋之日，躬见祖考；圜丘之飨，兼礼天地。盖将因此盛典，咸秩百神。变礼之得，实始于此。故祖宗以来，常祀从周，而亲祀用唐。神祇顾飨，中外蒙福，百有余年矣。乃者元丰之中，礼官建议将举三代之故，而革近世之宜。见上帝于南郊，礼皇地于北壝。二祀特举，议与周合。然而飨庙之制，尚从变礼。先帝法古从众，始命亲祠北郊，如南郊仪，仍具上公摄事之礼。

朕践祚临祭，于今八年，既已再见昊天，未尝亲奉神媪。惟父天母地，不可以独疏，故以人揆神，凛焉而夕惕。博谋多士，参订辅臣。或欲郊祀之岁，先行方泽，而大礼之举，并在期年。仲夏之时，忧于暑雨，或欲以夏至之祀，施于孟冬。而考之前王，初无此制，并举大事，势终难行。或欲天地二祀，互用三岁。而祀天废地，情既未允；以卑略尊，礼尤非顺。国之大事，朕何敢专！是用存先帝之新仪，昭示稽古之训；循祖宗之故事，一本沿情之实。将来南郊合祭天地，并以百神从祀，皆如熙宁十年以前旧制。其元丰六年亲祠北郊，及上公摄事仪注，并令太常寺检寻元敕，如法收藏，仍备录前后文案，送国史院，及令三省条件合用旧典，令礼官详定仪注闻奏。

【解题】

据文中“朕践祚临祭，于今八年”，此文当作于元祐八年（1093）。

拟答西夏诏书

鸿惟祖宗，兼覆中外。眷尔西夏，号为父子之邦。依我至仁，世享爵秩之赐。虽叛服非一，而怀柔有常。顷朕缵服之初，深示含容之意，释其往事，加以新恩。而册命之使方还，寇攘之兵已发。将吏愤怒，卿士献言。请兴问罪之师，以诘称乱之故。朕念尔在位未久，势不自由，有臣弗率，众则何咎？遂命戢兵以俟，寻亦款塞自归。仍念兵祸以来，诸族咸弊，是用弃四寨山川之广，畀每岁赉予之丰。开怀不疑，施德过厚。方画疆而会议，忽扫境以乘虚。再犯誓言，专求小利。罔念自焚之祸，屡出无名之师。眷彼遗民，皆吾赤子。姑敕边吏，止为保境之谋；亦许兵间，勿拒悔祸之请。

今观所奏，良副本心。接刃之殃，非从我始；来庭之顺，岂不尔容？然尚托词邻邦，失诚请之意；多求边壤，非款伏之宜。盖中国旧疆，西蕃故地，已有前诏，不系可还。况复本国前后背诞之余，难执向来委曲听从之命。应今来所奏乞，除延州塞门寨。本非所赐，已指挥鄜延经略司依前后朝旨分画，及通远军定西城东北界见有汉蕃兵民住坐去处，已指挥熙河经略司依前后朝旨与夏国商量分画，可差官前去熙州议定，其余并依所乞。仍候画界了日，依旧别进誓表，然后常贡岁赐一切复初。朕本推诚心，坦无疑间，虽经反覆，犹示宽恩。尚恪守于信言，庶永绥于蕃服。

【解题】

据文，此诏似当作于元祐六年（1091）。

九　碑志

全禅师塔铭

黄檗断际禅师之后十有九世，曰道全禅师，洛阳王氏子也。生而不食熏血，父母异之，使事其舅广爱演师。十有九年而得度，二十年而受具，游彭城，历寿春，受华严清凉说于诚法师。朝授师说，夕能为其徒讲。彭城有隐士董君，识师非凡人也，劝游南方，问无上道。师乃弃其旧学，渡江而南。始从甘露禅师，茫无所见；复从栖贤秀禅师。秀勇于诲人，示以道机。迷闷不能入，深自悔咎，至啖恶食、饮恶水以自砺。凡七年，道不见。舍秀游高安，事洞山文禅师，五年而悟。告文曰："吾一槌打透无底藏，一切珍宝皆吾有也。"文喜曰："汝得之矣。"自是言语偈颂，发如涌泉，不学而得。高安太守请师住石台清凉，已而徙居黄檗。

师为人直而淳信，不饰外事。元丰三年，眉山苏辙以罪谪高安，师一见曰："君静而惠，可以学道。"辙以事不能入山，师每来见，辄语终日不去。六年，师得疾甚苦，从医于市，见我语不离道，曰："吾病宿业也，殆不复起矣。君无忘道，异时见我，无相忘也。"既而病良愈，还居山中。七年，辙蒙恩移绩溪令，十一月，将西行，意师必来别我，师遂以病不出。十二月乙丑升堂与其众诀，归而趺坐欲化。众强之卧，遂卧不动，不复饮食，明日丙寅而寂。体暖香软，凡十五日而荼毗，得舍利光洁无数。

享年四十九，腊三十。明年二月十三日，其徒葬之断际塔之右。其友人聪禅师与其徒思聪，皆以书来绩溪，曰：“师逝矣。君知之者，以舍利为信。请为铭其塔，而刻诸石。”为之铭曰：

伟哉菩提心，一切皆具足。云何有不见，迷闷至狂惑。譬如衣中珠，一见不复失。假令堕涂泥，以至大火坑。珠性常湛然，不应作异想。全师大乘师，晚悟最上乘。身病心不病，身灭心不灭。西域师子师，中国惠可师。皆不免厄死，而况其余人。疾病不能入，刀兵不能攻。非彼有不能，乃我未常受。我今为师说，智者不当疑。

【解题】

此文作于元丰八年（1085）。全禅师是苏辙贬官高安时学禅的道友，交谊深厚，常“语终日不去”。苏辙此文前段写全禅师禅悟过程十分精妙，把禅师的由茫然、迷茫到解悟的经过充分表现出来了。

闲禅师碑

闲禅师者，临济玄公九世法孙，而黄龙南老嫡嗣也。南老以道化江西，其徒常数百人，而师为高第。南每叹曰：“祖师之道，不坠于地，必斯人是赖。”南虽在世，而学者归之已如云矣。南既寂，一时尊宿无有居其右者。熙宁年，庐陵太守张公鉴请居隆庆。未期年，钟陵太守王公韶请居龙泉。不逾年，以病求去。庐陵人闻其舍龙泉也，舟载而归，居隆庆之西堂，事之愈笃。居二年，元丰四年三月十三日，浴讫，趺坐，以偈告众，以将入灭，遂泊然而化。既化，神色不变，须发剃而复出。庐陵守与其人来观者如堵，皆愿留事真相。长老利俨禀师遗言，阇维之。薪尽火灭，全身不散，以油沃薪益之，乃化。是日，云起风作，飞瓦折木，烟气所至，东西南北四十里，凡草木沙砾之间，皆得舍利如金色，碎之如金沙。居士长者购以金钱，细民拾而鬻之，数日不绝。计其所获，几至数斛。

师法名庆闲，福州古田卓氏子也。母梦胡僧授以明珠，得而吞之，觉而有孕。及生，白光照室。幼不近酒肉，年十一，事建州升山资庆长老德圆，十七削发受具。二十辞师远游。及其终也，年五十三，腊三十六。

余未尝识师，元丰七年，过庐山开先，见瑛禅师，言及师事，且曰："瑛少尝问道于闲师，愿为文刻石，传示久远。"余许之。明年，遣其徒请于绩溪。余有善知识，本出于南老，将问之，益信而作。五月辛亥，得疾寒热，癸丑，益甚，余正卧念曰："四大本空，五蕴非有，今我此疾，何自而至？"少顷即睡，梦有告者曰："如闲师复何疑耶？疑即病矣。"余闻之矍然，即于梦中作数百言，词甚隽伟，觉而忘之。病亦稍愈。乃为之碑而系之以偈曰：

一切诸如来，惟于一性通，具足大神力。或坐微尘里，而转大法轮。或于一毛端，普见宝王刹。或于见在土，遍见一切土，彼此无坏相。或于见在土，直上忉利宫。人天相还往，而无有难相。或令土石沙，皆化为黄金，一切皆得取。或令江河海，皆化为酥酪，一切皆得食。或近取一劫，而演为十劫。或远取百劫，而促为一劫。一切无碍法，河沙不可拟。闲师得正眼，久为僧中王。及其灭度时，广作诸法事。颜色不动摇，爪发日滋长。薪尽火亦灭，凝然不解散，益薪助以油，尔乃就变灭。是时人天哀，大风吹阴云，发瓦折大木。烟气所及处，皆得大舍利，圆明如宝珠，精色如真金，其数千万亿。是事大希有，闻者以为疑。我昔忝闻道，亦不免斯惑。病中梦诃者，闲师事何疑。有疑即是病，不当作是见。梦中悔谢客，口作数百言。曾不以意作，已觉不能记。稽首三界尊，闲师不止此，悯世狭劣故，聊示其小者。复以告瑛师，刻石示学人。

【解题】

此文作于元丰八年（1085），时苏辙任绩溪令。为应瑛禅师之请而作。

伯父墓表

苏氏自唐始家于眉，阅五季皆不出仕。盖非独苏氏也，凡眉之士大夫，修身于家，为政于乡，皆莫肯仕者。天禧中，孙君堪始以进士举，未显而亡。士犹安其故莫利进取。公于是时独勤奋问学，既冠，中进士乙科。及其为吏，能据法以左右民，所至号称循良。一乡之人欣而慕之，学者自是相继辈出。至于今，仕者常数十百人，处者常千数百人，皆以公为称首。

公讳涣，始字公群，晚字文父。曾大父讳祐，妣李氏。大父讳杲，妣宋氏。考讳序，以公登朝，授大理评事，累赠尚书职方员外郎。妣史氏，追封仙游蓬莱县太君。

公少颖悟，职方君自总以家事，使公得笃志于学，其勤至手书司马氏《史记》、班氏《汉书》。公虽少年，而所与交游，皆一时长老，文词与之相上下。天圣元年，始就乡试，通判州事蒋公堂就阅所为文，叹其工，曰："子第一人矣。"公曰："有父兄在，杨异、宋辅与吾游，不愿先之。"蒋公益以此贤公曰："以子为第三人，以成子美名。"明年登科，乡人皆喜之，迓者百里不绝。

为凤翔宝鸡主簿，以能选开宝监，未几，移凤州司法。王蒙正为凤州，以章献太后姻家，怙势骄横。知公之贤，屈意礼之，以郡委公。公虽以职事之，而鄙其为人。蒙正尝荐公于朝，复以书抵要官，论公可用。公喻郡邸吏，屏其奏而藏其私书。未几，蒙正败，士以此多公。罢为永康录事参军。岁饥，掌发廪粟，民称其均。以太夫人忧去官。起为开封士曹。雍丘民有狱死者，县畏罪，以疾苦告。府遣吏治之，阅数人不能究。及公往，遂直其冤。夏人犯边，府当市民马以益骑士，尹以诿公，马尽得而民不扰。以荐知鄢陵。始至，散蚕盐，吏不敢为奸，遂得其民。岁大荒，贼盗蜂起剽略，父老惊怖，相率请公自救。公慰谕遣之，而阴督吏士，数日尽获。有兄杀弟而取其衣者，弟偶不死，与父皆诉之。捕得，公闵其穷而为奸，问之曰："汝杀而弟，知其不死而舍之者何?"兄喻公意，曰："弟死复生，适有见者，不敢再也。"由此得不死，父子皆感泣。及公去，负任从之数千里。通判阆州，州苦衙前法坏，争者日至。公为立规约，讼遂止。虽为政极宽，而用法必当，吏民畏而安之。阆人鲜于侁，少而好学笃行，公礼之甚厚，以备乡举，侁以获仕进。其始为吏，公复以循吏许之。侁仕至谏议大夫，号为名臣。职方君自眉视公治，喜其能，留数月而归。会金、洋兵乱，阆人恟惧。时方阙守，公领州事，阴为之备，而时率寮吏，登城纵酒，民遂以安。乱兵适亦败散，不及境。

还朝，监裁造务。未几，而职方君没，葬逾月，芝生于墓木，乡人异焉。服除，选知祥符。祥符多富贵家，公均其繇赋而平其争讼，民便安之。乡书手张宗久为奸利，畏公，托疾满百日去，而引其子为代。公曰："书手法用三等人，汝等第二，不可。"宗素事权贵，诉于府，府为符县，公杖之。已而中贵人至府，传上旨，以宗为书手。公据法不奉诏，复一中贵人至，曰："必于法外与之。"公谓尹李绚曰："一匹夫能乱法如此，府亦不可为矣！公何不以县不可故争之?"绚愧公言，明日入言之。上曰："此非吾意，谁为祥符令者?"绚以公对。上称善，命内侍省推之。盖宗以赂请于温成之族，不复穷治，杖矫命者，逐之，一府皆震。包孝肃公拯见公，叹曰："君以一县令能此，贤于言事官远矣!”公尝出，见一妇人弊衣负水，顾曰：“此苏士曹也。”公怪，使人问之，曰：“嘻，我廖户曹女，流落为人婢。”因泣下。公恻然，访其主，以钱赎之，迎置县空屋中，择妇人谨厚者视之。廖君昔与公同为府中掾，公帅寮旧嫁之。罢知衡州。耒阳民为盗所杀，而盗不获。尉执一人指为盗，公察而疑之，问尉所从得，曰：“弓手见血衣草中，呼其侪视之，得其居人以献。”公曰：“弓手见血衣，当自取之以为功，尚何待他人，此必为奸。”讯之而伏。他日果得真盗，衡人以公为神。还知涟水军，未行，会枢密副使孙公抃荐公，擢提点利州路刑狱。尝行部至阆中，民观者如堵墙，其童子皆相率环公，挥之不去。公谓之曰：“吾去此二十年矣，尔何自识予?”皆对曰：“闻父祖道公为政，家有公像，祝公复来，故尔。”公笑曰：“何至是。”公至逾年，劾城固县令一人妄杀人者，一道震恐，遂以无事。

嘉祐七年八月乙亥，无疾暴卒。吏民哭者皆失声，阆人闻之，罢市，相率为佛事市中以报。享年六十有二，官都官郎中，阶朝奉郎，勋上轻车都尉。后以二子登朝，累赠太中大夫。夫人杨氏，累封王城、同安县君，公没之明年六月庚辰卒。治平二年二月戊申，合葬于眉山永寿乡高迁里。生子三人：不欺，太子中舍，监成都粮料；不疑，承议郎，通判嘉州，公既没，相继而亡；季曰不危，家居不求禄仕。女四人：长适进士杨荐，次适进士王东美，次适遂州节度推官任更，季适宣德郎柳子文。孙男十二人：千乘、千运、千之、千能、千里、千秋、千经、千杰、千寻、千亿、时、晖。女子十人，曾孙男女十二人。公忠信孝友，恭俭正直出于天性，好读书，老而不衰。平居不治产业，既没，无以葬。善为诗，得千余篇，题其编曰《南麾退翁》。杂文、书启、章奏若干卷。记平生所莅岁月爵士一卷，曰《苏氏怀章记》。其为吏，长于律令而以仁爱为主，故所至必治，一时称为吏师。

公没二十七年，不危状公遗事，以授公之从子辙曰：“先君既没而二兄不淑，惟小子仅存。不时记录，久益散灭，则不孝大矣。”辙生九年，始识公于乡。其后见公于杞，闻公之言，记公之遗烈，仅识其一二。谨拜手稽首书于墓之碑曰：

辙幼与兄轼，皆侍伯父，闻其言曰：“予少而读书，师不烦。少长为文，日有程，不中程不止。出游于涂，行中规矩。入居室，无惰容。非独吾尔也，凡与吾游者举然。不然，辄为乡所摈，曰：‘是何名为儒？’故当是时，学者虽寡，而不闻有过行。自吾之东，今将三十年，归视吾里，弦歌之声相闻，儒服者于他州为多，善矣。尔曹才不逮人，姑亦师吾之寡过焉可也。”皆再拜曰：“谨受教。”及长，观公行事，循循若无所为，动以律令为师，而见义辄发，未尝处人后。政事审可为者，力为之不疑。郑子产有言：“政如农功，日夜思之，行无越思，如农之有畔。”公为政近之，故其所至必有功，其去必见思。自诸父没，后生不闻老成之言，无所师法，而流于俗。辙惧子弟之日怠也，故记其所闻以警焉。

元祐三年岁次戊辰十二月朔日癸酉，从子朝奉郎试尚书户部侍郎上骑都尉赐紫金鱼袋辙表。

【解题】

本文作于元祐三年（1088），是为伯父苏涣所作墓表。文中以各种具体事迹塑造了一个勤政爱民、刚正不阿的官吏形象，连包拯都称赞他。

欧阳文忠公夫人薛氏墓志铭

欧阳文忠公夫人薛氏，资政殿学士尚书户部侍郎简肃公讳奎之女也。简肃公事真宗朝，所至以才名称。晚事仁宗，为参知政事。章献太后临朝，公刚毅守节，事不苟随，朝廷赖之，天下至今称焉。文忠公以文章名当世，其风节尤峻。早岁以言事不合，流落于外。仁宗亮其忠，晚用之，亦参知政事。仁宗、英宗之际，其所以绥靖朝廷者，与丞相忠献韩公相为表里。盖二公之功名，士大夫举知之。

夫人简肃公之第四女，母曰金城夫人，亦贤妇人也。夫人高明清正而敏于事，有父母之风。及归于欧阳氏，治其家事，文忠所以得尽力于朝而不恤其私者，夫人之力也，而世莫知之。初，简肃见文忠公，愿以夫人归焉，未及而薨。及文忠公贬夷陵令，金城以简肃之志，嫁夫人于许州。不数日，从公南迁。姑韩国太夫人性刚严好礼，夫人生于富贵，方年二十，从公涉江湖，行万里，居小邑，安于穷陋，未尝有不足之色。事韩国时，其起居饮食，寒温节度，未尝少失其意，虽寒乡小家女，有不能也。夫人幼随金城朝于禁中，面赐冠帔。及文忠为枢密副使，夫人入谢，慈圣光献太后一见识之，曰："夫人薛家女邪？"夫人进对明辩，自是每入辄被顾问，遇事阴有所补。尝待班于廊下，内臣有乘间语及时事者，意欲达之文忠，夫人正色拒之曰："此朝廷事，妇人何预焉！且公未尝以国事语妻子也。"文忠归老颍上，慈圣尝幸集禧，过其旧庐，使人访问夫人。其后姻家有入禁中者，慈圣犹使传旨问劳。文忠既薨，夫人不御珠翠罗纨，服布素者十七年。文忠平生不事家产，事决于夫人，率皆有法。从文忠起艰难，历侍从，登二府，既薨，盛衰之变备矣。而其出入丰约，皆有常度，以韩国治家之法戒其诸妇，以文忠行己大节厉其诸子，而不责以富贵。平居造次必以礼，辞气容止，虽温而庄，未尝疾言厉色，而整衣冠，正颜色，虽寒暑疾病，不改其度。将终，疾革，言语如平日。见诸子号泣，曰："吾年至此，死其常也。此尔等忧，岂复预吾事邪？"其天性安于礼法，恬于祸福如此。享年七十有三，元祐四年八月戊午终于京师，十一月甲申祔于文忠之茔。

夫人始以文忠贵，封寿安县君，八迁为仁寿郡夫人，复以其子三迁封安康郡太夫人。子男八人：发，故承议郎，少府监丞；奕，故光禄寺丞，监陈州粮料院；棐，朝散郎，尚书职方员外郎，充集贤校理；辩，宣德郎，监澶州河北酒税。其四人皆未名而卒。女三人，皆未及嫁而卒。孙男六人，愻，陕州司户参军；宪，新授滑州韦城县主簿；恕，雄州防御推官，监西京左藏库；愬、愿、懋，并假承务郎。孙女七人，长适权忠武军节度判官苏京，次适承事郎元耆弼，次适许州长社县主簿范祖朴，次适承奉郎王微，次适承务郎王景文，次许嫁承务郎苏迨，次尚幼。适范王氏三人皆早卒。曾孙二人：延世、奉世。若薛氏、欧阳氏世家，既具于简肃、文忠之志。

辙少获知于文忠公，出入门下，与其诸子游，知夫人平生为详，而子棐复以状求铭，铭曰：

简肃之肃，夫人实承之。文忠之忠，夫人实成之。既成其夫，亦遗其子。白发素襦，动不忘礼。贫富之交，生死之间。有以壮夫，而莫克安。夫人居之，不慑不疑。问谁使然，简肃之遗。有立于朝，文忠子孙。岂独文忠，夫人与存。

【解题】

本文作于元祐四年（1089），是应欧阳修之子欧阳棐之请为其母薛氏所作的墓志铭。文中突出表现薛氏虽生于富贵人家，而能随欧阳修历尽流徙艰辛，能“安于礼法，恬于祸福”的精神。

龙井辩才法师塔碑

浙江之西，有大法师，号辩才。以佛法化人，心具定慧，学具禅律，人无贤不肖，见之者知尊其道，奉其教。居上天竺，说法齐众者二十年。退居龙井，燕居行道者十年。元祐六年，岁在辛未九月乙卯，无疾而灭。吴、越之人失其所归依，奔走号慕，如佛灭度，相与讣于淮南，请于扬州太守苏公子瞻，以志其塔。公曰："吾固知师矣，予弟子由虽未尝识师，而其知师不在吾后，吾为汝请。"辙以公命不敢辞。

师姓徐氏，名元净，字无象，杭之于潜人，家世喜为善。客有过其乡者，指其居以语人曰："是有佳气郁郁上腾，当生奇男子。"师生而左肩肉起，如袈裟绦，八十一日乃灭。其伯祖父叹曰："是宿世沙门也，慎毋夺其愿，长使事佛。"八十一者，殆其算也，及师之终，实八十有一。

师生十年而出家，口不茹荤血，每见讲堂坐，辄叹曰："吾愿登此说法度人。"年十六，落发受具足戒。十八，就学于天竺慈云师。云门人方盛厌，众欲却之。云曰："畴昔吾梦甚异，此子殆法器也，勿却。"师日夜勤力，学与行进，不数年而齿其高第。云没，复事明智韶师。韶尝讲《摩诃止观》，至方便五缘，曰："《净名》所谓以一食施一切供养诸佛及众贤圣，然后可食，此一方便也。"师闻之，悟曰："今乃知色声香味皆具第一义谛。"因泪下如雨，由此遇物，中无疑矣。尝梦与其同门友元素入一寺曰"妙乐"，有僧出，师问之曰："此非荆溪尊者制《法华文句记》处耶？"曰："然。"师访以尊者遗像，相与至东阁，见一梵僧趺坐不动，容貌甚伟，谓师曰："我，汝过去师也，当为我作礼。"师拜，已而觉，忽若有得。

年二十五，恩赐紫衣及辩才号，盖代韶为众讲说者凡十五年。知杭州吕公溱请师住大悲宝阁院，师严设纪律，犯者秋毫皆斥去，其徒畏敬之。居十年，沈公遘治杭，以谓上天竺本观音大士道场，以声音忏悔为佛事，非禅那居也，乃请师以教易禅。师至，吴越人争以檀施归之，遂凿山增室，几至万础，重楼杰观，冠于浙西，学者数倍其故。有祷于大士者，亦鲜弗答。诏名其院曰“灵感观音”。熙宁初，龙图祖公无择在杭，言者或不悦其政，遽起制狱。师以铸钟事预逮，居其间泰然，拟《金刚篦》，撰《圆事理说》。居十七年，有僧文捷者，利其富，倚权贵人以动转运使，夺而有之，迁师于下天竺。师恬不为忤。捷犹不厌，使者复为逐师于潜。逾年而捷败，事闻朝廷，复以上天竺畀师。捷之在天竺也，吴人不悦，施者不至，岩石草木为之索然。及师之复，士女不督而集，山中百物皆若有喜色。清献赵公抃与师为世外友，亲见而赞之曰：“师去天竺，山空鬼哭。天竺师归，道场光辉。”然师复留三年，终欲舍去，谓其徒曰：“吾祖智者，圣人也，犹以急于化人，害于行己，位本五品，而证止铁轮，况吾凡夫也哉！”固谢去，老于南山龙井之上，以茅竹自覆。吴、越闻之，争为之筑室庐，具像设，甓瓦金碧，咄嗟而就。三年，复为太守邓公温伯请居南屏一年，邓公去，乃归龙井终焉。

师于讲说，不择昼夜，常曰：“鬼神威德不具，多畏人，昼说或不得至，比夜人静，庶几能听。”尝焚指以供佛，右三左二，仅能以执，其徒有欲效之者，辄禁之曰：“如我乃可。”平生修西方净业，未尝以须臾废。行成力具，能以其余见于外者非一也。予兄子瞻中子迨，生三年不能行，请师为落发，磨顶祝之，不数日能行如他儿。布衣李生者，习禅观，甚辩而无行，欲从师出家。子瞻怜之，为请于师。未言其名，师拒不许，若知其为人者。秀州嘉兴令陶象，有子得魅疾，巫医莫能治，师咒之而愈。越州诸暨陈氏女子心疾，漫不知人，父母以见，师警以微言，醒然而悟。尝与僧熙仲会食，仲视师眉间有光如萤，遽起揽之，得舍利。师曰：“慎毋以告人，不知者将以妄疑我。”自是常有于其卧起得之者。及其将化，入室燕坐，谢宾客，止言语饮食，召其常与往来僧道潜，告之曰：“吾西方业成，如是七日无魔，横右胁吉祥而逝，吾愿足矣。”至五日，出偈告众，七日奄然而寂，皆如其言。

师度弟子若干人，四方学者不可以数计，颇能以其道教化吴、越。

至十月庚午，塔成，颂曰：

如来昔在世，心禅语为教。譬如四大海，惟是一湿性。于其湿性中，变化千万亿。风来为涛澜，风去为湛然。鱼龙所游戏，神鬼所出没。船筏借其力，网罟取其利。其上为洲渚，诸国所生育。其下为渊谷，百怪所藏伏。东西出日月，上下属河汉。观者不能了，睲眙何暇说。如来知迷闷，随变为解释。因变所说者，是则名为教。彼善闻教人，当知是幻尔。既已知是幻，则当识真实。我观世教师，皆谓教是实。由谓教实故，则为禅所诃。禅虽诃教乎，终以教致禅。禅若不取教，是杜所入门。教而不知禅，是不识家也。辩才真法师，于教得禅那。口舌如澜翻，而不失道根。心湛如止水，得风辄粲然。以是于东南，普服禅教师。士女常奔走，金帛常围绕。师惟不取故，物来不得拒。道成数有尽，西方一瞬息。西方亦非实，要有真实处。

【解题】

苏轼在杭州时结识海月、辩才二法师，辩才死后，苏辙应苏轼之请为辩才作塔铭。辩才死于元祐六年，苏轼知杭州在元祐七年三月至八月间，此文当作于是年。

逍遥聪禅师塔碑

予元丰中以罪谪高安，既涉世多难，知佛法之可以为归也。是时洞山有文，黄蘗有全，圣寿有聪。是三老人皆具正法眼，超然无累于物。予稍从之游，既久而有见也。居五年，予自高安移宰绩溪。未几，而全委化，文去洞山，聪去圣寿。凡十年，予再谪高安，而文住归宗，聪退老黄蘗不复出矣。聪闻予来，出见曰："吾梦与君游于山中，知君复来。去来，宿缘也，无足怪者。"与予处一年，弊衣粝食，澹然若将终焉。高安之人曰："有如聪禅师而不坐道场者耶?"师曰："吾未始不在道场，顾以苏公一来，余无求也。"众曰："逍遥，唐帝子遗筑，宾旅不至，而赀粮可以老，居之无害。"师不听。予告之曰："师岂以我故废传法耶?"师笑而许之。绍圣乙亥十有二月始杖策入山。山久茀不理，十方不至，师方治其缺圮以延众。予亦得《般若》、《涅槃》、《宝积》、《华严》四大部旧经于圣寿，补其残破而授之。明年夏，师得疾，山深无医，愈而复剧，九月戊申而寂，春秋五十有五。

师本绵州盐泉王氏，幼事剑门慈云海亮师，年二十三，诵经得度。始游成都，从讲师。舍之，南至吴、越，见净慈大本禅师，久而不悟。本曰："吾畴昔梦汝异甚，汝不勉则死。"师茫然不知所谓。常志南岳思大口吞三世诸佛语，一日为僧伽作礼，醒然而喻。即见本，具道所以然。本曰："汝得之矣。吾梦汝吞一世界、一剃刀，知汝自今始真出家也。"即为击鼓告众。师游江西高安，人敬爱之，延住真如、开善、圣寿三道场。

师性静默，与物无牾，所居不问有无，安于戒律，不知持犯之别。平居未尝谈说，叩之辄亹亹不竭。予见之二十年，口不言人过。逍遥祖师曰僖，唐肃宗少子也。出家事忠国师，忠记之，居逍遥，赐田甚广。经五代乱，民盗耕之几尽。前长老文因诉于县，十得一二，可以居众矣，而众未集。因相山之胜，环植松柏，将自为窣堵波。既没，或言其不利，改葬他所。及师之寂，即因之以葬。众皆曰："有德之报。"十月庚午而葬。铭曰：

逍遥峻深，帝子道场。百年无人，龙天悲伤。师游吴中，得法本翁。口吞大千，不蒂于胸。律精不持，道备不言。游戏诸方，物知其贤。翼然归之，师却避之。草庵布衣，逝与世辞。忽来自山，众迎而喜。为予而出，予岂堪此！众曰逍遥，法鼓不鸣。师虽老矣，强为我行。师入居之，草木欣然。俯仰几何？寂如蜕蝉。吁嗟前人，度是塔址。成而不居，若有所俟。新塔岿然，松柏离离。匪人所图，缘则在兹。

【解题】

据文“绍圣乙亥十有二月始杖策入山”，“明年……九月戊申而寂”，此文当作于绍圣三年（1096）。

亡兄子瞻端明墓志铭

予兄子瞻，谪居海南。四年春正月，今天子即位，推恩海内，泽及鸟兽。夏六月，公被命渡海北归。明年，舟至淮、浙。秋七月，被病，卒于毗陵。吴、越之民，相与哭于市。其君子相吊于家，讣闻四方，无贤愚皆咨嗟出涕。太学之士数百人，相率饭僧慧林佛舍。呜呼，斯文坠矣，后生安所复仰！公始病，以书属辙曰：“即死，葬我嵩山下，子为我铭。”辙执书哭曰：“小子忍铭吾兄！”

公讳轼，姓苏，字子瞻，一字和仲，世家眉山。曾大父讳杲，赠太子太保，妣宋氏，追封昌国太夫人。大父讳序，赠太子太傅，妣史氏，追封嘉国太夫人。考讳洵，赠太子太师，妣程氏，追封成国太夫人。公生十年，而先君宦学四方。太夫人亲授以书，闻古今成败，辄能语其要。太夫人尝读《东汉史》，至《范滂传》慨然太息。公侍侧曰：“轼若为滂，夫人亦许之否乎？”太夫人曰：“汝能为滂，吾顾不能为滂母耶？”公亦奋厉有当世志，太夫人喜曰：“吾有子矣。”比冠，学通经史，属文日数千言。嘉祐二年，欧阳文忠公考试礼部进士，疾时文之诡异，思有以救之。梅圣俞时与其事，得公《论刑赏》，以示文忠。文忠惊喜，以为异人，欲以冠多士。疑曾子固所为，子固，文忠门下士也，乃置公第二。复以《春秋》对义居第一，殿试中乙科。以书谢诸公，文忠见之，以书语圣俞曰：“老夫当避此人，放出一头地。”士闻者始哗不厌，久乃信服。丁太夫人忧，终丧。五年，授河南福昌主簿。文忠以直言荐之秘阁，试六论，旧不起草，以故文多不工。公始具草，文义粲然，时以为难。比答制策，复入三等。除大理评事、签书凤翔府判官。长吏意公文人，不以吏事责之。公尽心其职，老吏畏伏。关中自元昊叛命，人贫役重，岐下岁以南山木筏，自渭入河，经底柱之险，衙前以破产者相继也。公遍问老校，曰：“木筏之害，本不至此，若河、渭未涨，操筏者以时进止，可无重费也。患其乘河、渭之暴，多方害之耳。”公即修衙规，使衙前得自择水工，筏行无虞。乃言于府，使得系籍。自是衙前之害减半。

治平二年，罢还，判登闻鼓院。英宗在藩闻公名，欲以唐故事召入翰林。宰相限以近例，欲召试秘阁。上曰：“未知其能否故试，如苏轼有不能耶？”宰相犹不可。及试二论，皆入三等，得直史馆。丁先君忧，服除，时熙宁二年也。王介甫用事，多所建立，公与介甫议论素异，既还朝，置之官告院。四年，介甫欲变更科举，上疑焉，使两制三馆议之。公议上，上悟曰：“吾固疑此，得苏轼议，意释然矣。”即日召见，问：“何以助朕？”公辞避久之，乃曰：“臣窃意陛下求治太急，听言太广，进人太锐，愿陛下安静以待物之来，然后应之。”上竦然听受，曰：“卿三言，朕当详思之。”介甫之党皆不悦，命摄开封推官，意以多事困之。公决断精敏，声问益远。会上元，有旨市浙灯，公密疏，旧例无有，不宜以玩好示人，即有旨罢。殿前初策进士，举子希合，争言祖宗法制非是。公为考官，退拟答以进，深中其病，自是论事愈力，介甫愈恨。御史知杂事者为诬奏公过失，穷治无所得。公未尝以一言自辨，乞外任避之，通判杭州。

是时，四方行青苗、免役、市易，浙西兼行水利、盐法。公于其间，常因法以便民，民赖以少安。高丽入贡使者凌蔑州郡，押伴使臣皆本路管库，乘势骄横，至与钤辖亢礼。公使人谓之曰："远夷慕化而来，理必恭顺。今乃尔暴恣，非汝导之，不至是也。不悛，当奏之。"押伴者惧，为之小戢。使者发币于官吏，书称甲子。公却之曰："高丽于本朝称臣，而不禀正朔，吾安敢受！"使者亟易书，称熙宁，然后受之，时以为得体。吏民畏爱，及罢去，犹谓之学士，而不言姓。

自杭徙知密州，时方行手实法，使民自疏财产以定户等，又使人得告其不实。司农寺又下诸路，不时施行者以违制论。公谓提举常平官曰："违制之坐，若自朝廷，谁敢不从？今出于司农，是擅造律也，若何？"使者惊曰："公姑徐之。"未几，朝廷亦知手实之害，罢之。密人私以为幸。郡尝有盗窃发而未获，安抚转运司忧之，遣一二班使臣领悍卒数十人，入境捕之。卒凶暴恣行，以禁物诬民，入其家争斗至杀人，畏罪惊散，欲为乱。民诉之，公投其书不视，曰："必不至此。"溃卒闻之少安。徐使人招出，戮之。

自密徙徐。是时河决曹村，泛于梁山泊，溢于南清河。城南两山环绕，吕梁、百步扼之，汇于城下，涨不时泄。城将败，富民争出避水。公曰："富民若出，民心动摇，吾谁与守？吾在是，水决不能败城。"驱使复入。公履屦杖策，亲入武卫营，呼其卒长，谓之曰："河将害城，事急矣，虽禁军，宜为我尽力。"卒长呼曰："太守犹不避涂潦，吾侪小人效命之秋也。"执梃入火伍中，率其徒短衣徒跣，持畚锸以出，筑东南长堤，首起戏马台，尾属于城。堤成，水至堤下，害不及城，民心乃安。然雨日夜不止，河势益暴，城不沉者三板。公庐于城上，过家不入，使官吏分堵而守，卒完城以闻。复请调来岁夫，增筑故城，为木岸，以虞水之再至。朝廷从之。讫事，诏褒之，徐人至今思焉。

徙知湖州，以表谢上。言事者擿其语以为谤，遣官逮赴御史狱。初，公既补外，见事有不便于民者，不敢言，亦不敢默视也，缘诗人之义，托事以讽，庶几有补于国。言者从而媒蘖之。上初薄其过，而浸润不止，是以不得已从其请。既付狱，吏必欲寘之死，锻炼久之不决。上终怜之，促具狱，以黄州团练副使安置。公幅巾芒屩，与田父野老相从溪谷之间，筑室于东坡，自号“东坡居士”。五年，上有意复用，而言者沮之。上手札徙汝州，略曰：“苏轼黜居思咎，阅岁滋深，人材实难，不忍终弃。”未至，上书自言有饥寒之忧，有田在常，愿得居之。书朝入，夕报可。士大夫知上之卒喜公也。会晏驾，不果复用。至常，以哲宗即位，复朝奉郎、知登州。至登，召为礼部郎中。

公旧善门下侍郎司马君实及知枢密院章子厚，二人冰炭不相入。子厚每以谑侮困君实，君实苦之，求助于公。公见子厚曰：“司马君实时望甚重。昔许靖以虚名无实见鄙于蜀先主，法正曰：‘靖之浮誉，播流四海，若不加礼，必以贱贤为累。’先主纳之，乃以靖为司徒。许靖且不可慢，况君实乎？”子厚以为然，君实赖以少安。既而，朝廷缘先帝意欲用公，除起居舍人。公起于忧患，不欲骤履要地，力辞之，见宰相蔡持正自言，持正曰：“公徊翔久矣，朝中无出公右者。”公固辞。持正曰：“今日谁当在公前者？”公曰：“昔林希同在馆中，年且长。”持正曰：“希固当先公耶？”卒不许。然希亦由此继补记注。

元祐元年，公以七品服入侍延和，即改赐银绯。二年，迁中书舍人。时君实方议改免役为差役。差役行于祖宗之世，法久多弊。编户充役不习，官府吏虐使之，多以破产。而狭乡之民，或有不得休息者。先帝知其然，故为免役，使民以户高下出钱，而无执役之苦。行法者不循上意，于雇役实费之外，取钱过多，民遂以病。若量出为入，毋多取于民，则足矣。君实为人，忠信有余，而才智不足，知免役之害而不知其利，欲一切以差役代之。方差官置局，公亦与其选，独以实告，而君实始不悦矣。尝见之政事堂，条陈不可，君实忿然。公曰："昔韩魏公刺陕西义勇，公为谏官，争之甚力，魏公不乐，公亦不顾。轼昔闻公道其详，岂今日作相，不许轼尽言耶？"君实笑而止。公知言不用，乞补外，不许。君实始怒，有逐公意矣，会其病卒，乃已。时台谏官多君实之人，皆希合以求进，恶公以直形己，争求公瑕疵。既不可得，则因缘熙宁谤讪之说以病公，公自是不安于朝矣。

寻除翰林学士。二年，复除侍读。每进读至治乱盛衰、邪正得失之际，未尝不反覆开导，觊上有所觉悟。上虽恭默不言，闻公所论说，辄首肯喜之。三年，权知礼部贡举。会大雪苦寒，士坐庭中，噤不能言。公宽其禁约，使得尽其技。而巡铺内臣伺其坐起，过为凌辱。公以其伤动士心，亏损国体，奏之。有旨送内侍省挞而逐之，士皆悦服。尝侍上读祖宗宝训，因及时事，公历言今赏罚不明，善恶无所劝沮；又黄河势方西流，而强之使东；夏人寇镇戎，杀掠几万人，帅臣掩蔽不以闻，朝廷亦不问。事每如此，恐浸成衰乱之渐。当轴者恨之。公知不见容，乞外任。四年，以龙图阁学士知杭州。时谏官言前宰相蔡持正知安州，作诗借郝处俊事以讥刺时事，大臣议逐之岭南。公密疏言：朝廷若薄确之罪，则于皇帝孝治为不足；若深罪确，则于太皇太后仁政为小累。谓宜皇帝降敕置狱逮治，而太皇太后内出手诏赦之，则仁孝两得矣。宣仁后心善公言而不能用。公出郊未发，遣内侍赐龙茶、银合，用前执政恩例，所以尉劳甚厚。

及至杭，吏民习公旧政，不劳而治。岁适大旱，饥疫并作，公请于朝，免本路上供米三之一，故米不翔贵，复得赐度僧牒百，易米以救饥者。明年方春，即减价粜常平米，民遂免大旱之苦。公又多作饘粥、药剂，遣吏挟医，分坊治病，活者甚众。公曰："杭，水陆之会，因疫病死，比他处常多。"乃裒羡缗得二千，复发私橐得黄金五十两，以作病坊，稍畜钱粮以待之，至于今不废。是秋复大雨，太湖泛溢害稼。公度来岁必饥，复请于朝，乞免上供米半，又多乞度牒以籴常平米，并义仓所有，皆以备来岁出粜。朝廷多从之。由是吴、越之民复免流散。

杭本江海之地，水泉咸苦，居民稀少。唐刺史李泌始引西湖水作六井，民足于水，故井邑日富。及白居易复浚西湖，放水入运河，自河入田，所溉至千顷。然湖水多葑，自唐及钱氏，岁辄开治，故湖水足用。近岁废而不理，至是，湖中葑田积二十五万余丈，而水无几矣。运河失湖水之利，则取给于江潮。潮浑浊多淤，河行阛阓中，三年一淘，为市井大患，而六井亦几废。公始至，浚茅山、盐桥二河。以茅山一河专受江潮，以盐桥一河专受湖水。复造堰闸，以为湖水畜泄之限，然后潮不入市。且以余力复完六井，民稍获其利矣。公间至湖上，周视良久，曰："今欲去葑田。葑田如云，将安所置之？湖南北三十里，环湖往来，终日不达，若取葑田积之湖中，为长堤以通南北，则葑田去而行者便矣。吴人种菱，春辄芟除，不遗寸草，葑田若去，募人种菱，收其利以备修湖，则湖当不复堙塞。"乃取救荒之余，得钱粮以贯石数者万。复请于朝，得百僧度牒以募役者。堤成，植芙蓉、杨柳其上，望之如图画，杭人名之"苏公堤"。

杭僧有净源者，旧居海滨，与舶客交通牟利。舶至高丽，交誉之。元丰末，其王子义天来朝，因往拜焉。至是，源死，其徒窃持其画像，附舶往告。义天亦使其徒附舶来祭。祭讫，乃言国母使以金塔二，祝皇帝、太皇太后寿。公不纳，而奏之曰："高丽久不入贡，失赐予厚利，意欲来朝矣，未测朝廷所以待之薄厚，故因祭亡僧而行祝寿之礼。礼意鲜薄，盖可见矣。若受而不答，则远夷或以怨怒；因而厚赐之，正堕其计。臣谓朝廷宜勿与知，而使州郡以理却之。然庸僧猾商，敢擅招诱外夷，邀求厚利，为国生事，其渐不可长，宜痛加惩创。"朝廷皆从之。未几，高丽贡使果至。公按旧例，使之所至，吴、越七州，实费二万四千余缗，而民间之费不在，乃令诸郡量事裁损。比至，民获交易之利，而无侵挠之害。

浙江潮自海门东来，势如雷霆，而浮山峙于江中，与渔浦诸山犬牙相错，洄洑激射，岁败公私船不可胜计。公议自浙江上流地名石门，并山而东，凿为运河，引浙江及谿谷诸水二十余里，以达于江。又并山为岸，不能十里，以达于龙山之大慈浦。自浦北折抵小岭，凿岭六十五丈以达于岭东古河。浚古河数里以达于龙山运河，以避浮山之险，人皆以为便。奏闻，有恶公成功者。会公罢归，使代者尽力排之，功以不成。公复言：三吴之水，潴为太湖。太湖之水，溢为松江以入海。海日两潮，潮浊而江清，潮水尝欲淤塞江路，而江水清驶，随辄涤去，海口尝通，则吴中少水患。昔苏州以东，公私船皆以篙行，无陆挽者。自庆历以来，松江大筑挽路，建长桥以扼塞江路，故今三吴多水，欲凿挽路为千桥以迅江势。亦不果用，人皆恨之。公二十年间，再莅此州，有德于其人，家有画像，饮食必祝，又作生祠以报。

六年，召入为翰林承旨，复侍迩英。当轴者不乐，风御史攻公。公之自汝移常也，授命于宋，会神考晏驾，哭于宋而南至扬州。常人为公买田书至，公喜作诗，有“闻好语”之句。言者妄谓公闻讳而喜，乞加深谴。然诗刻石有时日，朝廷知言者之妄，皆逐之。公惧，请外补，乃以龙图阁学士守颍。

先是开封诸县多水患，吏不究本末，决其陂泽，注之惠民河，河不能胜，则陈亦多水。至是，又将凿邓艾沟与颍河并，且凿黄堆，注之于淮，议者多欲从之。公适至，遣吏以水平准之，淮之涨水高于新沟几一丈，若凿黄堆，淮水顾流浸州境，决不可为。朝廷从之。郡有宿贼尹遇等数人，群党惊劫，杀变主及捕盗吏兵者非一。朝廷以名捕不获，被杀者噤不敢言。公召汝阴尉李直方，谓之曰：“君能擒此，当力言于朝，乞行优赏。不获，亦以不职奏免君矣。”直方退，缉知群盗所在，分命弓手往捕其党，而躬往捕遇。直方有母，年九十，母子泣别而行。手戟刺而获之。然小不应格，推赏不及。公为言于朝，请以年劳改朝散郎阶，为直方赏。朝廷不从。其后吏部以公当迁，以符会公考。公自谓已许直方，卒不报。

七年，徙扬州。发运司旧主东南漕法，听操舟者私载物货，征商不得留难。故操舟者富厚，以官舟为家，补其弊漏，而周船夫之乏困，故其所载率无虞而速达。近岁不忍征商之小失，一切不许，故舟弊人困，多盗所载以济饥寒，公私皆病。公奏乞复故，朝廷从之。

未阅岁，以兵部尚书召还，兼侍读。是岁，亲祀南郊，为卤薄使，导驾入太庙。有贵戚以其车从争道不避仗卫，公于车中劾奏之。明日，中使传命申敕有司，严整仗卫。寻迁礼部，复兼端明殿、翰林侍读二学士。高丽遣使请书于朝，朝廷以故事尽许之。公曰："汉东平王请诸子及《太史公书》，犹不肯与，今高丽所请，有甚于此，其可予之乎？"不听。公临事必以正，不能俯仰随俗，乞守郡自效。

八年，以二学士知定州。定久不治，军政尤弛，武卫卒骄惰不教，军校蚕食其廪赐，故不敢呵问。公取其贪污甚者配隶远恶，然后缮修营房，禁止饮博。军中衣食稍足，乃部勒以战法，众皆畏服。然诸校多不自安者，有卒史复以赃诉其长，公曰："此事吾自治则可，汝若得告，军中乱矣。"亦决配之，众乃定。会春大阅，军礼久废，将吏不识上下之分。公命举旧典，元帅常服坐帐中，将吏戎服奔走执事。副总管王光祖自谓老将，耻之，称疾不出。公召书吏作奏，将上，光祖震恐而出，讫事，无敢慢者。定人言，自韩魏公去，不见此礼至今矣。北戎久和，边兵不试，临事有不可用之忧，惟沿边弓箭社兵与寇为邻，以战射自卫，犹号精锐。故相庞公守边，因其故俗，立队伍将校，出入赏罚，缓急可使。岁久法弛，复为保甲所挠，渐不为用。公奏为免保甲及两税，折变科配。长吏以时训劳，不报。议者惜之。

时方例废旧人，公坐为中书舍人日，草责降官制，直书其罪，诬以谤讪。绍圣元年，遂以本官知英州。寻复降一官，未至，复以宁远军节度副使安置惠州。公以侍从齿岭南编户，独以少子过自随，瘴疠所侵，蛮蜒所侮，胸中泊然无所蒂芥。人无贤愚，皆得其欢心，疾苦者畀之药，殒毙者纳之窾。又率众为二桥以济病涉者，惠人爱敬之。居三年，大臣以流窜者为未足也，四年，复以琼州别驾安置昌化。昌化，非人所居，食饮不具，药石无有。初僦官屋以庇风雨，有司犹谓不可，则买地筑室。昌化士人畚土运甓以助之，为屋三间。人不堪其忧，公食芋饮水，著书以为乐，时从其父老游，亦无间也。

元符三年，大赦，北还。初徙廉，再徙永，已乃复朝奉郎提举成都玉局观，居从其便。公自元祐以来，未尝以岁课乞迁，故官止于此，勋上轻车都尉，封武功县开国伯，食邑九百户。将居许，病暑，暴下，中止于常。建中靖国元年六月，请老，以本官致仕。遂以不起。未终旬日，独以诸子侍侧，曰："吾生无恶，死必不坠，慎无哭泣以怛化。"问以后事，不答，湛然而逝，实七月丁亥也。

公娶王氏，追封通义郡君，继室以其女弟，封同安郡君，亦先公而卒。子三人，长曰迈，雄州防御推官，知河间县事。次曰迨，次曰过，皆承务郎。孙男六人，箪、符、箕、籥、筌、筹。明年闰六月癸酉，葬于汝州郏城县钓台乡上瑞里。

公之于文，得之于天。少与辙皆师先君，初好贾谊、陆贽书，论古今治乱，不为空言。既而读《庄子》，喟然叹息曰："吾昔有见于中，口未能言，今见《庄子》，得吾心矣。"乃出《中庸论》，其言微妙，皆古人所未喻。尝谓辙曰："吾视今世学者，独子可与我上下耳。"既而谪居于黄，杜门深居，驰骋翰墨，其文一变，如川之方至，而辙瞠然不能及矣。后读释氏书，深悟实相，参之孔、老，博辩无碍，浩然不见其涯也。先君晚岁读

《易》，玩其爻象，得其刚柔远近喜怒逆顺之情，以观其词，皆迎刃而解。作《易传》，未完，疾革，命公述其志。公泣受命，卒以成书，然后千载之微言，焕然可知也。复作《论语说》，时发孔氏之秘。最后居海南，作《书传》，推明上古之绝学，多先儒所未达。既成三书，抚之叹曰："今世要未能信，后有君子，当知我矣。"至其遇事所为诗、骚、铭、记、书、檄、论、譔，率皆过人。有《东坡集》四十卷、《后集》二十卷，《奏议》十五卷，《内制》十卷，《外制》三卷。公诗本似李、杜，晚喜陶渊明，追和之者几遍，凡四卷。幼而好书，老而不倦，自言不及晋人，至唐褚、薛、颜，柳，仿佛近之。平生笃于孝友，轻财好施。伯父太白早亡，子孙未立，杜氏姑卒未葬。先君没，有遗言。公既除丧，即以礼葬姑。及官可荫补，复以奏伯父之曾孙彭。其于人，见善称之如恐不及，见不善斥之如恐不尽；见义勇于敢为，而不顾其害。用此数困于世，然终不以为恨。孔子谓伯夷、叔齐古之贤人，曰："求仁而得仁，又何怨?"公实有焉。铭曰：

苏自栾城，西宅于眉。世有潜德，而人莫知。猗欤先君，名施四方。公幼师焉，其学以光。出而从君，道直言忠。行险如夷，不谋其躬。英祖擢之，神考试之。亦既知矣，而未克施。晚侍哲皇，进以诗书。谁实间之，一斥而疏。公心如玉，焚而不灰。不变生死，孰为去来。古有微言，众说所蒙。手发其枢，恃此以终。心之所涵，遇物则见。声融金石，光溢云汉。耳目同是，举世毕知。欲造其渊，或眩以疑。绝学不继，如已断弦。百世之后，岂其无贤？我初从公，赖以有知。抚我则兄，诲我则师。皆迁于南，而不同归。天实为之，莫知我哀。

【解题】

此文作于崇宁元年（1102）六月。二苏兄弟感情至深，不仅诗文唱和，互相褒扬，而且政见相同，晚年同遭贬斥。元符四年（1101）北还，苏轼至毗陵去世，苏辙作此文，叙苏轼一生升沉变化，并论其文为“浩然不见其涯”，十分中肯，深得苏轼文章精义。

亡姊王夫人墓志铭

伯父大中大夫生女子四人，仲姊适进士王君东美器之，独享上寿，年七十有五。从其子肄为梓州桐山尉，官满而归，没于乡间，实建中靖国元年十二月庚寅也。前一岁，辙与兄子瞻皆自岭南蒙恩北还，将归扫先墓，是时兄弟惟仲姊在耳。而子瞻舟行至毗陵，复以疾不起。辙既哭之，则讣于乡曰：“天伦之爱，惟仲姊一人矣，东西相望，将谁诉者?”讣未达，而仲姊又亡，盖哭之恸曰：“已矣，手足尽矣，何以立于世!”

惟夫人幼敏而静，四岁而知丝纩，十岁而知馈膳，父母以为能。既长，奉己以法，不妄言笑。二十而归王氏，早莫不懈，舅姑亦贤之。舅秘书丞兼，没于耀州，贫不能归，夫人劝其家尽所有以归葬。未几而姑亡，器之亦即世。生事不给，人不堪其忧，夫人处之，哀而不伤。被服饮食虽窭必修，与亲族交，虽贫不傲，虽富不屈，训导诸子，不失家法，遇其有过，未尝见声色，曰：“使尔自悟则善，勉强从我无益也。”春秋祠事，必亲视涤濯，执庖爨，夜以达旦，以此终其身。尝梦一老人，旁有赞拜者，既觉，犹拜未已，旦求其家绘像，则四代祖母也，自是并祭四代。

肄及元祐九年进士第，时辙备位政府，以亲祀圜丘，恩赐冠帔，使肄以归奉夫人。肄迎养铜山，夫人常称内外祖父从政之方以敕之。及其疾病，肄剔股以具膳。既执丧，水浆不入口者累日，哀毁殆不能胜，乡人称之。将以崇宁元年十月六日祔于器之之墓。世次爵里既具，今不复载。夫人三子：长曰聿，幼曰昼，皆以儒学自力，仲子则肄也。三女：长适朝散郎刘襄，早亡；次适进士牟介；次适进士杨涛。孙五人：良弼、知武、知悌、良骥、庆长。铭曰：

生而知礼傅弗烦，老而知义穷益坚。天既知之报以年，大其后昆子复贤。我欲见之不得还，勒铭幽室虞变迁。后要当归空九原，仰视松柏涕潸然。

【解题】

此文作于建中靖国元年（1101），是为亡姊王夫人所作墓志铭。

欧阳文忠公神道碑

熙宁五年秋七月，观文殿学士、太子少师致仕欧阳文忠公薨于汝阴。八年秋九月，诸子奉公之丧，葬于新郑旌贤乡。自葬至崇宁五年，凡三十有二年矣。公子棐以墓隧之碑来请，辙方以罪废于家，且病不能执笔，辞不获命，乃曰："病苟不死，当如君志。"既而病已，谨案欧阳氏自唐率更令之四世孙琮为吉州刺史，后世因家于吉。曾祖讳郴，南唐武昌令，赠太师、中书令，妣刘氏，追封楚国太夫人。祖讳偃，南唐南京卫院判官，赠太师、中书令，兼尚书令，妣李氏，追封吴国太夫人。考讳观，秦州军事推官，赠太师、中书令，兼尚书令，封郑国公，妣郑氏，追封韩国太夫人。

公讳修，字永叔，生四岁而孤。韩国守节自誓，亲教公读书。家贫，至以荻画地学书。公敏悟过人，所览辄能诵。比成人，将举进士，为一时偶俪之文，已绝出伦辈。翰林学士胥公时在汉阳，见而奇之，曰："子必有名于世。"馆之门下。公从之京师，两试国子监，一试礼部，皆第一人。遂中甲科，补西京留守推官。始从尹师鲁游，为古文，议论当世事，迭相师友。与梅圣俞游，为歌诗相倡和，遂以文章名冠天下。留守王文康公知其贤，还朝荐之，景祐初，召试，迁镇南军节度掌书记、馆阁校勘。时范文正公知开封府，每进见，辄论时政得失，宰相恶之，斥守饶州。公见谏官高若讷，若讷诋诮范公，以为当黜，公为书责之，坐贬峡州夷陵令。明年，移乾德令，复为武成军节度判官。康定初，范公起为陕西经略招讨安抚使，辟公掌书记，公笑曰："吾论范公，岂以为利哉？同其退不同其进可也。"辞不就。召还，复校勘，迁太子中允，与修《崇文总目》。庆历初，迁集贤校理，同知太常礼院。求补外，通判滑州事。

时西师未解，契丹初复旧约，京东、西盗贼蜂起，国用不给。仁宗知朝臣不任事，始登进范公及杜正献公、富文忠公、韩忠献公，分列二府，增谏员，取敢言士。公首被选，以太常丞知谏院，赐五品服。未几，修起居注。公每劝上延见诸公，访以政事。上再出手诏，使诸公条天下事。又开天章阁，召对赐坐，给纸笔，使具疏于前。诸公惶恐，退而上时所宜先者十数朝。于是有诏劝农桑，兴学校，革磨勘、任子等弊，中外悚然。而小人不便，相与腾口谤之。公知其必为害，常为上分别邪正，劝力行诸公之言。

初，范公之贬饶州，公与尹师鲁、余安道皆以直范公见逐，目之党人。自是朋党之论起，久而益炽。公乃为《朋党论》以进，言君子以同道为朋，小人以同利为朋。人君但当退小人之伪朋，用君子之真朋。其言恳恻详尽。其后，诸公卒以党议不得久留于朝。公性疾恶，论事无所回避，小人视之如仇雠，而公愈奋厉不顾。上独深知其忠，改右正言，知制诰，赐三品服，仍知谏院。故事，知制诰必试。上知公之文，有旨不试。与近世杨文公、陈文惠公比，逮公三人而已。尝因奏事论及人物，上目公曰："如欧阳修，何处得来？"盖欲大用而未果也。

四年，大臣有言河东刍粮不足，请废麟州，徙治合河津，或请废其寨，命公往视利害。公曰："麟州，天险不可废也。麟州废，则五寨不可守。五寨不守，则府州遂为孤垒。今五寨存，故虏在二三百里外；若五寨废，则夹河皆虏巢穴，河内州县皆不安居矣。不若分其兵驻并河清塞堡，缓急不失应副，而平时可省转输。"由是麟州得不废。又言："忻、代州、岢岚、火山军并边民田，废不得耕，号为禁地。吾虽不耕，而虏常盗耕之。若募民计口出丁为兵，量入租粟以耕，岁可得数百万斛。不然，他日且尽为虏有。"议下，太原帅臣以为不便，持之，久之乃从。凡河东赋敛过重民所不堪，奏罢者十数事。

自河东还，会保州兵乱，又以公为龙图阁直学士、河北都转运使。陛辞，上面谕："无为久留计，有所欲言，言之。"公曰："谏官得风闻言事，外官越职而言，罪也。"上曰："第以闻，勿以中外为意。"河北诸军怙乱骄恣，小不如意，辄胁持州郡。公奏乞优假将帅，以镇压士心，军中乃定。初，保州乱兵皆招以不死，既而悉诛之，胁从二千人亦分隶诸州。富公为宣抚使，恐后生变，与公相遇于内黄，夜半，屏人谋，欲使诸州同日诛之。公曰："祸莫大于杀已降，况胁从乎？既非朝命，州郡有一不从，为变不细。"富公悟，乃止。公奏置御河催纲司，以督粮饷，边州赖之。又置磁、相州都作院，以缮一路戎器。

河北方小治，而二府诸公相继以党议罢去，公慨然上书论之，用事者益怒。会公之外甥女张，嫁公族人晟，以失行系狱。言事者乘此欲并中公，遂起诏狱，穷治张赀产。上使中官监劾之，卒辨其诬，犹降官知滁州事。居二年，徙扬州，又徙颍州。迁礼部郎中，复龙图阁直学士，留守南京，迁吏部郎中。丁韩国太夫人忧。至和初，服除，入见，须发尽白。上怪之，问劳恻然，恩意甚厚，命判吏部流内铨。小人畏公且大用，伪为公奏，乞澄汰宦官。宦官闻之，果怒。会选人胡宗尧当改官，坐尝以官舟假人，经赦去官，法当循资。公引对取旨，上特令改官。宦官有密奏者曰："宗尧，翰林学士宿之子，有司右之，私也。"遂出公知同州。言者多谓公无罪，上悟，留刊修《唐书》，俄入翰林为学士。自滁州之贬，至是十二年矣，上临御既久，遍阅天下士，群臣未有以大称上意。上思富公、韩公之贤，复召、寘二府。时庆历旧人，惟二公与公三人皆在朝廷。士大夫知上有致治之意，翕然相庆。公以学士判三班院。二年，奉使契丹。契丹使其贵臣宗愿、宗熙、萧知足、萧孝友四人押燕，曰："此非常例，以卿名重故尔。"嘉祐初，判太常寺。二年，权知贡举。是时，进士为文以诡异相高，文体大坏。公患之，所取率以词义近古为贵，凡以险怪知名者黜去殆尽。榜出，怨谤纷然，久之乃服。然文章自是变而复古。三年，加龙图阁学士，权知开封府事。所代包孝肃公，以威严御下，名震都邑。公简易循理，不求赫赫之誉。有以包公之政励公者，公曰："凡人材，性不一。用其所长，事无不举；强其所短，势必不逮。吾亦任吾所长耳。"闻者称善。四年，求罢，迁给事中、充群牧使。《唐书》成，拜礼部侍郎，俄兼翰林侍读学士。

公在翰林凡八年，知无不言，所言多听。河决商胡，贾魏公留守北京，欲开横垅故道，回河使东。有李仲昌者，欲道商胡入六塔河。诏两省台谏集议，公故奉使河北，知河决根本，以为河水重浊，理无不淤，淤从下起，下流既淤，上流必决。水性避高，决必趋下。以近事验之，决河非不能力塞，故道非不能力复，但势不能久，必决于上流耳。横垅功大难成，虽成，必有复决之患。六塔狭小，不能容受大河，以全河注之，滨、棣、德、博必被其害。不若因水所趋，增治堤防，疏其下流，浚之入海，则河无决溢散漫之忧，数十年之利也。陈恭公当国，主横垅之议，恭公罢去，而宰相复以仲昌之言为然，行之而败，河北被害者凡数千里。狄武襄公为枢密使，奋自军伍，多战功，军中服其威名。上不豫，诸军讹言籍籍。公言："武臣掌机密而得军情，不惟于国不便，鲜不以为身害。请出之外藩，以保其终始。"遂罢知陈州。公尝因水灾上言："陛下临御三十余年，而储宫未建，此久阙之典也。汉文帝即位，群臣请立太子，群臣不自疑而敢请，文帝亦不疑其臣有二心。后唐明宗尤恶人言太子事。然汉文帝立太子之后，享国长久，为汉太宗。明宗储嗣不早定，而秦王以窥觊陷于大祸，后唐遂乱。陛下何疑而久不定乎？"公言事不择剧易，类如此。

五年，以本官为枢密副使。明年，为参知政事。公在兵府，与曾鲁公考天下兵数及三路屯戍多少、地里远近，更为图籍，凡边防久阙屯戍者，必加搜补。其在政府，凡兵民、官吏、财利之要，中书所当知者，集为总目，遇事不复求之有司。时富公久以母忧去位，公与韩公同心辅政。每议事，心所未可，必力争。韩公亦开怀不疑，故嘉祐之政，世多以为得。

时东宫犹未定，臣僚间有言者，然皆不克行。最后，谏官司马光、知江州吕诲言之，中书将因二疏以请，幸上有可意，相与力赞之。一日，奏事垂拱，读二疏，未及有言，上曰："朕有意久矣，顾未得其人耳。宗室中谁可者？"韩公对曰："宗室不接外人，臣等无由知之。抑此事非臣下所敢议，当出自圣断。"上乃称英宗旧名曰："宫中尝养此人，今三十许岁矣，惟此人可耳。"是日，君臣定议于殿上，将退，公奏曰："此事至大，臣等未敢即行，陛下今夕更思之，来日取旨。"明日，请之崇政，上曰："决无疑矣！"诸公皆曰："事当有渐，容臣等议所除官。"时英宗方居濮王忧，遂议起复，除泰州防御使，判宗正寺。来日复对，上大喜。诸公奏曰："此事既行，不可中止，乞陛下断之于心，内批付臣等行之可也。"上曰："此岂可使妇人知之，中书行之足矣。"时六年十月也。及命下，英宗力辞，上听候服除。

七年二月，英宗既免丧，称疾不出。至七月，韩公议曰："宗正之命既出，外人皆知必为皇子矣。今不若遂正其名，使知愈退而愈进，示朝廷不可回之意。"众称善，乃以其累表上之。上曰："今当如何?"韩公未对，公进曰："宗室旧不领职事，今有此命，天下皆知陛下意矣。然诰敕付阁门，得以不受。今若以为皇子，诏书一出而事定矣。"上以为然，遂下诏。及宫车晏驾，皇子嗣位，海内泰然，有磐石之固，然后天下皆咏歌仁宗之圣以及诸公之贤。而向之党议，消释无余，至于小人，亦磨灭不见矣。

英宗即位之初，以疾未亲政，慈圣光献太后临朝。公与诸公往来二宫，弥缝其间，卒复明辟。枢密使尝阙人，公当次补。韩公、曾公议将进拟，不以告公。公觉其意，谓二公曰："今天子谅阴，母后垂帘，而二三大臣自相位置，何以示天下?"二公大服而止。其后张康节公去位，英宗复将用公，公又力辞不拜。公再辞重位，诸公不喻其意，而服其难。八年，迁户部侍郎。治平初，特迁吏部。

神宗即位，迁尚书左丞。公性刚直，平生与人尽言无所隐。及在二府，士大夫有所干请，辄面喻可否。虽台谏论事，亦必以是非诘之，以此得怨，而公不恤也。朝廷议加濮王典礼，诏下礼官与从官定议，众欲改封大国，称伯父。议未下，台官意公主此议，遂专以诋公。言者既以不胜补外，而来者持公愈急。御史蒋之奇并以飞语污公，公杜门求辨其事。神宗察其诬，连诏诘问，词穷，逐去。公亦坚求退，上知不可夺，除观文殿学士，知亳州事。熙宁初，迁兵部尚书、知青州，兼充京东东路安抚使。时诸县散青苗钱，公乞令民止纳本钱，以示不为利，罢提举管局官，听民以愿请。不报。三年，除检校太保、宣徽南院使，判太原府、河东路经略安抚使。公辞，求知蔡州，从之。公在亳，已六请致仕。比至蔡，逾年，复请。四年，以观文殿学士、太子少师致仕。公年未及谢事，天下益以高公。

公昔守颍上，乐其风土，因卜居焉。及归，而居室未完，处之怡然，不以为意。公之在滁也，自号醉翁，作亭琅邪山，以醉翁名之。晚年又自号六一居士，曰："吾集古录一千卷，藏书一万卷，有琴一张，有棋一局，而常置酒一壶，吾老于其间，是为六一。"自为传刻石，亦名其文曰《居士集》。居颍一年而薨，享年六十有六，赠太子太师，谥文忠。天下学士闻之，皆出涕相吊。后以诸子赠太师，追封兖国公。

公之于文，天材有余，丰约中度，雍容俯仰，不大声色而义理自胜，短章大论，施无不可。有欲效之，不诡则俗，不淫则陋，终不可及。是以独步当世，求之古人，亦不可多得。公于六经，长《易》、《诗》、《春秋》，其所发明，多古人所未见。尝奉诏撰《唐本纪表志》，撰《五代史》。二书本纪法严而词约，多取《春秋》遗意，其表、传、志、考与迁、固相上下。凡为《易童子问》三卷、《诗本义》十四卷、《唐本纪表志》七十五卷、《五代史》七十四卷、《居士集》五十卷、《外集》若干卷、《归荣集》一卷、《外制集》三卷、《内制集》八卷、《奏议集》十八卷、《四六集》七卷、《集古录》跋尾十卷、杂著述十九卷。

公笃于朋友，不以贵贱生死易意。尹师鲁、石守道、孙明复、梅圣俞既没，皆经理其家，或言之朝廷，官其子弟。尤奖进文士，一有所长，必极口称道，惟恐人不知也。公前后历七郡守，其政察而不苛，宽而不弛，吏民安之，滁、扬之人，至为立生祠。郑公尝有遗训，戒慎用死刑，韩国以语公，公终身行之。以谓汉法惟杀人者死，今法多杂犯死罪，故死罪非杀人者，多所平反，盖郑公意也。

昔孔子生于衰周而识文武之道，其称曰："文王既没，文不在兹乎！"虽一时诸侯不能用，功业不见于天下，而其文卒不可掩。孔子既没，诸弟子如子贡、子夏，皆以文名于世。数传之后，子思、孟子、孙卿并为诸侯师。秦人虽以涂炭遇之，不能废也。及汉祖以干戈定乱，纷纭未已，而叔孙通、陆贾之徒，以《诗》、《书》、《礼》、《乐》弥缝其阙矣。其后贾谊、董仲舒相继而起，则西汉之文，后世莫能仿佛。盖孔氏之遗烈，其所及者如此。自汉以来，更魏、晋，历南、北，文弊极矣。虽唐正观、开元之盛，而文气衰弱，燕、许之流，倔强其间，卒不能振。惟韩退之一变复古，阏其颓波，东注之海，遂复西汉之旧。自退之以来，五代相承，天下不知所以为文。祖宗之治，礼文法度，追迹汉、唐，而文章之士，杨、刘而已。及公之文行于天下，乃复无愧于古。于乎！自孔子至今，千数百年，文章废而复兴，惟得二人焉，夫岂偶然也哉！

公初娶胥氏，即翰林学士偃之女。再娶杨氏，集贤院学士大雅之女。后娶薛氏，资政殿学士简肃公奎之女，追封岐国太夫人。男八人：发，故承议郎；弈，故光禄寺丞；棐，朝奉大夫；辩，故承议郎；余早亡。孙男六人：愁，故临邑县尉；宪，通仕郎；恕，奉议郎；愬，故宣义郎；愿、懋，皆将仕郎。孙女七人，皆适士族。

公之在翰林也，先君文安先生以布衣隐居乡闾，闻天子复用正人，喜以书遗公。公一见其文，曰："此孙卿子之书也。"及公考试礼部，亡兄子瞻以进士试稠人中，公与梅圣俞得其程文，以为异人。是岁，辙亦中下第，公亦以谓不忝其家。先君不幸捐馆舍，亡兄与辙皆流落不偶。元祐初，会于京师，公家以公碑诿子瞻，子瞻许焉，既又至于大故。辙之不敏，以父兄故，不敢复辞。铭曰：

于穆仁宗，有臣文忠。自险而夷，保其初终。惟古人臣，终之实难。匪不用贤，有孽其间。公奋自南，声被四方。允文且忠，有炜其光。上实开之，下实泥之。三起三偾，谁实使之。偾而复全，惟天子明。克明克终，乃卒有成。逮岁嘉祐，君世一德。左右天造，民用饮食。舜、禹相授，不改旧臣。白发苍颜，翼然在廷。功成而归，维公本心。彼其何知，言恐不深。颍水之滨，甲第朱门。新郑之墟，茂木高坟。野人指之，文忠之遗。忠臣不危，仁祖之思。

【解题】

苏辙在《贺欧阳少师致仕启》中曾赞欧阳修："道德在人，学术盖世"，"以道自任"，评价非常高。此文即全面、完整地叙述了欧阳修一生的功绩，尤详细叙述欧公政绩和直言敢进的精神。并高度评价了欧阳修在古文运动中的作用。此文作于崇宁元年（1102），是应欧阳修之子欧阳叔弼之请而作。

天竺海月法师塔碑

余杭天竺有二大士，一曰海月，一曰辩才，皆事明智韶法师，以讲说作佛事，而心悟最上乘，不为讲说所缚。吴、越多禅众，闻其言者皆曰："说教如是，是亦禅也。"故吴、越之人归之，与佛、菩萨无异。熙宁中，予兄子瞻通守余杭，从二公游，敬之如师友。海月之将寂也，使人邀子瞻入山，以事不时往。师遗言：须其至乃阖棺。既寂四日，而子瞻至，发棺视之，肤理如生，心顶温然，惊叹出涕。后十有六年，子瞻守余杭，复从辩才游。及其灭也，子瞻守淮南，其徒请为塔铭，子瞻以属予。又十三年，予与子瞻皆自岭外得归，而子瞻终于毗陵。余杭参寥师吊予颍川，既而泣曰："辩才既以子瞻故，得铭于公。海月独未有铭，公以子瞻，其亦勿辞。"予亦泣许之。

公名惠辩，字讷翁，姓富氏，秀之华亭人也。幼不好弄，其父奇之，以施普照寺。年十有九，受具足戒，从韶于天竺，受天台教，习西方观，复事三衢浮石矩法师，皆尽其学。韶之将老也，命公代之讲者八年，学者宗之。及其老，遂领寺事。翰林沈文通治杭，以威猛御物，僧徒严惮之，见者惶骇失据，公独从容如平日。文通异之，遂以莅僧职，卒至都僧正。凡讲授二十五年，往来千人，得法者甚众。西方观成，与同社人造塔及阁。公容止端静，不畜长物。有盗夜入其室，脱衣与之，导之出门，使从支径逃去。熙宁六年十月有疾，十七日旦起盥濯，与众别，焚香跏趺而逝，年六十，腊四十一。

公初入天竺，及涧，有老人冠带伛偻，逾梁迎之，入门而失。始代师讲，梦章安尊者以金篦击其口，曰："汝勤于诲人，当得辩惠。"尝苦脾痛，久而不愈。梦天神以金盘盛水，使师瞑目而洗其肠，浣已复纳，觉而痛止。公没之岁，吴、越大旱，祷于天竺观音像，不应。公以疾昼寝，梦老人白衣乌帽告曰："明日日中必雨。"问其人，曰："山神也。"如期而雨。公学行高妙，报在西方，其以感通者不可胜言，而闻于人者如此。今住天竺德贤师，实公之高第。以铭授之，俾刻之石。铭曰：

佛本说一乘，无二亦无三。空洞无一物，应物无不在。欲以是教人，人或不能信。以其不信故，故示以方便。方便皆是幻，惟惠为真实。有方便惠解，无方便惠缚。有惠方便解，无惠方便缚。惟惠惟方便，更相为缚解。缚脱解亦除，然后至佛乘。智者古智人，具惠与方便。示人西方观，其实则是幻。由幻而得佛，于以度众生。会归于一乘，何者非佛法？海月辩才师，智者之孙曾。由教而得禅，皆僧中第一。我不识其面，知其心中事。作铭书塔石，二公知其然。

【解题】

此文作于崇宁元年（1102），应参寥之请而作。

十　祭吊

杨乐道龙图哀辞　并序

嘉祐五年三月，辙始以选人至流内铨。是时，杨公乐道以天章阁待制调铨之官吏，见予于稠人中，曰："闻子求举直言，若必无人，畋愿得备数。"辙曰："唯。"既而至其家，一见坐语如旧相识。明年，予登制科，公以谏官为考官秘阁。又明年四月，公薨。方其病也，予见于其寝，莫然无言曰："死矣，将以寂灭为乐。"盖予之识公始三岁矣，三岁之中，不过数十见。公齿甚长，予甚少。公已贵，予方贫贱。见之辄欢乐笑语，终日不厌，释然忘其老且贵也。盖公死，士大夫相与痛惜其不幸，而予又窃有以私怀之。公本河东人，家世将家，有功于国。公始以文词得官，其后将兵于南方，与蛮战，亦有功。其为将能与士卒均劳苦，饮食比其最下者，而军行常处其先，以此得其死力。常学李靖兵法，知其出入变化之节。其称曰："今之人，才不及古人，多将辄为所昏。"尝于南方以数千卒自试，自度可以复益数千人而不乱。然公之与人，谨畏循循无所迕。平居遇小事若不能决，人皆怪其能将以破贼，疑其无以处之，不知其中有甚勇者，人不及也。盖其谨畏循循者，所以为勇而人莫知之。卒时年五十有六。素病瘦，甚羸，然平居读书勤苦过于少年。好为诗，喜大书，皆可爱。有子一人，生始二岁。将卒，名之曰祖仁。既卒，家无遗财，以故衣殓，仰于官及其友人以葬，以克养其家。将以七月葬于洛阳，五月，其家以其柩归，作哀辞以遗其绋者歌之。辞曰：

嗟夫，杨公归来兮，洛之上，其土厚且温。生年五十六，有子以祭兮，何慕而不若人？天子怜尔，赠金孔多兮，家可以不贫。平生不为恶，死而有遗爱兮，虽亡则存。家本将家，有功而不坠兮，配祖以孙。为人至此，非有不足兮，可以无憾，而人为悲辛。嗟夫，杨公归来兮，家有弱子恃尔神。

【解题】

杨乐道即杨畋。嘉祐五年（1060）负责诠选官吏，与苏辙为忘年交，举荐苏辙应制举试。这是嘉祐六年（1061）四月他死后，苏辙所作哀辞。

祭欧阳少师文

维年月日，具官苏辙谨以清酌庶羞之奠，致祭于故观文少师赠太师九丈之灵：呜呼！嘉祐之初，公在翰林。维时先君，处于西南。世所莫知，隐居之深。作书号公，曰“是知予”。公应“嗟然，我明子心。吾于天下，交游如林。有如斯文，见所未曾。”先君来东，实始识公。倾盖之欢，故旧莫隆。遍出所为，叹息改容。历告在位，莫此蔽蒙。报国以士，古人之忠。公不妄言，其重鼎鍾。厥声四驰，靡然向风。

嗟维此时，文律颓毁。奇邪谲怪，不可告止。剽剥珠贝，缀饰耳鼻。调和椒姜，毒病唇齿。咀嚼荆棘，斥弃羹胾。号兹古文，不自愧耻。公为宗伯，思复正始。狂词怪论，见者投弃。踽踽元昆，与辙皆来。皆试于庭，羽翼病摧。有鉴在上，无所事媒。驰词数千，适当公怀。擢之众中，群疑相豗。公恬不惊，众惑徐开。滔滔狂澜，中道而回。匪公之明，化为诙俳。

公德日隆，历蹈二府。辙方在艰，抚视逾素。纳铭幽宅，德逮存故。终丧而还，公以劳去。公年未衰，屡告迟莫。自亳徂青，迄蔡而许。来归汝阴，啸傲环堵。辙官在陈，于颍则邻。拜公门下，笑言欢欣。杯酒相属，图史纷纭。辩论不衰，志气益振。有如斯人，而止斯邪书来告哀，情怀酸辛。报不及至，凶讣遄臻。

呜呼！公之于文，云汉之光。昭回洞达，无有采章。学者所仰，以克向方。知者不惑，昧者不狂。公之在朝，以直自遂。排斥奸回，罔有剧易。后来相承，敢陨故事。虽庸无知，亦或勉励。此风之行，逾三十年。朝廷尊严，庶士多贤。伊谁云从，公导其先。自公之归，忽焉变迁。又谁使然，要归诸天。天之生物，各维其时。朝旸薰风，春夏时宜。冻雨急雪，匪寒不施。时去不返，虽强莫违。矧惟斯人，而不有时。时既往矣，公亦逝矣。老成云亡，邦国瘁矣。无为为善，善者废矣。时实使然，我谁怼矣。哭公于堂，维其悲矣。呜呼哀哉！尚飨。

【解题】

此文作于熙宁五年七月欧阳修卒后，这篇祭文从“公之于文，云汉之光”、“公之在朝，以直自遂”两方面称扬欧阳修，尤其对欧阳修在“奇邪谲怪，不可告止。剽剥珠贝，缀饰耳鼻。调和椒姜，毒病唇齿。咀嚼荆棘，斥弃羹胾”的文风下，力矫衰弊，倡导古文的功绩大加称扬。

陈州日食祷诸庙文

年月日，具官张刍谨以清酌庶羞之奠，昭告于太昊之神：呜呼！日官厎日，实诏天戒。正阳之朔，将有薄食。上心震惧，侧身修德。诞布休命，赦宥多辟。凡在祀典，罔不咸秩。惟神聪明，照鉴诚忱。消复大眚，导迎和气。俾我有邦，享天之衷。民物康阜，以永保神之休无斁。尚飨。

【解题】

此文应为熙宁四年（1071）至五年苏辙任陈州学官时所作。

齐州祈雨青辞

呜呼！民愚无知，吏怠弗教。鬼神不享，积衅成疠。旱气充塞，五种失蓺。饥馑既至，疾疫将起。祷求百神，寂寥无闻。民既穷瘁，吏亦震恐。各知咎殃，将自洗濯。而神怒未怠，膏泽不至。栗栗危惧，无所归命。敢因旧仪，祗荐诚悃。维皇天后土，靡不覆帱。日月宿耀，靡不临照。山川岳渎，靡不容载。哀矜无辜，纵舍有罪。并包含养，与道为一。祓除妖孽，布导和气。时播甘雨，以救民命。亦俾我守臣，间蒙大赐，以宽忧责。

【解题】

此文当作于熙宁六年（1073）至熙宁八年任齐州掌书记期间。青辞是道士斋醮，上奏天神的表章。用朱笔写在青藤纸上，称青辞。

齐州祈雨雪文二首

一

惟神出入造化，呼召风云，播洒甘泽，膏润下土。今兹历时不雨，麦不得种。饥馑既至，疫疠将起。守土之吏，知任其忧而不知所为。神能仁爱斯民，又能作为雨雪，以生育万物，是以敢告。苟克有应，嘉雪时降，以宽吏民之忧，敢不有以报也？尚飨。右祷龙洞。

二

某摄守济南，适丁旱灾。自秋徂冬，迄此春莫，菽粟不登，麦不得种。秋田既耕，种不入土。公私匮竭，食将不继。官吏震惧，并走祠望。精神不格，报不时至。暴风振扬，云合辄解。嗷嗷相视，知殒沟壑。粤兹耆艾，稽首来告。曰维此土，西附岱麓，蒙神之休，常以有年。云兴肤寸，实雨天下。矧伊我邦，而或弃遗？神不遗我，我则不告。是用祇具牲酒，请命有神。吏之不虔，无所逃罪。民知归神，神岂弃之。兹诚不妄，甘雨时至。迨秋有成，民免于死。将戴神之功，展其四支，以永事神无斁。尚飨。右祷太山。

【解题】

此文应作于熙宁六年至八年间，与上文为同时所作。

代李公仪谏议祭张文裕侍郎文

惟公擢秀齐鲁，朴厚忠良。自下升高，勤劳四方。操行之坚，老而益强。苍眉皓髯，邦家之光。既谢于朝，偃息帝乡。高风凛然，公卿是望。于何不淑，震悼周行。丧归于东，邦人慨慷。肃之于公，朋好有年。缱绻王事，出入周旋。孰云委化，不告而先。念昔方壮，交游满前。俯仰几何，凋落纷然。富贵寿考，神弗能全。有如公躬，十无一焉。公今安归，来举豆笾。尚飨。

【解题】

此题中“李公仪谏议”即李肃之，考《颍滨年表》，熙宁七年（1074）三月李肃之以天章阁待制、右谏议大夫知齐州，此文当作于熙宁七年或八年（1074—1075）。

徐州汉高帝庙祈晴文

熙宁十年六月癸巳，具官苏某，谨以清酒少牢之奠，告于汉高皇帝之神曰：此方之民，以麦为命。今兹岁首，雨雪失候。麦苗病瘁，获不偿种。恃秋有成，庶几无饥。菽粟满野，淫雨为害。丰沛庳下，鞠为潴泽。暑雨方作，晴未可觊。雨旸之间，死生系之。吏民相视，无所控告。惟神奋自兹土，扫灭强暴。虽宅关辅，实怀故乡。俯仰千岁，遗语犹在。闾里告病，其有不恤。驱除阴云，导迎秋旸，神实能之。疏放流潦，改种秋稼，民实望之。道民之言，徼神之福，吏实职之。苟克有应，敢忘其报？尚飨。

【解题】

熙宁十年（1077）苏辙被张方平辟为南京签书判官，苏轼同年改知徐州。苏辙随兄至徐州，此为代苏轼所作。

南京祈祷文七首

一

熙宁十年九月戊辰，某官某谨告于某神曰：今兹禾稷将登，铚艾满野。阴雨为沴，弥月不止。穗者将腐，角者将落。徐方大水，将浸东境。沟洫盈满，流潦横至。民贫无食，恃获以饱。官贫无蓄，恃税以给。而雨并害之，公私困竭，神亦将乏享。吏既不职，无以格神之休，敢因民心，以乞晴于尔有神。神能扫除阴云，显见白日，使秋稼毕登，宿麦咸蓺。民免于饥，吏免于罪，则神之赐多矣，其何以报！谨告。

二

九月甲戌，某官某谨以清酌庶羞之奠，告于神曰：民能尽力于耕，而水旱之变不能知也。吏能尽力于治，而饥馑之忧不能为也。斡旋阴阳，开阖天地，其职在神，此吏民之所恃而依也。虽然，叩之而必闻，号之而必应，人有不能，而况于神之远而微也？今者以雨病告，不旋日而雨止，种麦获豆，不失其时也。太守不德而蒙斯贶，自视缺然，知无以堪之也。酒醴洁芳，肴蔌备具，匪以为报，惟致其意也。尚飨。

三

十二月己亥，某官某谨以酒果之奠，告于某神：宋维大都，兵食伙繁。一岁之奉，仰于诸藩。自河为灾，千里汗漫。邻邑告病。我邦独完。赋税百须，所恃惟田。终岁不雪，麦将大干。患始于民，卒迨于官。神仁爱人，忍坐以观。卷舒阴阳，职上通天。劳不崇朝，雨雪纷然。民食宿麦，疠疫莫干。久而不施，莫知谁愆？吏则不德，而民当哀怜。归诚于神，其终舍旃？尚飨。

四

元丰元年正月庚申，某官某谨以肴酒之奠，祭于句芒之神：木气既应，田事将起。肇出土牛，以令早晚。惟神体仁司春，发生万物。时节风雨，佑我农夫。苟东作顺叙，将终岁允赖。邦有旧典，敢率以告。尚飨。

五

二月己未，某官某谨以肴酒之奠，告于某神：某来守是邦，自秋徂春，政事不修，雨旸失候。始以水告，继以旱请。玩神渎祀，至于再三。中心赧焉，惧获谴咎。然今宿麦将槁，时雨不降。流亡布路，仓廪莫继。与其病民，宁我获戾。是用恭卜良日，申祷有神。其尚哀矜农夫，赐以膏泽。尚飨。

六

六月十七日，具官某谨以肴酒之奠，告于某神：梁、宋之郊，频年旱饥。盗贼烦兴，囹圄填充。粤自兹夏，农获六七。流亡既去，桴鼓随息。庶几秋成，民以阜安，而淫雨不节，水潦横溃。荏菽禾黍，鞠为污泽。秋气方始，田可耕种。神诚爱民，锡之开晴。积水时去，晚稼复蓺。则民报神之心不在俎豆，将世以奉承，毋有厌斁。尚飨。

七

七月五日，具官某谨以肴酒之奠，告于某神：乃者暑雨荐至，沟浍盈满。淤田弃水，相继为虐。秋稼满野，沦胥以败。民号无告，吏莫之救。酌酒告神，庶几哀怜。曾未旋踵，秋旸炳耀。匪神之仁，化为凶年。虽使民竭其所有，无以报称。奉觞再拜，惟诚而已。其尚驱除阴沴，以终大赐。尚飨。

【解题】

以上七首祈祷文是熙宁十年（1077）九月至元丰元年（1078）七月间所作。当时苏辙任南京签书判官。

南京祈晴青辞

嗟民之艰，丰岁常少。粤维兹夏，牟麦小熟。饥者未饱，而淫雨为沴。秋稼殄瘁，沦为涂潦。宿藏将尽，岁计莫续。盗贼将起，犴狱充斥。民之无辜，谁为此祸？吏实不德，得过于神。胡为殃民，以重吏愆？今兹归诚天地，布其腹心。神仁爱人，岂终病之？其尚振扬清风，以逐屏翳。使太阳显行，后土以干。民趋于田，既获且耕。亦有高廪，以祀以养。吏蒙其赐，不知其报。此亦天地之大德，下民之所仰望而求也。

【解题】

此文作于熙宁十年至元丰二年苏辙任南京签书判官时。

代张公安道祭李宥侍郎文

元丰元年岁次戊午二月丙午朔二十一日丙寅，某官某谨以清酌庶羞之奠，祭于故太子宾客赠工部侍郎李公之灵：世称至治，咸平、景德。士生其间，端良纯一。公进以文，而以德称。不介不随，泊然静深。推以予人，恕而多矜。下御吏民，如恐不胜。晚登朝廷，逡巡自得。独立不竞，浮夸是律。卒引而去，识者叹息。归老睢阳，环堵而终。更三十年，乃葬元丰。世远人亡，谁复知公。反兆东圻，祖奠有时。讯铭考行，则犹可知。没而不亡，虽久何悲。呜呼公乎！今世之师。尚飨。

【解题】

此文是元丰元年（1078）二月代张道安作祭文。张道安即张方平。

代南京留守祭永嘉郡夫人马氏文

《鹊巢》之风，久矣其亡。有德斯潜，亦耀于乡。宜其家人，退食庙堂。寿考而终，令问不忘。有崇其丘，都人所望。某守土于兹，襄事告时。尊德以教，惟吏之宜。生有邑膰，没有庙祠。今则不能，念昔行之。致是非薄，惟愧矣夫。尚飨。

【解题】

此文是元丰元年（1078）八月代张方平所作祭文。

祭永嘉郡夫人马氏文

维元丰元年八月壬寅朔十八日己未，具官苏轼、辙，谨以清酌庶羞之奠，祭于故永嘉郡夫人马氏之灵：惟夫人毓德大宗，作配仁人。富贵荣显，居之若无。宽裕慈祥，终身不改。晚通至道，游心空寂。启手即化，容如平生。登证妙果，古人是似。岁月迁逝，归全南野。君子在位，嗣子在列。都人出祖，欷歔叹息。轼与弟辙，皆游门下，义均亲戚。令德懿行，夙所闻知。恭致祀奠，礼薄诚至。尚飨。

【解题】

此文作于元丰元年（1078）八月，时苏辙任南京签书判官。

代张公祭蔡子正资政文

呜呼！公材甚长，无适不宜。公气孔坚，勇而敢为。厥初磐桓，亦蹶不显。守边西方，锋颖乃见。声闻于朝，遂付兵枢。剔朽钼荒，许之驰驱。有志不从，疾病支离。中道不行，舉扶而归。嗟我与公，少年相亲。乡党之游，继以婚姻。我老厌事，求归不能。公敏而强，力罔不任。谓当敷施，慰我友朋。奈何不淑，弃我而先。遣奠有时，涕泗何言！谁实使之。要以问天。呜呼哀哉！尚飨。

【解题】

此文是苏辙任应天府签书判官时，代张方平所作。蔡子正即蔡挺，元丰二年（1079）卒，此文当作于是年。

祭文与可学士文

维元丰二年岁次己未二月庚子朔，具官苏辙谨以清酌庶羞之奠，致祭于故吴兴太守与可学士亲家翁之灵：呜呼！与君结交，自我先人。旧好不忘，继以新姻。乡党之欢，亲友之恩。岂无他人，君则兼之。君牧吴兴，我官南京。从君季子，长女实行。君次于陈，往见姑嫜。使者未反，而君沦亡。于何不淑，以至于斯。匪人所知，神实为之。昔我爱君，忠信笃实。廉而不刿，柔而不屈。发为文章，实似其德。风雅之深，追配古人。翰墨之工，世无拟伦。人得其一，足以自珍。纵横放肆，久而疑神。晚岁好道，耽悦至理。洗濯尘翳，湛然不起。病革不乱，遗书满纸。嗟乎！今日见此而已。我欲哭君，神往身留。遣使往奠，涕泗横流。绛幡素车，归安故丘。呜呼哀哉！尚飨。

【解题】

据范百禄《文公墓志铭》，文与可卒于元丰二年（1079）正月，时年六十二。苏轼作《祭文与可文》："余闻讣之三日，夜不眠而坐喟。梦相从而惊觉，满茵席之濡泪。"此文极赞他"廉而不刿，柔而不屈"的品德和如其为人的文风。

刘凝之屯田哀辞　并序

元丰三年九月辛未，庐山隐君刘凝之卒于山之阳。其孤格书来赴曰："君昔知吾兄，既又识吾父，今不幸至于大故。其为诗，使挽者歌之，以厚其葬。"十月乙酉，葬于清泉乡。书不时至，缓不及事，乃哭而为之辞。始予自蜀游京师，识凝之长子恕道原，博学强识，能通《三坟》、《五典》、春秋战国历代史记，下至五代分裂，皆能言其治乱得失，纪其岁月，辨其氏族，而正其同异。上下数千岁，如指诸左右。其为人刚中少容，是是非非，未尝以语假人，人多疾之。翰林学士司马公方受诏紬书东观，以君为属。公以直名当世，而君尤甚，虽公亦严惮之。士知君者曰："君非独然，君父凝之始以刚直不容于世俗，弃官而归老于庐山二十年矣。君亦非久于此者也。"既而君得请以归养其亲，三年，得疾不起。今年春，予以罪谪高安，过君之庐，伤君之不复见，拜凝之于床下。其容晬然以温，其言肃然以厉。环堵萧然，饘粥以为食，而游心尘垢之外，超然无戚戚之意，凛乎其非今世之士也。然予之见凝之，始得道士法，却五谷，煮枣以为食，气清而色和。及其没也，晨起衣冠，言语如平时，无疾而终。予然后知君父子皆有道者。然道原一斥不用，遂往而不能返。凝之隐居绝俗三十余年，神益强，气益坚，尽其天年，物莫能伤。其清则同，而其旷达自遂，道原不及也。辞曰：

伯夷之清，百世而一人兮。其生也，薇以为食，饿死于首阳。世之士谓清不可为兮，计较得失，以和为臧。信和之可以浮沉而自免兮，彼为和者，何三黜之皇皇？曰为道者不与命谋兮，非和实得，非清实丧。若凝之为父，与原之为子兮，洁廉不挠，冰清而玉刚。如世之言，当皆折兮，原何独短，凝何独长？要长短之不可以命人兮，适天命之不可常。惟溷浊之不可居，而狷洁之难久兮，吾将与凝乎同乡。

【解题】

此文作于元丰三年（1080），时苏辙贬监筠州酒税。文中对"世之士谓清不可为兮，计较得失，以和为臧"的明哲保身的处世态度进行批判，歌颂了刘凝之“冰清而玉刚”的精神。

代毛筠州祭王观文韶文二首

一

公学敦诗书，性喜韬略。奋迹儒者，收功戎行。千里开疆，列鼎而食。丰功伟烈，震耀当年。绛纛朱幡，留连列郡。用舍之际，方共慨然。存没之来，孰云止此。子幼方仕，母老在堂。百口有藜藿之忧，十年为梦寐之顷。士夫殒涕，道路兴嗟。某比缀末姻，仍叨属部。笑言未接，涕泣长辞。攀望灵车，寄哀薄奠。伏惟尚飨。

二

嗟人之生，梦幻泡影。短长得失，何实非病？惟公少年，阔略细行。从军西方，睥睨邻境。手探虎穴，足践荒梗。遂开洮、岷，归执兵柄。功名赫奕，富贵俄顷。未安西枢，斥就南屏。盘桓武昌，偃息洪井。国方用兵，边鄙未靖。谓当再驾，没齿驰骋。呜呼不淑，一寐不醒！老幼盈前，饘粥谁省。盛衰奄忽，惊怛群听。惟公晚年，自谓见性。死生变化，其已安命。世之不知，奔走吊庆。寄奠一觞，孰为悲哽？尚飨。

【解题】

据《续资治通鉴》，洪州知州、观文殿学士王韶死于元丰四年（1081）六月，此文当作于这时，是代毛维瞻所作。

筠州祈雨青辞

臣来是邦，岁比不登。去夏大水，泛溢城邑。继以秋旱，民食不足。庶几今岁，五种遂茂，以释余病。而亢阳为灾，不雨弥月。水泉耗竭，多稼殄瘁。云物告异，灾火时发。上下恐惧，不知所措。惟吏之不德，无以仰当天心；惟民之无良，有以召致神怒。虽自洗濯，并走祠望，而诚意浅陋，灵贶不答。将默不以告，而民不可弃，神亦不终弃人。谨归诚天地，请命百神，尚克收如焚之威以布甘雨。使民得稼穑，各安其居。使我守土之臣，亦蒙大赐。

【解题】

据文中“去夏大水”，此文是元丰四年（1081）苏辙监筠州酒税时作。

绩溪谒城隍文

某以不才，忝临民社。谨因旧礼，拜谒祠下：神仁爱民，恭率神意，不敢不勉。神亦时节风雨，驱除疠疫，以佑相我治。谨告。

谒孔子庙文

某结发学问，今始为邑。无由之政事而治蒲，无偃之文学而治武城。进谒祠下，惟愧惟栗。谨告。

【解题】

元丰七年（1084）九月苏辙改绩溪令，至八年初到任。这二篇文章是初到绩溪时作。

祭灵惠汪公文

维元丰八年岁次乙丑八月壬戌朔十六日丁丑，承议郎知县事骑都尉苏辙，谨遣男适以卮酒特羊致祭于灵惠公汪王之神：神有功斯民，世享庙祀。辙来长是邑，即神旧邦。蒙神之休，雨旸以时。稼穑大熟，赋役毕具。狱讼衰少，才短政拙。何以获此？意由侥幸。以致疾疠，寒热为虐，下逮儿女，更相播染，卧者过半，迄兹痊损。自夏及秋，中间祷禳，神不厌渎，卒保康乂，皆神之恩。兹用恭致薄礼，以谢不敏。敢告：驱除瘴疠，时节风气，使民不告病，而吏与蒙贶。尚飨。

【解题】

元丰八年（1085）作此文时苏辙任绩溪令，乞求“驱除瘴疠”。

代三省祭司马丞相文

呜呼！元丰末命，震惊四方。号令所从，帷幄是望。公来自西，会哭于廷。缙绅咨嗟，复见老成。太任在位，成王在左。曰予惸惸，谁恤予祸？白发苍颜，三世之臣。不留相予，孰左右民。公出于道，民聚而呼。皆曰吾父，归欤归欤！公畏莫当，遄反洛师。授之宛丘，实将用之。

公之来思，岌然特立。身如槁木，心如金石。时当宅忧，恭默不言。一二卿士，代天斡旋。事棼如丝，众比如栉。治乱之几，间不容发。公身当之，所恃惟诚。吾民苟安，吾君则宁。以顺得天，以信得人。锄去太甚，复其本原。白叟黄童，织妇耕夫。庶几休焉，日月以须。公乘安舆，入见延和。裕民之言，之死靡他。

将享合宫，百辟咸事。公病于家，卧不时起。明日当斋，公讣暮闻。天以雨泣，都人酸辛。礼成不贺，人识君意。龙衮蝉冠，遂以往襚。公之初来，民执弓矛。逮公永归，既耕且耰。公虽云亡，其志则存。国有成法，朝有正人。持而守之，有进毋陨。匪以报公，维以报君。天子圣明，神母万年。民不告勤，公志则然。死者复生，信我此言。呜呼哀哉！尚飨。

【解题】

元祐元年（1086）九月一日司马光卒，苏辙有挽词，此文是代三省所作祭文。三省指中书省、枢密院、三司三个机构。

祭范蜀公景仁文

维元祐四年八月十日丁未，龙图阁学士朝奉郎知杭州军州事苏轼与弟翰林学士朝奉郎知制诰辙，谨以清酌庶羞之奠，致祭于故端明殿学士赠金紫光禄大夫、忠文范公之灵：公之少年，初以赋鸣。挟策来东，气和而平。微见圭角，人人自惊。宋氏叔仲，典司众盟。见公所为，屣履以迎。自毁其文，以致公名。士满太学，莫之敢争。公之中岁，始以谏逐。尧老将传，未有立子。群公欲言，以目相视。公独发之，自跪以死。帝知其忠，始怒终喜。后有继者，实蹈公轨。公亦自信，卒老言事。公之末年，终以节闻。国有蠹贼，当之以身。力言不从，遂致为臣。开门接士，不怨不愤。群枉既消，众正当伸。有欲援之，同抚我民。公笑称病，誓不复振。凡世之人，有一于是。翘然自名，足以为贵。公有其三，岂不卓伟。位虽显荣，有不尽志。嵩隗之间，颍溴之侧。有庐可安，有田可食。顾惟平生，笃志钟律。既成既上，疾亦告革。呜呼！昔我先人，公早知之。白首相欢，事往莫追。轼方在朝，公举谏官。卒以获罪，而无一言。辙来自东，复馆于门，曾患之不恤，而惟义是敦。今其云亡，无复斯人。呜呼哀哉！尚飨。

【解题】

范景仁即范镇，卒于元祐三年（1088）十二月，此文作于第二年即元祐四年。

祭忠献韩公文

维元祐五年岁次庚午正月二十三日己丑，具官苏辙、具官赵君锡，谨以清酌庶羞之奠，致祭于故某官韩公之灵：辙等游公之门，迹有戚疏。长育成材，公志不殊。譬诸草木，农夫所区。方其播之，匪择瘠腴。既苗且实，物自亟徐。究观厥成，功在于初。公之事君，社稷是为。允有膂力，以执大器。既安且平，物赖其赐。岂惟吾侪，有禄与位。自公云亡，日月遄迈。苍然墓木，过者垂涕。辙与君锡，偕使于辽。驱车往来，实出其郊。顾瞻西山，与公俱高。使事有期，当复于朝。觞豆甚微，怀想则劳。且谒且辞，徘徊奈何！尚飨。

【解题】

元祐四年（1089），苏辙与赵君锡出使辽国，路经韩琦墓，五年（1090）作此文。孙汝听《颖滨年表》系此文于四年，误。

北京南开二股河祭河渎星辰祝文

维元祐四年岁次己巳八月戊戌朔十六日，嗣天子名，谨遣承议郎、行太常博士、充秘阁校理、武骑尉刘唐老敢昭告于尾宿星：乃者暑雨过常，河流东溢。因有司之来告，请以时而决疏。兵役暴兴，冀明灵之垂祐；民心苟利，幸开塞之协宜。尚飨。

景灵宫安铁水窗祝文

维元祐四年岁次己巳八月戊戌朔十六日己丑，皇帝遣昭宣使、和州刺史、内侍押班管勾景灵宫赵世长致祭于里域真官：伏以灵宇邃严，周渠捍密，有司缮故，以时易新。既命涓辰，敢告经始。尚飨。

后苑祈晴祝文

维元祐四年岁次己巳八月戊戌朔二十二日己未，皇帝遣入内内侍省内东买供奉官句当后苑谭扆等，请僧三七人，于后苑华景亭开启祈晴道场。伏以秋稼方登，淫雨作沴。矧合宫之大礼，迫季月之近期。涂潦为忧，寝食几废。仰祈法力之胜，时敛积雨之祥。开示秋旸，以成岁事。下慰勤农之念，上全享帝之诚。谨言。

太庙整漏奏告宣祖皇帝祝文

维元祐四年岁次己巳九月戊辰朔六日癸酉，孝曾孙嗣皇帝臣名，谨遣朝请大夫、守太常少卿、直龙图阁、柱国、赐紫金鱼袋臣李周敢昭告于宣祖昭武睿圣皇帝：伏以庙室久安，霖雨乘隙，饬工缮治，选日告虔。栋宇益坚，威灵无疏。尚飨。

后苑粉坛祈雨祝文

维元祐五年岁次庚午四月丙午朔，皇帝遣入内内侍省内东头供奉官句当后苑谭扆等，请僧三七人，于后苑华景亭开启粉坛祈雨道场。伏以自冬常旸，涉夏未雨，四方千里，二麦一空。惕焉不德之惭，贻我烝民之病。爰假佛乘之妙力，大启天竺之净坛。庶使钟梵即交，作云雷于清昼；膏泽普润，复禾黍于有秋。岂独微衷之私，实亦众志之愿。谨言。

五岳四渎祈雨祝文

维元祐五年岁次庚午月朔日，皇帝名，谨遣左朝散郎、充集贤校理、守尚书礼部郎中崔公度敢昭荐于东岳天齐仁圣帝：伏以君德不修，天泽弗应。自冬涉夏，困于常旸。失麦与禾，何以卒岁。率土之广，匪神孰依。虽或政令之失宜，嗟彼烝庶之何罪。尚祈甘雨，克畀丰年。众之所同，神罔终弃。尚飨。

谢雨祝文

维元祐五年岁次庚午月朔日，皇帝名谨遣左朝散郎、充集贤校理、守尚书礼部郎中崔公度敢昭赛于东岳天齐仁圣帝：伏以自冬历春，雨雪弗效。由近及远，麦禾可忧。惧成凶年，病我赤子。神明昭答，膏泽普加。力回大旱之余，卒致有秋之喜。不腆之荐，诚意斯存。尚飨。

凤翔府太平宫修殿告迁太宗真宗神御祝文

维元祐五年岁次庚午月朔日，孝曾孙嗣皇帝臣名，谨遣臣某敢昭告于太宗至仁应道神功圣德文武睿烈大明广孝皇帝：伏以终南积高，神明是宅。仙庙夙设，容御攸存。属当图新，敢告迁寓。少祈安妥，旋复故常。尚飨。

奏告五星祈雨祝文

维元祐五年岁次庚午四月丙申朔八日癸卯，嗣天子名，谨遣左奉议郎、守尚书吏部员外郎赵屼敢昭告于东方岁星：伏以膏泽不时，咎在邦政。烝庶何罪，横罹深灾？惟神聪明，实司造化。尚霈甘雨，卒成丰年。众所共祈，神岂弗答。尚飨。

天地社稷宗庙谢雨祝文

维元祐五年岁次庚午五月乙丑朔十三日丁丑，嗣天子臣名，谨遣中大夫、守门下侍郎、柱国、彭城郡开国公、食邑二千户、食实封五百户、赐紫金鱼袋臣刘挚敢昭赛于昊天上帝：伏以旱始于冬，牟麦既病；势延于夏，禾黍亦伤。忧心如焚，靡神不举。虽责躬而何益，赖灵德之好生。甘泽雱流，群槁复作。民有望于饘粥，国无废于粢盛。仰止鸿私，莫知所报。尚飨。

神庙寺观谢雨祝文

维元祐五年岁次庚午五月乙丑朔十三日丁丑，皇帝谨遣左朝散大夫、尚书吏部郎中胡宗回敢昭赛于护国显应公：伏以民以食为生，神以民为主。亢阳为疠，顾多匪德之惭；灵雨既周，终赖无私之施。释三农之憔悴，复九谷于登成。利泽无穷，恩德何报。尚飨。

岳渎谢雨祝文

维元祐五年岁次庚午月朔日，皇帝名，谨遣某官某敢昭赛于东岳天齐仁圣帝：乃者岁方常旸，民既艰食。赈仓廪而何救，殚雩禜而莫闻。虽怀闵雨之诚，愿乏应天之实。是以并走群望，靡神不宗。神惟不终弃民，国亦因以受赐。油云屡作，甘雨俄均。禾黍复生，麻菽可蓺。民既勤止，朝夕耘耔之间；神终相之，时节风雨之至。尚飨。

【解题】

以上十二首祝文作于元祐四年至五年间。祝文是祭祀先祖、皇天后土、五岳四渎神灵的致祷之词。

景灵宫修水渠祝文

灵宇邃严，神明所榕，以时修旧，式业彝仪，涓此吉辰，用申昭告。

【解题】

此祝文各本《栾城集》皆不载，今据《播芳大全》辑补。

福宁殿开启明堂预告道场青词

维元祐四年岁次己巳八月戊戌朔十三日庚戌，嗣天子臣名，请女道士二七人，于福宁殿开启明堂道场，一月罢散，日设醮一座，一百二十分位，谨上启元始天尊、太上道君、太上老君混元上德皇帝：伏以嗣守丕业，于今四年。躬祀总章，方期再见。讲鲁之旧，当先事于泮宫；稽国之常，亦预祈于中禁。祓除秘殿，祇俟真游。降福储祥，望璇霄而非远；奉珪奠币，冀厘事之有成。无任悬倒之至。谨词。

罢散青词

维元祐四年岁次己巳九月戊辰朔十三日庚辰，嗣天子臣名，请女道士二七人，于福宁殿罢散明堂道场，设醮一座，一百二十分位，谨上启元始天尊、太上道君、太上老君混元上德皇帝：伏以将款合宫，祗见上帝。遵道家之秘箓，先祓不祥。企真驭于太虚，罔违诚悃。锡兹祉福，畀我休成。无任恳倒之至。谨词。

北京南开二股河道场青词

维元祐四年岁次己巳月朔日，嗣天子臣名，谨遣承议郎、行太常博士、充秘阁校理、武骑尉臣刘唐老，请道士二七人，为开二股河开启道场，七昼夜罢散，日设醮一座，一百二十分位，谨上启元始天尊、太上道君、太上老君混元上德皇帝：伏以大河西行，已见历年之久；涨水东溢，疑还故道之流。兵役既兴，民力重困。顾河朔灾伤之未复，惟天心恻怛以无私。式遏横流，少安北道。无任恳倒之至。谨词。

中太一宫祈晴青词

维元祐四年岁次己巳八月戊戌朔二十二日己未，嗣天子臣名，谨遣入内内侍省内侍高品臣杨偁，请道士三七人，于太一宫真室殿，开启祈晴道场，谨上启元始天尊、太上道君、太上老君混元上德皇帝：伏以多稼如云，淫雨若注。势逾三日，害及百嘉。永惟刑政之失中，顾念苍黔之何罪。矧复宗祀有日，百执致功。泥潦塞途，中外告病。仰惟真圣之妙，实司阴阳之权。廓清繁云，焕发朝日。屈伸俄顷，变化无方。使民获收敛之功，而国遂斋祠之礼。永望霄极，祇荐勤诚。无任恳倒之至。谨词。

明堂礼毕福宁殿道场青词

维元祐四年岁次己巳九月戊辰朔十四日辛巳，嗣天子臣名，请女道士二七人于福宁殿开启明堂礼毕道场，十七日罢散，日设醮一座，一百二十分位，谨上启元始天尊、太上道君、太上老君混元上德皇帝：伏以因听政之堂，修飨帝之祀。陟配文考，大赉四方。礼成不违，神贶昭答。念非寡德之致，顾依妙道之余。祗祓禁涂，远逆真驭。诚心上达，微供获陈。无任悬倒之至。谨词。

罢散青词

维元祐四年岁次己巳九月戊辰朔二十日丁亥，嗣天子臣名，请女道士二七人，于福宁殿罢散明堂礼毕道场，设醮一座，一百二十分位，谨上启元始天尊、太上道君、太上老君混元上德皇帝：伏以飨帝合宫，获成严父之志；荐诚秘殿，复陈终事之仪。灵科既修，真贶斯格。肃然神光之下，悦然诚意之通。明德甚微，愧天心之博应；神功莫测，保邦祚于无疆。无任悬倒之至。谨词。

景灵宫预告雅饰圣祖青词

维元祐四年岁次己巳九月戊辰朔十七日甲申，嗣皇帝臣名，谨遣昭宣使、和州刺史、内侍省内侍押班、管句景灵宫臣赵世长，请道士二七人，于景灵宫天兴殿开启雅饰预告道场，三昼夜罢散，日设醮一座，二百四十分位，谨上启圣祖上灵道高九天司命保生天尊大帝：伏以威神在天，像设有位。稍经岁月，寝失光仪。辄因灵科，以告增饰。无任悬倒之至。谨词。

装饰圣祖御容青词

维元祐四年岁次己巳九月戊辰朔二十日丁亥，嗣皇帝臣名，谨遣昭宣使、和州刺史、内侍省内侍押班臣赵世长谨上启圣祖上灵高道九天司命保生天尊大帝：伏以真圣所依，宜极华焕。岁月既久，必有增严。兹因卜日之良，敢告饰工之始。无任悬倒之至。谨词。

雅饰了毕开启奉安圣祖真容道场青词

维元祐四年岁次己巳九月戊辰朔二十七日甲午，嗣皇帝臣名，谨遣昭宣使、和州刺史、内侍省内侍押班、管句景灵宫臣赵世长，请道士二七人，于景灵宫天兴殿开启奉安道场，三昼夜罢散，日设醮一座，二百四十分位，谨上启圣祖上灵高道九天司命保生天尊大帝：伏以灵德常新，威颜有耀。严若斯民之望，怳然真驭之临。肇自殊庭，即安珍馆。稽首延伫，降福无疆。无任悬倒之至。谨词。

西岳谢雨青词

维元祐五年岁次庚午月朔日，皇帝名，谨遣入内内侍省内东头供奉官张怀宝，请道士二七人，于西岳开启谢雨道场，昼夜设醮分位，恭赛于西岳金天顺圣帝：伏以灵雨愆期，农民惊顾。精祷既格，神应不违。牟麦复存，禾黍可望。永惟千里之泽，岂独一人之私。尚终降休，迄有丰岁。无任恳倒之至。谨词。

中太一宫祈雨青词二首

一

维元祐五年岁次庚午二月丙申朔二日丁酉，嗣天子臣名，谨遣入内内侍省内东头供奉官臣李永言，请道士三七人，于中太一宫真室殿开启祈雨道场，谨上启元始天尊、太上道君、太上老君混元上德皇帝：伏以冬雪不效，春雨过期。云族屡兴，风灾辄至。牟麦既病，秋种未入。嗟民何罪，吁天不闻。惟侧身念咎之诚，不敢自赦；而洁斋祈福之旧，亦莫少愆。庶见膏泽之滂流，尚俾饥民之粒食。恳祷斯极，真圣所临。无任恳倒之至。谨词。

二

维元祐五年岁次庚午五月朔日，嗣天子名，谨遣入内内侍省内东头供奉官、勾当三馆秘阁臣李永言，请道士三七人，于中太一宫真室殿开启祈雨道场，谨上启元始天尊、太上道君、太上老君混元上德皇帝：伏以常旸为虐，夏已及中。精祷未孚，雨不逾尺。麦虽粗入，未足以充入口之饥；禾则始生，犹当俟三日之泽。人谋竭矣，天意谓何？惟至道之密微，运元化于俄顷。慈闵众庶，覆护邦家。召呼风云，广施千里之润；勃兴黍稷，终致百室之盈。永与斯民，同仰灵德。无任恳倒之至。谨词。

【解题】

以上十二首青词作于元祐四年至五年间。青词是道士斋醮，上奏天神的表章，用朱笔写在青藤纸上，故称青词，也称绿章。

福宁殿罢散明堂预告道场朱表

臣名言：竭诚致享，近在外朝。先事告诚，祇祓中禁。企圣真于璇极，严科式于灵场。忽恍攸通，福祥来暨。冀奠玉而神享，迄升烟而礼成。终始莫违，上下蒙庆。臣无任精虔激切之至，谨奉表奏告以闻。臣名诚惶诚惧，顿首顿首。谨言。

北京开二股河罢散日道场朱表

臣名言：秋水洊至，河流灌盈。溢于北都之南，疑有东行之渐。亟兴兵役，永念民劳。仰祈幽赞之功，式遏横流之势。浮议一定，疲俗再安。觊洪造之无私，庶微衷之不昧。臣无任精虔激切之至。谨奉表奏告以闻。臣名诚惶诚惧，顿首顿首。谨言。

明堂礼毕福宁殿罢散道场朱表

臣名言：亲祠之重，每三岁而后成；陟配之隆，及中辛而既举。顾菲薄之何有，赖真圣以为依。祇按灵科，洁斋秘殿。仙游降格，神贶普存。上保邦家之休，下祈民物之定。眇然微悃，过此何求。臣无任精虔激切之至，谨奉表奏告以闻。臣名诚惶诚惧，顿首顿首。谨言。

景灵宫奏告雅饰圣祖罢散道场朱表

臣名言：于赫皇祖，敷佑下民。眷真宇之靓深，俨粹容之肃穆。虽道存不变，而体有从新。既祇荐于科仪，期永安于像设。臣无任精虔激切之至，谨奉表奏告以闻。臣名诚惶诚惧，顿首顿首。谨言。

景灵宫奉安圣祖真宗御容罢散道场朱表

臣名言：真源永久，福千世以无疆；邃宇穆清，延万灵之景从。肇新遗像，祇荐薄诚。庶资法会之功，敷锡烝民之祉。臣无任精虔激切之至，谨奉表奏告以闻。臣名诚惶诚惧，顿首顿首。谨言。

西岳罢散谢雨道场朱表

臣名言：历时不雨，千里同忧。顾民何知，惟帝是赖。精祷既应，多稼获存。饘粥之余，仓廪攸实。仰凭道供，少答神休。臣无任精虔激切之至，谨奉表奏告以闻。臣名诚惶诚惧，顿首顿首。谨言。

诸宫观罢散谢雨道场朱表

臣名言：生灵多罪，丁旱暵以知穷；真圣至仁，视疾苦而能救。不嫌屡请之黩，溥施甘泽之滋。禾黍复生，囷仓可望。仰企霄汉，莫报恩私。臣无任精虔激切之至，谨奉表奏告以闻。臣名诚惶诚惧，顿首顿首。谨言。

【解题】

以上七首朱表均作于元祐年间。朱表也是用于道士举行仪式时，上奏天神的表章。

泥饰诸陵神台奏告表

臣名言：伏以威神如在，陵寝无疆。风雨侵寻，涂丹脱落。时加新饰，以谨故封。敢因良辰，式告安宅。臣无任精虔激切之至，谨差某官臣某奉表奏告以闻，臣名诚惶诚惧，顿首顿首。谨言。

泥饰永裕陵神台等奏告表

臣名言：伏以陵台巩固，殿瓦峻严。雨泽浸淫，丹粉堕落。恭择良日，以命众工，彩饰再完，威神不竦。臣无任精虔激切之至，谨差某官臣某奉表奏告以闻。臣名诚惶诚惧，顿首顿首。谨言。

明堂礼毕内中奏谢诸佛表

伏以躬荐微诚，克终大典。致周公严父之志，达圣人享帝之能。顾菲薄之何功，仙仟真之垂佑。归依靡极，荷戴不忘。臣无任精虔激切之至，谨差某官臣某奉表奏告以闻。臣名诚惶诚惧，顿首顿首。谨言。

露 香 表

伏以大享告成，旧章不坠。祗答昊穹之贶，升侑文考之灵。精意潜通，多福荐至。敢因清夜，躬荐薄诚。臣无任精虔激切之至，谨差某官臣某奉表奏告以闻。臣名诚惶诚惧，顿首顿首。谨言。

永裕陵添修屋宇奏告表

臣名言；伏以宫寝崇深，廊庑缺圮。敢涓良日，祇命众工。庶复从新，以资永固。臣无任精虔激切之至，谨差某官臣某奉表奏告以闻。臣名诚惶诚惧，顿首顿首。谨言。

【解题】

以上五首表是为整修皇陵等事所作告神表。

祭张宫保文

维元祐六年岁次辛未十二月乙卯朔二十日甲戌，中大夫守尚书右丞苏辙谨以清酒庶羞之奠，致祭于故太子太保致仕张公四丈之灵。辙之方冠，公守西蜀。时予先君，幅巾田服。尺书见公，一见而知。曰此鸿鹄，困于棘茨。君亦嘻嗟，世莫知我。孰谓斯人，独明且果！顾我与兄，复往从之。少未更事，见亦弗疑。后将有成，达于家邦。斯言是信，不折不降。涉世多艰，久而莫伸。从公陈宋，庇于有仁。既博以文，又约以礼。示我夷易，行不知止。南迁而还，迎我而笑：世将用子，要至于道。我曰不然，将复见公。俯仰六年，斯志莫从。遗章上闻，匪私尔伤。庆历之遗，今也则亡。

呜呼！公之少年，坦然不羁。自放于酒，竹林是师。及其从宦，精深粹密。礼家法士，莫见其隙。公之问学，初亦弗勤。泛然游心，功倍于人。有疑而问，时罔弗达。礼则郑产，乐则吴札。公之行己，色温言厉。卒然相逢，忽若无意。其所与交，金石弗渝。可以托之，六尺之孤。公之事君，道大言深。心所不欲，富贵莫淫。诡词削草，人亦弗知。虽罔克用，亦罔克疑。公老于世，事见于外。人之知公，兹亦其概。公性静深，灼见安危。遇物斯应，动获所宜。退而自养，湛然纯一。与天为徒，惟道非术。逮其将亡，言若平生。寂然委蜕，不怛于行。道实在天，后必有传。谓予可教，而亦弗闻。公入不出，我出不还。而使斯道，忽乎茫然。呜呼，尚飨！

【解题】

此文作于元祐六年（1091）。张方平对三苏极为赏识，尤其对苏辙有知遇之恩。熙宁三年（1070）出知陈州，辟苏辙为陈州教授，熙宁十年（1077）又辟苏辙为应天府签书判官。苏辙极为感激，后来还有《再祭张宫保文》。

祭亡婿文逸民文

元祐七年八月日，太中大夫守门下侍郎苏辙以清酒庶羞之奠，致祭于文郎逸民秀才之灵。我与君翁，忘年之义。长女未笄，许适君子。君少不群，介然老成。诵诗属文，亦继家声。我独怪君，吐词悲伤。是必多难，否则不长。别我于宋，送君于株。扶丧舟行，万里有余。我迁南方，君旅成都。相望天涯，逾岁一书。我还京师，幸将见君。一病不复，发书酸辛。女有烈志，留鞠诸孤。赋诗《柏舟》，之死不渝，茕茕遗孙，教以诗书。庶几有成，归大君闾。呜呼，尚飨!

【解题】

此文作于元祐七年（1092）。苏辙将长女嫁文同子文逸民为妻，二家结好。文逸民元祐七年八月卒，苏辙十分悲痛，写此文为祭。

祭文与可学士文

元祐七年八月日，太中大夫守门下侍郎苏辙谨以清酒庶羞之奠，致祭于故知湖州与可学士亲家翁之灵。呜呼！汉蜀太守，石室之孙。散居梓潼，耕稼隐沦。是生高人，文如西京。《雅》诗《楚辞》，云溶泉清。心恬手柔，隶草从横。毫墨之余，遇物赋形。怪石巑列，翠竹罗生。得于无心，见者自惊。嗟世知公，以是谓贤。公心浩然，实而弗炫。有触不屈，始知其坚。世在熙宁，士锐而翾。利诱于旁，奔走倾旋。公居其间，澹乎忘言。洋人病荼，徐为一宣。抱志不伸，委化而迁。惟我与公，交友忘年。以静喜我，申以婚姻。子丧妇存，诸孙在前。抚而教之，尚侈公门。窀穸有时，送车盈阡。千里寓词，闻乎不闻。呜呼，尚飨!

【解题】

此文作于元祐七年（1092）二苏与文与可交谊至深，苏辙又与文与可为亲家。文中不仅称美文与可“遇物赋形”的高度艺术成就，而且对他不汲汲奔走仕途，能够“澹乎忘言”倍加钦羡。

再祭张宫保文

元祐七年八月日，太中大夫守门下侍郎眉山苏辙谨以清酒庶羞之奠，致祭于故宣徽南院使太子太保赠司空张公四丈之灵：公志大而才高，气直而虑深。世俗之所不悦，而君子之所服膺。辙从公游，实见而知。眇视世间，若无足为。及其观会通以行典礼，盖未尝失时，泛观众人，澹然无心。及其结意气而同忧患，盖坚如断金。故方其出也，仕历三世，虽未尝不用，而才莫能既；逮其处也，与众杂居，虽罔有不伏，而中情实疏。究观始终，疑其天人。或因物以有觉，或逢人而益信。由是啬气养神，以终其身。中忘我以发照，外忘物而远尘。至于委化之日，泊然反真。呜呼！我之从公，始于父兄。师友之交，亲戚之情，而掩棺不哭，送葬不行。无以寄哀，请易公名。惟文与定，庶几平生。公虽不求，朝有典刑。呜呼，尚飨！

【解题】

张方平死于元祐六年（1091），苏辙有祭文，第二年下葬，苏辙作此文再祭。孙汝听《颍滨年表》系于元祐八年八月，误。

祭亡嫂王氏文

元祐八年，岁次癸酉，十月丙子朔，十九日癸巳，太中大夫守门下侍郎苏辙与新妇德阳郡夫人史氏，谨以家馔酒果之奠，致祭于亡嫂同安郡君王氏之灵。辙幼学于兄，师友实兼。志气虽同，以不逮惭。兄刚而塞，物或不容。既以名世，亦以不逢。辙骤而从，初未免忧。嫂以妇人，处之则优。兄坐语言，收畀丛棘。窜逐郑城，无以自食。赐环而来，岁未及期，飞集西垣，遂入北扉。贫富戚忻，观者尽惊。嫂居其间，不改色声。冠服肴蔬，率从其先。性固有之，非学而然。族人咨嗟，观行责报。谓必多福，继以寿考。中岁而殂，理有莫知。三子俱良，聊以慰之。兄牧中山，始殡而往。谓我在兹，属以时享。距城半舍，旁抚仲妇。无戚无惧，祭遣诸子。呜呼哀哉，尚飨!

【解题】

苏轼之妻王润之元祐八年（1093）五月卒于京师，九月苏轼出守中山，苏辙作此祭文以述哀思。

代三省祭门下韩侍郎曾孙文

惟灵渊源深长，才质纯茂。出从仕籍，有闻缙绅。苕颖方兴，秀而未实。宠禄将至，往而莫留。日月有时，出祖于道。尊亲之爱，感念则深。同列增嘻，行路兴叹。精神未泯，来举一觞。呜呼，尚飨!

【解题】

此文当作于元祐年间，故附于元祐末年。三省指中书省、枢密院、三司三个机构。

汝州谢雨文

维绍圣元年岁次甲戌四月壬寅朔二十六日丁卯，太中大夫知汝州军州事护军苏辙，谨以清酒特羊之奠，恭祭于北园社令后土神君：辙以罪戾，谪守兹土。自春徂夏，旱饥为苦。麰麦殄悴，禾未出亩。吾民忧伤，巫觋旁午。念予罪人，余谴累汝。间行北园，亭曰“致雨”。前守赵王，有祷咸许。顾惭昔贤，愿蹑前武。扫地而祭，屏去牖户。青漪绕屋，乔木环渚。微风萧然，神物来处。吾僚祇敬，斋宿吾府。云兴山际，倏遍天宇。风来不疾，雷发不怒。祈祈甘泽，如哺如乳。酒不濡地，雁不升俎。仁哉有神，未请而予。再宿告晴，高下咸溥。朝阳既升，钼耨毕举。宿麦斯实，施及禾黍。吏免河谴，民病获愈。念惟始至，神则何取。祇荐醪牲，以永斯祐。尚飨。

“是岁，春雨不效，麦生不蕃，禾蓺不育。辙以四月壬戌视事。郡方闵雨。间登兹亭，阅二记曰：‘前人不吾欺也。’乃以乙丑斋于望嵩，将以丁卯祷焉。未夕，雨大至，麦禾皆遂。遂以谢。易祷而作斯文。亭弊已甚，命增葺之。并刻于石。绍圣元年五月丁未记。”

【解题】

此文作于绍圣元年（1094）苏辙贬汝州时。

嵩山祝文

辙昔缘吏役，自陈如洛，道出嵩少，秋雨方淫，繁云如絮，缠覆山上。究观近麓，莫瞩诸岭。据鞍默祷，庶几一见。俯仰未几，豁然云移，如卷重帷，却寘山后，连峰角立，草木可数。惊顾窃叹，莫知其由。昔韩愈南征，有感于衡。岂以无似，克配前烈？默然惭惕，不以语众。至于今日，十有八年。永怀畴昔，有不能已。谨遣家兵，以茶酒香烛及佛经疏，伸导薄诚。神鉴不昧，景飨昭答。谨告。

【解题】

此文作于绍圣元年（1094）贬汝州时。

高安青词四首

一

伏以生于微陋，性极冥顽。叨冒国恩，预闻政事。才短德薄，福过祸生。任意直前，不知罪谴之增积；终年三黜，遂涉江湖之险艰。手足之亲，播迁瘴海；父子之爱，留寓中原。寄迹高安，遽逢生日。术者荐告，厄运稍移。仰叩天阍，冀回圣造。矜其愚而多怨，察其中之无他。赦宥往愆，刊除罪籍，俾我同气，俱复近邦。苟获闲地以偷安，非复要途之敢望。栖心澹泊，粗成止欲之因；毕老勤行，窃冀长年之幸。倾倒激切，不知所裁。臣无任瞻天沥恳惶恐战越之至。谨词。

二

伏以臣夫妇归诚至道，托迹尘寰。自幼至今，随世所行，岂免过咎？况复近岁预闻国事，福禄盈满，功行蔑闻，致此颠跻，将复谁咎？重以兄轼平生悻直，仇怨满前，流窜海滨，日虞瘴疠，以至坟墓隔绝，父子分离，相望万里，患不相救。今斥逐以来，荐历寒暑，追惟既往，非有邪慝，忧患已深，理或当复。惟真圣慈闵，与物无私，庶几北还，近获成命。非复有心于荣遇，惟觊少获于安全。怜其虚心养气之勤，锡以问道逢师之幸。臣无任恳倒之至。谨词。

三

伏以谪居高安，行将再岁。杜门自省，日惧祸灾。乃者火焚阎闾，势极炽猛。风从北来，正趋馆舍。治任挈族，未知所适。

而风回火转，幸免焚爇。向非神祇明察，怜悯困穷，则虽免灰烬之虞，必有狼狈之患。敢陈菲供，少答灵贶。伏愿稍垂庆佑，洗除宿殃。臣无任恳倒之至。谨词。

四

伏念本乡通义，以仕为家。再谪高安，累年于此。以忠获罪，夫妇漂流。携家不前，男女离散。宿有疾疢，不甚康强。饱暖安闲，虽感恩于造物；拘縻窘逼，常兴叹于异乡。日届初生，家陈薄供，望三清而稽首，仰众圣以驰诚。稍回恩光，照此陷阱。愿涉新岁，脱去宿殃，禄命增长，骨肉和合。悁悁诚意，莫敢尽宣。臣无任瞻天俟命激切屏营之至，顿首顿首。谨词。

【解题】

绍圣二年（1095）苏辙贬居筠州，二月生日作此青词。

祭宝月大师宗兄文

维绍圣二年岁次乙亥十月癸亥朔十一日癸酉，降授左朝议大夫试少府监分司南京护军苏辙因僧法舟西归，以香茶果蔬之奠，致祭于故宝月大师宗兄之塔。辙方志学，从先君子东游故都，览观药市。解鞅精舍，时始见兄。颀然如鹄，介而善鸣。宗党之故，情若旧识。屈信臂顷，阅岁四十。性直且刚，纤恶不容。与人尽言，口如病风。惟我兄弟，不见瑕玼。行有利病，势有隆污。始终一意，不为薄厚。交游之间，盖未始有。昔我之东，师则有言："游宦如寄，非可久安。意适忘归，忧患所由。亟还于乡，泉石可求。"我志师言，未返而颠。师亦不待，与化俱迁。遣舟与荣，万里来讣。开纸失声，悔恨无所。弹指西望，卯塔既成。临绝之言，求我以铭。自我窜逐，忧病相袭。缉缀清风，得一忘十。追怀曩好，徒有此心。心则不忘，而病未能。收泪语舟，归酌流水。一生一死，诚则无已。呜呼，尚飨！

【解题】

此文作于绍圣二年（1095）。苏辙十八岁随父兄入京应试，于成都初识宝月大师。从此，倾盖相交四十年，始终如一。宝月大师常劝苏辙不可久安游宦，以为“意适忘归，忧患所由”，可见二人交谊之深，能无所不言。

祭逍遥聪长老文

绍圣三年九月二十九日，降授左朝议大夫试少府监分司南京护军苏辙，谨以香茶果蔬之奠，告于故逍遥长老聪公。我生多故，再谪于筠。万里故乡，孰为故人。师自吾蜀，为筠导师。坦然无心，言直气夷。顾我如故，弥久而坚。逮兹再来，为我出山。逍遥无师，众愿师往。师念我独，为众所强。入山几何，自春徂秋。一病不治，蝉蜕莫留。此心超然，去住不疑。筠人怀思，涕泣嗟咨。山中来告，卯塔将成。一奠之哀，斯未忘情。尚飨！

【解题】

绍圣二年（1095）逍遥聪长老死后，苏辙写有塔碑，此文写于塔成之后。

祭八新妇黄氏文

元符二年十一月四日辛未，舅姑躬以家馔酒果之奠，致祭于故八新妇黄氏之灵。吾不善处世，得罪乎朝。播迁南荒，水陆万里。家有三子，季子季妇，实从此行。自筠徙雷，自雷徙循，风波恐惧，蹊遂颠绝。所至言语不通，饮食异和，瘴雾昏翳，医药无有。岁行方闰，气候殊恶，昼热如汤，夜寒如冰。行道僵仆，居室困瘁。始自仆隶，浸淫不已。十病六七，而汝独甚。天乎何辜，遂殒于瘴。追惟平昔，慈祥宽厚。孰云不淑，而止于是。南北异俗，伏腊发废。燔炙豚鱼，渐渍果蔬。承祀宁宾，不异中夏。卒无一言，叹恨流落。逮及启手，脱然而逝。惟我夙业，累尔幼稚。兴言涕落，呼天何益！五里禅室，顷所尝寓。土燥室完，密迩吾庐。权厝其间，毋或恐怖。二子虽幼，资可成就。姑自鞠养，无水火患。犹冀灾厄有尽，天造有复。全柩北返，归安故土。魂而不昧，识此诚意。呜呼哀哉，尚飨！

【解题】

苏辙自绍圣元年（1094）贬汝州以来，连续遭贬，元丰二年（1099）贬居循州。季子苏远妻黄氏忧劳而死，苏辙作此文以祭。于此可见贬斥生活的困苦与不幸。此文作于元符二年（1099）。

龙川青词二首

一

伏念臣顷自甲戌之岁，大运在酉，命运相冲。是岁生日之后，自门下侍郎谪守汝州，尔后四经流窜，今在循州。险阻厄穷，何所不历！疾疢丧祸，近复继作。虽卯酉逆顺，天理难逃。微生不幸，适丁其会。然术推阴命，先凶后吉。自始入运，今已七年，岂始迎其灾，而终亡其吉？伏愿俯念穷困，稍垂宽宥，觉悟朝廷，解释罗网，骨肉安乐，相从北还。区区寸诚，愿尽于此。臣无任恳倒之至。谨词。

二

伏念臣始自甲戌得罪于朝，流窜南方，于今七载。再投岭表，亦又三年。瘴毒所侵，骨肉凋丧。衣食所迫，囊橐空虚。脾肺冷泄，药石不效。北归无日，老而益穷。常惧寄死南荒，永隔乡井。因上元之谷旦，依道士之灵科，稽首泥涂，归命仙圣。一愿养心炼气，日见成功，积阴消散，真阳充满。二愿朝廷觉悟，罗网解脱，振衣北还，躬耕为乐。三愿南北眷属，各保安宁，北归之时，一一相见。臣已身心自誓，屏去邪淫，等观冤亲，普加慈恕。遇有方便，知无不为。或在庙堂，或在田野，并推此心，尢有变易。天地鬼神，实闻此言。虽生成之恩，兹未能报；而蝼蚁之志，死且不渝。臣无任恳倒之至。谨词。

【解题】

该文作于元符三年（1100）正月，历数贬官后的“险阻厄穷”，乞愿早日北归，与家人团聚。

阁皂青词

伏念臣顷自丁丑之春，得罪朝廷，流放海上。是时舟过临江，近瞻阁皂，遥望玉笥，诚心惕然。徼福圣境，愿得生还中原，当就兹山，恭陈薄供，以答灵造。今已蒙恩授前件官岳州居住。乘舟北归，复出山下。而私行无力，仰止胜地，不能自致。惟神格斯，不可揆度。容光必照，何所不临。臣邅回瘴疠之乡，得脱病苦；出入岭海之际，获返江湖。天地之恩，草木何报。重念臣志弱才短，学术空虚，顷岁忝冒，实为过分。然其忠国爱民，始终一心，粗若无愧。人不可罔，而况于天。倘兹心不诬，愿今日已往，随福所有，随力所堪，除其艰难，锡之安稳。至于寿考由命，富贵在天，不敢妄祈，有所非觊。臣无任恳倒激切之至。谨词。

【解题】

元符三年（1100）哲宗崩，徽宗继位，苏辙移岳州，过临江，瞻望阁皁，作此青词，乞望安稳。

北归祭东茔文

维建中靖国元年岁次辛巳，三月壬戌朔十五日丙子，男具官辙，因侄千之等西归，谨以家馔酒果之奠，昭告于先考编礼赠太子太师，先妣程氏追封成国太夫人之灵。辙恭承先业，奉教不谨。绍圣之初，权臣擅命。普害忠良，先除异己。辙与兄轼，同时迁南。邅回江西，流落岭外，奔走万里，始终七年。尚赖世德有凭，遗泽未泯，久处瘴雾，虽病不死。庚辰正月，帝出于震，推恩四海，泽及兄弟。同复旧秩，皆侍真祠。辙遂自龙川，北还许下，始与诸子。濡沫相收。西望松槚，郁葱在目。然念洒扫弗躬，斋祭遐逖，岁月滋久，悔咎何赎。兄轼来自海南，道远未至，皆以困踬之余，思归未获。如人病躄，心不忘起。瞻望涕泗，不知所言。谨告。

【解题】

此文是建中靖国元年（1101）北归闲居颍昌时，苏涣之孙苏千之西归，托祭东茔所作祭文。

祭亡兄端明文

维建中靖国元年岁次辛巳九月己未朔初五日癸亥，弟具官辙，谨遣男远以家馔酒果之奠，致祭于亡兄端明子瞻之灵。呜呼！手足之爱，平生一人。幼学无师，受业先君。兄敏我愚，赖以有闻。寒暑相从，逮壮而分。涉世多艰，竟奚所为？如鸿风飞，流落四维。渡岭涉海，前后七期。瘴气所烝，飓风所吹，有来中原，人鲜克还。义气外强，道心内全。百折不摧，如有待然。真人龙翔，雷雨浃天。自儋而廉，自廉而永。道路数千，亦未出岭。终止毗陵，有田数顷。逝将归休，筑室凿井。呜呼！天之难忱，命不可期。秋暑涉江，宿瘴乘之。上燥下寒，气不能支。启手无言，时惟我思。念我伯仲，我处其季，零落尽矣，形影无继。嗟乎不淑，不见而逝！号呼不闻，泣血至地。兄之文章，今世第一。忠言嘉谟，古之遗直。名冠多士，义动蛮貊。流窜虽久，此声不没。遗文粲然，四海所传。《易》、《书》之秘，古所未闻。时无孔子，孰知其贤。以俟圣人，后则当然。丧来自东，病不克迎。卜葬嵩阳，既有治命。三子孝敬，罔留于行。陟冈望之，涕泗雨零。尚飨！

【解题】

元符三年（1100）哲宗死，徽宗继位，第二年为建中靖国元年（1101）。苏辙还居颍昌，邀苏轼同住，轼以“北行渐近，决不静尔”的缘故，住常州。七月病卒，死前以“唯吾子由，自再贬及归，不复一见而诀，此痛难堪，余无足言矣”为恨。九月苏辙遣幼子苏远往奠。

祭范子中朝散文

维建中靖国元年岁次辛巳十二月丁亥朔初十日丙申，太中大夫提举凤翔府上清太平宫护军苏辙谨以清酒庶羞之奠，致祭于故朝散范君子中之灵。苏氏、范氏，同出坤维。蜀公告休，居颍之湄。我老去国，归亦从之。公逝久矣，见其长子。婚姻之故，莫我遐弃。一叩我门，遂不再至。嗟夫不淑，病日以侵。一卧历时，弗瘳弗兴。一子既冠，一衣始胜。我见蜀公，帝城西偏。君与仲叔，笑言相欢。叔先仲亡，君独苍颜。内抚族党，外接友朋。恭敬恺悌，此邦所称。嗟我寓新，孰慰此心。升堂不见，哭不复闻。俯仰几何，独为古人。乡党之好，尽此一樽。呜呼，尚飨！

【解题】

范子中为苏镇子，苏辙曾为苏镇作祭文，此文是范子中死后所作祭文。作于建中靖国元年（1101）。

再祭亡兄端明文

维崇宁元年岁次壬午五月乙卯朔日，弟具官辙与新妇德阳郡夫人史氏，谨以家馔酒果之奠，致祭于亡兄子瞻端明尚书之灵。呜呼！惟我与兄，出处昔同。幼学无师，先君是从。游戏图书，瘳寐其中，曰予二人，要如是终。后迫寒饥，出仕于时。乡举制策，并驱而驰。猖狂妄行，误为世羁。始以是得，终以失之。兄迁于黄，我斥于筠。流落空山，友其野人。命不自知，还复簪绅。俯仰几何，宠禄遄臻。欲去未遑，祸来盈门。大庾之东，涨海之南。黎蜑杂居，非人所堪。瘴起袭帷，飓来掀檐。卧不得寐，食何暇甘？如是七年，雷雨一覃。兄归晋陵，我还颍川。欲一见之，乃有不然。瘴暑相寻，医不能痊。嗟兄与我，再起再颠。未尝不同，今乃独先。呜呼我兄，而止斯耶。昔始宦游，诵韦氏诗。夜雨对床，后勿有违。进不知退，践此祸机。欲复斯言，而天夺之。先垄在西，老泉之山。归骨其旁，自昔有言。势不克从，夫岂不怀。地虽郏鄏，山曰峨眉。天实命之，岂人也哉。我寓此邦，有田一廛。子孙安之，殆不复迁。兄来自西，于是磐桓。卜告孟秋，归于其阡。颍川有苏，肇自兄先。呜呼，尚飨！

【解题】

此文作于崇宁元年（1102）五月苏轼下葬时，文中忆及二人坎坷一生，早年曾想一同游戏图书之中，以了一生，而后二人“再起再颠，未尝不同”，而苏轼却“今乃独先”，忆昔日“夜雨对床”，倍增哀痛。

再祭亡嫂王氏文

维崇宁元年岁次壬午四月乙酉朔二十三日丁未，具官苏辙与新妇德阳郡夫人史氏谨以家馔酒果之奠，致祭于亡嫂同安郡君王氏之灵。呜呼！天祸我家，兄归自南，没于毗陵。诸孤护丧，行于淮、汴，望之拊膺。自嫂之亡，旅殡西圻，九年于今。兄没有命。葬我嵩山，土厚水深。迈往告迁，及迨初妇，灵輀是升。道出颍川，家寓于兹，迎哭伤心。远日孟秋，水潦方降，畏行不能。茔兆东南，精舍在焉，有佛与僧。往寓其堂，以须兄至，归于丘林。虽非故乡，亲族不遐，勿畏勿惊。呜呼，尚飨！

【解题】

苏轼死后，苏辙迁嫂王夫人之柩于颍昌，准备待苏轼丧至合葬，故作此祭文。作于崇宁元年（1102）。

再祭八新妇黄氏文

维年月日，舅具官苏辙、姑德阳郡夫人史氏谨以家馔酒果致祭于亡第八新妇黄氏之灵。我昔南迁，自筠徂雷，自雷徂循。万里之行，季子季妇，同此艰勤。妇生名家，有德有容，幼不逮门。缱绻相从，冒险涉瘴。初无咎言。念我厄穷，往反累汝，愧于心颜。瘴病弥月，药石不效，卒殒当年。弱子稚女，踯躅吾侧，念母凄然。汝往莫追，抚此二孙，冀其成人。命降自天，举家北返，与柩俱还。嗟哉吾兄，没于毗陵，返葬郏山。兆域宽深，举棺从之，土厚且坚。种柏成林，以付而子，百年以安。呜呼，尚飨!

【解题】

苏辙北还，迁季子妇黄氏柩同归，崇宁元年（1102）六月与苏轼同葬于汝州郏城，此文为再作祭文。

京师青词

臣久以空疏，预闻国政，上愧天地，下惭君父。常愿蔑私以徇公，捐身以济物，而智有所不周，力有所不逮。事不称心，十常三四，俯仰愧负，朝夕不忘。而复愚幼之年，过咎未免，长而知悔，往不可追。顷自十载以来，心存至道，清心寡欲，仅乃少完。浩如涉川，未知攸济。敢以初生之日，仰祈真圣之恩。察其诚心，被以妙力，令臣所志获遂，所学有成，国以永宁，身以长久。臣不胜大愿，顿首顿首。谨词。

【解题】

据文中“倾自十载以来，心存至道，清心寡欲”之语，此文应作于崇宁二年（1103）由颍昌迁居汝南时。

许昌青词三首

一

伏念臣顷以宿世旧殃，七年流窜。天鉴在上，矜其无他，还寓颍川，粗沾微禄。顾视世事，自知难堪。姑愿筑室耕田，养生送死，优游里社，聊以卒岁。惟是学道之心，澹泊已久。虽勉求虚静，而习气未除。力行升降，而天路犹壅。疾病虽去，精气未凝。方当厄运之终，复遇生日之至。仰祈真圣，愍我勤劳，洗濯往愆，助成道力。臣无任恳倒激切之至。谨词。

二

伏念臣顷自岭外，还居颍川。虽身沾薄俸，而心虞多难。汝南经岁，老病逼身。今兹甲申建岁，庚申乘运，卯人至此，法当小泰。偶于岁首，复返旧庐。敢以初生之辰，仰祈真圣之佑。然臣久慕至道，中无他求。唯是欲习初乾，日望增进，愿心广博，终冀成就。伏愿随力所堪，随福所有，内以安身，外以及物。虽退转之咎，自誓以必无；而保全之功，实冀于冥助。臣无任恳倒激切之至。谨词。

三

伏念臣幼为诸生，力学虽早，闻道则迟。中岁从仕，忧患常多，安乐则少。晚年学道，用力虽笃，成功未期。所经生日，六十有七。来日无几，有志未从。自谪居南服，首尾七岁。旋居颍川，又复五载。齿发衰变，气血消亡。回首功名，自分已矣。存心性命。犹幸得之。伏愿真圣哀矜，成就微志。苟获安身之福，敢忘及物之心。臣无任恳倒激切之至。谨词。

【解题】

崇宁二年（1103）苏辙迫于局势，迁居汝南，第二年才返颍昌。这三首青词分别作于崇宁二年、三年、四年，二月生日时。

遣适归祭东茔文

维崇宁三年岁次甲申八月壬寅朔二十一日壬戌，男降授朝请大夫护军赐紫金鱼袋辙，谨遣第二男承事郎监东岳庙适西归，致祭于先君赠太子太师、先妣程氏五三君追封成国太夫人之墓。辙自元符庚辰，蒙恩北归，西望松槚，即怀归志。孤拙多难，事与心违。俯仰四年，进退惟戾。日月不待，齿发变衰。深惧溘然，无复归日。遣适代往，周行兆域。有志不获，涕泗垂臆。兄轼已没，遗言葬汝。辙与妇史，夙约归袝，常指庚穴，以敕诸子。苟未即死，犹幸一归。躬行汛扫，以毕余愿。尊灵未泯，鉴此诚意。尚飨！

【解题】

此文崇宁三年（1104）八月是遣子苏适返蜀祭东茔所作祭文。

祭王子敏奉议文

维年月日，具官苏辙谨以清酌庶羞之奠，致祭于故知县奉议王君子敏之灵。昔我在宋，吾兄在徐。君家伯仲，来学诗书。行义不回，词章有余。我曰可人，缀以婚姻。既亲且友，其行日新。伯氏不淑，殒于方春。君登丙科，又敏于政。惠于上官，民亦不病。矫然众中，气和而正。孝友之善，中发于诚。均其有无，以及孤茕。嫁女娶妇，期不负兄。我居颍川，君令陵台。十日税驾，为我徘徊。受法道师，不近酒杯。我顾君笑，自苦奚为。隙驹逝矣，为乐何时。去我三年，遂病以衰。失官居汝，启处未安。伏枕不兴，将没何言。有志弗从，使我永叹。呜呼，尚飨！

【解题】

据文中“我居颍川”，此文当作于晚年居颍昌时，又有“去我三年”，则应在崇宁三年至四年间（1104—1105）。

祭范彝叟右丞文

维年月日，具官苏辙，谨遣男具官迟，以清酌庶羞之奠，致祭于故右丞范公彝叟之灵。维昔先正，文正称首。嗟我晚生，不识耆旧。从事南都，见其叔子。议论琅然，前人是似。我迁南方，六年而归。平生交旧，多聚京师。晚遇仲氏，秉国之维。以义知我，倾盖不疑。我复迁南，仲亦继往。瘴疠侵凌，气血凋丧。同归颍川，白首相向。问疾于床，执手无言。恸哭其堂，歼此忠贤。公方在朝，四方所瞻。居未逾岁，亦来守邦。顾我里闬，杯酒相从。往还之欢，意若将终。我寓汝南，公旅彭城。尺书不通，期我以诚。我还旧庐，终岁杜门。公归访我，欣然笑言。三日不见，而以讣闻。老病无朋，谁复念我。永怀仲叔，言出涕堕。呜呼哀哉，尚飨！

【解题】

宋甲本题下有小字：“崇宁五年”，按范彝叟卒于三月，此文当作于五年（1106）三月。范彝叟即范纯礼。

祭黄师是龙图文

呜呼！尊先使君，与我早岁，旅于天廷。自唐已然，同年友朋，异姓弟兄。南北东西，不约而亲，义均同生。君家在陈，我官陈庠，时始合并。君方少年，出从乡贡，哗然有声。一飞绝群，不入州县，数载公卿。无恶于民，无怨于友，气和且平。我迁南方，归来老矣，故旧无几。君家父子，见我京师，相顾而喜。往来绸缪，婚姻之好，实始于此。我废于时，君仕日跻，一荣一瘁。亲友之恩，始终不渝，允也君子。君于父兄，人无间言，闵子是似。其于吏民，不刚不柔，次公之比。谓当百年，仰事慈亲，以及爱弟。奈何不淑，有志不终，中道而弃。丹旐翩然。宛丘之隅，万事已矣。我老杜门，素车不行，一恸永已。呜呼，尚飨！

【解题】

此文中有“我老杜门，素车不行”，据此，则应作于晚年闲居颍昌时。

祭侄林文

年月日，从叔以肴酒之奠，致祭于亡侄十六郎之灵：呜呼！小宗之传，五世于是。甚谨而信，孔孝而悌。既冠而孤，方壮而死。何辜于天，至此极也。昔我来东，恃尔于斯。忧乐相知，有无相资。千里故乡，相视忘归。奈何忽焉，去而莫追。王城西原，土厚而温。上尔先君，下尔弟昆。一亩之丘，三人终焉。弱子仅存，始行而言。自今以往，见此而已。予抚予育，曰此汝后。庶几鬼神，怜汝无罪。畀之寿考，以继家事。呜呼哀哉！尚飨。

祭王虢州伯敭文

年月日，具官苏轼与弟辙谨以清酌庶羞之奠，致祭于故虢州使君伯敭朝散亲家翁之灵：轼官吴中，昔始识君。愚不自量，欲裕斯人。众目睢盱，更笑迭瞋。君在其间，乃独不然。危弦急张，时一弛宽。我赖以全，民亦少安。事之难知，君以罪废。还家宋都，辙适在是。簿书之闲，往走君庐。忘其厄穷，笑歌欢呼。夜饮不归，月堕城隅。间屏仆夫，与我深言。今昔之故，君何不闻。指后将然，已而信然。见远识微，我不如君。我迁于南，一往六年。归来执手，白发侵颠。遂以息女，许君长子。朋友惟旧，亲戚惟始。西虢之行，过我都城。慨然忧世，不忧死生。讣来自西，惊怛不信。车过城东，往奠不辰。追怀平生，哭于寝门。渍酒束脯，以寄酸辛。呜呼哀哉！尚飨。

祭邓内翰母郡太君文

惟灵祇服图史，肃恭频繁，擢芳江、汉之滨，齐声尹、姞之盛。笃生贤子，扬于帝廷。北扉代言，训诰如古。南宫兀职，宾旅有仪。联袂以朝，列鼎而养。织屦以就方进，岂惟古人！翦发以成陶公，复见南国。耄期不乱，子孙满前。福禄所钟，方期永世。喜惧相继，入吊于庐。今者舟旐告行，灵舟将启，僚旧之故，肴醴式陈。魂而有知，嘉此诚意。尚飨。

陈述古舍人辞庙文二首

一

某来守是邦，于今未几。恭承嘉惠，即工南服。自初始至，逮兹解去。雨旸时若，灾疠不起。岂某之能，繄神之功。风俗淳厚，狱讼稀少。岂某之教，繄神之旧。获免罪戾，敢忘大赐。荐诚俎豆，匪以报也。尚飨。右太昊庙。

二

某奋自诸生，列位近侍。凡出守之地，虽驽不才，所至辄缮其学宫，修其礼物，见其学士大夫，教其子弟。庶几有成，以无忘夫子之业。及来是邦，获再执币爵，以见于廷。慨然顾瞻，思继前志。而诏书来被，移殿南服。将以是月甲子，有事于行。登荐菲薄，惟告不敏。尚飨。右孔子庙。

祭曹演父朝议文

我官宋都，晨出南河。逢公北征，吏卒讥诃。相揖于舆，莫或遑它。伯氏之南，见公符离。倾盖相欢，执手无疑。公顾我笑，我犹未知。逮伯迁黄，公在浮光。山联川通，可跂而望。有馈豚羔，报之醪浆。始于朋友，求我婚姻。数岁之间，相与抱孙。我虽未际，而日以亲。我梦皎然，有告不祥。凶讣在门，凄绝肝肠。诸子累累，匍匐哀荒。公嗜读书，赡于文词。亦达于政，实惟吏师。惟人莫知，而止于斯。匪我知公，我兄实知。哭公寝门，兄在礼闱。呜呼已矣！寄哀此词。尚飨。

【解题】

以上五篇祭文均不知写于何时。根据苏辙《栾城后集引》："元祐六年……乃裒而集之，得五十卷，题曰《栾城集》。"这五篇载于此集卷二十六，故可推定作于元祐六年前。陈述古即陈襄。

十一　杂体

《孟子》解二十四章

一

梁惠王问利国于孟子，孟子对曰："王何必曰利？亦有仁义而已矣。"先王之所以为其国，未有非利也，孟子则有为言之耳。曰："是不然"。圣人躬行仁义而利存，非为利也。惟不为利，故利存。小人以为不求则弗获也，故求利而民争，民争则反以失之。孙卿子曰："君子两得之者也，小人两失之者也。"此之谓也。

二

齐宣王问曰："文王之囿方七十里，有诸？"孟子对曰："于传有之。"周虽大国，未有以七十里为囿而不害于民者也。意者山林薮泽与民共之，而以囿名焉，是以刍荛雉兔者无不获往。不然，七十里之囿，文王之所不为也。

三

孟子曰："以大事小者，乐天者也；以小事大者，畏天者也。乐天者保天下，畏天者保其国。"小大之相形，贵贱之相临，其命无不出于天者。畏天者，知其不可违，不得已而从之；乐天者，非有所畏，非不得已，中心诚乐而为之也。尧禅舜，舜禅禹，汤事葛，文王事昆夷，皆乐天者也。

四

齐景公作君臣相说之乐，其诗曰："畜君何尤？"孟子曰："畜君者，好君也。"君有逸德而能止之，是谓畜君。以臣畜君，君之所尤也。然其心则无罪，非好其君不能也。故曰："责难于君谓之恭，陈善闭邪谓之敬，吾君不能谓之贼。"

五

孟子学于子思，子思言"圣人之道出于天下之所能行"，而孟子言"天下之人皆可以行圣人之道"。子思言"至诚无敌于天下"，而孟子言"不动心"与"浩然之气"。凡孟子之说，皆所以贯通于子思而已。故"不动心"与"浩然之气"，"诚"之异名也。"诚"之为言，心之所谓诚然也。心以为诚然，则其行之也安。是故心不动，而其气浩然无屈于天下，此子思、孟子之所以为师弟子也。子思举其端而言之，故曰"诚"；孟子从其终而言之，故谓之"浩然之气"。一章而三说具焉，其一论养心以致浩然之气，其次论心之所以不动，其三论君子之所以达于义。达于义，所以不动心也。不动心，所以致浩然之气也，三者相须而不可废。

六

孟子曰："我善养吾浩然之气。""其为气也，至大至刚，以直养而无害，则塞于天地之间。"是何气也？天下之人，莫不有气。气者，心之发而已。行道之人，一朝之忿而斗焉，以忘其身，是亦气也。方其斗也，不知其身之为小也，不知天地之大，祸福之可畏也，然而是气之不养者也。不养之气横行于中，则无所不为而不自知。于是有进而为勇，有退而为怯。其进而为勇也，非吾欲勇也，不养之气盛而莫禁也。其退而为怯也，非吾欲怯也，不养之气衰而不敢也。孔子曰："人之少也，血气未定，戒之在色；及其壮也，血气方刚，戒之在斗；及其老也，血气既衰，戒之在得。"一人之身而气三变之。故孟子曰："志一则动气，气一则动志。"夫志意既修，志盛夺气，则气无能为，而惟志之从；志意不修，气盛夺志，则志无能为，而惟气之听。故气易致也，而难在于养心。孟子曰"我四十不动心"，而"告子先我不动心"。告子曰："不得于言，勿求于心；不得于心，勿求于气。不得于心，勿求于气，可；不得于言，勿求于心，不可。"何谓也？告子以为有人于此，不得之于其言，勿复求其有此心；不得之于其心，勿复求其有此气。夫言之不然而心则然者有矣，未有心不然而气则然者也。故曰："不得于心，勿求于气，可；不得于言，勿求于心，不可。"由是言之，气者心之使也。心所欲为，则其气勃然而应之；心所不欲而强为之，则其气索然而不应。人必先有是心也，而后有是气。故君子养其义心以致其气，使气与心相狎而不相难，然后临事而其气不屈。故曰："志至焉，气次焉。"志之所至而气从之之谓也。昔之君子以其眇然之身而临天下，言未发而众先喻，功未见而志先信。力不及而势与之者，以有是气而已。故曰："志，气之帅也。气，体之充也。"养志以致气，盛气以充体。体充而物莫敢逆，然后其气塞于天地。虽然，心之所以不动者何也？博学而识之，强力而行之，卒然而遇之，有自失焉。故心必有所守而后能不动。心之所守，不可多也，多学而兼守之，事至而有不应也。是以落其枝叶，损之又损，以至于不可损也，而后能应。故孔子谓子贡曰："赐也，汝以予为多学而识之者欤？"曰："然，非欤？"曰："非也，予一以贯之。"北宫黝之养勇也，曰："吾无辱于尔也。"孟施舍之养勇也，曰："吾无惧于尔也。"无辱勇矣，而未见所以必勇也，无惧而后能必勇。故曰“北宫黝之守气，不如孟施舍之守约。”北宫黝似子夏，孟施舍似曾子。曾子之所以自守者，曰：“自反而不缩，虽褐宽博，吾不惴焉。自反而缩，虽千万人，吾往矣。”夫缩，入也。入，受也。自反而心受之，以为可为者，无憾于吾心也，则吾心嚣然为之，而吾气勃然应之矣。孟子曰：“其为气也，配义与道，无是，馁也。”“行有不慊于心，则馁矣。”夫馁，不充之谓也。有行于此而义不受，则心不慊。心不慊，则气不能充体，气不能充体之谓馁矣。故心不能不动也，而有待于义。君子之所由达于义者何也？勉强而行之，则劳苦而失其真；放而不之求，则终身而不获。孟子曰：“必有事焉而勿正，心勿忘，勿助长也。”夫君子之于道，朝夕从事于其间，待其自直而勿强正也；中心勿忘，待其自生而勿助长也，而后获其真。强之而求其正，助之而望其长，是非诚正而诚长也，迫于外也。子夏曰：“百工居肆以成其事，君子学以致其道。”待其自至而不强，是学道之要也。

七

孟子曰：“我知言。”“诐辞知其所蔽，淫辞知其所陷，邪辞知其所离，遁辞知其所穷。”何谓也？曰：是诸子之病也。孟子之于诸子，非辩过之，知其病而已。病于寒者，得火而喜，以为万物莫火若也；病于热者，得水而喜，以为万物莫水若也。一惑于水火，以为不可失矣。诚得其病，未有不觉而自泣也。彼其为是险诐之辞者，必有以蔽之，而不能自达也；为是淫放之辞者，必有以陷之而不能自出也；为是邪辟之辞者，必有以附之而不能自解也。苟能知之，发其蔽，平其陷，解其离，未有不服者也。不服则遁，遁必有所穷，要之于所穷而执之，此孟子之所以服诸子也。

八

孟子曰：“仁者如射。射者正己而后发，发而不中，反求诸已。”夫射之中否在的，而所以中否在我。善射者治其在我，正立而审操之。的虽在左右上下，无不中者矣。颜渊问仁，孔子曰：“克己复礼为仁。一日克己复礼，天下归仁焉。”请问其目。曰：“非礼勿视，非礼勿听，非礼勿言，非礼勿动。”夫居于人上，而一为非礼，则害之及于物者众矣！诚必由礼，虽不为仁，而仁不可胜用矣。此“仁者如射”之谓也。

九

龙子曰：“贡者较数岁之中以为常。乐岁粒米狼戾，多取之而不为虐，则寡取之。凶年粪其田而不足，则必取盈焉。”故曰：“治地莫善于助，莫不善于贡。”贡者，夏后氏之法也，而其不善如此，何也？曰：何特贡也？作法者必始于粗，终于精。篆之不若隶也，简策之不若纸也，车之不若骑也，席之不若床也，俎豆之不若盘盂也，诸侯之不若郡县也，肉刑之不若徒流杖笞也。古之不为此，非不智也，势未及也。寝于泥涂者，置之于陆而安矣。自陆而后有藁秸，自藁秸而后有莞簟。舍其不安而获其所安，足矣。方其未有贡也，以贡为善矣。及其既贡，而后知贡之未善也。法非圣人之所为，世之所安也。圣人者，善因世而已。今世之所安，圣人何易焉？此夏之所以贡也。

十

陈仲子处于于陵，齐人以为廉。孟子曰：“仲子所居之室，伯夷之所筑欤，抑亦盗跖之所筑欤？所食之粟，伯夷之所树欤，抑亦盗跖之所种欤？”人安能待伯夷而后居而后食？若是，则孟子之责人也已难。曰：“否”。居于于陵而食其食，非孟子之所谓不可，而仲子之所谓不可也。仲子以兄之禄为不义之禄而不食也，以兄之室为不义之室而不居也。天下无伯夷，仲子之义为不居且不食也。天下不可待伯夷而后居而后食，然则非其居于于陵、食于辟纑之果污也，而不食于母、避兄之室之不可继也。故曰：“以母则不食，以妻则食之。以兄之室则不居，以于陵则居之。是尚为能充其类也乎？”君子之行，为可充也，为可继也，然后行有类。若仲子，将何以继之？故曰：御人于国门之外，而馈以道，则不受。以不义取之于民，而馈以道，则受于孔子。以不义取之于民者，犹御也，其受于孔子，何也？曰：以其非御也。非御而谓之御，充类至义之尽也。君子充其类而极其义，则仲子之兄犹盗也。仲子之兄犹盗也，则天下之人皆犹盗也。以天下之人皆犹盗而无所答，则谁与立乎天下？故君子不受于盗而犹盗者，有所不问，而后可以立于世。若仲子者，蚓而后充其操也。孔子曰：“鸟兽不可与同群，吾非斯人之徒与而谁与？”盖谓是也。

十　一

学者皆学圣人。学圣人者，不如学道。圣人之所是而吾是之，其所非而吾非之，是以貌从圣人也。以貌从圣人，名近而实非，有不察焉，故不如学道之必信。孟子曰：“君子深造之以道，欲其自得之也。自得之则居之安，居之安则资之深，资之深则取之左右逢其原，是以君子欲其自得之也。”

十　二

孟子曰：“天下之言性者，则故而已矣。”所谓天下之言性者，不知性者也。不知性而言性，是以言其故而已。故，非性也。无所待之谓性，有所因之谓故。物起于外，而性作以应也，此岂所谓性哉？性之所有事也。性之所有事之谓故。方其无事也，无可而无不可。及其有事，未有不就利而避害者也。知就利而避害，则性灭而故盛矣。故曰：故者，以利为本。夫人之方无事也，物未有以入之。有性而无物，故可以谓之人之性。及其有事，则物入之矣。或利而诱之，或害而止之，而人失其性矣。譬如水，方其无事也，物未有以参之，有水而无物，故可以谓之水之性。及其有事，则物之所参也，或倾而下之，或激而升之，而水失其性矣。故曰：所恶于智者，为其凿也。如智者若禹之行水，则无恶于智矣。禹之行水也，行其所无事也。如智者亦行其所无事，则智亦大矣。水行于无事则平，性行于无事则静。方其静也，非天下之至明无以窥之。及其既动而见于外，则天下之人能知之矣。天之高也，星辰之远也，吾将何以推之？惟其有事于运行，是以千岁之日可坐而致也。此性，故深浅之辨也。

十　三

孟子尝知性矣。曰："天下之言性者，则故而已矣。"故者以利为本，知故之非性，则孟子尝知性矣。然犹以故为性，何也？孟子道性善曰："无恻隐之心，非人也；无羞恶之心，非人也；无辞让之心，非人也；无是非之心，非人也。恻隐之心，仁之端也；羞恶之心，义之端也；辞让之心，礼之端也；是非之心，智之端也。"人信有是四端矣，然而有恻隐之心而已乎？盖亦有忍人之心矣。有羞恶之心而已乎？盖亦有无耻之心矣。有辞让之心而已乎？盖亦有争夺之心矣。有是非之心而已乎？盖亦有蔽惑之心矣。忍人之心，不仁之端也；无耻之心，不义之端也；争夺之心，不礼之端也；蔽惑之心，不智之端也。是八者，未知其孰为主也，均出于性而已。非性也，性之所有事也。今孟子则别之曰：此四者，性也；彼四者，非性也。以告于人，而欲其信之，难矣。夫性之于人也，可得而知之，不可得而言也。遇物而后形，应物而后动。方其无物也，性也。及其有物，则物之报也。惟其与物相遇而物不能夺，则行其所安，而废其所不安，则谓之善。与物相遇而物夺之，则置其所可而从其所不可，则谓之恶。皆非性也，性之所有事也。譬如水火，能下者水也，能上者亦水也；能熟物者火也，能焚物者亦火也。天下之人，好其能下而恶其能上，利其能熟而害其能焚也，而以能下能熟者谓之水火，能上能焚者为非水火也，可乎？夫是四者非水火也，水火之所有事也。奈何或以为是，或以为非哉。孔子曰："性相近也，习相远也。"夫虽尧、桀而均有是性，是谓相近。及其与物相遇，而尧以为善，桀以为恶，是谓相远。习者，性之所有事也。自是而后相远，则善恶果非性也。

十　四

孔子曰："上智与下愚不移。"故有性善，有性不善。以尧为父，而有丹朱；以瞽瞍为父，而有舜；以纣为君，而有微子启、王子比干。安在其为性相近也？曰：此非性也，故也。天下之水，未有不可饮者也，然而或以为清冷之渊，或以为涂泥。今将指涂泥而告人曰："虽是，亦有可饮之实。"信矣。今将指涂泥而告人曰："吾将饮之。"可乎？此上智、下愚之不可移也。非性也，故也。

十　五

孟子曰："伯夷，圣之清者也；伊尹，圣之任者也；柳下惠，圣之和者也；孔子，圣之时者也。孔子之谓集大成。集大成也者，金声而玉振之也。金声也者，始条理也；玉振之也者，终条理也。始条理者，智之事也；终条理者，圣之事也。智譬则巧也；圣譬则力也。"以巧谕智，以力谕圣，何也？巧之所能，有或不能。力之所尝至，无不至也。伯夷、伊尹、柳下惠之行，人之一方也，而以终身焉，故有不可得而充。至于孔子，可以速而速，可以久而久，可以仕而仕，可以处而处，然后终身行之而不匮。故曰："由射于百步之外，其至，尔力也，是可常也。其中，非尔力也，是巧也，是不可常也。"巧亦能为一中矣，然而时亦不中，是不如力之必至也。

十　六

《语》曰：“齐人馈女乐，季桓子受之，三日不朝。孔子行。”孟子曰：“（孔子）从而祭，膰肉不至，不税冕而行。”二者非相反也。孔子之去鲁，为女乐之故也。去于膰肉之不至，为君也。于其君之有大恶也，孔子有不忍，行焉。于其君之无罪也，孔子有不安，行焉。曰：“上以求免吾君，下以免我，是以去于膰肉之不至。”曰：“是可以辞于天下也。”故曰：“乃孔子则欲以微罪行，不欲为苟去。君子之所为，众人固不识也。”

十　七

孟子曰：“君子不亮，恶乎执？”必信之谓亮。孔子曰：“君子贞而不亮。”要止于正而不必信，而后无所执，否则执一而废百矣。

十　八

孟子曰：“存其心，养其性，所以事天也。夭寿不贰，修身以俟之，所以立命也。”天者莫之使而自然者也。命者莫之致而自至者也。天界我以是心，而不能存，付我以是性，而不能养，是天之所以受我者，有所不事也。寿则为之，夭则废之。夭寿非人所为也，而置力焉，是命有所未立也。修身于此，知夭寿之无可为也，而命立于彼矣。

十　九

孟子曰：“莫非命者，顺受其正。”何谓也？天之所以受我者，尽于是矣。君子修其在我，以全其在天。人与天不相害焉，而得之，是故谓之正。忠信孝弟，所以为顺也，人道尽矣。而有不幸，以至于大故，而后得为命。岩墙之下，是必压之道也；桎梏之中，是必困之道也。必压必困，而我蹈之以受其祸，是岂命哉？吾所处者然也。

二十

人之为不善也，皆有愧耻不安之心。小人惟奋而行之，君子惟从而已之。孟子曰："无为其所不为，无欲其所不欲，如斯而已矣。"

二十一

孟子曰："舜为天子，皋陶为士，瞽叟杀人，皋陶则执之，舜则窃负而逃于海滨。"吾以为此野人之言，非君子之论也。舜之亲事，烝烝乂，不格奸。何至于杀人而负之以逃哉？且天子之亲，有罪议之，孰谓天子之父杀人而不免于死乎？

二十二

孟子曰："形色，天性也，惟圣人然后践形。"形色者，所强于外也，中虽无有，而犹知强之。孟子以是为天性也。有人于此，其进之锐也，则天下以为不速退矣。是不然，勉强而力行之，则其进也必锐；不胜而怠厌之，则其退也必速。曷不取而覆观之？于其不可已而已者，无所不已；于其所厚者薄，无不薄也。故曰："仲子不义，与之齐国而不受，人皆信之，是舍箪食豆羹之义也，人莫大焉。亡亲戚、君臣、上下，以其小者信其大者，乌可哉？"亡亲戚、君臣、上下而可，是所谓不可已而已者也。能居于于陵，食于辟纑而不顾，而不能以不义不受齐国，是所谓进锐而退速者也。

二十三

孟子曰："不仁而得国者，有之矣；不仁而得天下者，未之有也。”孟子之为是言也，则未见司马懿、杨坚也。不仁而得天下也，何损于仁？仁而不得天下也，何益于不仁？得国之与得天下也，何以为异？君子之所恃以胜不仁者，上不愧乎天，下不愧乎人，而得失非吾之所知也。

二十四

孟子曰：“人能充其无欲害人之心，而仁不可胜用也。人能充无穿窬之心，而义不可胜用也。”无欲害人之心，与无穿窬之心，人皆有之。然苟将充之，则未可以言而言，可以言而不言，犹未免乎穿窬也，此所谓造端乎夫妇，而其至也，察乎天地也欤！

【解题】

苏辙自己曾多次谈及少年以父兄为师，勤奋学习，喜著述。《孟子解》即作于少年时代，晚年闲居颍昌时复得，载于《栾城后集》卷六。

《论语》拾遗二十七章　并引

予少年为《论语略解》。子瞻谪居黄州，为《论语说》，尽取以往，今见于书者十二三也。大观丁亥，闲居颍川，为孙籀、简、筠讲《论语》。子瞻之说，意有所未安，时为籀等言之，凡二十有七章，谓之《论语拾遗》。恨不得质之子瞻也。

一

巧言令色，世之所说也。刚毅木讷，世之所恶也。恶之斯以为不仁矣。仁者直道而行，无求于人，望之俨然，即之也温，听其言也厉，而何巧言令色之有？彼为是者将以济其不仁尔。故曰："巧言令色鲜矣仁。"又曰："刚毅木讷近仁。"

二

子贡曰："贫而无谄，富而无骄，何如?"子曰："可也。未若贫而乐，富而好礼者也。"夫贫而无谄，富而无骄，亦可谓贤矣。然贫而乐，虽欲谄不可得也；富而好礼，虽欲骄亦不可得也。子贡闻之而悟曰："士之至于此者，抑其切磋琢磨之功至也欤!"孔子善之，曰："赐也，始可与言诗已矣。告诸往而知来者。"举其成功而告之，而知其所从来者，所谓闻一以知二也欤!

三

《易》曰："无思无为，寂然不动，感而遂通天下之故。"《诗》曰："思无邪。"孔子取之。二者非异也，惟无思，然后思无邪，有思则邪矣。火必有光，心必有思。圣人无思，非无思也。外无物，内无我，物我既尽，心全而不乱。物至而知可否，可者作，不可者止。因其自然，而吾未尝思，未尝为，此所谓无思无为而思之正也。若夫以物役思，皆其邪矣。如使寂然不动，与木石为偶，而以为无思无为．则亦何以通天下之故也哉?故曰："思无邪，思马斯徂。"苟思马而马应，则凡思之所及，无不应也。此所以为感而遂通天下之故也。

四

终日不食，终夜不寝，致力于思，徒思而无益，是以知思之不如学也。故"十有五而志于学"，则所由适道者顺矣。由是而适道，知道而未能安，则不能行，不能行则未可与立。惟能安能行，乃可与立，故"三十而立"。可与立矣，遇变而惑，则虽立而不固，故"四十而不惑"，则可与权矣。物莫能惑，人不能迁，则行止与天同。吾不违天，而天亦莫吾违也，故"五十而知天命。”人知至于此也，其所以施于物而行于人者至矣，然犹未也。心之所安，耳目接于物而有不顺焉，以心御之而后顺，则其应必疑，故“六十而耳顺”。耳目所遇，不思而顺矣，然犹有心存焉。以心御心，乃能中法。惟无心，然后从心而不逾矩，故“七十而从心所欲，不逾矩”。

五

我与物为二，君子之欲交于物也，非信无自入矣。譬如车，轮舆既具，牛马既设，而判然二物也，夫将何以行之？惟为之輗軏以交之。而后轮舆得藉于牛马也。輗軏，辕端持轭者也。故曰：“人而无信，不知其可也。大车无輗，小车无軏，其何以行之哉？”车与马得輗軏而交，我与物得信而交。金石之坚，天地之远，苟有诚信，无所不通。吾然后知信之为輗軏也。

六

不仁而久约，则怨而思乱；久乐，则骄而忘患。故曰：“不仁者不可以久处约，不可以长处乐。”然则何所处之而可？曰：仁人在上，则不仁者约而不怨，乐而不骄。管仲“夺伯氏骈邑三百，饭蔬食，没齿无怨言”。与竖刁、易牙俱事桓公，终仲之世。二子皆不敢动，而况管仲之上哉？

七

仁者无所不爱。人之至于无所不爱也，其蔽尽矣。有蔽者必有所爱，有所不爱。无蔽者，无不爱也。子曰：“惟仁者能好人，能恶人。”以其无蔽也，夫然犹有恶也。无所不爱，则无所恶矣。故曰：“苟志于仁矣，无恶也。”其于不仁也，亦哀之而已。

八

性之必仁，如水之必清，火之必明。然方土之未去也，水必有泥；方薪之未尽也，火必有烟。上去则水无不清．薪尽则火无不明矣。人而至于不仁，则物有以害之也。“君子无终食之间违仁，造次必于是，颠沛必于是”。非不违仁也，处物之害既尽，性一而不杂，未尝不仁也。若颜子者，性亦治矣。然而土未尽去，薪未尽化，力有所未逮也。是以能“三月不违仁”矣，而未能遂以终身也。其余则土盛而薪强，水火不能胜，是以日月至焉而已矣。故颜子之心，仁人之心也，不幸而死，学未及究，其功不见于世，孔子以其心许之矣。管仲相桓公，九合诸侯，一匡天下，此仁人之功也。孔子以其功许之矣。然而三归反坫，其心犹累于物，此孔、颜之所不为也。使颜子而无死，切而磋之，琢而磨之，将造次颠沛于是，何三月不违而止哉？如管仲生不由礼，死而五公子之祸起，齐遂大乱。君子之为仁，将取其心乎，将取其功乎？二者不可得兼。使天相人，以颜子之心，敢管仲之功，庶几无后患也夫！

九

孔氏之门人，其闻道者亦寡耳。颜子、曾子，孔门之知道者也。故孔子叹之，曰：“朝闻道，夕死可矣。”苟未闻道，虽多学而识之，至于生死之际，未有不自失也。苟一日闻道，虽死可以不乱矣。死而不乱，而后可谓学矣。

十

孔子历试而不用，慨然而叹曰：“道不行，乘桴浮于海，从我者其由欤！”此非孔子之诚言，盖其一时之叹云尔。子路闻之而喜。子路亦岂诚欲入海者耶？亦喜孔子之知其勇耳。子曰：“由也好勇过我，无所取材。”盖曰无所取材以为是桴也，亦戏之云尔。虽圣人，其与人言，亦未免有戏也。

十　一

令尹子文三仕为令尹，无喜色；三已之，无愠色。孔子以忠许之，而不与其仁。崔子弑齐君，陈文子有马十乘，弃而违之。孔子以清许之，而不与其仁。此二人者皆春秋之贤大夫也，而孔子不以仁与之，孔子之以仁与人也固难。殷之三仁，孤竹君之二子，至于近世，惟齐管仲，然后以仁许之。如令尹子文、陈文子，虽贤未可以列于仁人之目。故冉有、子路之政事，公西华之应对，与子文之忠，文子之清，一也。臧文仲，鲁之君子也。其言行载于鲁，而孔子少之，曰："臧文仲不仁者三，不智者三。下展禽，废六关，妾织蒲，三不仁也；作虚器，纵逆祀，祀爰居，三不智也。"舍是六者，其余皆仁且智也欤？孔子曰："君子而不仁者有矣。"夫君子而不仁，则臧文仲之类欤！

十　二

孔子居鲁，阳货欲见而不往。阳货时其亡也而馈之豚，孔子亦时其亡也而往拜之。遇诸涂，与孔子三言，孔子答之无违。孔子岂顺阳货者哉？不与之较耳。孟子曰："当是时，阳货先，岂得不见？"夫先之而必答，礼之而必报，孔子亦有不得已矣。孔子之见南子，如见阳货，必有不得已焉。子路疑之，而孔子不辩也，故曰："予所否者，天厌之，天厌之。"以为世莫吾知而自信于天云尔。

十　三

泰伯以国授王季，逃之荆蛮，天下知王季、文、武之贤，而不知泰伯之德，所以成之者远矣。故曰："泰伯其可谓至德也已矣，三以天下让，民无得而称焉。"子瞻曰："泰伯断发文身，示不可用，使民无得而称之，有让国之实而无其名，故乱不作。

彼宋宣、鲁隐皆存其实而取其名者也，是以宋、鲁皆被其祸。”予以为不然。人患诚，诚无争心，苟非豺狼，孰不顺之？鲁之祸始于摄，而宋之祸成于好战，皆非让之过也。汉东海王强以天下授显宗，唐、宋王成器以天下让玄宗，兄弟终身无间言焉，岂亦断发文身？子贡曰：“泰伯端委以治吴，仲、雍继之，断发文身。”孰谓泰伯断发文身示不可用者？太史公以意言之耳。

十　四

子曰：“三年学，不至于谷，不易得也。”谷，善也。善之成而可用，如谷苗之实而可食也。尽其心力于学，三年而不见其成功者，世无有也。

十　五

武王曰：“予有乱臣十人。”孔子曰：“才难，不其然乎？唐、虞之际，于斯为盛，有妇人焉，九人而已。”妇人者，太姒也，然则武王盖臣其母乎？古者，妇人既嫁从夫，夫死从子。故《春秋》书鲁僖公之母曰：“秦人来归僖公成风之襚。”太姒虽母，以九人故，谓之臣焉可也。

十　六

或问子西，孔子曰：“彼哉彼哉。”郑公孙夏无足言者，盖非所问也。楚令尹子西，相昭王，楚以复国，而孔子非之，何也？昭王欲用孔子，子西知孔子之贤，而疑其不利楚国。使圣人之功不见于世，所以深疾之也。世之不知孔子者众矣，孔子未尝疾之，疾其知我而疑我耳。

十　七

陈成子弑简公，孔子沐浴而朝，告于哀公曰：“陈恒弑其君，请讨之。”公曰：“告夫三子。”孔子曰：“以吾从大夫之后，不敢不告也。”君曰“告夫三子”，之三子告，不可。孔子曰“以吾从大夫之后，不敢不告也”。孔子为鲁大夫，邻国有弑君之祸，而恬不以为言，则是许之也。哀公，三桓之不足与有立也，孔子既知之矣。知而犹告，以为虽无益于今日，而君臣之义犹有儆于后世也。子瞻曰：“哀公患三桓之逼，常欲以越伐鲁而去之。以越伐鲁，岂若从孔子而伐齐，既克田氏，则鲁公室自张，三桓将不治而自服，此孔子之志也。”予以为不然。古之君子，将有立于世，必先择其君。齐桓虽中主，然其所以任管仲者，世无有也，然后九合之功可得而成。今哀公之妄，非可以望桓公也。使孔子诚克田氏而返，将谁与保其功？然则孔子之忧顾在克齐之后，此则孔子之所不为也。

十　八

孔子以礼乐游于诸侯，世知其笃学而已，不知其他，犁弥谓齐景公曰：“孔丘知礼而无勇，若使莱人以兵劫鲁侯，必得志焉。”卫灵公之所以待孔子者，始亦至矣，然其所以知之者，犹犁弥也。久而厌之，将儆之以其所不知，盖问陈焉。孔子知其决不用也，故明日而行。使诚用之，虽及军旅之事可也。

十　九

道之大，充塞天地，赡足万物，诚得其人而用之，无所不至也。苟非其人，道虽存，七尺之躯有不能充矣，而况其余乎？故曰：“人能弘道，非道弘人。”

二　十

“群居终日，言不及义。”此里巷之鄙夫，直情而恣行者也，而孔子何难焉？盖知不义之可恶，而欲以小惠徼誉于世，世必以是取之，此孔子之所难也。

二十一

古之教人必以学，学必教之以道。道有上下，其形而上者道也，其形而下者器也。君子上达，知其道也；小人下达，得其器也。上达者不私于我，不役于物，故曰："君子学道则爱人。"下达者知义之不可犯，礼之不可过，故曰："小人学道则易使也。"如使人而不知道，虽至于君子，有不仁者矣，小人则无所不至也。故曰："君子而不仁者有矣夫，未有小人而仁者也。"

二十二

有道者不知贫富之异，贫而无怨，富而无骄，一也。然而饥寒切于身而心不动，非忘身者不能。故曰："贫而无怨难，富而无骄易。"

二十三

"弟子入则孝，出则悌，谨而信，泛爱众，而亲仁。行有余力，则以学文。"孝悌忠信、泛爱而亲仁，皆其质也。有其质矣，而无学以文之者，皆未免于有过也。故曰："好仁不好学，其蔽也愚；好智不好学，其蔽也荡；好信不好学，其蔽也贼；好直不好学，其蔽也绞；好勇不好学，其蔽也乱；好刚不好学，其蔽也狂。"此六者皆美质也，而无学以文之，则其病至此。故曰："十室之邑，必有忠信如丘者焉，不如丘之好学也。"质如孔子而不知学，皆六蔽之所害，盖无足怪也。

二十四

人生于欲，不知道者未有不为欲所蔽也。故曰："人之少也，血气未定，戒之在色。"始学者未可以语道也，故古之教者必始于《周南》、《召南》。《周南》、《召南》知欲之不可已也，而道之以礼，以礼济欲。夫是以乐而不淫，始学者安焉，由是以免于蔽。子谓伯鱼曰："汝为《周南》、《召南》矣乎？人而不为《周南》、《召南》，其犹正墙面而立也欤！"言欲之蔽也。

二　十　五

古之传道者必以言。达者得意而忘言，则言可尚也。小人以言害意，因言以失道，则言可畏也。故曰："予欲无言。"圣人之教人亦多术矣，行止语默，无非教者。子贡习于听言，而未知其余也，故曰："子如不言，则小子何述焉？"子曰："天何言哉？四时行焉，百物生焉。"夫岂无以感而通之乎？

二　十　六

卫灵公以南子自污，孔子去鲁，从之不疑。季桓子以女乐之故，三日不朝，孔子去之，如避寇仇。子瞻曰："卫灵公未受命者，故可；季桓子已受命者，故不可。"予以为不然。孔子之世，诸侯之过如卫灵公多矣，而可尽去乎？齐人以女乐间孔子，鲁君大夫既食饵矣，使孔子安而不去，则坐待其祸，无可为矣，非卫南子之比也。

二　十　七

君子无所不学，然而不可胜志也。志必有所一而后可，志无所一，虽博犹杂学也。故曰："博学而笃志。"将有问也，必切其极；退而思之，必自近者始。不然，疑而不信也。君子之道，造端乎夫妇；及其至也，察乎天地。自夫妇之所能而思之，可以知圣人之所不能也。故曰："切问而近思。"君子为此二者，虽不为仁而仁可得也。故曰："仁在其中矣。"

【解题】

苏辙少年曾作《论语略解》，苏轼作《论语说》曾吸取一部分，这部《论语拾遗》是大观元年（1101）所作。又宋丁本二十七章各有小题：《巧言令色鲜矣仁》、《告诸往而知来》、《思无邪》、《至学至于从心》、《信如輗軏》、《处约处乐》、《无恶也》、《君子无终食之间违仁》、《朝闻道夕死可矣》、《无所取材》、《未知焉得仁》、《子见南子》、《泰伯至德》、《三年学不至于谷》、《乱臣十人》、《彼哉彼哉》、《请讨陈桓》、《明日遂行》、《人能弘道》、《好行小慧》、《君子上达小人下达》、《贫而无怨难》、《六言六蔽》、《汝为周南召南》、《予欲无言》、《孔子行》、《切问而近思》。